HILDEGARD BURRI-BAYER

Die Thronfolgerin

Buch

Gent 1472: Maria, die 15-jährige Tochter Karls des Kühnen und einzige Erbin des Herzogtums von Burgund, wächst wohlbehütet und von den Menschen in ihrer Umgebung geliebt und verehrt, im Schloss ihres Vaters auf. Die Bewerber um ihre Hand kommen und gehen, aber Maria will sich einer Ehe aus politischem Kalkül nicht fügen. Das ändert sich schlagartig, als ihr Vater eine Verlobung mit Maximilian, dem Sohn Kaisers Friedrich III. in Erwägung zieht. Die beiden verlieben sich ineinander, tauschen glühende Liebesbriefe aus und wollen so schnell wie möglich heiraten.

Doch dann stirbt Karl der Kühne auf dem Schlachtfeld, und Maria muss nicht nur das schwere Erbe ihres Vaters antreten, sondern auch um ihre Liebe kämpfen. Denn ihren politischen Gegnern ist jedes Mittel recht, um die bevorstehende Hochzeit mit Maximilian zu hintertreiben und die junge Herzogin und damit Burgund doch noch unter ihren Machtbereich zu bringen …

Autorin

Hildegard Burri-Bayer wurde 1958 in Düsseldorf geboren. Nach dem Realschulabschluss ließ sie sich zur Dozentin für Museumspädagogik weiterbilden und wurde später Leiterin eines privaten Stadtmuseums für Ausgrabungen. Sie gehört zu den wenigen Menschen, die die faszinierende urgermanische Scheibe, die 1999 in der Nähe von Nebra in Sachsen-Anhalt gefunden wurde, für einen Moment in ihren Händen halten konnte. Der astronomische und archäologische Sensationsfund in Deutschland begeisterte sie so sehr, dass sie zu schreiben begann und ihren ersten Roman über die Sternenscheibe handeln ließ. Hildegard Burri-Bayer ist verheiratet und hat fünf Kinder.

Von Hildegard Burri-Bayer ist bereits erschienen:

Die Bluterbin (37076)

Hildegard Burri-Bayer

Die Thronfolgerin

Roman

blanvalet

FSC
Mix
Produktgruppe aus vorbildlich
bewirtschafteten Wäldern und
anderen kontrollierten Herkünften

Zert.-Nr. SGS-COC-1940
www.fsc.org

Verlagsgruppe Random House FSC-DEU-0100
Das für dieses Buch verwendete FSC-zertifizierte Papier
Holmen Book Cream liefert Holmen Paper, Hallstavik, Schweden

1. Auflage
Taschenbuchausgabe November 2009 bei Blanvalet,
einem Unternehmen der Verlagsgruppe
Random House GmbH, München.

Lizenzausgabe mit Genehmigung des Verlags
fredeboldundfischer, Köln
Umschlaggestaltung: HildenDesign, München
Umschlagbild: © The Bridgeman Art Library
LF · Herstellung: RF
Satz: Uhl + Massopust, Aalen
Druck und Einband: GGP Media GmbH, Pößneck
Printed in Germany
ISBN: 978-3-442-37323-9

www.blanvalet.de

Für meinen Vater,
der in unseren Herzen weiterlebt.

Es ist notwendig, dass ein Teil des Widerspruchs wahr sei; wenn es notwendig ist alles entweder zu behaupten oder zu verneinen, können nicht beide zugleich falsch sein.

Aristoteles

PROLOG

Zweiter März im Jahre des Herrn 1468

Louvre, Paris

Der Anblick des Herzogs Karl von Guyenne und seiner Mätresse, die sich ganz offensichtlich in dem prunkvollen Bett vergnügten, war abstoßend und faszinierend zugleich.

So wie Gott den Tag und die Nacht erschaffen hatte, so hatte er auch schöne und weniger schöne Menschen erschaffen, dachte der Mörder in der grün-golden gestreiften Livree eines Dieners und starrte gebannt auf das Bild, das sich ihm bot. Der Gedanke an Gott behagte ihm dabei nicht ganz, und er zwang sich, ihn zur Seite zu schieben, was nicht weiter schwierig war, weil die aufsteigende Hitze in seinen Lenden ganz andere Vorstellungen in ihm wachrief.

Über den seidenen Kissen, nur wenige Ellen von ihm entfernt, breitete sich eine Flut rotblonder Locken aus, die bis zu den vollen, weiß schimmernden Brüsten Colette de Chambes reichten. Diese hielt ihre leicht schräg stehenden, grünen Augen geschlossen, und ihrem schönen Mund entrang sich ein Stöhnen, das den dürren, etwas verwachsenen Mann über ihr anzuspornen schien, denn seine Bewegungen wurden schneller. Sein Gesicht mit der spitzen Nase und dem ebenso spitzen Kinn war genauso hässlich wie sein Körper.

Fahle, durchscheinende Haut spannte sich über dünne Kinderknochen, deren Anblick unweigerlich an Krankheit und Tod denken ließ.

Die beiden schienen es eilig gehabt zu haben, ins Bett zu kommen, wie die über den gesamten Boden hinweg verteilten Kleidungstücke bezeugten, und sie hatten sich auch nicht erst die Mühe gemacht, die schweren Brokatvorhänge zuzuziehen, die das Bett umrahmten.

Ein grausames Lächeln umspielte den schmalen Mund des Mörders, als er die nackten, ineinander verschlungenen Körper der Liebenden betrachtete, deren Leidenschaft sie alles andere um sich herum vergessen ließ.

Vielleicht fällt es Colette ebenso schwer wie mir, den Anblick des Herzogs zu ertragen, und sie hält deshalb ihre Augen geschlossen, dachte er, und der Gedanke erfüllte ihn mit grimmiger Genugtuung.

Ohne besondere Eile stellte er die große Silberschale mit den duftenden Pfirsichen auf dem zierlichen Tisch vor dem Fenster ab, legte ein glänzendes Messer griffbereit daneben und verschwand dann ebenso lautlos, wie er gekommen war.

Am nächsten Morgen glich Paris einem brodelnden Hexenkessel. Die Gemüter der Menschen waren erhitzt, und Gerüchte liefen von Haus zu Haus, durch Garküchen, Schänken und sogar bis in die letzten Winkel der Stadtmauern, in denen die Bettler und Ausgestoßenen hausten.

Es hieß, Guyenne sei beim Schälen eines Pfirsichs mit einem vergifteten Messer zu Tode gekommen und der König selbst habe den Mord an seinem Bruder in Auftrag gegeben.

König Ludwig XI. lehnte sich zufrieden in seinem Thronsessel zurück und zog seinen scharlachroten, mit Zobelpelz gefütterten Umhang enger um seine Schultern. Der schwarze Turban, den er sonst nur bei offiziellen Anlässen trug, verdeckte seine fliehende Stirn und ließ seine Nase noch spitzer erscheinen, als sie es ohnehin schon war.

Er setzte eine betrübte Miene auf, als sein heimlicher Ratgeber Philippe Commynes den Saal betrat, obwohl er innerlich triumphierte. Philippe Commynes ging am burgundischen Hof ein und aus und galt als ein enger Vertrauter seines Erzfeindes Herzog Karl.

Ein Blick in die eng zusammenstehenden Augen des Königs genügte Philippe, um zu erkennen, dass dessen Trauer über den Tod seines Bruders nur gespielt war. Er fühlte sich unbehaglich, als er seine schlimmsten Befürchtungen bestätigt sah.

Ein Brudermord war ein abscheuliches Verbrechen, ein Verbrechen, das sich wie ein roter Faden durch die Geschichte zog seit der Zeit, als Kain seinen Bruder Abel ermordet hatte.

Sein Unbehagen verstärkte sich nochmals, als er sich widerwillig eingestand, dass er nicht ganz unschuldig an Guyennes Tod war. Immerhin war er derjenige gewesen, der Ludwig von dessen hartnäckigen Bemühungen um Marias Hand unterrichtet hatte.

Siedend heiß wurde ihm bewusst, dass die Augen des Königs noch immer auf ihm ruhten, und es schien ihm, als hätte sich des Königs Blick dabei verfinstert, oder bildete er sich das nur ein?

Er zwang sich zu einem kühlen, unverbindlichen Lächeln und hoffte, dass sein Gesichtsausdruck ihn nicht verraten hatte. Unwillkürlich straffte er die Schultern. Seine Sinne waren aufs Äußerste gespannt, denn es war nicht ungefährlich, sich im Dunstkreis der Mächtigen aufzuhalten, und die langen Jahre am Hof Karls des Kühnen hatten sein Gefühl für Gefahr geschärft. Mittlerweile konnte er sie sogar schon riechen, wo sie für andere Menschen noch nicht einmal im Ansatz greifbar war. Wie jeder Mensch, der etwas zu verbergen hatte, konnte Ludwig nicht tatenlos hinnehmen, wenn ihn jemand durchschaute und dadurch unweigerlich zum Mitwisser seiner schändlichen Taten wurde.

Doch die nächsten Worte des Königs überraschten ihn.

»Wisst Ihr, mein lieber Commynes, ich habe fast den Eindruck, dass es Gott gefällt, manche Schwierigkeiten von mir zu nehmen. Sicher habt auch Ihr längst von meinem herrlichen Obstgarten gehört?«

Philippe Commynes schluckte hart, als Ludwig so offen auf die Gerüchte zu sprechen kam und Worte dafür fand, die keinem anderen Menschen in seiner Situation über die Lippen gekommen wären. Er schien sich nicht im Geringsten um seinen Ruf zu sorgen und den Schrecken, den er seinem Volk durch den heimtückischen Brudermord zugefügt hatte, allem Anschein nach auch noch zu genießen.

In leichtem Plauderton fuhr der König fort. »Es ist Zeit für das Mittagsmahl, würdet Ihr mir wohl die Ehre erweisen und mein Gast sein?«

Philippe Commynes verneigte sich tief und stumm und spürte, wie sich seine Nackenhaare aufrichteten.

Zu zweit nahmen sie an der Tafel Platz, deren Länge auf nicht mehr als zehn Personen ausgerichtet, heute aber nur für sie beide eingedeckt worden war. Ludwig liebte es, in kleinem Kreise zu speisen, wobei er seine Tischpartner jedoch sorgfältig auswählte.

Die Diener reichten Pastete und Wild, dazu frisches Gemüse, duftendes weißes Brot und gebratene Fische, dann entfernten sie sich auf einen Wink des Königs wieder.

»Gottes Wege sind unergründlich, findet Ihr nicht auch?«, eröffnete Ludwig das Tischgespräch mit vollem Mund und bekreuzigte sich schmatzend.

Philippe Commynes fühlte sich eigentümlich betroffen, als Ludwig den Namen Gottes aussprach.

Giftig wie eine Natter, spann Ludwig aus dem Hintergrund heraus seine tödlichen Fäden, in denen sich jeder, der ihm im Wege war, unweigerlich verfing.

Sein Bruder, der Duc de Guyenne, erster Anwärter auf die Krone, sollte Ludwig etwas passieren, stellte nun keine Bedrohung mehr für ihn und seinen neugeborenen Sohn Charles dar. Weder konnte er Charles die Krone streitig machen noch die Braut, die er ihm zugedacht hatte: Maria, die Erbin Burgunds, deren Glanz Frankreich wie einen leuchtenden Stern erstrahlen lassen würde.

»Was meint Ihr, mein Freund, könnten wir mit Herzog Karl einig werden, wenn wir ihm für die Hand seiner Tochter, sagen wir mal, Amiens und vielleicht auch noch St. Quentin abtreten würden?«, wechselte er abrupt das Thema.

Es klang beiläufig, als wäre ihm der Gedanke gerade erst gekommen, doch der gierige Ausdruck in seinen berechnenden schwarzen Augen entlarvte ihn.

Diese Frage war der endgültige Beweis für Philippe, dass er Recht gehabt hatte, was den Mord anging, aber auch, dass der König ihm vertraute, indem er sich keinerlei Mühe gab, seine ehrgeizigen Pläne vor ihm zu verbergen.

Ludwig hatte seine Maske endgültig fallen gelassen. In seinem blassen, etwas verweichlichten Gesicht waren weder Betrübnis noch Trauer zu erkennen, als er Philippe jetzt verschwörerisch zublinzelte.

Eine Welle der Erleichterung ging durch Philippes Körper, während er fieberhaft nach einer Antwort suchte, die Ludwig zufrieden stellen würde.

Er kannte die hochtrabenden Pläne des Herzogs von Burgund nur zu gut und wusste genau, dass Karl seine Erbtochter niemals mit Ludwigs Sohn verheiraten würde, solange er die Hoffnung hatte, durch eine Heirat Marias mit dem Kaisersohn Maximilian selbst noch die Königskrone zu erlangen, doch das konnte er Ludwig unmöglich sagen.

Er entschloss sich daher, diplomatisch vorzugehen.

»Wie Ihr wisst, kämpft der Herzog von Burgund an vielen Fronten, sodass der Weisheit Eurer Majestät viel Raum zum Handeln gelassen ist«, begann er schmeichelnd. »In dieser Angelegenheit sollte man deshalb den richtigen Moment abwarten, einen Moment der Schwäche, in dem der Herzog in seiner Entscheidungsfreiheit eingegrenzt ist. Genügend Feinde hat er sich ja schon geschaffen, selbst in den eigenen Reihen, und dazu die ständigen Unruhen an den verschiedenen Grenzen seines wahrlich unübersichtlichen Reiches. Noch hat er hochtrabende Pläne und nutzt alle Bewerber um Marias Hand für seine Zwecke, allen voran den Herzog von Lothringen. Solange er ihnen Hoffnungen machen kann, ist er ihrer Loyalität sicher, doch wie schnell kann sich das Blatt wenden und geht Glück in Unglück über?«

Er legte eine kurze Pause ein, um Ludwig Zeit zu lassen, über seine Worte nachzudenken. Schließlich hatte er ihm soeben durch die Erwähnung des Herzogs von Lothringen eine Möglichkeit aufgezeigt, wie er dem Herzog von Burgund eine empfindliche Schlappe versetzen und diese Möglichkeit gleichzeitig auch noch als seine eigene Idee ausgeben konnte. Diese Chance würde er sich sicher nicht entgehen lassen. Zu gut kannte Commynes die grenzenlose Eitelkeit Ludwigs, die nur noch von seinem Machthunger und seiner Gier übertroffen wurde.

Zwei Diener kamen mit einer großen Silberschale glänzender Pfirsiche herein und stellten sie auf dem Tisch ab. Ludwig bedeutete ihnen, sich zu entfernen, dann beugte er sich über die Pfirsiche und nahm einen nach dem anderen in die Hand. Es sah aus, als würde er ihre Reife prüfen. Dann schien er endlich einen Pfirsich gefunden zu haben, der nach seinem Geschmack war, und begann damit, ihn eigenhändig in kleine Stücke zu schneiden, die er auf Commynes' Teller legte.

Commynes wurde blass.

Die Natter hatte ihm einen Pfirsich gereicht, genau wie die Schlange einst Eva den Apfel gereicht hatte. Seine Gedanken überschlugen sich. Wollte der König nun etwa auch ihn vergiften? Konnte es möglich sein, dass seine Miene entgegen allem Anschein seine heimlichsten Gedanken zuvor doch verraten hatte?

Was sollte er nur tun?

Auf seiner Stirn bildeten sich feine Schweißperlen.

König Ludwig beobachtete ihn lächelnd, bevor er seiner Qual ein Ende bereitete.

»Habt Ihr wirklich vor, diese köstlichsten aller Früchte zu verschmähen?«, fragte er beinahe liebevoll und zog den Teller zu sich herüber. Dann steckte er sich genüsslich ein Stück nach dem anderen in den Mund.

Philippe atmete erleichtert auf. Er würde sich niemals an den makaberen Humor der Franzosen gewöhnen. Und er erkannte, dass der biblische Vergleich, der ihm gerade durch den Kopf geschossen war, gar nicht so falsch gewesen war. Nur dass in diesem Fall der Pfirsich für die Erkenntnis stand, die der König beschlossen hatte, mit ihm zu teilen.

Als der König ihn entließ, hatte Philippe sich wieder beruhigt. Er hatte gewusst, auf was für ein gefährliches Spiel er sich eingelassen hatte, indem er sich von Herzog Karl abgewandt und in König Ludwigs Dienste begeben hatte. Doch er hatte gerade noch rechtzeitig erkannt, dass es mit Karl kein gutes Ende nehmen würde. Dessen brennender Traum, das alte burgundische Königreich wiederauferstehen zu lassen, war zu ehrgeizig für einen einzigen Mann, und die Ritterideale, die er durch den Orden vom Goldenen Vlies zu erhalten versuchte, fanden keinen Platz mehr in einer Zeit, in der die Bürger immer selbstbewusster wurden und mit zäher Unnachgiebigkeit auf ihre eigenen Rechte pochten. Eine Tatsache, die er sehr bedauerte, da Karl ihm im Grunde seines Herzens näherstand als dieser durchtriebene und heimtückische Franzosenkönig.

Aus allen Toren der Stadt ritten Boten aus, um die Nachricht vom Tode des Herzogs von Guyenne an die Höfe Europas zu tragen, zu Kaiser Friedrich III. nach Wien, nach England und Lothringen, zum Bischof von Metz und nach Bern, dem Vorort der Eidgenossenschaft, und schließlich auch nach Gent, wo Karl, der Herzog von Burgund, sie nachdenklich zur Kenntnis nahm.

Guyenne war einer der hartnäckigsten Bewerber um Marias Hand gewesen, doch er, Karl, hatte die Heirat bewusst in der Schwebe gehalten, wie er es bei allen Bewerbern machte. Er hatte noch viel Zeit, um Maria zu verheiraten, Zeit, die er nutzen würde, um Burgund zu vergrößern und sein Reich zu festigen.

Um Guyenne war es nicht weiter schade, aber Ludwig hätte eigentlich wissen müssen, dass er es niemals zugelassen hätte, dass sich sein eigenes Blut mit dem dieses unansehnlichen kränkelnden Mannes vermischen und in seine Erblinie eingehen würde.

Ludwig hätte sich den Mord sparen können, der ihm, Karl, nun eine willkommene Gelegenheit bot, gegen den verhassten Feind vorzugehen und sein eigenes Volk und seine Verbündeten gegen ihn aufzuwiegeln.

Einem Brudermörder konnte man nicht trauen, er konnte kein gottgewollter König sein und würde Tod und Verderben über jeden bringen, der sich nicht schleunigst von ihm abwandte.

Er spürte, wie der alte Hass wieder in ihm hochstieg, und schleuderte unbeherrscht den kostbaren Silberpokal gegen die Wand, aus dem er gerade noch getrunken hatte. Ludwig, dieser tückische kleine Verräter, war weitaus gefährlicher als jeder Saulus.

Sein Vater, Philipp der Gute, hatte ihn einst wie einen Sohn aufgenommen, als er flüchtig und heillos zerstritten mit dem eigenen Vater gewesen war.

Ohne zu zögern hatte Philipp der Gute damals die Belagerung von Deventer abgebrochen, die eine Expedition zur Eroberung Frieslands einleiten sollte, und war nach Brüssel geeilt, um Ludwig willkommen zu heißen.

In den darauf folgenden Jahren, die Ludwig am burgundischen Hof verbracht hatte, hatte Karl Seite an Seite mit ihm gejagt und war ihm stets ein guter Freund gewesen.

Er hatte seiner einzigen Tochter auf Ludwigs Wunsch hin sogar den Namen von dessen Mutter, der Königin von Frankreich, gegeben und ihm zu allem Überfluss auch noch die Ehre erwiesen, Marias Pate zu werden und sie über das Taufbecken zu halten.

Als Dank dafür hatte Ludwig in seiner hinterhältigen, feigen Art immer wieder versucht, einen Keil zwischen seinen Vater Philipp und ihn zu treiben, was ihm auch fast gelungen wäre und Vater und Sohn beinahe für immer entzweit hätte.

Hugonet, der liebe, gute Hugonet hatte ihn richtig beraten. Und er erkannte jetzt, was sein Kanzler schon lange vor ihm erkannt hatte: Dass ein Bündnis mit England die einzige Möglichkeit war, um Frankreich die Stirn zu bieten und gleichzeitig zu verhindern, dass sich der englische König Eduard VI. hinter seinem Rücken mit Ludwig zusammenschloss.

Noch am selben Tag verließ der größte Teil der französisch sprechenden Ritter und Höflinge Burgund in Richtung Frankreich, um dafür zu sorgen, dass sich die Kunde von der schändlichen Tat des Königs im ganzen Land verbreitete. Kaiser Friedrich III. befand sich trotz des feinen Nieselregens in seinem privaten Teil des Schlossgartens an einem seiner Pflanztische, als Dr. Georg Heßler, sein Protonotar und Vertrauter, mit der Botschaft vom Tod Guyennes erschien.

Die Hände des Kaisers waren mit brauner Erde überzogen, und seine klaren Gesichtszüge wirkten wohltuend entspannt, fast schon verklärt, während er vorsichtig die winzigen Zwiebeln seltener Blumen in die weiche Erde drückte.

Er war so in sein Tun versunken, dass Dr. Heßler sich mehrmals räuspern musste, um von ihm bemerkt zu werden.

Friedrich empfing ihn trotz der Störung in seiner Lieblingsbeschäftigung ruhig und freundlich, während seine kräftigen Hände, mit denen er sogar Eisenstangen biegen konnte, behutsam fortfuhren, die winzigen schwarzen Blumenzwiebeln in die Erde zu stecken.

Dr. Heßler wusste, dass Friedrich wenn sie allein waren, keinen Wert auf die übliche Etikette legte, und kam daher sofort zur Sache.

»Der Duc von Guyenne ist vergiftet worden, und es heißt, der König von Frankreich hätte diesen Mord in Auftrag gegeben.«

Friedrich sah auf und schenkte ihm einen kurzen Blick aus seinen ehrlichen braunen Augen. »Wie weise ist doch Gott unser Herr, der dem menschlichen Handeln zusieht, ohne darin einzugreifen, und weise ist auch der Ackersmann, der im richtigen Moment erntet, was er gesät hat.«

Bevor er sich wieder seinen Zwiebeln zuwandte, warf er noch einen nachdenklichen Blick in den grau verhangenen

Himmel, und Dr. Heßler wusste, dass er entlassen war. Wie töricht doch die meisten Menschen waren; verwechselten kluges Abwägen und Warten mit Unentschlossenheit und Feigheit. Hätte jedoch jedes Land einen solchen Herrscher wie diesen Kaiser, würde es keine Kriege mehr geben und endlich Friede auf Erden herrschen.

Vor den kaiserlichen Stallungen traf er auf einen hochgewachsenen blonden Jungen, der sich gerade furchtlos auf ein unruhig tänzelndes, mächtiges Schlachtross schwang. Der breitschultrige grauhaarige Stallmeister hatte Mühe, das temperamentvolle Tier zu halten. Immer wieder warf es seinen Kopf hoch und scharrte dabei ungeduldig mit den Hufen. Der Junge ließ sich davon jedoch nicht beeindrucken, grinste Dr. Heßler übermütig an und hob grüßend die Hand.

Der Protonotar verneigte sich. »Seid gegrüßt, junger Herr«, sagte er und beobachtete, wie Maximilian, der Sohn des Kaisers, dem Pferd die Fersen in die Flanken stieß.

Das Pferd machte daraufhin einen mächtigen Satz nach vorn und riss dem Stallmeister die Zügel mit einem Ruck aus der Hand, sodass er aus dem Gleichgewicht geriet. Nur mit Mühe gelang es ihm, sich wieder zu fangen. Mürrisch sah er dem davonjagenden Reiter nach.

»Irgendwann wird sich der Bengel in seinem Leichtsinn noch das Genick brechen«, murmelte er respektlos.

Als er den Protonotar erkannte, nahm sein Gesicht einen ehrerbietigen Ausdruck an.

»Euer Pferd steht bereit, es ist gefüttert und getränkt«, versicherte er ihm beflissen und sah sich nach den Stallburschen um, der wie immer, wenn man ihn brauchte, verschwunden war. Er legte zwei Finger an den Mund und stieß einen lauten Pfiff aus. Sofort eilte ein kräftiger junger Bursche herbei, um seinen Befehl entgegenzunehmen. Sein Gesicht glänzte vor Schweiß.

»Bring das Pferd von Dr. Heßler«, befahl der Stallmeister und wandte sich wieder dem Protonotar zu, der ihn aus zusammengekniffenen Augen musterte.

»Ihr solltet besser auf den jungen Herrn achtgeben«, bemerkte er mahnend. Der Vorwurf in seiner Stimme war unüberhörbar.

Der Stallmeister seufzte nur und zuckte die Schultern.

»Selbst der wildeste Hengst ist noch eine Schindmähre gegen das Temperament dieses Jungen«, verteidigte er sich gegen den in seinen Augen ungerechten Vorwurf. Der hohe Herr hatte gut reden. Schließlich musste er nicht Tag für Tag gegen die Wünsche des jungen Herrn ankämpfen, der zuletzt doch jedes Mal seinen Willen durchsetzte.

Im Stillen gab Dr. Heßler dem Stallmeister Recht. Er war wahrhaftig nicht um seine Verantwortung zu beneiden. Im Gegensatz zu seinem Vater war Maximilian abenteuerlustig und voller Tatendrang. Und um eine Entscheidung zu treffen, brauchte er nicht länger als einen Wimpernschlag. Für seine zukünftige Rolle als Kaiser war er viel zu heißblütig und unbedacht. Sein Temperament zu zügeln war daher die dringlichste Aufgabe, vor welche die Lehrmeister des Kaisersohns gestellt waren.

Dr. Heßler saß auf und ritt aus dem Hof, doch seine Gedanken kreisten auch noch um den Sohn des Kaisers, als er das Schloss schon längst wieder verlassen hatte.

1

Der festlich geschmückte Bankettsaal schimmerte golden im flackernden Licht unzähliger Kerzen, und sein fast schon überirdischer Glanz wurde von den sanften Klängen unsichtbarer Instrumente noch unterstrichen, als wären die himmlischen Heerscharen persönlich vom Himmel herabgestiegen.

Die Gespräche verstummten, als der Herzog von Burgund seinen Ehrengast, Karl von Guyenne, durch die weit geöffneten Flügeltüren führte.

Eine unnatürliche Stille breitete sich aus, die nur hier und da von raschelnder Seide und knisterndem Brokat unterbrochen wurde.

Entsetzte Blicke folgten dem Bruder des Königs von Frankreich, der neben der kraftvollen Gestalt des Herzogs noch schmächtiger und unansehnlicher wirkte, als er ohnehin schon war.

Guyenne war nach der neuesten Mode gekleidet, doch sein prächtiger Brokatrock konnte weder seinen verwachsenen Rücken verbergen noch die krankhafte Blässe seiner wenig ansprechenden Gesichtszüge.

In silbernen Schnabelschuhen, deren Spitzen so lang waren wie die Linie seiner Abstammung, stolzierte er an der Seite seines zukünftigen Schwiegervaters auf seine Braut zu.

Maria erstarrte und ihre Augen weiteten sich in ungläubigem Staunen, als sie den verwachsenen, alten Mann auf sich zukommen sah. Mit diesem Mann sollte sie das Bett teilen und ihm Söhne gebären? Mit einem Mann, der so gar nichts mit dem edlen Ritter gemein hatte, den sie in ihren Träumen stets an ihrer Seite gesehen hatte?

Nein, versuchte sie sich zu beruhigen, das konnte nicht sein, ihr Vater würde sie niemals zwingen, einen Mann wie Guyenne zu heiraten. Er liebte sie, sie war seine einzige Tochter, und er würde nicht zulassen, dass sie unglücklich werden würde.

Zweihundert Augenpaare hefteten sich auf ihr Gesicht, beobachteten jeden einzelnen Wimpernschlag von ihr und gierten sichtbar nach einer Reaktion.

Es war so still, dass sie ihren eigenen Atem hören konnte.

Maria begann zu zittern. Und mit einem Mal fühlte sie sich so fremd inmitten all dieser Menschen wie noch nie zuvor in ihrem Leben.

Verzweifelt suchte sie den Blick ihres Vaters, doch Karl hatte nur Augen für seinen Gast. Wäre sie weniger aufgewühlt gewesen, hätte sie die Verachtung und den grimmigen Hass in seinen schwarzen Augen bemerkt, den er nur mühsam hinter den Förmlichkeiten der steifen Hofetikette verbarg, und gewusst, dass er gar nicht daran dachte, seine einzige Tochter einem Franzosen zur Frau zu geben und noch dazu Ludwigs Bruder, doch sie ahnte nichts von dem, was in ihm vorging, und wurde immer verzweifelter.

Ihr Herz raste. Fort, nur fort, hämmerte es in ihrem Kopf. Schon wollte sie sich umdrehen und den Saal verlassen, konnte sich aber nicht von der Stelle rühren, und dann war es zu spät. Guyenne stand direkt vor ihr.

Sie spürte seine Nähe, roch den säuerlichen Geruch, den er verströmte, und kämpfte gegen die in ihr aufsteigende Übelkeit an.

Er nahm ihre eiskalte Hand, beugte sich über sie und hauchte einen Kuss darauf.

Von oben gesehen wirkte seine Nase noch spitzer, und sie konnte die roten Äderchen sehen, die sich durch seine durchscheinende, fahle Haut zogen wie Flüsse und Bäche auf einer Landkarte.

Guyenne ließ ihre Hand los und betrachtete sie mit dem Stolz eines Mannes, der soeben eine besonders prächtige Stute erworben hatte.

Röte stieg ihr in die Wangen. Noch nie hatte es ein Mann gewagt, sie so anzusehen.

Seine kleinen, schwarzen Augen huschten prüfend über ihr schmales Gesicht, den schlanken weißen Hals bis zu ihrem Dekolleté hinunter, das den Ansatz ihrer festen, kleinen Brüste erkennen ließ. Dort verweilten sie und saugten sich gierig fest.

Marias Atem ging schneller und ihre Brüste hoben und senkten sich noch mehr, während der alte Mann ihren Körper begaffte.

In seine Augen trat ein lüsterner Ausdruck, und er leckte sich genießerisch über die blassen Lippen.

Schaudernd senkte Maria ihren Blick und starrte erschrocken auf sein anschwellendes Geschlecht, das sich deutlich unter den engen grünen Beinlingen abzeichnete.

Schreiend fuhr Maria aus dem Schlaf. Ihr Körper war schweißüberströmt, und ihre Haare hingen ihr wirr ins Gesicht. Sie strich die langen, blonden Strähnen zurück und setzte sich benommen auf. Doch es dauerte noch eine Weile, bis sie sich aus den Fängen des Albtraums befreit hatte. Die beunruhigenden Bilder verblassten nur langsam. Sie verabscheute diesen Traum, genauso wie sie Guyenne verabscheute und ihn doch nicht aus ihrem Kopf verbannen konnte.

Wie zur Beruhigung suchte ihr Blick den farbenprächtigen, mit Gold und Silberfäden überzogenen Gobelin, der sich an der ihrem Bett gegenüberliegenden Wand befand. Im Licht der einfallenden Morgensonne schien der lebensgroße blonde Ritter darauf zum Leben zu erwachen. In goldenem Harnisch und mit erhobenem Schwert stand er kampfbereit vor dem Feuer speienden Drachen, um seine Prinzessin zu retten. Sein Anblick war ihr so vertraut, dass ihr die Tränen in die Augen traten.

Schon als kleines Mädchen hatte sie davon geträumt, einen edlen und mutigen Ritter wie ihn zu heiraten, und nun hatte ihr Vater sie mit einem abstoßenden alten Mann verlobt, dessen Anblick sie kaum ertragen konnte. Wie hatte er ihr das nur antun können? Allein der Gedanke an Guyenne löste Ekel in ihr aus.

Völlig aufgelöst schlüpfte Maria durch die grüngoldenen Damastvorhänge, die von hoch oben zwischen den Bettpfosten verstrebten Stangen auf den Boden herabfielen und ihre Schlafstätte umgaben, und trat mit nackten Füßen an eines der hohen, schmalen Fenster, die sich über die gesamte Front ihres Schlafgemachs erstreckten.

Ihre Mutter hätte einer Verlobung mit diesem schrecklichen Mann niemals zugestimmt, dachte sie traurig und grübelte wie schon so oft darüber nach, wie sie der Heirat mit Guyenne entkommen konnte.

Bisher war jedoch keiner ihrer Pläne zufriedenstellend gewesen. Weder gefiel ihr der Gedanke, sich in ein Kloster zurückzuziehen, wie ihre Großmutter es getan hatte, noch die Idee, eine Krankheit vorzutäuschen und dann Monate, vielleicht sogar Jahre im Krankenbett verbringen zu müssen.

Schließlich tröstete sie sich damit, dass ihr schon noch etwas einfallen würde. Der Tag der Hochzeit war schließlich noch nicht festgelegt worden, und bis es so weit sein würde, war sie auf jeden Fall vor Guyenne sicher.

Von ihrem Fenster aus hatte sie einen herrlichen Blick über den weitläufigen Schlosshof und auf den von der Leie gespeisten Wassergraben, der sich nordwärts des Schlosses zu einem Teich verbreiterte, bis hin zu den weitläufigen Parkanlagen mit ihren kunstvollen Wasserspielen.

Feiner Nebeldunst hing wie ein durchsichtiger Schleier über der Landschaft und verlieh ihr einen geheimnisvollen Zauber.

Wie gerne würde sie jetzt auf ihrer geliebten Stute Sturmwind über die taufeuchten Wiesen galoppieren, jeden Gedanken an Guyenne weit hinter sich lassen und, losgelöst von jeglichen Zwängen der Etikette, erregende Augenblicke völliger Freiheit genießen.

Stattdessen standen ihr eintönige Lateinstunden bei dem gestrengen Magister Sylvius bevor.

Als sich das unvermeidliche Klappern der dreitausend Webstühle Gents mit dem fröhlichen Gezwitscher der Vögel zu mischen begann, wandte sich Maria leise seufzend ab.

Das gleichförmige, dumpfe Grollen der Holzgestelle, das der Wind an manchen Tagen aus der Stadt zum Schloss hinüberwehte, erinnerte sie wieder an ihre Pflichten.

Sie griff nach dem goldenen Glöckchen, um nach ihrer Zofe zu klingeln, als die Türe auch schon aufflog und Catherina mit hochroten Wangen ins Zimmer gestürzt kam.

In ihren verschwommenen, hellen Augen stand ein Ausdruck von Entsetzen. Vom schnellen Laufen außer Atem, schnappte sie mehrmals nach Luft.

»Der Herzog von Guyenne ist ermordet worden«, platzte sie heraus, noch bevor sie die Türe hinter sich zugezogen hatte. »Und du errätst nie, von wem.«

Maria erbleichte. Allein die Erwähnung von Guyennes Namen versetzte sie in Panik.

Catherina sah, wie Maria um Fassung rang, und ihr Nacken

kribbelte vor Erregung. Wie würde sie erst reagieren, wenn sie erfuhr, wer Guyenne ermordet hatte?

Es war Catherina unmöglich, ihr Wissen auch nur einen Moment länger für sich zu behalten.

»Dein Patenonkel war es. Der König von Frankreich hat seinen eigenen Bruder auf dem Gewissen.« Ihr blasses Gesicht glühte, und sie bekam vor lauter Aufregung kaum noch Luft.

Marias Gedanken überschlugen sich.

Sie würde Guyenne nicht heiraten müssen!

Eine Welle der Erleichterung floss durch ihren Körper, doch gleichzeitig meldete sich ihr schlechtes Gewissen. Wenn sie sich über seinen Tod freute, war sie nicht viel besser als ihr Patenonkel.

Sie zweifelte keinen Augenblick an dem Wahrheitsgehalt von Catherinas Worten, und der Gedanke, dass ihr Patenonkel ein Brudermörder war, verursachte ihr Unbehagen.

Sie konnte sich nur noch dunkel an ihn erinnern, denn sie hatte ihn nicht wieder gesehen, nachdem seine hinterhältige Intrige, durch die er gehofft hatte, einen Keil zwischen ihren Großvater und ihren Vater zu treiben, um anschließend selbst Karls Platz einzunehmen, gescheitert war. Ludwig hatte das Gerücht verbreiten lassen, ihr Vater würde mit dem bretonischen Herzog gegen Philipp den Guten konspirieren. Dass man Karl die Statthalterschaft über die Normandie übertragen habe, sei schließlich der beste Beweis dafür.

Und auf den darauf folgenden Bruch zwischen Vater und Sohn hin hatte Ludwig seine Mörder nach Gorkum ausgesandt, um Karl zu beseitigen, der sich dorthin zurückgezogen hatte. Allein der Aufmerksamkeit der Einwohner von Gorkum war es zu verdanken gewesen, dass ihr Vater Ludwigs Anschlag überlebt hatte. Die Gorkumer waren misstrauisch geworden, als die Fremden in ihrem Hafen gelandet waren und sie beobachtet hatten, wie diese heimlich das Schloss ausspionierten, auf Befestigungen herumkletterten und die Wälle überprüften.

Seit jenem Tag war Ludwig Burgunds erklärter Feind, der keine Gelegenheit ausließ, um ihrem Vater zu schaden.

Bei dem Gedanken, von diesem Mann über das Taufbecken gehalten worden zu sein, begann Maria zu frösteln.

»Jetzt sag doch endlich etwas«, forderte Catherina sie auf. »Bist du nicht froh, dass Guyenne tot ist und du ihn nicht mehr heiraten musst?«

Ihre Augen hefteten sich erwartungsvoll auf ihr Gesicht. Aber Maria konnte kein Mitgefühl in ihnen entdecken, nur brennende Neugier.

»Wir werden in die Kapelle gehen und für Guyennes Seele beten, und jetzt hör auf, mich anzustarren, und hilf mir lieber beim Ankleiden«, erwiderte sie betont ruhig, doch Catherina kannte Maria gut genug, um zu wissen, dass sie längst nicht so gelassen war, wie sie vorgab.

Ihre Nasenflügel bebten, und in ihren goldbraunen Augen stand ein eigentümlicher Ausdruck, den Catherina noch nie zuvor gesehen hatte.

Maria schwieg, während Catherina ihr eine karmesinrote Robe mit weiten Ärmeln über die enge Cotte zog, sorgfältig ihr langes, blondes Haar kämmte, es mit geübten Griffen eindrehte und zum Schluss ein schimmerndes, mit Perlen besetztes Haarnetz darüber schlang.

Ihre Gedanken überschlugen sich. Sie würde Guyenne nicht heiraten müssen, er stellte keine Bedrohung mehr für sie dar, weil sein eigener Bruder ihn ermordet hatte. Sein eigener Bruder! Der Gedanke ließ sie erschauern und eisige Kälte kroch in ihr hoch, als sie begriff, dass allein sie der Grund für diesen

Mord gewesen war. Und dabei ging es noch nicht einmal um sie als Person, sondern einzig und allein nur um ihre Funktion und Stellung als reichste Erbin des Abendlandes.

Guyenne hätte sie selbst dann geheiratet, wenn ihr Rücken ebenso verwachsen gewesen wäre wie sein eigener, und selbst wenn sie schielen würde oder ihr Kopf kahl gewesen wäre, hätte er sich von der Heirat nicht abbringen lassen.

Die Entscheidung ihres Vaters hatte ihr Vertrauen in ihn bis ins Innerste erschüttert. Nichts würde mehr so sein wie früher, und die wunderbare Geborgenheit, die für sie stets selbstverständlich gewesen war, war für immer aus ihrem Leben verschwunden.

Mit einem Mal fühlte sie sich schrecklich allein und wünschte sich, dass ihre Mutter bei ihr sein könnte, um ihr mit Rat und Tat zur Seite zu stehen, doch ihre Mutter war tot und würde sie nie wieder trösten können.

Das Eintreffen ihrer Erzieherin riss sie aus ihren traurigen Gedanken.

Madame Halewyn war eine energische und kluge Frau, die nur selten ein Blatt vor den Mund nahm. Marias Vater hatte sie an den Hof geholt, um ihren Mann, einen hohen und einflussreichen Würdenträger der Stadt Gent, durch diese Geste seines Wohlwollens enger an sich zu binden.

Ein warmes Lächeln trat auf ihre Züge, als sie Maria erblickte. Sie sah entzückend aus in ihrem karmesinroten Kleid, das ihr seidiges, hellblondes Haar zum Leuchten brachte und ihre zierliche Figur betonte. Lange Wimpern umrahmten die goldbraunen Augen, die ihr anmutig geschnittenes Gesicht beherrschten und dunkel vor Zorn werden konnten, jetzt aber ungewöhnlich ernst wirkten.

»Ich habe dir eine wichtige Mitteilung zu machen, mein Kind«, begann sie mit mühsam unterdrückter Erregung.

»Ist es wegen Guyenne?«, fragte Maria leise. »Catherina hat mir schon von seinem Tod erzählt.«

»Das, was ich dir zu sagen habe, hat nichts mit Guyenne zu tun«, wehrte Madame Halewyn ab und warf Catherina einen vorwurfsvollen Blick zu, den Catherina trotzig erwiderte. Dass die Mädchen aber auch nie ihren Mund halten können, dachte sie ärgerlich.

Insgeheim war sie erleichtert gewesen, als sie von Guyennes Tod erfahren hatte. Denn an der Seite dieses alternden Lüstlings wäre Maria wie eine Blume ohne Licht und Wasser verwelkt, davon war sie fest überzeugt, und deshalb hatte sie auch jeden Tag seit der Verlobung zu Gott gebetet und ihn darum angefleht, ihren Schützling vor diesem Schicksal zu bewahren.

Madame Halewyn seufzte. Es war ein Fehler, ein Kind, das einem nur auf eine bestimmte Zeit hin anvertraut worden war, zu sehr zu lieben, doch gegen die Liebe war nun einmal kein Kraut gewachsen.

Marias Leben war von der Stunde ihrer Geburt an vorgezeichnet gewesen, und es war ihre Pflicht, zum Wohle ihres Landes zu heiraten, dafür würde sie es immer warm haben und niemals hungern müssen.

Maria spürte, dass es sich bei dem, was Madame Halewyn ihr zu sagen hatte, um eine Angelegenheit von großer Bedeutung handeln musste, und suchte in dem vertrauten, klaren Gesicht mit den graublauen Augen daher nach einem Zeichen, das sie beruhigen würde, aber sie konnte keines entdecken.

Madame Halewyns volle Lippen waren zu einem Strich zusammengepresst und verrieten ihre nur mühsam unterdrückte Erregung.

»Ist etwas mit meinem Vater?«, fragte Maria ängstlich, und ihre schönen Augen füllten sich mit Tränen.

Madame Halewyn legte beruhigend ihren Arm um Marias schmale Schultern und streichelte sie liebevoll. Sie kannte Marias Angst, nach dem Tod der Mutter nun auch noch ihren Vater zu verlieren, den sie abgöttisch liebte. Er war ihr strahlender Held mit seinen kühn geschnittenen Gesichtszügen, den schulterlangen schwarzen Locken und den durchdringenden schwarzen Augen, und obwohl er Maria schrecklich enttäuscht hatte, konnte sie dennoch nicht aufhören, ihn zu lieben.

»Dein Vater hat beschlossen, eine neue Gemahlin zu nehmen.« Endlich war es heraus. Sie hätte Maria die Botschaft gerne schonender beigebracht, aber es war ihr unmöglich, den Ausdruck von Ungewissheit und Bestürzung, der in Marias Gesicht stand, auch nur einen Augenblick länger zu ertragen.

Marias Augen weiteten sich vor Schreck, doch in den Schrecken mischte sich Erleichterung darüber, dass ihrem Vater nichts geschehen und er wohlbehalten wieder im Prinzenhof eingetroffen war.

»Wer ist es? Wer wird meine neue Mutter?«, fragte Maria flüsternd und schmiegte sich schutzsuchend an ihre Gouvernante an.

Madame Halewyn räusperte sich. Gerne hätte sie ihr die Wahrheit noch eine Weile erspart, doch es würde nichts nutzen. Die Gerüchte im Schloss verbreiteten sich rasend schnell, und Maria sollte die unglaubliche Neuigkeit von ihr erfahren.

»Es ist Margarete von York, die Schwester des englischen Königs.«

Maria erbleichte. Fassungslos starrte sie Madame Halewyn an.

Eine Engländerin aus dem Hause York sollte ihre neue Mutter werden?

Sie vergaß ihren Patenonkel und Guyenne und dachte daran, wie abfällig sich ihr Vater jedes Mal über die Yorkisten geäußert hatte, die für ihre Gefühlskälte und ihren Neid bekannt waren und denen man auf keinen Fall trauen durfte.

Letzteres hatte Karl sogar einmal wortwörtlich zu seinem Kanzler gesagt, dem lieben und klugen Hugonet, der wie ein Onkel für Maria war und der ihr immer ein kleines Geschenk mitbrachte, wenn er an den Prinzenhof kam.

Wie von selbst wanderten ihre Gedanken von Hugenot weiter zu ihrem Geschichtslehrer, dem etwas farblosen Magister Edgar, der ihr erst kürzlich mit näselnder Stimme von dem mörderischen Bruderkrieg zwischen York und Lancaster erzählt hatte, den beiden englischen Adelshäusern, die seit Jahren erbittert miteinander um den englischen Thron kämpften und ihr Land darüber in einen blutigen Bürgerkrieg gestürzt hatten.

In ihrer Vorstellung war daraufhin ein Bild von fischäugigen, blassen Menschen entstanden, denen Freundschaft und Treue nicht das Geringste bedeuteten.

Madame Halewyn sah, wie es hinter Marias hoher Stirn arbeitete, und sie ahnte, dass Maria die Entscheidung ihres Vaters nicht leichtnehmen würde.

Schließlich war sie selbst über die Entscheidung des Herzogs entsetzt gewesen, obwohl sie wusste, dass diese Hochzeit nicht aus Liebe, sondern einzig und allein aus politischen Erwägungen heraus geschlossen worden war, genauso wie Marias Verlobung mit Guyenne.

Siedend heiß wurde ihr dabei bewusst, dass es längst an der Zeit gewesen wäre, Maria über diese Dinge aufzuklären, um sie behutsam auf ihre eigenen Pflichten als Erbprinzessin vorzubereiten, aber sie hatte es bisher nicht übers Herz gebracht, Maria aus ihrer kindlichen Traumwelt zu reißen, in die sie sich vor drei Jahren nach dem Tod ihrer geliebten Mutter geflüchtet hatte.

Es war ein Fehler, dachte sie, während ihre Augen langsam über Marias schmale Gestalt glitten.

Unter dem eng am Oberkörper anliegenden Kleid zeichneten sich deutlich die ersten Wölbungen ab, die Maria eine neue, verführerische Weiblichkeit verliehen, wie Madame Halewyn in diesem Augenblick schmerzhaft bewusst wurde.

Doch Maria schien mittlerweile eine Entscheidung getroffen zu haben.

Ihre Augen blitzten.

»Ich werde zu meinem Vater gehen, er soll es mir selbst sagen«, verkündete sie entschlossen und ließ die verdutzte Madame Halewyn und die erschrockene Catherina einfach stehen.

Mit wehendem Kleid eilte sie durch das endlose Gewirr von Gängen, die vom raunenden Flüstern der Dienerschaft und Höflinge erfüllt waren, bis sie die breite Treppe zum Audienzsaal erreicht hatte, in dem sich ihr Vater um diese Zeit gewöhnlich mit seinen Ratgebern aufhielt, wenn er einmal gerade nicht durch seine Länder zog, um aufständische Fürsten und aufsässige Städter zur Ordnung zu zwingen, und so den Frieden in Burgund sicherte.

Die misstrauischen Augen der Wachen folgten dem vorbeihastenden Mädchen. Bewegungslos wie Statuen verharrten sie auf ihrem Posten und wurden von den meisten Menschen am Hof kaum noch wahrgenommen.

Am Fuß der Treppe zögerte Maria einen Moment. Sie zwang sich dazu, ihr aufgewühltes Gemüt wieder zu beruhigen, und atmete einige Male tief durch, bis ihre Gedanken wieder klar und ihre Gesichtszüge ohne jedes äußere Anzeichen von Erregung waren, ganz wie Madame Halewyn es sie gelehrt hatte.

Bis zum heutigen Tag war sie niemals ungehorsam gewesen

und hatte sich gegen keine Entscheidung ihres Vaters aufgelehnt, doch jetzt ging es um das Andenken ihrer Mutter, deren aufwendig aus Marmor gehauenes Grabmal noch nicht einmal fertig gestellt war, auch wenn es nun kurz vor der Vollendung stand, wie man ihr versichert hatte.

Sie ahnte, dass ihr Vater zornig über ihr unaufgefordertes Erscheinen sein würde, aber das unbestimmte Bedürfnis, die Tote gegen die Lebenden verteidigen zu müssen, war stärker als ihre Angst.

Mit stolz erhobenem Haupt stieg sie die Treppenstufen hoch, vorbei an der langen Reihe der Bittsteller, die sich schon am frühen Morgen eingefunden hatten, obwohl der Herzog sie kaum vor dem Mittagsmahl empfangen würde.

Ein Raunen ging durch die Reihen, und bewundernde Blicke folgten Maria, die von der Aufmerksamkeit, die sie erregte, nichts zu bemerken schien und an den Bittstellern vorbeieilte, als wären sie gar nicht vorhanden.

Und noch bevor die Wache stehenden Soldaten in ihren prächtigen Waffenröcken reagieren konnten, war sie auch schon durch eine der beiden mit Gold überzogenen und bemalten Flügeltüren in den Audienzsaal geschlüpft.

Am anderen Ende des Saales, weit genug von den spitzen Ohren der ausländischen Gesandten entfernt, saß der Herzog erhöht unter dem mit Silber und Goldfäden bestickten Baldachin auf seinem Thronsessel.

Er hatte seine engsten Berater um sich herum versammelt; seinen Halbbruder Antoine, seinen Kanzler Hugonet, Sir Humbercourt, den Statthalter von Gent, sowie den Grafen von Campobasso, einen ehemaligen Vertrauten seines verstorbenen Vaters, und Olivier de la Marche, seines Zeichens Feldmarschall und Zeremonienmeister.

Nur einer fehlte: Philippe Commynes, der Karl verraten hatte und zu Ludwig übergelaufen war.

Graf Humbercourt hatte wie selbstverständlich dessen Platz eingenommen, und nicht einmal Antoine, der außerehelich geborene Sohn des Herzogs von Burgund, hatte gewagt, dagegen aufzubegehren.

»Die Genter werden zufrieden sein, wenn sie von dem Kontrakt mit England erfahren und sie ihre Wolle und ihr Tuch wieder nach Britannien verkaufen können«, stellte Humbercourt gerade fest. In seiner Stimme lag keine Spur von Unsicherheit. Er war so überzeugt von dem, was er sagte, dass jeder, der ihm zuhörte, es ebenfalls war. Seine Unbeirrbarkeit und die Art, wie er die Dinge auf den Punkt brachte, hatten Karl beeindruckt, und so war er schon nach wenigen Monaten, die er am Hof weilte, in den engsten Kreis seiner Berater aufgestiegen.

»Hoffentlich zufrieden genug, um mir ihre Beutel zu öffnen und meine Kriegskasse wieder aufzufüllen«, knurrte Karl missgelaunt, obwohl er allen Grund zur Freude gehabt hätte.

Eduard VI., der König von England, hatte endlich seine Einwilligung zur Heirat seiner Schwester Margarete mit ihm erteilt und den entsprechenden Kontrakt unterschrieben, obwohl Ludwig nichts unversucht gelassen hatte, um diese Heirat, und damit ein Bündnis seiner beiden mächtigsten Feinde, zu verhindern.

Karl zog eine Braue hoch und sah Humbercourt finster an.

»Ich erwarte von Euch, dass Ihr Euch darum kümmert.«

Humbercourt hielt seinem düsteren Blick stand. »Nun, die Genter werden einsehen müssen, dass sie keine andere Wahl haben; jedes Bündnis hat nun einmal seinen Preis«, gab er kühl zurück.

Seine Züge verhärteten sich, als er an die Zunftmeister und

die reichen Kaufleute dachte, die den Rat der Stadt Gent bildeten. Denn sobald es um ihr Geld ging, herrschte seltene Einigkeit zwischen ihnen, und jede einzelne Münze in ihrem Stadtsäckel wurde verbissen verteidigt.

Karls Miene hellte sich bei Humbercourts Worten jedoch unerwartet auf.

Es war nicht der Tuchhandel, der ihn interessierte, sondern einzig und allein seine Kriegskasse. Er dachte an die zehntausend Krieger, die sein zukünftiger Schwager Eduard VI. ihm zugesichert hatte, und seine Laune hob sich noch mehr. Die gefürchteten englischen Bogenschützen würden seine Truppen unschlagbar machen. Mit ihrer Hilfe würde er Frankreich erobern und Ludwig endgültig vernichten.

Am anderen Ende des Saales erhob sich ein bewunderndes Raunen, und Karl sah auf und traute seinen Augen nicht.

Isabella, seine unvergessene, über alles geliebte Gemahlin, schritt mit hocherhobenem Haupt auf ihn zu.

Brennende Sehnsucht erfüllte ihn, doch dann erkannte er, das es nicht Isabella war, die nun vor ihm stand, sondern seine Tochter Maria.

Sie sah Isabella so ähnlich, dass es ihn schmerzte.

Stille herrschte plötzlich in dem großen Saal, und Maria schlug züchtig die Augen nieder und trat herausfordernd einen Schritt näher an den Thronsessel heran, als es die Etikette erlaubte.

Einer Bittstellerin gleich sank sie vor ihrem Vater auf die Knie und neigte graziös ihren schönen Kopf.

Doch bevor Karl überhaupt entscheiden konnte, wie er reagieren wollte, traf ihn schon ein flammender Blick aus Marias zornig funkelnden Augen.

»Vater, ist es wahr? Werdet Ihr zulassen, dass eine Engländerin aus dem Hause York Mutters Platz einnimmt, deren Grabmahl noch nicht einmal fertig gestellt ist?« Die letzten Worte hatte sie fast herausgeschrien.

Karls Gesicht färbte sich dunkelrot.

Furchtlos hielt Maria seinem Blick stand, und Karl spürte, wie ihm das Blut in die Adern schoss. Es war das gleiche Blut, das auch durch Marias Adern floss.

Die Männer im Saal hielten den Atem an. Niemand von ihnen hätte gewagt, was dieses Mädchen wagte.

Zu groß war ihre Furcht vor Karl, der in seiner Grausamkeit ebenso maßlos sein konnte wie in seinem übertriebenen Gerechtigkeitssinn und in seiner an Verschwendung grenzenden Großzügigkeit.

Wehe dem Unglücklichen, der es wagte, ihn zu kritisieren, oder, schlimmer noch, seinen ehrgeizigen Zielen in die Quere kam.

Lediglich das heftige Ausatmen verriet die Spannung der Versammelten.

Nie zuvor hatten sie den Herzog sprachlos erlebt. Sie ahnten nichts von dem Sturm, der in seinem Inneren tobte.

Wie konnte Maria es wagen, seine Besprechung zu stören? Und wie geringschätzig das Wort Engländerin aus ihrem Mund geklungen hatte.

Er hatte den besten Unterricht und die beste Erziehung für Maria befohlen, die fähigsten Lehrer aller Universitäten an den Hof geholt, und was war dabei herausgekommen? Seine jäh aufsteigende Wut vernebelte ihm den Verstand, und er dachte nicht mehr daran, wie abfällig er selbst des Öfteren über seine neu gewonnenen Verbündeten gesprochen hatte und noch immer sprach.

Es war immer das Gleiche: Wo immer er auch hinkam, stieß er auf mangelnde Ordnung und Disziplin, bis hin zur offenen Rebellion. Hinter seinem Rücken wurden Befehle verweigert oder nur halbherzig ausgeführt, allen voran das aufsässige Geldern am einen Ende seines Reiches und die oberrheinischen Pfandlande am anderen. Er hatte es satt.

Hugonet sah mit Sorge, wie sich das Gesicht des Herzogs verdüsterte und die Ader auf seiner Stirn anschwoll. Er kannte den Herzog von Burgund gut genug, um zu wissen, dass dieser kurz davor stand, die Beherrschung zu verlieren und sich in einem seiner allseits gefürchteten Wutanfälle Luft zu verschaffen.

In dem Versuch, ihn zu besänftigen, legte er seine Hand auf Karls Arm und warf einen bedeutsamen Blick auf die ausländischen Gesandten. Karl fegte seine Hand jedoch hinweg und sah ihn böse an. Einen Augenblick lang befürchtete Hugonet sogar, Karl würde ihn schlagen, doch Karl wandte sich abrupt von ihm ab und wieder seiner Tochter zu.

»Es ist beschlossen, also wirst du dich damit abfinden müssen«, sagte er kalt und gab Maria durch eine herrische Bewegung seiner Hand zu verstehen, dass sie entlassen war.

Was fiel dem Mädchen nur ein, hier hereinzuplatzen und ihn vor den Augen aller Versammelten in Verlegenheit zu bringen?

Er hatte sich jetzt wieder einigermaßen gefasst und wirkte nach außen hin ruhig und kühl wie zuvor.

Nur Hugonet ahnte, was für eine große Anstrengung ihn seine Zurückhaltung kostete. Trotz der Demütigungen, die er durch ihn erfuhr, liebte und bewunderte er Karl und empfand keinerlei Hass für ihn. Stattdessen spürte er die Qualen, die Karls Inneres verzehrten und unter denen er litt, als wären es seine eigenen.

Unter halb geschlossenen Lidern musterte Karl die Gesandten.

In ihren Gesichtern las er unverhohlene Bewunderung für seine Tochter.

Der derbe Graf von Nassau verschlang sie geradezu mit seinen Blicken, und in die berechnenden Augen des Grafen von Kleve war ein gieriger Glanz getreten.

Trotz seines Ärgers war er insgeheim stolz auf Maria.

Das Mädchen war von faszinierender Schönheit. Ihr Haar glänzte wie fein gesponnenes Gold, ihre Gesichtszüge waren edel und wie von Meisterhand geformt, und ihre Haut war rein und milchweiß. Sanft geschwungene Augenbrauen betonten ihre großen, braunen Augen.

Er hatte sie monatelang nicht gesehen, war gerade erst aus Nancy zurückgekehrt und sah nun, dass sie zu einer eindrucksvollen jungen Frau herangewachsen war, die die Schönheit ihrer Mutter, aber auch seinen eigenen ungestümen Willen in sich vereinigte.

Marias Anwesenheit war noch zu spüren, als sie den Saal schon längst wieder verlassen hatte. Ihr unerwarteter Auftritt hatte allen Anwesenden deutlich vor Augen geführt, dass sie das heiratsfähige Alter erreicht hatte, und diese Tatsache war bedeutend genug, um sie in die Überlegungen jedes einzelnen Anwesenden mit einzubeziehen.

Einige der ausländischen Gesandten starrten noch immer auf die Türe, durch die Maria entschwunden war, als hätten sie eine Erscheinung gesehen.

»Sie ist eine Prinzessin, eine Königin, nein, was sage ich, sie ist eine Madonna«, stieß der Graf von Nassau beinahe ehrfürchtig hervor und wischte sich mit einem Seidentuch den Schweiß von der Stirn.

Der Herzog von Kleve, Generalstatthalter von Gent, musterte ihn spöttisch.

»Gebt Euch bloß keinen falschen Hoffnungen hin. Ihr würdet in der langen Schlange der Bewerber um ihre Hand sowieso ganz hinten stehen.«

»So wie Ihr«, schnaubte der Graf von Nassau beleidigt zurück und wandte ihm demonstrativ den Rücken zu.

Johann von Kleve biss sich wütend auf die Lippen. Lange genug hatte er sich der Hoffnung hingegeben, Maria mit seinem Sohn Philipp vermählen zu können, bis er sich schließlich hatte eingestehen müssen, dass er sich die ganze Zeit über etwas vorgemacht hatte. Gegen die reichen und mächtigen Bewerber, zu denen sich zu allem Übel nun auch noch der Sohn des Kaisers gesellt hatte, hatte er nie eine Chance gehabt.

»Was für ein außergewöhnliches Zusammentreffen von Schönheit und Anmut. Ich habe gar nicht gewusst, dass es in den Niederlanden eine noch kaum erblühte Rose wie diese gibt«, hörte er eine gezierte Stimme hinter sich sagen.

Ärgerlich wandte er sich um und sah in das Gesicht eines elegant gekleideten jungen Mannes mit glänzenden schwarzen Haaren und gestutztem Lippenbärtchen, der zum Gefolge des Herzogs von Mailand gehörte.

Allein die Kleider dieses verwöhnten Bürschchens mussten mehr gekostet haben, als ihm seine Grafschaft in einem Jahr einbrachte, was seinen Ärger noch mehr steigerte.

Der Italiener öffnete gerade den Mund, um fortzufahren, doch der Herzog von Kleve fiel ihm grob ins Wort.

»Eine Rose, die Ihr jedenfalls ganz bestimmt nicht pflücken werdet. Es würde Euch daher weit besser anstehen, Euch um Euren eigenen Garten zu bekümmern«, bemerkte er unhöflich.

»Und für Euch wäre es sicher besser, Eure Zunge zu hüten«, gab der Gesandte hochmütig zurück.

»Wollt Ihr mir etwa drohen?« Die Stimme des Älteren klang so herablassend, dass dem Italiener das Blut in den Kopf schoss.

Er sprang auf. In seiner Hand blitzte eine Klinge, und seine schwarzen Augen glitzerten tückisch.

Aus den Augenwinkeln heraus sah der Herzog von Kleve zwei Wachen herbeieilen, die noch im Laufen ihre Schwerter zogen.

Sein Mund verzog sich verächtlich. Er lehnte sich zurück und verschränkte herausfordernd die Arme vor der Brust.

Das Bürschchen würde es nicht wagen, ihn anzugreifen.

Der Junge stand da wie ein düsterer Racheengel, und es dauerte eine Weile, bis er bemerkte, wie lächerlich sein Auftritt auf die Umstehenden wirken musste.

Wütend steckte er das Messer wieder ein und ließ sich auf seinen Stuhl zurücksinken.

Johann von Kleve warf ihm noch einen letzten höhnischen Blick zu, der dem Italiener erneut das Blut in den Kopf steigen ließ, dann wandte er sich zufrieden von ihm ab.

Er konnte diese verdammten Italiener nun einmal nicht leiden.

2

Schwarze Gewitterwolken türmten sich bedrohlich über dem Reichenauer Tal, und die feuchtschwüle Luft wurde mit jeder Minute, die verging, drückender.

Die Dohlen verstummten fast gleichzeitig, und sogar der Steinadler, der eben noch seine Kreise am Himmel gezogen hatte, war plötzlich verschwunden.

Auch die Männer, die hintereinander durch das Tal ritten, bemerkten, dass sich ein heftiges Gewitter über ihren Köpfen zusammenbraute, und trieben ihre Pferde daher zur Eile an. Sie folgten einem ausgetretenen, engen Pfad, der sich umsäumt von saftigen Wiesen durch das Tal schlängelte.

Für einen kurzen Moment schob sich ein letzter, gleißender Sonnenstrahl durch die Wolken und lenkte den Blick des vordersten Reiters auf die Steilwand, die sich schroff über dem Tal erhob.

Sein Atem stockte, als er dort in etwa hundert Klafter Höhe einen Gamsbock entdeckte, der regungslos auf einem felsigen Vorsprung verharrte.

Er hob die Hand zum Zeichen für die Reiter, die ihm folgten, brachte seinen Hengst zum Stehen und warf einen abschätzenden Blick nach oben. Seine hellen, braunen Augen funkelten vergnügt, hatte er die Hoffnung, am heutigen Tag noch eine Gams zu erlegen, doch längst aufgegeben.

Seine Begleiter folgten seinem Blick.

»Der Bock steht zu hoch, um ihn zu erreichen, Max«, gab

sein Freund und Jagdgefährte Albrecht von Sachsen zu bedenken.

Berthold von Henneberg stimmte ihm insgeheim zu, kannte Maximilian, den Sohn des Kaisers, aber gut genug, um zu wissen, dass ihn gerade das unmöglich Erscheinende besonders reizte.

»Ich wette einen Fuder Wein, dass du ihn nicht triffst«, sagte er herausfordernd, und in seine grauen Augen trat ein lauernder Ausdruck. Maximilian hatte während der heutigen Jagd bereits zwei Rehböcke mit einem Blattschuss erlegt, und es konnte nicht schaden, wenn er sich endlich einmal eine Niederlage einhandeln würde.

Er selbst hatte weniger Glück gehabt. In seinem Ehrgeiz, Maximilian zu übertreffen, hatte er die Sehne seines Bogens so weit gespannt, dass sie gerissen war und ihm einen schmerzhaften Striemen auf seiner Wange hinterlassen hatte, der noch immer wie Feuer brannte.

Maximilian zögerte.

»Traust du dir zu, ihn mit deiner Büchse zu erlegen, Jörg«, wandte er sich an einen hochgewachsenen, sehnigen Mann mit wachen, blauen Augen.

Der Büchsenmacher schüttelte bedauernd den Kopf.

»Albrecht hat Recht, an den Bock kommen wir nicht ran.«

Wortlos griff Maximilian nach seiner Armbrust, legte einen Bolzen ein und spannte sie.

»Wir werden ja sehen«, gab er zurück und legte an.

Er bot das vollkommene Bild eines Jägers. Seine Muskeln unter dem blauen Waffenrock waren gespannt, sein Blick konzentriert.

Einen Augenblick lang verharrte er ebenso bewegungslos wie die Gams über ihm, nur sein schulterlanges, blondes Haar, flatterte im auffrischenden Wind.

Berthold und Albrecht hielten den Atem an, als sich Maximilians Zeigefinger um den Abzugshahn krümmte.

Dann drückte er ab, der Bolzen schnellte aus der Armbrust und traf den Bock mitten ins Herz.

Wie ein gefällter Baum kippte das Tier auf die Seite, rutschte über den Vorsprung und prallte nicht weit von ihnen entfernt auf einer Wiese auf.

Maximilian wandte sich triumphierend um. Sein Gesicht strahlte vor Stolz, während ihn Albrecht mit offenem Mund anstarrte. Mit einem solchen Treffer hatte er nicht gerechnet.

»Was für ein Schuss«, rief er aus und schlug Maximilian begeistert auf die Schulter.

Bertholds Augen verengten sich dagegen zu schmalen Schlitzen. Wie zum Teufel war es nur möglich, dass Maximilian absolut alles gelang, was er sich in den Kopf gesetzt hatte?

»Fortuna scheint dir wie immer wohlgesinnt zu sein«, knurrte er verächtlich und zeigte damit deutlich, dass er Maximilians Treffer lediglich für einen glücklichen Zufall hielt.

Doch Maximilian ließ sich seine gute Laune nicht verderben und grinste.

»Was hältst du von einem kleinen Wettschießen morgen früh, nur wir beide?«, erwiderte er, ganz wie Berthold es erwartet hatte.

Berthold zuckte gleichmütig die Schultern.

»Ihr Wunsch ist mir Befehl, Sire«, erwiderte er und neigte spöttisch seinen Kopf.

Jörg Burghart beobachtete Berthold unter halbgeschlossenen Lidern.

Berthold war ein schlechter Verlierer und verhielt sich, wie er fand, oft unnötig grausam, vor allem gegenüber Schwächeren.

Er kannte Berthold von dem Tag an, als sein Vater ihn an

den Wiener Hof geschickt hatte, und wusste, wie sehr Neid und Ehrgeiz an seiner ruhelosen Seele nagten. Doch er hatte noch nie so recht begriffen, was es wirklich war, was den Jungen so sehr quälte.

Ein ohrenbetäubendes Krachen ließ Reiter und Pferde zusammenschrecken. Mit einem Schlag wurde es so dunkel, dass man kaum noch die Hand vor Augen erkennen konnte. Blitze zuckten über den Himmel, und Donner rollte nun fast ununterbrochen über sie hinweg. Ein heftiger Regenguss folgte. Innerhalb weniger Augenblicke waren Reiter und Pferde bis auf die Knochen durchnässt, und der Pfad unter ihren Füßen verwandelte sich in eine gefährlich rutschige Schlammbahn.

»Wir sollten machen, dass wir nach Hause kommen, um den Bock kümmern wir uns später«, meinte Jörg warnend, als er sah, dass Maximilian vom Pferd stieg.

»Hilf mir lieber«, erwiderte Maximilian ungerührt. »Ich werde nicht ohne die Gams zurückkehren.«

Jörg Burghart hatte eine ähnliche Antwort schon befürchtet. Seufzend stieg er ab, um Maximilian zu helfen. Gemeinsam hievten sie den Bock auf Maximilians Pferd und ritten so schnell es ging zurück. Die Hufe der Pferde sanken allerdings mit jedem Schritt tiefer in den Matsch, sodass sie nur sehr mühsam vorankamen.

Hinter ihnen erklang erneut ein Grollen, das zunächst warnend wie das leise Knurren eines Hundes war, innerhalb weniger Sekunden aber zu einem ohrenbetäubenden Krachen anschwoll. Diesmal war es jedoch kein Donner, und Maximilians Nackenhaare sträubten sich. Er wusste sofort, was das Grollen bedeutete: Eine der gefürchteten Muren ging aus den Bergen ins Tal ab und kam direkt auf sie zu.

»Wir müssen aus dem Tal raus«, schrie er dem hinter ihm reitenden Berthold zu und trieb sein Pferd die Anhöhe hoch.

Doch die Wiese war durch den vielen Regen glitschig, und der Hengst rutschte immer wieder ab. Schließlich sprang Maximilian vom Pferd und zog es keuchend die Anhöhe hoch.

Albrecht und Jörg taten es ihm nach.

Berthold wollte ihnen folgen, doch sein Pferd fand einfach keinen Halt. Ungeduldig riss er an den Zügeln, nahm dann seine Gerte und drosch unbeherrscht auf das verängstigte Tier ein, das immer mehr in Panik geriet. Seine Flanke war bereits wund, und es wieherte gequält auf.

Maximilian drehte sich zu Berthold um und wurde im nächsten Moment von einer unbändigen Wut gepackt. Ohne lange nachzudenken, sprang er auf Berthold zu, riss ihm die Gerte aus der Hand und versetzte ihm eine Ohrfeige, die ihn taumeln ließ.

Dann legte er dem verängstigten Tier die Hand auf die Nüstern und flüsterte ihm ein paar beruhigende Worte zu.

Hinter ihnen brach die Hölle los. Das Pferd drohte erneut in Panik auszubrechen, doch Maximilian gab nicht auf, und Jörg eilte ihm zu Hilfe.

Mit vereinten Kräften zogen sie den Hengst aus der Gefahrenzone.

Keinen Augenblick zu früh.

Denn als sie sich schnaufend umwandten, sahen sie nur noch, wie der Boden, auf dem sie gerade noch gestanden hatten, unter der Wucht der Mure vom Hang wegbrach und mitgerissen wurde.

Mit unvorstellbarer Geschwindigkeit raste der Strom aus Wasser, Stein, Schlamm und Schutt nur wenige Ellen unter ihnen hinweg und riss auf seinem Weg ins Tal alles mit sich, was sich nicht rechtzeitig in Sicherheit bringen konnte.

»Das war knapp!« Maximilian strich sich erleichtert eine tropfende Haarsträhne aus dem Gesicht und sah Albrecht an, dem der Schreck noch immer ins Gesicht geschrieben stand.

Es war ein erregendes Gefühl, dem Tod so knapp entkommen zu sein, und in diesem Moment fühlte Maximilian sich, als könnte er die ganze Welt aus den Angeln heben.

»Was für ein Abenteuer!«, rief er begeistert aus und stieg auf sein Pferd.

Albrecht starrte an ihm vorbei auf die gurgelnde, braune Masse aus Steinen und Geröll, brachte keinen Ton heraus.

»Jetzt mach nicht so ein Gesicht, es ist doch noch einmal alles gut gegangen«, sagte Maximilian unbekümmert, worauf Albrecht ein Grinsen versuchte, was ihm jedoch gründlich misslang. Er wollte sich keine Blöße geben, konnte aber das Zittern in seinen Knien nicht abstellen.

Erst nach dem dritten Anlauf schaffte er es auf sein Pferd.

»Durch deinen Leichtsinn hast du uns alle in Gefahr gebracht«, brummte Jörg Burghart vorwurfsvoll.

Maximilian sah ihn mit einem merkwürdigen Blick aus seinen hellen, braunen Augen an.

»Gerade du solltest doch wissen, dass ein Jäger weder seine Beute noch ein Pferd oder einen Mann aus seinem Gefolge jemals zurücklässt.«

Seine muskulöse Gestalt straffte sich. Er nahm die Zügel in die linke Hand und warf einen raschen Blick auf seine Begleiter. Er achtete nicht auf Berthold, der ihn voller Hass ansah.

»Lasst uns nach Hause reiten und dem heiligen Georg für den Schutz danken, den er uns in seiner unermesslichen Güte gewährt hat.«

Jörg Burkhard war wider Willen beeindruckt.

Maximilian ist der geborene Führer, dachte er, und die Männer folgen ihm schon jetzt.

Die unerschütterliche Sicherheit, mit der der Kaisersohn auf sein Glück vertraute, zog die Menschen zu ihm hin, und Jörg Burkhard konnte nur hoffen, dass das Glück, welches Maximilian bei seiner Geburt von den Astrologen vorausgesagt worden war, auch weiterhin anhalten würde.

Der Stallmeister wartete mit wachsender Ungeduld auf die Rückkehr der Jagdgesellschaft. Ein Gewitter in den Bergen konnte äußerst gefährlich sein und war schon manch einem Unvorsichtigen zum Verhängnis geworden.

Obwohl er es niemals zugegeben hätte und ständig über Maximilians Leichtsinn schimpfte, liebte er den Sohn des Kaisers, wie er einen eigenen Sohn nicht mehr hätte lieben können, und der Gedanke, dass ihm etwas zustoßen könnte, war ihm unerträglich.

»Sie kommen«, rief einer der Knechte aufgeregt.

Der Stallmeister schickte ein Stoßgebet zum Himmel und lief den Reitern, gefolgt von einigen Knechten, entgegen.

Die Knechte hoben die Gams von Maximilians Hengst, nahmen den durchnässten Reitern die Zügel aus der Hand und führten die Pferde in die Stallungen.

Maximilian bestand jedoch darauf, sein Pferd selbst zu versorgen. Eigenhändig führte er seinen Hengst ins Trockene, zäumte ihn ab und rieb ihn anschließend liebevoll mit Stroh trocken.

»Ich werde nie verstehen, warum du so ein Aufhebens um deinen Gaul machst«, bemerkte Berthold herablassend, um Maximilan zu provozieren. Er war immer noch wütend wegen der Ohrfeige. Maximilian hatte ihn vor den Augen der anderen gedemütigt, und er hatte sich geschworen, es ihm bei der nächsten sich bietenden Gelegenheit heimzuzahlen.

Er wartete einen Augenblick auf Maximilians Reaktion. Als diese jedoch ausblieb, wandte er sich ab und verließ den Stall.

Maximilian sah ihm nachdenklich nach.

Sein Vater hatte ihn schon früh gelehrt, dass man das Vertrauen eines Pferdes nur dann gewinnen konnte, wenn man sein Wesen erkannte, und um dieses zu erreichen war es unerlässlich, sich viel Zeit für das Tier zu nehmen. Denn nur wenn dieses Ziel erreicht war, konnte man sich in jeder Situation auf das Tier verlassen, was in zukünftigen Schlachten, die er schon bald zu führen gedachte, ein nicht zu unterschätzender Vorteil sein würde.

»So, mein Alter, für heute hast du genug getan«, sagte er zu dem Pferd und klopfte ihm zärtlich den Hals. Der Hengst spitzte die Ohren und schnaubte, als würde er jedes Wort verstehen. Dann stupste er Maximilian auffordernd mit der Nase in die Rippen.

Maximilian lachte, zog eine Mohrrübe unter seinem Umhang hervor und hielt sie dem Hengst hin. Anschließend führte er das Tier zurück in seine Box und sorgte dafür, dass es genug Wasser und Heu erhielt.

Erst danach begab er sich in seine Gemächer, wo sein Kammerdiener trockene Kleider für ihn bereithielt.

Er hatte sich gerade umgekleidet, als Rosina von Kraig, die Zofe seiner Schwester Kunigunde, ihren Kopf zur Tür hereinstreckte. Sie war hochgewachsen und schlank, mit lockigem, braunem Haar, honigfarbenen Augen und verführerisch glänzenden Lippen und lebte mit ihrem Vater am kaiserlichen Hof, seit Maximilian denken konnte.

»Hat dir niemand gesagt, dass es sich nicht schickt, heimlich in die Gemächer eines Mannes einzudringen«, fragte Maximilian mit gespielter Strenge.

Rosina sah ihn vorwurfsvoll an.

»Ich habe mir Sorgen wegen des Unwetters gemacht. Konntest du nicht etwas früher zurückkehren? Ich bin vor lauter

Angst, dass dir etwas geschehen sein könnte, schier gestorben«, erwiderte sie.

Maximilian winkte ab.

»Die Astrologen haben mir versichert, dass die Sterne günstig für mich stehen, es ist also nicht nötig, dass du dir Sorgen um mich machst. Die solltest du dir lieber um deinen Ruf machen, denn sollte dein Vater jemals erfahren, dass du dich in die Gemächer fremder Männer schleichst, wird er dich bis zu deiner Hochzeit in deine Kammer einsperren, sodass wir uns nicht mehr sehen könnten.«

Rosina sah ihn so erschrocken an, dass er lachen musste.

»Jetzt komm schon rein, bevor dich tatsächlich noch jemand sieht.«

»Bei dir weiß man nie, ob du deine Worte ernst meinst oder nicht«, beschwerte sie sich, schlüpfte durch die Türe und zog sie hinter sich zu.

Sie sah entzückend aus, wenn sie schmollte – und äußerst verführerisch. Maximilian beobachtete sie eine Weile, ohne ein Wort zu sagen.

Dann winkte er seinen Kammerdiener hinaus und zog Rosina in seine Arme. Glücklich schmiegte sie sich an ihn. Sie bot ihm ihren Mund, und ihre Lippen fanden sich zu einem leidenschaftlichen Kuss.

Ihr Busen hob und senkte sich bei jedem Atemzug, ein Anblick, der ihn erregte, und er widerstand nur mühsam dem Verlangen, ihr hier und jetzt das Mieder zu öffnen und ihre festen kleinen Brüste in beide Hände zu nehmen und sie sanft zu kneten. Sie schien zu spüren, wonach er begehrte, denn sie nahm entschlossen seine Hand und legte sie auf ihre rechte Brust.

Das Blut stieg ihm in den Kopf, und er musste seine ganze Selbstbeherrschung aufbieten, um sich wieder von ihr zu lösen. Sein Atem ging schwer.

Rosina war enttäuscht.

»Du liebst mich nicht mehr«, meinte sie traurig.

»Mein Vater erwartet mich in der Halle, und auch du wirst dort erwartet, und du kannst dir sicher vorstellen, was geschieht, wenn sie uns zusammen erwischen«, erinnerte Maximilian sie.

Ihre Augen wurden dunkel vor Trauer.

»Ich weiß, dass du mich nicht heiraten kannst, aber ich werde niemals einen anderen Mann lieben als dich«, sagte sie entschlossen.

»Was das betrifft, ist das letzte Wort noch nicht gesprochen. Bisher ist es nur ein Wunschtraum meines Vaters, dass ich die Tochter des Herzogs von Burgund heirate. Schließlich sind wir noch nicht einmal miteinander verlobt«, widersprach ihr Maximilian voller Überzeugung.

Hoffnungsvoll sah Rosina ihn an.

»Glaubst du wirklich?«, fragte sie.

Anstelle einer Antwort gab Maximilian ihr einen Kuss.

»Würde ich es sonst sagen?«, gab er zurück und lächelte ihr aufmunternd zu. »Jetzt geh schon, sonst wirst du noch zu spät kommen.«

Maximilian wartete noch einen Moment, dann folgte er ihr in den Saal.

Seine Gedanken schweiften zu der unbekannten Herzogstochter, die er, nach dem Willen seines Vaters, schon bald heiraten sollte.

Es hieß, sie sei wunderschön und die reichsten und edelsten Bewerber des Abendlandes würden um ihre Hand anhalten.

Er versuchte sich ihr Gesicht anhand der Beschreibungen, die er von ihr erhalten hatte, vorzustellen, doch sobald er ein Bild vor Augen hatte, wurde es sofort von dem Rosinas überlagert.

3

»Ich denke nicht daran, an dieser Hochzeit teilzunehmen«, rief Maria entschlossen aus und verschränkte ihre Arme vor der Brust, um ihren Worten Nachdruck zu verleihen.

Madame Halewyn tauschte einen erschrockenen Blick mit dem Hofschneider, der auf Marias Worte hin überrascht das Maßband, das er in der Hand hielt, zu Boden hatte sinken lassen.

»Lasst uns allein«, befahl sie schließlich und wartete, bis der Schneider, gefolgt von Marias Hofdamen, den Ankleideraum verlassen hatte.

Sie wandte sie sich an Maria, die ihren Blick trotzig erwiderte.

»Was denkst du dir nur dabei?«, fragte sie vorwurfsvoll.

»Es ist deine Pflicht, an dieser Hochzeit teilzunehmen und deinen Vater zu unterstützen.«

Maria gab ihr keine Antwort.

Madame Halewyn trat auf sie zu und ergriff ihre Hände. Ihre Stimme nahm einen beschwörenden Klang an.

»Deine Mutter hätte es so gewollt. Sie hat deinen Vater und auch dieses Land über alles geliebt und hätte niemals etwas getan, um ihm zu schaden.«

Marias Augen füllten sich mit Tränen. »Ich will meinem Vater nicht schaden«, erwiderte sie beschämt, »aber ich fühle mich, als würde ich meine Mutter verraten, wenn ich auf dieser Hochzeit erscheine.«

»Dein Vater heiratet diese Engländerin allein aus politischen Gründen. Jeder weiß, wie sehr er deine Mutter geliebt hat. Sie wird immer in seinem Herzen sein, und niemand wird dort jemals ihren Platz einnehmen. Und jetzt lass uns weitermachen, sonst werden deine Kleider nicht rechtzeitig fertig werden.«

Erleichtert sah sie, wie Maria nickte.

Madame Halewyn hatte alle Hände voll zu tun, um Marias aufgeregt durcheinanderflatternde Hofdamen mit den notwendigen einzelnen Schritten des Zeremoniells während der Hochzeit vertraut zu machen und den immer wieder neu aufflammenden Streit um die Platzverteilung in ihrem Gefolge zu schlichten.

Lisette als zweiter Hofdame hätte ein Platz direkt hinter Maria gebührt, doch da sie die anderen Hofdamen um einen Kopf überragte und so das harmonische Bild störte, hatte Olivier ihr einen Platz in der letzten Reihe zugewiesen.

Hartnäckig weigerte sie sich, ihren Platz einzunehmen.

»Wenn ich schon nicht vorne mitgehen darf, werde ich eben das Kissen mit dem Seidentuch tragen«, forderte sie gekränkt.

Die dunkelhaarige Irmingard, der diese ehrenvolle Aufgabe zugewiesen worden war, dachte jedoch nicht daran, sich diese kampflos wieder wegnehmen zu lassen.

Ein heftiger Streit entstand, und Madame Halewyn hatte große Mühe, ihn zu schlichten, weil beide Damen sich einfach nicht mehr beruhigen wollten.

Jeder Schritt war während der Festlichkeiten von Sire Olivier de la Marche, dem Zeremonienmeister, genau festgelegt worden. Unnahbar und Respekt einflößend stand er Madame Halewyn in diesen schweren Tagen zur Seite und lobte, tadelte und verzweifelte, bis sich die schnatternde Mädchenschar auf sein Kommando hin endlich wie ein einziger Körper in weich fließender Harmonie in Bewegung setzte. Eine erst silbern, dann wieder golden schimmernde Woge, die das nach Prunk gierende Volk verzücken und den an Glanz alles überstrahlenden burgundischen Hof in überirdische Sphären rücken würde.

An einem heißen Junitag war es endlich so weit.

Ein Raunen ging durch die Menge, als das mit Fahnen und Wappen geschmückte Schiff der Braut in den Hafen einfuhr.

Margarete von York saß in tadelloser Haltung, umgeben von den Damen des englischen Hochadels, in einem goldenen Sessel, über den ein scharlachroter Baldachin gespannt war. Sie hatte gelernt, ihre Gefühle hinter einem hoheitsvollen, unbewegten Gesichtsausdruck zu verbergen, und so konnte ihr niemand ansehen, was sie fühlte oder dachte, als sie ihrem neuen Leben entgegenblickte.

Sie war lediglich ein Unterpfand für das Bündnis zwischen England und Burgund und hatte deswegen ihre Heimat und damit alles, was ihr lieb und teuer war, zurücklassen müssen. Es war ein seltsames Gefühl, nicht mehr als ein Pfand zu sein, und während der Überfahrt auf dem schlingernden Schiff war sie abwechselnd wütend und traurig darüber gewesen.

Doch dann hatte der Wind aufgefrischt, und die Wellen waren donnernd auf die Planken gestürzt. Das Meer tobte, und eine Weile sah es danach aus, als ob das Schiff kentern und die Mannschaft mitsamt den Passagieren auf den Grund des Meeres sinken würde.

Margarete lag in wollene Decken gehüllt unter Deck und zitterte am ganzen Körper. Sie wollte noch nicht sterben und flehte Gott an, ihr beizustehen. Sie dachte an die Sünden, die sie begangen hatte, an den jungen Edelmann, für den ihr

Herz heimlich schlug, obwohl sie wusste, dass es nicht sein durfte.

Wollte Gott sie strafen, weil sie versucht hatte, sich gegen ihr Schicksal aufzulehnen? Und gegen die von ihm gewollte Ordnung, die vorsah, dass Menschen ihres Standes sich ausschließlich zum Wohle ihres Volkes vermählen durften?

Als ihr Bruder Eduard VI. ihr mitgeteilt hatte, dass sie den Herzog von Burgund heiraten würde, war sie entsetzt gewesen, und es hatte eine Weile gedauert, bis sie sich damit abgefunden hatte.

»Die Heirat ist wichtig für England und für das Haus York«, hatte Eduard ihr erklärt. »Ich erwarte von Euch, dass Ihr mich über Karls Pläne auf dem Laufenden haltet. Ihr müsst Eure Ohren überall haben und solltet gut auf Eure zukünftige Schwiegertochter achten und Euren ganzen Einfluss bei der Wahl ihres Bräutigams geltend machen.«

Danach hatte er sie leicht auf beide Wangen geküsst, und sein Mund war ganz nah an ihrem Ohr gewesen.

»Ihr werdet mir fehlen, teure Schwester, und denkt immer daran: Der Bräutigam Maria von Burgunds muss ein Engländer sein.«

Sie hatte es versprochen und sich unter Tränen von ihm verabschiedet. Ob sie Eduard und ihre Heimat jemals wiedersehen würde?

Von beiden Seiten des Ufers erschallten jubelnde Zurufe, begleitet vom Hufschlag der Pferde und dem Knattern flatternder Fahnen, die zahlreiche Ritter in schimmernden Rüstungen der prächtig geschmückten Kogge entgegenstreckten.

Margarete hatte alles getan, um ihre strahlende Erscheinung auch noch durch eine dem Anlass angemessene prunkvolle Kleidung und Ausstattung zur Geltung zu bringen.

Ihr tief dekolletiertes Hochzeitsgewand aus weiß schimmernder, golddurchwirkter Seide war über und über mit Edelsteinen besetzt.

Ein goldenes Collier mit funkelnden Rubinen zierte ihren schlanken Hals, und ihr rotblondes kunstvoll frisiertes Haar wurde von einem dazu passenden Diadem gekrönt.

Mit zitternden Knien verließ sie gefolgt von ihren Damen das Schiff.

Die dicken Bohlen des Steges schwankten bedrohlich unter ihren Füßen.

Feine Schweißperlen glänzten auf ihrer Stirn, als sie sich verzweifelt darum bemühte, das Gleichgewicht zu behalten, während sie sich den Blicken der gaffenden Menge, die jede ihrer Bewegungen genau verfolgte, schutzlos ausgeliefert fühlte.

Nach einem kurzen Blick in das bleiche Gesicht der Gräfin Blount, ihrer engsten Vertrauten, erkannte sie, dass sie von ihr keine Hilfe erwarten konnte. Hohlwangig und mit gesenktem Blick kämpfte Theresa von Blount gegen die aufsteigende Übelkeit an, die sich dank des Gestanks von ranzigem Wollfett, der wie eine schmutzige Glocke über dem Hafen hing, noch verstärkte. Seitdem sie den sicheren Boden Englands verlassen und das schlingernde Schiff betreten hatte, hatte sie sich die Seele aus dem Leib gespien.

Mühsam zwang Margarete sich dazu, einen Schritt vor den anderen zu setzen, und spürte erleichtert, wie das Schwanken langsam nachließ.

Das erste Mal seit Wochen hatte sie wieder festen Boden unter den Füßen, aber es war nur ein schwacher Trost, wenn sie daran dachte, was noch alles vor ihr lag.

Die Eindrücke, die von allen Seiten auf sie einströmten, vermischten sich mit dem Quietschen der mächtigen hölzernen

Kräne am Kai des nahe gelegenen Minnewater-Hafens, wo gerade schwere Lasten von mehreren ankernden Schiffen abgeladen wurden. Die Flüche der Männer, die Kisten und Fässer schleppten, und das Ächzen der Masten im Wind überdeckten fast das Kreischen der Möwen, die silbernen Schatten gleich über das glitzernde Wasser glitten.

Warme Winde umschmeichelten Margaretes Gesicht, und die heiße Mittagssonne tauchte das fremde Land mit den schmalen, hohen Häusern in ein gleißendes Licht. Ihre treppenförmigen Giebel erinnerten sie an die kostbaren gestickten Spitzen, die Flandern neben seinem begehrten Tuch weit über seine Grenzen hinaus berühmt gemacht hatten.

Ob sie in diesem Land wohl glücklich werden würde?

Marias Herz pochte ungestüm, als Margarete unter den neugierigen Blicken der Menge auf sie zutrat.

Überrascht musterte sie die hochgewachsene junge Frau, die so gar nicht dem Bild entsprach, das sie sich von ihr gemacht hatte. Sie war viel zu jung, um ihre Mutter zu sein, und Maria konnte weder Kälte noch Arglist in den feinen Gesichtszügen ausmachen.

Margarete ließ Marias Musterung schweigend über sich ergehen und nutzte die Möglichkeit, die Tochter des Herzogs ihrerseits einer ersten Musterung zu unterziehen. Maria war kleiner als sie und von eigenartiger Schönheit. Sie wirkte ein wenig verloren in dem kostbaren Kleid, das sie wie ein goldener Käfig umschloss.

Ihre Augen trafen sich, und der unnahbare Ausdruck, der wie ein Schutzschild auf Margaretes Gesicht lag, wich einem warmen, scheuen Lächeln, als sie Maria zur Begrüßung beide Hände reichte.

Ihr Lächeln rührte Maria, ebenso wie die Wärme, die in ihren schönen Augen lag und die so blau waren wie der Himmel an einem strahlenden Sommertag.

Sie vergaß ihre voreilig gefassten Vorbehalte, und eine Welle der Zuneigung für die schöne, junge Engländerin erfasste sie, als sie, von ihren Gefühlen überwältigt, die ihr dargebotenen Hände ergriff und sie tröstend drückte.

Sie ahnte nicht, dass sie in Margarete damit eine schwesterliche Freundin gefunden hatte, die ihr ein Leben lang treu zur Seite stehen sollte.

Weil die Räumlichkeiten des Schlosses für die Hochzeitsfeierlichkeiten nicht ausreichend Platz boten, war auf dem Ballspielplatz vor dem Schloss ein riesiger hölzerner Saalbau errichtet worden.

An beiden Enden des Saales befanden sich Emporen, an seinen Längsseiten standen achtzehn Tafeln für die Gäste bereit, an deren einem Ende und quer zu ihnen gestellt sich die Ehrentafel unter Baldachinen aus golddurchwirktem Tuch erhob.

Im Licht unzähliger Kerzenleuchter funkelten Prachtgewänder und Juwelen, auf Kredenzen und Tischen schimmerte Prunkgeschirr, und an den Wänden leuchteten herrliche Tapisserien.

Margarete hatte gerade ihren Platz zwischen Karl und Maria eingenommen, als auch schon das erste Kommando des Herolds ertönte.

Unter den rauschenden, hellen Tönen der Fanfaren öffneten sich die Türen, und die Herren des Hochadels marschierten in silberverbrämten Seidenröcken mit den ersten Fleischplatten herein.

Der Vorschneider trat vor das Brautpaar und küsste andächtig das Heft des herzoglichen Messers. Ihm folgte der Vorkoster, der das silbern eingefasste Stück eines Einhorns bekreuzigte, mit dem die Giftlosigkeit jedes einzelnen Gerichtes bewiesen werden sollte und der sich danach unverzüglich ans Werk machte. Der Brotverwalter küsste kniend die Serviette, bevor er sie dem Herzog überreichte, und damit war die Tafel eröffnet.

Margarete war überwältigt! Karl von Burgund hatte sie in eine Welt geführt, die so unwirklich und fantastisch war wie ein schimmernder Traum. Sie fühlte sich, als wäre sie Teil eines bis ins kleinste Detail inszenierten Theaterstücks und vermied deshalb jede Bewegung, aus Angst, sie könnte etwas Falsches tun.

Maria schien ihre Unsicherheit zu spüren, denn sie beugte sich vor und brachte ihren Mund nah an Margaretes Ohr.

»Du brauchst nicht gleich vor Ehrfurcht zu erstarren. Der elegante Chevalier mit dem Einhorn ist ein ungebildeter dummer Tropf, der kein Wort Latein spricht, und der aufgeplusterte Serviettenhalter zittert schon, wenn mein Vater ihn nur anschaut.«

Margaretes Anspannung löste sich ein wenig. Lächelnd lauschte sie Maria, als diese fortfuhr, all den fremden Gesichtern um sie herum einen Namen zu geben, und ihr auch gleich noch die eine oder andere Anekdote zu den Betreffenden beisteuerte, bis ihr der Kopf schwirrte.

»Wenn sie erst einmal genügend Wein in sich hineingeschüttet haben, bleibt von ihrer Würde nicht mehr viel übrig.«

Sie zwinkerte Margarete verschwörerisch zu und war überrascht, wie vertraut sie ihr in der kurzen Zeit schon geworden war.

Antoine, der Großbastard von Burgund, betrachtete Margarete aufmerksam, bevor er lautstark seinen Becher erhob. Er besaß eine gewisse Ähnlichkeit mit seinem Halbbruder Karl, dem er treu ergeben war, nur waren seine Züge feiner und sein Lächeln unwiderstehlich.

Er war von der gleichen rastlosen Unruhe beherrscht wie

Karl, hatte darüber hinaus aber auch die Leidenschaft seines Vaters, Philipp des Guten, für schöne Frauen und guten Wein geerbt.

Es waren diese Vorlieben, die ihn mit dem Grafen von Campobasso verbanden, einen etwas undurchsichtigen und rücksichtslosen Mann, der einzig und allein um sein eigenes Wohlergehen besorgt war.

»Wir trinken auf Englands entzückende weiße Rose, die uns schon bald drei ganz besondere Lilien einbringen wird«, rief Antoine nun fröhlich aus und trank dem Grafen von Campobasso zu, der ihm begeistert applaudierte.

Oliviers hageres Gesicht versteinerte. Die derbe Anspielung auf die Lilien, die König Ludwigs Wappen zierten, war eine Beleidigung für die französischen Gäste, die am Ende der langen Tafel platziert worden waren.

Zu seiner Erleichterung waren diese jedoch so sehr mit Essen und Trinken beschäftigt, dass sie die Anspielung gar nicht mitbekommen hatten, doch es war nur eine Frage der Zeit, bis ihnen die abfälligen Worte des Großbastards zugetragen werden würden.

Fürsten- und Herzogssöhne betätigten sich als Mundschenke, Truchsessen und Vorschneider, während Speisenprüfer zwischen den einzelnen Gängen morgenländische Früchte in Gewürzen und marokkanischen Zucker sowie warmes Wasser zum Händewaschen reichten, das mit aromatischen Essenzen parfümiert war.

Weintrauben wurden in Silberkörbchen und verschiedene Fische auf aufgetakelten Schiffen serviert, die mit den Wappen der einzelnen Länder Burgunds geschmückt waren, während der darauf folgende Fleischgang wiederum in unterschiedlichen Gärten, von goldenen Hecken umfriedet, angerichtet war.

Einige der Gerichte waren Margarete so fremd, dass sie zuerst unauffällig beobachtete, wie ihre Stieftochter sich davon nahm, bevor sie selbst zuzugreifen wagte.

Nachdem das Konfekt serviert worden war, erschallten erneut die Fanfaren.

Margarete hielt den Atem an, denn ein goldener Löwe von der Größe eines Pferdes war der Welt der Fabeln entsprungen und kam direkt auf sie zugefahren. Auf seinem Rücken saß ein winziges, als Hirtin verkleidetes Zwergenmädchen. Sein langes, üppiges Haar floss wie geschmolzenes Gold über seine Schultern und bildete oberhalb seiner Stirn einen Wirbel, den das Volk »Teufelsmütze« nannte.

Vor dem Brautpaar angekommen, öffnete sich der mächtige Rachen des Löwen, doch anstatt des erwarteten Gebrülls erklang ein liebliches Willkommenslied.

Der Hofmarschall hob die Zwergin vom Rücken des Löwen und setzte sie vor Margarete auf den Tisch, mit der Bitte, auch sie möge ihre zukünftigen Schäflein getreulich hüten.

Das Mädchen trug ein viel zu schweres eisernes Halsband, wie es für wilde Tiere gefertigt wurde, und starrte Margareta ängstlich an.

Zitternd erhob es sich und verneigte sich mit weichen Knien vor seiner neuen Herrin, wie es ihm befohlen worden war.

In seinem Eifer, alles richtig zu machen, neigte es seinen Kopf jedoch zu weit nach vorn und verlor das Gleichgewicht. Seine kurzen Ärmchen ruderten noch eine Weile wild durch die Luft, dann stürzte es kopfüber in Margaretas Schoß.

Margareta erbleichte und auch die Hochzeitsgesellschaft schwieg erschrocken, unsicher, wie sie reagieren sollte. Sogar die Musiker hatten aufgehört zu spielen und warteten auf ein Zeichen des Kapellmeisters.

Die Stille in dem großen Festzelt wurde mit jedem Augenblick drückender. Aller Augen richteten sich auf den Herzog, der sich noch nicht entschieden hatte, wie er reagieren sollte, als der stark angetrunkene Graf von Campobasso sich nicht länger beherrschen konnte und in prustendes Gelächter ausbrach. Das Gesicht Herzog Karls entspannte sich, als andere Gäste nun ebenfalls in Campobassos Lachen mit einfielen und sich das Gelächter nach und nach zu einem wahren Sturm steigerte. Die Gäste schienen sich vor lauter Vergnügen gar nicht mehr beruhigen zu können.

Es war aber auch zu komisch, wie die Zwergin der Braut am Tage ihrer Hochzeit in den Schoß gekullert war.

Auf einen Wink Karls hin hob ein Diener das Mädchen aus Margaretas Schoß heraus und trug es aus dem Zelt.

Sofort begannen die Musiker wieder zu spielen, und unter ihren raumfüllenden Klängen beruhigten sich die Gäste langsam wieder, wenn auch nur langsam. Doch auch die Musik konnte nicht verhindern, dass heimlich darüber getuschelt wurde, ob dieser Zwischenfall nicht ein böses Omen dafür gewesen war, dass die neue Herzogin von Burgund keine gesunden Kinder gebären würde.

Unter den strengen Augen Oliviers de la Marche gingen die festlichen Darbietungen weiter; allegorische Szenen, Pantomimen, Moriskentänze und Vorführungen mit verschiedenen dressierten Raubtieren folgten in bunter Reihe und setzten dem Getuschel zunächst ein Ende.

Maria war ebenso entzückt wie Margarete, deren Sinne von der Fülle der fremdartigen fantastischen Darbietungen so überwältigt waren, dass sie darüber all ihre Ängste und ihre Aufregung über den Sturz der Zwergin vergaß. Erst als Karl besitzergreifend nach ihrer Hand griff, kehrte sie ernüchtert in die Wirklichkeit zurück.

Das unmissverständliche Begehren in seinen dunklen Augen trieb ihr eine brennende Röte ins Gesicht, und obwohl sie sich vor der Hochzeitsnacht fürchtete, spürte sie einen wohliger Schauer durch ihren Körper rinnen, als Karl ihr unvermittelt in die Augen sah, ohne ihr die Möglichkeit zu lassen, seinem Blick auszuweichen.

Der Mann an ihrer Seite war dunkel und fremd, und in seinem spöttischen Lächeln schwang Überlegenheit und Stolz mit.

Doch die Art und Weise, wie er sie ansah, traf sie mitten ins Herz.

Ihr Puls begann vor Aufregung zu rasen, und ihre Kehle und ihre Lippen waren auf einmal wie ausgetrocknet.

Entgegen aller Etikette zog Karl nun selbst die goldene Kanne zu sich heran und füllte ihr eigenhändig den Becher mit dem schweren Burgunderwein, der ihr die Sinne vernebelte und sie in eine Wolke seligen Entzückens hüllte. Selbstvergessen fuhr sie sich mit der Zungenspitze über die Lippen, während Karl fasziniert jede noch so kleine Bewegung und Regung an ihr beobachtete.

Sein Blick glitt über ihren schlanken weißen Hals, hinunter zu dem schimmernden Dekolleté, das den Ansatz ihrer vollen Brüste erkennen ließ, ohne jedoch zu viel von ihnen preiszugeben.

Berauscht vom Wein, schenkte Margarete ihm ein zaghaftes Lächeln, in dem ein Hauch von Herausforderung lag, was Karl entzückte.

Über die ewigen Streitereien und vielen Kriege, die er führte, hatte er fast schon vergessen, wie viel Vergnügen eine schöne und willige Frau einem Mann bereiten konnte. Doch heute Nacht würde es anders sein.

Nachdem die letzten Klänge der Kapelle verhallt waren,

geleitete der gesamte Hofstaat das Brautpaar in seine Gemächer.

Während die Kammerherren Karl aus seinen Gewändern halfen, bemühte sich eine Schar tuschelnder Damen in einem Nebenraum um Margarete.

Neugierige Augen hefteten sich auf ihren Körper und beobachteten jede ihrer Gesten und jeden Ausdruck ihres Gesichts. Fremde Hände halfen ihr aus dem kostbaren Brautkleid, lösten die Krone aus ihrem Haar und kämmten es so lange, bis es in seidigen Wellen über ihre Schultern fiel.

Anschließend verrieben die Damen kostbare Duftöle auf ihrer Haut und streiften ihr ein weiß schimmerndes, hauchdünnes Seidengewand über, das angenehm kühl auf ihrer Haut lag und ihren Körper mehr enthüllte als verbarg.

Mit flatterndem Herzen trat Margarete schließlich vor den riesigen Kristallspiegel, der die gesamte Stirnseite ihres Ankleidezimmers einnahm und das warme Licht der Kerzen zurückwarf und dadurch noch einmal vervielfachte.

Heiße Röte stieg ihr in die Wangen, als sie bemerkte, wie sich die Konturen ihres Körpers deutlich unter dem schleierähnlichen Gewand abzeichneten und ihre üppigen Brüste, die schmale Taille und die langen, schlanken Beine voll zur Geltung brachten.

Unter der kühlen Seide hatten sich ihre Brustwarzen aufgerichtet und drückten nun provozierend gegen den dünnen Stoff.

Sie fühlte sich nackt und bloßgestellt vor all den Frauen, die sie mit kaum verhohlener Neugier anstarrten, und wünschte sich, dass ihre Zofe Theresa bei ihr sein könnte, doch ihr Gemahl hatte all ihre Hofdamen mit dem Schiff nach England zurückgeschickt. Sie hatte nicht gewagt, dagegen zu protestieren, und sich unter Tränen von ihnen verabschiedet.

Abrupt wandte sie sich von ihrem Spiegelbild ab und zwang die Damen dadurch, ihr in die Augen zu sehen.

»Ihr könnt gehen«, befahl sie schärfer als beabsichtigt.

Doch die Damen bewegten sich nicht, sondern starrten sie nur verständnislos an.

Margarete hatte in ihrer Aufregung gar nicht bemerkt, dass sie englisch gesprochen hatte. Ihre Stimme zitterte leicht, als sie ihren Befehl in fließendem Französisch wiederholte, woraufhin sich die Damen nunmehr gehorsam vor ihr verneigten und sich entfernten.

Margarete war allein.

Sie atmete noch einmal tief durch, dann betrat sie mit weichen Knien das Brautgemach, in dem Karl sie bereits erwartete. Ein überwältigendes Lichtermeer aus unzähligen Kerzen in hohen goldenen Leuchtern ließ nur wenige Stellen in dem prunkvollen Raum im Schatten.

Geblendet schloss Margarete die Augen und blieb einen Augenblick inmitten der weit aufschwingenden Flügeltüren stehen.

Ein riesiges Bett, das direkt ihr gegenüberstand, beherrschte die gesamte Stirnseite des Schlafgemachs.

In Grün und Violett gehaltene Vorhänge aus schimmerndem Damast hingen wie fließend von einem hohen Gestell herab über dem Bett und umrahmten es wie ein Wasserfall von drei Seiten.

Bei dem Gedanken an das, was sie erwartete, überkam sie ein Anflug von Panik. Ihre Kehle war wie zugeschnürt. Unwillkürlich drückte sie ihre Schultern durch, verschränkte ihre Arme wie zum Schutz über der Brust und zwang ihren Blick vom Bett zu den Seitenwänden.

Die dort aufgehängten prachtvollen und kostbaren Tapisserien zeigten allesamt Schlachtenszenen aus vergangenen Zeiten; mutige Krieger und stolze Feldherren, die zum Herrschen geboren waren, Alexander, Cäsar, Hannibal.

Staunend schritt sie an den Kunstwerken vorbei, ohne ihren Blick von ihnen zu wenden. Die dargestellten Krieger wirkten so lebensecht und lebendig, als würden sie jeden Augenblick aus der Wand hervortreten.

Der Wirker, der diese Teppiche gewebt hatte, musste wahrhaftig ein großer Künstler sein, den sie unbedingt einmal kennen lernen wollte. Sobald sich eine Gelegenheit bieten würde, würde sie sich nach ihm erkundigen.

Plötzlich kam ihr wieder zu Bewusstsein, wo sie war, und sie wunderte sich über ihre Gedanken, die mehr als merkwürdig waren in einer Situation wie dieser. Da stand sie halbnackt in ihrem Brautgemach, alleine mit einem Mann, den sie kaum kannte, und dachte über einen unbekannten Künstler nach.

Aber es war nicht das erste Mal seit ihrer Ankunft in Burgund, dass ihr in diesem fremden Land etwas so unwirklich erschien wie in einem Traum.

In der Mitte des Raumes blieb sie stehen und versuchte ihre Gedanken zu ordnen, doch ihr Kopf war plötzlich leer. Sie spürte, wie ihre Zunge schwer wurde, und war froh darüber, nicht sprechen zu müssen. Der berauschende Wein, den ihr Gemahl ihr während des Mahls eingeschenkt hatte, schien erst jetzt seine volle Wirkung zu entfalten.

Benommen fuhr sich Margarete über ihre Stirn. Aus den Augenwinkeln heraus sah sie zu Karl hinüber.

Er wirkte schläfrig wie ein gesättigtes Raubtier, das seine Beute dennoch keinen Moment aus den Augen ließ.

Sie spürte, wie seine Blicke über ihren Körper wanderten, ähnlich einer sanften Brise, und ein angenehmes Kribbeln breitete sich auf ihrer Haut aus.

Es gefiel Karl, wie interessiert Margarete seine Lieblingsteppiche betrachtete, die er sogar auf jedem seiner Feldzüge mit sich führte.

Sie schien so in ihre Betrachtung versunken, dass sie ganz vergessen zu haben schien, warum sie hier war.

Eingehüllt in seinen Schlafrock aus Zindeltaft, saß er in einem breiten Lehnstuhl vor dem Kamin, das Gesicht halb im Schatten, und beobachtete sie unter halb geschlossenen Lidern.

Ihre vollen Brüste erregten ihn, und er spürte, wie sein Blut heiß wurde.

Ohne den Blick von ihr zu wenden, erhob er sich und trat hinter sie.

Sein warmer Atem streifte ihren Nacken, als er sich vorbeugte und ihre Brüste mit beiden Händen umschloss.

Margarete erschauerte unter der Berührung, und ihr Herz hämmerte wie wild in ihrer Brust. Die Bilder vor ihren Augen verschwammen, als er sanft begann, ihre Brüste zu kneten, und spielerisch ihre Brustwarzen zwischen seine Finger nahm, bevor seine Hände weiter über ihren Körper wanderten, mühelos die empfindlichsten Stellen fanden und sie erst sachte, dann fordernder streichelten.

Karl ließ sich Zeit. Er hatte beschlossen, diese Nacht auszukosten, die Einzige, die er sich auf lange Zeit gesehen zugestehen wollte.

Margaretes Haut erglühte unter seinen Berührungen, heiße, nie gekannte Schauer liefen durch ihren Körper, und die Welt um sie herum fing an, sich in luftige Schleier aufzulösen.

Auch Karls Atem ging schneller, und wie von selbst schlang Margarete ihre Arme um seinen Hals, als er sie hochhob und zum Bett hinübertrug. Durch den dünnen Stoff hindurch spürte sie seine harten Muskeln, die sich bei jeder seiner Bewegungen spannten und streckten, während er sie aufs Bett gleiten ließ.

Sanft, aber bestimmt löste er ihre Arme, die ihn noch immer fest umschlungen hielten, und schob das Seidenhemd langsam über ihre Hüften, Taille und Busen, bevor er es ihr schließlich über den Kopf streifte und achtlos auf den Boden fallen ließ.

Danach lag sie vor ihm, wie Gott sie erschaffen hatte.

Sie war schön. Einen Augenblick berauschte er sich an ihrem Anblick, ihrer schmalen Taille, der wohl gerundeten Hüfte und den weißen Schenkeln, von deren Mitte ihre Scham rötlich abstach.

Margarete streckte die Arme nach ihm aus und bot ihm lockend ihren Mund. Als er sich neben ihr ausstreckte, war er überrascht von der ungestümen Leidenschaft, mit der sie ihn empfing.

Wie von selbst fanden sie in einen gemeinsamen Rhythmus. Ihre Körper glitten ineinander, ertasteten und erkundeten einander ohne jede Scham und Vorbehalte, und selbstvergessen ließen sie sich in ihrer Lust von einem Höhepunkt zum nächsten treiben.

4

Nach ihrer Hochzeitsnacht sah Margarete schöner aus denn je. Zum ersten Mal in ihrem Leben war sie glücklich und von dem Gedanken, ihr Glück mit anderen zu teilen, beseelt, allen voran Maria, die sie vom ersten Moment ihrer Begegnung an in ihr Herz geschlossen hatte. Sie vergaß ihren Bruder, Eduard von York, dem sie ihre Unterstützung bei der Verfolgung seiner ehrgeizigen Ziele, in Reims gesalbt zu werden und über Frankreich zu herrschen, zugesagt hatte, und hatte nur noch das eine Ziel vor Augen, ihrem Mann eine gute Gemahlin zu werden.

»Bitte, Maria, wirst du mir helfen? Ich möchte alles kennen und verstehen lernen, was Burgund ausmacht«, sagte sie wenige Tage später beim Frühmahl, das sie gemeinsam mit ihren Hofdamen in Margaretes Gemächern einnahmen.

Maria nickte eifrig, denn sie spürte, dass Margaretes Zuneigung zu ihr nicht gespielt war, und war glücklich über die Freundschaft, die Margarete ihr anbot. Nur elf Jahre älter als sie selbst, würde ihr Margarete mehr Schwester denn eine Stiefmutter sein.

»Gerne werde ich dir behilflich sein«, versprach sie und konnte es kaum erwarten, zurück in den Prinzenhof zu kommen, um Margarete ihre neue Heimat zu zeigen.

Viel zu schnell gingen die Tage vorbei, die für die Festlichkeiten angesetzt worden waren, und Karl reiste zu Margaretes Enttäuschung sofort danach ab, denn er hatte erfahren, dass Ludwig neue Ränke gegen ihn schmiedete. Seine Agenten hatten ihm hinterbracht, dass der französische König mit den oberrheinischen Pfandlanden und gleichzeitig mit den Eidgenossen verhandelte, deren wirtschaftliche Interessen eng mit denen Burgunds verbunden waren. Und er kannte Ludwig gut genug, um zu wissen, dass er ihm schaden würde, wo er nur konnte.

Auch die ständigen Verwüstungen und Plünderungen in den burgundischen Grenzgebieten durch die von König Ludwig angeworbenen Raubritter, einen Haufen verwahrloster und unzufriedener Landadliger, konnte Karl nicht länger ungestraft hinnehmen, und so hatte er insgeheim beschlossen, für die dortigen Bauern einen Teil seiner spanischen Söldner zum Schutz abzustellen. Gekleidet wie die einheimischen Bauern, würden sie unerkannt die Angriffe von Ludwigs Raubrittern abwehren können, ohne auf diese Weise den immer noch gültigen Waffenstillstand mit Frankreich offiziell zu verletzen.

Nach der Abreise des Herzogs begab sich der Hof zurück nach Gent, um sich dort auf einen längeren Aufenthalt einzurichten. Margarete sah sich aufmerksam um.

Dem Inneren des Hofes zu folgte ein von der Leie gespeister Wassergraben, der sich weiter nördlich zu einem künstlich angelegten Teich verbreiterte. Daraus erwuchs eine sechseckige Insel mit einem kunstvoll angelegten Garten. Das Schloss selbst konnte man nur über Brücken erreichen.

Um den Innenhof lagerte sich an der Südostseite die Schlosskapelle; hinter ihr folgten Wohntrakte mit nicht weniger als dreihundert Gemächern. Die der Repräsentation vorbehaltenen Räumlichkeiten nahmen dagegen samt dem Turm und dem Burghaus die gesamte Südwestseite des Binnenhofes ein.

Margarete bezog die Zimmer der verstorbenen Herzogin im Westflügel.

Maria begleitet sie bis kurz vor die Türe, doch dann stockte sie und blieb, überwältigt von ihren Erinnerungen, stehen; seit dem Tod ihrer Mutter hatte sie deren Gemächer nicht mehr betreten. Margarete ahnte, was in ihr vorging.

»Bitte weine nicht, liebste Maria. Ich weiß, dass ich dir deine Mutter nicht ersetzen kann, und will auch gar nicht erst so tun. Was hältst du davon, wenn wir gemeinsam in die Kapelle gehen und dort Kerzen für deine Mutter anzünden, während die Zofen meine Kleider einräumen?«, fragte sie mit einem Blick auf die umherhuschenden Kammerzofen und Hofdamen, die sie neugierig beobachteten, um den anderen im Nachhinein alles über die neue Hausherrin berichten zu können.

Maria nickte erleichtert. Nachdem sie in der farbenprächtigen Kapelle eine Kerze angezündet und für Isabelles Seelenheil gebetet hatten, führte Maria Margarete in ihr eigenes Schlafgemach. Stolz wies sie dabei auf den kostbaren Gobelin an der Wand hin.

»Siehst du den Ritter?«, fragte sie mit glühenden Wangen. »Er würde seine Prinzessin niemals im Stich lassen und ohne zu zögern sein Leben für sie geben.«

Ein Schatten glitt bei diesen Worten über ihr Gesicht, und von einem Moment auf den anderen wurde sie ernst. »Ich werde keinen Mann heiraten, der nicht ebenso edel und mutig ist wie er«, fügte sie entschlossen hinzu.

Sie wandte ihren Blick von dem Wandteppich ab, sah Margarete aus funkelnden Augen an und hielt dabei ihren Blick fest, genauso wie Karl es am Tage ihrer Hochzeit getan hatte.

»Schwöre mir, dass du nicht zulassen wirst, dass sie mich verschachern werden wie einen Gaul.«

Margarete war verblüfft über Marias leidenschaftlichen Ausbruch.

Sie dachte an die Gespräche mit ihrem Bruder zurück, an seine Heiratspläne für Maria, durch die das Bündnis England – Burgund weiter gefestigt werden sollte, und an das Versprechen, das sie ihm gegeben hatte. Trotzdem brachte sie es nicht übers Herz, Maria anzulügen, und entschloss sich, ehrlich ihr gegenüber zu sein.

»Ich kann noch nicht absehen, inwieweit dein Vater mich in seine Entscheidungen mit einbeziehen wird, aber ich weiß, dass er große Hoffnungen auf dich setzt.« Und nicht nur er, dachte sie, ohne es auszusprechen. Maria bemerkte, wie Margarete zögerte.

»Glaubst du, ich weiß nicht, wie sie alle über mich reden?«, stieß sie traurig hervor. »Wenn Guyenne nicht vergiftet worden wäre, hätte ich ihn womöglich heiraten müssen.«

»In unseren Kreisen ist es üblich, aus politischen Gründen zu heiraten, ohne gefragt zu werden, hat dir das denn niemand gesagt?«, fragte Margarete erstaunt.

Maria senkte schuldbewusst ihren Blick. Sie merkte, dass sie zu weit gegangen war. Es war ihr Temperament, das manchmal mit ihr durchging, ohne dass sie es verhindern konnte. Margarete sollte sie deshalb aber keineswegs für schlecht erzogen oder, schlimmer noch, für dumm halten.

»Bitte verzeih mir«, bat sie kleinlaut. »Natürlich weiß ich, dass ich keine Wahl habe und mich dem Willen meines Vaters fügen muss.«

Margarete küsste sie leicht auf die Wange.

»Ich verspreche dir, immer für dich da zu sein und alles in meiner Macht Stehende zu tun, damit du glücklich wirst.«

Ihr fiel noch etwas ein, womit sie Maria trösten konnte, und leiser, damit sie niemand hören konnte, fuhr sie fort.

»Wenn dein Vater und ich Kinder haben werden, wirst du außerdem nicht länger die alleinige Erbin sein. Jedes Kind, das Gott uns schenkt, wird ein Stück Freiheit mehr für dich bedeuten.«

»Wenn das so ist, dann wünsche ich mir viele Geschwister«, erwiderte Maria ernst.

Drei Wochen später erschien ein Bote mit der Nachricht, dass der Herzog wohlbehalten in Brüssel eingetroffen sei und bereits am folgenden Tag in Gent eintreffen werde. Margarete war überglücklich und konnte es kaum erwarten, ihren Gemahl wiederzusehen.

Während Olivier de la Marche ein großes Begrüßungsbankett vorbereitete, saß sie vor dem großen Kristallspiegel in ihrem Ankleidezimmer und musterte den Sitz ihrer Haube, die wie eine goldene Krone glitzerte.

»Ihr seht wunderschön aus, Herrin«, schmeichelte ihr ihre Hofdame Anne von Salins und tupfte einige Tropfen aus der Phiole mit dem kostbaren Rosenöl auf Margaretes Hals und Schläfen.

»Glaubst du, ich werde meinem Gemahl gefallen?«, fragte Margarete sie in ungewohnter Vertraulichkeit.

Anne von Salins sah überrascht auf.

»Neben Eurer Schönheit werden alle anderen Frauen verblassen«, beeilte sie sich, Margarete eifrig zu versichern, und verbarg ihr Erstaunen über Margaretes Offenheit, was ihr nicht weiter schwerfiel, da sie seit frühester Kindheit gelernt hatte, ihre wahren Gefühle zu verbergen. Margarete ergriff dankbar ihre Hand und drückte sie.

Anne war überrascht über diese vertrauliche Geste und betrachtete ihre Herrin forschend. War es möglich, dass sie sich der Liebe ihres Gemahls keinesfalls so sicher war, wie alle bei

Hof dachten? Warum sonst war sie so unsicher, ob sie dem Herzog gefallen würde?

Jedenfalls fiel ihr keine andere Erklärung für das ungewöhnliche Verhalten ihrer Herrin ein, und kühl überlegte sie, wie sie diese Erkenntnis für sich nutzen könnte.

Margarete war mit ihrer Toilette fertig und warf noch einen letzten Blick in den Spiegel.

Die Augen in ihrem blassen Gesicht glühten, und ihre Haut schimmerte so strahlend wie die Perlen, die sie schmückten.

»Was hast du zu befürchten?«, flüsterte sie ihrem Spiegelbild zu. »Du bist jung und gesund, und er braucht einen Erben, und nur du allein kannst ihm einen schenken.« Der Gedanke an seine wilde Leidenschaft in der einzigen Nacht, die sie bislang miteinander verbracht hatten, ließ ihr Herz wild und ungestüm klopfen, und sie konnte an nichts anderes mehr denken als an ihn und seine Berührungen.

In dem festlich geschmückten Saal wartete der Herzog bereits darauf, sie zu begrüßen. Ungeduldig ging er auf und ab und strotzte dabei nur so vor Männlichkeit in seinem rostfarbenen, wattierten Wams und seinem ihm über die Schulter wallenden goldfarbenen Umhang, der, wie bei einem römischen Imperator, von zwei funkelnden Spangen an den Schultern gehalten wurde.

Und wie ein römischer Imperator fühlte sich Karl in diesem Augenblick auch. Seine spanischen Söldner hatten in den Grenzgebieten zwischen Tournai und Arras ganze Arbeit geleistet. Gekleidet wie einfache Bauern, hatten sie die von König Ludwig bezahlten Raubritter das Fürchten gelehrt. Die meisten von Ludwigs Schergen waren gefallen, und von den Wenigen, die am Leben geblieben und denen die Flucht gelungen war, ging keine Gefahr mehr aus. Er hatte Ludwig mit seinen eigenen Waffen geschlagen und, ohne den offiziellen Waffenstillstand zu verletzen, die Grenzen seines Landes für die nächste Zeit gesichert.

Verliebt suchte Margarete, die nichts von seinen Gedanken ahnte, seinen Blick. Doch Karl reagierte abweisend und verschlossen. Seine schwarzen Augen verbargen, was er dachte.

»Ich freue mich, Euch wiederzusehen, liebste Gemahlin«, sagte er gleichgültig und nahm ihren Arm, um sie zu Tisch zu führen.

Er wartete, bis sie ihren Platz eingenommen hatte, und ließ sich dann neben ihr nieder.

Seine verschlossene Miene verunsicherte Margarete. Galt seine Zurückhaltung ihr und hatte sie ihn mit irgendetwas verärgert, oder richtete sich sein Unmut gegen jemand anderen? Sie fasste sich ein Herz, zwang sich zu einem Lächeln und richtete das Wort an ihn.

»Ich habe gehört, dass Euer Unternehmen in Arras von großem Erfolg gekrönt war«, begann sie leise und bewunderte dabei sein scharf geschnittenes Profil.

Ihr Lächeln erstarb unter Karls finsterem Blick.

»Euer Interesse an der Politik erscheint mir ein wenig unpassend, Madame, da diese allein uns Männern vorbehalten ist«, erwiderte er kalt und wandte sich demonstrativ seinem Halbbruder zu, bevor Margarete die Möglichkeit hatte, noch etwas darauf zu erwidern.

Margarete fühlte sich wie vor den Kopf geschlagen. Karl hatte sie nicht nur völlig missverstanden, sondern auch öffentlich zurechtgewiesen und damit vor den Augen aller gedemütigt. Doch sie riss sich tapfer zusammen und ließ den Rest des Abends mit versteinertem Gesicht über sich ergehen. Erst nachdem die Kapelle aufgehört hatte zu spielen, erhob sich von ihrem Platz und zog sich in ihre Gemächer zurück.

Schlaflos wälzte sie sich in dem viel zu großen Bett von einer Seite auf die andere. Nicht wissend, ob ihr Gemahl noch zu ihr kommen und ihr beiliegen würde, überkam sie unsägliches Heimweh nach England, in dem es trotz der häufigen Nässe und Feuchtigkeit nicht kälter sein konnte als am Hofe Karls.

Schließlich, als sie kaum noch mit seinem Erscheinen gerechnet hatte, hörte sie, wie sich vor ihrer Tür schwere Stiefelschritte näherten, und Karl betrat, gefolgt von seinem Kammerdiener, ihr gemeinsames Schlafgemach.

Der Diener half ihm aus seinen Kleidern und stellte Früchte und Wein bereit, dann zog er sich auf einen Wink des Herzogs hin zurück.

Margarete wagte kaum zu atmen, als Karl sich neben sie legte.

»Ich habe Euch so vermisst«, flüsterte sie und wandte ihm ihr Gesicht zu.

Doch Karl gab ihr keine Antwort. Seine Gedanken weilten in Trier, wo er kommenden Herbst die Königskrone zu erhalten hoffte. Mit geschlossenen Augen lag er auf dem Rücken und unternahm keinerlei Anstalten, sich Margarete in irgendeiner Form zu nähern.

Margarete konnte die Ungewissheit nicht länger ertragen.

»Es ist zwecklos, so zu tun, als schliefet Ihr«, sagte sie gekränkt.

»Ich hatte nicht die Absicht, Euch etwas vorzumachen, Madame«, gab Karl unwillig zurück.

»Warum demütigt Ihr mich dann so, bin ich denn so abstoßend für Euch?«, fragte sie verletzt.

Die Enttäuschung über seine offensichtliche Ablehnung und Gleichgültigkeit ihr gegenüber erschien ihr noch schlimmer, nachdem sie ihm ihre Sehnsucht offenbart hatte.

»Ihr seid zu ungeduldig, meine Liebe«, erwiderte er ein wenig ungehalten, weil sie ihn in seinen Gedanken gestört hatte.

Demonstrativ drehte er sich auf die Seite und wandte ihr seinen Rücken zu.

Und Margarete wagte nicht, ihn noch einmal anzusprechen.

Vielleicht ist er nur müde von der anstrengenden Reise, dachte sie hoffnungsvoll und auf der Suche nach einer Entschuldigung für sein verletzendes Verhalten. Sie grübelte über die Bedeutung seiner letzten Worte nach, konnte aber keine Erklärung dafür finden. Immerhin waren sie Mann und Frau und er war wochenlang unterwegs gewesen. Wie konnte sie da zu ungeduldig sein? Ob er noch immer seiner ersten Gemahlin nachtrauerte, die er allen Berichten nach sehr geliebt haben musste? Doch dem widersprach zumindest die wilde Leidenschaft, mit der er sie in der Hochzeitsnacht geliebt hatte.

Immer neue Gedanken schwirrten ihr durch den Kopf, bis sie schließlich in einen unruhigen Schlaf sank.

Als sie wieder erwachte, war das Bett neben ihr verlassen, und sie sah Karl in seinem seidenen Morgenrock am Fenster stehen und mit leerem Blick hinausstarren. Seine Sorgen rauben ihm den Schlaf, dachte Margarete. Was ist es, das ihn so beschäftigt, dass er die Menschen, die ihn lieben, nicht einmal mehr wahrnimmt? Einem Gefühl folgend erhob sie sich und trat lautlos neben ihn. Als seine Gemahlin war es ihre Pflicht, Anteil an seinem Leben zu nehmen und seine Sorgen mit ihm zu teilen.

Am Horizont erschien bereits ein heller Silberstreifen, der sich immer weiter ausdehnte und den neuen Tag ankündigte. Hinter ihm erhob sich glutrot die Sonne; ein mächtiger Feuerball, der die letzten Schatten der Nacht vor sich hertrieb und schließlich zum Verschwinden brachte.

Der Anblick war atemberaubend.

Karl nahm gedankenverloren ihre Hand, und Margaretes Herz begann augenblicklich zu rasen. Sie wagte es nicht, etwas zu sagen, aus Angst, den kostbaren Moment der Zweisamkeit damit zu zerstören.

Im Schein der aufgehenden Sonne betrachtete Karl ihr Gesicht. Seine schwarzen Augen glitzerten. Sie ist schön, dachte er, und bei dem Gedanken an ihre duftende, weiche Haut geriet sein Blut in Wallung.

Einen Augenblick lang berauschte er sich an dem Gedanken, sie in seine Arme zu ziehen und mit ihr ins Bett zurückzukehren, dann verschloss sich sein Gesicht jedoch wieder. Nein, es durfte nicht sein, noch nicht.

»Bald werdet Ihr verstehen, dass ich nicht anders kann, auch wenn es mir nicht leichtfällt, Euch fernzubleiben.«

Margaretes Blick hing an ihm, ihr Herz war schwer vor Sehnsucht.

»Erklärt es mir, ich wünsche mir so sehr, Euch zu verstehen«, bat sie leise.

Karls Blick wurde hart.

»Jetzt ist nicht die Zeit für Erklärungen. Überhaupt darf nichts von dem, was in diesem Raum geschieht oder was nicht in ihm geschieht, aus ihm herausdringen, habt Ihr mich verstanden?«

Die Schärfe, die während seiner letzten Worten in seiner Stimme gelegen hatte, zerstörte den Zauber zwischen ihnen.

Margarete nickte. Karls Verletzung trieb ihr die Tränen in die Augen, aber sie beherrschte sich und drängte sie erfolgreich zurück.

Karl beugte sich vor und küsste sie leicht auf die Wange.

Dann ging er zum Bett zurück, griff nach dem goldenen Glöckchen, das auf seinem Nachttisch stand, und läutete ungeduldig nach seinen Dienern.

Er blieb zwei Wochen in Gent, danach brach er mit seinem Gefolge in den Hennegau auf, ohne Margarete auch nur ein einziges Mal berührt zu haben.

5

Margarete verfiel in Schwermut, und nicht einmal Maria gelang es, sie zu trösten. »Was ist es, das dich bedrückt?«, wollte sie wissen. »Ist es deine Heimat, die dir fehlt? Sehnst du dich vielleicht nach dem Regen in England?« Sie saß auf der Bettkante von Margaretes Bett und betrachtete ihre Stiefmutter sorgenvoll.

Margarete hatte ihre Hofdamen hinausgeschickt und weigerte sich aufzustehen. Sie sah so traurig aus, dass sich Marias Herz vor lauter Mitleid zusammenzog.

»Ich kann nicht darüber reden«, erwiderte Margarete mutlos.

»Mit mir kannst du über alles reden«, erwiderte Maria bestimmt.

Margarete dachte eine Weile nach. Maria kannte ihren Vater besser als jeder andere Mensch. Ob sie es wagen konnte, sich ihr anzuvertrauen?

Schließlich hatte sie nichts zu verlieren, und zudem besaß ihre Stieftochter, obwohl sie noch jung an Jahren war, ein untrügliches Gespür für die Nöte und Beweggründe anderer.

»Erzähl mir, wie es mit deiner Mutter war«, forderte sie Maria daher auf und sah sie bittend an.

Maria ahnte, worauf Margarete hinauswollte. »Ich war noch sehr klein«, wich sie ihr aus. Wenn ich ihr erzähle, wie sehr mein Vater meine Mutter geliebt hat, wird sie noch trauriger sein, überlegte sie und schwieg. Aber Margarete gab sich nicht mit ihrer Antwort zufrieden.

»War er oft mit ihr zusammen?«, bohrte sie weiter.

Maria spürte, wie wichtig ihre Antwort für Margarete war, und beschloss, ehrlich zu ihrer Stiefmutter zu sein.

»Er war meistens unterwegs, doch wenn er im Schloss war, war sie häufig bei ihm. Aber willst du mir nicht endlich sagen, warum du so traurig bist?«

»Dein Vater hat mir untersagt, darüber zu sprechen«, meinte sie zögernd und hätte sich ihren Kummer so gerne von der Seele geredet, unterließ es dann aber, denn es war nicht recht, Maria mit ihren ureigensten Problemen zu belasten.

Maria bedachte sie daraufhin mit einem seltsamen Blick.

»Wenn du denkst, dass ich noch zu jung bin, um bestimmte Dinge zu verstehen, irrst du dich.« Sie ergriff Margaretes Hände. »Ich wünsche mir so sehr, dass du deine Sorgen mit mir teilst«, sagte sie und ließ ihre Stiefmutter nicht aus den Augen. »Mein Vater fehlt dir, und du wünschst dir ein Kind, damit du nicht mehr ganz so einsam bist, während er weg ist. Das ist es doch, was dich quält?«

Margarete nickte. »Nur, wie kann ich schwanger werden, wenn er nicht zu mir kommt? Seit der Hochzeitsnacht hat er mich kein einziges Mal mehr berührt, dabei sehne ich mich so sehr nach ihm«, brach es aus ihr heraus.

Marias Wangen röteten sich vor Verlegenheit.

»Das ist wirklich seltsam«, stimmte sie ihrer Stiefmutter zu. »Vielleicht hat er einfach zu viele Probleme«, überlegte sie und dachte an das Gespräch vom Vortag, das sie zufällig mit angehört hatte.

»Ich habe erst gestern gehört, wie er zu meinem Onkel Antoine gesagt hat, dass er gar nicht wüsste, an welches Ende seines Reiches er zuerst reiten soll, weil es überall Unruhen gibt und König Ludwig sich jetzt auch noch mit den Lothringern und den Schweizern gegen uns verbündet hat.«

Margarete bemerkte, wie sie zögerte, und ihr Blick wurde beinahe flehend.

»Bitte, Maria, du musst mir sagen, was du weißt, ich möchte meinen Gemahl so gerne verstehen.«

Maria sah sie offen an.

»Es wird dir nicht gefallen, aber ich glaube, ich weiß jetzt, warum mein Vater sich dir gegenüber so abweisend verhält. Mein Onkel hat durch seine Agenten erfahren, dass König Ludwig deinen Bruder Eduard mit einer großen Summe Goldes bestechen will, damit dieser die Schiffe mit den Soldaten zurückhält, die er Vater versprochen hat und die er braucht, um gegen Frankreich in den Krieg ziehen zu können.«

Margarete wurde blass. »Eduard wird das Gold nicht annehmen. Er ist ein Ehrenmann, der niemals sein Wort bricht«, entgegnete sie heftig.

Verzweifelt fasste sie Maria an beiden Händen.

»Karl liebt mich also nicht, weil ich Engländerin bin, und es gibt nichts, was ich dagegen tun kann!« Sie brach ab, und Maria bemerkte, wie sie sich bemühte, mit dieser enttäuschenden Erkenntnis fertigzuwerden. »Es ist nur so schlimm für mich, weil ich kurz nach unserer Hochzeit so glücklich war«, fuhr sie schließlich nach einer Weile so leise fort, als würde sie zu sich selbst sprechen. »Wie kann ich mich mit Wasser zufriedengeben, nachdem ich den köstlichsten aller Weine gekostet habe?«

Maria wusste darauf keine Antwort. Es schmerzte sie, ihre Stiefmutter so bedrückt zu sehen, ohne ihr helfen zu können.

Margarete war zu aufgewühlt, um unter diesen Umständen noch länger im Bett liegen zu bleiben, und erhob sich.

»Ich brauche frische Luft. Ein Spaziergang durch den Park wird mir helfen, meine Gedanken wieder zu ordnen.«

»Ich habe eine bessere Idee«, erwiderte Maria. »Heute hat

doch die Tuchmesse begonnen. Mein Vater besucht sie jedes Jahr, wenn er in Gent ist, und mischt sich dabei unerkannt unters Volk, um die vorherrschende Stimmung zu erkunden und zu erfahren, was die Bürger für Forderungen und Anliegen haben. Wir könnten es ebenso machen.«

Margarete warf ihr einen ungläubigen Blick zu.

»Du meinst, wir sollen als Bürgerinnen verkleidet und ohne jede Begleitung in die Stadt gehen?«

Maria nickte lächelnd. »Wir brauchen uns nicht einmal zu verkleiden, es wird ausreichen, wenn wir ein schlichtes Gewand wählen und unsere Hauben ein wenig tiefer ins Gesicht ziehen, um nicht weiter aufzufallen. Denn die reichen Bürgerfrauen in unserem Land sind sehr erfinderisch, wenn es darum geht, die von der Obrigkeit vorgegebene Kleiderordnung zu umgehen.«

Dabei lächelte sie spitzbübisch und ahmte Madame Halewyns strengen Tonfall nach.

»Wohin soll das führen, wenn der Bauer tragen will, was der Bürger trägt, der Bürger das, was dem Ritter ziemt und der Ritter das, was allein dem Fürsten vorbehalten ist?«

Margarete zog amüsiert die Brauen hoch, als Maria fortfuhr.

»Madame Halewyn hat gesagt, so etwas wäre gegen Gottes Gebot, der die Ordnung aus dem Grund gemacht hat, damit sich die Menschen je nach Rang und Zugehörigkeit zu ihrem Stand kleiden und dadurch voneinander unterscheidbar sind, dass sich aber niemand daran hält und auf unseren Straßen ein regelrechter Kleiderkampf tobt.«

Sie mussten beide lachen, und Maria war froh darüber, dass es ihr gelungen war, Margarete von ihrem Kummer abzulenken.

»Du glaubst also, es besteht keine Gefahr für uns, wenn wir

uns in die solchermaßen umkämpften Gassen wagen?«, ging diese auf Marias scherzhaften Ton ein.

Worauf Maria, immer noch lachend, den Kopf schüttelte.

»Die Bürgerfrauen gehen jeden Tag mit Flügelhauben, Broschen und goldenen Borten bewaffnet zum Einkaufen auf den Markt und werden dabei höchstens von ihren Mägden begleitet. Außerdem stehen überall Bewaffnete und Marktaufseher und achten darauf, dass niemand von Bettlern oder Diebsgesindel belästigt wird.«

Der Gedanke, unbehelligt durch die Stadt zu laufen, ohne dabei von unzähligen Blicken verfolgt zu werden und unter Beobachtung zu stehen, war verlockend, und so erklärte sich Margarete schließlich, wenn auch ein wenig zögerlich, mit Marias Vorschlag einverstanden.

Für die Genter war die eine Woche dauernde Tuchmesse ein wichtiges gesellschaftliches Ereignis. Zwischen der imposanten Grafenburg gegenüber dem Schloss, der Sankt Michelskirche und der mächtigen Kathedrale standen die Buden eng aneinandergedrängt und zogen sich weit in die Gassen hinein bis zum Kornmarkt und dem Fleischmarkt mit Zunfthaus und Kapelle, an dessen südlichem Ende die Eingeweide der geschlachteten Tiere an die Armen ausgegeben wurden.

Die Weberzunft zeigte ihre prächtigsten Stoffe. Aus Brügge kamen zyprische Weine, morgenländische Spezereien, russische Felle und böhmische Edelmetalle.

In dem vorherrschenden Trubel und Gedränge achtete niemand auf die beiden jungen Frauen in ihren schlichten blauen Kleidern und den schmucklosen Hauben, die durch ein kleines Seitentor in der Mauer des Schlosses auf die Burgstraße hinaustraten. Der Himmel war von kleinen weißen Wolken überzogen, und ein warmer Wind blies durch die Gassen.

Vom Markt her drangen Stimmengewirr und andere Geräusche zu ihnen herüber.

Wie lichte Bänder durchzog das weit verzweigte System der Kanäle und Grachten die Stadt. Das unabdingbare Klappern der Webstühle war an diesem Tag verstummt, und die zum Bleichen ausgelegten, schweren Laken flatterten unbeachtet im Wind.

Färber hatten ihre Bottiche abgedeckt, die Farbe, soweit es ging, von ihren schwieligen Händen geschrubbt und ihre Sonntagskleider angelegt.

Margarete bewunderte die prächtigen Bürgerhäuser mit den kunstvoll verzierten Giebeln und Treppchen und war immer wieder aufs Neue von den zierlichen Brücken entzückt, die sich anmutig über Schelde und Leie spannten.

In den Auslagen der Händler lockten neben filigranen Stickereien die prächtigen Stoffe der Webstühle Gents, die weit über die Grenzen Flanderns hinaus berühmt waren. Hauben und bunte Bänder lagen ausgebreitet neben Schuhen, deren Spitzen so lang waren, dass sie an den Knien festgebunden werden mussten, wollte man nicht über sie hinwegstolpern.

Überall wurde in Garküchen und Schänken gezecht und gelärmt, und aus fettig riechenden Buden stieg der Dampf von gebratenen Würsten und Fischen. Händler priesen lauthals ihre Waren an und versuchten die Aufmerksamkeit der Vorübergehenden auf sich zu ziehen.

Margarete und Maria ließen sich einfach mit der Menge treiben, bestaunten Akrobaten und tanzende Bären mit kleinen roten Augen und naschten bunt gefärbtes Zuckerwerk, das süß und klebrig schmeckte.

Eine alte Frau ging gestützt auf einen Stock langsam vor ihnen her und wurde rücksichtslos von einer Horde halbwüchsiger

Jungen zur Seite gestoßen, die es eilig hatten, an ihr vorbeizukommen.

Die Frau geriet aus dem Gleichgewicht und stürzte schwer auf das harte Kopfsteinpflaster.

Ihr brauner Kittel aus verschlissenem Wollstoff verrutschte dabei und gab den Blick auf ihre mit mehreren dürftigen Lappen umwickelten Beine und Füße frei, an denen sie klobige Holzschuhe trug, die so brüchig waren, dass sie jeden Moment auseinanderzufallen drohten.

Beim Versuch, aufzustehen, verzog sich ihr Gesicht vor Schmerz.

Einige Leute sahen im Vorbeigehen auf sie herab, doch keiner von ihnen unternahm Anstalten, ihr zu helfen.

Ein wenig benommen kam sie schließlich wieder auf die Beine und betastete mit spitzen Fingern die Beule, die sich bereits an ihrem Hinterkopf gebildet hatte.

Maria löste sich von Margaretes Seite und lief zu der Alten hinüber.

»Können wir dir helfen?«, fragte sie freundlich.

Die Alte starrte sie zunächst misstrauisch an, sie war es offensichtlich nicht gewohnt, dass jemand freundlich zu ihr war. Ihre hellen, grünen Augen in ihrem ansonsten ausgemergelten, faltigen Gesicht waren von ungewöhnlichem Glanz.

»Habt Ihr vielleicht etwas zu essen, ein Stück Brot?«, krächzte sie hoffnungsvoll und reckte ihren faltigen, dünnen Hals vor, um einen Blick auf den Korb zu erhaschen, den Maria an ihrem Arm trug. Enttäuscht stellte sie fest, dass er leer war.

Maria schüttelte bedauernd den Kopf. Einem Impuls folgend griff sie jedoch in ihren Seidenbeutel und entnahm ihm eine Münze.

»Aber hierfür kannst du dir etwas zu essen kaufen«, sagte sie und drückte der alten Frau die Münze in die knochige Hand.

Die Alte sah sie dankbar an. »Ihr habt ein gutes Herz, mein Kind, möge der Herr Euch dafür beschützen«, murmelte sie und ließ die Münze in ihrem Kittel verschwinden.

Maria wollte sich schon wieder abwenden, als die Alte blitzschnell nach ihrer Hand griff und sie mit der Innenfläche nach oben drehte. Maria versuchte ihre Hand zurückzuziehen, doch die Alte hielt sie entschlossen fest.

Ihre spitzen, gelben Fingernägel bohrten sich wie Krallen in Marias zarte Haut.

Aufmerksam betrachtete sie die feinen Linien in Marias Handfläche, dann kehrte sich ihr Blick auf einmal nach innen und wirkte seltsam leer.

»Ihr seid nicht die, die Ihr vorzugeben scheint«, murmelte sie nach einer Weile wie zu sich selbst. Maria warf ihrer Stiefmutter einen überraschten Blick zu. Die alte Frau schien eine Seherin oder Wahrsagerin zu sein.

Ihre Neugier war geweckt.

»Sag mir, was du siehst«, bat sie.

Die Alte las weiter in den Linien, schwieg aber.

Nach einer Weile hob sie ihren Kopf. Ihre grünen Augen hatten sich zu schmalen Schlitzen verengt und funkelten wie die einer Katze im Dunkeln. Prüfend musterte sie Maria, als wollte sie sich vergewissern, ob diese auch ertragen könnte, was sie ihr zu sagen hatte.

»Glück und Leid liegen dicht nebeneinander«, erwiderte sie schließlich vage.

»Kannst du nicht etwas genauer sein?«, fragte Maria ungeduldig. Ihre Wangen glühten vor Aufregung.

»Wer ist der Mann, der mein Gemahl werden wird?«

Die Alte bedachte sie mit einem merkwürdigen Blick aus

ihren irisierenden Augen, bevor sie sich erneut über Marias Hand beugte.

»Die Löwin und der Adler, die Prophezeiung der Sibylle«, murmelte sie wie zu sich selbst und ließ Marias Hand so plötzlich los, als ob sie sich verbrannt hätte. In ihren Augen stand Entsetzen über das, was sie in der Hand des Mädchens gelesen hatte. Ohne zu zögern war ihr dieses vorher zu Hilfe geeilt, und sie brachte es nicht über sich, ihm die grausame Wahrheit zu sagen.

Während Maria noch überlegte, was sie von den Worten der Wahrsagerin halten sollte, streckte Margarete der Alten auffordernd ihre Hand hin.

»Kannst du sehen, ob ich bald ein Kind haben werde«, wollte sie mit bebender Stimme wissen.

Die Alte ergriff die ihr dargebotene Hand und beugte sich über sie. Margaretes Augen hingen wie gebannt an dem faltigen Gesicht, während sie vor lauter Spannung den Atem anhielt.

»Wer den Tag seines Todes kennt, dem bleibt das Glück verborgen«, sagte sie abweisend.

»Ich muss es wissen«, beharrte Margarete, als die Alte schwieg.

»Ihr habt es nicht anders gewollt.« Eine dunkle Wolke legte sich über die Sonne, und obwohl es warm war, begann Margarete zu frösteln.

Die Geräusche und Farben um sie herum wurden leiser, bis sie schließlich ganz verschwanden. Das Blut rauschte in ihren Ohren, und sie hörte ihr Herz pochen, gleichmäßig und dumpf. Die Zeit stand still, der Tuchmarkt mitsamt seinen Besuchern war auf einmal nicht mehr vorhanden.

Margarete hatte die Warnung deutlich gehört, und doch fieberte sie der Antwort auf ihre Frage entgegen. Sie sehnte sich so sehr nach einem Kind, dass es schmerzte. Die Worte der Alten zerstörten ihre Hoffnung und trafen sie bis ins Mark.

»Vor Euch liegt ein langes Leben, aber Euer Schoß wird verschlossen bleiben.« Wie aus weiter Ferne drang die Stimme an ihr Ohr und erreichte schließlich ihr Bewusstsein. Die Geräusche kehrten zurück, der Markt, die Menschen waren wieder da, schrill und unerträglich laut. Die Zeit lief weiter, als wäre nichts geschehen.

Die Worte der Alten klangen endgültig, und Margarete stiegen vor Enttäuschung und Schrecken die Tränen in die Augen.

Maria war entsetzt.

»Woher willst du das so genau wissen?«, fragte sie erschrocken.

Einige Leute waren stehen geblieben und beobachteten sie neugierig, doch die drei Frauen nahmen sie nicht wahr.

Die grünen Augen in dem faltigen Gesicht funkelten wie Irrlichter, dann erloschen sie unter den halb geschlossenen Lidern. Kraftlos sanken ihre Arme herab.

»Der Mensch glaubt immer, was er glauben will, und kann den Blick in die Zukunft nur ertragen, solange ihm diese gefällt. Ich hatte Euch gewarnt«, erwiderte die Alte. Es klang bitter.

Maria ergriff Margaretes Hand und zog sie entschlossen fort.

»Du darfst ihr nicht glauben, der Hunger hat sie verwirrt. Sobald wir zurück im Schloss sind, werden wir die Astrologen zu uns kommen lassen und sie befragen. Sie werden die Worte der alten Frau Lügen strafen, du wirst schon sehen.«

Aber es gelang ihr nicht, ihre Stiefmutter davon zu überzeugen, dass die Alte wirres Zeug dahergeredet hatte, und obwohl sie immer wieder versuchte, sie aufzumuntern, blieb Margarete für den Rest des Tages schweigsam und in sich gekehrt.

6

Im Spätsommer warfen düstere Vorzeichen ihre Schatten über Flandern und erreichten schließlich auch Gent.

Gerüchte über ungewöhnliche Missbildungen von Neugeborenen machten die Runde. Eine Frau sollte eine Löwin geboren haben, eine andere an den Oberkörpern zusammengewachsene Zwillinge, von denen eines ein menschliches Gesicht, das andere hingegen einen Hundekopf besaß.

Kometen mit langem Schweif, Mondfinsternisse, Kreuzregen und andere seltsame Erscheinungen am Himmel beunruhigten die Gemüter der Menschen.

Die armen Seelen im Fegefeuer wurden unruhig, und es hieß, die Toten würden sich aus ihren Gräbern erheben. Die unheimlichen Prophezeiungen wurden zusätzlich noch von plötzlich auftauchenden Bettelmönchen geschürt, die auf den Marktplätzen und vor den Kirchtoren mit fanatischen Predigten zur Buße mahnten.

Die lang anhaltende Hitze hatte das Getreide auf den Feldern vertrocknen lassen und das Korn dadurch verteuert, das Ungeziefer vermehrte sich und vernichtete die Früchte und machte den Wein ungenießbar. In den engen Gassen von Gent, in die aufgrund der weit ausladenden Vorbauten der oberen Stockwerke kein Sonnenlicht einfallen konnte, breitete sich ein unerträglicher Gestank aus. In ausgetrockneten Brunnen lagen tote Ratten und vergifteten das Wasser. Hungersnot machte sich im ganzen Land bemerkbar, und Krankheiten begannen auszubrechen und unter der Bevölkerung zu wüten.

Menschen mit bleichen Gesichtern taumelten durch die Straßen und brachen plötzlich zusammen. Viele von ihnen starben noch an Ort und Stelle, und täglich nahm die Anzahl derer, die von der unheimlichen Krankheit befallen wurden, zu.

Auf Anraten von Johan Spinghs, Marias Leibarzt, sandte Madame Halewyn besorgt einen Boten an Karl, der mit dem Befehl zurückkehrte, Maria sofort zu ihrem Vater in den Hennegau zu bringen, wo sie vor einer Ansteckung besser geschützt war.

Margarete verabschiedete sich traurig von ihr.

»Vergiss nicht, meinem Gemahl die besten Grüße von mir auszurichten«, bat sie Maria mit Tränen in den Augen.

Sie konnte die Enttäuschung darüber, dass Karl sie nicht ebenfalls dazu aufgefordert hatte, Maria zu begleiten und zu ihm zu kommen, weder verbergen noch verwinden. Stattdessen hatte er von ihr verlangt, dass sie nach Brüssel übersiedelte, bis die Gefahr in Gent gebannt war.

Spürte er denn nicht, wie sehr sie sich von ganzem Herzen nach ihm sehnte?

Obwohl Karl sie nun schon so oft verletzt hatte, wünschte sie nichts sehnlicher, als ihm einen Sohn zu schenken, doch wie konnte sie das, wenn er sie ständig aus seiner Nähe verbannte?

Maria beobachtete die widerstreitenden Gefühle, die sich deutlich auf Margaretes fein geschnittenem Antlitz widerspiegelten. Es schmerzte sie, dass Margarete nicht mit ihr reisen durfte, und sie konnte sehr gut nachempfinden, was diese Entscheidung Karls für ihre Stiefmutter bedeutete, doch gegen den Willen ihres Vaters war auch sie machtlos.

Sie schenkte Margarete ein aufmunterndes Lächeln.

»Sei nicht traurig. Ich werde Vater deine Grüße ausrichten

und ihn bitten, so schnell wie möglich an den Prinzenhof zurückzukehren«, versprach Maria und küsste Margarete zum Abschied auf die Wange.

Danach wurden in aller Eile die notwendigen Reisevorbereitungen getroffen, und nur wenig später brach Maria mit ihren Hofdamen und begleitet von drei Dutzend schwer bewaffneten Rittern nach Mons auf, der Hauptstadt des Hennegau. Wohlbehalten traf sie drei Tage später im herzoglichen Hof de Naast ein.

Der Herzog von Lothringen, Nikolaus von Kalabrien, verspürte kein schlechtes Gewissen, als er mit kleinem Gefolge ebenfalls in den Hennegau aufbrach.

Der Orden vom Goldenen Vlies, den Herzog Philipp der Gute ins Leben gerufen hatte, zog ihn magisch an, und die Aussicht, Maria von Burgund ehelichen zu können und damit eines Tages Großmeister dieses Ordens zu werden, war zu verlockend, um ihr widerstehen zu können.

Die Verlobung mit der französischen Königstochter, zu der ihn Ludwig vor einigen Monaten regelrecht gedrängt hatte, war im Nachhinein gesehen deshalb auch eindeutig ein Fehler, den es nun so schnell wie möglich zu korrigieren galt.

Und so tröstete sich Nikolaus damit, dass seine Ratgeber schon noch einen guten Grund finden würden, um die Verlobung rechtzeitig aufzulösen. Und mit dem Herzog von Burgund an seiner Seite brauchte er den König von Frankreich sowieso nicht länger zu fürchten.

Herzog Karl hatte ihn nach Mons eingeladen und ihm sogar gestattet, Maria dort höchstpersönlich seine Aufwartung zu machen, ein deutliches Zeichen dafür, dass er es ernst meinte und dass das angeblich beschlossene Treffen mit dem Kaiser in Trier und die sich daran anschließende Verlobung Marias mit dem Kaisersohn nur ein Gerücht gewesen war, ein Gerücht, das sich allerdings hartnäckig hielt.

Aber was kümmerten ihn Gerüchte, wo er doch bereits den offiziellen Verlobungsbrief zwischen sich und Maria von Burgund in Händen hielt, ein kostbares Pfand, das sogar seine ständig misstrauischen Ratgeber hatte verstummen lassen. So gesehen entwickelte sich alles bestens und genau in seinem Sinne.

Doch Nikolaus von Kalabrien wäre weitaus weniger gut gelaunt in den Schlosshof von de Naast eingeritten, hätte er geahnt, dass er König Ludwigs Häschern auf dem Weg dorthin nur knapp entronnen war.

Das Zimmer, das man ihm im Südflügel des Schlosses zuwies, war mit prächtigen Wandteppichen und silbernem Geschirr ausgestattet und führte ihm die ganze Pracht des burgundischen Hofes vor Augen.

Ein Bad mit duftenden Essenzen war für ihn hergerichtet worden. Früchte, Braten und Wein standen zu seiner Kräftigung bereit. Kammerdiener und Pagen erbaten seine Befehle.

Und während der Herzog von Lothringen in die Wanne stieg und das warme Wasser genoss, das den Reisestaub von seinem Körper spülte, verbreiteten sich die Gerüchte von seinem Eintreffen bis in den letzten Winkel des Schlosses.

»Madame Halewyn erwartet dich in deinen Gemächern, du sollst sofort zu ihr kommen«, meldete Catherina Maria, die gerade ihr Spiel am Clavicordion unter der strengen Aufsicht ihres Lehrers Pierre Beurse beendet hatte, der als Musiker und Komponist einen hervorragenden Ruf hatte und bei Hofe großes Ansehen genoss.

Er warf Catherina einen missbilligenden Blick zu. Dann neigte er ehrerbietig seinen Kopf vor Maria. »Ihr habt gute

Fortschritte gemacht, Mademoiselle«, bemerkte er steif und verließ eilig den Raum.

Catherina sah ihm nach. »Ist er immer so steif?«, fragte sie respektlos. »Man könnte meinen, er habe eine Lanze verschluckt.«

Maria lachte. »Er ist ein Künstler, und manche Leute halten ihn sogar für ein Genie. Es ist ein große Ehre, von ihm unterrichtet zu werden.«

Catherina trat unruhig von einem Fuß auf den anderen.

»Madame Halewyn erwartet dich«, wiederholte sie, als Maria noch immer keine Anstalten unternahm, sich zu erheben, und stattdessen ihre schmalen Finger über die Tasten gleiten ließ, um die Melodie, die sie zuvor einstudiert hatte, noch einmal zu wiederholen.

»Was gibt es denn so Wichtiges, dass es nicht noch warten kann?«, erwiderte sie, ohne ihr Spiel zu unterbrechen.

Catherina wollte ihr gerade antworten, als Lisette mit den anderen Hofdamen hereinkam. Im Nu war der Raum von aufgeregtem Geplapper und Gekicher erfüllt.

Die lebhafte Mathilda knickste flüchtig vor Maria und verdrehte dabei verzückt die Augen.

»Was für ein Glück Ihr habt, Herrin«, meinte sie atemlos und stieß einen sehnsüchtigen Seufzer aus. »Der Herzog von Lothringen ist wahrhaftig ein stattlicher und schöner Mann, und seine braunen Augen glänzen wie Samt«, schwärmte sie begeistert.

»Man erzählt sich, er wäre ein leidenschaftlicher Liebhaber«, berichtete Lisette vergnügt und bemerkte mit Genugtuung, wie sich Marias Wangen vor Verlegenheit mit einer leichten Röte überzogen. Eine dumpfe Ahnung beschlich sie. Die Anspielungen ihrer Hofdamen konnten nur eines bedeuten: Ein neuer Bewerber um ihre Hand war aufgetaucht. Sie nahm ihre Finger vom Clavicordion und betrachtete ihre Hofdamen argwöhnisch.

»Würdet ihr mir wohl verraten, was hier eigentlich los ist?«

Mathilda öffnete den Mund, doch Lisette kam ihr zuvor. »Dein Verlobter ist soeben eingetroffen«, erklärte sie rasch.

Maria erbleichte.

»Was redest du da, ich habe keinen Verlobten«, entfuhr es ihr. Sie wusste aber gleichzeitig, dass Lisette die Wahrheit sprach.

Die tauschte nur einen vielsagenden Blick mit Mathilda, und wandte sich dann wieder an Maria.

»Vielleicht jetzt noch nicht«, stimmte sie Maria zu. »Aber spätestens heute Abend wirst du einen haben«, setzte sie ungerührt hinzu. Sie schien es zu genießen, dass aller Augen an ihren Lippen hingen, und sie legte eine bedeutungsvolle Pause ein, bevor sie mit wichtiger Miene fortfuhr.

»Angelo de Campobasso hat es mir erzählt, und der weiß es wiederum von seinem Vater, der dabei war, als der Herzog mit seinen Ratgebern über die Vorteile gesprochen hat, die eine Hochzeit zwischen dir und dem Herzog von Lothringen mit sich bringen wird.« Sie holte tief Luft. »Wenn ich es richtig verstanden habe, braucht der Herzog Lothringen, um die nördlichen und die südlichen Provinzen Burgunds endlich miteinander verbinden zu können. Angelo hat außerdem gesagt, dass der Herzog dem König von Frankreich mit der Hochzeit eins auswischen will, weil dieser den Herzog von Lothringen ebenfalls als Schwiegersohn haben wollte.«

Maria schüttelte nur den Kopf, die Neuigkeit verschlug ihr die Sprache. Sie schluckte hart, und ihr Mund verzog sich bitter. Ihr Vater hatte es nicht einmal für nötig gehalten, sie selbst von seinen Hochzeitsplänen zu unterrichten. Sein Verhalten verletzte sie mehr, als sie sich eingestehen wollte. Sie sah so blass und mitgenommen aus, dass Catherina Mitleid mit ihr bekam.

Sie musterte Lisette böse. »Das ist alles nur deine Schuld«, zischte sie ihr zu. Dann ergriff sie Marias Hand und zog sie kurz entschlossen aus dem Musikzimmer.

»Madame Halewyn wollte es dir eigentlich sagen, deshalb hat sie auch nach dir geschickt«, erklärte sie, während sie zusammen durch den breiten Korridor mit den unverglasten Bogenfenstern liefen, der einen quadratischen Innenhof umschloss. »Sie hat uns verboten, mit dir über den Herzog von Lothringen zu reden, aber Lisette konnte ja wieder einmal ihren Mund nicht halten.«

Madame Halewyn erwartete Maria vor dem Fenster stehend in ihrem Gemach.

Doch nach einem Blick in Marias Gesicht wusste sie, dass ihre Bemühung, die Verlobung geheim zu halten, vergeblich gewesen war.

Sie hatte Maria nicht beunruhigen wollen. Schließlich war Maria schon öfter verlobt gewesen, als sie überhaupt ahnte, und da bisher noch jede Verlobung an irgendeiner Vertragsklausel gescheitert war, hatte Madame Halewyn insgeheim gehofft, dass es auch diesmal so sein würde.

»Es ist nicht meine Schuld«, wehrte Catherina den unausgesprochenen Vorwurf ab, den sie beim Eintreten in Madame Halewyns Gesicht las. »Maria hat es von Lisette erfahren.«

Madame Halewyn bedeutete ihr mit einer Handbewegung, sich zurückzuziehen, danach wandte sie sich an Maria, sah, wie diese um Fassung rang, und hätte sie am liebsten in ihre Arme gezogen und gewiegt, wie sie es früher immer getan hatte, wenn Maria die Welt nicht mehr verstanden hatte.

»Du hättest es mir sagen müssen. Schließlich bin ich kein kleines Kind mehr«, begann Maria anklagend.

Der Vorwurf schmerzte umso mehr, als er durchaus berechtigt war.

»Jetzt beruhige dich erst einmal, mein Kind.«

Marias Augen blitzten.

»Ich will mich aber nicht beruhigen. Wenn ich schon verheiratet werde, habe ich wenigstens ein Recht darauf, es als Erste zu erfahren, und nicht erst dann, wenn schon der ganze Hof davon weiß.«

Madame Halewyn wirkte zerknirscht.

»Es tut mir leid, aber ich wollte dich nicht beunruhigen, bevor die Verlobung nicht wirklich feststand.«

Maria starrte sie misstrauisch an. »Was willst du damit sagen?«

Madame Halewyn beschloss, Maria die Wahrheit nicht länger vorzuenthalten.

»Es ist nicht das erste Mal, dass du verlobt werden solltest. Du warst gerade einmal drei Jahre alt, als ein Gesandter des Kaisers für dessen Sohn Maximilian um deine Hand angehalten hat. In den Jahren darauf folgten ihm so viele andere Bewerber, dass ich mir nicht einmal alle ihre Namen merken konnte, und doch ist es nie zu einer Verlobung gekommen, weil dein Vater es sich im letzten Moment immer wieder anders überlegt hat.

Maximilian stand die ganzen Jahre über ganz oben auf der Liste der Bewerber, zumal sogar der Papst schon seinen Segen zu dieser Verbindung gegeben hat, weshalb ich auch fest davon überzeugt war, dass er der Mann sein würde, den dein Vater letztendlich für dich erwählen würde. Doch manchmal ändern sich die Dinge eben. Ich weiß, dass dein Vater gerade jetzt sehr große Sorgen hat. Glaub mir, ich war selbst überrascht, als Herr de la Marche mir die Entscheidung deines Vaters mitgeteilt hat.«

Maria hatte ihr schweigend zugehört. Sie hatte gewusst, dass der Tag ihrer Verlobung eines Tages kommen würde und ihm insgeheim entgegengefiebert, doch es war etwas anderes, daran zu denken oder davon zu träumen, als unmittelbar davor zu stehen. Alles in ihr wehrte sich gegen diese Vorstellung, aber noch schlimmer war das ohnmächtige Gefühl, nichts, aber auch gar nichts gegen die Entscheidung ihres Vaters unternehmen zu können, selbst wenn der neue Bewerber noch grässlicher als Guyenne wäre.

»Hast du den Herzog von Lothringen bereits gesehen?«, fragte sie ungestüm und hätte die Antwort am liebsten aus Madame Halewyn herausgeschüttelt.

Es war wichtig für sie zu erfahren, was ihre Erzieherin über den fremden Herzog dachte, der ihr Ehemann werden sollte.

»Es spielt keine Rolle, wie er aussieht. Er ist der Mann, den dein Vater für dich ausgewählt hat«, erinnerte Madame Halewyn sie.

Maria betrachtete sie forschend, als würde sie ihre wahren Gefühle hinter ihren Worten erahnen wollen. Dann schmiegte sie, einem Impuls folgend, ihre Wange an die ihrer Erzieherin. Madame Halewyn war gerührt, und ein warmes Lächeln legte sich auf ihre Lippen.

»Du brauchst dich nicht zu sorgen. Dein Verlobter ist ein sehr gut aussehender Mann«, verriet sie leise. Vielleicht ein wenig zu gut, fügte sie in Gedanken hinzu. Denn die Frauen am burgundischen Hof würden ihm zu Füßen liegen und eine ständige Versuchung für ihn sein, eine Versuchung, der auf Dauer kein Mann widerstehen konnte.

»Und wenn er mir nicht gefällt?«, brauste Maria auf.

»Du bist nun einmal die einzige Erbin deines Vaters«, erwiderte Madame Halewyn »und als solche ist es deine Pflicht, ihm zu gehorchen.«

Maria fühlte sich verwirrt und in die Enge getrieben, aber auch verletzt und hilflos, und das machte sie wütend.

»Er ist doch selbst daran schuld, dass er nur eine Erbin hat. Hätte er Margarete öfter beigewohnt, anstatt sie immer alleine zu lassen, würde ich sicher längst Geschwister haben«, brach es aus ihr heraus.

Erschrocken biss sie sich auf die Lippen, doch es war bereits zu spät. Sie konnte ihre Worte nicht mehr zurücknehmen.

Madame Halewyn starrte sie sprachlos an.

»Du weißt nicht, was du da redest, mein Kind«, sagte sie schließlich und musterte Maria prüfend.

Maria sah sie bittend an.

»Du darfst mit niemandem darüber reden, ich habe es Margarete versprochen«, bat sie zerknirscht.

»Ich gebe dir mein Wort, doch jetzt haben wir genug geschwatzt. Du wirst deinen Verlobten noch heute Abend kennen lernen und willst doch sicher schön für ihn sein?«

Maria nickte. Sie wusste, dass sie keine andere Wahl hatte, und nahm deshalb mit ergebener Miene vor dem großen Kristallspiegel Platz. Sie hörte, wie Madame Halewyn Catherina hereinrief und ihr Anweisungen hinsichtlich Marias Frisur erteilte. Dann wählte sie eigenhändig ein scharlachrotes Kleid aus feinstem Brüsseler Tuch für Maria aus und durchsuchte die Schmuckschatullen nach dazu passenden Ohrgehängen und einem Collier. Nach einigem Hin und Her entschied sie sich für weiß schimmernde Perlen. Ihr Glanz würde durch das Rot noch hervorgehoben werden und Marias schlanken Hals betonen, ohne aufdringlich zu wirken.

Maria betrachtete sich während des Ankleidens im Spiegel und versuchte sich dabei so zu sehen, wie ihr Verlobter sie zum ersten Mal sehen würde.

Sie wusste, dass sie schön war, weil man es ihr immer wieder gesagt hatte, doch war sie es auch wirklich? Aus einem bleichen Gesicht starrten sie zwei weit aufgerissene Augen an, und eine schwere Last schien auf ihren Magen zu drücken, als sie an den fremden Herzog dachte, der schon bald ihr Gemahl werden sollte. Ihre Hände begannen zu schwitzen, und sie konnte nicht verhindern, dass Guyennes Bild vor ihrem inneren Auge erschien, sosehr sie sich auch darum bemühte, es zu verdrängen. Mit seinem Bild kehrten der Schmerz und die Erinnerung zurück. Die Erinnerung, dass sie durch die Verlobung mit dem grässlichen alten Mann das Vertrauen in ihren Vater verloren hatte. Nie mehr würde sie vergessen, wie einsam und verloren sie sich gefühlt hatte, als sie begriffen hatte, dass ihr Vater nicht davor zurückschreckte, sie einem solchen Mann zur Frau zu geben, nur um seine Macht dadurch zu stärken.

Wenn der Herzog von Lothringen mir nicht gefällt, kann ich immer noch eine Krankheit vortäuschen, versuchte sie sich zu beruhigen und spürte ihre Hände wie die Saiten einer Harfe im Wind zittern. Ihre Kehle war trocken, und ihr war vor lauter Aufregung ganz schwindelig.

Madame Halewyn reichte ihr einen Becher mit heißem Würzwein.

»Trink das, mein Kind, der Wein wird dich beruhigen«, befahl sie, und sie behielt Recht. Der heiße Wein ließ Maria nicht nur wieder ruhiger werden, sondern zauberte auch eine sanfte Röte auf ihre Wangen und einen strahlenden Glanz in ihre Augen, der durch das dunkle Rot ihres goldbestickten Damastkleides noch verstärkt wurde.

Karl rieb sich vergnügt die Hände, während sein Kammerherr ihm den schwarzen Samtmantel anlegte, der seine düstere Männlichkeit noch unterstrich. Als einziges Schmuckstück trug er die schwere, goldene Ordenskette, die aus vierundzwanzig kleinen Feuerstählen zusammengesetzt war und in deren Mitte ein leicht gekrümmtes Widderfell mit Hörnern und Hufen als Anhänger herabbaumelte.

Er hatte soeben den Aufstand in Geldern erfolgreich niedergeschlagen, und Nikolaus von Lothringen hatte gierig wie ein Aal angebissen, als er seinen Köder nach ihm ausgeworfen hatte.

Ludwig würde toben, wenn er davon erfuhr.

Als Gegenleistung für die Aussicht, Maria heiraten zu dürfen, würde Nikolaus von Lothringen mit seinen Truppen an den burgundischen militärischen Aktionen gegen Frankreich teilnehmen und Lothringen für den Durchzug der burgundischen Truppen öffnen.

»Ist alles gerichtet?«, fragte er Olivier de la Marche, der gerade den Raum betreten hatte.

Olivier de la Marche machte eine kunstvolle Verbeugung.

»So, wie Ihr es gewünscht habt, mein Herzog«, bestätigte er.

Das Gold des burgundischen Staatsschatzes wurde durch die hohen Kristallspiegel an den Wänden des Saals noch verstärkt, dessen prunkvolle Ausstattung Nikolaus von Lothringen allein schon den Atem verschlug. Überwältigt von all der Pracht, bemühte er sich, den Wert der ausgestellten Gegenstände in Silber umzurechnen, und kam dabei auf unvorstellbare Summen.

Was für ein Gegensatz zu König Ludwigs Hofhaltung, der nicht einmal ansatzweise mit dem zur Schau gestellten Reichtum des Burgunders mithalten konnte.

Herzog Karl kam ihm fröhlich entgegen. Der Glanz seiner Ordenskette spiegelte sich in Nikolaus' Augen wider.

Der Herzog gewährte ihm den Ehrenplatz zu seiner Rechten, und nachdem er dort Platz genommen hatte, kündigte der Hofmarschall das Eintreffen der Braut an.

Gefolgt von ihren Hofdamen betrat Maria den Saal, und Nikolaus' Augen verfolgten aufmerksam jede ihrer anmutigen Bewegungen, bis sie schließlich ihren Platz neben ihm einnahm.

Er konnte sein Glück kaum fassen. Eine liebreizendere Braut hätte er sich kaum wünschen können. Er nahm Marias Hand und sah ihr dabei tief in die Augen, bevor er einen Kuss auf ihre Hand hauchte, die nach Rosenblüten duftete.

Maria musterte Nikolaus dabei überrascht, war er doch ganz anders, als sie befürchtet hatte, und erinnerte sie in nichts an den Herzog von Guyenne, der ihr wie ein Schreckensbild die ganze Zeit über vor Augen gestanden hatte.

»Er sieht wirklich gut aus, findest du nicht?«, flüsterte sie Catherina erleichtert zu, die an ihrer Seite stand, sobald Nikolaus sich wieder dem Herzog zuwandte, der ungeachtet der Gefühle der frisch Verlobten von dem geplanten Einmarsch in die Normandie zu sprechen begonnen hatte.

Doch während der Mundschenk die Becher füllte, trafen sich ihrer beider Augen erneut.

Nikolaus' Blick war zärtlich und voll unverhohlenem Verlangen, und seine edlen Gesichtszüge mit der geraden Nase und dem sensiblen Mund beeindruckten nicht nur Maria. Die anwesenden Frauen verschlangen den schönen Herzog geradezu mit ihren Blicken, was Nikolaus mit offensichtlicher Genugtuung genoss.

Nach dem Essen spielte die Kapelle zum Tanz auf, und Nikolaus erhob sich und verbeugte sich formvollendet vor Maria.

»Werdet Ihr mir den ersten Tanz schenken?«, bat er, und als Maria nickte, führte er sie in die Mitte des Saals.

Der Herzog von Burgund war zufrieden. Er neigte sich leicht zur Seite, während Maria von einem seligen Taumel erfasst mit Nikolaus tanzte, und wandte sich leise an seinen Kanzler.

Hugonet war an diesem Abend ungewöhnlich wortkarg und verschlossen gewesen, was Karl nicht entgangen war. Neugierig betrachtete er seinen Kanzler, dessen noble Schlichtheit bei Weitem mehr Wirkung entfaltete als jeder offensichtlich zur Schau gestellte Prunk.

»Wollt Ihr mir nicht sagen, was Euch bedrückt?«, forderte er ihn auf. Hugonet zögerte einen Moment, obwohl er wusste, dass er dem Herzog nicht ausweichen konnte.

»Es ist der Vertrag. Er ist Eurer nicht würdig.« Der Vorwurf in seiner Stimme war nicht zu überhören, und Humbercourt, der ebenfalls neben ihnen an der Tafel saß und ihren Wortwechsel verfolgt hatte, sah ihn an, als hätte er den Verstand verloren.

Im Gegensatz zu Hugonet kannte er keine Skrupel, wenn es um die Interessen des Herzogs oder gar um seine eigenen ging.

Eine raffinierte Klausel, die in den Heiratskontrakt Marias mit dem Herzog von Lothringen eingebaut worden war, gab Karl die Möglichkeit, den Kontrakt jederzeit und vor allem problemlos wieder aufzulösen, wenn er es wünschte. Dabei nahm er nicht einmal Rücksicht auf die Gefühle seiner Tochter, die glücklich mit ihrem Verlobten tanzte und noch nichts davon ahnte, dass sie Nikolaus von Lothringen niemals heiraten würde.

Solche hinterhältigen juristischen Schachzüge waren Hugonet zuwider, vor allem weil Maria davon betroffen war, die er von Geburt an kannte und wie eine Tochter liebte.

Karl kannte die Vorzüge und Schwächen seiner Ratgeber genau und setzte sie dementsprechend ein. Oft hatte er deshalb schon von der klugen und integren Art seines Kanzlers und seinem hohen Ansehen bei den Städtern profitiert. Trotzdem hasste er jede Art von Kritik, und allein der Gedanke an seinen Erzfeind machte ihn rasend.

»Wir haben keine andere Wahl, wenn wir gegen Ludwig

siegen wollen«, erwiderte er heftig. »Er ist derjenige, der die Wahl der Waffen vorgegeben hat.«

Nun beugte sich auch Antoine, der neben Hugonet saß, vor und mischte sich in das Gespräch ein.

»Die Verlobung wird dem Kaiser nicht verborgen bleiben«, gab er zu bedenken.

Karl bedachte seinen Halbbruder mit einem nachsichtigen Kopfschütteln.

Er war der beste Feldherr, den er sich nur wünschen konnte, aber ein guter Politiker würde nie aus ihm werden.

»Umso besser«, gab er ungerührt zurück. »Dann wird der alte Zauderer endlich merken, dass sein Sohn nicht der einzige Bewerber um Marias Hand ist und ihm nur noch wenig Zeit bleibt. Ohne Marias Mitgift wird er sein marodes Reich nicht mehr lange halten können, und die Nachricht von der Verlobung wird seine Entschlusskraft um einiges stärken. Bis zum Fürstentag in Trier ist es nicht mehr lange hin.«

Er warf einen bedeutungsvollen Blick in die Runde, und seine Vertrauten nickten verständnisvoll. Sie alle kannten Karls ehrgeizigsten Plan, die Hand seiner Tochter gegen die Königskrone einzutauschen, und der Fürstentag in Trier, an dem sowohl der Kaiser als auch Karl erwartet wurden, bot die Gelegenheit, die geheimen, von langer Hand vorbereiteten Verhandlungen endgültig zu besiegeln.

Maria war an diesem Abend schöner denn je. Ihre Augen leuchteten, und ihre Wangen waren rosig angehaucht.

»Wie schön Ihr seid«, flüsterte Nikolaus ganz nah an ihrem Ohr.

»Wenn Ihr erst meine Gemahlin seid, werde ich der glücklichste Mann der ganzen Welt sein«, und vor allem der reichste, fügte er in seinen Gedanken hinzu.

Maria antwortete ihm mit einem strahlenden Lächeln. Was sie nie zu hoffen gewagt hatte, war eingetroffen. Sie fühlte sich zu ihrem Verlobten hingezogen, und seine Komplimente schmeichelten ihr. Doch gleichzeitig fürchtete sie sich auch vor ihren Gefühlen.

Sie war gerade einmal fünfzehn Jahre alt und wusste so gut wie nichts über Männer, und instinktiv spürte sie, dass sie den feurigen Blicken des Herzogs von Lothringen und seinen süßen Schmeicheleien nicht lange widerstehen könnte.

Und so ließ sie später, als sie auf der Terrasse standen und in den tiefschwarzen Himmel sahen, auch zu, dass Nikolaus seinen Arm um sie legte. Aus dem Saal drang Gelächter und Musik zu ihnen nach draußen, und von einem nahe gelegenen Kloster wehte Glockengeläut zu ihnen herüber. Die Stille der Nacht umhüllte sie wie ein dunkler, schützender Mantel.

Nikolaus trat näher an sie heran und umfasste zärtlich ihr Gesicht.

»Ich möchte gerne Euren Mund küssen«, bat er mit rauer Stimme.

Als sie nichts darauf erwiderte, beugte er sich so nah zu ihr, dass sein Atem ihre Wangen streifte. Sie unternahm keine Anstalten, ihn abzuwehren, sondern stand nur da, sah ihn an und ließ es geschehen.

Sein Kuss war sanft und zärtlich und löste neue, unbekannte Gefühle in ihr aus. Noch nie hatte sie in ihrem bisherigen Leben etwas ähnlich Aufregendes erlebt, und sobald Nikolaus sich wieder von ihr gelöst hatte und ihr tief in die Augen sah, wünschte sie, dass er sie noch einmal küssen würde.

Nikolaus spürte genau, was in ihr vorging. Er kannte sich mit Frauen aus. Sie waren alle gleich. Ein tiefer Blick in die Augen, gefolgt von einigen schmeichelnden Worten und einem zärtlichen Kuss, der ihren Hunger nach mehr weckte, und schon waren sie ihm rettungslos verfallen.

Beide bemerkten den Diener nicht, der auf die Terrasse gekommen war und sich einige Male räusperte, um sich bemerkbar zu machen.

»Der Herzog erwartet Euch«, wandte er sich mit einer leichten Verbeugung an Nikolaus.

Mit Marias Hand auf seinem Arm betrat Nikolaus wieder den Saal, und Karls Gesicht verfinsterte sich, als er die vertrauliche Geste zwischen seiner Tochter und dem Herzog von Lothringen bemerkte.

»Madame Halewyn ist mir dafür verantwortlich, dass dieser brünstige Hund meiner Tochter nicht zu nahe kommt«, zischte er Olivier de la Marche zu.

Der verbeugte sich ehrerbietig und entfernte sich danach augenblicklich, um den Befehl an Madame Halewyn weiterzugeben.

Mit unbewegtem Gesicht bat Karl den Lothringer, wieder neben ihm Platz zu nehmen. »Schenkt unserem Gast Wein nach«, befahl er dem wartenden Mundschenk, wobei er das Wort Gast besonders betonte.

Nikolaus schenkte ihm einen irritierten Seitenblick. War es etwa verboten, seine Braut zu küssen? Er trank einen großen Schluck aus seinem Becher. Obwohl er normalerweise einen anderen Frauentyp bevorzugte, hatte ihn die vertrauensvolle Unschuld erregt, mit der Maria seinen Kuss erwidert hatte, und er spürte seine Hose enger werden.

Herzog Karl riss ihn unsanft aus seinen Gedanken.

»Wie ich sehe, gefällt Euch meine Tochter«, stellte er wie nebenbei fest. Der schwere Wein war Nikolaus in den Kopf gestiegen und ließ ihn jede Vorsicht vergessen.

»Wem würde sie nicht gefallen? Ich kann es kaum erwarten,

sie zu meinem Weib zu nehmen«, stieß er leidenschaftlich hervor und trank seinen Becher in einem Zug leer.

Karls Gesicht verdüsterte sich. »Ihr seid mein Gast und ich erwarte von Euch, dass Ihr Euch wie ein Ehrenmann benehmt«, bemerkte er finster.

Seine schwarzen Augen funkelten Nikolaus dabei so bedrohlich an, dass dieser erschrocken zurückwich, bevor er eifrig versicherte, dass ihm nichts ferner läge, als die Gastfreundschaft des Herzogs von Burgund zu verletzen.

Karl lächelte freudlos. Die lüsterne Gier, die in die Augen des Lothringers getreten war, als er seine Tochter betrachtet hatte, war ihm nicht entgangen, und es fiel ihm schwer, seine Abneigung gegen diesen verweichlichten Schönling zu verbergen, der nicht einmal in der Lage war, seinem Blick standzuhalten.

Um nicht die Beherrschung zu verlieren, ballte er unter dem Tisch seine Hände zu Fäusten und war erleichtert, als Hugonet das Gespräch auf den bevorstehenden Feldzug lenkte.

Die Kapelle hatte aufgehört zu spielen, und die Damen zogen sich in ihre Gemächer zurück.

»Der Abend war wunderschön«, bemerkte Maria selbstvergessen, während Catherina ihr beim Auskleiden half.

»Du wirst sicher sehr glücklich mit dem Herzog von Lothringen werden«, erwiderte Catherina ein wenig neidisch.

Marias Gedanken kreisten nur noch um ihren Verlobten. Er liebt mich ebenso wie ich ihn, dachte sie glücklich. Sonst hätte er mich nicht so angesehen und geküsst. Und wie aufmerksam und galant er gewesen ist.

Erst jetzt konnte sie verstehen, wie Recht die Minnesänger damit hatten, die Liebe zu besingen. Es gab tatsächlich nichts Schöneres auf der Erde als die wahre Liebe.

Am nächsten Morgen erschien Madame Halewyn bereits in Marias Räumen, noch bevor diese fertig angekleidet war. Sie fand ihren Schützling vor dem Spiegel sitzen, aus dem sie ihr fröhlich entgegenlächelte. Offensichtlich freute sie sich schon auf das Wiedersehen mit ihrem Verlobten, weshalb es ihr auch entging, wie angespannt ihre Erzieherin war.

»Dein Verhalten gestern Abend entsprach nicht dem, was ich dich gelehrt habe«, sagte Madame Halewyn streng. Maria sah sie schuldbewusst an.

»Es war nur ein Kuss«, verteidigte sie sich. »Und ich kann nichts Unrechtes darin erkennen. Schließlich sind wir verlobt.«

»Du wirst ab sofort mehr Zurückhaltung an den Tag legen und dich nicht wie eine dumme Gans vom Lande benehmen«, schalt Madame Halewyn.

Maria schob trotzig ihr Kinn nach vorne. Doch Madame Halewyn war noch nicht fertig. »Bis zur Hochzeit wirst du den Herzog von Lothringen nicht mehr alleine treffen, so hat es dein Vater befohlen.«

Maria sprang empört auf. »Ich weiß sehr wohl, was sich gehört. Ich brauche keinen Aufpasser«, protestierte sie heftig.

Madame Halewyn musterte sie mit zusammengekniffenen Augen.

»Du hast dich also in ihn verliebt«, stellte sie fest.

Maria nickte.

»Und du glaubst, dass das, was du für deinen Verlobten empfindest, die wahre Liebe ist?«

»Ja.«

Madame Halewyn trat auf Maria zu und legte einen Arm um ihre Schulter.

»Du armes Kind. Du weißt ja noch gar nicht, was wahre Liebe ist, verwechselst kindliche Schwärmerei mit echten Gefühlen und hast keine Ahnung von den Männern.«

»Nikolaus ist ein Ehrenmann, er würde nie etwas tun, was sich nicht ziemt«, nahm Maria ihn in Schutz und befreite sich ärgerlich aus Madame Halewyns Umarmung.

»Er ist ein Mann, der seine unbestreitbare Wirkung auf Frauen genau kennt und ohne jeden Skrupel ausnutzt«, versuchte Madame Halewyn sie zu warnen, doch es gelang ihr nicht, Maria zu überzeugen, weshalb sie nur noch darauf vertrauen konnte, dass Maria ihre gute Erziehung nicht vergessen würde. Im letzten Jahr war trotz der strengen Etikette eine von Marias Hofdamen schwanger geworden und hatte in aller Eile vermählt werden müssen. Madame Halewyn wusste überdies aus schmerzlicher Erfahrung, dass junge Leute immer einen Weg fanden, um sich zu sehen. Und dass die heimlichen Treffen zu allem Übel den Reiz des Verbotenen noch erhöhten.

Seufzend begab sie sich in die nahe gelegene Klosterkapelle, um für Marias Schutz zu beten.

Im Inneren der Kapelle war es dunkel und kalt, und die bunten Glasfenster, die an sonnigen Tagen farbige Lichtspiele in den hohen Raum warfen, hingen an diesem Morgen stumpf und grau in ihren Bleirahmen.

In den Bänken knieten die Mönche wie Schatten. Madame Halewyn trat fröstelnd vor die Heilige Jungfrau und flehte sie an, ihre schützende Hand über Maria zu halten.

Nikolaus von Lothringen hatte gewusst, dass sein zukünftiger Schwiegervater ein schwieriger und launischer Mensch war.

Sein Gefühl riet ihm, vorsichtig zu sein und ihn nicht noch mehr zu verärgern.

Neues Misstrauen erwachte jedoch in ihm, als er feststellen musste, dass seine Braut seit dem Abend ihrer ersten Begegnung behütet wurde wie ein kostbares Juwel. Ständig war sie von ihren Hofdamen umgeben, und wenn er ihr seine tägliche Aufwartung machte, ließ man ihm keine Gelegenheit, mit Maria alleine zu sein.

Lag dem Herzog nur die Ehre seiner Tochter am Herzen, oder steckte gar etwas anderes dahinter? Er sprach mit seinem Freund und Marshall Gregor Vinstingen darüber, doch der lachte nur. »Man kann es ihm nicht verdenken. Euer Ruf, was Frauen angeht, scheint Euch vorausgeeilt zu sein.«

Doch zwei Tage später, als er von der gemeinsamen Jagd mit Herzog Karl ins Schloss zurückkehrte, traf er überraschenderweise Catherina vor seinen Gemächern an. Sie hatte sich hinter einer der Säulen verborgen, und ihr Gesicht glühte vor Aufregung. Offensichtlich hatte sie auf ihn gewartet. Ob sie ihm eine Botschaft von ihrer Herrin brachte?

Nikolaus, der jede Art von Überraschung liebte, sah ihr neugierig entgegen, als sie ein wenig verlegen auf ihn zutrat.

Unter seinen forschenden Augen stieg ihr die Röte in die Wangen. Noch nie hatte sie einen hübscheren Mann gesehen. Sein dunkelgrüner, an den Schultern wattierter Jagdrock ließ seine Schultern breiter wirken und ihn noch männlicher erscheinen, und der breitkrempige Hut mit den kostbaren Pfauenfedern verlieh ihm etwas Verwegenes, das ihr Herz schneller schlagen ließ.

»Was kann ich für Euch tun, schöne Dame?«, fragte er und küsste galant ihre Hand. Seine Berührung ließ sie erzittern.

»Meine Herrin erwartet Euch um die fünfte Stunde im Rosengarten«, flüsterte sie und stellte sich vor, wie es wäre, in seinen Armen zu liegen.

»Ihr scheint den Zorn Eures Herzogs nicht sonderlich zu fürchten«, bemerkte Nikolaus ein wenig spöttisch.

Catherinas Augen hingen wie gebannt an seinen Lippen, während er sprach. Nikolaus nahm es geschmeichelt zur Kenntnis.

»Ich finde, Euer Mut sollte belohnt werden«, sagte er, plötzlich einer spontanen Eingebung folgend und drückte ihr einen Kuss auf die farblosen Lippen, nicht aber, ohne sich vorher mit einem raschen Blick vergewissert zu haben, dass sie von niemand beobachtet wurden.

Catherina schwebte über allen Wolken, als er sie stürmisch in seine starken Arme zog und sie mit unverhohlener Leidenschaft küsste. Verzückt erwiderte sie seinen Kuss und ließ es zu, dass er sie kurz entschlossen hochhob und in sein Schlafzimmer trug.

Später, als sie mit glühenden Wangen die Gemächer des Herzogs wieder verließ, war sie noch immer wie betäubt vor Glück, und ihr Herz brannte vor Liebe nach dem Mann, dem sie ohne zu zögern ihre Unschuld geschenkt hatte.

Nikolaus hatte sie dagegen im selben Moment, in dem sie seine Gemächer verließ, schon wieder vergessen. Eine unbedeutende Zofe, die sich ihm wie eine läufige Katze hingegeben hatte und die für ihn ohne jede weitere Bedeutung war.

Sein vorheriges Misstrauen schwand, und er fühlte sich geschmeichelt, weil Maria bereit war, sich über die Befehle ihres Vaters hinwegzusetzen.

Seit seinem ersten Liebesabenteuer hatte ihn keine Frau mehr so sehr erregt wie Maria. Und obwohl er wusste, dass er langsam und äußerst taktvoll vorgehen musste, was seinem Naturell so gar nicht entsprach, empfand er diesen Umstand auf einmal sehr viel spannender als das draufgängerische Vorgehen bei seinen sonstigen Liebschaften und konnte es kaum noch erwarten, seine Braut zu sehen.

Im Rosengarten, verborgen hinter Koniferen, die den Eingang des Gartens bildeten, entdeckte Nikolaus Maria alleine auf einer Bank. Sie trug ein mit Goldfäden durchwirktes Gewand aus grüner Taftseide, mit einem Mieder aus goldbesticktem Brokat und weiten Ärmeln. Die Sonne ließ ihr seidiges Haar unter dem hauchdünnen Spitzenschleier aufleuchten, und ihre Wangen waren rosig angehaucht.

»Eure Botschaft hat mich sehr glücklich gemacht.« Mit diesen Worten trat er auf sie zu und nahm ihre Hand in die seine.

Maria errötete vor Freude, während er ihre zarte Haut, die langen Wimpern und ihre roten Lippen betrachtete. Sie war so entzückend jung; noch nie hatte er ein so junges Mädchen geliebt.

Er beugte sich vor und küsste sie leicht auf die Wange. Die Berührung seiner Lippen löste ein angenehmes Kribbeln in Marias Bauchgegend aus. Das Treffen mit ihrem Verlobten war noch aufregender, als sie es sich vorgestellt hatte, besonders weil es heimlich geschah und niemand davon erfahren durfte. Es gefiel ihr, von einem Mann bewundert zu werden, der um viele Jahre reifer und älter war als sie.

»Warum wolltet Ihr mich sprechen, Liebste?«, fragte er zärtlich.

»Ich habe gehört, dass Ihr meinen Vater in die Normandie begleiten werdet, und wollte Euch vorher noch ein wenig besser kennen lernen«, gestand sie verlegen.

Statt einer Antwort beugte er sich zu ihr hinüber und küsste sie auf den Mund. Zu seinem Erstaunen erwiderte sie seinen Kuss, erst zaghaft, dann aber immer beherzter.

Als sie sich schließlich voneinander lösten, schwieg Nikolaus eine Weile bedeutungsvoll, während seine Augen die ihren nicht losließen. »Ich liebe Euch, schöne Maria«, sagte er schließlich voller Überzeugung.

Wie hübsch er war und wie zärtlich. Er würde sie gewiss immer lieben und beschützen. Und sie würde niemals einen anderen Mann mehr lieben als ihn, davon war Maria nun fest überzeugt.

Überwältigt von ihren Gefühlen, lauschte sie seinen schmeichelnden Worten und genoss es, dass er ihre Hand hielt.

Die Turmuhr läutete die sechste Stunde ein, und Maria zählte in Gedanken die Schläge mit. Wie schnell die Zeit mit Nikolaus vergangen war. Ob die Zeit immer so schnell verrann, wenn man glücklich war? Sie erhob sich zögernd.

»Ich muss jetzt gehen«, teilte sie ihm mit.

Nikolaus schien enttäuscht.

»Werden wir uns morgen wiedersehen?«, fragte er hoffnungsvoll.

Sie schenkte ihm ein entzückendes Lächeln, dann nickte sie.

Nikolaus lächelte selbstgefällig, während seine Augen ihrer anmutigen Gestalt folgten. Es war wirklich nicht schwer, eine Frau zu erobern. Ein tiefer Blick, ein zärtlicher Kuss und einige schöne Worte genügten, damit sie ihm in den Schoß fielen wie reife Äpfel.

Mit glühenden Augen stand Catherina hinter den Koniferen und beobachtete fassungslos die Szene, die sich ihren Augen bot. Als Nikolaus sich über Maria beugte und sie leidenschaftlich auf den Mund küsste, hätte sie sich am liebsten auf die beiden gestürzt, um sie auseinanderzureißen.

Tränen strömten ihr über die Wangen. Wie konnte Nikolaus Maria küssen, nachdem er sie, Catherina, gerade erst geliebt hatte?

Das Glücksgefühl, das sie die ganzen letzten Stunden über beseelt hatte, war mit einem Schlag verschwunden, und übrig blieb nur brennender Schmerz, der ihren ganzen Körper durchzog.

Er hat dich lediglich benutzt, flüsterte eine Stimme in ihrem Inneren. Doch sie weigerte sich, dieser Stimme Glauben zu schenken, weil sie die Wahrheit nicht ertragen konnte.

Seine Zärtlichkeiten und seine Küsse brannten noch immer auf ihrer Haut. Es konnte nicht sein, er musste sie ebenso sehr lieben, wie sie ihn liebte. Er durfte ihr seine Liebe nur nicht zeigen, weil er mit Maria verlobt war. Doch diese Verlobung hatte nichts mit Liebe zu tun, sondern war einzig und allein aus politischen Erwägungen heraus geschlossen worden. Neue Zuversicht erfüllte sie, und erleichtert beobachtete sie, wie Maria sich nun erhob und zurück zum Schloss lief.

Nikolaus blickte ihr nach, und der Ausdruck in seinen Augen versetzte Catherina einen schmerzhaften Stich ins Herz. Ob sie es wagen konnte, zu ihm zu gehen? Ihre Gedanken eilten ihrem Tun voraus, und sie stellte sich vor, wie er ihr tief in die Augen sehen, sie zärtlich küssen und ihr dann versichern würde, keine andere Frau zu lieben als sie.

Catherina war gerade im Begriff, ihr Versteck zu verlassen, als Nikolaus ebenfalls aufstand und sich mit raschen Schritten entfernte. Schon war er zu weit von den schützenden Koniferen entfernt, als dass sie sich ihm noch nähern konnte, ohne zu riskieren, dass sie dabei von jemandem gesehen wurde, was auf keinen Fall geschehen durfte. Ihre Liebe musste im Verborgenen blühen. Keinesfalls durfte sie zulassen, dass sie durch das neidische Geschwätz der anderen beschmutzt wurde.

Aufgewühlt setzte sie sich auf die Bank, auf der ihr Geliebter noch vor wenigen Augenblicken gesessen hatte, und schloss die Augen, um ihm wenigstens in Gedanken ganz nahe zu sein.

Sie ahnte nicht, dass sie die ganze Zeit über beobachtet worden war.

An den Außenseiten der geräumigen Korridore befanden sich riesige Bogenfenster, die einen Blick auf die herrliche Landschaft frei gaben und die Wärme des Sommers hinter die kühlen Mauern des Schlosses strömen ließen.

Maria, die nach ihrem Treffen mit Nikolaus noch keine Lust hatte, in ihre Gemächer zurückzukehren, setzte sich auf eine der gepolsterten Fensterbänke und blickte nach draußen. Durch das Fenster beobachtete sie, wie sich die Sonne langsam dem Horizont zuneigte. Kleine weiße Wolken zogen an ihr vorüber, die aussahen, als hätte ein Maler sie auf den tiefblauen Himmel getupft. Es war ein herrlicher Tag, und sie war noch nie zuvor so glücklich gewesen.

Ihre Gedanken wanderten zu Nikolaus zurück, und sie stellte sich vor, wie es sein würde, seine Gemahlin zu sein. Sie würde so viel Zeit wie möglich mit ihm verbringen. Am Morgen könnten sie gemeinsam ausreiten oder auf die Jagd gehen, und wenn er sich den Regierungsgeschäften zuwandte, würde sie an seiner Seite sitzen, wie einst ihre Mutter es bei ihrem Vater getan hatte.

Nach dem Abendmahl würde sie ihm dann auf dem Clavicordion vorspielen, oder sie könnten sich beim Schachspiel entspannen. Nikolaus liebte fröhliche Feste und auch den Tanz. Sie würden viele Bankette und Maskenfeste geben, und auch wenn ihr Vater solche Vergnügungen seit dem Tod ihrer Mutter abgelehnt hatte, erinnerte sie sich noch gut an die vergangenen Veranstaltungen. Und Margarete würden sie sicher ebenfalls gefallen. Zu später Stunde würden sie sich dann in ihre Gemächer zurückziehen. Der Gedanke, was dort geschehen würde, trieb ihr die Röte in die Wangen, und sie war froh, dass niemand sie sehen konnte.

Lisette und Mathilda kamen plaudernd den Korridor hoch.

Maria achtete jedoch nicht auf ihre Worte und hing weiter ihren Gedanken nach, erst als Nikolaus' Name an ihr Ohr drang, horchte sie auf.

»Maria ist wirklich um ihren Verlobten zu beneiden, wie glücklich wäre ich, wenn ich einen Mann wie den Herzog von

Lothringen zum Gemahl nehmen dürfte. Er ist ein so gut aussehender Mann und so zärtlich. Er würde niemals grob zu einer Frau sein«, hörte sie Mathilda sagen.

»Du bist dumm und hast keine Ahnung«, erwiderte Lisette verächtlich.

»Maria war schon öfter verlobt, als sie überhaupt weiß, und auch diesmal ist es mehr als fraglich, ob es jemals zu einer Hochzeit kommen wird. Der Herzog hat große Pläne mit seiner Tochter, doch die sind noch geheim.«

Maria hielt erschrocken den Atem an. Der Gedanke, dass man sie von Nikolaus trennen könnte, war unerträglich für sie.

»Du willst dich nur wieder wichtig machen«, gab Mathilda zurück, obwohl ihre Stimme vor unterdrückter Neugier vibrierte.

Das konnte Lisette nicht auf sich sitzen lassen, und so senkte sie ihre Stimme und flüsterte Mathilda etwas zu, das Maria nicht mehr verstehen konnte.

»Die arme Herrin«, hörte sie Mathilda nur noch sagen, bevor die beiden in ihrem Schlafsaal verschwanden, dessen Eingang nur wenige Schritte von Marias Sitzplatz entfernt war.

Aber Mathildas wenige Worte reichten aus, um Maria davon zu überzeugen, dass ihre Liebe bedroht war.

Nikolaus zu verlieren, nachdem sie ihn gerade erst gefunden hatte, nein, das konnte, das durfte nicht sein! Niemand durfte ihre Liebe zerstören.

Ihre Gedanken ließen ihr keine Ruhe mehr. Sie musste so schnell wie möglich mit ihrem Vater reden, um zu erfahren, was hinter dem Geschwätz ihrer Hofdamen steckte.

Doch kaum war sie aufgestanden, um sich auf den Weg zu ihrem Vater zu machen, als ihr Madame Halewyn auch schon auf der Treppe entgegenkam. Ihr Gesicht war ernst. »Der Herzog hat befohlen, dass du morgen früh abreist«, sagte sie leise.

Maria erschrak. »Ich will aber nicht von hier fort«, protestierte sie entrüstet.

Madame Halewyn verbarg ihre Gefühle hinter ungewohnter Strenge.

»Das kannst du deinem Vater selbst sagen. Er erwartete dich in seinem privaten Schreibzimmer, und ich möchte dir nicht verhehlen, dass er sehr ungehalten über deinen Ungehorsam ist.«

Maria schoss das Blut in die Wangen.

»Ich bin alt genug, um zu wissen, was ich tue«, stieß sie zornig hervor, als ihr klar wurde, dass ihr heimliches Treffen mit Nikolaus trotz aller Vorsicht beobachtet worden war. »Wenn du nur wüsstest, wie zuwider mir diese ständige Bespitzelung ist«, fügte sie anklagend hinzu.

Herzog Karl stand an einem der beiden hohen Fenster und diktierte seinem Sekretär gerade einen Brief, als Maria mit klopfendem Herzen in sein Arbeitskabinett trat. Auf seinen Wink hin legte der Sekretär die Feder zur Seite und entfernte sich. Ihr Vater schien sich zwischenzeitlich wieder beruhigt zu haben, denn er empfing Maria entgegen ihrer Befürchtung beinahe zärtlich.

»Meine kleine Kaiserin«, begrüßte er sie gerührt und zog sie in seine Arme.

Maria war so verblüfft, dass sie im ersten Moment gar nicht begriff, wie ihr geschah. Wie lange war es her, dass er sie das letzte Mal in seine starken Arme genommen hatte? Selig genoss sie seine Umarmung. Er liebt mich und er wird niemals etwas tun, was mich unglücklich machen wird, dachte sie erleichtert.

Wie zärtlich er sie empfangen hatte. Meine kleine Kaiserin hatte er sie genannt.

Sie stutzte und begriff erst jetzt die volle Bedeutung seiner Worte. Ihr Körper versteifte sich. Lisette hatte Recht behalten! Sie würde Nikolaus nicht heiraten, und sie würde ihn, wenn es nach ihrem Vater ging, wahrscheinlich nicht mehr wiedersehen. Allein der Gedanke löste heftigen Schmerz in ihr aus.

Ungestüm stieß sie ihren Vater von sich.

»Ich werde meinen Verlobten nicht heiraten?«, fragte sie entsetzt.

»Du wirst Maximilian heiraten«, erwiderte Karl ärgerlich über die Heftigkeit ihrer Reaktion.

Für einen kurzen Augenblick regte sich sein Gewissen, als er sah, wie unglücklich Maria ob dieser Nachricht war. Doch dann verhärteten sich seine Züge.

»Der Herzog von Lothringen hat deine Zuneigung nicht verdient. Er ist und bleibt ein verweichlichter Weiberheld, der niemals meine Nachfolge antreten wird.«

»Aber er liebt mich«, widersprach Maria entschlossen.

Karls Gesicht verfinsterte sich, und seine Brauen zogen sich drohend zusammen.

»Sprich nicht von Dingen, von denen du nichts verstehst. Du wirst Maximilian heiraten, und je eher du dich damit abfindest, umso besser für dich«, erklärte er hart. Maria stand wie erstarrt, zu groß war der Schock für sie.

Der Herzog nahm ihre Reaktion allerdings als Zustimmung. Er sah an ihr vorbei, und sein Blick richtete sich in eine weite Ferne. Seine Zornesfalten glätteten sich wieder, und seine Stimme klang seltsam weich.

»Eure Söhne werden von kaiserlichem Geblüt sein. Wir werden Frankreich zerschlagen, das burgundische Reich zu einem Ganzen vereinen, das Heilige Grab befreien und die Türken aus Europa verjagen.« Er sprach wie zu sich selbst und schien Marias Anwesenheit bereits vergessen zu haben, noch bevor sie den Raum mit hölzernen Bewegungen verließ.

Maria warf sich auf ihr Bett und weinte Tränen der Wut und der Enttäuschung. Ihr Vater hatte sie ein weiteres Mal für seine hochtrabenden Pläne benutzt, ohne sich auch nur die geringsten Gedanken darüber zu machen, wie sie sich dabei fühlte, und alles in ihr empörte sich dagegen, dem Wunsch ihres Vaters Folge leisten zu müssen. Dieses Mal werde ich mich wehren, beschloss sie trotzig, ich werde Nikolas nicht aufgeben.

Sie wischte sich die Tränen fort und setzte sich an ihren Schreibtisch, ein zierliches Möbelstück mit kunstvollen Intarsien. Dort goss sie etwas von dem bereitstehenden Wein in das silberne Tintenfässchen, gab aus einem kleinen Beutel pulverisierte Gallustinte hinzu und verrührte sie sorgfältig mit einem kleinen Löffel, bis sie glatt und geschmeidig war. Dann tunkte sie ihre Feder in die Tinte und strich den vor ihr liegenden Pergamentbogen glatt.

Noch während sie überlegte, was sie Nikolaus schreiben sollte, fühlte sie sich besser, jetzt musste sie nur noch die richtigen Worte finden. Doch alle Worte, die sie kannte, schienen ihr zu banal, um die Größe und Erhabenheit ihrer Gefühle für ihn auch nur halbwegs angemessen ausdrücken zu können.

Die Dämmerung brach bereits herein, als Catherina mit verklärtem Blick in ihre Gemächer kam.

»Wo bist du nur gewesen?«, empfing Maria sie vorwurfsvoll und bemerkte dann an Catherinas Augen, dass sie geweint haben musste.

Catherina zündete die Kerzen an, während sie nach einer Ausrede suchte. »Ich habe mich nicht wohlgefühlt«, entschuldigte sie sich lahm.

Über Marias Schulter hinweg las sie ungläubig die Worte, die diese auf das vor ihr liegende Pergamentblatt geschrieben hatte:

Mein Geliebter
Mein Herz ist schwer von Trauer, während ich Euch diesen Brief schreibe.
Wie bitter ist der Abschied, nachdem ich die Süße der Liebe gekostet habe, ohne ihre Erfüllung erleben zu dürfen.
Grün und Blau werden von nun an meinen Leib umhüllen, als Zeichen meiner Liebe und Treue zu Euch.
Verborgen blüht die Rose weiter, in nie endender Hoffnung, allein von Euch gepflückt zu werden.
Maria

Catherina starrte Maria nur stumm aus großen Augen an.

»Was hat das zu bedeuten?«, fragte sie erschrocken und fürchtete sich vor Marias Antwort.

»Wir reisen morgen ab«, gab Maria leise zurück.

»Was ist geschehen?«, fragte Catherina und spürte einen dumpfen Schmerz in ihrer Brust.

»Ich werde den Herzog von Lothringen nicht heiraten«, beschied sie Maria traurig.

»Aber du bist doch schon mit ihm verlobt?« Für Catherina war das Ganze unbegreiflich.

»Es ist nicht das erste Mal, dass ich verlobt worden bin.« Marias Stimme klang resigniert. »Ich werde Maximilian, den Sohn von Kaiser Friedrich, heiraten und Kaiserin werden. Es ist der Wille meines Vaters.«

Sie faltete das Pergament zusammen und hielt es Catherina hin.

»Du musst dem Herzog von Lothringen diesen Brief bringen und ihm persönlich übergeben. Er darf auf keinen Fall in falsche Hände gelangen.«

Catherina schob das Pergament in ihr Mieder und verließ gehorsam den Raum. Vor der Türe blieb sie kurz stehen und sah sich vorsichtig um. Der größte Teil der Schlossbewohner war um diese Zeit damit beschäftigt, sich für das Abendmahl umzukleiden, und die Dienerschaft leistete ihrer Herrschaft dabei Hilfestellung.

Leichtfüßig und beglückt eilte sie durch die Gänge. In nur wenigen Augenblicken würde sie ihrem Geliebten wieder gegenüberstehen und seine Liebe zu ihr in seinen wunderschönen, zärtlichen Augen lesen können. Sie hatte es kaum noch zu hoffen gewagt, doch das Schicksal meinte es offensichtlich gut mit ihnen beiden. Jetzt, wo Nikolaus frei war, würde ihrer Liebe nichts mehr im Wege stehen, und sie konnte es kaum erwarten, ihm diese freudige Nachricht zu überbringen.

An jeder Ecke blieb sie stehen und spähte vorsichtig den Gang hinauf und hinunter, bevor sie eilig weiterlief. Endlich ereichte sie den Trakt, in dem die ausländischen Gäste untergebracht waren.

Verlassen und dunkel lag der Gang vor ihr.

Sie wollte gerade um die Ecke biegen, als eine scharfe Stimme die Stille durchbrach. »Halt, was habt Ihr hier zu suchen?«

Catherina wandte sich erschrocken um und sah direkt in das harte Gesicht eines bulligen Mannes. An seinem schwarzgoldenen Waffenrock erkannte sie, dass sie einen Junker aus der Leibwache des Herzogs vor sich hatte.

Verlegen schwieg sie und bemühte sich, ihr schlechtes Gewissen zu verbergen, das ihr geradezu ins Gesicht geschrieben stand.

Durchdringend starrte der Wachmann sie an.

»Was habt Ihr hier zu suchen?«, wiederholte er mit scharfer Stimme.

»Ich wollte zum Herzog von Lothringen«, stotterte Catherina.

Das Gesicht des Wachmanns verzog sich zu einem breiten Grinsen.

»So, so, der schöne Herzog scheint es Euch Weibsbildern ja mächtig angetan zu haben«, bemerkte er anzüglich, während sein Blick über ihre schmale Gestalt wanderte und sich begehrlich auf ihre Brust heftete. »Ihr könnt es wohl kaum erwarten, in seinen Armen zu liegen?«

Catherina verzichtete darauf, ihm zu antworten. Fieberhaft überlegte sie, wie sie wohl am besten an ihm vorbeikommen konnte, um ihren Auftrag zu erfüllen.

Doch der Wachmann packte sie mit einer schnellen Bewegung am Arm und hinderte sie dadurch, ihm zu entfliehen. Ein gieriger Blick trat in seine harten Augen.

Verzweifelt versuchte Catherina sich aus seinem Zugriff zu befreien, doch seine fleischigen Hände hielten sie fest umklammert. Er fuhr sich genüsslich mit der Zunge über die Lippen, bevor er dreist nach ihren Brüsten grapschte und sie so fest zusammendrückte, dass sie vor Schmerz aufschrie. Allerdings nicht laut genug, als dass dem Wachmann dabei das verräterische Knistern des Papiers entgangen wäre. Triumphierend langte er in ihr Mieder und zog das Pergament daraus hervor.

»Ihr wolltet mich wohl für dumm verkaufen?«, fragte er streng.

Catherina bekam es mit der Angst zu tun.

»Werdet Ihr mich verraten?«, fragte sie ängstlich und sah den Wachmann bittend an.

»Das hängt ganz von dir ab«, erwiderte dieser und drückte sie tiefer in die Nische, aus der er zuvor getreten war. Catherina spürte die kalte Steinmauer in ihrem Rücken, und zugleich stieg ihr der schale Atem der Wache in die Nase. Angewidert wandte sie ihr Gesicht zur Seite. Der Mann roch nach altem Schweiß, Zwiebeln und Wein.

Wieder betatschten seine Hände grob ihre Brüste, während er sein linkes Knie zwischen ihre Beine schob und sie auseinanderzwang.

Catherina wehrte sich, so gut sie konnte, doch ihr Widerstand schien sein Verlangen nur noch zu steigern. Mit einem Arm presste er Catherina an sich, während er ihr mit der anderen Hand zwischen die Schenkel fuhr, wo er einen Augenblick verweilte, bevor er mit seinen Fingern brutal in sie eindrang. Catherina schrie vor Entsetzen und Schmerz auf.

Mit aller Kraft biss sie ihm in die Schulter und nutzte seinen Schock ob des plötzlichen Schmerzes aus, um sich von ihm loszureißen.

Ohne sich noch einmal umzudrehen, rannte sie den Gang hinunter, als ob der Teufel hinter ihr her wäre. Erst als sie Marias Schlafgemach erreicht hatte, blieb sie heftig nach Luft ringend stehen.

Der Wachmann sah ihr ärgerlich nach und rieb sich zähneknirschend die Schulter. Das Weibsbild hatte sich so heftig gewehrt wie eine Jungfrau, die ihre Unschuld verteidigt, und ihn dabei ganz schön erwischt. Er fluchte leise. Von wegen Jungfrau. Seine Schulter schmerzte noch von dem kräftigen Biss ihrer kleinen, scharfen Zähne.

»Du wirst schon noch sehen, was du davon hast, du kleine Schlampe«, zischte er wütend.

Karl war gerade mit dem Ankleiden fertig, als ihm ein Diener das Eintreffen des Junkers meldete.

»Er behauptet, es wäre sehr wichtig«, fügte er hinzu.

»Er soll hereinkommen«, befahl Karl.

Der Wachmann verbeugte sich unterwürfig und überreichte ihm Marias Brief.

»Ich habe ihn der Zofe Eurer Tochter abgenommen. Sie wollte damit zum Herzog von Lothringen. Ich konnte sie gerade noch daran hindern«, berichtete er, und es klang, als hätte er einen Bären mit bloßen Händen bezwungen.

Der Herzog öffnete den Brief und las ihn. Eine steile Falte trat auf seine Stirn, und sein Gesicht verlor jede Farbe.

»Mein eigen Fleisch und Blut wollte mich verraten«, stieß er ungläubig hervor. Es dauerte einen Moment, bis er sich von der Ungeheuerlichkeit dieser Erkenntnis erholt hatte und seine Entscheidung traf.

»Maria darf keine Gelegenheit mehr erhalten, den Lothringer noch einmal zu sehen. Bis zu ihrer Abreise wird sie ihre Gemächer nicht mehr verlassen.« Er sah den Wachmann finster an. »Ihr haftet mir mit Eurem Kopf dafür, und jetzt lasst mich allein«, befahl er.

Maria hatte Catherinas Rückkehr bereits ungeduldig erwartet. Ihr Puls beschleunigte sich, als sie den verstörten Ausdruck im Gesicht ihrer Zofe sah, und sie wusste sofort, dass etwas passiert sein musste.

»Was ist geschehen?«, fragte sie und unterdrückte mühsam ihre Ungeduld.

Doch Catherina war noch immer so von der Brutalität des Wachmanns geschockt, dass sie kein Wort herausbrachte.

»Man hat dich also erwischt«, stellte Maria fest.

Catherina nickte.

Maria trat zu ihr und legte tröstend einen Arm um ihre Schulter.

Als sie bemerkte, dass Catherina zitterte, regte sich ihr Gewissen. Denn was auch immer Catherina zugestoßen war, war allein ihre Schuld.

Mitleidig führte sie Catherina zu ihrem Bett. »Du wirst heute Nacht hier bleiben, wo dir niemand etwas anhaben kann«, erklärte sie bestimmt und wartete dann, bis sich Catherina wieder so weit beruhigt hatte, dass sie Maria berichten konnte, was geschehen war.

Empört sprang sie auf, als sie hörte, wie der Wachmann mit Catherina umgesprungen war.

Sie war so wütend, dass sie darüber sogar Nikolaus und ihren Brief an ihn vergaß.

»Wie kann er es wagen, sich an meiner Zofe zu vergreifen?«, schrie sie außer sich vor Zorn »Ich werde dafür sorgen, dass er seiner gerechten Strafe nicht entgehen wird.«

»Aber er hat den Brief gefunden«, erinnerte Catherina sie traurig.

»Du hast Recht.« Maria strich sich eine Haarsträhne aus dem Gesicht, die sich gelöst hatte, und ließ sich neben Catherina aufs Bett fallen.

»Mein Vater wird wütend auf mich sein und den Kerl wahrscheinlich auch noch dafür belohnen, dass er meinen Brief abgefangen hat.«

Unvermittelt sprang sie auf, stürzte zur Türe und verriegelte sie.

Sie brauchte Zeit, um nachzudenken, und wollte dabei nicht gestört werden.

Nur einen Augenblick später hörte sie, wie die Klinke heruntergedrückt wurde, dann klopfte es ungeduldig.

»Es ist Zeit, hinunter in den Saal zu gehen«, erklang Lisettes Stimme.

»Richte Madame Halewyn aus, dass ich Kopfschmerzen habe und mich bereits zu Bett begeben habe«, rief Maria ihr durch die geschlossene Türe zu und lief aufgewühlt in ihrem Zimmer auf und ab.

»Ich weiß nicht, wie ich ohne Nikolaus weiterleben soll«, stieß sie leidenschaftlich hervor. »Wie kann mein Vater nur so grausam sein und uns trennen, wo er uns gerade erst miteinander verlobt hat?«

Catherina gab ihr keine Antwort. Der Schreck über den Angriff des Wachmanns saß ihr noch immer tief in den Knochen. Noch immer spürte sie seinen schalen Atem in ihrem Gesicht und seine brutalen Hände zwischen ihren Schenkeln und versuchte verzweifelt, die schrecklichen Bilder wieder aus ihrem Kopf zu verdrängen. Gequält schloss sie die Augen.

Wieder klopfte es an der Türe, diesmal heftiger.

»Der Herzog wünscht dich sofort zu sehen«, hörten sie Madame Halewyn rufen.

»Ich will ihn aber nicht sehen«, gab Maria trotzig zurück.

»Ich wage nicht, hinunterzugehen und ihm zu sagen, dass du dich weigerst.« Madame Halewyns Stimme klang flehend. »Bitte mach es nicht noch schlimmer. Dein Vater scheint sehr aufgebracht zu sein.«

»Das ist mit egal«, antwortete Maria ungerührt.

Madame Halewyn gab sich alle Mühe, sie umzustimmen, aber Maria verneinte weiterhin hartnäckig. So blieb Madame Halewyn nichts anderes übrig, als dem Herzog von ihrer Weigerung zu berichten. Zu ihrer Erleichterung blieb der erwartete Wutanfall jedoch aus. Mit abwesendem Blick nahm Karl die abschlägige Antwort seiner Tochter zur Kenntnis. Er schien so tief in Gedanken versunken zu sein, dass ihn niemand weiter zu stören wagte.

Marias überraschende Abreise ließ den Herzog von Lothringen erneut stutzig werden, doch es gelang Karl, ihn nochmals zu beruhigen. »In Gent ist Maria am sichersten«, erklärte er ihm. »Wir werden schon bald in die Normandie aufbrechen und können sie unmöglich ohne Schutz hier zurücklassen.«

Feierlich überreichte er ihm einen kunstvoll gearbeiteten goldenen Feuerstahl an einer schweren Goldkette und gab ihm den Bruderkuss.

»Nehmt dies zum Zeichen meiner Treue«, sagte er, und nur Olivier de la Marche hörte den Hass in seiner Stimme.

7

Es schien, als hätten Maria und Catherina wieder zu ihrer alten Vertrautheit zurückgefunden, denn ihre unerfüllte Sehnsucht nach dem Herzog von Lothringen schlang ein unsichtbares Band um sie, und Maria, die nichts von Catherinas Fehltritt ahnte, genoss es, mit ihr über Nikolaus sprechen zu können. Beide fühlten sich ihm näher, wenn sie über ihn sprachen, und beide riefen sich jeden einzelnen Moment mit ihm immer wieder ins Bewusstsein. Mit dem einzigen Unterschied, dass Catherina über ihre Begegnungen mit dem Lothringer schwieg, während Maria ihr offen darüber erzählte.

Ihre Gedanken drehten sich ausschließlich um den Geliebten, wie ein Refrain, der nicht aufhörte, sich zu wiederholen.

Immer noch war Maria untröstlich über den Verlust ihres Verlobten und klammerte sich an die Hoffnung, dass er trotz aller Widrigkeiten einen Weg finden würde, zu ihr zurückzukommen. Ungeduldig wartete sie auf eine Nachricht von ihm, doch als diese ausblieb, wurde sie unsicher.

»Glaubst du, dass er mich wirklich liebt?«, fragte sie Catherina. »Ich weiß so wenig über ihn und er ist so viel älter und erfahrener als ich. Sag du es mir«, verlangte sie und sah ihre Zofe erwartungsvoll an. »Wird er um mich kämpfen?«

Catherinas Lippen kräuselten sich bitter, und plötzlich erfüllten sie wilde Hassgefühle.

Ich muss auch ohne ihn leben, dachte sie unversöhnlich, aber das interessiert ja niemanden. Alles dreht sich immer nur um dich. Glaubst du denn, ich hätte keine Gefühle? Hättest du dich nicht heimlich mit ihm getroffen, hätten wir auch nicht so überstürzt abreisen müssen. Nicht einmal verabschieden konnte ich mich mehr von ihm.

Doch Maria war viel zu sehr mit sich und ihrem Kummer beschäftigt, um Catherinas Stimmungsumschwung zu bemerken. »Ich könnte zusammen mit ihm fortreiten, irgendwohin, wo uns niemand kennt, und dort mit ihm leben, bis mein Vater seine Einwilligung zur Hochzeit erteilt«, überlegte sie laut.

Da sie sich ihrer eigenen Liebe so sicher war, zweifelte sie zu keinem Zeitpunkt an der seinen und war davon überzeugt, dass er ebenso unter ihrer Trennung litt wie sie.

Catherina schwieg indes verbissen, aber auch das fiel Maria nicht weiter auf.

Leise Schritte waren auf einmal vor der Tür zu vernehmen, und wenig später betrat Margarete das Gemach ihrer Stieftochter und gab Catherina zu verstehen, dass sie mit Maria allein zu sein wünschte.

Seit ihrer Rückkehr an den Prinzenhof hatte Maria ihre Gemächer nicht mehr verlassen, und Margarete machte sich große Sorgen um sie.

Obwohl sie wusste, dass Maria unter der Trennung von ihrem Verlobten litt, war sie froh über die Entscheidung gewesen, die Karl bezüglich des Herzogs von Lothringen getroffen hatte, eine Entscheidung, die sich im Nachhinein als mehr als richtig erwiesen hatte, war doch gleich, nachdem Maria im Prinzenhof angekommen war, Madame Halewyn zu ihr gekommen, um ihr von der Liebschaft des Herzogs mit Catherina zu berichten.

Madame Halewyn hatte ihr daraufhin angeboten, Maria die Augen über ihren ehemaligen Verlobten zu öffnen, doch Margarete hatte abgelehnt. Sie wollte selbst mit ihrer Stieftochter darüber reden.

Nun fand sie Maria mit hochgezogenen Knien auf ihrem Lieblingsplatz unter dem Gobelin sitzen und ihr traurig entgegenblicken.

Sie setzte sich neben sie und nahm ihre Hand.

»Die erste Liebe ist immer etwas Besonderes, aber du darfst nicht glauben, dass es die letzte für dich sein wird. Sieh mich an. Bevor ich deinen Vater geheiratet habe, gab es einen Edelmann in meinem Leben, dem ich sehr zugetan war. Ich glaubte damals, dass ich niemals einen anderen Mann lieben könnte als ihn, dabei war es nur eine Schwärmerei, die nichts mit wirklicher Liebe zu tun hatte, wie ich heute weiß«, sagte sie, um Maria zu trösten.

»Bei mir ist es anders«, erwiderte Maria voller Überzeugung. »Ich kann mir tatsächlich nicht vorstellen, einen anderen Mann zu heiraten als ihn.«

Margarete seufzte. Gerne hätte sie Maria weiteren Kummer erspart, aber nun hatte sie keine andere Wahl mehr, als Maria die Augen zu öffnen, damit sie erkennen konnte, was für ein Mann der Herzog von Lothringen in Wirklichkeit war.

Eindringlich sah sie Maria an.

»Ich habe mich über deinen Verlobten erkundigt. Er besitzt, was Frauen angeht, nicht gerade den besten Ruf und gehört zu den Männern, die keinem Rock widerstehen können. Du solltest froh sein, dass du ihn nicht heiraten musst. Er hätte dich niemals glücklich gemacht.«

»Du irrst dich«, widersprach Maria leidenschaftlich. »Nikolaus liebt mich, das hat er mir selbst gesagt.«

»Wenn er dich lieben würde, hätte er nicht sofort nach deiner Abreise ein Verhältnis mit der Gräfin von Mons angefangen.«

Maria starrte sie ungläubig an. »Das ist nicht wahr«, stieß

sie hervor. Margarete reichte ihr den Brief, den sie von Karl erhalten hatte. Aus Sorge um Maria hatte sie ihrem Gemahl geschrieben und ihm vom Kummer seiner Tochter berichtet. Karl hatte ihr sofort geantwortet.

Unter Tränen las Maria den Brief ihres Vaters.

... Nie habe ich einen größeren Weiberheld gesehen, als den Herzog von Lothringen, dessen Bastarde sich kaum noch zählen lassen. Wäre er in der Schlacht doch ebenso unbeirrt und mutig wie bei der Jagd nach schönen Frauen, ich könnte mir keinen besseren Mann an meiner Seite vorstellen ...

Aber alles in ihr wehrte sich, den Worten ihres Vaters Glauben zu schenken und so schüttelte sie, nachdem sie den Brief gelesen hatte, zur Antwort nur leicht den Kopf.

Margarete seufzte. Es fiel ihr nicht leicht, Maria von der Liebschaft Catherinas mit Nikolaus von Lothringen zu berichten, doch anscheinend blieb ihr keine andere Möglichkeit, als auch noch diesen letzten Schritt zu tun.

Wenn Maria es von Catherina selbst erfuhr, würde sie nicht länger an den Worten ihres Vaters zweifeln.

Sie klingelte nach Catherina.

»Ist es wahr, dass du mit dem Herzog von Lothringen Unzucht getrieben hast?«, fragte sie diese unvermittelt und mit ungewohnter Härte.

Catherina senkte ihren Blick, und flammende Röte überzog ihr Gesicht. Sie wagte es nicht, Maria oder Margarete in die Augen zu sehen, und starrte verlegen auf das Schachbrettmuster des Bodens, ohne dieses jedoch wirklich wahrzunehmen.

»Ich habe dich etwas gefragt und wünsche ein Antwort«, befahl Margarete scharf.

Catherina blieb keine Wahl. Ihr wurde heiß vor lauter Scham, dann regte sich jedoch Widerstand in ihr. Die Herzogin hatte von ihrer Liebe gesprochen, als ob sie etwas Schmutziges wäre. Sie hatte sie besudelt und ihr alles Schöne genommen. Das durfte sie nicht zulassen.

»Wir lieben uns«, stieß sie heftig hervor, und ihre blassen Lippen kräuselten sich trotzig. Es war ein Fehler gewesen, Mathilda nach ihrer Rückkehr in den Prinzenhof von ihrem heimlichen Treffen mit dem Herzog von Lothringen zu erzählen, aber der Drang, dieses wundervolle Erlebnis mit einem anderen Menschen zu teilen, war einfach übermächtig gewesen.

Sie hätte wissen müssen, dass Mathilda Lisette davon erzählen würde und dass diese wiederum nichts Besseres zu tun haben würde, als die aufregende Neuigkeit genüsslich unter die Leute zu bringen. Und wenn sie ehrlich war, hatte sie es sogar genossen, endlich einmal im Mittelpunkt der Aufmerksamkeit zu stehen.

Maria schloss gequält die Augen. »Wie konntest du das tun, wo du doch wusstest, dass er mein Verlobter ist?«, fragte sie verletzt.

Catherina gab ihr keine Antwort. Sie wusste, dass es keine Entschuldigung für ihr Verhalten gab, oder etwa doch? Zornig presste sie ihre Lippen aufeinander. Ich habe das gleiche Recht zu lieben wie Maria, dachte sie und wusste gleichzeitig, dass dem nicht so war. Sie war nur eine unbedeutende Zofe, während Maria eine reiche Erbin war. Der Gedanke, dass es Maria, was ihre Gefühle betraf, auch nicht besser ging als ihr, war zwar irgendwie wohltuend, reichte aber nicht aus, um den Neid aus ihrem Herzen zu verbannen.

Ich bin genauso viel wert wie sie. Warum muss ich ihr dienen, bloß weil ich in einem einfachen Haus geboren bin und sie in einem Schloss? Es waren aufrührerische, ja gefährliche Gedanken, wie sie nur ein von Neid genährtes Hassgefühl hervorbringen konnte.

Sie war so aufgewühlt, dass sie gar nicht bemerkte, dass

Margarete sie die ganze Zeit über beobachtete, in ihrem Mienenspiel las und sich ihre eigenen Gedanken über sie machte.

Maria spürte, wie sich schmerzhaft etwas in ihr zusammenzog. Sie hatte sich ihrer Liebe zu Nikolaus so sicher gefühlt, während er nichts Besseres zu tun gehabt hatte, als sich mit ihrer Zofe zu vergnügen.

Er hatte sie nie geliebt!

Die Erkenntnis war bitter, aber sie bewirkte, dass ihre verloren geglaubte Liebe jeglichen Glanz verlor. Zurück blieb nur ein übler Nachgeschmack.

Für Nikolaus war sie nichts weiter als eine reiche Erbin gewesen, durch die er an noch mehr Macht und Einfluss hatte kommen wollen.

Wie hatte sie nur glauben können, einen Mann zu lieben, der nicht einmal wusste, was wahre Liebe bedeutete?

Entschlossen drängte sie ihre Enttäuschung und Ernüchterung zurück und bemühte sich um Haltung.

Margarete sah, wie es hinter der Stirn ihrer Stieftochter arbeitete, und sie gab Catherina mit einem Wink ihrer Hand zu verstehen, dass sie sich wieder entfernen konnte.

Wie schmerzhaft eine unerwiderte Liebe sein konnte, wusste sie aus eigener Erfahrung nur zu gut. Und so legte sie den Arm um Maria und zog sie tröstend an sich.

»Weine, Maria, und dann vergiss ihn für immer. Er ist es nicht wert, dass du ihm nachtrauerst.«

Der Vorstoß auf die Normandie brachte keinen Erfolg, und so schloss der Herzog von Burgund mit dem König von Frankreich einen vorläufigen Waffenstillstand in Senlis und gab den Befehl zum Rückzug.

Der Abschied zwischen dem Herzog von Lothringen und Karl verlief kühl, von der Hochzeit war keine Rede mehr.

Karl hatte sein Pferd bereits bestiegen und wollte gerade antraben, als Nikolaus ihn zurückzuhalten versuchte.

»Wir sind noch gar nicht dazu gekommen, den Tag für die Hochzeit festzulegen«, rief er ihm nach.

Karl wandte den Kopf und blickte finster auf ihn herab. Es fiel ihm schwer, seine Abneigung gegen Nikolaus von Lothringen länger zu verbergen.

»Ihr wagt es, mich trotz dieser Niederlage zu drängen?«, donnerte er.

»Wie kann ich Hochzeit feiern, solange die Grenzen meines Reiches nicht gesichert sind?«

Nikolaus wurde rot, als er die schadenfrohen Blicke um sich herum bemerkte.

Es war ein Fehler gewesen, den Herzog vor seinen Männern zu einer Entscheidung zu drängen, aber musste er ihn deswegen gleich zurechtweisen wie einen dummen Jungen?

Tief gekränkt starrte er Karl nach, der seinem Pferd die Sporen gab und vom Hof ritt, ohne sich noch einmal umzudrehen.

Zurück im Schloss, befahl Nikolaus seine Ratgeber für den Abend zu sich.

Anschließend nahm er ein Bad und konnte es kaum erwarten, Antoinette, seine neueste Mätresse, zu sehen, eine dunkelhaarige Schönheit, die mit den Gesandten König Ludwigs an seinen Hof gekommen und nach deren Abreise bei ihm geblieben war.

Sie empfing ihn mit einem Becher dunkelroten Weins in der Hand.

»Ich bin so glücklich, dass Euch nichts geschehen ist«, flüsterte sie und schien nicht zu bemerken, dass ihr dabei der seidige Umhang von den Schultern glitt und sie mit nichts weiter als ihrem Spitzenhemdchen bekleidet vor ihm stand.

Mit einem verführerischen Lächeln auf ihren Lippen drückte sie ihn sanft in den ledernen Faltstuhl neben dem Kamin und reichte ihm den Wein.

Er duftete nach Zimt und Honig.

Bevor Nikolaus jedoch trinken konnte, hatte sich Antoinette schon über ihn gebeugt und küsste ihn zärtlich auf den Mund. Ihre Brüste sprangen ihr bei dieser Bewegung aus dem Hemdchen, und Nikolaus spürte, wie sein Blut in Wallung kam.

Er vergaß Karls Demütigung, dachte nicht mehr an die Hochzeit, und selbst der Orden vom Goldenen Vlies verlor seinen Glanz, als er in die schimmernden Augen seiner Geliebten sah.

Er stürzte den Wein in einem Zug hinunter und zog Antoinette auf seinen Schoß.

Der Duft ihrer Haut war schwer und betäubend und nahm ihm den Atem, seine Kehle wurde eng, und er rang verzweifelt nach Luft, dann wurde ihm schwarz vor Augen. Er war tot, noch bevor sein Kopf zur Seite sackte und sein Oberkörper nach vorne fiel.

Als sein Kammerdiener ihn fand, hatte Antoinette das Schloss längst verlassen und befand sich auf dem Rückweg nach Paris, wo König Ludwig sie bereits ungeduldig erwartete.

Ein Bote überbrachte Karl die Nachricht von Nikolaus' Tod, der seine Vertrauten, trotz der späten Stunde, daraufhin unverzüglich zu sich rief.

Sie trafen sich wie üblich in Karls privaten Gemächern.

Der große Raum war nur schwach erleuchtet. Auf dem schweren Eichentisch brannten Wachskerzen, deren Licht die feinen Goldfäden der Wandteppiche aufscheinen ließ und die dadurch ein ganz eigenes Muster aus Licht und Schatten warfen.

Karl saß in seinen Morgenrock gehüllt am Kopfende des Tisches und lud die Männer mit einer Geste ein, Platz zu nehmen.

Olivier de la Marche füllte die bereitstehenden Becher mit Wein, bevor er seinen Platz an Karls Seite einnahm.

»Der Herzog von Lothringen ist tot, wahrscheinlich vergiftet«, berichtete Karl und betrachtete dabei die gespannten Mienen seiner Männer.

»Um den Feigling ist es nicht schade«, bemerkte Graf Humbercourt trocken und dachte daran, wie sorgsam der Herzog von Lothringen es während der Schlacht in der Normandie vermieden hatte, den feindlichen Lanzen zu nahe zu kommen.

»Was wird denn jetzt aus Lothringen?«, fragte Antoine neugierig, der es kaum erwarten konnte, in die nächste Schlacht zu ziehen.

»Sein Neffe René ist Nikolaus' nächster Verwandter und Erbe. Er ist bereits verheiratet und ziemlich wankelmütig in seinen Entschlüssen. Letztendlich verlässt er sich bei allem, was er tut, auf seine Ratgeber«, beantwortete Karl seine Frage. »Wahrscheinlich sind Ludwigs Gesandte längst auf dem Weg zu ihm, die Taschen voller Gold. Wir müssen ihm zuvorkommen«, setzte er düster hinzu und knallte seinen Weinbecher auf den Tisch. In seinen schwarzen Augen glomm ein gefährliches Feuer.

»Wir können doch nicht einfach das Schwert aus der Scheide ziehen und nach Lothringen einmarschieren«, warnte Hugonet. »Wir müssen uns an die diplomatischen Spielregeln halten. Und das braucht Zeit. Zudem gilt es zu bedenken, dass ...

Antoines Miene verzog sich geringschätzig bei diesen Worten.

»Wenn es nach Euch ginge, würden wir noch bis zum Jüngsten Tag verhandeln. Aber wir brauchen Lothringen, wenn wir unser Reich einen und Frankreich besiegen wollen«, unterbrach er ihn grob.

Er tauschte einen raschen Blick mit Karl, der zustimmend nickte.

»Antoine hat Recht. Wir werden Lothringen im Handstreich einnehmen.«

Hugonet runzelte die Stirn und sah Antoine einen Moment lang eindringlich in die Augen.

»Ich wäre Euch dennoch dankbar, wenn Ihr mich ausreden ließet.«

Antoine hob scheinbar zerknirscht die Hände.

»Verzeiht, aber ein jeder hier weiß, was Ihr sagen werdet.«

»Tatsächlich? Ich bedaure, dass ich so durchschaubar bin und meine Gedanken so vorhersagbar«, erwiderte Hugonet ein wenig gekränkt. »Dabei wollte ich doch nur …

»Wir könnten etwas anderes tun.« Diesmal war Humbercourt derjenige, der ihn unterbrach.

Alle sahen ihn an.

»Wir könnten René von Lothringen heimlich entführen.«

Einen Moment lang herrschte Stille.

Hugonet fühlte sich unbehaglich und warf einen beschwörenden Blick zu Karl, der von diesem jedoch geflissentlich übersehen wurde.

Nachdenklich drehte Karl seinen Weinbecher in der Hand.

»Sprecht weiter«, forderte er Humbercourt auf.

»Wir locken René unter einem Vorwand aus seinem Schloss, dann überwältigen wir ihn und schaffen ihn nach Gent. Dort halten wir ihn so lange fest, bis er einem Bündnis mit Euch zustimmt. Damit würden wir nicht nur unser Ziel erreichen, sondern gleichzeitig auch unsere Kriegskasse schonen, denn der Unterhalt eines Heeres ist immer enorm teuer.«

Hugonet wirkte nach wie vor beunruhigt, und auch Antoine

schien Humbercourt widersprechen zu wollen, doch Karl kam ihnen zuvor. Humbercourts Vorschlag war genau in seinem Sinne. Lothringen war in seinen Augen ein Problem, das möglichst rasch gelöst werden musste, damit er sich endlich auf die wirklich wichtigen Dinge konzentrieren konnte.

Und wichtig war nur eines: Die Zusammenkunft mit dem Kaiser in Trier.

»Euer Vorschlag gefällt mir.« Er bedachte Humbercourt mit einem anerkennenden Blick und wandte sich dann an seinen Halbbruder. »Du wirst dich um alles Weitere kümmern und so schnell wie möglich aufbrechen.«

Die Entscheidung war gefallen, und die Männer schwiegen.

Karl räusperte sich.

»Nachdem dieser Punkt nun geklärt ist, sollten wir uns Gedanken um den Kaiser machen. Sicher wird es ihn freuen zu hören, dass Nikolaus von Lothringen als Bewerber um die Hand meiner Tochter ausscheidet.«

Es gelang ihm kaum, seine Erregung zu zügeln, als er an die bevorstehende Zusammenkunft in Trier dachte, und er begann ungeduldig, mit seinen Fingern auf der Tischplatte herumzutrommeln.

»Friedrich ist ebenso wankelmütig wie René, fast könnte man meinen, dass durch ihre Adern das gleiche dünne Blut fließt«, sagte er boshaft.

»Der Glanz Eures Hofes wird ihn schon davon überzeugen, dass er für seinen Sohn keine bessere Gemahlin als Eure Tochter Maria finden kann«, warf der Graf von Campobasso ein und gähnte dabei ungeniert.

Humbercourt musterte ihn angewidert, bevor er erneut das Wort ergriff.

Er würde nie verstehen, warum Karl einen Schmarotzer wie Campobasso in die Reihen seiner Vertrauten aufgenommen hatte, und machte keinen Hehl aus seiner Abneigung gegen ihn.

»Was Eure Krönung zum König betrifft, werden die Kurfürsten unser größtes Problem sein. Wir konnten erst drei von ihnen auf unsere Seite ziehen. Und es lässt sich nur schwer einschätzen, inwieweit Friedrich in der Lage sein wird, sich gegen den Rest von ihnen durchzusetzen. Außerdem wird König Ludwig alles daransetzen, um Eure Krönung und auch die Vermählung Eurer Tochter mit dem Sohn des Kaisers zu verhindern.«

Krachend sauste Karls Faust auf den Tisch, und Campobasso zuckte erschrocken zusammen.

»Friedrich wird mir die Krone aufsetzen, und Maria wird Maximilian heiraten, und niemand, hört ihr, niemand wird dies verhindern«, brüllte Karl unbeherrscht.

8

Margarete hatte die Hoffnung, Karls Liebe zu erringen, schon fast aufgegeben. Der Sommer ging dahin, und es stimmte sie traurig, dem Fallen der Blätter zuzusehen.

War es noch vor wenigen Monaten ihr wichtigstes Ziel gewesen, eine gute Burgunderin zu werden, drehten sich ihre Gedanken jetzt wieder mehr um die Geschicke ihrer Heimat, und sie schrieb viele Briefe nach England, ohne darüber nachzudenken, dass dieser Umstand die Kluft zwischen Karl und ihr noch vergrößern könnte.

Die Damen am Hof machten hinter ihrem Rücken schadenfrohe Bemerkungen über die Unfruchtbarkeit der »Engländerin«, wie sie sie insgeheim abfällig nannten, und sie hätte ihnen nur allzu gerne in ihre scheinheiligen Gesichter geschrien, dass es nicht an ihr lag, wenn sie nicht schwanger wurde, doch sie schwieg.

Es war ein trüber, regnerischer Tag, als Karl überraschend ihre Gemächer betrat. Ihm war so leicht ums Herz wie schon lange nicht mehr, seit er erfahren hatte, dass die Entführung des jungen Lothringerherzogs gelungen war. Und nachdem das Treffen in Trier nun kurz bevorstand und damit auch die Erfüllung seiner lang gehegten Träume, war er bester Laune. Die Königskrone war in greifbare Nähe gerückt.

Wie immer in seiner Gegenwart begann Margaretes Herz wild zu klopfen, denn trotz seines abweisenden Verhaltens ihr gegenüber liebte sie ihn noch immer.

»Ich wünsche, dass Ihr mich nach Trier begleitet, Madame«, sagte er und sah ihr bedeutungsvoll in die Augen. Seine Nachricht veränderte alles.

Mit einem Schlag waren all ihre quälenden Gedanken vergessen, und Margarete freute sich so sehr auf diese Reise, dass sie auf ihn zutrat und ihm ein strahlendes Lächeln schenkte. Heiße Röte stieg ihr in die Wangen. Sie war so schön, dass Karl sie fasziniert betrachtete.

Er konnte nicht widerstehen und legte seine Hand auf ihre entblößte Schulter, worauf ihm Margarete noch einmal einen Schritt näher kam. »Werdet Ihr in Trier zu mir kommen, damit ich Euch endlich einen Sohn schenken kann?«, fragte sie und sah ihn dabei so sehnsüchtig und verführerisch an, dass ihm auf einmal ganz heiß wurde.

Sein Mund war wie ausgetrocknet, und so nickte er nur zur Antwort.

Sie ist schön, dachte er atemlos. Ich möchte wohl einen Sohn von ihr haben.

»Dann werde ich Eurem Wunsch gerne folgen«, erwiderte Margarete glücklich und vergaß den Brief, den sie an Eduard hatte schreiben wollen.

»Ich glaube, er liebt mich doch«, jubelte sie wenig später, als sie gemeinsam mit Maria und ihren Hofdamen im holzgetäfelten Musikzimmer saß und den neuesten Chansons von Antoine Busnois lauschte. Ein seltenes Vergnügen, da Karl den begnadeten Musiker nur ungern von seiner Seite ließ.

Eine Laute begleitete die samtige Stimme Antoines, die sich mühelos in die Herzen der Damen sang und diese wohlig erzittern ließ.

Seine Lieder waren voller Liebe und Gefühl und versetzten sein Publikum in einen glückseligen Zustand, führten es hinauf in schwindelnde Höhen und ließen schließlich den geheimnisvollen Rosengarten, von dem er sang, in goldenem Glanz vor ihren staunenden Augen auferstehen. Es schien, als hätte der Himmel sich geöffnet und einen Teil seiner Herrlichkeit preisgegeben.

Die reine Liebe der Minne erfüllte den Raum, verbannte jeden niederen Gedanken und entfachte eine unstillbare Sehnsucht in den Herzen der Damen, einmal in ihrem Leben nur einer solchen Liebe zu begegnen.

Wie die anderen Damen war auch Margarete tief von der herrlichen Musik bewegt, sodass sie Maria nach der Vorstellung bat, sie in die Kapelle zu begleiten, um gemeinsam mit ihr zu beten.

Sie war so froh wie schon seit Langem nicht mehr, und sie bekam Angst vor so viel Glück, denn sie wusste nur zu gut, wie zerbrechlich es war.

Unvermittelt tauchten die grünen Augen der Wahrsagerin wieder vor ihr auf, doch sie schob die Erinnerung an sie beiseite. Nichts sollte ihr Glück in diesem Moment der Hoffnung trüben.

Am nächsten Tag ritt Peter von Hagenbach in den Schlosshof ein. Die Flanken seines Pferdes waren schweißüberströmt und zitterten nach dem anstrengenden Ritt vor Erschöpfung. Noch bevor sich sein Reiter vom Reisestaub befreien konnte, wurde er auch schon in Karls Privatgemächer gebeten. In seinem Gepäck befand sich ein kostbar gerahmtes Porträt von Maximilian, das als Geschenk für Maria gedacht war.

Karl hatte den Statthalter seiner österreichischen Pfandlande bereits ungeduldig erwartet und suchte nun in dessen herrischen Gesichtszügen nach einer Bestätigung für den guten Ausgang des von ihnen geplanten Unternehmens.

Hagenbach nickte ihm beruhigend zu und folgte Karls Aufforderung, neben ihm am Kamin Platz zu nehmen.

»Wir wünschen nicht gestört zu werden«, befahl Karl seinem Kammerdiener und wartete, bis dieser die Türe hinter sich zugezogen hatte.

Peter von Hagenbach hatte die vierzig bereits vor mehreren Jahren überschritten und diente dem Herzog von Burgund in absoluter Treue und unerschütterlicher Loyalität. In seinem Wesen verbanden sich eiserne Disziplin und ausgemachte Willensstärke zu zielgerichtetem Handeln. Zudem besaß er die erstaunliche Fähigkeit, auch das Unausgesprochene hinter Karls Worten zu erfassen und in dessen Sinne auch ohne langes Hin und Her zu agieren.

»Sagt mir, was Ihr zu berichten habt«, forderte Karl ihn auf, ohne seine Ungeduld zu verbergen.

Hagenbach legte bedächtig seine Fingerspitzen aneinander.

»Ich habe den Kaiser und seinen Sohn nach Trier geleitet, wo sie Euer Eintreffen erwarten. Die französischen Agenten befanden sich bereits dort und schnüffelten jedem, der das Quartier des Kaisers betrat, hinterher. Schamlos bestechen sie die Dienerschaft und sähen fleißig Zwietracht unter den anwesenden Kurfürsten.«

»Ich habe nichts anderes von Ludwig erwartet«, erwiderte Karl und schluckte den Zorn hinunter, der ihn jedes Mal überkam, sobald Ludwigs Name fiel. Doch seine Neugier war in diesem Fall größer als der Hass auf seinen Erzfeind.

»Wie war die Stimmung in Basel?«, wollte er wissen.

Hagenbachs dünne Lippen kräuselten sich verächtlich. Ihre Blicke trafen sich, und in Karls schwarzen Augen fand er seine eigene Geringschätzung für die schwächsten Glieder der menschlichen Gemeinschaft wieder. Er verachtete die Schweizer Bauern ebenso sehr, wie Karl es tat.

»Die Kuhbauern scharren wild mit den Hufen und brüllen wie die Ochsen, seitdem ich ihren Aufstand in Thann niedergeschlagen habe.«

Er nickte zufrieden, als die Bilder der vergangenen Wochen erneut an ihm vorbeizogen. Obwohl er die Bauern aus tiefster Seele verachtete, machte er in einem Punkt keinen Unterschied zwischen den Ständen: Aufruhr und Verweigerung von Abgaben und Steuern wurden mit dem Tod bestraft, egal ob bei Bauern, Adligen oder Bürgern.

Zur Abschreckung ebenso wie zur Warnung hatte er einen Grafen, der ihm die Zahlung verweigert hatte, wie einen gemeinen Dieb aufhängen lassen und den darauf folgenden Aufstand mit unerbittlicher Härte unterdrückt.

Hagenbach schüttelte den Kopf, schob die grausamen Bilder dann beiseite und fuhr mit seinem Bericht fort, um Karl nicht länger auf die Folter zu spannen.

»Den Kaiser schimpfen sie ‚Bettelkaiser', haben ihn aber ihrer angeblichen Verachtung zum Trotz letztendlich doch noch empfangen und mit scheinheiligen Ehrungen überhäuft, aus Angst vor der bevorstehenden Verbindung des Kaisers mit Euch. Es sieht tatsächlich danach aus, als ließe sich trotz der seit Jahrhunderten andauernden Todfeindschaft zwischen den Eidgenossen und dem Hause Habsburg doch noch eine Brücke zwischen ihnen bauen.«

Sinnend starrte Karl in seinen Weinbecher. Die Worte seines verstorbenen Vaters kamen ihm in den Sinn.

»Wenn du deine Feinde nicht besiegen kannst, verbünde dich mit ihnen.«

Damals hatten die Worte in seinen Ohren wie die eines Feiglings geklungen, doch jetzt wurde er nachdenklich. Was wäre, wenn es tatsächlich zu einer Einigung zwischen dem Kaiser und den Eidgenossen käme?

Aber sofort verwarf er diesen Gedanken wieder. Eine jahrhundertlang währende Feindschaft wie diese ließ sich nicht so einfach beenden. Dafür kollidierten die Interessen der Beteiligten zu sehr miteinander.

Er ahnte nicht, wie sehr er sich in diesem Punkt irren sollte.

An seinem abwesenden Blick erkannte Hagenbach, dass Karl mit seinen Gedanken weit fort war, und so wartete er still ab, bis sich ihm der Herzog wieder zuwandte.

»Was ist mit Maximilian, ist er ein würdiger Gemahl für meine Tochter?«, fragte Karl unvermittelt.

Hagenbachs Gesicht verlor an Strenge. »Ihr könntet Euch keinen besseren Schwiegersohn wünschen«, beschied er Karl, und seine Stimme hatte einen nahezu schwärmerischen Beiklang.

»Maximilian ist edel von Gestalt und im Charakter, dabei charmant und voller Tatendrang. Der Kaiser hat mir zum Abschied ein Porträt von ihm mitgegeben. Sobald ich es ausgepackt habe, werde ich es Euch übergeben.«

Karl lehnte sich zufrieden zurück und klingelte nach seinem Kammerdiener.

»Du kannst jetzt auftragen«, befahl er. »Mein Freund und ich werden heute Abend allein speisen.«

Während des Essens ließ sich Karl Hagenbachs Erlebnisse bis ins kleinste Detail hinein berichten, und es war bereits nach Mitternacht, als er seinen Statthalter endlich entließ. Danach begab er sich ebenfalls zur Ruhe, gab zuvor aber noch Befehl, die Pferde bei Tagesanbruch für die Jagd bereitzustellen und seine Jagdgefährten frühzeitig aus den Betten zu holen.

Karl konnte die bevorstehende Reise nach Trier kaum noch erwarten.

Ein scharfer Ritt durch die Wälder würde die Anspannung mildern, die mit jedem Tag, der verging, zunahm. Das immer näher rückende Treffen mit dem Kaiser beherrschte seine Gedanken, und es dauerte lange, bis er endlich in einen viel zu kurzen, unruhigen Schlaf fiel. Düstere Träume ließen ihn immer wieder hochschrecken. Als er es nicht mehr aushielt, erhob er sich schließlich und begab sich in die Kapelle, wo er betete, bis der Morgen anbrach.

Auf dem Weg zu den Stallungen schlug ihm ein kühler, böiger Wind entgegen, der die Müdigkeit aus seinen Gliedern vertrieb.

Dunkle Regenwolken flogen pfeilschnell über ihn hinweg, was seine Stimmung aber keineswegs besserte.

Ohne die teils verschlafenen, teils mürrischen Gesichter seiner Männer zu beachten, schwang er sich auf seinen Hengst und ritt über den Schlosshof auf das Tor zu, das von den Wachen eilig geöffnet wurde.

Der Wind, der ihm nun entgegenblies, als sie die schützenden Mauern verließen, wurde schärfer, peitschte die trockenen Blätter von den Ästen und wirbelte sie in einer bunten Staubwolke vor ihnen her.

Das trockene Rascheln beunruhigte die Pferde. Karls Hengst begann nervös zu tänzeln und beruhigte sich erst wieder, nachdem er ihn eine Weile im lang gestreckten Galopp hatte laufen lassen.

»Was ist los mit Euch? Ihr habt wohl den köstlichen Braten gestern Abend nicht vertragen, oder war es die süße Pastete, die Euch wie ein galliges Waschweib aussehen lässt?«, fragte Antoine und warf dem Grafen von Campobasso einen aufmunternden Blick zu.

Campobasso hockte mit gequältem Gesichtsausdruck auf seinem Pferd und ließ Antoines spöttische Kommentare wortlos über sich ergehen.

Sein geblähter Bauch machte ihm schon seit Tagen zu schaffen, trotzdem hatte er den schmackhaften Kohlwickeln am Abend zuvor nicht widerstehen können, die zu dem knusprigen Schweinebraten gereicht worden waren.

Er sehnte sich in sein weiches Bett zurück, aus dem man ihn unsanft gerissen hatte, damit er den Herzog auf der Jagd begleiten konnte.

Karls Befehl war unmissverständlich gewesen, und so war ihm nichts anderes übrig geblieben, als ihn zu befolgen.

Es war schon fast Mittag, als Karl ein Rudel Rotwild auf einer kleinen Lichtung entdeckte, das seine Jagdhelfer für ihn ausfindig gemacht hatten.

Das rotbraune Fell der Tiere hob sich wohltuend von der bleigrauen Landschaft ab, die an diesem feuchtkalten Herbsttag seltsam leblos wirkte und zu seiner trüben Stimmung passte.

Leben und Tod so dicht beieinander!

Karl erschauerte und starrte gedankenverloren auf die Lichtung, die ihm seine eigene Vergänglichkeit schmerzhaft ins Bewusstsein rief und deren Anblick ihn wider Willen faszinierte.

Er würde diese Szene auf eine Leinwand bannen lassen, um sie für immer festzuhalten; und der einzige Künstler, der dafür infrage kam, war Hans Memling, ein ehemaliger Schüler Rogiers van der Weyden, der nichts beschönigte und dem es in seinen Bildern auf geheimnisvolle Weise gelang, die Wirklichkeit mit der göttlichen Sphäre zu verbinden.

Seine Gemälde besaßen die gleiche Tiefe und Leuchtkraft wie die seines Lehrers, der sich durch seine Werke in stillem Triumph über Tod und Vergänglichkeit erhoben hatte.

Der Tod. Der verfluchte Tod, der wie ein hungriges Raubtier an seiner Seele fraß, seitdem er ihm seine geliebte Isabella von der Seite gerissen und ihm den Vater genommen hatte, kaum dass er sich mit ihm wieder ausgesöhnt hatte.

Er stellte sich vor, wie er vor dem fertigen Bild sitzen würde, die wundervollen Klänge Antoine Busnois' in den Ohren, und dadurch auf geheimnisvolle Weise mit seinem Vorbild, dem großen Alexander, verbunden wäre.

In diesem Moment spürte Karl eine Hand, die sich ihm schwer auf die Schulter legte, und kehrte widerwillig in die Gegenwart zurück.

Antoine wies mit dem Finger auf einen kräftigen Bock, der in respektvollem Abstand zum Leithirsch graste.

Der Wind stand günstig, sodass die Tiere sie nicht wittern konnten.

Karl ließ sich von seinem Jagdaufseher die Armbrust reichen, legte einen Bolzen in den Schaft und spannte die Sehne in einer einzigen, fließenden Bewegung, wobei er den Bock nicht aus den Augen ließ.

Antoine und Campobasso hatten ebenfalle ihre Armbrüste gespannt.

Doch plötzlich stöhnte Campobasso auf und ließ die Armbrust sinken. Sein Bauch krampfte sich schmerzhaft zusammen, und das Ziehen in seinen Gedärmen wurde so unerträglich, dass er nicht anders konnte, als die bis dahin aufgestaute Luft in seinem Darm laut knatternd entweichen zu lassen.

Sein Pferd wieherte erschrocken auf und begann nervös hin und her zu tänzeln.

Noch bevor Karl reagieren konnte, hatte sich der Bock, durch die ungewohnten Laute aufgeschreckt, auch schon blitzschnell um die eigene Achse gedreht und war mit dem Rest des Rudels im schützenden Unterholz verschwunden.

Antoine starrte Campobasso ungläubig an, dann legte sich ein breites Grinsen über sein Gesicht. Seine Mundwinkel zuckten verdächtig. Ohne auf Karls wütenden Gesichtsausdruck zu achten, klopfte er Campobasso lachend auf die Schulter.

»Ihr habt doch nicht etwa gehofft, den Bock durch Eure wahrhaft königlichen Fürze zu erlegen, mein Freund?«, rief er belustigt aus und konnte sich vor lauter Heiterkeit gar nicht mehr beruhigen.

Campobasso seufzte vor Erleichterung auf, als auch noch die restliche Luft in seinem Darm geräuschvoll entwich und die grässlichen Krämpfe ein wenig nachließen.

Die Wucht, mit der Karl ihm mit der flachen Hand ins Gesicht schlug, traf ihn wie ein Schock. Im ersten Moment wusste er gar nicht, wie ihm geschah. Unwillkürlich fasste er sich mit der Hand an die brennende Wange und wandte verwundert den Kopf. Karls schwarze Augen glitzerten ihn böse an.

Auch der zweite Angriff traf ihn unvorbereitet. Diesmal versetzte ihm Karl einen heftigen Stoß in die Seite. Der Hieb kam so überraschend, dass er wie ein nasser Sack vom Pferd plumpste und hart auf dem Boden aufschlug.

Ein Knacken in seiner Schulter, gefolgt von einem stechenden Schmerz verriet ihm, das sie gebrochen war.

Doch ohne sich noch einmal nach ihm umzusehen, stieß Karl seinem Hengst die Sporen in die Seite und jagte davon.

Campobassos Pferd blieb einen Moment unsicher neben ihm stehen, dann preschte es jedoch mit hängenden Zügeln den anderen Pferden hinterher, ohne sich um seinen Reiter zu kümmern.

Ungläubig starrte Campobasso der davongaloppierenden Jagdgesellschaft nach. Von den Hufen aufgewirbelte Erdklumpen klatschten ihm wie zum Hohn ins Gesicht. Dann war er allein.

Karl hatte ihn tatsächlich vor den Augen aller geschlagen wie einen seiner Stiefelknechte!

Er fühlte sich gedemütigt wie noch nie in seinem Leben. Und Antoine, dieser elende Bastard, hatte sich nicht einmal die Mühe gemacht, ihm zu Hilfe zu eilen.

Er hielt sich die schmerzende Schulter in der Hoffnung, dass Karl oder wenigstens einer der Jagdhelfer oder Knappen gewiss nach einer Weile umkehren würde, um ihm zu helfen, aber außer dem Rascheln der Blätter blieb es still.

So, wie es aussah, würde ihm nichts anderes übrig bleiben, als zu Fuß zurückzulaufen.

Das Einfachste wäre wohl, zu dem Zelt am Ufer des kleinen Bachs zurückzukehren, wo Kammerherren und livrierte Diener Obst und Wein zur Stärkung der Jagdgesellschaft bereithielten, aber er verspürte nicht die geringste Lust, diese so schnell wiederzusehen.

Fluchend rappelte er sich auf und sah sich suchend nach seiner Armbrust um, die ihm während des Sturzes aus der Hand gefallen war, bevor er in einem Anflug von kindischem Trotz beschloss, zu Fuß zum Schloss zurückzugehen.

Die wilden Flüche, die er während seines ungewollten Fußmarsches ausstieß, halfen kaum gegen die Schmerzen in seiner Schulter.

Er war den Weg durch den Wald noch nie zuvor zu Fuß gegangen und stellte nun wütend auf sich selbst fest, dass er länger war, als er angenommen hatte.

Zu dem stechenden Schmerz in seiner Schulter gesellte sich schon bald ein dumpfes Pochen, und obwohl ein Rest des fliehenden Tageslichts den Himmel noch immer bleigrau durch das Blätterdach hindurchschimmern ließ, verwandelte sich der Weg vor ihm immer mehr in eine unheimliche Schattenwelt, die zunehmend dunkler wurde, bis er schließlich von einer undurchdringlichen Schwärze umgeben war.

Das müde Krächzen eines Raben ließ ihn erschrocken zusammenfahren. Er bekreuzigte sich mit der linken Hand, stockte aber mitten in der Bewegung, als er ein glitzerndes Augenpaar neben dem Weg entdeckte, dass direkt auf ihn gerichtet war.

Mit der linken Hand riss er sein Jagdmesser aus der Scheide, ignorierte den brennenden Stich in seiner Schulter und begann zu rennen. Er stolperte einige Male, ohne jedoch hinzufallen, hob die Füße höher und lief weiter. Es dauerte nicht lange, bis ihm die Luft ausging. Keuchend blieb er stehen, lauschte in die Dunkelheit und sah sich vorsichtig um.

Die dämonisch glitzernden Augen waren verschwunden.

Doch dann knackte hinter ihm ein Ast. Und wenig später direkt neben ihm ein zweiter.

Es verfolgt mich, hämmerte es in seinem Hirn. Kalte Schauer liefen über seinen schweißgebadeten Rücken, und das Grauen kroch wie eine Schlange in ihm hoch. Er spürte, dass er nicht länger alleine war, und hielt zitternd vor Angst den Atem an.

Das Bellen der anschlagenden Hunde hallte wie ein Donnerschlag in seinen Ohren, und er wurde beinahe ohnmächtig vor Schreck. Eine Flamme kam unruhig flackernd auf ihn zu, und er hörte, wie jemand einen lauten Pfiff ausstieß.

Es dauerte eine Weile, bis Campobasso begriff, dass er gerettet war.

Vor Erleichterung schwor er sich, dem heiligen Antonius ein Dutzend Wachskerzen zu stiften. Im Schein der Fackel erkannte er den Knappen des Großbastards, der ein zweites Pferd mit sich führte.

Der Knappe sprang vom Pferd und verbeugte sich kurz.

»Ich soll Euch von meinem Herrn ausrichten, dass es ihm nicht möglich war, Euch früher zu Hilfe zu eilen. Sie hatten heute kein Jagdglück, und der Herzog befindet sich in äußerst übler Laune.«

»Glaubt er vielleicht, mir geht es anders«, knirschte Campobasso und spuckte wütend auf den Boden, bevor er sich vom Knappen aufs Pferd helfen ließ und gemeinsam mit ihm zum Schloss zurückritt.

Wie er befürchtet hatte, hatte sich sein Missgeschick bereits bis in den letzten Winkel des Prinzenhofs hinein herumgesprochen, und der unverhohlene Spott und die Häme, die ihm bei seiner Rückkehr von allen Seiten entgegenschlugen, waren nur schwer für ihn zu ertragen.

Nachdem Karls Leibarzt angeblich unabkömmlich war, sprach ausgerechnet Olivier Dain, ein Barbier aus Flandern, bei ihm vor und bot ihm seine Hilfe an.

Seit einiger Zeit ging Dain wie selbstverständlich bei Hofe ein und aus, und es wurde gemunkelt, dass er seinen Beruf dazu nutzte, die Bürgerschaft Gents für Karl auszuspionieren.

Er trug einen dunklen Talar mit steifem Kragen, wie ihn Gelehrte gewöhnlich zu tragen pflegten, und verbeugte sich mit ausdrucksloser Miene. Seine glanzlosen, sandfarbenen Augen richteten sich auf Campobasso, während er dessen Antwort abwartete.

Campobasso fühlte sich unbehaglich unter seinem Blick, wenn er auch nicht genau sagen konnte, warum.

»Schert Euch zum Teufel«, knurrte er schlecht gelaunt. »Ihr glaubt doch wohl nicht, dass ich mich mit einer gebrochenen Schulter in die Hände eines Barbiers begeben werde!«

Der Barbier schüttelte sanft seinen Kopf und hob mahnend seinen Zeigefinger, ohne Campobasso dabei aus den Augen zu lassen.

»Ich bin nicht nur Barbier, sondern auch Arzt und habe

in Paris den menschlichen Körper studiert«, belehrte er ihn. »Wenn Ihr allerdings nicht wünscht, dass ich Euch helfe, werde ich eben wieder gehen.«

Abermals verbeugte er sich und wandte sich zur Tür. Seine Bewegungen waren geschmeidig wie die eines Aals, der einem durch die Finger schlüpfte, wenn man gerade glaubte, ihn gefangen zu haben.

Er war Campobasso auf Anhieb unsympathisch. Das glatte Gesicht mit der spitzen Nase und den dünnen Lippen stießen ihn ab. Außerdem störte ihn der stechende Geruch, der den Barbier umgab und den er nicht zuordnen konnte.

Aber der Schmerz in seiner Schulter überwog schließlich seine Abneigung.

»Schon gut, schon gut«, seufzte er. »Wo Ihr nun schon einmal da seid, könnt Ihr auch ruhig einen Blick auf meine Schulter werfen.«

Geschmeidig machte der Barbier kehrt und glitt neben Campobassos Bett, zog ihm Hemd und Wams aus und half ihm dabei, sich aufzusetzen. Die Schulter war mittlerweile dunkelviolett angelaufen und schillerte in allen Farben. Der Graf musste höllische Schmerzen haben.

Vorsichtig tastete Dain mit seinen langen, schmalen Fingern die verletzte Schulter ab und anschließend auch noch den Oberarm. Er untersuchte die Achselhöhle, dann wieder das Schultergelenk. Campobasso sog scharf die Luft ein, obwohl der Barbier das Gelenk nur leicht berührte.

Das Schlüsselbein war eindeutig gebrochen, dagegen konnte Dain nicht viel tun, aber das Gelenk war beim Sturz vom Pferd aus der Schulterpfanne gesprungen und musste dringend eingerenkt werden, sonst würde die Schulter für immer steif bleiben. Er brauchte nur einen Augenblick, dann hatte er seine Entscheidung getroffen.

Ohne ein Wort ging er zur Türe und rief Campobassos Diener zu sich. Er flüsterte ihm etwas ins Ohr und kehrte danach, gefolgt von dem jungen Mann, wieder ins Zimmer zurück.

»Helft Eurem Herrn, sich zu erheben«, befahl er in einem Ton, der keinen Widerspruch duldete.

Der Diener tat wie ihm befohlen, während Dain hinter Campobasso trat und ihn mit einem Arm fest umfasste, wobei er den verletzten Arm jedoch aussparte.

Campobasso ahnte nichts Gutes, doch noch bevor er etwas sagen konnte, trat der Barbier, ohne ihn dabei loszulassen, etwas seitlich und riss mit seiner freien Hand ruckartig an seinem Arm.

Campobasso spürte einen heftigen Schmerz, dann wurde ihm schwarz vor Augen. Er ging in die Knie, fing sich aber im letzten Moment und taumelte zurück auf sein Lager.

»Seid Ihr verrückt geworden?«, keuchte er.

Das Gesicht des Barbiers blieb völlig ausdruckslos.

»Versucht, Euren Arm zu bewegen«, forderte er Campobasso auf.

Misstrauisch hob Campobasso die rechte Hand und dann seinen Arm.

Die Schulter schmerzte noch immer, aber längst nicht mehr so stark wie kurz zuvor.

»Was habt Ihr getan?«, wollte er wissen.

»Ich habe Euch das Gelenk wieder eingerenkt. Das Schlüsselbein ist gebrochen, dagegen kann ich nicht viel tun, aber ich werde Euch einen Umschlag machen, der die Heilung des Bruchs beschleunigt und Eure Schmerzen lindert.«

Seine Stimme klang seltsam gleichförmig und monoton und sein Blick war nach innen gekehrt, als würde ihn das alles gar nichts angehen.

Er nestelte den Verschluss seiner abgegriffenen Umhängetasche aus Rindsleder auf und entnahm ihr einen Tiegel mit Salbenspatel.

»Ich brauche nasse Leinentücher«, meinte er an den Diener gewandt, der abwartend neben dem Lager seines Herrn stand.

Schweigend strich er danach Campobassos Schulter mit der scharf riechenden, zähen Paste aus dem Tiegel ein und umwickelte sie im Anschluss mit den feuchten Leinentüchern, die ihm der Diener griffbereit aufs Bett gelegt hatte.

Nachdem er fertig war, betrachtete er zufrieden sein Werk

»Ich werde Euch etwas gegen Eure Schmerzen dalassen. Das Mittel ist sehr stark, und Ihr dürft nicht zu viel davon einnehmen. Am besten gebt Ihr jeweils einen Löffel davon in einen Becher mit heißem Wein, bevor Ihr Euch schlafen legt. Kann ich sonst noch etwas für Euch tun?«, wollte er wissen und fuhr dann fort, ohne Campobassos Antwort abzuwarten: »Ich habe gehört, dass Euch Euer Darm zu schaffen macht.«

Campobasso zuckte zusammen und lief rot an.

»Dieser verfluchte Bastard«, stieß er wütend hervor.

Der Barbier war sich nicht ganz sicher, ob mit dieser Bezeichnung der Großbastard oder der Herzog gemeint gewesen war. Aber er hatte nicht vor, ein Risiko einzugehen, und wollte sich daher erst vergewissern, ob Campobassos Hass auf Karl auch wirklich groß genug war, bevor er ihm den eigentlichen Grund seines Besuchs mitteilte.

Mitfühlend beugte er sich zu Campobasso hinunter.

»Man kann seinen Darm eben nicht so einfach verschließen wie seinen Mund«, bemerkte er. »Jeder, der das behauptet, ist ein Lügner.«

Campobasso nickte zustimmend.

Beinahe freundschaftlich sah er den Barbier an.

»Glaubt Ihr, dass ich übermorgen wieder reiten kann?«

»Ihr meint nach Trier? Nein, das ist unmöglich. Durch die

ständigen Bewegungen würde Eure Schulter immer wieder gereizt werden und wahrscheinlich schief zusammenwachsen. Sie bliebe für immer steif, und Ihr würdet vor Schmerzen keine Nacht mehr Schlaf finden«, behauptete er.

Seine Worte entsprachen nur teilweise der Wahrheit, doch Campobasso glaubte ihm. Immerhin hatte ihm der Barbier einen großen Teil seiner Schmerzen genommen, und seine Paste verbreitete eine angenehme Kühle auf seiner Haut. Der Mann schien sein Handwerk zu verstehen.

»Wie geht es denn nun Eurem Darm?«, wiederholte der Barbier mit geheucheltem Interesse.

Campobassos Gesicht verfinsterte sich.

»Ich wüsste nicht, was Euch mein Darm angeht«, fauchte er.

»Ich wollte Euch nicht zu nahe treten«, erwiderte der Barbier sanft. »Ich dachte nur, ich könnte Euch helfen, indem ich Euch etwas gegen Eure Blähungen gebe. Aber wenn Ihr nicht wollt...« Er hob gleichmütig die Schultern, verschloss umständlich seine Tasche und streifte sie über seine rechte Schulter.

»Gebt Euer Mittel schon her, und dann macht, dass Ihr fortkommt«, knurrte Campobasso ungnädig.

Der Barbier öffnete den Verschluss seiner Tasche und entnahm ihr ein geschnitztes Döschen aus Bein, das er Campobasso auffordernd unter die Nase hielt. Misstrauisch starrte Campobasso auf die erbsengroßen, schlammfarbenen gedrehten Kügelchen, die sich darin befanden.

»Mein Vetter hat sie mir aus Frankreich mitgebracht«, erklärte Dain, ohne Campobasso dabei aus den Augen zu lassen. »Die Wirkung der Kügelchen grenzt beinahe an ein Wunder. Wenn Ihr vor jeder Mahlzeit eines davon schluckt, werdet Ihr keine Beschwerden mehr haben.«

Verschwörerisch blinzelte er Campobasso zu.

»Am französischen Hof gibt es viele Wunder«, er senkte seine Stimme. »Ludwig hat die fähigsten Ärzte, die schönsten Frauen und die besten Köche an seinen Hof geholt, und er kann sehr dankbar sein. Viele Menschen folgen seinem Ruf.«

Campobassos Blick wurde noch misstrauischer.

Wollte diese sandfarbene Ratte ihn etwa ausspionieren? Hatte Karl ihn zu ihm geschickt, um seine Loyalität prüfen?

Die nächsten Worte des Barbiers schienen seinen Verdacht zu bestätigen.

»Ich habe gehört, wie Euch der Herzog behandelt hat, und bewundere, mit welchem Gleichmut Ihr seine Demütigung hinnehmt«, bemerkte Dain wie nebenbei.

Befriedigt nahm er zur Kenntnis, wie daraufhin Hass in Campobassos Augen aufflammte. Es war ihm nicht länger möglich, sich zu beherrschen.

»Niemand schlägt ungestraft einen Campobasso«, stieß er mit zusammengepressten Zähnen hervor und ärgerte sich im gleichen Moment über seine unvorsichtigen Worte.

Ängstlich blickte er zu dem Barbier auf und beeilte sich dann zu erklären: »Es waren die Worte eines Kranken, dessen Verstand durch den Schmerz verwirrt ist.«

»Ich kann Euch gut verstehen, ich habe schon des Öfteren gehört, wie unberechenbar der Herzog sein kann, doch dass er einen seiner treuesten Vasallen wie einen Leibeigenen schlägt, ist mir neu«, erwiderte der Barbier, ohne auf Campobassos Erklärung einzugehen.

Campobasso ist ein Geschenk des Himmels, dachte er bei sich, denn bevor er zu ihm gekommen war und ihm seine Hilfe angeboten hatte, hatte er sich unauffällig, aber genauestens über ihn erkundigt, was nicht weiter schwer gewesen war, weil Campobassos Name momentan in aller Munde war, verfügte er doch über so gut wie kein Vermögen mehr. Sein

Sohn hatte mit seiner Spielsucht so viele Schulden angehäuft, dass Campobasso einen großen Teil seines Vermögens dafür hatte aufwenden müssen, ihn freizukaufen, und der Rest seines Geldes war im wahrsten Sinne des Wortes verloren gegangen, nachdem der Kaufmann, an dessen Tuchhandel Campobasso Anteile erworben hatte, mit seinem Schiff und seiner gesamten Ware bei einem Sturm auf hoher See untergegangen war.

Es würde daher nicht schwer sein, sich den Grafen gefügig zu machen. Die Italiener standen zudem in dem Ruf, ihre Loyalität ebenso rasch und häufig zu wechseln wie die Damen bei Hof ihre Kleider.

Trotzdem musste er vorsichtig sein. Ein Fehler, ein einziges Wort an den Falschen, und sein Leben war verwirkt.

Gespannt wartete er auf Campobassos Reaktion, die nicht lange auf sich warten ließ.

»Der Herzog ist ebenso großzügig wie grausam. Er wird meinen verletzten Stolz durch ein großzügiges Geschenk wieder aufrichten. Ich gehöre zu seinen engsten Vertrauten, habe sogar schon seinem Vater gedient und bin außerdem ein langjähriger Waffengefährte seines Halbbruders«, behauptete Campobasso.

Seine Worte klangen jedoch nicht sehr überzeugt, und der Barbier wog nachdenklich seinen Kopf.

»Dankbarkeit ist eine seltene Tugend, daher wünsche ich Euch, dass sich Eure Vorhersage erfüllen wird. Wenn Ihr erlaubt, werde ich in den nächsten Tagen noch einmal nach Euch sehen«, bot er an.

Campobasso gab ihm keine Antwort.

Doch als Karl auch in den folgenden Tagen nichts von sich hören ließ, sank seine Stimmung auf den Nullpunkt.

Sein verletzter Stolz gärte in ihm wie ein Eitergeschwür, und obwohl er es niemals gewagt hätte, sich offen gegen Karl aufzulehnen, schwor er sich, dem Herzog von Burgund seinen Affront heimzuzahlen.

9

Während im Prinzenhof eifrig alle notwendigen Utensilien für die Reise nach Trier zusammengepackt wurden, berieten im Herrenzimmer der Herberge Cour St-Georges die Genter Zunftmeister und Ständevertreter mit Ratsherren und Schöffen über die Folgen, die das Trierer Treffen nach sich ziehen könnte.

»Wenn Maria von Burgund den Kaisersohn heiratet, wird Flandern dem Reich einverleibt werden, und unsere hart erkämpften Rechte werden nicht mehr wert sein als ein Fliegenschiss«, brüllte der massige Zunftmeister der Tuchhändler und war befriedigt über die lautstarke Zustimmung, die er für seine Worte von allen Seiten erntete.

Damit hatte er für die anderen das Stichwort gegeben. Die Männer schrien durcheinander und teilten sich gegenseitig ihre schlimmsten Befürchtungen mit.

Der Ratsherr Philipp von Hornes neigte bedächtig seinen fast schon kahlen, nur noch an den Seiten grau bekränzten Kopf und tauschte einen heimlichen Blick mit Johann von Kleve aus, der das Geschehen mit kühler Gelassenheit beobachtete und es für klüger hielt, seine Meinung zunächst für sich zu behalten.

Ebenso hielt sich Sir Humbercourt etwas abseits und hing seinen eigenen düsteren Gedanken nach. In der Enge des holzgetäfelten Herrenzimmers wurde ihm schmerzlich die Kluft bewusst, die sich zwischen dem in Zeremonien erstarrten, längst vergangenen Glanz des Rittertums bei Hofe und dem nicht mehr aufzuhaltenden, aufstrebenden Bürgertum auftat.

Sein Blick fiel auf den hohen, gekachelten Kamin, der die Stirnseite des Herrensaals beherrschte. Er, wie auch die aufwendig gearbeitete Holztäfelung, gaben Zeugnis vom Können der Handwerker, die sich zu immer mächtiger werdenden Zünften zusammengeschlossen hatten und sich nur noch widerwillig beherrschen ließen. Stattdessen waren sie immer mehr darauf bedacht, ihre bereits errungenen Freiheiten noch weiter auszubauen, und lauerten nur darauf, die Herrschaft über ihre Stadt bei der ersten sich bietenden Gelegenheit endgültig an sich zu reißen.

Inmitten all dieser entschlossenen Männer, die Unbeugsamkeit und ein neues Selbstbewusstsein ausstrahlten, erschienen ihm die ehrgeizigen Pläne des burgundischen Herzogs plötzlich wie ein unerreichbarer Traum.

Er durfte sich nicht länger etwas vormachen.

Bei Hof war Ehrliebe zu Hochmut entartet, Treue und Gerechtigkeit gingen unter in gewissenlosen Intrigen und schamloser Habsucht. Edelmut und Tapferkeit waren zu eitler Ruhm- und Abenteuerlust verkommen.

Und war er selbst nicht der beste Beweis dafür, dass eine neue Zeit angebrochen war?

Karl hatte ihn zu seinem Berater ernannt, doch obwohl er von Karl zum Ritter geschlagen und damit in den Adelsstand erhoben worden war, war er ein Mann des einfachen Volkes geblieben. Anfangs war es ihm wie ein Wunder erschienen, mit all den hohen Herren zu verkehren, doch dann hatten sich die Standesunterschiede mit der Zeit für ihn immer mehr verwischt.

Mit derselben Weitsichtigkeit, die Karl so sehr an ihm schätzte, erkannte Humbercourt plötzlich, dass der Herzog einen schweren Fehler begangen hatte.

Karl selbst hatte die alte Ordnung zerstört, indem er sich seine Männer nach ihren Fähigkeiten und nicht wie bis dahin üblich nach ihrer Standeszugehörigkeit ausgesucht hatte.

Er durfte sich nicht länger vom Glanz des Ordens vom Goldenen Vlies und der glorreichen Vergangenheit des burgundischen Reiches blenden lassen und kam daher zu dem Schluss, dass es nun an der Zeit war, in die Wirklichkeit zurückzukehren.

Die ganze Nacht hindurch hielten die Männer Rat, grimmig und sorgenvoll.

Unter ihresgleichen fühlten sie sich stark, und als die Sonne sich erneut erhob und die Weinschläuche geleert waren, hatte man in seltener Einigkeit den Entschluss gefasst, die Schutzherrschaft über Maria von Burgund zu übernehmen, was nichts anderes bedeutete, als dass der Stadtrat die Tochter des Herzogs als Pfand für ihre verbrieften Rechte, notfalls auch gegen den Willen des Herzogs, in Gent festzuhalten gedachte.

Um diesen Beschluss zu untermauern, beschloss man nach einigem Hin und Her, die Gilde der Armbrustschützen zum Schutze der Erbin Burgunds abzustellen, mit anderen Worten, von nun an jeden ihrer Schritte außerhalb des Schlosses genauestens zu überwachen.

Sir Humbercourt überließ es Hugonet, Karl über den Plan der Genter zu unterrichten.

»Wie können sie es wagen, das ist offener Aufruhr, ich werde diese Verräter hängen lassen«, donnerte dieser mit wutverzerrtem Gesicht und trat einen mit Samt bezogenen Schemel so heftig gegen die Wand, dass er knirschend in Stücke brach.

Hugonet ließ ihn toben und wartete ergeben darauf, dass sich das fauchende, nach allen Seiten beißende Ungeheuer, das zornig vor ihm auf und ab lief, wieder in den Herzog zurückverwandelte, den er kannte. Obwohl ihm Karls Wutausbrüche nicht fremd waren, erschütterten sie doch sein Vertrauen in ihn, und tief in seinem Inneren befürchtete er, dass der Herzog den wilden, zerstörerischen Drang, der ihm innewohnte, eines Tages nicht länger beherrschen und dann nicht mehr nur nach außen, sondern auch gegen sich selbst richten könnte.

Nach einiger Zeit beruhigte Karl sich wieder und ließ sich schwer in einen geschnitzten Stuhl mit hoher Lehne fallen. Sein Gesicht war jedoch noch immer rot vor Zorn, als er nach einem Becher Wein griff und ihn in einem Zug hinunterstürzte.

Hugonet wählte seine nächsten Worte mit Bedacht.

»Magistrat, Kaufleute und Zünfte waren sich selten so einig und hegen die Befürchtung, dass Burgund und damit auch Flandern durch die Heirat Eurer Tochter mit dem Kaisersohn vom Reich geschluckt werden wird«, gab er zu bedenken. »Lange haben sie sich dagegen gewehrt, sich als Burgunder zu fühlen. Wie man sieht, haben sie diesen Kampf verloren.«

Karl sah ihn überrascht an. »Von dieser Seite habe ich es noch gar nicht betrachtet«, gab er ein wenig besänftigt zu. »Trotzdem kann ich das Verhalten dieser aufsässigen Städter nicht dulden«, ereiferte er sich erneut.

Hugonet beugte sich vor und sprach voller Eindringlichkeit.

»Um das Verlöbnis mit Maximilian zu besiegeln, muss Maria nicht nach Trier reisen. Lasst sie also in Gent bleiben und stellt die Herren des Magistrats dann vor vollendete Tatsachen. Niemand von ihnen wird es wagen, gegen Euch und den Kaiser aufzubegehren«, riet er.

Widerwillig sah Karl ein, dass sein Berater Recht hatte, zumal er die Unterstützung aller Städte für seine Feldzüge brauchte, ebenso wie für seinen Einzug in Trier. Er konnte es sich daher zu diesem Zeitpunkt schlichtweg nicht leisten, erneut mit ihnen zu streiten.

Grimmig gab er daher nach und ließ dem Magistrat seinen vermeintlichen Triumph.

Vor seiner Abreise ließ er Maria zu sich rufen und überreichte ihr das Porträt des Kaisersohnes.

Neugierig studierte Maria die ausgeprägten, edlen Gesichtszüge des jungen Mannes, der ihr auf dem Bild entgegensah; die Treue versprechenden braunen Augen, die kühne gebogene Nase, den sensiblen Mund und das ausdrucksstarke Kinn, das Willensstärke und Kraft verriet.

In seiner Hand hielt Maximilian eine rote Rose, als würde er sie ihr entgegenhalten, zusammen mit dem Versprechen, sie für immer zu lieben und zu beschützen.

Die Schlichtheit dieser Geste rührte Maria. Sie konnte den Blick nicht von dem blonden Jüngling wenden, der sie an den Ritter auf ihrem Gobelin erinnerte. Etwas Tröstliches ging von seinem Antlitz aus, und obwohl sie ihn nie zuvor gesehen hatte, fühlte sie sich ihm auf seltsame Art verbunden und hatte das Gefühl, ihn seit langer Zeit zu kennen.

Verwirrt blickte sie zu ihrem Vater auf.

»Ich danke Euch, Vater. Ihr habt mich davor bewahrt, in mein Unglück zu laufen. Mit Freuden werde ich Euch daher nun gehorchen und Maximilian heiraten«, versprach sie. Dann fiel ihr etwas ein.

»Werdet Ihr diesmal bei Eurer Entscheidung bleiben und Eure Meinung nicht wieder ändern?«, fragte sie besorgt.

Karl lächelte ihr entspannt zu.

»Du wirst Maximilian heiraten und Kaiserin werden, so wahr mir Gott helfe«, versprach er, und seine Worte klangen wie ein Schwur.

Maria war beruhigt.

Immer wieder vertiefte sie sich in die Gesichtszüge ihres

zukünftigen Verlobten, und tief in ihrem Inneren erwachte die Gewissheit, dass Maximilian der Mann war, den ihr das Schicksal bestimmt hatte.

Stolz zeigte sie Margarete sein Bildnis und war enttäuscht, dass diese ihre Begeisterung nicht zu teilen vermochte.

»Du hättest es lieber gesehen, wenn ich einen von deinen Engländern geheiratet hätte«, sagte sie. »Aber kannst du dich nicht wenigstens ein bisschen mit mir freuen?«

Margarete schloss sie seufzend in ihre Arme. »Ich habe dir damals versprochen, alles zu tun, damit du glücklich wirst, und ich werde mein Versprechen halten, auch wenn mein Bruder deswegen von mir enttäuscht sein wird.«

Sie horchte in sich hinein und war erstaunt darüber, wie leicht es ihr fiel, genau die Worte auszusprechen, die Maria von ihr hören wollte. Doch seitdem Karl sie gebeten hatte, ihn nach Trier zu begleiten, waren England und seine Interessen für sie wieder in weite Ferne gerückt.

»Bitte wünsche auch du mir Glück. Vielleicht trage ich bei meiner Rückkehr schon deinen Bruder unter meinem Herzen«, fügte sie hoffnungsvoll hinzu, und ein leichtes Lächeln teilte dabei ihre Lippen.

10

Karls Einzug in Trier glich einem Triumphzug und übertraf alles bis dahin Dagewesene. An die zehntausend Soldaten, angeführt von sechstausend Panzerreitern auf Pferden mit golddurchwirkten Schabracken, ritten in die Stadt ein. Ihnen folgten dreihundert blonde Pagen in blauen Samtjacken, hinter denen wiederum vierzehn Wappenherolde schritten, die je einen der burgundischen Staaten repräsentierten, dazu die Ritter vom Goldenen Vlies in ihren wallenden scharlachroten Mänteln, die Kapelle mit ihren blitzenden Instrumenten, Bischöfe und Kardinäle, gekleidet in Violett und Purpur.

Doch der Herzog selbst stellte sie alle in den Schatten. Im goldenen Kürass und einem edelsteinbesetztem Mantel ritt er durch die Gassen der alten römischen Stadt. Ein ehrfürchtiges Raunen ging durch die Menge.

Maximilian und Friedrich waren dem Burgunder entgegengeritten und erwarteten ihn vor der Porta Nigra, dem schwarzen Tor, wo Frauen und Mädchen dem hochgewachsenen blonden Prinzen begeistert zujubelten, da er ihnen wie ein Prinz aus einer der alten Legenden erschien.

Karl stieg vom Pferd und beugte sein Knie vor dem Kaiser. Worauf ihm Friedrich beide Hände reichte und ihm aufhalf. Ihrer beider Blicke trafen sich.

Karl, der nach den Beschreibungen seiner Gesandten einen schwachen, alten Mann erwartet hatte, spürte die Macht, die den Kaiser wie eine unsichtbare Aura umgab, erahnte den unbeugsamen Willen und die Entschlossenheit hinter den tiefen Falten in seinem Gesicht und musste einsehen, dass er sich geirrt hatte.

»Verschlafen, dumpf, plump und melancholisch«, hatte einer seiner Gesandten ihm geschrieben. »Ein Kaiser, der sich von jedermann den Bart rupfen lässt, ohne sich zu wehren.«

Doch nun, als er sah, dass diese Beschreibung nicht den Tatsachen entsprach, verspannten sich seine Gesichtszüge, wie kurz vor einem Kampf, und er schwor sich, nicht eher aus Trier abzureisen, bis ihm der Kaiser die Königskrone aufs Haupt gesetzt hatte.

Mit eiserner Ruhe hielt Friedrich dem abschätzenden Blick aus den flammenden schwarzen Augen stand. Das gefährliche Glitzern darin entging ihm ebenso wenig wie die Entschlossenheit des Burgunders.

Vor ihm stand ein Mann, der zum Herrschen geboren schien, ehrgeizig und ungestüm und daran gewöhnt, seinen Willen durchzusetzen.

Die Kurfürsten und Reichsstände beobachteten argwöhnisch das Treffen der beiden Machthaber, entschlossen, jede Übereinkunft zu verhindern, die den burgundischen Reichtum in die Verfügungsgewalt des Kaisers stellen würde.

Karl breitete seine Arme aus, zog Maximilian an sich und küsste ihn wie einen Sohn auf die Stirn.

»Als wäre er schon sein Schwiegersohn«, raunte der Erzbischof von Trier dem pockennarbigen Erzbischof von Mainz zu, und es gelang ihm kaum, seinen Ärger über diese unmissverständliche Geste zu verhehlen.

Zu seinem Leidwesen konnte er jedoch nicht verstehen, was Karl mit dem Kaiser besprach.

Maximilans Augen hingen währenddessen schwärmerisch

an Karls reckenhafter Gestalt, und er fragte sich, ob der Herzog von Burgund ihm wohl erlauben würde seine Streitkräfte zu besichtigen.

Karl hatte vor der Stadt in der reichen Benediktinerabtei St. Maximilian, deren Schirmvogt er war, Wohnstatt bezogen, während Friedrich im Palast des Erzbischofs Quartier genommen hatte.

Am nächsten Tag traf Friedrich in Begleitung seines Sohnes in der Benediktinerabtei ein, wie sie es am Tag zuvor vereinbart hatten, denn im Palast des Erzbischofs hatten die Wände Ohren, und es wäre ihnen dort nicht möglich gewesen, über geheime Dinge zu reden.

Karl hatte sich in dem gepflegten Abteigarten ein mehrräumiges Holzhaus errichten lassen und es mit dem ihm gewohnten Prunk ausgestattet, auf den er auch während seiner Reisen nicht verzichtete.

Seine Armee lagerte auf den angrenzenden Klosteräckern, auf Übungsplätzen, und um Feldgalgen und Schenkstände herum.

Die Begrüßung fiel herzlich aus.

Karl umarmte erst den Kaiser und dann Maximilian.

»Willkommen in meinem bescheidenen Heim, Majestät«, sagte er, während Maximilian mit glänzenden Augen an ihm vorbei zu den exerzierenden Truppen hinübersah.

Karl folgte seinem Blick und legte Maximilian in einer vertraulichen Geste einen Arm um die Schulter. »Würdet Ihr Euch meine Truppen gerne aus der Nähe ansehen?«, fragte er.

Maximilian versuchte gar nicht erst, seine Freude angesichts dieses Angebots zu verbergen.

»Nichts lieber als das«, gab er lächelnd zu und war sichtlich ungeduldig, die burgundischen Waffen und Prunkpanzer schon bald in Augenschein nehmen zu können.

Karl ließ daraufhin Antoine zu sich kommen und forderte ihn auf, Maximilian durch das Lager zu führen.

In Karls Gesicht las der Kaiser den gleichen väterlichen Stolz, den er selbst empfand, als sie nebeneinanderstehend Maximilian nachsahen.

Seit der Begegnung am schwarzen Tor gab es für Maximilian kein anderes Thema mehr als den Burgunder und seine Truppen.

Es ist das portugiesische Blut in ihren Adern, das sie verbindet, dachte Friedrich sorgenvoll. Die gleiche leicht zu entfachende Leidenschaft und die ausschweifende Fantasie, aus der ihre kühnen Visionen entspringen.

Karl riss ihn jedoch aus seinen Gedanken, indem er sich ihm wieder zuwandte und ihn in das Holzhaus hinein an einen Tisch führte, der übervoll mit erlesenen Leckerbissen war.

Er wartete, bis Friedrich ihm gegenüber Platz genommen hatte.

»Liebster Vetter, Ihr könnt Euch nicht vorstellen, wie sehr ich diesen Tag herbeigesehnt habe«, begann er ohne Umschweife. »Nach den langen Jahren, in denen wir stets nur Nachrichten und Boten getauscht haben, sitzen wir nun endlich beisammen, um zu dem von uns ersehnten Abschluss zu kommen.«

Friedrich griff nach dem silbernen Becher, der vor ihm stand und nahm einen kleinen Schluck von dem schweren, süßen Wein.

Er hatte gehört, dass Karl ein heftiger und ungeduldiger Verhandlungspartner war, und war fest entschlossen, sich von ihm zu keinen Zugeständnissen drängen zu lassen, die er hinterher nur bereuen würde.

»Ist es nicht unsere heiligste Pflicht, zuvor über die größte Bedrohung der Christenheit, die Türken, zu sprechen?« Friedrich sprach langsam und bedächtig und wog jedes einzelne Wort ab, bevor er es aussprach.

»Überlasst mir die Türken, ich werde sie mit meinem Heer vernichten«, rief Karl leidenschaftlich aus und sprach mit flammenden Augen weiter.

»Und nach den Türken werden wir die Ungarn schlagen, Frankreich erobern und die Eidgenossen unterwerfen. Mit Burgunds Hilfe und Marias Mitgift wird Euer Kaiserreich in neuem Glanz erstrahlen. Ich werde Maximilian die Königskrone geben, nach meinem Tod wird er Kaiser sein und unsere gemeinsamen Enkel von kaiserlichem Geblüt.«

Friedrich schwieg lange zu seinen Worten.

Als er endlich sprach, hatte sich Karls Puls wieder beruhigt, und er war von ängstlicher Erwartung erfüllt.

»Es gibt so vieles zu bedenken. Wie könnt Ihr Euch zum Beispiel der Reihenfolge unseres Sterbens nur so gewiss sein? Wie viele, die jünger waren als ich, habe ich schon begraben müssen? Was wird sein, wenn die Ehe zwischen Maximilian und Maria kinderlos bleibt? Und dann fällt es mir schwer, zu vergessen, wie vielen Bewerbern Ihr bereits vor Maximilian die Hand Eurer Tochter versprochen habt.«

Karl war verletzt. »Wie könnt Ihr mir nur so misstrauen? Die Verlobungen, von denen Ihr sprecht, bestanden doch nur auf dem Papier und waren rein politischer Natur. Euch, Majestät, habe ich mein Wort gegeben. Ihr könnt sofort nach der Krönung über Marias Mitgift verfügen, sodass ich nur Nachteile hätte, sollte die Hochzeit nicht zustande kommen«, verteidigte er sich gekränkt.

Friedrich sah ihn ruhig an. »Ihr habt eine Tochter. Warum solltet Ihr nicht eines Tages auch noch einen Sohn haben, der Maximilian in der Erbfolge verdrängen würde?«

Karls Blick verfinsterte sich. Niemand hatte es bisher gewagt, sein Wort anzuzweifeln. Ich kann mir die Krone auch mit Gewalt holen, dachte er wütend, entschloss sich aber, einen letzten Versuch zu machen, doch noch eine Einigung zwischen ihnen zu erreichen.

»Um Euch zu beweisen, dass Ihr mir vertrauen könnt, bin ich damit einverstanden, das Maximilian nach der Hochzeit an meiner Stelle zum römischen König gekrönt wird, und werde mich mit dem burgundischen Königstitel zufrieden geben, vorausgesetzt, Ihr bezeichnet mich als Euren designierten Nachfolger und ernennt mich zu Eurem Generalvikar«, schlug er grimmig vor.

Insgeheim hatte er gehofft, auch ohne diesen von Hugonet erdachten Kompromiss sein Ziel zu erreichen. Denn Kompromisse waren nichts anderes als faule Halbwahrheiten, die eine Übereinstimmung vorgaukelten, wo es keine gab, und die daher nach einiger Zeit fast immer von einer der Parteien wieder über den Haufen geworfen wurden.

»Ich werde darüber nachdenken.« Friedrich erhob sich, zum Zeichen dafür, dass das Gespräch damit für ihn beendet war.

Karl blieb nichts anderes übrig, als ihn hinauszubegleiten und sich von ihm zu verabschieden.

Die Kurfürsten hatten sich im Bischofspalast versammelt und erwarteten ungeduldig die Rückkehr des Kaisers. Sie waren besorgt über das vertrauliche Treffen zwischen ihm und dem Burgunder, von dem ihnen ihre Agenten bereits berichtet hatten.

Als der grauhaarige Dr. Heßler den Audienzsaal betrat, verstummten ihre aufgeregten Gespräche, und aller Augen richteten sich erwartungsvoll auf den Pronotar des Kaisers.

»Der Kaiser empfängt heute niemanden mehr«, vermeldete Dr. Heßler knapp.

Unzufriedenes Gemurmel folgte seinen Worten.

Der Erzbischof von Mainz, ein großer, düsterer Mann, löste sich aus der Gruppe und trat entschlossen einen Schritt vor.

»Es handelt sich um eine Angelegenheit von größter Wichtigkeit, die keinen Aufschub duldet«, beharrte er.

Doch Dr. Heßler schien davon nicht sonderlich beeindruckt.

»Es tut mir leid, aber so lautet nun einmal die Antwort des Kaisers.«

Mit gespieltem Bedauern hob er die Schultern und hielt mit unbeweglicher Miene dem wütenden Blick des Erzbischofs stand.

»Wir werden der Krönung nicht zustimmen«, bemerkte der Erzbischof von Trier herausfordernd, wohl wissend, dass der Kaiser von seinen Worten erfahren würde.

»In diesem Punkt sind wir uns doch einig, nicht wahr, meine Herren?« Aller Augen richteten sich nun auf Albrecht Achilles von Brandenburg, einen kräftigen Mann mit herrischen Gesichtszügen, der als kriegerisch und gewalttätig galt.

Dr. Heßler versteifte sich. Das war ein offener Affront gegen den Kaiser, den er keinen Augenblick länger hinnehmen konnte.

»Wenn mich die Herren jetzt entschuldigen würden, der Kaiser erwartet mich«, sagte er förmlich und verließ beinahe fluchtartig den Saal.

Die Kurfürsten scheinen sich ihrer Macht ja sehr sicher zu sein, mit ihren Taschen voller französischer Münzen, dachte er. Glauben sie etwa, der Kaiser hätte etwas anderes von ihnen erwartet? Es war genau der Grund, warum er sie nicht empfangen hatte.

Dennoch schockierte ihn die Dreistigkeit, mit der die Fürsten offen gegen die Pläne des Kaisers aufbegehrten.

Lachend kehrten Antoine und Maximilian zum Holzhaus zurück. Maximilians blonde Locken hingen ihm wirr über die Schulter. Sein Gesicht war gerötet von den Kampfübungen, an denen er mit Antoines Erlaubnis teilgenommen hatte.

Karl erwartete sie bereits und forderte Maximilian und seinen Bruder auf, ihm beim Essen Gesellschaft zu leisten.

»Nun, was sagt Ihr zu meinen Truppen?«, erkundigte er sich bei Maximilian, nachdem sie sich gesetzt hatten.

Der war noch ganz von dem gerade Erlebten gefangen, und es schmeichelte ihm, dass Karl seine Meinung hören wollte.

»Ich habe nie ein besser ausgerüstetes Heer gesehen als das Eure«, erwiderte er begeistert und stellte sich vor, wie es wäre, ein solches Heer in den Kampf zu führen.

Ein Diener brachte Wein, knusprigen Fasan, gegrillten Fisch und Pasteten.

Karl forderte ihn auf zuzugreifen, was Maximilian sich nicht zweimal sagen ließ. Hungrig langte er zu. In Windeseile verputzte er eine Fasanenkeule, stopfte sich anschließend unbekümmert einige Pasteten in den Mund und spülte alles mit einem großen Schluck Wein hinunter. Anschließend wischte er sich zufrieden mit dem Handrücken über den Mund.

Karl beobachtete ihn lächelnd. »Seid Ihr denn gar nicht neugierig auf Eure Braut?«, fragte er.

Maximilian sah erstaunt auf. Über all die glitzernden Rüstungen und die blank geputzten Bombarden hatte er den eigentlichen Grund für seine Reise nach Trier beinahe vergessen.

»Seid Ihr Euch denn mit meinem Vater einig geworden?«, fragte er ausweichend und dachte dabei an Rosina, die sich unter Tränen von ihm verabschiedet hatte.

Karl, der jedoch nichts von Maximilians Verhältnis mit Rosina ahnte, deutete seine Worte falsch. Seine Augen verengten sich misstrauisch.

»Eure Frage erstaunt mich, wo unsere hiesige Zusammenkunft doch hauptsächlich dazu dient, die Einzelheiten Eurer Verlobung mit meiner Tochter zu besprechen«, erwiderte er in scharfem Ton. »Ich kann kaum glauben, dass Euer Vater Euch nicht davon unterrichtet hat.«

Maximilian erwiderte offen seinen Blick.

»Es ist nicht so, wie Ihr denkt«, gab er zu, »und ich würde auch gerne Euer Schwiegersohn sein, es ist nur...« Er senkte schuldbewusst seinen Blick und schwieg. Eine verräterische Röte überzog seine Wangen.

Antoine, der sich bisher aus dem Gespräch herausgehalten hatte, brach in dröhnendes Gelächter aus. »Unser Kaisersöhnchen ist verliebt«, rief er laut aus und schlug sich vergnügt auf die Knie.

Maximilian fühlte sich ertappt und spielte verlegen mit seinen Händen.

»Was fällt dir nur ein, unseren Gast so in Verlegenheit zu bringen«, wies Karl ihn zurecht, obwohl er insgeheim erleichtert war, das sich offenbar kein anderer Grund hinter Maximilians merkwürdigem Verhalten verbarg.

Maximilian warf ihm einen dankbaren Blick zu.

Er ist ohne Arg und voller Vertrauen, dachte Karl. Auch ich war einst voller Vertrauen und habe Ludwig wie einen Bruder aufgenommen, nachdem er von seinem eigenen Vater verstoßen worden war.

Er spürte, wie die alte Wut in ihm aufstieg, und schob die Gedanken an die Vergangenheit rasch beiseite.

Maximilian war Friedrichs einziger Sohn. Wenn es ihm gelingen würde, ihn auf seine Seite zu ziehen, hätte er einen nicht zu unterschätzenden Fürsprecher gewonnen, der ihm helfen würde, Friedrich zu einer Einigung zu bewegen.

»Ich finde, Ihr solltet Euch selbst ein Bild von meiner Tochter machen«, sagte er einem Einfall folgend, stand auf und kehrte wenig später mit einem Gemälde in der Hand zurück, das er Maximilian reichte.

Maximilian nahm das Bild aus seiner Hand entgegen und betrachtete es neugierig.

Maria von Burgund war zweifellos das schönste Mädchen, das er je in seinem Leben gesehen hatte. Lange, blonde Locken umrahmten ihr schmales Gesicht, große, goldbraune Augen unter sanft geschwungenen Augenbrauen blickten den Betrachter direkt an, und um ihren vollen, schön geschwungenen Mund lag ein verhaltenes Lächeln.

Ihr Blick traf ihn mitten ins Herz.

Er spürte, wie ihm das Blut in die Adern schoss und ihm heiß wurde, doch es war eine andere Hitze als die, die Rosina in ihm auslöste.

Stumm und von seinen Gefühlen überwältigt, hielt er die Rötelzeichnung in der Hand und wurde nicht müde, sie zu betrachten.

Karl tauschte einen zufriedenen Blick mit seinem Halbbruder.

Er hob seinen Becher und prostete ihm zu, bevor er ihn absichtlich hart auf dem Tisch absetzte.

Maximilian zuckte zusammen und sah verlegen auf.

Karl nickte ihm auffordernd zu.

Er erwartet, dass ich etwas sage, dachte Maximilian, brachte aber kein Wort heraus. Sein Mund war trocken und sein Kopf wie leer gefegt.

Diesmal kam Antoine ihm zu Hilfe. »Die Frauen können einen ganz schön verwirren, nicht wahr? Aber ich muss Euch warnen. Maria ist in Wirklichkeit noch viel schöner als auf diesem Bild, doch Ihr solltet Euch vor Ihrem Temperament in Acht nehmen, das hat sie nämlich von ihrem Vater geerbt«, ergänzte er frech und zwinkerte Maximilian dabei verschwörerisch zu.

Er wollte gerade fortfahren, als Karl ihn mit einer ungeduldigen Handbewegung unterbrach.

»Wie ich sehe, gefällt Euch meine Tochter«, fragte er neugierig.

Maximilian nickte stumm.

Der Anblick Marias von Burgund hatte ihm im wahrsten Sinne des Wortes die Sprache verschlagen.

Friedrich saß zwischen seinen Pflanzen, die er stets in Wagen mit sich führte, genau wie Karl seinen Hofschatz, und dachte nach, während er den warmen Nährboden zwischen seinen Händen zerrieb.

Tief in seinem Inneren gab es etwas, das ihn beunruhigte, wenn er bisher auch noch nicht dahintergekommen war, was es war.

Die Drohungen König Ludwigs beeindruckten ihn ebenso wenig wie die Abschriften der beiden Briefe, die man ihm zugespielt hatte.

Im ersten Schreiben sicherte Herzog Karl der Herzogin Yolande von Savoyen Marias Hand für ihren Sohn Philibert zu, in einem anderen Schreiben machte er dem Sohn des Königs von Neapel hingegen die gleichen Hoffnungen für dessen Sohn Friedrich von Tarent.

Friedrich wusste, dass ihm die zwei Briefe absichtlich in die Hände gespielt worden waren und dass sie nichts weiter als plumpe Fälschungen waren, die ihn verunsichern und seine Entscheidung beschleunigen sollten.

Er hatte die Absicht, die hinter den Schreiben steckte, sofort durchschaut und sie deshalb achtlos in den Kamin geworfen.

Erneut sah er Karls energische Gesichtszüge vor sich. Der

Herzog war ehrgeizig und willensstark, doch in seinen Zügen hatte er keine Falschheit erkennen können. Karl schien es diesmal mit der Heirat wirklich ehrlich zu meinen, und auch die Zuneigung, die er Maximilian entgegenbrachte, war keinesfalls aufgesetzt.

Nie zuvor hatte der Kaiser seinen Sohn so glücklich gesehen. Maximilian wich dem Herzog kaum noch von der Seite und bewunderte ihn mit der ganzen Kraft seines jungen Herzens. Und der Herzog erwiderte die Zuneigung des Kaisersohnes ebenso aufrichtig, hatte ihm das Schicksal doch bisher einen eigenen Sohn versagt.

Karl konnte Maximilian zweifellos eine Menge Dinge beibringen, die er selbst bisher versäumt hatte, ihn zu lehren. Der Herzog war der geborene Feldherr und noch dazu mit dem schlagkräftigsten Heer Europas ausgestattet. Und auch wenn ihm Karls ungestüme Vorgehensweise oft zu risikoreich erschien, hatte ihm der Erfolg bisher recht gegeben.

Alles war bedacht; zuerst die Verlobung, dann die Zahlung der riesigen Mitgift, die in seinen Händen verbleiben würde, falls Karl den vereinbarten Verpflichtungen nicht nachkommen sollte, anschließend Karls Krönung zum römischen König und die Hochzeit.

Sie hatten jede Einzelheit genau besprochen und in komplizierten Kontrakten festgehalten; Kompetenzen, Einkünfte und Erbschaftsverhältnisse, die kaiserliche Delegation, die Maria entgegenreiten würde, um sie nach Trier zu geleiten.

Aber warum fand er dann nur nicht zu seiner gewohnten Ruhe zurück, wenn doch alles in bester Ordnung zu sein schien?

Ja, wenn Karl erneut Vater geworden wäre, würden die Dinge anders liegen, doch Gott hatte Karl und seine Gemahlin mit Unfruchtbarkeit gestraft.

Er hielt in seinen Überlegungen inne. Die Glocken des Doms läuteten die dritte Stunde ein, und er lauschte eine Weile ihrem Klang, bevor er weitergrübelte. Wo war er stehen geblieben? Ach ja, bei Margaretes Unfruchtbarkeit. Es war bisher zu keiner einzigen Schwangerschaft gekommen, obwohl Margarete körperlich völlig gesund schien und sie darüber hinaus einer fruchtbaren Familie entstammte. Wie war das nur möglich?

Der Gedanke, der ihm daraufhin durch den Kopf schoss, war einfach ungeheuerlich. Ganz unfassbar.

Erregt sprang er auf, faltete seine Hände und presste sie gegeneinander.

»Ich danke Dir Gott für diese Erkenntnis«, stieß er hervor und sandte ein inniges Stoßgebet gen Himmel.

Karl würde alles tun, um sein ehrgeiziges Ziel zu erreichen!

Deshalb würde, wenn er richtig mit seiner Vermutung lag, auch schon wenige Monate nach der Hochzeit Marias und Maximilians die frohe Botschaft verkündet werden, dass die Herzogin von Burgund guter Hoffnung war. Und sollte dieses Kind oder vielleicht auch erst das nächste ein Junge werden, würde dieser als direkter Nachfahre Karls Maximilian die Kaiserkrone streitig machen.

Karl hatte bereits eine Tochter gezeugt, an ihm konnte es also nicht liegen, und sollte Margarete wider Erwarten doch nicht mehr schwanger werden, würde er sie zurück nach England schicken und sich eine andere Gemahlin nehmen.

Karls Plan war genauso einfach wie genial.

Ohne Hast schritt Friedrich III. durch den Garten in seine Gemächer im Palast des Erzbischofs und ließ Dr. Heßler zu sich rufen.

»Wir werden noch heute Nacht abreisen, und ich wünsche so wenig Aufsehen wie möglich«, erklärte er seinem entsetzten Pronotar.

Dann ließ er seinen Sohn zu sich rufen, der nur wenig später mit glänzenden Augen zu ihm ins Zimmer trat.

»Der Herzog richtet morgen eine Jagd aus und lässt fragen, ob Ihr ihm die Ehre erweisen und an seiner Seite reiten wollt«, berichtete er fröhlich.

»Wir werden morgen nicht mehr hier sein«, erwiderte ihm Friedrich ruhig. Maximilians Fröhlichkeit verschwand.

»Was hat das zu bedeuten Vater?«, fragte er schließlich beunruhigt.

»Die Dinge haben sich geändert, und wir werden noch heute Nacht abreisen«, erklärte Friedrich.

»Und was ist mit der Verlobung und der Krönung?«

»Es wird weder eine Verlobung noch eine Krönung geben.«

Maximilians Magen zog sich zusammen.

»Aber warum«, fragte er tonlos.

»Der Herzog meint es nicht ehrlich.«

»Ihr irrt Euch, Vater«, widersprach ihm Maximilian voller Überzeugung.

»Karl ist ein Ehrenmann. Wir werden die Türken verjagen, die Ungarn schlagen und danach nach Frankreich ziehen. Karl ist auf unserer Seite.«

Ihre Blicke kreuzten sich, und Maximilian las in den Augen seines Vaters, dass es bereits für jeden Einwand zu spät und seine Entscheidung gefallen war.

Er dachte an Maria von Burgund, an die Schlachten, die er an der Seite seines zukünftigen Schwiegervaters zu führen gedacht hatte und dass ihm all dies nun verwehrt bleiben sollte. Heftiger Widerstand regte sich in ihm.

»Ich werde nicht mit Euch gehen«, sagte er entschlossen.

Friedrich stand auf. Seine Hände legten sich auf Maximilians Schultern, und seine Augen bohrten sich in die seines Sohnes. »Du wirst mir gehorchen«, befahl er mit ungewohnter Härte.

»Aber ich liebe Maria und möchte sie heiraten«, rief Maximilian und erkannte im selben Moment, in dem er diese Worte aussprach überrascht, dass sie der Wahrheit entsprachen.

»Die einzige Liebe, die dich je beherrschen darf, ist die Liebe zu unserem Herrn«, hielt Friedrich ihm entgegen und legte einen Arm um Maximilians Schulter. »Es wird alles gut werden, hab nur ein wenig Geduld«, versprach er.

»Wie kann ich Geduld haben, wenn Ihr mein Leben zerstört?«, rief Maximilian leidenschaftlich.

Geduld ist nicht die Stärke der Jugend, dachte Friedrich. Wie soll ich ihm nur die Widrigkeiten einer Politik begreiflich machen, die eine ihr fehlende Streitmacht ersetzen muss, solange er vom Prunk und dem Machtanspruch des Burgunders gefangen ist?

Abgesehen von seinem Titel hatte er seinem Sohn nicht viel zu vererben, und nur sein vorsichtiges Abwägen und Taktieren hatte ihn bisher vor weiterem Machtverlust bewahrt.

Mit wehem Herzen sah er, dass Maximilian sich wortlos von ihm abwandte und mit gesenktem Kopf den Raum verließ.

Zwei Stunden nach Mitternacht verließ ein Schiff den Hafen von Trier. Friedrich stand neben Dr. Heßler an Deck. Maximilian hatte seit ihrer Auseinandersetzung kein Wort mehr mit ihm gesprochen. »Rerum irrecuperabilium felix oblivio«, murmelte der Kaiser in den dunklen Novemberhimmel. Glücklich ist, wer vergisst, was doch nicht zu ändern ist.

Er ahnte nicht, dass Maximilian, sofort nachdem er von der plötzlichen Abreise unterrichtet worden war, eine Nachricht an Maria geschrieben hatte, in der er ihr seine Liebe gestand. Den Brief hatte er zusammen mit einigen Silberstücken einem Boten übergeben, den er auf die Heilige Jungfrau hatte schwören lassen, Maria das Schreiben persönlich zu überbringen. Niemand wagte es, Karl die Botschaft von der plötzlichen Abreise des Kaisers zu überbringen. Flüsternd standen seine Männer vor des Herzogs Schlafgemach: Olivier de la Marche, Peter von Hagenbach, Antoine, der Großbastard, und der düstere Humbercourt.

Die Leibwache des Herzogs, die überwiegend aus Söhnen des Hochadels bestand, nahm mit mürrischem Gesicht Haltung an. Nicht einmal nachts gönnte man ihnen ein wenig Ruhe, nachdem sie schon den ganzen Tag über stehend in Karls Diensten verbringen mussten.

»Wer könnte es dem Herzog besser sagen als sein eigener Bruder?«, bemerkte Humbercourt, was ihm einen bösen Blick des Großbastards einbrachte.

»Der Herr von Hagenbach ist einer seiner engsten Vertrauten und kommt viel eher infrage«, wehrte er ungehalten ab.

Er kannte seinen Halbbruder gut genug, um zu wissen, dass jeder, der Karl eine solche Botschaft überbrachte, nicht nur seinem üblichen Wutanfall ausgeliefert sein würde, sondern darüber hinaus auch als Unglücksbote in Zukunft misstrauisch von ihm beäugt werden würde, da Karl, gerade was diese Dinge betraf, trotz seines tiefen Gottvertrauens sehr abergläubisch war.

Schließlich schlug Antoine vor, eine Münze zu werfen, doch Olivier de la Marche weigerte sich entschieden, eine solch wichtige Sache dem Zufall zu überlassen.

»Die Zeit drängt«, mahnte Peter von Hagenbach, »der Herzog muss sofort abreisen, wenn er nach außen sein Gesicht wahren will. Sollen die Gesandten doch denken, dass er seine hastige Abreise mit dem Kaiser abgesprochen hat, dadurch gewinnen wir Zeit.«

Wie immer waren seine Worte gut überlegt und kühl vorgetragen.

»Wir werden es ihm gemeinsam sagen«, entschied er und klopfte an die Türe, bevor ihn jemand daran hindern konnte.

Mit zitternden Händen weckte der Kammerdiener seinen Herrn.

Karl erfasste sofort, dass etwas von weitreichender Bedeutung geschehen sein musste. Er erhob sich auf der Stelle und ließ sich in seinen Schlafrock helfen.

Von düsteren Vorahnungen erfüllt, trat er seinen Vertrauten entgegen. Er öffnete den Mund, doch Peter von Hagenbach kam ihm zuvor.

»Der Kaiser ist vor einer Stunde in aller Heimlichkeit abgereist«, teilte er ihm mit ruhiger Stimme mit.

Karl starrte ihn an wie eine Erscheinung. Es würde keine Krönung geben und auch keine Hochzeit. Sein Traum war geplatzt! Aus und vorbei! Er hatte das Gefühl, als hätte ihm jemand den Boden unter den Füßen fortgezogen.

»Warum?«, fragte er, während sein Gesicht alle Farbe verlor.

Hagenbach zuckte mit den Schultern. »Niemand weiß es.«

Margarete, die ebenfalls erwacht war, hatte jedes Wort mit angehört.

Es dauerte nur einen Moment, bis sie begriff, und obwohl Karl sie tief gekränkt hatte, verlangte es sie noch immer danach, an seiner Seite zu sein, ihm beizustehen und von ihm geliebt zu werden. Die Abreise des Kaisers machte ihre Hoffnung, dass er nach der Krönung endlich zu ihr kommen würde, jedoch endgültig zunichte.

»Es war nicht schwer zu erraten«, erklang Margaretes Stimme aus dem Schlafgemach. »Ihr hättet damit rechnen müssen, dass der Kaiser Euch durchschaut«, fügte sie voller Bitterkeit hinzu.

»Schweigt«, brüllte Karl, und sein Gesicht färbte sich dunkelrot.

Margarete kuschelte sich tiefer in die seidigen Kissen. Ein Gefühl tiefer Befriedigung erfüllte sie; einmal nur sollte er leiden, so wie sie gelitten hatte und noch immer litt.

Doch ihre Genugtuung hielt nicht lange an, sondern schlug schon kurz danach in tiefste Niedergeschlagenheit um.

Karl tobte wie von Sinnen. Er, den man niemals fluchen hörte, verdammte alles und jeden, der ihm in seinem Hass einfiel. Noch nie war er seinem Ziel so nahe gewesen, und nun stand er wieder ganz am Anfang.

Hagenbachs Gesicht wirkte wie versteinert. Gefühlsausbrüche dieser Art waren ihm zuwider und in seinen Augen ein Zeichen von Schwäche, die ein Mann wie Karl unter keinen Umständen zeigen durfte.

Er blickte zu Olivier hinüber und beobachtete, wie sich das fein geschnittene Gesicht des Zeremonienmeisters verzog, als ob er unter großen Schmerzen leiden würde.

Auch für Olivier war es unerträglich, zu sehen, wie sich sein Herr um seine Würde brachte und gleichzeitig sein Werk, die formvollendete Hofetikette, mit Füßen trat.

Seine Komposition aus Schönheit und Harmonie, die den Glanz von edelmütigen Herrschern und treuen Rittern wiederauferstehen ließ und in der jeder Höfling seine Rolle in einem von ihm erschaffenen Rhythmus spielte, genau wie in einer Mottete, in der sich mehrere Stimmen überlagerten, um sich jubelnd zu einem Ganzen zu vereinigen.

11

»Der Herzog ist wieder zurück, irgendetwas ist in Trier schiefgelaufen, aber es weiß noch niemand Genaueres.«

Maria ließ ihre Stickarbeit sinken. Sie war gerade dabei gewesen, Maximilians Initialen auf ein kostbares Seidentüchlein zu sticken, das sie ihm schenken wollte. Fassungslos starrte sie Catherina an, die nach Luft ringend vor ihr stand. Sie war so in ihren Gedanken versunken gewesen, dass sie Catherinas Eintreten zunächst gar nicht bemerkt hatte.

»Was redest du da?«, fragte sie erschrocken.

»Ich kann dir nur sagen, was ich gehört habe«, erwiderte Catherina und spähte neugierig aus dem Fenster. Der Schlosshof füllte sich mit den Wagen und Pferden der Heimkehrer.

Unter den argwöhnischen Augen der Wachen wurden die Schätze des Herzogs von den Wagen abgeladen und ins Schloss getragen.

Wieso war ihr Vater bereits aus Trier zurück? Was hatte das zu bedeuten? Maria legte ihre Stickarbeit zur Seite und sprang auf.

»Ich muss wissen, was geschehen ist«, sagte sie und war schon an Catherina vorbei und auf dem Weg nach draußen. Ihr Gefühl sagte ihr, dass etwas Schlimmes passiert sein musste.

Der Herzog von Burgund hatte sich in seine Gemächer zurückgezogen und saß grübelnd an seinem Arbeitstisch. Vor ihm lag ein ausgerolltes Dokument, daneben ein prunkvolles, goldenes

Szepter, das von Gerard Loyet, dem besten Goldschmied Burgunds, angefertigt worden war. Karl hatte es eigens für seine Krönung in Auftrag gegeben und trug es seit seiner Abreise aus Trier mit grimmigem Zorn bei sich.

Bei Marias Eintreten sah Karl nicht einmal auf.

Maria erschrak, als sie ihn apathisch und mit einem furchtbaren Ausdruck im Gesicht in seinem Sessel sitzend vorfand. Ihr Vater hatte sich seit Tagen nicht rasiert, sein Gesicht war bleich, und unter seinen Augen lagen tiefe Schatten. Er schien um Jahre gealtert zu sein, und die Bewegung, mit der er sich gedankenverloren über die Stirn strich, wirkte müde und kraftlos.

»Vater, was ist denn geschehen?«, fragte Maria angstvoll.

Karl hob den Kopf, ohne sie anzusehen. Seine Augen glitten in eine weite Ferne, und er schien mit seinen Gedanken weit fort zu sein.

Düstere Melancholie strahlte von ihm aus, und die Atmosphäre in seinem Arbeitszimmer wurde mit jedem Moment, der verstrich, drückender.

»Bitte, Vater, sagt mir, was geschehen ist«, wiederholte Maria ihre Bitte.

Es dauerte lange, bis Karl ihr eine Antwort gab.

»Der Kaiser hat mich verraten.« Es klang erschüttert und so endgültig, dass Maria für einen Augenblick nicht wusste, wie sie reagieren sollte, doch dann erwachte der Kampfgeist in ihr. Sie war es satt, nichts weiter als ein Spielball zu sein, der zwischen den politischen Parteien hin- und hergeworfen wurde, ohne dass sie etwas dagegen tun konnte.

»Ihr habt es versprochen Vater«, erinnerte sie ihn mit dem Mut der Verzweiflung an seine letzten Worte vor der Abreise und wappnete sich innerlich gegen seine Wut.

Doch es war nicht Maria, die Karl nun vor sich stehen sah. Es waren Isabellas Augen, die ihn anflehten, ihr Glück nicht zu zerstören. Doch es war nur ein kurzer Augenblick, dann schob sich Marias Antlitz wieder über das von Isabella. Isabella. Karl stöhnte auf. Isabella hätte genau gewusst, was jetzt zu tun wäre, und ihm in ihrer klugen, sanften Art die Richtung gewiesen. Niemand ahnte, wie sehr er sie noch immer vermisste.

Erneut rief er sich ihr Gesicht in Erinnerung, ihre kluge und gewinnende Art und ihren Liebreiz, mit dem sie jeden noch so harten Gegner gewonnen hatte und der jeden Raum heller hatte wirken lassen. Isabella, seine über alles geliebte Frau, deren Verlust er bis heute nicht verwunden hatte.

Ein zärtlicher Ausdruck huschte über sein Gesicht, und Maria schöpfte neue Hoffnung.

Aber schon verfinsterte sich seine Miene wieder, und die Zornesfalte auf seiner Stirn schwoll gefährlich an.

»Friedrich wird den Tag noch bereuen, an dem er Trier verlassen und sich von uns abgewendet hat. Ich habe dir mein Wort gegeben, mein Kind, und ich schwöre bei Gott, dass ich es halten werde. Maximilian wird dich heiraten, selbst wenn ich dafür das gesamte Römische Reich zerschlagen müsste.«

In seinen Augen loderte wilder Hass.

Maria lief es eiskalt über den Rücken.

»Ihr wollt Krieg gegen den Kaiser führen?«, rief sie erschrocken aus, aber Karl hörte ihr schon nicht mehr zu. Sein Blick kehrte sich nach innen, und er sprach wie zu sich selbst.

»Wir werden die Kölner Angelegenheit nutzen, um dem Kaiser zu zeigen, was es heißt, den Herzog von Burgund gegen sich zu haben.«

Er griff nach dem Brief, der vor ihm auf dem Schreibtisch lag und den ein Bote am Morgen aus Köln gebracht hatte, und begann ihn zu lesen, obwohl er seinen Inhalt längst auswendig kannte.

Die Worte des Schreibens waren Balsam für seine verwundete Seele.

Maria spürte, wie ihre Knie weich wurden. Ihr Vater befand sich in einer furchtbaren Verfassung, und sie konnte nur hoffen, dass seine Worte lediglich seiner Enttäuschung über die geplatzte Krönung entsprungen waren.

Sie wartete noch einen Augenblick, aber als er nichts mehr sagte, sondern nur wieder stumm vor sich hinstarrte, wandte sie sich ab und ging still hinaus.

Einmal mehr waren ihre Hoffnungen in weite Ferne gerückt. Die Enttäuschung darüber trieb ihr die Tränen in die Augen. »Wenn du nur wüsstest, wie sehr ich mir gewünscht habe, dich kennen zu lernen und deine Braut zu werden«, flüsterte sie. »Und ich kann es dir nicht einmal sagen.«

Zurück in ihren Gemächern, traf sie auf Catherina, die sie schon ungeduldig erwartete und mit geheimnisvoller Miene ans Fenster zog.

»Draußen wartet ein Bote, der behauptet, eine Nachricht vom Sohn des Kaisers bei sich zu haben, die er nur dir persönlich aushändigen darf«, flüsterte sie aufgeregt.

Erregt lief Maria im Zimmer auf und ab. Die Erwähnung von Maximilians Namen reichte aus, um sie neuen Mut schöpfen zu lassen.

»Er soll hereinkommen«, befahl sie ungeduldig.

»Das geht nicht, denn die Wachen weigern sich, ihn zu dir vorzulassen, und Madame Halewyn ist in der Stadt, Monsieur de la Marche nicht auffindbar und dein Vater für niemanden zu sprechen. Du musst dir rasch etwas einfallen lassen, wenn du die Nachricht an dich bringen willst«, drängte Catherina.

»Wenn er nicht zur mir vorgelassen wird, werde ich eben zu ihm gehen«, sagte Maria entschlossen und eilte zur Türe.

»Aber das verstößt gegen die Etikette, und du wirst großen

Ärger bekommen, wenn das herauskommt«, gab Catherina zu bedenken.

»Das ist mir egal«, gab Maria zurück und eilte, gefolgt von Catherina, in den Hof hinab. Maximilian hatte ihr eine Nachricht geschickt. Warum? Was hatte er ihr mitzuteilen, obwohl sie sich noch nie gesehen, geschweige denn einander offiziell vorgestellt worden waren und ihre Verlobung zudem nicht zustande gekommen war? Konnte es möglich sein, dass er ebenso fühlte wie sie? Sie musste sich einfach Gewissheit verschaffen.

Wenige Augenblicke später fand sie sich einem sommersprossigen jungen Mann gegenüber, dessen klare Gesichtszüge energisch und entschlossen wirkten. Sein Leben hatte sich in dem Augenblick verändert, als er dem Sohn des Kaisers vor den bischöflichen Stallungen in Trier begegnet war. Wer hätte jemals gedacht, dass er, Henrik Keuser, der viertgeborene Sohn eines Stallmeisters, einmal im Auftrag des zukünftigen Kaisers reiten würde?

Er hatte geschworen, den Brief Maria von Burgund persönlich zu übergeben, und genau das würde er nun tun.

Doch als Maria nun auf ihn zugeeilt kam, hatte er das Gefühl, als habe ihm jemand eine Faust in den Magen gerammt.

Vor ihn trat das schönste Mädchen, das er jemals gesehen hatte, und die Wachen, die sich rechts und links von ihm postiert hatten, nahmen Haltung an.

Maria musterte sie abschätzend.

»Ihr könnt wegtreten«, meinte sie kühl, wobei sie den scharfen, befehlenden Tonfall ihres Vaters nachahmte.

Die Männer warfen sich gegenseitig einen Blick zu, unsicher, ob sie dem Befehl der Tochter des Herzogs Folge leisten sollten.

Dann traten sie zögernd einen Schritt zurück.

Maria beachtete sie nicht weiter und wandte sich an den Boten, der sich ein wenig unbeholfen vor ihr verbeugte.

»Seid Ihr Maria von Burgund?«, vergewisserte er sich, und als Maria nickte, zog er ein versiegeltes Schreiben unter seinem Umhang hervor und reichte es ihr.

»Der Erzherzog von Österreich hat mir dieses Schreiben mit dem Auftrag übergeben, es Euch nur persönlich auszuhändigen«, berichtete er und konnte nicht aufhören, Maria dabei unentwegt anzustarren. Allein ihr Anblick war den anstrengenden Ritt wert, den er hinter sich hatte, und er wusste, dass er ihr Gesicht nie mehr im Leben vergessen würde.

Maria riss ihm das Schreiben förmlich aus der Hand und war versucht, es augenblicklich zu öffnen, besann sich dann aber wieder auf ihre Erziehung.

»Ich danke Euch«, antwortete sie hoheitsvoll. »Geht in die Küche und lasst Euch dort etwas zu Essen geben. Ich werde dafür sorgen, dass Ihr eine angemessene Belohnung für die Erfüllung Eures Auftrags erhaltet.«

Nach diesen Worten nickte sie Henrik Keuser noch einmal zu und eilte dann zurück in ihre Gemächer, wo sie mit zitternden Händen das Siegel brach, das Pergament aufrollte und zu lesen begann.

Liebste Maria
Im gleichen Augenblick, in dem ich Euer Bild gesehen habe, ist mein Herz in tiefer Liebe zu Euch entbrannt. Wenn ich ihm doch folgen könnte, wie ich wollte, ich würde nicht zögern, freudig zu Euch eilen und Euch zu der Meinen zu machen.
Doch das Schicksal hat es anders vorgesehen, und so bleibt mir nur, Euch meiner immerwährenden Liebe und Treue zu versichern.

Ihr allein könnt meine Qualen lindern, indem Ihr mir ein Zeichen Eurer Zuneigung sendet, das mich weiter hoffen lässt.
Der Herr und alle Heiligen mögen ihre schützenden Hände über Euch halten.
Maximilian

Dem Brief lag ein kleiner, funkelnder Rubin in Herzform bei. Maria nahm ihn behutsam in die Hand und strich sachte mit dem Finger über ihn hinweg. Maximilians Worte und seine rührende Geste bewegten sie tief und schenkten ihr neue Hoffnung.

»Er liebt mich!«, jubelte sie und las den Brief wieder und wieder, bis sie ihn schließlich auswendig kannte.

Vielleicht würde sich das Schicksal doch noch wenden und alles anders kommen, als ihre beiden Väter es geplant hatten.

»Ich muss ihm sofort antworten«, sagte sie zu sich selbst und eilte an ihren Schreibtisch.

12

»Was ist nur los mit dir?«, fragte Rosina von Kraig Maximilian nun schon zum zweiten Mal, ohne jedoch eine Antwort zu erhalten.

»Seit du aus Trier zurück bist, bist du so anders, und ich glaube fast, dass du mich nicht mehr liebst«, beschwerte sie sich.

Maximilian wandte sich ab, weder konnte er den Kummer in ihren Augen ertragen, noch hatte er den Mut, ihr die Wahrheit zu sagen.

»Natürlich liebe ich dich«, beeilte er sich, ihr zu versichern, und hatte ein furchtbar schlechtes Gewissen dabei.

Unablässig dachte er an Maria und wartete jeden Tag ungeduldig auf eine Nachricht von ihr.

Ob sie seinen Brief überhaupt erhalten hatte? Der Bote konnte überfallen worden sein, oder er hatte sich einfach mit seinem Silber aus dem Staub gemacht. Der Aufbruch von Trier war so plötzlich gekommen, dass ihm nicht mehr genug Zeit geblieben war, um nach einem vertrauenswürdigen Boten zu suchen. Nicht einmal den Namen des jungen Mannes hatte er gekannt, dem er sein Schreiben anvertraut hatte.

Und nun war es seine größte Angst, dass Maria seine Liebe nicht erwidern könnte, während er ihr seine innersten Gefühle offenbart hatte. Wie gern hätte er mit Rosina darüber gesprochen, doch er wusste, dass dies unmöglich war. Wahrscheinlich würde sie nie wieder ein Wort mit ihm reden, wenn er ihr von seiner ihm selbst unerklärlichen Sehnsucht nach Maria von Burgund erzählte, von der er nichts anderes kannte als ihr Porträt, das dennoch Gefühle in ihm ausgelöst hatte, wie er sie nie zuvor gefühlt hatte. Seit einer Stunde schon saßen sie in Wolldecken gehüllt auf der großen Koppel nebeneinander und beobachteten ein schwarzes Hengstfohlen, das übermütig herumtollte und das Maximilian im nächsten Frühjahr einzureiten gedachte.

Die Novembersonne schien schwach auf sie hinunter, eine bleiche, silberne Scheibe, die sich kaum vom trüben, wolkenverhangenen Grau des Himmels abhob. Ihre Strahlen besaßen nicht mehr genug Kraft, um sie zu wärmen, und vom Boden her zog feuchte Kälte in ihre Kleider.

Rosina erhob sich fröstelnd.

»Mir ist kalt. Ich gehe zurück ins Schloss. Wenn du deine Sprache wiedergefunden hast, weißt du ja, wo du mich findest.«

Unentschlossen wartete sie einen Augenblick, ob er noch etwas sagen würde, dann lief sie leichtfüßig davon. Maximilian blieb noch eine Weile sitzen, dann sprang er auf und lief ihr nach. Es war das erste Mal, dass er ein Geheimnis vor Rosina hatte, und er fühlte sich alles andere als gut bei dem Gedanken, dass er sich ihr nicht nur nicht anvertraut, sondern sie auch noch belogen hatte.

An den Stallungen hatte er Rosina eingeholt.

»Lass uns ausreiten«, schlug er vor und setzte sein charmantestes Lächeln auf. »Ich habe noch keine Lust, zurück ins Schloss zu gehen. Wenn Vater mich sieht, schickt er mich in die Lateinstunde oder hält mir Vorträge darüber, wie man einen Krieg ohne Schwert gewinnt, und darauf kann ich nun wirklich verzichten.«

Rosina zögerte.

»Ich könnte dir unterwegs von Trier und dem prunkvollen Einzug des Herzogs von Burgund erzählen.«

Schmollend verzog Rosina ihren hübschen Mund.

»Ich weiß genau, dass du mit der Tochter des Herzogs von Burgund verlobt werden solltest. Wie kannst du glauben, dass mich das interessiert?«, fragte sie ihn verletzt.

Maximilian merkte, dass er einen Fehler gemacht hatte.

»Ich wollte dir ja auch nur von den Kleidern und dem Schmuck der Damen erzählen«, lockte er.

Rosina schien nicht sehr überzeugt. »Wahrscheinlich warst du so geblendet von all den blitzenden Rüstungen der Ritter, dass du gar nicht auf den Schmuck und die Kleider der Damen geachtet hast«, mutmaßte sie.

Maximilian überlegte einen Moment. Tatsächlich war das einzige Kleid, an das er sich noch erinnern konnte, das der Herzogin von Burgund.

Ein triumphierendes Lächeln umspielte seinen Mund.

»Du hättest das Kleid der Herzogin sehen sollen. Es war aus tiefblauer, glänzender Seide und über und über mit Diamanten bestickt, die heller funkelten als die Sterne am Firmament«, begann er und blickte dabei an Rosina vorbei, als würde er das Gewand noch immer direkt vor Augen haben.

Er legte eine wohl überlegte Pause ein, um die Spannung zu steigern, und aus den Augenwinkeln heraus stellte er fest, dass ihm dies anscheinend gelungen war, denn Rosina hing fasziniert an seinen Lippen. Ihre Neugier war geweckt.

»Erzähl weiter«, forderte sie mit glänzenden Augen. »Wie sah ihre Frisur aus und was für Schmuck hat sie getragen?«

Maximilian hatte ihr schon einiges von dem unglaublichen Glanz erzählt, den er in Trier gesehen hatte, und sie bedauerte sehr, nicht dabei gewesen zu sein.

»Na ja, ihr Haar war zu einem merkwürdigen Gebilde aufgetürmt, und ich kann mir nicht vorstellen, dass es sehr bequem gewesen ist, den Kopf die ganze Zeit so zu halten, dass es sich nicht aufgelöst hat.«

»Ihr Männer habt eben keine Ahnung von Frisuren«, kommentierte Rosina, schon fast wieder versöhnt, zumal sie Maximilian viel zu sehr liebte, um ihm lange böse zu sein.

Während Wilhelm, der alte Knecht, ihre Pferde sattelte, wanderten Maximilians Gedanken erneut zurück nach Trier. Der Herzog hatte ihn freundlich und respektvoll empfangen und ihn mit kostbaren Geschenken und Ehrungen geradezu überhäuft. Einen größeren Gegensatz als den, der zwischen dem Herzog von Burgund und seinem Vater bestand, konnte es wohl kaum geben.

Karl war der geborene Machthaber, der auf Turnieren und auf der Jagd glänzte und sich in seinem Heerlager mehr zu Hause fühlte als in einem seiner Schlösser. Er pflanzte gewiss keine Blumen oder sammelte Steine, wie sein Vater es zu tun pflegte.

Seit seiner Rückkehr betrachtete Maximilian den kaiserlichen Hof mit anderen Augen. Die fast schon kleinbürgerliche Atmosphäre, die karge, zumeist fleischlose Kost. Kahle Wände statt prächtiger Tapisserien, pedantische, lehrhafte Unterhaltungen anstelle von geistvollen Gesprächen oder übermütigen Plänkeleien während üppiger, sinnenfroher Bankette. Knauserige Sparsamkeit gegenüber überquellenden Tafeln.

Wer einmal den Glanz des burgundischen Hofes erlebt hatte, dem fiel es schwer, wieder in eine weitaus dürftigere Umgebung zurückzukehren und sich mit ihr zufriedenzugeben.

Maximilian konnte seinem Vater den Bruch mit dem Herzog von Burgund einfach nicht verzeihen. Nicht einmal die wertvolle Rüstung und das wild schnaubende Schlachtross, das ihm dieser geschenkt hatte, hatte er behalten dürfen. Sein

Vater hatte darauf bestanden, dass alle Geschenke des Herzogs im Palast des Erzbischofs zurückgelassen wurden.

Rosina schwang sich mit einem eleganten Satz auf ihr Pferd.

»Wer zuerst den Waldrand erreicht hat, hat gewonnen«, rief sie übermütig und trieb ihr Pferd zum Galopp an.

Maximilian sprang auf sein Pferd und jagte ihr nach. Es dauerte nicht lange, bis er sie eingeholt hatte. Eine Weile galoppierten sie schweigend Seite an Seite auf den Wald zu, der still und düster vor ihnen lag.

Wie stumme Wächter ragten die kahlen Bäume in den Himmel und warteten auf die alles belebende Frühjahrssonne, deren wärmende Strahlen ihnen neues Leben einhauchen würden. Nur das müde Krächzen einer Krähe durchbrach für einen Moment die Stille, dann sank der Wald zurück in seinen langen, kalten Schlaf.

Kurz bevor sie den Wald erreichten, zog Maximilians Hengst mühelos an Rosinas Stute vorbei. In rasendem Galopp ging es weiter durch den Wald, dessen Boden von einer dichten Laubschicht bedeckt und vom letzten Regen noch matschig war.

Rosina bemerkte die Gefahr, die von den glitschigen Blättern ausging, aber bevor sie ihre Stute zu einer ruhigeren Gangart durchparieren konnte, stolperte das Tier auch schon über einen armdicken, losen Ast im Laub und knickte mit den Vorderläufen ein.

Rosina verlor den Halt und wurde weit über den Kopf ihres Pferdes zu Boden geschleudert, wo sie benommen liegen blieb.

Maximilian hatte noch den Klang der Kriegstrompeten in seinen Ohren, als er seinen dampfenden Hengst zum Schritt durchparierte und aus seinen Träumen auf den Boden der Tatsachen zurückkehrte.

Er drehte sich nach Rosina um, konnte sie aber nirgendwo entdecken.

Besorgt und mit einem unguten Gefühl, weil er sie beinahe vergessen hatte, wendete er sein Pferd und ritt zurück.

Es dauerte nicht lange, bis er seine schlimmsten Befürchtungen bestätigt sah.

Rosinas Stute hatte sich bereits mühsam wieder aufgerappelt und stand nun mit hängendem Kopf neben ihrer Herrin, die regungslos am Boden lag. Angstvoll ritt er näher.

In Rosinas Kopf hämmerte es, als würde sich eine ganze Armee von Steinmetzen darin befinden. Alles um sie herum drehte sich, und sobald sie auch nur versuchte, die Augen zu öffnen und sich aufzusetzen, wurde ihr speiübel.

Maximilian sprang vom Pferd und beugte sich besorgt über sie. Er hatte ein schlechtes Gewissen, weil er Rosina durch seinen Leichtsinn in Gefahr gebracht hatte. Wie jeder Reiter kannte er die Gefahr, die von nassem Laub ausging, nur zu gut.

Es gefiel ihm, das Schicksal immer wieder aufs Neue herauszufordern. Hatten ihm die Astrologen nicht mehrmals außergewöhnlich günstige Aspekte in Aussicht gestellt und ihm ein reiches, freudiges und gesundes Leben mit bleibenden Erfolgen versichert? Wovor also sollte er sich fürchten?

Doch er hätte in Betracht ziehen müssen, dass dies noch lange nicht für Rosina galt. Ihr Gesicht hatte alle Farbe verloren, und die dunklen Schatten unter ihren geschlossenen Lidern machten ihm Angst.

»Du darfst nicht sterben«, flüsterte er beschwörend und hob sie mühelos auf. Ein leises Stöhnen war die Antwort.

Vorsichtig setzte er sie vor sich aufs Pferd. Ihr Kopf lehnte schwer an seiner Schulter, und der feine, vertraute Lavendelduft ihrer seidigen Haare stieg ihm in die Nase.

Langsam ritt er zurück, um Rosina jede weitere Erschütterung zu ersparen. Der Weg schien ihm endlos, und er war erleichtert, als die niedrigen, lang gezogenen Stallungen, die direkt an den Schlosshof angrenzten, endlich vor ihm auftauchten.

»Wir brauchen einen Arzt, sofort«, rief er dem Stallmeister entgegen, der mit einem Blick auf die reiterlose Stute erkannte, was geschehen war.

»Irgendwann musste so etwas ja einmal passieren«, murmelte er kopfschüttelnd und nahm Rosina aus Maximilians Armen entgegen, damit dieser vom Pferd steigen konnte.

Auf seinen Wink hin rannte einer der Knechte zum Schloss.

Maximilian folgte ihm mit Rosina in den Armen und trug sie durch die langen, dunklen Gänge in ihr Schlafgemach. Dort legte er sie vorsichtig aufs Bett und betrachtete voller Sorge ihr bleiches Gesicht.

Noch immer hatte sie die Augen kein einziges Mal geöffnet.

Unruhig lief er erst um ihr Bett herum und begann dann, im Zimmer auf und ab zu wandern. Warum war er nur so gedankenlos gewesen und hatte Rosina durch seinen Wagemut in Gefahr gebracht? Wie sehr wünschte er sich in diesem Moment, den wilden Ritt ungeschehen machen zu können.

Immer wieder blickte er ungeduldig zur Türe und atmete erleichtert auf, als Dr. Halwyll, gefolgt von Rosinas besorgt dreinblickendem Vater, endlich das Gemach betrat.

»Sie ist ohne Bewusstsein, bitte, Ihr müsst ihr helfen, ich flehe Euch an, macht schnell«, wandte Maximilian sich an den grauhaarigen Arzt, den er von klein auf kannte.

Der Leibarzt des Kaisers beugte sich in seiner bedächtigen Art über das verletzte Mädchen und begann damit, jedes einzelne ihrer Körperteile einer gründlichen Prüfung zu unterziehen. Er dachte nicht daran, sich dabei aus der Ruhe bringen zu lassen, nicht einmal vom Sohn des Kaisers.

Während er Rosina untersuchte, wandte sich der Graf von Kraig an Maximilian. Schulterlange graue Locken umwallten sein hageres Gesicht, dessen fahle Blässe verriet, dass er dem Wein öfter zusprach, als es seiner Gesundheit zuträglich war. Zwei tiefe Falten zogen sich von den Nasenflügeln bis zu seinen Mundwinkeln hinab, was ihn hart und verbittert und wirken ließ.

Er bedachte den Sohn des Kaisers mit einem vorwurfsvollen Blick.

»Was ist geschehen?«, wollte er wissen.

Maximilians Gesichtsausdruck verriet sein schlechtes Gewissen.

»Rosina ist vom Pferd gestürzt, es muss über irgendetwas gestolpert sein. Genau habe ich es nicht gesehen, weil sie hinter mir geritten ist«, gestand er kleinlaut.

»Ihr seid schneller geritten, als es die schlammigen Wege erlaubt haben«, stellte der Graf nüchtern fest.

Maximilian nickte. »Es war meine Schuld, ich hätte Rosina nicht in Gefahr bringen dürfen.«

»Dann betet, dass sie wieder gesund wird«, erwiderte der Graf in scharfem Tonfall. Auf seiner Stirn hatte sich eine steile Falte gebildet. Er wandte Maximilian den Rücken zu und trat ans Fenster, ohne jedoch nach draußen zu schauen. Rosina war seine einzige Tochter, auf deren Wohlergehen er nach dem Tod ihrer Mutter sein ganzes Bestreben gerichtet hatte.

Rosinas Liebe zum Sohn des Kaisers war ihm nicht entgangen.

Er hätte sie deshalb schon längst außerhalb des Hofes verheiraten müssen und machte sich nun schwere Vorwürfe, weil er diese Entscheidung immer wieder hinausgezögert hatte.

Aber es war ihm schwergefallen, Rosina gehen zu lassen, war sie doch das Einzige, was seinem Leben noch Sinn gab und sein altes Herz erwärmte.

Jetzt durfte er jedoch nicht länger zögern, denn ihre Liebe zu Maximilian war ohne Zukunft, und er durfte nicht länger zuschauen, wie sie in ihr Unglück lief. Nach ihrer Genesung würde er sie so schnell wie möglich verheiraten.

Ein scharfer Geruch von Kampfer und Kräutern erfüllte den Raum, als der Wundarzt ein kleines Holzdöschen öffnete und es Rosina unter die Nase hielt. Es dauerte nicht lange, bis ihre Lider flatterten und sich langsam hoben.

»Wo bin ich?«, fragte Rosina mit matter Stimme. »Mir ist so schwindelig, und der Kopf tut mir weh.«

»Ihr seid in Eurem Schlafgemach«, erwiderte Dr. Halwyll beruhigend. »Ich werde Euch etwas gegen Eure Schmerzen geben, und dann wird es Euch bald besser gehen«, versprach er.

Bei diesen Worten seufzte der Graf von Kraig erleichtert auf und warf dem Arzt einen dankbaren Blick zu. Auch Maximilian sandte ein kurzes Dankgebet gen Himmel.

»Wird sie wieder ganz gesund werden?«, beeilte er sich zu fragen.

Dr. Halwyll warf ihm einen aufmunternden Blick zu.

»Soweit ich erkennen kann, ist nichts gebrochen. Allerdings befindet sich an ihrem Kopf eine dicke Beule, die auch der Grund für ihren Schwindel sein dürfte. Sie wird eine Weile ruhig liegen müssen, um sich von der Erschütterung zu erholen«, erwiderte er und winkte seinen Gehilfen, der unter der Türe stehen geblieben war, zu sich heran.

»Bring mir einen Becher Wein und die Salbentasche«, befahl er dem sommersprossigen Jungen, der das sechzehnte Lebensjahr noch nicht erreicht hatte.

Gehorsam eilte der Junge in die Küche und kehrte wenig

später mit dem Wein zurück. Dr. Halwyll gab eine Mischung aus zerstoßenen Johanniskrautblättern, eine kleine Dosis Schierling und etwas Opium in den Wein und flößte ihn Rosina vorsichtig ein.

Anschließend wandte er sich wieder an Rosinas Vater.

»Sie wird jetzt schlafen. Morgen wird sie sich bereits besser fühlen, wenngleich ich befürchte, dass sie ihre Kopfschmerzen noch eine Weile quälen werden. Sorgt dafür, dass sie in den nächsten Tagen ruhig liegen bleibt. Ich werde heute Abend noch einmal nach ihr sehen.«

»Ich danke Euch.« Der Graf von Kraig begleitete Dr. Halwyll zur Türe.

Nachdem er die Türe hinter dem Arzt geschlossen hatte, wandte er sich an Maximilian und sah ihn kühl an.

»Ihr habt gehört, was Dr. Halwyll gesagt hat. Rosina braucht jetzt Ruhe, und es schadet ihrem Ruf, wenn ein junger Mann sich länger als nötig in ihrem Schlafgemach aufhält, selbst wenn er der Sohn des Kaisers ist.« In seiner Stimme lag ein unüberhörbarer Vorwurf.

Maximilian wollte ihn schon zurechtweisen, aber dann fiel sein Blick auf die sorgenvolle Miene des Grafen, und so nickte er nur kurz und verließ wortlos den Raum.

Von einer merkwürdigen Unruhe getrieben, lief er über den Schlosshof zurück zu den Ställen. Wenn er schon nichts weiter für Rosina tun konnte, wollte er doch wenigstens nach ihrer Stute sehen, um sich zu vergewissern, dass das Tier wohlauf war. Er wusste, wie sehr Rosina ihr Pferd liebte. Sorgsam tastete er die Beine der Stute ab und fand dabei ihre linke Fessel leicht angeschwollen, ansonsten schien ihr aber nichts weiter zu fehlen, wie er erleichtert feststellte. Er erteilte einem der Stallknechte den Auftrag, kühlende Leinentücher um das verletzte Bein zu schlagen und auch sonst gut auf die Stute zu achten.

Mehr konnte er nicht tun. Nachdenklich ging er zurück zum Schloss. Auf dem Schlosshof herrschte die übliche Betriebsamkeit. Lieferanten, Bittsteller und Gesandte kamen und gingen. Aus dem ihm schräg gegenüberliegenden steinernen Backhaus stieg ihm der Duft frisch gebackenen Brots in die Nase und erinnerte ihn daran, dass er seit dem Frühmahl nichts mehr zu sich genommen hatte. Sein Hunger zog ihn in Richtung der großen Burgküche, die sich aus Sicherheitsgründen weit außerhalb der Wohnräume befand. Er hatte die Küche schon fast erreicht, als ihn das Gespräch zweier ihm entgegenkommender Diener innehalten ließ.

»Die Burgunder marschieren in Lothringen ein, und unser Kaiser hat nichts Besseres zu tun, als seine Pflanzen zu wässern«, hörte er den Jüngeren der beiden sagen, dem deutlich anzusehen war, dass er mit dem Verhalten seines Herrn ganz und gar nicht einverstanden war.

»Hast wohl nichts anderes zu tun, als deine Ohren an den Türen fremder Leute plattzudrücken?«, schalt ihn der andere.

»Nein, so war es nicht. Ich weiß es von dem Boten, der heute Morgen aus Flandern gekommen ist«, beeilte sich der Jüngere zu erklären, nicht bereit, den ungerechtfertigten Vorwurf auf sich sitzen zu lassen.

Die beiden waren so sehr in ihr Gespräch vertieft, dass sie den Sohn des Kaisers gar nicht bemerkten, der bei ihren Worten wie angewurzelt mitten im Hof stehen geblieben war.

Maximilian sog den Atem ein. Sein Hunger war vergessen.

Es war also ein Bote aus Flandern eingetroffen, und er zweifelte keinen Moment daran, dass Maria ihn geschickt hatte. Erregt machte er auf dem Absatz kehrt und eilte ins Schloss zurück. Nachdem er einige Diener nach dem Aufenthaltsort seines Vaters befragt hatte, traf er diesen schließlich in seinem Arbeitszimmer an.

Doch er war nicht allein. Vor seinem Schreibtisch stand ein kräftiger Mann in Reitstiefeln, die ebenso wie sein Mantel mit braun glänzendem Matsch überzogen war.

Als Maximilian hereingestürmt kam, unterbrachen die beiden Männer augenblicklich ihr Gespräch, und Friedrich musterte seinen Sohn mit stummem Vorwurf. In seiner rechten Hand hielt er ein versiegeltes Schreiben.

Maximilian starrte auf die Pergamentrolle, als würde sein Leben davon abhängen. Seine blonden Locken hingen ihm wirr ins Gesicht, und er schien nicht einmal zu bemerken, wie unhöflich sein Auftreten auf den Besucher seines Vaters wirken musste.

»Ihr könnt Euch jetzt zurückziehen, wir werden später weiterreden«, befahl Friedrich dem Mann, ohne dabei den Blick von seinem Sohn zu wenden.

Der Bote verneigte sich ehrerbietig und verließ den Raum.

Friedrich wartete, bis Maximilian ihm in die Augen sah, erst dann ergriff er das Wort.

»Kannst du mir erklären, wie Maria von Burgund dazu kommt, dir ein Schreiben zu schicken?«, fragte er ruhig.

Maximilian erwiderte seinen Blick trotzig und gab ihm keine Antwort.

»Du schuldest mir eine Erklärung, mein Sohn.« Friedrich blieb hart. Seine kräftige Hand hielt die Pergamentrolle fest umschlossen.

Maximilian musterte ihn feindselig. Sie waren sich fremd geworden seit Trier, und seine Gesichtszüge verzogen sich geringschätzig, als er seinen Vater nun in Gedanken mit dem Herzog von Burgund verglich.

Fast konnte man meinen, einen Bauern vor sich zu haben. Über seinem grauen Flanellhemd trug der Kaiser ein Wams aus fester, brauner Wolle. Dazu waldgrüne Hosen, die jedoch im Gegensatz zur vorherrschenden Mode viel zu weit waren. Sein Gesicht war das eines alten Mannes, der sich damit abgefunden hatte, dass die Schlachten, die er hätte führen müssen, nicht von ihm, sondern von anderen geschlagen wurden.

»Ich habe es satt, wie ein dummer Junge behandelt zu werden«, murrte Maximilian.

Die Hand mit der Pergamentrolle krachte schwer auf den Tisch.

»Dann benimm dich auch nicht wie einer. Du hast Rosina mit deinem Leichtsinn in große Gefahr gebracht. Mein alter Freund, der Graf von Kraig, ist außer sich vor Sorge um sein einziges Kind.«

Der Vorwurf traf Maximilian unvermittelt und umso härter, als er zu Recht erhoben wurde. Wie hatte er Rosina nur vergessen können. Doch seit er von dem Boten aus Flandern erfahren hatte, hatten sich seine Gedanken nur noch um Maria gedreht. Um Maria, die Tochter des Herzogs von Burgund, der er sich so nah fühlte und die doch so weit von ihm entfernt war wie die Sterne am Firmament.

Tiefe Scham erfüllte ihn. Sein Vater hatte Recht, er war eigensinnig und verantwortungslos und dachte immer nur an sich selbst.

Wie von selbst verwandelte sich daraufhin das von schütterem grauem Haar umwallte Gesicht seines Vaters vom Bauern zurück in den Kaiser und strahlte wieder den gewohnten Frieden aus, der beruhigend und wohltuend zugleich war.

In diesem Moment hätte Maximilian seinen Vater für nichts in der Welt eingetauscht.

Reumütig senkte er seinen Blick zu Boden.

»Ich habe Maria einen Brief geschrieben, gleich nachdem ich von unserer Abreise aus Trier erfahren habe. Ich wollte wissen, ob sie meine Gefühle erwidert«, sagte er.

Friedrich spürte, wie ernst es seinem Sohn war. Wortlos reichte er ihm das Schreiben, erleichtert darüber, dass es nicht zum Bruch zwischen ihnen gekommen war. Er hätte es nicht ertragen, seinen einzigen Sohn zu verlieren. Jetzt, wo es an der Zeit war, ihn auf seine künftige Herrscherrolle vorzubereiten und ihn mit den Tücken der Politik vertraut zu machen.

»Danke, Vater.« Maximilian wandte sich ab und verließ mit großen Schritten das Schreibzimmer. Eilig überquerte er den Schlosshof und lief zu seinem alten Versteck hinter der Kapelle, einem verfallenen kleinen Steingebäude, von dem niemand mehr wusste, wozu es einmal gedient hatte. Er kletterte über die verstreut umherliegenden Steine, wusste genau, welcher von ihnen sich bewegte, wenn er auf ihn trat, und ließ sich auf dem moosbewachsenen, in der Mitte entzweigebrochenen Mühlstein nieder, der sich in der Sonne jeweils stark erwärmte und im Winter eisige Kälte abgab.

Ungeduldig brach er das Siegel und begann zu lesen:

Liebster Maximilian
Eure Worte haben mich sehr glücklich gemacht, fühle ich doch ebenso wie Ihr. Als ich Euer Bildnis zum ersten Mal betrachtet habe, erhielt der Ritter aus meinen Träumen endlich ein Gesicht.
Es war die Staatsraison, die uns zueinandergeführt hat, und doch haben auch unsere Herzen zueinandergefunden, und das ist mehr, als wir uns erhoffen konnten.
Ihr werdet immer in meinen Gedanken sein, mein Liebster, und ich bete jeden Tag zum Herrn, in der Hoffnung, dass Er das Einsehen mit uns haben möge, das unseren Vätern fehlt, und uns in seiner unendlichen Güte beistehen wird.
In Liebe
Maria

Dem Brief war ein bläulich schimmernder Diamant beigelegt.

Gerührt las Maximilian Marias Worte immer und immer wieder. Dann schloss er die Augen. In seinen Gedanken hörte er den Klang ihrer Stimme, die sanft und zärtlich zugleich war. Als er sich nach langer Zeit endlich erhob, waren seine Glieder steif vor Kälte. Er rollte das Pergament zusammen und schob es unter sein ledernes Wams, wo es nah an seinem Herzen ruhte.

13

Es war der erste trockene Tag seit zwei Wochen, in denen es beinah unaufhörlich geregnet hatte.

Catherina saß auf einer etwas versteckt liegenden Bank inmitten des Liebesgartens, wie das aus Koniferen angelegte Labyrinth allgemein genannt wurde, und träumte vor sich hin, als Angelo, der Sohn des Grafen von Campobasso, an ihr vorbeispazierte, einen Moment später wieder umdrehte und zu ihr zurückkehrte, als hätte er es sich anders überlegt.

Lächelnd blieb er vor ihr stehen.

»Warum so nachdenklich, schöne Dame?«, fragte er und setzte sich wie selbstverständlich neben sie. Er war hübsch und dunkelhaarig und hatte kühne, verführerische Augen.

Im ersten Moment war Catherina so verblüfft, dass sie kein Wort herausbrachte, während seine verwegenen Augen sie forschend musterten.

»Ich habe mich nur ein wenig ausgeruht«, brachte sie schließlich heraus und senkte verlegen ihren Blick.

»Wie kommt es nur, dass ich Euch nicht schon früher bemerkt habe?«, setzte er nach und sah sie dabei bewundernd an. In seiner Stimme lag aufrichtiges Bedauern, als ob er sich über diesen Umstand tatsächlich wundern würde.

»Ich bin Marias Zofe, und da sie nur selten an den allgemeinen Vergnügungen bei Hofe teilnimmt, muss ich ebenfalls darauf verzichten«, erklärte Catherina, die sich von ihrem ersten Schrecken wieder erholt hatte.

Wie gerne hätte sie zu der unbeschwerten Gesellschaft junger Leute bei Hofe gehört, aber wenn sie ehrlich war, lag es nicht nur an Maria, dass sie niemals an den fröhlichen Spielen und Belustigungen teilnehmen konnte, sondern auch daran, dass sie von niemandem zu diesen Vergnügungen eingeladen wurde, die oft bis in die Nacht hinein andauerten und bei denen stets ausgelassen gefeiert, getanzt und aufgespielt wurde.

Angelo beugte sich nahe zu ihr heran und sah ihr tief in die Augen.

»Ich würde Euch gern einmal wiedersehen, wenn Ihr erlaubt«, fuhr er fort, und Catherina konnte kaum fassen, was er da gerade gesagt hatte, denn Angelo de Campobasso zählte zu den begehrtesten Junggesellen des Landes. Sein Vater stand außerdem hoch in der Gunst des Herzogs und war, wie es hieß, unwahrscheinlich reich.

Und ausgerechnet sein Sohn sollte sich für sie interessieren?

Warum auch nicht, dachte sie trotzig. Nikolaus hat mich schließlich auch geliebt, und wenn Maria nicht gewesen wäre, wären wir sicher glücklich miteinander geworden.

Wie zur Bestätigung seiner Worte legte Angelo seine Hand auf die ihre. Catherina fuhr bei der Berührung zusammen und wurde über und über rot.

In diesem Augenblick hätte man sie fast für hübsch halten können.

Angelo rückte noch näher an sie heran. »Ich bin sehr glücklich, dass mich mein Weg hierher geführt hat.«

Er schien es tatsächlich ernst zu meinen.

Catherina zitterte vor Aufregung.

»Ich gehe hier jeden Tag spazieren«, wagte sie zu sagen, worauf er ihre Hand küsste.

»Eure Worte machen mich sehr glücklich«, erwiderte er, nahm ihre Hand und zog sie von der Bank hoch. Eine Weile spazierten sie nebeneinander her, wobei es Angelo nicht zu stören schien, dass sie jeden Augenblick von jemandem gesehen werden konnten, obwohl die Wahrscheinlichkeit an diesem feuchtkalten Oktobertag eher gering war.

Als sie die Wasserspiele erreicht hatten, blieb Angelo stehen und wandte sich erneut mit schmeichelnder Stimme an sie. »Über das Treffen mit Euch hätte ich fast vergessen, dass mein Vater mich erwartet«, sagte er bedauernd. »Werde ich Euch morgen wiedersehen?«

Catherina nickte eifrig und sah ihm nach, wie er mit langen Schritten zurück zum Schloss eilte.

Als sie zurückkam, fand sie Maria am Fenster sitzend vor, wo sie mit offenen Augen vor sich hin träumte. Sie war so tief in Gedanken versunken, dass sie die Veränderungen an ihrer Zofe, die mit frischen Leinentüchern auf dem Arm an sie herantrat, gar nicht bemerkte.

Der leidende Ausdruck war aus Catherinas Gesicht verschwunden, und fröhlich vor sich hin summend bürstete sie Marias Reitkleid aus, nachdem sie die Tücher sorgsam in die Truhe gelegt hatte und Ordnung auf dem Toilettentisch geschaffen hatte.

Immer noch konnte sie kaum glauben, was gerade geschehen war.

Sie war froh, dass sie nichts zu sagen brauchte, und gab sich ebenfalls ganz ihren Gedanken hin, die sich ausschließlich um Angelo drehten. Sobald sie die Augen schloss, tauchte sein Gesicht vor ihr auf, und sein verwegener Blick ließ sie auf mehr hoffen. Vielleicht würde er sie ja sogar heiraten und damit für immer von ihren lästigen Pflichten bei Hofe entbinden. Ihre Gedanken schweiften in die Zukunft, und sie stellte sich vor, wie es wäre, Angelo de Campobassos Gemahlin zu sein. Mathilda und Lisette würden platzen vor Neid.

Wie hätte sie auch ahnen sollen, dass sie lediglich eine Figur im mörderischen Kampf um die Macht der beiden größten Erzfeinde des Abendlandes geworden war?

Der Graf von Campobasso wartete indessen ungeduldig auf seinen Sohn.

Unruhig lief er in seinem Gemach auf und ab. Ihm war nicht ganz wohl bei dem, was er vorhatte, und für einen Augenblick bereute er fast, sich mit den Franzosen eingelassen zu haben, doch er hatte Ludwigs Gold einfach nicht widerstehen können.

War es wirklich nur das Gold gewesen, das ihn dazu getrieben hatte, Karl zu verraten?

Erneut glühten ihm die Wangen vor Scham und Zorn, als er daran dachte, wie Karl ihn vor all seinen Freunden gedemütigt hatte. Wie einen alten Stiefel hatte er ihn im Dreck liegen lassen, und das nur, weil sein Darm im falschen Augenblick rebelliert hatte.

Endlich vernahm er die ersehnten Schritte im Flur und öffnete eigenhändig die Türe.

Misstrauisch blickte er Angelo entgegen. Im Gegensatz zu den Damen am Hof kannte er den schwachen Charakter seines Sohnes, der ihn schon fast ruiniert hatte, nur allzu gut und dachte daher nicht daran, sich noch einmal von seinem Charme und seinen Schmeicheleien einlullen zu lassen.

»Hat sie angebissen?«, fragte er.

Missmutig verzog Angelo daraufhin seinen schönen, sinnlichen Mund.

»Habt Ihr etwas anderes erwartet?«, fragte er zurück.

»Dann sind deine Verführungskünste wenigstens einmal zu etwas nutze«, bemerkte der Graf, ohne weiter auf Angelos Frage einzugehen.

»Bei Marias Zofe hättet selbst Ihr noch Chancen.« Angelo unterstrich seine respektlose Bemerkung mit einem vielsagenden Blick auf den wohlgenährten Bauch seines Vaters, der auch durch das bunt bestickte, gut geschnittene Brokatwams nicht kaschiert werden konnte.

Ärgerlich wandte er sich von ihm ab.

»Ihr erwartet doch wohl hoffentlich nicht, dass ich diese Catherina auch noch küsse? Meine Freunde würden sich totlachen, wenn sie mich mit diesem sauertöpfischen, blassen Ding zusammen sehen würden, und die schöne Irmingard wird mich zum Teufel jagen, wenn sie davon erfährt«, jammerte er.

Campobasso schien davon wenig beeindruckt. Mit ungewohnter Schärfe wies er seinen Sohn zurecht.

»Wir haben eine Abmachung, an die du dich halten wirst, ansonsten werde ich deine Spielschulden nicht bezahlen und dir auch sonst keinen Sous mehr geben.

Angelo merkte, dass er auf diese Art bei seinem Vater nicht weiterkam.

»Wozu wollt Ihr überhaupt so viel über Maria wissen? Ihr spielt doch nicht etwa mit dem Gedanken, um sie zu werben?«, fragte er mit unverhohlener Neugier.

Campobasso begann zu schwitzen, und seine Hände fuhren unruhig durch die Luft. Angelo sah es mit Erstaunen. Noch nie zuvor hatte er seinen Vater in solch einem aufgewühlten Zustand gesehen, und kühl überlegte er, wie er diese Tatsache für sich nutzen konnte.

Er hatte ihm den Auftrag erteilt, alles über Marias Gewohnheiten herauszufinden und dabei so unauffällig wie möglich vorzugehen. Dafür wollte er als Gegenleistung seine Spielschulden übernehmen.

Er heckte irgendetwas aus, das stand fest. Etwas, das Angelo den Angstschweiß auf die Stirn trieb.

Mit dem feinen Instinkt eines Mannes, der Problemen grundsätzlich lieber aus dem Weg ging, als dass er sich ihnen stellte, spürte er die Gefahr, die den geheimnisvollen Plänen seines Vaters innewohnte und die auch sein Schicksal beeinflussen konnten.

»Bitte, Vater, ich muss wissen, was Ihr vorhabt, umso mehr kann ich Euch bei Eurem Plan unterstützen.«

Lauernd beobachtete er seinen Vater, der sich unter seinem forschenden Blick sichtlich unwohl fühlte.

»Es ist besser, wenn du es nicht weißt«, stieß er schließlich gequält hervor. »Und jetzt lass mich allein.« Er wandte sich ab und ließ sich schwer auf einen Stuhl sinken.

Mit einem unguten Gefühl folgte Angelo der Aufforderung seines Vaters und verließ seine Gemächer. Er ist alt geworden, dachte er mit einem Anflug von Bedauern, und während er die Treppe zum Turnierplatz hinuntereilte, nahm er sich vor, seinen Auftrag so schnell wie möglich hinter sich zu bringen, um danach endlich wieder ungestört seinen Vergnügungen nachgehen zu können.

Der nächste Tag war feucht und nebelig und saugte jegliche Farbe aus der Landschaft, die dadurch traurig und öde wirkte. Ein scharfer Ostwind peitschte die Bäume und Sträucher und vertrieb auch noch die letzte Wärme des Sommers aus dem Park.

Catherina zog fröstelnd die Schultern hoch und lief mit schnellen Schritten auf die Koniferen zu, die etwas Schutz vor dem eisigen Wind versprachen.

Bevor sie Marias Gemächer verlassen hatte, hatte sie heimlich noch eine von Marias kostbaren Phiolen mit Duftwasser geöffnet und sich einige Tropfen davon auf die Haut gerieben.

Sie lächelte, als ihr der wundervolle Duft beim Gehen nun

immer wieder in die Nase stieg, und fragte sich, ob Angelo ihn wohl bemerken würde. Der Gedanke an ihn ließ sie noch schneller werden. Wenige Augenblicke später tauchte auch schon die Bank vor ihr auf, und sie stellte enttäuscht fest, dass Angelo noch nicht da war. Ob er es sich anders überlegt hatte? Nein, das konnte nicht sein, das durfte nicht sein, er musste einfach kommen.

Kühle Feuchtigkeit überzog die steinerne Bank, doch Catherina bemerkte es nicht einmal, als sie sich darauf niederließ. Zu oft war sie von den Männern schon enttäuscht worden, und auch wenn sie Maria die Schuld daran gab, weil schließlich irgendjemand an ihrem Unglück Schuld haben musste, meldeten sich tief in ihrem Innern immer wieder Zweifel, die sie hartnäckig zurückdrängte.

Zwischen Hoffnung und Verzweiflung hin- und hergerissen, sah sie schließlich Angelos stattliche Gestalt zwischen den Koniferen auftauchen. Mit schnellen Schritten kam er auf sie zu.

»Ich hoffe, Ihr habt nicht allzu lange auf mich warten müssen?«, fragte er zärtlich und nahm ihre Hand. Er hielt sie fest, schnupperte, sog zunächst den feinen Duft ein, der ihrer Haut entströmte, und drückte dann einen Kuss auf sie.

Catherina warf ihm einen verliebten Blick zu und schüttelte den Kopf.

Angelo ließ sich neben ihr nieder. Als er spürte, wie sie zitterte, legte er besorgt einen Arm um ihre Schultern. »Ihr solltet darauf achten, Euch nicht zu verkühlen«, bemerkte er wie nebenbei.

Er macht sich Sorgen um mich, dachte Catherina glücklich.

»Erzählt mir etwas von Euch«, forderte Angelo sie auf. Seine dunkle Stimme war wie ein Streicheln.

»Was möchtet Ihr denn wissen?«, fragte sie ein wenig erstaunt zurück.

Er schien es tatsächlich ernst zu meinen, warum würde er sich sonst für ihr Leben interessieren?

Angelo näherte sein Gesicht dem ihren und flüsterte bedeutsam: »Ich möchte alles von Euch wissen. Wie Ihr den Tag verbringt, was Ihr am liebsten mögt, einfach alles.«

Sein Blick machte sie verlegen, und es dauerte eine Weile, bevor sie ihm antwortete.

»Nun ja, ich helfe meiner Herrin beim An- und Auskleiden, kümmere mich um ihre Kleider und besorge ihr jeden Morgen ihr geliebtes Konfekt und frisches Obst. Sie hat Glück, dass sie von dem ganzen süßen Zeug nicht wie ein Pfannkuchen auseinandergeht«, lästerte sie und warf ihm einen unsicheren Blick zu, um zu sehen, wie er auf ihre Worte reagierte. Auf keinen Fall wollte sie ihn langweilen.

»Behandelt Euch die Tochter des Herzogs wenigstens gut?«, fragte er mit geheucheltem Interesse, als sie nichts weiter sagte.

»Das schon, es ist nur«, sie suchte nach den richtigen Worten, »seit ihre Stiefmutter da ist, beachtet sie mich kaum noch. Früher hat sie mich viel mehr an ihrem Leben teilhaben lassen und mir ihre Gedanken anvertraut.«

»Und jetzt vertraut sie sich nur noch der Herzogin an, und es kümmert sie nicht, wenn sie ihre treue Zofe durch dieses Verhalten verletzt?« In seinem schönen Gesicht spiegelte sich Empörung.

Catherina seufzte vor Erleichterung. Endlich hatte sie jemanden gefunden, der sie verstand und mit ihr fühlte. Ihre Kehle war wie zugeschnürt vor lauter Glück.

Angelo nickte ihr aufmunternd zu.

»Sie bemerkt nicht einmal, wie sehr sie mich verletzt. Seit dem Tag, an dem sie das Porträt des Kaisersohnes erhalten hat, sitzt sie nur noch da und denkt an nichts anderes, als ihn endlich heiraten zu dürfen. Wenn sie von ihrem morgendlichen Ausritt im Park zurückkommt, greift sie als Erstes zu seinem Bild und fängt sofort wieder zu träumen an. Und wenn sie dann nicht rechtzeitig frisiert und umgezogen ist, werde ich dafür von Madame Halewyn getadelt.«

»Das ist nicht gerecht«, stimmte Angelo ihr zu.

Fürs Erste hatte er genug erfahren, und er hoffte insgeheim, dass sein Vater sich mit diesen Informationen zufriedengeben würde, denn er verspürte nicht die geringste Lust, sich Catherinas Gejammer noch länger anzuhören, obwohl er selbst sie dazu aufgefordert hatte, sich ihm anzuvertrauen. Durch ihre näselnde Stimme fühlte er sich unangenehm an seine Mutter erinnert, der weder sein Vater noch er es jemals hatten recht machen können. Jetzt war sie tot, und sie hatten endlich Ruhe vor ihr.

Catherinas blassblaue Augen hingen erwartungsvoll an ihm. Er wusste nicht, was sie von ihm erwartete, und es war ihm auch egal.

Dennoch bemühte er sich um eine bedauernde Miene, was ihm auch halbwegs gelang.

»Leider muss ich Euch jetzt verlassen, selbst wenn es mir schwerfällt.«

Catherina war enttäuscht.

»Werdet Ihr morgen wieder hier sein?«, fragte sie.

»Nichts könnte mich davon abhalten«, versprach er und drückte einen Kuss auf ihre Hand.

Der Graf von Campobasso hörte seinem Sohn aufmerksam zu, als er ihm Bericht erstattete.

Danach nickte er zufrieden. Er hatte erfahren, was er wissen wollte, ohne seine Pläne preisgeben zu müssen.

»Fürs Erste reichen mir diese Informationen. Sie hat doch nicht etwa bemerkt, dass du sie ausfragst?«

Angelo schüttelte den Kopf.

»Sie glaubt tatsächlich, dass ich mich für sie interessiere«, antwortete er, und die Geringschätzung für Marias Zofe war ihm dabei deutlich anzusehen.

Campobasso nickte nur, und sofort, nachdem Angelo gegangen war, warf er sich einen Umhang über und verließ schnellen Schrittes das Schloss.

Am nächsten Morgen begab sich Catherina schon früh auf den Weg in die Backstube, um dort neues Konfekt für Maria zu holen.

Fröhlich lief sie anschließend die langen Gänge zu Marias Gemächern entlang und hatte die Treppe zum Westflügel beinahe erreicht, als Angelo plötzlich vor ihr stand und ihr den Weg versperrte.

Sie hatte ihn nicht kommen hören und wunderte sich, was er hier unten zu suchen hatte. Abgesehen von den Kammern des Gesindes und den Wirtschaftsräumen im hinteren Teil des Gebäudes gab es hier nur die mit Säulen geschmückte Empfangshalle, von der aus die Treppe zu den Gemächern der Damen hinaufführte.

Ihr Herz begann stürmisch zu klopfen, als er sich ein wenig vorbeugte und ihr einen leichten Kuss auf die Wange hauchte.

Mit einem verschwörerischen Lächeln nahm er ihr das zierliche, silberne Körbchen mit dem Konfekt aus der Hand und stellte es behutsam auf einer der unteren Treppenstufen ab. Dann zog er Catherina in die Nische unter der Treppe, die gerade hoch genug war, um noch aufrecht in ihr stehen zu können.

»Bitte verzeiht mir meine Ungeduld«, raunte er ihr zu. »Aber ich konnte es nicht erwarten, Euch zu sehen, und wollte Euch bitten, mir einen Kuss zu gewähren, der mir die Zeit bis zu unserem Treffen versüßt.«

Catherina war so überrascht, dass sie nicht länger darüber nachdachte, woher er gewusst hatte, dass er sie hier finden würde. Glücklich bot sie ihm ihren Mund und erwiderte seinen Kuss so leidenschaftlich, dass ihm gegen seinen Willen die Hose eng wurde.

Widerwillig gab er sie schließlich frei.

»Wir sehen uns nachher, meine Schöne«, versprach er ganz nah an ihrem Ohr und drückte ihr noch einen letzten Kuss auf die Lippen.

Mit gerunzelter Stirn sah er ihr noch dabei zu, wie sie verlegen ihren Rock glatt strich, das Körbchen mit dem Konfekt an sich nahm und leichtfüßig die Treppe hinauflief.

Während Catherina in seinen Armen gelegen hatte, hatte er aus den Augenwinkeln heraus beobachtet, wie sein Vater hinter Catherinas Rücken den Inhalt des Körbchens ausgetauscht und sich danach wieder lautlos aus der Halle hinausgeschlichen hatte.

Einmal mehr fühlte er sich unbehaglich, als sein Vater von ihm verlangt hatte, Catherina, nachdem sie Marias Konfekt aus der Backstube geholt hatte, vor der Treppe zum Westflügel abzufangen und sie für einen Moment abzulenken, ohne ihm zu erklären, was genau er damit bezweckte.

Doch mit einem Mal wurde ihm alles klar.

Die Erkenntnis traf ihn wie ein Schock, und das Blut wich aus seinem Gesicht. Das Konfekt war für die Tochter des Herzogs bestimmt!

Sein Vater hatte vor, sie zu vergiften, warum sonst hätte er den Inhalt des Körbchens vertauscht?

Und ihn hatte er ohne jeden Skrupel in dieses hinterhältige Komplott mit hineingezogen. Es gab keine andere Erklärung für das, was geschehen war. Dennoch musste er sich Gewissheit verschaffen und begab sich auf dem schnellsten Weg in das Gemach seines Vaters, das im Gegensatz zu seiner eigenen ungeheizten Kammer warm und gemütlich war.

Campobasso stand vor einem glühenden Kohlebecken und sah dabei zu, wie der Leinenbeutel, den er gerade auf die Glut gelegt und in dem sich das vergiftete Konfekt befunden hatte, langsam Feuer fing und verbrannte, bis nur noch ein kleines Häufchen Asche von ihm übrig war, das in dem eisernen Becken nicht weiter auffiel.

In der Hand hielt er die letzten Stücke des ausgetauschten Konfekts, von dem er sich ungerührt eines nach dem anderen in den Mund schob.

Angelo sah ihn an, als würde er ihn zum ersten Mal sehen. Der Ausdruck, der auf dem teigigen Gesicht seines Vaters lag, machte ihm Angst.

Jede Gemütlichkeit war daraus verschwunden und stattdessen einer Bitterkeit gewichen, die er bislang nicht an ihm gekannt hatte.

»Ihr schuldet mir eine Erklärung, Vater. Wenn Ihr mich schon, ohne mich vorher in Kenntnis zu setzen oder gar zu fragen, in Eure finsteren Machenschaften mit hineinzieht, möchte ich wenigstens wissen, warum ihr die Tochter des Herzogs vergiften wollt. Denn das ist es doch, was Ihr vorhabt?«

Seine Worte hingen schwer in der Luft.

Campobasso wandte sich zu ihm um, doch sein Blick ging an ihm vorbei und fiel auf das bernsteinfarbene Glas, das den Fensterrahmen ausfüllte.

»Du hast es erfasst«, sagte er nur.

Angelo spürte, wie ihm ein eisiger Schauer über den Rücken rann. Gerade noch hatte er seinem Vater heftige Vorwürfe machen wollen, doch jetzt schnürte ihm die aufsteigende Angst die Kehle zu.

»Was ist nur in Euch gefahren? Wenn der Herzog erfährt,

dass wir hinter dem Anschlag stecken, sind wir erledigt«, presste er tonlos hervor. »Ihr seid in seinen engsten Kreis aufgestiegen. Der Herzog vertraut Euch, wie könnt Ihr das alles aufs Spiel setzen? Es geht uns doch gut an seinem Hof.« Seine Stimme klang beschwörend.

Endlich sah Campobasso ihn an. Sein Blick war eisig. »Er hat mich gedemütigt, wie mich noch kein Mensch zuvor gedemütigt hat, und dafür wird er bezahlen.«

»Und wenn er herausfindet, wer hinter dem Anschlag steckt?« Angelo ließ nicht locker.

»Er wird es wohl kaum erfahren, solange du deinen Mund hältst«, fuhr Campobasso ihn an. »Niemand außer König Ludwigs Spion weiß etwas von unserem Plan, und der wird sich hüten, etwas davon zu erzählen.«

»Und wer ist dieser Spion?«

»Das geht dich nichts an. Ich habe dir schon einmal gesagt, je weniger du weißt, umso besser für uns alle. Und jetzt verschwinde und amüsiere dich mit einer deiner Geliebten, damit du wieder auf andere Gedanken kommst. Vergiss einfach, was geschehen ist, und tröste dich mit dem Gedanken, dass unsere finanziellen Schwierigkeiten bald ein Ende haben werden«, erklärte er und wandte sich dann von ihm ab, damit Angelo nicht sah, dass er, was letzteren Punkt anbelangte, keineswegs so sicher war, wie er vorgab.

Angelo erschien nicht zu ihrem vereinbarten Treffpunkt, obwohl Catherina ganze zwei Stunden, in denen sie schier verzweifelte, auf ihn wartete. Unruhig lief sie vor der Bank auf und ab, während sie überlegte, was Angelo wohl daran gehindert haben könnte, zu ihr zu kommen.

Ob er vielleicht plötzlich erkrankt war? Sie hatte gehört, dass einige der jungen Edelmänner an schrecklichem Durchfall litten, weil sie zu viel von dem jungen Wein getrunken hatten, der noch nicht ganz vergoren gewesen war.

Mit fest auf die Bäuche gepressten Händen und einem gequälten Ausdruck auf ihren Gesichtern verbrachten sie lange Stunden auf der Latrine und mussten sich obendrein noch den Spott ihrer Freunde gefallen lassen. Natürlich gab es auch noch eine Menge anderer Erklärungen für sein Ausbleiben, und sie wollte auch nicht gleich an das Schlimmste denken.

Sein Vater konnte ihn aufgehalten oder ein Bote Neuigkeiten aus Trier gebracht haben, über die Angelo sie vergessen hatte. Ein tiefer Seufzer kam über ihre Lippen.

Sie war zu unruhig, um noch länger zu bleiben.

Das Einfachste wäre es, Lisette nach ihm zu fragen. Lisette wusste immer über alles, was im Schloss vor sich ging, Bescheid. Sie musste einfach riskieren, sie nach Angelo zu fragen, obwohl sie wie alle anderen Lisettes scharfe Zunge fürchtete.

Entschlossen machte sie sich auf den Weg und traf Lisette in ihrem Schlafgemach, das sie sich mit fünf anderen Damen teilte. In dem Saal herrschte ein heilloses Durcheinander. Die Vorhänge der meisten Betten waren zurückgezogen, und auf den Betten und Stühlen lagen überall Kleidungsstücke, seidene Beutel, achtlos abgelegte Stickrahmen und Schmuckstücke herum.

In der verbrauchten Luft hing ein schwerer, betäubender Duft.

Catherinas Blick wanderte zu einem Bett an der Wand, an dem als Einzigem die Vorhänge rundherum geschlossen waren. Eindeutige Geräusche waren dahinter zu vernehmen, und das, obwohl Herrenbesuch in den Gemächern der Damen streng verboten war.

Catherina bemerkte es voller Genugtuung. Jetzt, nachdem sie die Damen bei einer Verfehlung erwischt hatte, würde Lisette es sicher nicht wagen, ihr die gewünschte Auskunft zu verweigern. Ein zufriedener Zug legte sich um ihren Mund, und ihre Furcht vor Lisettes scharfer Zunge war wie fortgeblasen.

Lisette stand neben Mathilda an einem der beiden hohen Fenster, das den Blick auf den Schlosshof frei gab. Von ihrem Standort aus konnte man, ohne selbst gesehen zu werden, jeden beobachten, der ins Schloss kam oder es wieder verließ. Man besaß von hier aus aber auch einen ebenso guten Blick auf die Wege, die in den Garten und zu den Stallungen führten. Wahrscheinlich war es genau dieser Ausblick, der Lisette zu all ihren Informationen über die Schlossbewohner verhalf.

Lisettes schmale Brauen zogen sich erstaunt nach oben, als Catherina plötzlich neben ihr stand.

»Was willst denn du hier, du hast hier nichts zu suchen«, meinte sie abweisend und hoffte, dass Marias Zofe die beiden Liebenden hinter den Vorhängen des Bettes noch nicht bemerkt hatte. Doch Catherina dachte nicht daran, ihr diesen Gefallen zu tun.

»Ich bin auf der Suche nach Angelo de Campobasso«, erklärte sie und sah demonstrativ zu dem Bett an der Wand hinüber.

Lisette verschlug es im ersten Moment die Sprache, und sie tauschte einen raschen Blick mit Mathilda, die breit grinste, aber nichts sagte.

»Woher soll ich denn wissen, in welchem Bett sich Angelo gerade herumtreibt?«, sagte sie lauter, als es nötig gewesen wäre.

Die Geräusche hinter den Vorhängen verstummten augenblicklich.

»Du weißt doch sonst immer alles«, beharrte Catherina, die nicht bereit war, sich so ohne Weiteres abwimmeln zu lassen.

»Wenn du mir nicht auf der Stelle sagst, wo ich ihn finden kann, erzähle ich Madame Halewyn, was ihr hier treibt.«

Lisette hob die Schultern und senkte sie wieder, so als wollte sie andeuten, dass es nicht ihre Schuld war. Dann wies sie mit dem Finger auf das Bett mit den zugezogenen Vorhängen und meinte boshaft: »Ich kann dir versichern, dass es ihm gut geht, aber du kannst dich gern selbst davon überzeugen, wenn du willst.«

Catherina erstarrte.

»Du lügst«, wollte sie sagen, doch sie brachte keinen Ton heraus, stattdessen füllten sich ihre Augen mit Tränen.

Lisette war allerdings noch nicht fertig.

»Und wenn du Madame Halewyn auch nur ein Wort von dem sagst, was du hier gesehen hast, werden Mathilda und ich bezeugen, dass du dich ebenfalls mit Angelo vergnügt hast, und was dann geschieht, kannst du dir sicher denken, und jetzt verschwinde endlich, damit wir deinen Anblick nicht länger ertragen müssen.«

Blind vor Tränen rannte Catherina aus dem Schlafsaal und lief den langen Gang zurück. Sie hatte die Treppe schon fast erreicht, als ihr der Gedanke kam, dass Lisette gelogen haben könnte. Zuzutrauen wäre es dieser hinterhältigen, intriganten Schlange durchaus.

Mit dem Ärmel ihres Kleides wischte sie sich die Tränen aus den Augen und verbarg sich im Schatten einer Säule, von der aus sie den Gang vor den Schlafsälen überblicken konnte. Sie würde sich selbst davon überzeugen, ob Lisette die Wahrheit gesagt hatte oder nicht.

Sie brauchte nicht lange zu warten, bis die dunkelhaarige Irmingard prüfend ihren Kopf zur Türe herausstreckte, um zu sehen, ob die Luft rein war. Einen Moment später tauchte Angelo hinter ihr auf.

Catherina drückte sich tiefer in den Schatten, als sie Irmingard auf sich zukommen sah.

Sie war eine portugiesische Schönheit mit schwarzen halbmondförmigen Augen und einem verführerischen Wiegen in den Hüften, an der kaum ein Mann vorbeisehen konnte.

Irmingard lief jedoch, nachdem sie sich rasch versichert hatte, ob sich noch jemand anderer außer ihnen beiden in den langen Gängen befand, so schnell zur Treppe, dass sie Catherina gar nicht bemerkte.

An der Treppe angelangt, drehte sie sich um und flüsterte Angelo über die Schulter zu, dass er sich beeilen solle. Worauf Angelo aus der Tür trat und sich eng an der Wand entlangbewegte, immer darauf bedacht, dem Schein der Fackeln auszuweichen, die in regelmäßigen Abständen an der Wand befestigt waren.

Er war jetzt so nah bei Catherina, dass sie nur ihren Arm hätte ausstrecken müssen, um ihn zu berühren. Seine dunklen Locken waren zerzaust, und um seinen Mund spielte ein zärtliches Lächeln, das, wie Catherina wusste, allerdings nicht ihr, sondern der schönen Irmingard galt.

Eifersucht kam in ihr auf, als sie daran dachte, dass er sich mit einer anderen Frau vergnügt hatte, während sie sich nach ihm sehnte, wie sie sich noch nie zuvor nach einem Mann gesehnt hatte. Sie fühlte sich gedemütigt und benutzt, als sie mit ansehen musste, wie Angelo Irmingard zärtlich auf den Mund küsste und lächelnd die Hand hob, um ihr zum Abschied noch einmal zuzuwinken, bevor er schwungvoll die Treppe hinuntersprang, immer zwei Stufen auf einmal nehmend.

Verstört rannte Catherina in ihre Kammer, zog die Türe hinter sich zu und warf sich weinend auf ihr Bett. Angelos Verrat hatte sie bis ins Mark getroffen, und sie wünschte sich, sie wäre tot.

Sie konnte nicht ahnen, wie schnell dieser Wunsch in Erfüllung gehen sollte.

Es war schon dunkel, als Maria, die überall nach ihr gesucht hatte, in ihre Kammer kam und sie völlig aufgelöst und schluchzend im Bett vorfand.

Maria setzte sich auf die Bettkante und strich Catherina beruhigend über die Schulter. »Willst du mir nicht sagen, was geschehen ist?«, fragte sie sanft.

Aber Catherina gab ihr keine Antwort.

Maria versuchte es noch einmal, doch Catherina blieb stumm.

Sie brachte es nicht über sich, Maria von der Schmach zu erzählen, die Angelo ihr zugefügt hatte, zumal sie sich schrecklich dumm vorkam, weil sie seinen zärtlichen Worten Glauben geschenkt hatte.

»Es ist Zeit für das Abendmahl, und ich muss mich noch umziehen, aber wenn du dich nicht wohl fühlst, werde ich Lisette rufen lassen, damit sie mir hilft«, meinte Maria schließlich.

Catherina zuckte zusammen. Auf keinen Fall durfte sie zulassen, dass Lisette Maria beim Umkleiden half und ihr dabei womöglich etwas erzählte, das ihr schaden konnte.

Daher riss sie sich zusammen, schüttelte den Kopf und erhob sich augenblicklich vom Bett. Maria sah ihre verquollenen Augen, spürte aber, dass es keinen Sinn machte, weiter in sie zu dringen, und ging ihr schweigend voraus.

Bevor sie ihren Platz vor dem Kristallspiegel einnahm, griff sie nach dem zierlich geflochtenen Körbchen, das neben der Obstschale auf einem der runden Tischchen stand, und hielt es Catherina hin.

Sie wusste, wie gerne Catherina naschte, und hatte nie ein

Wort darüber verloren, wenn sie sich hin und wieder heimlich etwas von ihrem Konfekt genommen hatte.

Die mit Rosenblüten und Mandeln verzierten Köstlichkeiten dufteten zu verlockend, und obwohl Marias Großmut nur schwer für Catherina zu ertragen war, konnte sie nicht widerstehen. Sie nahm ein Stück Konfekt und steckte es sich in den Mund. Sofort breitete sich eine herrliche, klebrige Süße in ihrem Mund aus.

»Nimm dir, so viel du willst, es hilft, wenn man traurig ist«, sagte Maria und sah lächelnd zu, wie Catherina sich zwei weitere Stücke nahm und sie sich genussvoll in den Mund steckte.

Noch immer kauend begann sie die Schnüre und Häkchen an Marias Gewand zu lösen, half ihr dabei, es auszuziehen, und legte es über einen Stuhl. Sie würde es später forträumen, jetzt blieb keine Zeit mehr dafür.

»Ich nehme das grüne Damastkleid mit dem Pelzbesatz«, kam Maria ihrer Frage zuvor, welches Gewand sie zum Essen anzulegen wünschte.

Catherina nahm sich noch ein Stück Konfekt und ging zu der großen Truhe, in der Maria ihre Gewänder aufbewahrte.

Sie wollte gerade das gewünschte Kleid herausnehmen, als sie einen brennenden Stich im Magen verspürte, dem gleich darauf ein stechender Schmerz folgte, der sich ins Unerträgliche steigerte. Sie öffnete den Mund, um zu schreien, brachte aber keinen Ton heraus. Heftige, qualvolle Krämpfe tobten durch ihre Gedärme und raubten ihr von einem Moment zum anderen alle Kraft.

Stöhnend sank sie in sich zusammen und wand sich schreiend auf dem Boden. Maria sprang erschrocken auf und eilte zu ihr. Ein furchtbarer Verdacht kam in ihr auf, als sie sich über sie beugte und ihr klar wurde, dass das Konfekt in ihrem Körbchen vergiftet worden sein musste.

Nur mit ihrem weißen Untergewand bekleidet rannte sie zur Türe und rief laut um Hilfe. Dann kehrte sie zu ihrer Zofe zurück und strich ihr über die Stirn, die mit kaltem Schweiß überzogen war. Die Krämpfe verstärkten sich immer mehr, und Catherina begann zu würgen. Es klang so erbärmlich, dass Maria nicht mehr wusste, was sie tun sollte.

Als Madame Halewyn, gefolgt von Margarete, ins Zimmer stürzte, quoll bereits zäher, gelblicher Schleim aus Catherinas Mundwinkeln, begleitet von einem intensiven, süßlichen Geruch.

Catherinas Augen verdrehten sich, dann verlor sie das Bewusstsein.

Noch bevor der eiligst herbeigerufene Arzt erschien, war sie tot.

Margarete rang fassungslos nach Luft.

»Sie hat einige Stücke von meinem Konfekt genommen, danach ist sie zusammengebrochen«, stieß Maria mit bleichem Gesicht hervor. Sie konnte noch gar nicht richtig fassen, was geschehen war.

Es gelang ihr nicht, ihren Blick von der armen Catherina zu wenden, die regungslos am Boden lag und sie aus weit aufgerissenen Augen anzusehen schien, die Gesichtszüge in unsäglicher Qual erstarrt.

Maria begann zu zittern. Mit hängenden Armen stand sie da, unfähig sich zu rühren.

Ich bin schuld an ihrem Tod, hämmerte es in ihrem Kopf. Hätte ich ihr nichts von meinem Konfekt angeboten, würde sie noch leben.

Margarete trat auf sie zu, legte ihr einen Arm um die Schultern und zog sie entschlossen von Catherina fort.

»Ich habe Catherina von meinem Konfekt angeboten, weil sie so traurig war«, erklärte Maria und schlug sich verzweifelt die Hände vors Gesicht. Sie war so verstört, dass es Margarete kaum gelang, sie zu beruhigen. Energisch nahm sie Marias Arm und führte sie in einen Nebenraum. Maria wehrte sich nicht, als Margarete sie sanft auf einen Stuhl drückte und einem der Diener befahl, heißen Würzwein zu bringen.

Sie zweifelte nicht einen Moment daran, dass der furchtbare Giftanschlag, dem Catherina zum Opfer gefallen war, Maria gegolten hatte.

»Du hast großes Glück gehabt«, stellte sie mit ruhiger Stimme fest, obwohl ihr die Knie noch immer weich vor lauter Schreck waren. Sie durfte gar nicht daran denken, was geschehen wäre, wenn Maria und nicht Catherina von dem Konfekt genommen hätte.

»Wir müssen herausfinden, wer hinter dem Anschlag steckt und das Konfekt vergiftet hat.«

Die Verantwortung lag schwer auf ihren Schultern, und sie wünschte sich, dass der Herzog hier wäre. Karl hätte genau gewusst, was zu tun war.

Nur mit Mühe gelang es ihr, sich so weit zu beruhigen, dass sie wieder einen klaren Gedanken fassen konnte. Sie musste so schnell wie möglich etwas unternehmen, immerhin befand sich Catherinas Mörder wahrscheinlich noch im Schloss.

Mit zitternder Stimme rief sie Robert Chastellain, den Rittmeister, zu sich, der während Karls Abwesenheit die Garde im Schloss befehligte, und befahl ihm, vier Männer direkt vor Marias Gemächern zu postieren und niemanden ohne ihre ausdrückliche Zustimmung zu ihr vorzulassen.

Sie sah ihm nach, wie er mit federndem Gang und entschlossener Miene den Raum verließ.

Als er fort war, schlug sie die Hände vors Gesicht und versuchte ihre ziellos umherwandernden Gedanken in ruhigere Bahnen zu lenken. Doch es wollte ihr einfach nicht gelingen.

Es hätte nicht mehr viel gefehlt, und sie hätte Maria durch einen hinterhältigen Giftanschlag verloren. Nur deren Großzügigkeit hatte sie vor diesem schlimmen Schicksal bewahrt. Ihre Gedanken überschlugen sich erneut, und sie atmete einige Male tief durch, um sich wieder zu beruhigen. Was sie jetzt brauchte, war vor allem ein klarer Kopf.

Sie hatte vergessen, nach dem Priester zu schicken, außerdem musste sie ihren Gemahl über den schrecklichen Vorfall informieren.

Nur ein leises Zittern in ihrer Stimme verriet, wie aufgewühlt sie war, als sie mit eiserner Beherrschung einen Befehl nach dem anderen erteilte.

Zum Schluss rief sie noch einen Schreiber zu sich und diktierte ihm eine Nachricht mit dem Auftrag, diese umgehend dem Herzog zu überbringen.

Und während die Mägde Catherina wuschen und ihren leblosen Körper für die Aufbahrung in der Kapelle vorbereiteten, sprengte ein Bote in wildem Galopp aus dem Schloss.

14

Chastellein, ein selbstherrlicher und ehrgeiziger junger Mann, witterte seine Chance, dem Herzog seine Ergebenheit zu beweisen, und begann sofort damit, die gesamte Dienerschaft zu verhören.

Für das Küchenpersonal brach eine schwere Zeit an.

Der Kuchenbäckermeister schwor auf die Heilige Schrift, dass das Konfekt, das Chastellein drohend vor seiner Nase hin und her schwenkte, nicht von ihm stammte.

Er war ein übergewichtiger, schwitzender Mann mit schulterlangen, fettigen Haaren und, nebenbei bemerkt, einer der bestbezahlten Männer am Hof. Denn auch wenn man mit Blick auf seine dicken Finger kaum glauben mochte, dass die kunstvollen Zuckergebilde, die tagtäglich die Küche verließen, tatsächlich von ihm stammten, wurde man eines Besseren belehrt, sobald man ihm beim morgendlichen Backen zusah. Seit Jahren schon galt seine Kunstfertigkeit bei Hofe als unübertroffen.

»Das Konfekt in dem Körbchen muss ausgetauscht worden sein«, behauptete er mit grimmiger Miene.

»Und wer könnte es deiner Meinung nach ausgetauscht haben?« Der höhnische Unterton in der Stimme des Rittmeisters verriet, dass er dem Kuchenbäckermeister kein Wort glaubte.

Der Meister zuckte mit den Schultern.

»Woher soll ich das wissen? Ich habe schon genug damit zu tun, all die ausgefallenen Wünsche der hohen Herrschaften zu erfüllen.«

Chastellains glattes Gesicht verzog sich ärgerlich, als die Gehilfen des Meisters einer nach dem anderen dessen Aussage bestätigten. Schließlich trat ein junges Mädchen mit einem silbernen Tablett vor ihn hin, auf dem einige der köstlichen Süßigkeiten zum Auskühlen lagen.

»Die hier hat der Meister gemacht«, brachte sie schüchtern heraus.

Die mandelförmigen, runden oder auch eckigen Stückchen waren nicht weniger verlockend als die in Chastellains Körbchen, jedoch wesentlich feiner gearbeitet als diese, wie der Rittmeister widerwillig zugeben musste.

Der Kuchenbäckermeister schien beim Küchenpersonal zudem ziemlich beliebt zu sein und war wohl doch nicht so raubeinig, wie er sich gab.

Chastellain wusste, das er hier nicht weiterkam. Außerdem traute er dem gutmütigen Meister einen Giftanschlag auch nicht ernsthaft zu, was aber nichts an der Tatsache änderte, dass er so schnell wie möglich einen Schuldigen brauchte.

»Ich komme wieder«, drohte er und verließ, gefolgt von seinen Schergen, die stickige Backstube, als ihm einfiel, dass er das Wichtigste beinahe vergessen hätte.

Stehenden Fußes machte er auf dem Absatz kehrt und eilte in die Backstube zurück, wo er die aufgeregten Gespräche, die sofort nach seinem Verschwinden eingesetzt hatten, mit einer herrischen Handbewegung unterbrach.

Forschend ließ er seinen Blick über die Männer und Frauen in den grob gewebten blaugrauen Kitteln schweifen.

»Wer von euch hatte die Aufgabe, der Tochter des Herzogs das Konfekt in ihre Gemächer zu bringen?«, fragte er.

»Ihre Zofe hat es immer abgeholt. Wenn das Konfekt fertig ist, wird es bis zur Abholung dort auf den Regalen aufbewahrt«, erklärte der Meister und wies auf ein mehrstöckiges

Regal hinter seinem Rücken, das sich über die gesamte Stirnseite der Backstube hinwegzog.

Chastellain runzelte die Brauen. »Auch heute?«, fragte er weiter.

»Ich kann es nicht genau sagen, ich hatte zu viel zu tun.« Er zuckte die Schultern und wandte sich an seine Gehilfen.

»Hat jemand gesehen, wann und von wem das Konfekt abgeholt wurde?«, fragte er in die Runde.

Drückende Stille breitete sich aus. Einige der Mägde schüttelten den Kopf.

»Ja, ich habe sie gesehen. Sie kam zur gleichen Zeit wie immer!« Die Stimme gehörte dem Mädchen mit dem Silbertablett in der Hand.

»Sie war die letzten Tage so fröhlich, und jetzt ist sie tot.« Das Gesinde bekreuzigte sich. Einige der Frauen begannen laut zu weinen.

Chastellain fixierte das Mädchen lauernd. »Und warum war sie so fröhlich?«, wollte er wissen.

Das Mädchen schüttelte den Kopf.

»Das hat sie mir nicht gesagt.«

»Ich werde es herausfinden«, stieß er drohend hervor, und niemand in der Backstube bezweifelte, dass ihm das gelingen würde.

Chastellain verließ die Backstube. Er ließ die Wachen am Tor verstärken und gab Befehl, niemanden ohne seine Genehmigung aus dem Schloss zu lassen.

Die Verhörkammer befand sich im Untergeschoss des Wehrturms, direkt über dem Kerker und war ein wenig einladender fensterloser Raum, der nur von den Kienspänen erleuchtet wurde, die in regelmäßigen Abständen in eisernen Haltern ringsum in der Wand steckten.

Neben der Streckbank befand sich als einziges Möbelstück ein Tisch, auf dem, fein säuberlich aufgereiht, Zangen, Messer, lange Eisenspitzen, Daumenschrauben und andere Werkzeuge lagen, deren genaueren Zweck man aus eigener Erfahrung lieber nicht kennen lernen wollte und die an manchen Stellen dunkle Flecken aufwiesen.

Schwere Eisenketten waren in die nackten Steinquader eingelassen, darunter lagen einige dreischwänzige Geißeln auf dem Boden.

Chastellain war zu der Ansicht gelangt, das dies genau der richtige Ort für die bevorstehende Vernehmung war. Er hätte die Befragung natürlich auch in der großen Halle durchführen können, was man aller Wahrscheinlichkeit nach auch von ihm erwartete, aber er dachte nicht daran, sich von den Hofdamen, die hochmütig auf ihn und seine Männer herabsahen, erniedrigen zu lassen.

Er kannte die Damen gut genug, um zu wissen, dass eine Vernehmung in aller Öffentlichkeit für sie nichts anderes als ein neues, amüsantes Spiel wäre, bei dem sie ihre grenzenlose Eitelkeit befriedigen würden.

Sein Mund verzog sich grimmig lächelnd, als er daran dachte, wie sich die feinen Duftwässerchen dieser edlen Damen mit dem Gestank von Angst und Blut mischen würden, der sich in den meterdicken Mauern seit Jahrhunderten festgesetzt hatte und nicht mehr aus der Kammer herauszubekommen war.

Deutlicher als in diesem verfluchten Höllenloch konnte er ihnen die geballte Macht des Gesetzes mit all ihren möglichen grausamen Konsequenzen wohl kaum vor Augen führen. Und er, Chastellain, Rittmeister und Befehlshaber der Leibgardisten, war der Vollstrecker dieser Macht.

Er ließ einen Stuhl in den Verhörraum bringen und schlug sich angewidert den Ärmel vor Mund und Nase, als er hinter seinen Männern den feuchtkalten Raum betrat. Der Geruch von menschlichen Exkrementen, getrocknetem Blut und Erbrochenem schlug ihm aus den engen Kerkerzellen entgegen und hing wie ein klebriges Spinnennetz über ihm.

Der Gestank war unerträglich, und Chastellain begann zu würgen. Sein Magen beruhigte sich erst wieder, nachdem er einen großen Krug Würzwein in einem Zug hinuntergekippt hatte.

Er ließ zunächst die Wachen zu sich rufen, die an diesem Tag vor den Frauengemächern Posten bezogen hatten. Sie bestätigten ihm, dass Catherina am Morgen mit dem Konfekt an ihnen vorbeigekommen, ansonsten aber nichts Ungewöhnliches geschehen war.

Chastellain hatte nichts anderes erwartet.

»Ihr könnt gehen«, beschied er sie.

Mit geistesabwesendem Blick starrte er den Männern nach, als sie den Verhörraum fluchtartig wieder verließen. Er konnte ihnen ihre Eile nicht verdenken.

Angestrengt überlegte er, wie er weiter vorgehen sollte.

Eine Liste mit den Namen aller Bediensteten und Gäste bei Hof würde für seine Nachforschungen sicher hilfreich sein, und so schickte er umgehend einen seiner Männer mit dem entsprechenden Auftrag zum Garde de Château, der als Haushofmeister unter anderem auch für die Lohnlisten verantwortlich war. Anschließend dachte er darüber nach, wer alles ein Interesse daran gehabt haben könnte, die Tochter des Herzogs zu vergiften.

Die unglückliche kleine Kammerzofe konnte er dabei getrost ausnehmen, denn sie hätte wohl kaum von dem Konfekt gegessen, wenn sie von dem Gift gewusst hätte. Trotzdem bestand kein Zweifel daran, dass sie den Mörder gekannt und ihm vertraut haben musste.

Als er an diesem Punkt seiner Überlegungen angekommen

war, besserte sich seine Laune schlagartig. Es gab kaum ein Treffen am Hof, das nicht von irgendjemandem beobachtet wurde. Er brauchte daher nur noch herauszufinden, mit wem die Zofe kurz vor ihrem Tod zusammen gewesen war, dann könnte er diesem düsteren Loch endlich den Rücken kehren.

Während Margarete den Befehl gab, Catherinas Leichnam aus dem Zimmer zu schaffen und in der Kapelle aufzubahren, begann Chastellain bereits mit den ersten Verhören.

Anna von Salins, die als Erste an der Reihe gewesen war, kam zitternd und mit bleichem Gesicht aus dem Verhörraum zurück.

Empörung machte sich unter den Damen breit. Ausgerechnet in ihren Reihen suchte man nach dem Mörder der armen Catherina, es war unerhört. Als noch unerhörter empfanden sie aber die Zumutung, den düsteren Turm betreten zu müssen, und so beschlossen sie in seltener Einmütigkeit, es diesem unverschämten Rittmeister heimzuzahlen.

Doch ihre Empörung nutzte den Damen nur wenig. Ungerührt setzte Chastellain seine Verhöre fort, und Lisette bekam es mit der Angst zu tun.

Sie beugte ihren Mund ganz nahe an Mathildas Ohr.

»Erzähl diesem überheblichen Kerl bloß nicht, dass Catherina in unserem Schlafgemach aufgetaucht ist«, raunte sie ihr warnend zu. »Er darf auf keinen Fall etwas davon erfahren, sonst glaubt er nachher noch, dass wir etwas mit dem Anschlag zu tun hätten, und ich habe keine Lust, im Kerker zu schmoren, bis der wahre Schuldige gefunden ist.«

Mathilda nickte zustimmend. »Hast du schon mit Irmingard gesprochen?«, fragte sie leise. Lisette verdrehte die Augen. »Die hätte ich beinah vergessen. Ich werde sofort mit ihr reden, sie muss Angelo warnen.«

Chastellain bestand darauf, dass jede einzelne Aussage von einem Schreiber festgehalten wurde, um sie später miteinander vergleichen und auf Widersprüche hin untersuchen zu können.

Lisette war als Nächste an der Reihe. Nach einem hochmütigen Blick in Chastellains Richtung zog sie ein besticktes Seidentüchlein aus ihrem Beutel hervor und hielt es sich demonstrativ vor Mund und Nase.

»Wie könnt Ihr es wagen, uns in dieses Loch zu bitten, als wären wir gemeine Verbrecher«, stieß sie ärgerlich hervor.

Chastellain betrachtete sie schweigend. Sie war ungewöhnlich hochgewachsen und ihr biegsamer Körper für seinen Geschmack etwas zu dünn. Trotzdem war sie nicht ohne Reiz.

»Das Gesetz macht keinen Unterschied zwischen den Ständen«, erklärte er nachsichtig, um ihr kleines Spatzenhirn nicht überzustrapazieren.

»Ach ja?«, bemerkte Lisette scharf.

»Wollt Ihr mir tatsächlich weismachen, dass Ihr die Tochter des Herzogs und die ausländischen Gesandten ebenfalls in dieses Loch kommen lasst, um sie zu befragen?«

Chastellain merkte, dass er einen Fehler gemacht hatte. Natürlich würde er Unterschiede machen müssen, und das wusste dieses freche Ding ganz genau.

Ein süffisantes Lächeln umspielte seinen Mund. Er lehnte sich zurück und verschränkte genüsslich die Arme über seiner Brust.

»Ich habe Zeit«, meinte er und zwinkerte dem Wachmann an der Türe zu.

»Seid doch so freundlich und bringt uns etwas Wein, denn ich habe das Gefühl, dass unsere Unterredung noch ein Weilchen dauern wird.«

Sein Blick heftete sich provozierend auf Lisettes kleinen, aber festen Busen und verweilte dort.

»Was fällt Euch ein, mich so anzustarren«, beschwerte sich Lisette, der dieser unmissverständliche Blick gar nicht gefiel. Chastellain grinste breit und begann die Situation zu genießen.

»Ich denke, Ihr habt Euch eine Pause wohl verdient«, sagte er zu dem Schreiber und leckte sich genüsslich über die Lippen.

Gehorsam legte der Schreiber, ein noch junger Mann, seine Feder zurück in das Tintenhorn und machte Anstalten, dem Befehl Folge zu leisten.

Lisette bekam es mit der Angst zu tun.

»Das werdet Ihr nicht wagen.«

»Nicht?« Chastellain hob die Augenbrauen. Sein Blick war eisig.

Lisette kam zu dem Schluss, dass es besser wäre, einzulenken, als es darauf ankommen zu lassen.

»Jetzt fragt schon, was Ihr wissen wollt«, sagte sie schnell.

Der Schreiber blieb an der Türe stehen und sah den Rittmeister fragend an.

Ein kurzes Nicken Chastellains genügte, und er nahm seinen Platz wieder ein und griff nach der Feder.

»Warum nicht gleich so.« Seine Stimme klang scharf, und siedend heiß wurde Lisette klar, dass sie Chastellain unterschätzt hatte.

Das Gesetz umgab ihn wie eine schützende Rüstung, und die Mauern im Turm waren dick. Seine Aufgabe war es, den Mörder zu finden, wobei ihm die Wahl seiner Mittel mehr oder minder selbst überlassen war. Sie alle kannten den Herzog gut genug, um zu wissen, dass für ihn nur das Ergebnis zählte.

Es erregte Chastellain, zu sehen, wie ihr Widerstand brach, und er genoss dieses Gefühl, während Lisette sich nervös auf die Lippen biss.

»Wo habt Ihr den heutigen Tag verbracht, und mit wem wart Ihr zusammen«, fragte er sie in barschem Ton. »Ich will alles ganz genau wissen, jede Einzelheit kann wichtig sein.«

»Nach dem Frühmahl sind wir wie jeden Morgen in die Kapelle gegangen. Anschließend haben wir gemeinsam an unserer Stickarbeit gesessen«, log sie, wie sie es mit Mathilda vereinbart hatte. Sie legte eine kleine Pause ein und tat so, als würde sie nachdenken.

»Den Nachmittag haben wir bei Maria im Musikzimmer verbracht und uns dann für das Abendmahl zurechtgemacht, als wir erfuhren, was mit der armen Catherina geschehen ist.«

Chastellain beobachtete jede Regung in ihrem Gesicht. Befriedigt sah er, wie sie seinem Blick auswich, während sie sprach – ein sicheres Zeichen dafür, dass sie etwas vor ihm verbarg.

Er kniff die Augen zusammen und überlegte. Vielleicht wäre es besser, sie vorerst in Sicherheit zu wiegen und sie dann später noch einmal zu verhören, nachdem er auch mit den anderen Damen gesprochen hatte?

»Ihr könnt gehen«, meinte er knapp und winkte mit der Hand, als würde er ein aufdringliches Insekt vertreiben.

Lisette seufzte erleichtert, machte auf dem Absatz kehrt und verließ eilig den düsteren Raum. Sie konnte nur hoffen, dass Mathilda sich nicht von diesem schmierigen Kerl verunsichern lassen würde.

Ich hatte Recht, dachte Chastellain, dem Lisettes Erleichterung angesichts der Beendigung des Verhörs nicht entgangen war. Ungeduldig trommelte er mit den Fingern auf dem Tisch herum und bedeutete dem Wachmann an der Türe, die nächste Zeugin hereinzurufen, bevor Lisette sich womöglich mit ihr absprechen konnte.

Beunruhigt trat Mathilda ein. Sie war ein etwas fülliges Mädchen mit großen, runden Augen und wirkte eindeutig verunsichert.

Lisette hatte ihr gerade noch eine Warnung ins Ohr flüstern können, dann war sie auch schon hereingerufen worden. Sie war so aufgeregt, dass sie den üblen Geruch in dem stickigen Raum kaum wahrnahm.

Chastellain bedachte sie mit einem finsteren Blick.

»Ich gehe doch recht in der Annahme, das Ihr alles tun würdet, um diesen hinterhältigen Giftanschlag aufzuklären?«

Mathilda nickte eifrig.

Mit großen Augen sah sie, wie Chastellain eine der vor ihm liegenden schweren Zangen ergriff und nachdenklich mit ihr herumspielte.

Feine Schweißperlen bildeten sich auf ihrer Stirn.

»Versucht lieber nicht, mich zu belügen«, warnte er sie, und der grausame Unterton in seiner Stimme jagte Mathilda einen kalten Schauer über den Rücken. Sie konnte ihren Blick nicht von der blutverkrusteten Zange lösen, an deren einer Ecke noch immer ein abgerissener Nagel hing.

Chastellain begann indes, ihr die gleichen Fragen zu stellen, die er auch Lisette gestellt hatte, und Mathilda beantwortete sie genau so, wie er es erwartet hatte. Die beiden hochnäsigen Gänse hatten sich also untereinander abgesprochen.

Er knallte die Zange so plötzlich auf den Tisch, dass sich der abgerissene Nagel von ihr löste und Mathilda an der Wange traf.

Mathilda wurde vor Schreck und Ekel ganz bleich, und sie begann am ganzen Körper zu zittern. Ihr Atem ging hastig, und ihr schwerer Busen hob und senkte sich so sehr, dass er beinahe über den Ausschnitt ihres Kleides quoll.

Chastellain betrachtete sie fasziniert und spürte, wie sein

Glied anschwoll. Diese Mathilda war eine Frau ganz nach seinem Geschmack, und er überlegte kurz, wie er den Schreiber loswerden konnte, ohne Aufsehen zu erregen.

Auf seine Leute konnte er sich verlassen, aber er war sich nicht sicher, ob der Schreiberling ebenfalls den Mund halten würde, denn er gehörte dem Heer von Sekretären und Schreibern bei Hofe an, die noch nie in ihrem Leben ein Schwert in der Hand gehalten hatten und sich für etwas Besseres hielten, nur weil sie die Universität besucht hatten. Ihr weibisches Getue und ihre hochgestochene Art, sich auszudrücken, waren ihm schon immer zuwider gewesen.

Unvermittelt tauchte Karls Gesicht vor ihm auf, und sein Glied erschlaffte so schnell, wie es angeschwollen war.

Er durfte gar nicht daran denken, was geschehen würde, wenn es ihm nicht gelingen sollte, den Anschlag vollständig aufzuklären. Ärgerlich zwang er sich dazu, sich wieder auf seine Aufgabe zu konzentrieren.

»Ihr lügt«, donnerte er unvermittelt. Mathilda zuckte zusammen und starrte ihn erschrocken an.

»Warum habe ich nur das Gefühl, dass Ihr mit dem Mörder unter einer Decke steckt?«, fragte er und sah sie lauernd an.

Mathilda hob abwehrend ihre Hände, und Chastellain wusste, dass er gewonnen hatte, noch bevor sie den Mund öffnete.

»Das könnt Ihr doch nicht wirklich glauben?«, stotterte sie und sah ihn fassungslos an.

»Was soll ich denn sonst glauben, solange Ihr mir die Wahrheit verschweigt«, fuhr er sie an.

Mathilda war entsetzt.

»Ihr lasst mir keine andere Wahl.« Mit gespieltem Bedauern hob Chastellain die Schultern.

»Führt sie ab und sperrt sie in den Kerker«, befahl er kalt.

Mathilda erbleichte. Ihr Mund zuckte, während sie verzweifelt um Fassung rang.

»Aber ich habe die Wahrheit gesagt.« Sie warf ihm einen flehentlichen Blick aus ihren graublauen Augen zu, den der Rittmeister jedoch ungerührt erwiderte, dann nickte er dem Wachmann zu.

»Worauf wartet Ihr noch?«, fragte er und begann wieder mit den Fingern auf die Tischplatte zu trommeln.

»Bitte wartet«, rief Mathilda ängstlich und warf abwehrend ihre Hände hoch, als der Wachmann sich in Bewegung setzte.

Schaudernd dachte sie an all die Berichte, die sie schon einmal über die Behandlung von Gefangenen gehört hatte und die ihr, ebenso wie den anderen Hofdamen, stets übertrieben vorgekommen waren. Doch hier, in diesem finsteren Loch, schienen sie ihr plötzlich gar nicht mehr so abwegig zu sein.

Das Trommeln seiner Finger wurde lauter.

Chastellain sah erwartungsvoll zu ihr hoch.

»Ich habe Euch nicht angelogen«, begann sie und wich Chastellains Blick aus. »Es ist nur«, sie suchte nach den richtigen Worten, »eine Sache habe ich Euch verschwiegen.«

»Habe ich es doch gewusst.« Er tauschte einen triumphierenden Blick mit dem Wachmann, der dem Verhör gebannt gefolgt hatte, und beugte sich erwartungsvoll vor.

»Es hat nichts mit dem schrecklichen Vorfall zu tun, und ich habe Euch nur nichts davon erzählt, weil wir keinen Ärger haben wollten«, erklärte sie.

»Jetzt spuck es endlich aus«, forderte Chastellain grob.

»Angelo de Campobasso war heute Morgen in unserem Schlafsaal.«

Ihre Wangen glühten vor Verlegenheit.

Das war es also. Chastellain musste unwillkürlich grinsen,

als er an Angelo dachte, den er wegen seines Wagemuts und seiner Unbekümmertheit schätzte.

Angelo war ein feiner Kerl, der bei den Frauen weit mehr Glück hatte als beim Spiel, der seine Spielschulden aber anstandslos bezahlte, wenn er, was öfter vorkam, beim Würfeln verlor.

Es war typisch für ihn, dass er nicht einmal vor den Schlafsälen der Hofdamen zurückschreckte, die sonst für jeden Mann tabu waren.

Nicht einen Augenblick lang zog er Angelo als Mörder in Betracht.

Mathilda atmete erleichtert auf. Die Tatsache, dass sie einen Mann in ihren Schlafsaal gelassen hatten, schien den Rittmeister eher zu erheitern, als zu erzürnen.

»Werdet Ihr uns verraten?«, fragte sie ihn von neuem Mut erfüllt.

Statt einer Antwort blickte Chastellain zu dem Schreiber hinüber, der eifrig mitschrieb.

»Ihr könnt jetzt gehen, ich brauche Euch nicht mehr«, sagte er an ihn gewandt. »Und vergesst den Amtseid nicht, den Ihr geleistet habt. Jedes Wort, das Euch hier zu Ohren gekommen ist, unterliegt der Schweigepflicht.«

Der Junge nickte verwirrt und machte Anstalten, seine Sachen zusammenzupacken. Das Verhör war noch nicht zu Ende, und er verstand deshalb auch nicht so recht, warum er auf einmal nicht mehr gebraucht werden sollte, wagte aber nicht, den Rittmeister danach zu fragen.

»Die Blätter mit den Aussagen bleiben hier«, befahl Chastellain, dem die Verwunderung des Schreibers nicht entgangen war.

»Ich werde sie später noch einmal in aller Ruhe durchgehen.«

Der Schreiber nickte nur und verließ danach gehorsam den Raum.

Mathilda sah ihm mit einem unguten Gefühl nach.

Als sie sich wieder zu Chastellain umsah, erschrak sie vor der unverhohlenen Gier in seinen Augen. Unwillkürlich verschränkte sie die Arme vor ihrer Brust, um sich vor seinem Blick zu schützen, und sah Hilfe suchend zu dem Wachmann, der jedoch nur amüsiert die Brauen hochzog.

»Du hast mich gefragt, ob ich euch verrate? Nun, ich würde sagen, das hängt ganz von dir ab«, erklärte der Rittmeister und erhob sich von seinem Stuhl, ohne sie dabei aus den Augen zu lassen.

»Bitte lasst mich gehen«, flehte Mathilda.

»Ich denke gar nicht daran.« Mit einem Satz war er bei ihr und packte sie an den Schultern. »Wenn du deine hübschen Schenkel für Angelo öffnen kannst, kannst du es auch für mich tun.«

Sein Atem roch nach Wein.

Mathilda wehrte sich verzweifelt. »Aber das habe ich doch gar nicht«, schrie sie außer sich vor Angst.

»Ach nein?« Sie bemerkte am Tonfall seiner Stimme, dass er ihr nicht glaubte.

»Es war …«, sie brachte es nicht fertig, Irmingard zu verraten. »Angelo hat nicht mich besucht.« Sie sprach schnell und hastig, in der Hoffnung, er würde sie nun endlich gehen lassen.

Doch Chastellain dachte nicht daran, ihr diesen Gefallen zu tun.

Er presste ihr grob seine schwielige Hand auf den Mund, packte sie mit der anderen Hand am Nacken und bog ihren Oberkörper so weit nach vorne über den Tisch, dass sie sich mit beiden Händen auf der Platte abstützen musste, um nicht vornüberzufallen.

Von Nahem sahen die blutverkrusteten Werkzeuge noch schlimmer aus, und Mathilda schrie auf.

»Wenn du noch einmal schreist, überlasse ich dich meinen Männern, wenn ich mit dir fertig bin. Hast du mich verstanden?«, fragte er und nahm seine Hand von ihrem Mund. Als sie nicht sofort antwortete, schlug er ihr hart ins Gesicht.

»Ich habe dich etwas gefragt!« Mathilda brachte kein Wort heraus und nickte verzagt, während ihr die Tränen über die Wangen liefen.

Chastellain schob ihren Rock hoch und öffnete ungeduldig seine Hose, dann drang er rücksichtslos in sie ein. Er griff nach ihren vollen Brüsten, knetete sie einige Male und bewegte sich dann keuchend in ihr.

Seine Stöße waren kurz und hart. Es dauerte nur wenige Augenblicke, bis er kam und stöhnend seinen Samen in sie vergoss.

Der Wachmann sah ihm neidisch zu. Sein Glied war von dem aufreizenden Anblick so geschwollen, dass es schmerzte.

Er warf Chastellain daher einen bittenden Blick zu, als sich dieser von Catherina abwandte und seine Hose wieder hochzog, doch Chastellain blieb hart.

»Ich habe ihr mein Wort gegeben«, meinte er kühl. »Und gerade du solltest wissen, dass ich mein Wort halte.«

Mathilda atmete erleichtert auf.

Bedauernd sah der Wachmann Mathilda nach, als diese ihren Rock zusammenraffte und weinend aus dem Raum hinauslief.

Aber trotz dieses angenehmen Zwischenspiels musste Chastellain sich wütend eingestehen, dass er noch keinen Schritt weitergekommen war. Nun läutete die Turmuhr bereits die zehnte Stunde ein, und er war noch genauso klug wie zuvor. Die Damen, die er bisher angehört hatte, waren sich einig, das

Catherina weder eine Liebschaft noch eine Vertraute gehabt hatte und ausschließlich mit der Tochter des Herzogs zusammen gewesen war.

Trotzdem dachte er nicht daran, aufzugeben. Er vermutete, dass ihn zumindest einige der Damen angelogen und sich danach wahrscheinlich auch noch lustig über ihn gemacht hatten. In ihrer Dummheit war ihnen anscheinend nicht klar, dass sie einen Mörder deckten.

Wenige Stunden später traf Karl im Prinzenhof ein. Gleich nachdem er die Nachricht von dem missglückten Mordversuch an seiner Tochter erhalten hatte, war er in fliegender Hast mit kleinem Gefolge aufgebrochen und hatte lediglich kurze Pausen eingelegt, um die Pferde zu wechseln.

Die Nachricht vom Giftanschlag auf Maria erfüllte ihn mit der gleichen zornigen Hilflosigkeit, die er auch beim Tod seines Vaters verspürt hatte.

Er war so fest davon überzeugt gewesen, dass es ihm vorherbestimmt war, gleich Hannibal und Alexander in die Geschichte einzugehen, dass er bisher jeden Zweifel, sein Ziel durch irgendwelche Umstände eventuell doch nicht zu erreichen, weit von sich geschoben hatte. Jetzt allerdings war er zum ersten Mal in seinem Leben unsicher.

War es möglich, dass sich das Schicksal, das ihm immer wohlgesinnt gewesen war, nun tatsächlich gegen ihn wenden sollte? Er hatte ganz vergessen, wie zerbrechlich Glück war, und die Angst um sein einziges Kind legte sich wie eine eisige Faust um sein Herz.

Das Haupttor des Schlosses war ebenso wie alle anderen Tore um diese Zeit längst verschlossen.

Es war kurz vor Mitternacht. Schwarze Wolkenfetzen huschten wie böse Geister über den silbrig schimmernden Vollmond.

Eine kühle Brise streifte über Karls erhitztes Gesicht und trocknete den Schweiß, der sich während des scharfen Ritts auf seinem ganzen Körper gebildet hatte. Eine unangenehm fröstelnde Gänsehaut war die Folge, doch er bemerkte sie kaum.

»Öffnet sofort das Tor.« Ungeduldig hämmerte er mit dem Schwertknauf gegen das Holz. Ein verschlafener Kopf ohne Helm erschien über der Mauer, dann ein zweiter. Es kam nicht oft vor, dass jemand zu dieser nachtschlafenden Zeit noch Einlass verlangte.

Als die Wachen den Herzog erkannten, beeilten sie sich, ihre Helme über ihre Köpfe zu stülpen und das Tor zu öffnen.

Karl hob sich die Bestrafung für diese offensichtliche Pflichtverletzung für später auf, trieb sein schweißnasses Pferd an und sprengte in vollem Galopp in den Innenhof. Er wartete nicht einmal, bis ihm jemand den Hengst abnahm, sondern stürmte, gleich nachdem er vom Pferd gestiegen war, mit langen Schritten an den aufgeschreckten Wachen vorbei und zu Marias Gemächern. Er musste sich selbst davon überzeugen, dass seine Tochter wohlauf war.

»Vater«, rief Maria überrascht, als sie ihren Vater kurz darauf im Türrahmen stehen sah. Sie war aus tiefem Schlaf geschreckt, nachdem die Tür zu ihrem Zimmer so unvermittelt aufgerissen worden war, und deshalb noch ganz schlaftrunken.

Karl starrte sie jedoch nur an, ohne ein Wort zu sagen. Im Schein der Stundenkerze, die neben ihrem Bett brannte, wirkte sein Gesicht grau und müde. In seinen schwarzen Augen stand nackte Angst, Angst um sie.

Der Anblick war so ungewohnt für sie, dass sie ihm gerührt ihre Arme entgegenstreckte, genau wie sie es als Kind immer getan hatte.

Karl kam auf sie zu, beugte sich zu ihr hinunter und zog ihren Kopf an seine Schulter. Er roch nach Schweiß und nassem Leder, aber es störte sie nicht. Selig lehnte Maria ihren Kopf an seine Schulter und genoss diesen seltenen Moment der Nähe und Zärtlichkeit.

»Ich werde nicht zulassen, dass dir etwas geschieht«, stieß er mit rauer Stimme aus.

Schon löste er seine Umarmung wieder, wandte sich ohne ein weiteres Wort ab und eilte zurück in die Halle, in der ihn seine Männer bereits erwarteten.

Sie alle kannten Karl gut genug, um zu wissen, dass in dieser Nacht nicht mehr an Schlaf zu denken war.

Er hatte gerade seinen Platz am Kopfende eingenommen, als Madame Halewyn auch schon die Halle betrat und nach einem formvollendeten Hofknicks darauf wartete, dass der Herzog ihr das Wort erteilte. Aber Karl legte in dieser Situation keinen Wert auf die üblichen Förmlichkeiten und gab ihr durch eine ungeduldige Handbewegung zu verstehen, dass sie endlich anfangen solle zu reden.

Mit Tränen in den Augen berichtete Madame Halewyn dem Herzog, was geschehen war.

Die Männer starrten in ihre Weinbecher, um zu verbergen, wie bewegt und froh sie darüber waren, dass Maria dem Tod noch einmal entronnen war und dass allein ihr Mitgefühl und ihre Großzügigkeit ihr das Leben gerettet hatten. Gott der Herr hatte seine schützende Hand über sie gehalten. Es war wie ein Wunder!

Der Graf de Campobasso war dem Befehl des Herzogs, in der Halle zu erscheinen, mit ungutem Gefühl gefolgt.

Es war das erste Mal seit dem unglückseligen Jagdausflug, dass Karl ihn rufen ließ, und nachdem Campobasso festgestellt hatte, das der Barbier spurlos verschwunden war, war er froh darüber, dass der Giftanschlag auf Maria fehlgeschlagen war.

Sollte jedoch auch nur der geringste Verdacht auf ihn fallen, hatte er beschlossen, den Barbier für die schändliche Tat verantwortlich zu machen. Seine Flucht kam schließlich einem Geständnis gleich.

Der Großbastard schlug ihm freundlich auf die Schulter. Er schien erfreut, ihn zu sehen und machte wie immer aus seinen Gefühlen kein Hehl.

Erleichtert ließ sich Campobasso auf seinem Platz am Kamin nieder.

Wahrscheinlich hat Karl den unseligen Vorfall schon längst vergessen und verschwendete keinen Gedanken mehr daran, dachte Campobasso bitter.

Doch er verbarg seine Gefühle hinter einer ausdruckslosen Miene und wartete ab, was weiter geschehen würde.

Chastellain war ziemlich betrunken, als man ihn unsanft aus dem Schlaf riss und in die Halle brachte.

Unter Karls finsterem Blick wurde er schlagartig nüchtern.

»Ihr besitzt die Unverfrorenheit, seelenruhig zu schlafen, obwohl sich in meinem Schloss ein Mörder herumtreibt, der es auf meine Tochter abgesehen hat?«, herrschte er ihn an.

Chastellain erbleichte. »Ich habe veranlasst, dass niemand das Schloss verlässt, und bis in die späte Nacht Verhöre durchgeführt«, erwiderte er kleinlaut, weil er ahnte, dass Karl sich mit dieser Auskunft nicht zufriedengeben würde.

»Und, habt Ihr schon einen Verdacht?«

Chastellain schüttelte den Kopf. »Es muss jemand aus dem näheren Kreis Eurer Tochter sein, doch die Damen geben vor, nichts darüber zu wissen«, verteidigte er sich.

Karl knallte seinen Weinbecher auf den Tisch. Sein Blick war voller Verachtung.

»Man könnte zu dem Schluss kommen, dass Ihr mit dem Mörder unter einer Decke steckt.« Seine Stimme klang jetzt gefährlich leise, und in seine Augen trat ein lauernder Ausdruck.

Chastellain fiel in sich zusammen. Er wusste, dass er verloren hatte. Der Herzog duldete keine Versager in seinem Gefolge, und nichts anderes war er nun in seinen Augen. Ein jämmerlicher Versager, dem es nicht einmal gelungen war, ein paar hirnlose Frauen zum Sprechen zu bringen.

Zitternd blickte er auf und las sein Todesurteil in den kalten schwarzen Augen des Herzogs.

»Nennt mir seinen Namen, und ich werde Euch einen ehrenvollen Tod durch das Schwert gewähren.«

»Aber ich kenne den Mörder nicht«, jammerte Chastellain. »Gebt mir noch einen Tag Zeit, und ich werde ihn für Euch finden«, fügte er verzweifelt hinzu.

Karl wandte seinen Blick ab.

»Schafft mir diesen Verräter aus den Augen. Die Folter wird seine Zunge schon noch lösen.«

»Aber ich bin unschuldig«, schrie Chastellain, und er weinte wie ein Kind, als ihn die Wachen ergriffen und hinausschafften.

Wenn es einen Verräter gibt, suche ihn zuerst in den eigenen Reihen.

Das waren die warnenden Worte seines Vaters gewesen, und Karl beherzigte sie stets. Er brauchte nur wenige Stunden, dann glaubte er zu wissen, wer hinter dem Anschlag steckte.

Nachdem er erfahren hatte, dass einer seiner Agenten, den jeder nur den »Barbier« nannte, spurlos aus dem Schloss verschwunden war, stand für ihn fest, dass dieser von Ludwig bestochen worden war, und setzte ein Kopfgeld von Tausend Livres auf ihn aus.

Campobasso atmete auf und war beruhigt, als er feststellte, dass nicht der geringste Verdacht auf ihn gefallen war und Karl ihm den alten Platz in der Runde seiner Vertrauten wieder zurückgab, als wäre nie etwas geschehen.

15

Im Park war es so still, dass Maria ihren eigenen Atem hören konnte. Ihr Umhang hatte sich vom schnellen Laufen geöffnet und flatterte hinter ihr her, während sie auf die Koniferen zueilte, die wie stumme Wächter in den Nachthimmel ragten.

Wabernde Nebelschwaden umspielten ihre Knöchel und schluckten die knirschenden Geräusche des feinen Kieses unter ihren Füßen. Bewegungslos wie ein Gemälde lag der Liebesgarten vor ihr und schimmerte im kalten Licht des Mondes, der wie festgefroren am Himmel stand.

In ihren Ohren gellte der flehende Hilferuf Catherinas, er war wie ein Echo, das nicht aufhörte, sich immer und immer wieder zu wiederholen. Maria lief schneller. Catherina brauchte ihre Hilfe, sie musste sich beeilen, um nicht zu spät zu kommen.

Außer Atem erreichte sie schließlich Catherinas Lieblingsbank, die geschützt vor neugierigen Blicken im hinteren Teil des Labyrinths lag.

Gehetzt blickte sich Maria um, konnte Catherina jedoch nirgends entdecken.

Hilflosigkeit und Angst stiegen in ihr auf. Sie war zu spät gekommen, um Catherina zu retten. Sie wollte sich gerade abwenden, als ein kühler Luftzug ihren Rücken streifte. *Jemand befand sich direkt hinter ihr.*

Alarmiert fuhr sie herum und sah Catherina und Nikolaus von Lothringen nur wenige Ellen von sich entfernt eng umschlungen miteinander tanzen. Sie waren so ineinander versunken, dass sie Maria noch gar nicht wahrgenommen hatten.

Erleichtert ging Maria auf das tanzende Paar zu.

»Ich bin so froh, dass es dir gut geht, ich habe mir große Sorgen um dich gemacht«, sagte sie und versuchte einen Blick auf Catherinas Gesicht zu erhaschen, die ihren Kopf an Nikolaus' Brust barg, sodass Maria nur einen Teil ihres Profils sehen konnte.

Der Klang ihrer Worte verhallte in der Nacht.

Catherina hob langsam ihren Kopf und riss die Augen so plötzlich auf, dass Maria zurückzuckte.

Erschrocken blickte sie in die weit aufgerissenen Augen ihrer Zofe, die sie anklagend anstarrten, die Gesichtszüge bleich und in unsäglicher Pein verzerrt.

Maria schreckte laut schreiend aus dem Schlaf hoch. Im ersten Moment wusste sie nicht, wo sie war, stellte dann aber erleichtert fest, dass sie sich in ihrem Bett befand, und sank wie befreit wieder in die Kissen zurück.

Sie war schweißgebadet, und ihr Herz pochte so heftig, dass sie es gegen ihre Rippen schlagen fühlte.

Ich bin schuld an Catherinas Tod, dachte Maria traurig. Es war mein Konfekt, das vergiftet worden war, und ich habe Catherina ermuntert, davon zu nehmen.

Fahrig strich sie sich über die Stirn, als könnte sie damit die schrecklichen Traumbilder vertreiben, die einfach nicht weichen wollten, doch es gelang ihr nicht. Catherinas weit aufgerissene Augen starrten sie noch immer an.

Aufgewühlt stand Maria auf und warf sich ihren Umhang über. Sie würde in die Kapelle gehen, um dort für Catherinas Seele zu beten.

Als sie die Türe öffnete und nach draußen trat, lehnten die

Wachen schlafend an der Wand. Maria schlich sich leise an ihnen vorbei.

In der Kapelle war es dunkel und kalt, und Maria sog den vertrauten Duft nach Weihrauch und Kerzenwachs tief in ihre Lungen ein. Er war stets gleichbleibend und veränderte sich nie, was sie irgendwie als tröstlich empfand.

Sie zündete die Kerzen vor dem Altar der Madonna an und betrachtete in ihrem flackernden Schein die Jungfrau mit dem nackten Jesuskind auf ihrem Schoß. Blonde Locken umrahmten ihr feines Gesicht mit den gütigen Augen und dem feinen Mund, den ein liebevolles Lächeln umspielte.

Sie wirkte so friedlich, dass auch Maria etwas ruhiger wurde und sich schließlich niederkniete, um zu beten.

Bevor sie die Kapelle verließ, zündete sie noch eine weitere Kerze für Catherina an und schloss dann leise die Tür hinter sich. Barfuß schlich sie wieder zu ihren Gemächern zurück, als sie plötzlich huschende Schritte im Gang vernahm und wenig später Angelo de Campobasso gegenüberstand. In seinem Gesicht zeichnete sich der Schreck über die unerwartete Begegnung ab, doch er hatte sich sofort wieder gefasst.

Mit der Tochter des Herzogs hatte er nun wirklich nicht gerechnet. Seit wann eilte diese nachts alleine durch die Gänge? Es würde wohl nicht schaden, es herauszufinden.

»Was habt Ihr hier zu suchen?«, fragte ihn Maria streng.

Angelo de Campobasso musterte sie abschätzend. Die Tochter des Herzogs sah aus, als wäre sie gerade aus dem Bett gefallen. Ihr langes Haar fiel ihr wirr über die Schultern und ihr Blick wirkte verstört und irgendwie abwesend.

»Und Ihr, was habt Ihr hier zu suchen? Wir haben anscheinend alle unsere kleinen Geheimnisse«, gab er statt einer Antwort zurück und zwinkerte ihr dabei wie einer Verbündeten zu.

Seine Dreistigkeit verschlug Maria für einen Moment die Sprache. Mit einem Mal klärte sich ihr Blick, und sie betrachtete ihn so forschend, dass ihm unbehaglich zu werden begann.

Etwas an ihm erinnerte sie an Nikolaus von Lothringen, und die Bilder aus ihrem Traum stiegen erneut in ihr auf. Catherina und Nikolaus, die sich zu einer Musik, die nur sie beide hörten, miteinander im Tanz bewegten.

Sie hätte Angelo de Campobasso für seine Unverschämtheit zurechtweisen oder noch besser sogleich die Wachen rufen sollen, doch sie tat es nicht.

»Habt Ihr Catherina gekannt?«, fragte sie ihn stattdessen und wunderte sich im gleichen Augenblick über ihre Frage.

Angelos dunkle Augen huschten irritiert über ihr Gesicht hinweg, dann senkte er den Kopf.

»Catherina, welche Catherina?«, log er und tat so, als müsste er erst einmal nachdenken. Seine Gedanken rasten. Wie kam die Tochter des Herzogs von Burgund darauf, ihn nach Catherina zu fragen? Hatte Catherina ihr etwa von ihren heimlichen Treffen im Park erzählt?

Er spürte, wie sie ihn beobachtete, und auf seiner Stirn begannen sich feine Schweißperlen zu bilden, während er fieberhaft überlegte, was er ihr antworten sollte.

»Catherina, meine Zofe, die vergiftet worden ist«, half Maria ihm und betrachtete ihn kühl. Sie wusste, dass er log, hatte aber nichts gegen ihn in der Hand.

Marias Frage trieb ihn in die Enge. Wenn er nur wüsste, was Catherina ihr erzählt hatte? Er versuchte sich an die Begegnung mit Catherina und an das, was sie ihm erzählt hatte, zu erinnern. Sie hatte ihm vorgejammert, Maria würde sich anstatt mit ihr nur noch mit der Herzogin besprechen und dieser ihre Sorgen und Gedanken anvertrauen. Sein Gesicht hellte sich auf. Die Tochter des Herzogs hatte ihm die Frage nach Catherina gestellt, um ihn zu verunsichern. *Sie hatte vorgehabt, ihn hereinzulegen, aber den Gefallen würde er ihr nicht tun.*

Beruhigt setzte er eine betrübte Miene auf.

»Ich habe davon gehört. Ein entsetzliches Unglück. Wie gut, dass Euer Vater den Schuldigen so schnell ausfindig gemacht hat«, erwiderte er rasch, ohne ihr dabei jedoch in die Augen zu sehen.

Er verhält sich merkwürdig, dachte Maria, wie jemand, der etwas zu verbergen hat. Sie konnte förmlich spüren, dass er mehr wusste, als er zugab.

»Ihr habt meine Frage nicht beantwortet.« Während sie auf seine Antwort wartete, überlegte sie, was Angelo wohl vor ihr verbergen mochte. Ob Catherina sich vor ihrem Tod in ihn verliebt hatte? Möglich wäre es. Angelo war ein gut aussehender Mann, der sich seiner Wirkung auf Frauen nur allzu bewusst war.

Erneut fühlte sich Angelo in die Enge getrieben.

Wie alle Frauen konnte die Tochter des Herzogs nicht aufhören nachzubohren und würde erst Ruhe geben, wenn sie erfahren hatte, was sie wissen wollte, dachte er und entschied sich, die Flucht nach vorne anzutreten.

Er kannte die Frauen viel zu gut, um in ihre hinterhältigen Fallen zu tappen.

»Ich bin Catherina einige Male zufällig im Park begegnet und habe ein- oder zweimal mit ihr gesprochen, wenn Ihr das unter ‚kennen' versteht, dann habe ich sie wohl gekannt«, gab er zu und zuckte gleichgültig mit den Achseln, um damit die Bedeutungslosigkeit seiner Begegnungen mit Catherina zu unterstreichen.

Unter halb geschlossenen Lidern beobachtete er ihre Reaktion auf seine Worte. Marias Blick wirkte abwesend, als wäre sie mit ihren Gedanken weit fort. Hatte sie ihm überhaupt zugehört?

»Sie war so verzweifelt vor ihrem Tod.« Es klang, als spräche sie weniger zu ihm als zu sich selbst. Tatsächlich hatte Maria seit Catherinas Tod immer wieder darüber nachgedacht, was der Grund für Catherinas Verzweiflung gewesen sein könnte. Und sie dachte auch in diesem Moment daran.

Angelo gab ihr keine Antwort. Er hatte genug von diesem Gespräch, trotzdem musste er vorsichtig sein. Maria hatte ihn in der Nähe des Schlafsaals ihrer Hofdamen erwischt, und er wollte sich lieber nicht vorstellen, was geschehen würde, wenn der Herzog davon erfuhr. Karl von Burgund hielt es mit der ehelichen Treue sehr genau, im Gegensatz zu seinem verstorbenen Vater, dessen Bastarde sich kaum noch zählen ließen. Zudem war allgemein bekannt, dass er wenig Verständnis für die Liebschaften seiner Höflinge aufbrachte.

»Es tut mir wirklich leid, was mit der armen Catherina geschehen ist«, versicherte er, »aber wir sollten jetzt besser von hier verschwinden. Die Wachablösung findet jeden Augenblick statt, und es würde Eurem Ruf schaden, wenn man uns zusammen sieht.« Er wartete, ob Maria noch etwas sagen würde, doch sie schien noch immer tief in Gedanken versunken zu sein.

»Ich habe übrigens dem Wachmann Renaud nur rasch eine Nachricht überbracht«, log er, um ihr seine Anwesenheit in diesem Teil des Schlosses zu erklären.

Maria nickte nur stumm mit dem Kopf, was Angelo als Einverständnis deutete, und so machte er sich eilig auf und davon.

Maria hielt ihn nicht zurück.

Nachdenklich ging sie in ihr Gemach zurück. Die Wachen

standen noch immer schlafend an der Wand. Angelo hatte gelogen. Hätte er Renaud eine Nachricht überbracht, wie er behauptet hatte, wären die Männer wach gewesen.

Viel wahrscheinlicher war, dass er einer ihrer Hofdamen einen nächtlichen Besuch abgestattet hatte, und das konnte sie auf keinen Fall dulden.

Die Begegnung mit Angelo de Campobasso hatte sie den letzten Rest ihrer Kraft gekostet, und sie wurde nun, da die Anspannung langsam nachließ, von einer bleiernen Müdigkeit erfasst. Die Bilder ihres Traumes hielten sie noch immer umfangen und versuchten mit aller Macht, sie zurück in ihre unwirkliche und unheimliche Welt zu ziehen.

Maria konnte ihre Augen nur noch mit Mühe offen halten und war erleichtert, als sie endlich ihr Gemach erreichte. Sie sehnte sich danach zu schlafen, aber die Angst, dann wieder Catherinas anklagenden Blick vor sich zu sehen, hielt sie davon ab, ihrem Bedürfnis nachzugeben.

Sie beugte sich über ihre silberne Waschschüssel, tauchte ihre Hände in das kühle Nass und schüttete es sich mit beiden Händen ins Gesicht. Das Wasser war angenehm belebend und vertrieb die Müdigkeit aus ihren Gliedern.

Unmerklich wurde es heller. Der heraufziehende Morgen drang durch die hohen Fenster und vertrieb die Schatten der Nacht.

Maria setzte sich an ihren Schreibtisch. Sie dachte an Maximilian und wünschte sich wie schon so oft, ihn an ihrer Seite zu haben.

Ohne weiter darüber nachzudenken, griff sie nach ihrer Feder, tunkte sie in das Tintenhörnchen und begann sich ihren Kummer von der Seele zu schreiben.

Liebster Maximilian
Es sind schreckliche Dinge geschehen, von denen ich Euch berichten möchte. Jemand wünscht meinen Tod und hat mein Konfekt vergiftet. Ich habe meiner Zofe davon angeboten. Jetzt ist sie tot, obwohl ich diejenige war, die sterben sollte.
Ich muss ständig an sie denken und fühle mich schuldig, weil ich noch am Leben bin, während sie an meiner statt gestorben ist. Vater vermutet, dass der König von Frankreich hinter dem Anschlag steckt, aber das will ich nicht glauben, schließlich ist er mein Patenonkel.
Mein Herz ist voller Trauer, und ich wünschte, Ihr könntet bei mir sein, um mir in diesen schweren Tagen zur Seite zu stehen.
Die Stimmung bei Hof ist düster, und es kommt mir vor, als spiegelte sie die Stimmung in unseren Ländern wider. An unseren Grenzen herrscht große Unruhe, und die Gemüter unserer Bürger sind erregt. Sie wehren sich gegen die hohen Kriegssteuern und pochen auf ihre alten Rechte, ohne zu begreifen, dass nur der Frieden ihnen Freiheit und Wohlstand sichern kann und diese hohen Güter nun einmal ihren Preis haben.
Der Gedanke an Eure Liebe ist mir ein großer Trost, und ich bete jeden Tag dafür, dass unsere Väter einen Weg zueinander finden, so wie unsere Herzen es längst getan haben.
Maria

Maria blieb noch eine Weile an ihrem Schreibtisch sitzen. Das Schreiben hatte sie von ihrem düsteren Traum abgelenkt, doch kaum hatte sie den Brief getrocknet und gesiegelt, tauchte Catherina auch schon wieder in ihren Gedanken auf und mit ihr: Angelo.

Sie musste herausfinden, was die beiden miteinander verbunden hatte, vielleicht würden sie die schrecklichen Gedanken an Catherina dann nicht mehr länger verfolgen.

Die Damen schliefen noch, als Maria den großen Saal betrat. Entschlossen ging sie von einem Bett zum anderen und zog die Vorhänge auf. Verschlafene Gesichter blickten ihr entgegen, doch die Damen wurden mit einem Schlag hellwach, als sie erkannten, wer sie geweckt hatte.

Nur Irmingard schlief tief und fest weiter, nachdem Maria die Vorhänge an ihrem Bett aufgezogen hatte, und Maria musste sie erst einige Male an der Schulter rütteln, bevor sie schließlich zu sich kam und sich gähnend die Augen rieb.

»Ich möchte wissen, was Angelo in Eurem Schlafsaal zu suchen hatte«, verlangte sie. Betretenes Schweigen folgte ihrer Aufforderung, zu sprechen.

Maria sah die Damen der Reihe nach an.

Mathilda schlug die Augen nieder, und auch Lisette wich ihrem Blick aus, während Irmingard die Röte ins Gesicht schoss.

»Angelo war also bei dir«, stellte Maria fest, und Irmingard nickte verlegen.

Obwohl sie es längst geahnt hatte, war Maria schockiert.

»Und ihr habt davon gewusst?«

Lisette presste die Lippen zusammen, während Mathilda die Frage mit einer Bewegung ihres Kopfes bejahte.

Maria versuchte sich Madame Halewyns Reaktion vorzustellen, wenn sie von diesem unerhörten Vorfall erfahren würde. Sie würde außer sich sein und strenge Maßnahmen ergreifen, und das war genau das, was die Damen fürchteten.

Irmingard wirkte verlegen und ertappt, aber nicht sonderlich schuldbewusst, dachte Maria. Aber es war auch nicht ihre Aufgabe, auf die Tugendhaftigkeit ihrer Hofdamen zu achten.

Sie war hier, um herauszufinden, was Angelo mit Catherina verbunden hatte, und genau dies würde sie nun auch tun.

»Wenn ihr mir euer Wort gebt, dass ihr nie wieder einem Mann erlaubt, euren Schlafsaal zu betreten, werde ich Madame Halewyn nichts verraten«, sagte Maria und sah, wie sich Erleichterung auf den betroffen wirkenden Gesichtern breit machte.

»Aber nur unter einer Bedingung.« Sie legte eine kurze Pause ein. »Ihr erzählt mir alles, was ihr über Catherina und Angelo wisst.«

Mathilda tauschte einen unsicheren Blick mit Lisette, dann blickten sie beide zu Irmingard hinüber.

»Ich warte.«

Lisette schien sichtlich mit sich zu kämpfen.

»Catherina war am Tag ihres Todes hier. Sie hat mich gefragt, ob ich wüsste wo Angelo sei, und wirkte ziemlich aufgeregt«, antwortete sie schließlich.

»Und was ist dann geschehen?«

»Nun ja, Angelo war gerade bei Irmingard und hat sich mit ihr vergnügt, und das habe ich Catherina auch gesagt. Sie wollte mir nicht glauben, weshalb ich ihr vorgeschlagen habe, doch selbst nachzusehen. Daraufhin ist sie weinend hinausgerannt. Mehr weiß ich auch nicht.«

Catherina war also in Angelo verliebt gewesen, wie Maria es vermutet hatte. Und weil er nichts von ihr hatte wissen wollen, war sie so unglücklich gewesen.

»Ich möchte alles wissen«, verlangte Maria.

Irmingard ergriff das Wort. »Als Catherina tot war, habe ich Angelo gefragt, ob er ihr irgendwelche Hoffnungen gemacht hat, weil sie nach ihm gesucht hat, aber Angelo hat mir versichert, dass er Catherina nur einmal im Park getroffen und aus Mitleid ein wenig mit ihr geplaudert hätte.«

Maria hatte genug gehört. Nachdenklich verließ sie den Schlafsaal und kehrte zurück in ihr Gemach.

Ihr kam ein furchtbarer Verdacht. Ob Angelo etwas mit dem Giftanschlag zu tun hatte? Der Gedanke ließ ihr keine Ruhe. Hatte er sich an Catherina herangemacht, um ihr, Marias, Konfekt vergiften zu können?

Aber welchen Grund hätte er gehabt, so etwas zu tun?

Der Graf de Campobasso gehörte zu den engsten Vertrauten ihres Vaters, hatte Seite an Seite mit ihrem Großvater gekämpft, und Angelo war sein Sohn und lebte ebenfalls schon lange Jahre bei Hof.

Unbewusst schüttelte sie den Kopf.

Nein, sie musste sich irren. Der Schmerz über Catherinas Tod verwirrte sie. Sie war völlig durcheinander und konnte nicht klar denken. Angelo de Campobasso war mit Sicherheit kein Mörder, wahrscheinlich hatte er nicht einmal gewusst, dass Catherina sich zu ihm hingezogen gefühlt hatte.

Maria ahnte nicht, wie nah sie der Wirklichkeit mit ihren Vermutungen gekommen war.

Vielleicht hätte sie den Gedanken weiterverfolgt, wenn sie von Angelos Spielschulden gewusst hätte oder davon, wie ihr Vater den Grafen de Campobasso gedemütigt hatte, und von dem Hass, der in Campobassos Gedärmen wütete und ihm keine Ruhe mehr ließ.

Erst viel später sollte ihr schmerzhaft klar werden, wie sehr sie den italienischen Condottiere und seinen Sohn unterschätzt hatte.

16

Der Winter war über Nacht hereingebrochen, und in den darauffolgenden Wochen schneite es beinahe ununterbrochen.

Maximilian kämpfte so verbissen mit seinem Schwert, dass sein Freund Albrecht schon nach kurzer Zeit die Hand zum Zeichen dafür hob, dass er aufgab.

Trotz der eisigen Kälte war er schweißüberströmt, aufgrund der vielen hastigen Ausweichmanöver, die Maximilians wütende Attacken ihm abverlangt hatten.

Sie befanden sich ganz allein auf dem Übungsplatz hinter der Burg, der in früheren Zeiten einmal ein mit buntem Leben erfüllter Turnierplatz gewesen war, doch das war lange vor Maximilians Geburt gewesen.

Das lang gestreckte Feld wurde von mächtigen Eichen umringt, deren weit ausladende Kronen im Sommer wohltuenden Schatten spendeten. Jetzt aber ächzten ihre Äste unter der dicken, schweren Schneeschicht, die auf ihnen lag und, wie es aussah, auch in den nächsten Tagen liegen bleiben würde.

Maximilian fühlte sich mehr denn je wie ein Gefangener in der väterlichen Burg.

»Willst du mir nicht endlich sagen, warum du so wütend bist, Max?«

Albrecht steckte sein Schwert zurück in die Scheide, zog seine eisernen Handschuhe aus und versuchte seine Finger zu wärmen, indem er sie kräftig aneinanderrieb.

Maximilian rammte sein Schwert mit einer heftigen Bewegung in den Schnee und beobachtete mit grimmiger Miene, wie es federnd hin und her schwang, bis es schließlich zum Stillstand kam.

Seit dem letzten Brief Marias kam er fast um vor lauter Sorge um sie.

Sie war nur knapp dem Tod entkommen, und er konnte nur hoffen, dass ihr Vater sie vor weiteren Anschlägen schützen würde. Der Gedanke, dass Maria etwas zustoßen könnte, ließ ihm keine Ruhe mehr.

»*Ich wünschte, Ihr könntet bei mir sein, um mir in diesen schweren Tagen zur Seite zu stehen*«, hatte sie ihm geschrieben. Worte, die ihn rührten, an seine Ritterlichkeit appellierten und sich ihm tief ins Gedächtnis eingebrannt hatten.

»Vater lässt nicht mit sich reden, ich habe es mehrfach versucht. Aber was nützt mir der Kaisertitel, wenn ich weder Geld noch Truppen habe? Ich würde dem Herzog von Burgund mit Freuden meinen Titel überlassen, um an seiner Seite in den Kampf ziehen zu dürfen. Wenn ich Maria heirate, werden unsere Kinder den Kaisertitel ohnehin erben, und das ist doch das Einzige, was zählt.«

»So, wie du es darstellst, klingt es zumindest so«, stimmte Albrecht ihm zu und bedauerte wie so oft in den letzten Wochen, nicht in Trier dabei gewesen zu sein. Ein schlimmes Fieber, von dem er sich nur schwer erholt hatte, hatte ihn ins Bett gezwungen. Und so hatte er Maximilian nur staunend lauschen können, als ihm dieser seine Erlebnisse bis ins kleinste Detail geschildert hatte.

»Maria braucht mich jetzt. Ich muss zu ihr und mir selbst ein Bild von der Lage machen, in der sie sich befindet. Sie wäre beinahe einem Anschlag zum Opfer gefallen, und wer weiß, ob nicht schon weitere Attentate auf ihr Leben geplant sind?«

»Du könntest einen Agenten nach Gent schicken«, schlug Albrecht vor.

Maximilian nickte. »Der Gedanke ist mir auch schon gekommen, aber das ist nicht das Gleiche.«

»Nicht das Gleiche, wie wenn du selbst hinreitest?«, vervollständigte Albrecht seinen Satz und schüttelte den Kopf. »Das würde dein Vater niemals erlauben.«

Beschwörend blickte er Maximilian an, doch als er das rebellische Glitzern in dessen Augen sah, wusste er, dass Maximilian bereits fest entschlossen war und er sich jedes weitere Wort sparen konnte.

Albrecht verschränkte abwartend seine Arme vor der Brust.

»Deswegen also hast du mich aus meiner warmen Kammer geholt und in diese unmenschliche Kälte hinausgejagt«, vergewisserte er sich.

Maximilian nickte. »Du bist mein Freund, ich vertraue dir und wollte dich bitten, mich nach Gent zu begleiten.«

Albrechts Augen verengten sich argwöhnisch.

»Vorausgesetzt, ich erkläre mich einverstanden, dich zu begleiten, weil du mir ohnehin keine andere Wahl lassen wirst, an welche Jahreszeit hast du denn für dieses Abenteuer gedacht?«

Auf diese Frage hatte Maximilian nur gewartet.

»Mein Vater bricht in zwei Tagen nach Salzburg auf und wird dort einige Wochen bleiben. Wir könnten es daher so arrangieren, das jeder im Schloss glaubt, wir würden mit ihm reisen. Damit vermeiden wir unnötige Aufregungen oder gar Suchaktionen.«

Albrecht starrte ihn an, als hätte er den Verstand verloren.

»Niemand, der nicht unbedingt muss, reist bei dieser Kälte durchs Land. Du musst verrückt sein. Wenn eines unserer Pferde auf dem Eis ausrutscht und sich ein Bein bricht, werden wir erfrieren.«

Maximilian schüttelte den Kopf. »Man kann es auch genau andersherum sehen. Die Wege werden frei und die Herbergen leer sein. Keine Wegelagerer, keine Händler werden die Übergänge mit ihren Wagen blockieren, und auch sonst wird niemand unterwegs sein, der uns aufhalten wird«, erklärte er unbekümmert. »Hannibal ist mit seinen Elefanten bei klirrender Kälte sogar über die verschneiten Alpen gezogen, dagegen wird unsere Reise ein wahrer Spaziergang werden«, winkte er unbekümmert ab.

»Hannibal hat aber die Hälfte seiner Männer und fast alle Elefanten bei diesem Unternehmen verloren«, erinnerte Albrecht ihn grimmig.

Maximilian hob gleichmütig die Schultern. »Wenn du nicht mitkommst, werde ich eben alleine reiten«, verkündete er entschlossen.

Rosina blickte traurig aus dem Fenster. Seit ihrem Reitunfall hatte sie Maximilian nicht mehr alleine gesehen. Ihr Vater ließ sie kaum noch aus den Augen, und jetzt sollte sie ihn und den Kaiser nach Salzburg begleiten. Darüber hinaus hatte er einige Andeutungen über ihre Zukunft gemacht, die sie zutiefst beunruhigten, und auch die Boten, die in seinem Arbeitszimmer ein und aus gingen, waren nicht dazu angetan, sie zu beruhigen.

Ihr Vater hatte etwas vor, etwas, das sie betraf, warum sonst war er ihrer Frage, was es mit den Kurieren auf sich hatte, ausgewichen?

Sie musste unbedingt mit Maximilian reden und ihn noch einmal sehen, bevor sie die Wiener Hofburg vielleicht für immer verließ.

Entschlossen nahm sie ihren Umhang, steckte den Kopf aus der Türe und sah sich vorsichtig nach allen Seiten um, dann schlich sie leise aus ihrer Kammer, um den Sohn des Kaisers zu suchen. Sie fand ihn schließlich, nachdem sie bereits in seinen Gemächern und in den Stallungen nachgesehen hatte, mit Albrecht auf dem Turnierplatz, wo er in ein lebhaftes Gespräch vertieft war. Maximilian und Albrecht verstummten, als sie näher kam.

Wie immer, wenn sie Maximilian sah, fühlte sie sich beschwingt und vor allem glücklich.

»Hast du es doch noch geschafft, deinem Vater zu entkommen?«, fragte Maximilian und bemühte sich, seiner Stimme einen unbekümmerten Klang zu verleihen, was ihm allerdings nicht so recht gelang.

Rosina trat so nah an ihn heran, dass er ihren Atem auf seinem Gesicht spüren konnte. »Vater hat verlangt, dass ich mit ihm nach Salzburg reise«, begann sie zögernd und suchte seinen Blick, doch Maximilian wich ihr aus.

Albrecht spürte, dass die beiden alleine sein wollten, und verließ wortlos den Turnierplatz.

Weder Maximilian noch Rosina hielten ihn zurück.

»Ich fürchte fast, dass er vorhat, mich zu verheiraten. Schon seit Wochen gehen Boten bei ihm ein und aus, und wenn ich ihn frage, was das zu bedeuten hat, gibt er mir keine Antwort. Er weicht mir aus und kann mir nicht einmal mehr in die Augen schauen«, beklagte sie sich und sah Maximilian Hilfe suchend an.

Von einem Moment zum anderen überkamen Maximilian Gewissensbisse. Rosina war seine Geliebte und seine engste Vertraute, solange er denken konnte, und doch hatte er in den letzten Tagen nicht einmal an sie gedacht und auch nicht bemerkt, wie verzweifelt sie war. Er durfte ihr nicht länger etwas vormachen.

»Wir haben immer gewusst, dass dieser Tag einmal kommen wird«, sagte er entschlossen.

»Wenn ich überhaupt einmal heirate, dann nur dich«, brach es aus ihr heraus.

Maximilian betrachtete sie schweigend. Sie war ihm so vertraut, einerlei ob sie traurig war oder lachte oder einfach nur dasaß und vor sich hin träumte.

Es war an der Zeit, ihr die Wahrheit zu sagen.

Er räusperte sich und suchte nach den richtigen Worten, bis er erkannte, dass er ihr, ungeachtet der Worte, die er wählen würde, auf jeden Fall wehtun würde.

»Ich werde Maria von Burgund heiraten«, sagte er schließlich.

Rosinas Augen weiteten sich zunächst, dann verdunkelten sie sich, und er erkannte Schmerz in ihnen.

»So, wie du es sagst, hört es sich an, als wäre es dein Wunsch, sie zu heiraten, und nicht nur der Wille deines Vaters«, begehrte sie auf.

Maximilian nahm beruhigend ihre Hand. Seine Augen baten sie um Verständnis.

»Ich liebe dich, Rosina, und du wirst immer in meinem Herzen sein, aber mit Maria ist es anders, du würdest es nicht verstehen. Ich verstehe es ja selbst nicht einmal.«

»Aber du kennst sie doch gar nicht«, wandte Rosina ein.

»Ich habe ein Bild von ihr gesehen.«

Die Art, wie er es sagte, traf sie tief. Sie hatte ihn verloren und es nicht einmal bemerkt.

Tränen flossen ihr aus den Augen, ohne dass sie etwas dagegen tun konnte, und sie ließ sie laufen, während sie ihn unverwandt ansah.

»Ich wollte dir nicht wehtun, das musst du mir glauben«, begann Maximilian nach einer Weile und hätte viel darum gegeben, eine Möglichkeit zu finden, um sie in ihrem Kummer zu trösten.

Rosina schluchzte auf. Für sie war es doppelt bitter, war sie doch zu ihm gekommen, um ihn noch einmal zu sehen und Trost bei ihm zu finden, und nun war er derjenige und nicht ihr Vater, der ihrer Liebe den Todesstoß versetzte.

Hilflos stand ihr Maximilian gegenüber. Er wusste nicht mehr, was er tun oder sagen sollte.

Als er schließlich zögernd einen Arm um sie legen wollte, merkte er, wie sie sich versteifte, und zog seinen Arm sofort wieder zurück.

Nach einer Weile ließ ihr Schluchzen endlich nach, dafür bemerkte er, wie sie nun vor Kälte zu zittern begann.

»Lass uns zurück ins Schloss gehen, bevor du dir hier draußen noch den Tod holst.«

Rosina gab ihm keine Antwort, aber sie wehrte sich auch nicht, als er entschlossen ihren Arm nahm und sie zurück zum Schloss zog.

Maximilian begleitete sie bis zu ihrer Kammer. Vor der Türe blieb er stehen und hob ihr Kinn ein wenig an, damit er ihr in die Augen sehen konnte.

»Bitte sei nicht traurig«, bat er.

Rosina nickte unter Tränen. Sie konnte ihm seine Bitte nicht abschlagen. Sie würde ihm niemals etwas abschlagen können.

Und er hatte ja auch Recht. Sie hatte immer gewusst, dass ihre Liebe zu ihm keine Zukunft haben würde, aber was sie nicht gewusst hatte, war, wie schwer und wie schmerzhaft ihr die Trennung von ihm fallen würde.

Sie sah ihm nach, als er sich abwandte und mit langen Schritten den Gang hinuntereilte. Ob sie ihn jemals wiedersehen würde?

Wie betäubt ging sie in ihre Kammer, wo sie sich auf ihr Bett legte und die Augen schloss. In aller Ruhe wollte sie sich noch einmal an den Geliebten und all die Jahre und Tage erinnern, die sie mit ihm verbracht hatte und die nun endgültig Vergangenheit geworden waren. Untröstlich über ihren Verlust, weinte sie sich schließlich in den Schlaf. Zwei Tage später reiste sie mit ihrem Vater nach Salzburg, und obwohl Maximilian sie tief verletzt hatte, wünschte sie ihm von Herzen, dass er mit Maria glücklich werden würde.

17

Der Turm neben der Lakenhalle überragte sogar den der mächtigen Kathedrale, die in seinem Schatten erbaut worden war, und ließ keinen Zweifel daran, wer in Gent die Macht in Händen hielt.

Ein goldener Drache krönte seine Spitze und wachte über die von den Bürgern der Stadt so schwer erkämpften Privilegien, die in gesiegelten Urkunden sicher im Inneren des Belfrieds in einer eisenbeschlagenen Truhe ruhten.

Kaum jemand achtete auf die beiden jungen Männer, die nebeneinander auf den überfüllten Marktplatz zuritten. In ihren mit Staub überzogenen schweren Umhängen unterschieden sie sich kaum von anderen Boten, die tagtäglich in Gent ein- und ausritten.

Kurz vor dem Marktplatz parierte Albrecht sein Pferd durch. Der Geruch nach gebratenen Würstchen stieg ihm in die Nase und erinnerte ihn daran, dass seine letzte Mahlzeit schon einige Zeit zurücklag.

»Wir sollten uns nach einer Herberge umsehen«, schlug er vor. »Ich bin so hungrig, dass ich ein ganzes Schwein verdrücken könnte.«

Maximilian nickte zustimmend und ließ seinen Blick über die Gebäude, Läden und Herbergen schweifen, die sich rings um den Marktplatz zogen.

Gegenüber dem St. Jorishof, dem Versammlungsort der Armbrustschützengilde, stach ihm das blau-golden bemalte

Schild einer Herberge ins Auge, auf dem der heilige Georg abgebildet war, sein Lieblingsheiliger.

»Den Schutz des heiligen Georg werden wir brauchen«, entschied Maximilian und lenkte sein Pferd in den Hofeingang neben der Herberge, der gerade breit genug war, um einen Wagen hindurchzulassen.

Gespannte Erwartung erfüllte ihn. Nicht mehr lange, und er würde Maria von Burgund endlich gegenüberstehen.

Ihr Bild, das ihm so deutlich vor Augen stand, dass er es sich jederzeit bis ins kleinste Detail vor Augen rufen konnte, würde nun zum Leben erwachen und ihm in Fleisch und Blut gegenübertreten.

Er stellte sich ihre Überraschung vor, ihr ungläubiges Lächeln, wenn sie erfuhr, dass er der Politik und Diplomatie einfach ein Schnippchen geschlagen und Schnee und eisige Kälte überwunden hatte, um zu ihr zu eilen.

Das ungeduldige Schnauben seines Hengstes riss ihn aus seiner Vorstellung. Die Nüstern des Tieres weiteten sich und sogen gierig den verlockenden Geruch von frischem Heu und Stroh ein.

Die Freunde stiegen von ihren Pferden und sahen sich nach einem Knecht um. Auf der linken Seite des gepflasterten Hofes befand sich ein niedriges Stallgebäude, das sich bis zu einer hohen Mauer hinzog, die das Grundstück gegen die dahinterliegenden Häuser abgrenzte.

Aus ihm trat nun, vom Hufgeklapper aufgeschreckt, ein junger Bursche in den Hof, der dabei den Kopf einziehen musste, um sich an dem niedrigen Türrahmen nicht zu stoßen. In der Hand hielt er eine Heugabel, die er an die Wand lehnte, als er die Fremden entdeckte. Er musterte die beiden jungen Männer abschätzend und bewegte sich dann ohne besondere Eile auf sie zu.

Mitten in der Bewegung erstarrte er jedoch und seine graublauen Augen weiteten sich überrascht, als er den Sohn des Kaisers erkannte. »Ihr seid es?«, stammelte er und vergaß vor lauter Verblüffung, seinen Mund wieder zu schließen.

Maximilian nickte wenig begeistert. Es gefiel ihm nicht, schon gleich bei der Ankunft von jemandem erkannt zu werden, und als er sich zu Albrecht umwandte, wusste er, dass sein Freund das Gleiche dachte.

»Er ist mir in Trier über den Weg gelaufen, als ich auf der Suche nach einem Boten war, der Maria meinen Brief überbringen konnte«, erklärte er seinem Freund und sah Henrik danach fragend an.

»Wie kommt es, dass du hiergeblieben bist?«

Henrik starrte verlegen auf seine Fußspitzen. »Es gab nichts, was mich in Trier gehalten hätte«, antwortete er ausweichend. Schließlich konnte er dem Sohn des Kaisers unmöglich erklären, dass er es nicht fertig gebracht hatte, Gent wieder zu verlassen, nachdem er Maria von Burgund begegnet war.

Maximilian wirkte plötzlich nachdenklich.

Es war kein Zufall, dass er den jungen Mann erneut getroffen hatte. Das Schicksal hatte es gewollt, dass sich ihre Wege zum zweiten Mal kreuzten, und so legte er Henrik eine Hand auf die Schulter und meinte: »Ich wünsche, dass du noch einmal einen Botendienst für mich übernimmst, mein Freund, aber zuvor möchte ich deinen Namen wissen.«

Maria von Burgund ließ das kostbar illuminierte Stundenbuch sinken, und schaute dem Boten, der von zwei Wachen flankiert ihr Gemach betrat, erwartungsvoll entgegen. Sie trug ein mit Rauten besticktes, bernsteinfarbenes Kleid und war so schön, dass Henrik, wie schon bei ihrer ersten Begegnung, nicht aufhören konnte, sie anzustarren.

Er spürte, wie ihm die Hitze in den Kopf stieg, als ihn plötzlich ein heftiger Schlag in die Seite traf.

»Hat Euch noch niemand gesagt, dass es sich nicht gehört, eine Dame dergestalt anzustarren? Übergebt endlich Eure Botschaft und dann verschwindet«, knurrte der Wachmann, der links neben ihm stand und ihn argwöhnisch beobachtete.

Henrik straffte seine Schultern und versuchte den dumpfen Schmerz in seiner Seite zu ignorieren. Dann überreichte er Maria mit einer tiefen Verbeugung das versiegelte Schreiben zusammen mit einem bläulich schimmernden Diamanten, den sie sofort wiedererkannte.

Es war der Stein, den sie Maximilian als Unterpfand ihrer Liebe geschenkt hatte. Dass er ihr den Stein zurückgeschickt hatte, konnte nur eines bedeuten. Maximilian erwartete von ihr, dass sie ihn von seinem Versprechen entband. Entsetzt schaute sie Henrik an, senkte ihren Blick aber sofort wieder auf den Diamanten. Nein, es konnte nicht wahr sein. Sie war sich Maximilians Liebe so sicher gewesen und hatte sich ihm auf geheimnisvolle Weise viel zu sehr verbunden gefühlt, als dass es wahr sein konnte. Oder sollte sie sich tatsächlich so getäuscht haben?

Der Diamant in ihrer Hand fühlte sich kalt an, genauso kalt wie ihr Herz.

Der Bote stand noch immer vor ihr und ließ sie nicht aus den Augen. Sie spürte seinen Blick auf sich ruhen und sah widerwillig zu ihm auf.

»Ihr könnt gehen«, befahl sie gepresst.

»Wollt Ihr denn nicht die Nachricht lesen, die Euch mein Herr gesandt hat?«, fragte Henrik verblüfft.

Marias Verhalten war ihm unerklärlich. Er hatte erwartet, dass sie sich über die Nachricht seines Herrn freuen würde, stattdessen wirkte sie so traurig, dass er es kaum ertragen konnte.

Der Wachmann stieß ihn unfreundlich an. »Habt Ihr nicht gehört, Ihr sollt verschwinden.«

Henrik nickte gehorsam, wie er es immer tat, wenn man ihm einen Befehl erteilte, und wandte sich schon zum Gehen, als ihm einfiel, dass sich etwas Entscheidendes verändert hatte.

Er war diesmal nicht als Knecht vor Maria erschienen, sondern als Bote des zukünftigen Kaisers, und als solcher hatte er einen kaiserlichen Auftrag auszuführen!

Und so hob er seinen Kopf und trat wieder einen Schritt vor.

»Mein Herr hat mir aufgetragen, ihm Eure Antwort umgehend zu überbringen«, erwiderte Henrik mit einer Entschlossenheit, die er bislang selbst nicht an sich gekannt hatte.

Die Eindringlichkeit in seiner Stimme ließ Maria aufhorchen, und so hielt sie die Wachen, die Henrik grob an beiden Armen packten, um ihn auch gegen seinen Willen wieder nach draußen zu befördern, mit einer Handbewegung zurück.

Mit zitternden Händen brach sie das Siegel und las die kurzen Zeilen, die wundervollen Lippen leicht geöffnet. Eine feine Röte überzog ihre Wangen.

Liebste Maria
Obwohl die Politik unserer Väter anderes im Sinn hat, gebe ich die Hoffnung nicht auf, Euch eines Tages doch noch als meine Gemahlin heimführen zu dürfen.
Ich trage den blauen Stein, das Zeichen Eurer Treue, immer bei mir und habe mich bis heute noch keinen Tag und keine Nacht von ihm getrennt.
Mein Herz ist Euch näher als je zuvor.
Der heilige Georg möge Euch beschützen.
Maximilian

Unwillkürlich entfuhr Maria ein tiefer Seufzer der Erleichterung. Sie hatte sich nicht getäuscht. Weder was Maximilian noch was sie selbst betraf. Er liebt mich, dachte sie glücklich, er liebt mich genauso sehr, wie ich ihn liebe.

Sie las noch einmal die vorletzte Zeile und dachte über ihre Bedeutung nach. ... *mein Herz ist Euch näher als je zuvor.*

Maximilian wollte ihr mit diesen Worten, die ihr merkwürdig vorkamen, gewiss noch etwas anderes sagen, etwas, das nur für sie bestimmt war, davon war sie fest überzeugt.

Sie hob ihren Kopf und sah Henrik fragend an. Flammende Röte schoss ihm ins Gesicht. Vor Verlegenheit wusste er nicht mehr, was er tun sollte, und trat unruhig von einem Fuß auf den anderen. Maria bemerkte seine Unsicherheit und erkannte, dass sie so nicht weiterkam. Sie musste alleine mit ihm sprechen.

»Lasst uns allein«, wandte sie sich daher an die Wachen.

Der Hauptmann trat empört einen Schritt nach vorn.

»Aber das verstößt gegen die Vorschriften. Ihr könnt nicht verlangen, dass wir uns einem Befehl des Herzogs widersetzen«, protestierte er und unternahm keine Anstalten, Marias Befehl Folge zu leisten.

Maria betrachtete ihn kühl.

»Meinetwegen könnt Ihr die Türe offen stehen lassen, solange Ihr draußen wartet, dann kann Euer wachsames Auge vom Gang aus auf uns ruhen.«

Der Wachmann verneigte sich widerwillig.

»Eine falsche Bewegung und du bist tot«, zischte er Henrik im Vorbeigehen zu und stapfte, gefolgt von seinen Männern, aus Marias Gemach.

Maria beugte sich vor. »Macht schnell, was hat Maximilian mir zu sagen«, flüsterte sie leise.

Henrik erinnerte sich wieder an seinen Auftrag.

»Ich soll Euch ausrichten, dass er in der Herberge St-Georges Quartier genommen hat«, sagte er leise.

Maria stockte der Atem. Sie konnte kaum fassen, was der Bote soeben zu ihr gesagt hatte.

»Maximilian ist hier in Gent?«, vergewisserte sie sich.

Henrik nickte.

Von draußen erklangen eilige Schritte.

»Was ist hier los?« Madame Halewyn drängte sich entschlossen an der Wache vorbei in Marias Gemach und starrte ungläubig auf den jungen Mann, der für ihren Geschmack viel zu nah bei Maria stand.

»Was habt Ihr hier zu suchen?«, fragte sie streng. »Ich verlange sofort eine Erklärung.«

Maria lächelte sie glücklich an.

»Er hat mir eine Nachricht von Maximilian überbracht.«

»Und auf was wartet er dann noch?«

Henrik fühlte sich unter Madame Halewyns bohrendem Blick zunehmend unwohl und sah Maria hilfesuchend an. Sein Auftrag war noch nicht erfüllt, denn die Tochter des Herzogs hatte ihm noch nicht geantwortet.

Doch nun nickte sie ihm unmerklich zu und sagte dann laut: »Ihr könnt jetzt gehen.«

Henrik verbeugte sich ungelenk und verließ gehorsam das Gemach.

In der Türe wandte er sich jedoch noch einmal um und warf einen letzten Blick auf Maria, um sich ihren Anblick für immer ins Gedächtnis zu brennen.

Die Herberge war überfüllt, die Luft stickig, und an den langen Tischen herrschte eine gereizte Atmosphäre. Es waren überwiegend Handwerker und Tuchhändler, die hier ihr Mittagsmahl einnahmen, Bier tranken und sich gegenseitig anschrien, um sich einigermaßen Gehör zu verschaffen.

Maximilian und Albrecht fanden dennoch einen freien Platz, nah an der Hintertür, die zum Abtritt hinausführte.

Hier war der Geruch nach Schweiß, Pferdegestank und altem Fett noch durchdringender. Albrecht rümpfte die Nase. Nach den langen Wochen, die sie während ihrer Reise von Wien nach Gent überwiegend im Freien verbracht hatten, erschien ihm die Herberge wie eine stinkende, schmutzige Absteige, und nur sein knurrender Magen hielt ihn davon ab, sie augenblicklich wieder zu verlassen.

Sie bestellten Wein und eine warme Mahlzeit, die ihnen wenig später von einer nicht mehr ganz jungen Magd serviert wurde. Albrecht machte sich hungrig über den Schweinsbraten und die Kohlwickel her, während Maximilian nur wenig aß. Er stocherte eine Weile mit seinem Messer im Fleisch herum und schob seinen Teller dann achtlos zur Seite. Immer wieder wanderte sein Blick ungeduldig zur Türe. Er konnte es kaum erwarten, Maria zu sehen, versuchte sich vorzustellen, wie sie auf seine Nachricht reagieren würde, und fragte sich wohl zum hundertsten Mal, ob sie tatsächlich den Mut aufbringen würde, sich hinter dem Rücken ihres Vaters mit ihm zu treffen.

Dergestalt zwischen Verzweiflung und Hoffnung hin- und herschwankend, wurde er mit jedem Augenblick, der verging, unsicherer.

Albrecht hatte sich indes über Maximilians halbvollen Teller hergemacht und wischte gerade den letzten Rest der fetttriefenden Soße mit einem Stück Brot auf.

»Hast du eine Ahnung, warum hier so eine Aufregung herrscht?«, fragte er die Magd, die mit zwei gefüllten Weinkrügen an ihren Tisch getreten war, mit vollem Mund.

»Die Männer sind wütend, weil die Tuchpreise weiter gefallen sind und jetzt auch noch die Kriegssteuer erhöht werden soll. Unser Herzog braucht mehr Truppen«, erklärte sie ihm und warf Maximilian dabei einen schmachtenden Blick zu, den dieser, zu ihrem Leidwesen, nicht einmal wahrnahm.

»Wie ich höre, seid ihr fremd in der Stadt. Darf man fragen, woher ihr kommt?«

»Ist es hier üblich, die Gäste während des Mahls mit neugierigen Fragen zu belästigen?«, erwiderte Albrecht streng. Die Magd errötete und warf einen ängstlichen Blick auf den Wirt, der sie vom Tresen aus beobachtete.

Rasch stellte sie die georderten Krüge ab und wandte sich dann wieder den anderen Gästen zu.

Sie hätte zu gerne gewusst, wer der schöne blonde Jüngling mit den verwegenen braunen Augen war.

»Hörst du mir überhaupt zu?«, fragte Albrecht, der nichts von Maximilians schwermütigen Gedanken ahnte.

Maximilian hob hilflos die Hände. »Bei der Jagd oder auf dem Turnierplatz weiß ich genau, was ich zu tun habe, doch das hier ist etwas anderes. Ich kenne mich mit den Frauen einfach zu wenig aus.« Ein vorwurfsvoller Blick traf Albrecht.

»Du hättest mich davon abhalten sollen, mich zum Narren zu machen«, fügte er nach einer Weile hinzu.

Maximilians Vorwurf verschlug Albrecht die Sprache.

Argwöhnisch betrachtete er den Freund, der auf seiner Bank herumzappelte wie ein Fisch auf dem Trockenen.

»Die Luft hier drin scheint dir nicht besonders gut zu bekommen. Vielleicht wäre es besser, wir würden unsere Unterhaltung draußen fortführen.«

Mit diesen Worten warf er einige Münzen auf den Tisch und zog Maximilian entschlossen aus der Herberge. Er erkannte seinen Freund nicht wieder. Was war nur aus dem draufgängerischen, von sich und seinem Erfolg überzeugten Maximilian geworden, der immer genau wusste, was er wollte?

Wenn es das war, was die Liebe aus einem Mann machen konnte, wollte er für seinen Teil lieber darauf verzichten, ihr zu begegnen. Plötzlich verstand er, warum die Priester in endlosen Predigten immer wieder vor den Verführungskünsten der Frauen warnten, die einen Mann schier um den Verstand bringen konnten.

Vor der Türe trafen sie auf Henrik, der den gleichen liebeskranken Ausdruck in den Augen hatte wie Maximilian. Das kann ja heiter werden, dachte Albrecht und war gespannt darauf, wie es nun weitergehen würde.

»Was hat sie gesagt?« Maximilian blieb stehen, und ihm war deutlich anzusehen, dass er Marias Antwort am liebsten aus Henrik herausgeschüttelt hätte.

In diesem Moment wurde hinter ihm die Türe aufgerissen, und ein heftiger Stoß traf ihn in den Rücken. Ein kräftiger Mann zwängte sich fluchend durch den Spalt zwischen Maximilians Rücken und der Türe und pöbelte ihn wütend an, als Maximilian noch immer keine Anstalten machte, zur Seite zu treten. Sein grobes Gesicht war vom Alkohol gerötet, und es sah so aus, als ob er jeden Augenblick handgreiflich werden würde.

Albrecht packte Maximilian kurz entschlossen an der Schulter und zog ihn energisch von dem streitlustigen Flamen fort. Ein Streit würde nur unnötiges Aufsehen erregen, und das wollte er um jeden Preis vermeiden.

Im Hof war es friedlich und still. Eine Krähe hüpfte auf der Suche nach Futter über das Kopfsteinpflaster, und aus dem Stall drang das leise Schnauben der Pferde.

Henrik verschlang die Hände ineinander, als wären sie sein einziger Halt. Er fühlte sich wie ein Stück Treibholz, das man ins Meer geworfen und den Wellen überlassen hatte.

Die Begegnung mit Maria beherrschte noch immer seine Gedanken. Nie würde er vergessen, wie sie ihn angesehen hatte, als wäre er das Wichtigste in ihrem Leben. Nein, verbesserte er sich, nicht er war so wichtig, sondern das, was Maximilian ihr durch ihn hatte mitteilen lassen, aber spielte das überhaupt eine Rolle? Wichtig war nur, dass sie ihn wahrgenommen hatte und sich an ihn erinnern würde, und das war mehr, als er jemals erhofft hatte.

Aus den Augenwinkeln heraus betrachtete er Maximilian und nahm die Ungeduld wahr, die in seinen braunen Augen und seiner angespannten Körperhaltung lag.

Er räusperte sich, um den Kloß in seinem Hals loszuwerden.

Dann berichtete er Maximilian alles, was er erlebt hatte. Er ließ nichts aus.

Wieder sah er Maria über dem kostbar illuminierten Stundenbuch vor sich, sah die Traurigkeit in ihren wundervollen bernsteinfarbenen Augen, die ihn bis ins Innerste erschüttert hatte, ihre aufkeimende Hoffnung und schließlich das glückliche Lächeln, nachdem sie Maximilians Nachricht gelesen hatte.

Er erlebte noch einmal den wundervollen Moment, als ihre Augen Verbindung zu ihm gesucht hatten, um ihm, Henrik Keuser, wortlos eine geheime Botschaft anzuvertrauen.

Doch er verstand noch immer nicht, warum sie zuvor so traurig gewesen war, und das ließ ihm keine Ruhe.

»Als ich der Tochter des Herzogs den Diamanten übergeben habe, hat sie mich so entsetzt angesehen, als hätte ich ihr einen Fehdehandschuh vor die Füße geschleudert. Sie hat sich erst wieder beruhigt, nachdem sie Eure Nachricht gelesen hatte.«

»Das ist in der Tat merkwürdig.« Maximilian sah Albrecht fragend an.

»Ich kann nichts Merkwürdiges daran erkennen«, antwortete ihm Albrecht trocken. »Wahrscheinlich hat sie gedacht, du wolltest ihr den Stein zurückgeben, weil dein Vater die Hochzeit abgesagt hat.«

Maximilian seufzte. »Ich hätte es wissen müssen«, meinte er zerknirscht und richtete seine Aufmerksamkeit wieder auf Henrik, der den Freunden aufmerksam zugehört hatte. Endlich kannte er den Grund für die Tränen in Marias Augen.

»Und was geschah dann?«, wollte Maximilian wissen.

»Sie hat die Wachen rausgeschickt, und ich habe ihr gesagt, dass Ihr hier in Gent seid und sie gerne treffen würdet. Sie war überrascht und wollte mir gerade antworten, als eine vornehme, sehr strenge Frau hereinkam und mir befohlen hat, zu verschwinden.

»Und Maria hat dir keine Antwort gegeben?«, fragte Maximilian noch einmal nach. Die Enttäuschung in seiner Stimme war unüberhörbar.

»Sie konnte nichts mehr zu mir sagen, aber sie hat mir durch ein Nicken ihres Kopfes und mit ihren Augen ein Zeichen gegeben.«

»Was denn für ein Zeichen?«

Henrik suchte nach den richtigen Worten.

»Sie hat mir mit den Augen zugenickt.«

Maximilians Miene hellte sich auf.

»Bist du sicher?«

»Ja.«

Die Dämmerung senkte sich unmerklich auf die Stadt herab, und vom Boden zog feuchte Kälte herauf. Das leise Wiehern der Pferde wurde fordernder, und Henrik blickte zum Stall hinüber.

»Manchmal denke ich, die Gäule kennen das Schlagen der Turmuhr ganz genau. Denn jedes Mal, wenn die sechste Stunde eingeläutet wird, werden sie unruhig und verlangen ihr

Heu«, stellte er mit unverhohlenem Stolz auf die außerordentliche Intelligenz seiner Lieblinge fest.

Maximilian kramte einige Silberstücke aus seinem Beutel und reichte sie ihm. »Hier. Du hast mir gute Dienste geleistet, mein Freund, und dafür möchte ich dir danken«, nickte er anerkennend.

Das unerwartete Lob machte Henrik verlegen, und er verbeugte sich unbeholfen. Dann drehte er sich um und ging über den Hof davon.

Die beiden Freunde schauten ihm nach, bis er im Stall verschwunden war.

»Was hältst du von dem Jungen?«, fragte Albrecht stirnrunzelnd. »Glaubst du, dass er schweigen wird?«

»Er gehört nicht zu denen, die mit ihren Erlebnissen prahlen«, erwiderte Maximilian überzeugt und begann unruhig über den Hof zu laufen, blieb einen Augenblick stehen und setzte seinen Marsch dann wieder fort.

»Ich halte die Warterei nicht länger aus.«

Albrecht lachte. »Geduld ist nicht gerade deine Stärke, wie mir scheint, dabei ist sie eine der Tugenden, über die ein Ritter verfügen sollte.«

»Du hörst dich schon an wie mein Vater. Sag mir lieber, was wir jetzt tun sollen?«

»Es wird uns nichts anderes übrig bleiben, als zu warten«, erwiderte Albrecht in seiner gewohnt ruhigen Art.

Es war nicht leicht gewesen, Madame Halewyn loszuwerden, und Maria war sich nicht einmal sicher, ob diese ihr die Unpässlichkeit, die sie ihr vorgespielt hatte, auch wirklich abgenommen hatte, doch es war ihr gleichgültig.

Ihr Herz klopfte bis zum Hals. Die Herberge St-Georges lag nur wenige Schritte vom Schloss entfernt, und dort wartete

Maximilian auf sie. Sie konnte es immer noch nicht glauben. Er hatte den weiten Weg von Wien nach Gent auf sich genommen, nur um sie zu sehen.

Sie musste zu ihm.

In fiebriger Eile dachte sie darüber nach, wie sie ungesehen aus dem Schloss und ebenso wieder zurückgelangen konnte. Schließlich hatte sie eine Idee. Eine Idee, die sie nicht mehr losließ.

Ein berauschendes Gefühl ergriff sie, als ihr klar wurde, dass es für sie kein Zurück mehr gab. Maximilian hatte einen Stein ins Rollen gebracht, der sie nun wie eine Lawine mit sich riss.

Maria vergaß Madame Halewyn, ihre Stiefmutter Margarete und sogar ihren Vater, der nach dem Tod ihrer Mutter der wichtigste Mensch in ihrem Leben war, und sie verschwendete auch keinen Gedanken an die politischen Verwirrungen, die ihr Entschluss nach sich ziehen würde, wenn herauskäme, dass sie sich in aller Heimlichkeit mit dem Sohn des Kaisers getroffen hatte.

Hastig nahm sie einige Kleider aus ihrer Truhe und brachte sie in ihrem Bett in die Form einer schlafenden Gestalt, der sie die Bettdecke über den Kopf zog. Dann zog sie die Vorhänge um das Bett herum bis auf einen schmalen Spalt zu, nahm ihren Umhang und ging zur Türe.

Vorsichtig spähte sie den Gang hinunter. Links von ihr lehnten vier Wachleute dösend an der Wand.

Es war unmöglich, unbemerkt an ihnen vorbeizukommen, doch das hatte Maria auch nicht vor. Stattdessen wandte sie sich nach rechts und schlich leise zu ihrem privaten Gebetsraum am Ende des Ganges.

Bevor sie durch die Türe schlüpfte, wandte sie sich allerdings noch einmal um. Aber die Wachen standen noch immer in der gleichen Haltung wie zuvor und hatten nicht bemerkt, dass sie ihr Gemach verlassen hatte.

Geräuschlos schloss sie die Tür hinter sich.

Zwei kostbar geschnitzte Fensterflügel mit bunten, in Blei gefassten Glasmosaiken beherrschten den winzigen Raum. Wenn man sie öffnete, gaben sie den Blick auf das Innere der Schlosskapelle frei, und man konnte entweder am Gottesdienst teilnehmen oder ungestört beten. Marias Mutter hatte zu ihren Lebzeiten stets viel Zeit in diesem Raum verbracht, und auch Maria liebte diesen Ort der Stille.

Zwei gepolsterte Bänke rechts und links unter dem Fenster luden zum Verweilen ein, doch Maria stand momentan nicht der Sinn nach einem andächtigen Gebet.

Sie schob die rechte Bank zur Seite und trat vor die dahinterliegende, mit dunklem Holz vertäfelte Wand, die mit geschnitzten Rosetten übersät war. Nach kurzem Überlegen schob sie eine der Rosetten zur Seite, worauf hinter dem Holz ein eiserner Knauf in Form einer stilisierten Rose sichtbar wurde. Maria legte ihre Hand um den Knauf und drehte ihn mit einer kurzen Bewegung nach rechts.

Wie durch Zauberhand öffnete sich vor ihr eine im Holz verborgene schmale Türe, aus der ihr feuchte, modrige Luft entgegenschlug.

Nicht einmal Margarete kannte den Geheimgang, den ihre Mutter ihr kurz vor ihrem Tod gezeigt hatte.

»Du darfst ihn nur benutzen, wenn du in Gefahr bist«, hatte sie ihr eingeschärft und ihr außerdem den Schlüssel zu einem kleinen Tor in der Schlossmauer in die Hand gedrückt.

Maria starrte in das dunkle Loch vor sich und rief sich den Verlauf der steilen, kurzen Stufen ins Gedächtnis, bevor sie, vorsichtig tastend, einen Fuß vor den anderen setzend, die Treppe hinunterstieg.

Der Gang war kürzer, als sie ihn in Erinnerung hatte, und so dauerte es nicht lange, bis sie vor einer kleinen Holztüre stand, die durch einen Riegel verschlossen war. Maria schob den Riegel zur Seite, öffnete die Türe einen Spalt breit und spähte vorsichtig hinaus. Verlassen lag der kleine Kirchhof vor ihr.

Feiner Kies knirschte unter ihren Füßen, als sie sich auf einem schmalen Pfad im Schutz der Dunkelheit zur Schlossmauer schlich, bis sie vor dem kleinen, versteckten Durchgangstor stand. Sie zog den Schlüssel aus der seidenen Innentasche ihres Umhangs, wobei ihre Hände vor Aufregung zitterten, steckte ihn in das Schloss und drehte ihn vorsichtig herum. Maria lauschte in die Nacht, dann schlüpfte sie rasch durch das Tor und ließ es erleichtert hinter sich zufallen.

Sie hatte es geschafft.

Die Burgstraße, auf der es tagsüber von Pferden und Karren nur so wimmelte, lag nun verlassen vor ihr. Trotzdem hielt sie sich immer eng an den Hauswänden, während sie die wenigen Schritte zum Marktplatz zurücklegte.

Auf dem Marktplatz angekommen, entdeckte sie zwei Nachtwächter mit ihren Lampen, die sich leise unterhielten. Noch war die Stunde, zu der sie die Bürger regelmäßig ermahnten, auf das Herdfeuer zu achten, nicht gekommen. Die meisten Menschen saßen um diese Zeit noch bei Tisch und verzehrten gemeinsam ihr Abendmahl.

Marias Herz pochte lauter, je näher sie der Herberge kam. Schon konnte sie das wappenähnliche Schild mit dem heiligen Georg darauf erkennen, das schwach vom Licht, das aus den beiden Butzenfenstern der Herbergsschänke drang, beschienen wurde. Im Inneren der Herbergsschänke war lautes Stimmengewirr zu hören.

Maria blieb erschrocken stehen. Sie konnte unmöglich die Herberge betreten und sich nach Maximilians Kammer erkundigen. Die Genter kannten sie von den alljährlichen Festzügen durch die Stadt, und wie sollte sie ihnen erklären, was sie ganz alleine, ohne jede Begleitung in der Herberge zu suchen hatte? Maria schalt sich eine Närrin, weil sie so sehr damit beschäftigt gewesen war, unbemerkt aus dem Schloss zu kommen, dass sie darüber ganz zu überlegen vergessen hatte, wie es danach weitergehen sollte.

Maximilian würde außerdem gewiss nicht damit rechnen, dass sie persönlich zu ihm kommen würde. Wahrscheinlich saß er gerade in der Schenke und wartete ungeduldig auf einen Boten von ihr.

Natürlich konnte sie hierbleiben und ausharren, bis Maximilian die Schänke verließ, um sich in seine Kammer zu begeben, aber was war, wenn man die Schänke gar nicht verlassen musste, um in die darüberliegenden Kammern zu gelangen? In diesem Fall konnte sie noch lange hier stehen und warten.

Die Tür der Schänke wurde ruckartig aufgerissen. Zwei Männer traten heraus und stolperten mit unsicheren Schritten direkt auf sie zu.

Maria wich instinktiv zurück und schlüpfte rasch in den hinter ihr liegenden Hauseingang. Zu spät erkannte sie, dass sie dadurch in der Falle saß.

Der größere der beiden Trunkenbolde hatte sie längst entdeckt und baute sich nun großspurig vor ihr auf. Als sie versuchte, an ihm vorbeizuschlüpfen, packte er sie grob am Arm.

»Wohin so eilig, Täubchen? Wo wir uns doch grade erst kennen gelernt haben?«, lallte er und zog sie so plötzlich an sich heran, dass sie das Gleichgewicht verlor und gegen seine breite Brust stolperte.

Der Mann stank nach Alkohol und Schweiß. Hastig versuchte Maria sich aus seinem Griff zu befreien. Ein dreckiges Lachen war die Antwort.

»Lass sie lieber los«, riet sein Begleiter ängstlich. »Sie sieht nicht aus wie eine Magd. Sieh dir doch einmal das feine Tuch an, das sie trägt.«

»Das wir im Schweiße unseres Angesichts gewalkt haben«, gab der andere ungerührt zurück.« Er wirkte fast schon wieder nüchtern und musterte sie triumphierend, wie ein Jäger seine Beute.

»Wenn sie so ein feines Fräulein ist, wie du sagst, was macht sie dann alleine nachts auf der Straße, hä? … Du weißt es nicht? Dann will ich dir jetzt einmal was sagen. Du bist ja nur neidisch, weil ich sie zuerst entdeckt habe und du sie für dich haben willst.«

Maria nutzte den Streit und die momentane Unaufmerksamkeit des Zechers und trat dem Mann, der sie noch immer festhielt, mit aller Kraft gegen das Schienbein.

Der Schmerz kam so plötzlich, dass er sie überrascht losließ.

Maria stieß ihn zur Seite und rannte auf die Herberge zu, als ob der Leibhaftige hinter ihr wäre.

Im gleichen Moment schwang die Türe erneut auf, und Maria lief dem Mann, der heraustrat, direkt in die Arme.

Er war hochgewachsen, sichtlich gut gekleidet und sah erstaunt auf sie herab.

»Bitte, Ihr müsst mir helfen«, stieß sie verzweifelt hervor und hob ihren Blick, um ihm direkt ins Gesicht zu sehen.

Maximilian glaubte seinen Augen nicht zu trauen. Aber es gab keinen Zweifel. Vor ihm stand Maria von Burgund.

Auch Maria erkannte ihn nun mit ungläubigem Staunen, und ihre Angst fiel mit einem Schlag von ihr ab. Gleichermaßen von der unerwarteten Begegnung überrascht, standen sie einander gegenüber, unfähig, sich zu bewegen, und starrten sich fassungslos an.

Die Wirklichkeit übertraf das Bild, das sie sich jeweils vom anderen gemacht hatten und das ihnen so vertraut geworden war, bei Weitem. Maximilian schluckte.

Der feine Schwung von Marias Augenbrauen, ihr Kinn mit dem winzigen Grübchen und ihr rätselhaftes Lächeln, hinter dem er an manchen Tagen eine tiefe Traurigkeit zu erkennen geglaubt hatte, während es ihm an anderen Tagen wiederum verlockend und geheimnisvoll und dann wieder voller Versprechen erschienen war.

Nichts von dem hielt der Wirklichkeit stand.

Maria von Burgund war so schön, dass es ihm den Atem verschlug.

Mit fast schon schmerzhafter Intensität fühlte Maximilian ihre Nähe und die Wärme, die von ihrem Körper ausstrahlte.

Ein unbändiges Glücksgefühl durchströmte ihn, und er musste sich beherrschen, um Maria nicht auf der Stelle an sich zu ziehen und auf ihren wundervollen Mund zu küssen.

Zärtlich strich er ihr eine Strähne, die sich aus ihrem kostbaren Haarnetz gelöst hatte, aus dem Gesicht.

Langsam dämmerte auch Albrecht, wer das Mädchen war, dessen Augen mit einem verklärten Ausdruck an seinem Freund hingen, und er legte Maximilian eine Hand auf die Schulter.

»Wir sollten besser von hier verschwinden«, meinte er warnend und lenkte Maximilians Blick auf die beiden Zechbrüder, die unschlüssig zu ihnen herübersahen.

»Du hast Recht. Lasst uns in den Hof gehen, dort sind wir ungestört.«

Maximilian legte schützend einen Arm um Maria, die bei seiner Berührung erschauerte und sich unwillkürlich an seine Schulter schmiegte, woraufhin sie Maximilian nochmals enger an sich heranzog.

Die ganze Situation war so unwirklich wie ein Traum, und

die leichten Nebelschwaden, die schwerelos in der Luft hingen und sich nun langsam vom unendlichen Nachthimmel zu Boden senkten, verstärkten das Gefühl der Unwirklichkeit noch einmal mehr.

Still und dunkel lag der Hof vor ihnen.

In den Fenstern über der Herberge brannte eine einsame Lampe, deren Schein jedoch nicht ausreichte, um den Hof zu erhellen.

Maria genoss Maximilians Nähe und fühlte sich geborgen wie noch nie zuvor in ihrem Leben.

In der Mitte des Hofs blieb Maximilian unschlüssig stehen.

»Wir könnten in den Stall gehen, dort ist es wärmer«, schlug Albrecht vor.

Er öffnete das Tor, nahm die Lampe, die über der Stalltüre hing, vom Haken und entzündete sie.

Sofort begann Maximilians Hengst freudig zu wiehern, und Henrik, der träumend in seiner Kammer über dem Stall gelegen hatte, fuhr alarmiert aus dem Schlaf, als er Maximilians und Albrechts Stimmen hörte. Rasch kletterte er die Stiege hinunter.

»Gibt es noch etwas, das ich für Euch tun kann?«, fragte er und sah erst jetzt, dass die beiden Männer nicht alleine waren. Die Gestalt neben Maximilian war eindeutig eine Frau, auch wenn ihr Gesicht im Schatten lag und er es nicht erkennen konnte.

»Sorgt dafür, dass wir nicht gestört werden«, befahl Maximilian ihm und wartete dann, bis Henrik den Stall verlassen hatte.

Beim Hinausgehen zog ein feiner Rosenduft in seine Nase, den er schon einmal gerochen hatte. Und als er im Hof stand und an der schmalen Einfahrt Wache bezog, erinnerte er sich auf einmal. Es war eindeutig Marias Duft. Sie war also gekommen, um Maximilian zu sehen.

Und er, Henrik Keuser, war der Wächter ihrer Liebe.

Er spürte die Kälte nicht mehr, die vom Boden heraufzog, als er sich in seiner Vorstellung mit erhobenem Schwert imaginären Feinden entgegenwarf, die Marias Glück bedrohten.

Maximilian und Maria ließen sich auf einem Strohballen am Ende der Boxenreihe nieder. Albrecht hängte die Lampe an den dafür vorgesehenen Haken in der Wand und setzte sich zu ihnen.

Im Schein der Lampe sahen sie sich an wie drei Verschwörer.

Maria hob eine ihrer schmalen, lilienweißen Hände und strich sich mit einer anmutigen Bewegung eine seidige Haarsträhne hinter das Ohr.

Maximilian verfolgte jede ihrer Gesten mit wachsendem Entzücken, er konnte sich einfach nicht satt an ihr sehen.

»Ihr habt es tatsächlich gewagt«, stieß er nach einer Weile hervor.

Sie schenkte ihm ein bezauberndes Lächeln.

»Ihr seid wegen mir von Wien nach Gent geritten, mein Weg war nicht so weit.«

Der Blick seiner Augen war wie eine Umarmung, und sie erwiderte ihn, offen und ohne jede Verlegenheit.

Albrecht merkte, dass er nur störte, und so erhob er sich ohne ein Wort und ging leise hinaus.

»Ich musste Euch einfach sehen, Euer Brief hat mich zutiefst beunruhigt«, sagte Maximilian nach einer Weile.

Maria nickte.

Im Schein der Lampe leuchteten ihre Augen wie funkelnder Bernstein.

Verwirrender Rosenduft stieg ihm in die Nase, und die Welt um ihn herum verschwand. Es gab nur noch Maria und ihn.

Die Wucht der Gefühle, die über ihn hereinbrach, erschütterte ihn bis ins Innerste.

Forschend glitt Marias Blick über die ihr vertrauten und gleichzeitig doch fremden Gesichtszüge, die stolz gebogene Nase, das energische Kinn, den schmalen sensiblen Mund.

So fühlt es sich also an, wenn ein Bild zum Leben erwacht und ein Traum Wirklichkeit wird, dachte sie wie betäubt vor Glück.

Es gab keine Scheu zwischen ihnen, nichts Fremdes, das sie trennte.

Maximilian umfasste zärtlich ihr Gesicht. Maria spürte seinen Atem auf ihrer Haut, als sich sein Mund dem ihren näherte, bis ihre Lippen sich berührten. Maximilians Kuss war sanft und abwartend. Aber Maria erwiderte ihn voller Inbrunst.

Das war mehr, als er zu hoffen gewagt hatte, und so zog er sie stürmisch an sich heran und bedeckte ihr Gesicht mit Küssen.

Süße Schauer durchfuhren sie, als seine Hände zärtlich ihren Hals entlangfuhren. Unwillkürlich bog sie sich ihm entgegen und begann ihn nun ihrerseits auf Wange, Lippen und Augen zu küssen.

Beide waren sie überwältigt von der Heftigkeit ihrer Gefühle und lösten sich nach einer Weile schwer atmend voneinander.

Maximilian hob Marias Kinn und sah sie verliebt an.

»Ich liebe Euch, Maria von Burgund, und ich werde Euch lieben, solange ich lebe.« Es war ein Versprechen, ein Gelöbnis, ein Eid.

»Und ich liebe Euch.«

Ihre Worte bewegten Maximilian tief, doch gleichzeitig wurde er sich einmal mehr ihrer aussichtslosen Lage bewusst.

»Ich werde meinen Vater ein letztes Mal darum bitten, unserer Heirat zuzustimmen. Und wenn er sich weigert, werde ich Wien verlassen und in den Dienst Burgunds treten.«

Maria spürte ihr Herz schwer werden.

»Wir dürfen uns nicht gegen unsere Väter auflehnen, es wäre eine Sünde, die uns unser Leben lang begleiten würde«, erwiderte sie traurig, obwohl sie spürte, wie ihr Herz bei diesen Worten mit aller Kraft gegen ihre Vernunft aufbegehrte.

Vater hat es versprochen, dachte sie trotzig. Aber sie wusste auch, dass ihn sein Versprechen nicht davon abgehalten hatte, sowohl dem Sohn des Herzogs von Mailand als auch Philibert von Savoyen Hoffnungen auf ihre Hand zu machen.

Im selben Moment fasste sie einen Entschluss. Einen Entschluss, dessen Folgen von solcher Tragweite waren, dass ihr dabei ganz anders wurde. Nichtsdestotrotz würde sie ihn in die Tat umsetzen.

Sie würde um ihr Glück kämpfen, würde ihren Vater zwingen, ihrer Heirat mit Maximilian zuzustimmen, und damit den Ränken der Mächtigen ein Schnippchen schlagen, genau wie Maximilian es getan hatte, als er den gefährlichen Ritt durch Schnee und Eis auf sich genommen hatte, nur um sie zu sehen. Wenn sie diesen Ort wieder verließ, würde sie Maximilians Frau sein, und keine Macht der Welt würde daran etwas ändern können.

Maximilian, der nichts von ihren Gedanken ahnte, erhob in hilflosem Zorn beide Hände.

Maria ergriff sie. Sie war davon überzeugt, das Richtige zu tun, und schob deshalb jeden Gedanken an die Folgen ihres Handelns zur Seite. Einmal nur wollte sie glücklich sein und vergessen, dass sie Maria von Burgund war, ein Trumpf im Ärmel ihres Vaters in seinem verbissenen Kampf um die Vormachtstellung im Abendland.

Wieder küsste Maximilian sie, und der Ausdruck in ihren

wundervollen Bernsteinaugen, mit dem sie dabei seinen Blick festhielt, brachte sein Blut in Wallung.

Rasch hob sie ihre Hände und streifte ihren Umhang ab.

»Ich werde niemals einen anderen Mann als Euch zum Gemahl nehmen«, flüsterte sie ganz nah an seinem Ohr. »Aber wir haben nur diese eine Nacht, um Mann und Frau zu werden.«

Maximilian spürte, wie sein Mund trocken wurde.

»Seid Ihr sicher, dass Ihr das auch wirklich wollt?«, fragte er mit rauer Stimme.

Maria nickte und schmiegte sich noch enger an ihn.

»Von dem Moment an, als ich Euer Bild das erste Mal in meinen Händen gehalten habe, habe ich gewusst, dass Ihr mein Schicksal seid. Diese Nacht ist nur für uns beide bestimmt, und ich werde die Erinnerung an sie wie einen Schatz in meinem Herzen bewahren.«

Er spürte, dass sie Zuflucht bei ihm suchte, und eine unbeschreibliche Zärtlichkeit, gepaart mit brennendem Begehren, erfüllte ihn.

Als er sie ins Stroh zog, spürte sie seine Wärme und seine männliche Kraft. Sie ließ sich hineinfallen in den Wirbelsturm ihrer Gefühle, spürte, wie die Welt um sie herum verschwand und es nur noch sie beide gab.

Wie von selbst fanden sie zueinander und liebten sich selbstvergessen und ohne jede Scham, in der sicheren Gewissheit, das Richtige zu tun, um ihr Schicksal zu erfüllen.

Stumm und beglückt lagen sie danach einander in den Armen und fanden nur langsam in die Wirklichkeit zurück.

Maria wusste, dass der Zeitpunkt ihrer Trennung unaufhaltsam näher rückte, und der Gedanke daran trieb ihr die Tränen in die Augen.

Dennoch zwang sie sich dazu, sich von Maximilian zu lösen und aufzustehen. Sie griff nach ihren Kleidern und gab ihm einen letzten Kuss.

»Ich muss gehen, bevor man mein Verschwinden entdeckt.«

Maximilian strich ihr zärtlich über das seidige Haar.

»Wir werden uns vor dem Altar wiedersehen, wo Gott unsere Liebe besiegeln wird«, sagte er und brachte sie noch nach draußen bis auf die Gasse, nachdem Maria nicht zuließ, dass er sie bis zum Schloss begleitete. Die Gefahr, entdeckt zu werden, war zu groß.

Albrecht und Henrik folgten ihr dagegen noch bis an die Schlossmauer.

Die Morgendämmerung brach bereits an, als sie durch das kleine Tor wieder auf das Schlossgelände schlüpfte und vorsichtig weiter zur Kapelle schlich. Lautlos huschte sie die Treppe des Geheimgangs nach oben und den Schlossgang hinunter, bis sie unbehelligt wieder ihr Schlafgemach erreichte.

Nur einmal glaubte sie, ein schabendes Geräusch gehört zu haben, konnte aber, als sie sich umwandte, niemanden entdecken.

Erleichtert ließ sie sich auf ihr Bett sinken. Ihr Körper war vom Liebespiel noch immer ganz erhitzt, er glühte förmlich an den Stellen, die Maximilian noch vor Kurzem berührt hatte. Trunken vor Liebe und Glück schloss Maria die Augen und ließ noch einmal jeden einzelnen der kostbaren Augenblicke mit ihrem Geliebten an sich vorüberziehen.

18

Der lang ersehnte Frühling sandte seine ersten Boten voraus. Kleine grüne Triebe bahnten sich ihren Weg durch den rissigen Boden und reckten sich gierig den Leben spendenden Strahlen der Sonne entgegen.

Der Tag der ersten Reiherbeize des neuen Jahres war bereits festgelegt worden, ein Ereignis, auf das sich die Hofgesellschaft nach den langen Wintermonaten besonders freute, das von der Dienerschaft aber wegen der vielen Mehrarbeit gefürchtet wurde.

Ein ganzer Tag blieb dieser noch für die Vorbereitungen, und bereits im Morgengrauen begannen fleißige Hände, Stiefel zu putzen, die Kleider für die Jagd auszubürsten und Hörner und Trompeten auf Hochglanz zu polieren, während in der Küche und der Backstube ein ganzes Heer von Mägden und Knechten damit beschäftigt war, neben den normalen Mahlzeiten kleine ausgesuchte Leckereien vorzubereiten, die während der Jagd gereicht werden sollten. Die Zeit drängte, denn bis zum nächsten Morgen hatte alles fertig vorbereitet zu sein.

Langsam wanderte der sichelförmige Mond über den Nachthimmel.

In seinem Schatten huschte ein Mann durch die Dunkelheit auf das lang gezogene Stallgebäude zu und schlüpfte, nachdem er sich mit einem vorsichtigen Blick in alle Richtungen versichert hatte, dass er von niemandem gesehen wurde, durch eine der Türen ins Innere der Stallung.

Lautlos bewegte er sich an einem im Stroh schnarchenden Knecht und einem noch jungen Hengst vorbei, der leise schnaubte und erwartungsvoll seine Nase aus der kleinen Öffnung über dem Futtertrog herausstreckte, in der Hoffnung, einen Leckerbissen zu ergattern.

Ansonsten war es bis auf das Rascheln der Mäuse im Stroh still.

Zielstrebig lief der Eindringling auf die Sattelkammer am Ende der Stallgasse zu. Er wusste genau, wo welches Pferd stand und in welcher Sattelkammer sich der dazugehörige Sattel befand. Schließlich standen seine eigenen Pferde ebenfalls seit Jahren in den fürstlichen Stallungen.

Der Geruch von Fett und altem Pferdeschweiß drang ihm in die Nase, als er durch die leicht angelehnte Türe in die Kammer schlüpfte.

Durch eine kleine Luke im Dach fiel silbrig schimmerndes Mondlicht. Mäuse huschten furchtlos über seine Füße, und eine fette Ratte mit rötlichen Augen verschwand bei seinem Eintreten hinter der nächsten Bretterdiele.

Der Eindringling machte sich an einem der Sättel zu schaffen. Er brauchte nur wenige Augenblicke, um sein Vorhaben auszuführen, dann verschwand er genauso lautlos, wie er gekommen war.

Er hatte die Stallgebäude gerade hinter sich gelassen, als er vor sich ein Geräusch vernahm. Jemand kam auf den Stall zu.

Erschrocken lief er zurück zum Gebäude und verbarg sich in dessen Schatten. Er konnte nur hoffen, dass er nicht entdeckt worden war.

Georg, der Stallmeister, war mit einem unguten Gefühl aufgewacht und hatte beschlossen, noch einmal nach der trächtigen Fuchsstute zu sehen.

Sie bekam ihr erstes Fohlen, und als er ihr bei seinem letzten Rundgang über die weichen Nüstern gestrichen hatte, hatte er deutlich gespürt, wie angespannt sie war.

Es gab viel zu tun. Unzählige Pferde mussten für die bevorstehende Jagd gestriegelt und gesattelt werden, und es konnte nicht mehr lange dauern, bis ein heller Streifen am Horizont den neuen Tag ankündigen würde.

Kühle Morgenluft schlug ihm entgegen und vertrieb die Müdigkeit aus seinen alten Knochen. Er achtete nicht auf die Schmerzen in seinen Gliedern, die ihn schon seit Jahren quälten und die er vor seiner Frau verbarg, so gut es ging.

Im letzten Jahr war er sechzig geworden, doch er dachte noch lange nicht daran, aufzuhören. Ein Leben ohne seine Pferde war für ihn undenkbar, genauso undenkbar wie der Gedanke, irgendwann einmal aus dem kleinen Stallmeisterhäuschen ausziehen zu müssen, in dem seine Kinder geboren worden waren. Er hatte noch viel Zeit, bis er all seine Aufgaben einem Jüngeren überlassen würde.

Ein Geräusch riss ihn aus seinen Gedanken. Vor sich bemerkte er eine Bewegung. Er kniff die Augen zusammen, um besser sehen zu können.

Doch der Schatten, den er zu sehen geglaubt hatte, war verschwunden.

Hatte er sich nur getäuscht, oder war tatsächlich jemand um die Stallgebäude herumgeschlichen? Energisch stapfte er auf die Ställe zu, um sich Gewissheit zu verschaffen.

Der Eindringling kauerte im Schatten. Sein Körper spannte sich, als er hörte, dass die Schritte vor ihm schneller wurden.

Er griff unter seinen Umhang und zog sein Messer.

Im Licht des untergehenden Mondes konnte er die Umrisse eines mittelgroßen, kräftigen Mannes erkennen, der direkt auf ihn zukam.

Als der Mann ihn fast erreicht hatte, sprang er auf und schlug ihm seine Faust direkt ins Gesicht. Der Stallmeister fiel zu Boden wie ein Stein. Ein Stöhnen entrang sich seinen Lippen.

Gleich würde er wieder zu sich kommen, und dann würde er ihn verraten. Das konnte er nicht zu lassen, nicht jetzt, wo er sein Ziel fast erreicht hatte.

Er hob die Hand und stieß dem Stallmeister das Messer tief in die Brust.

Das Stöhnen verstummte. Ein letztes Zucken lief durch den Körper des alten Mannes, wenige Augenblicke später war er tot.

Der Mörder blickte sich suchend um. Er musste sein Opfer wegschaffen, und das möglichst schnell, wollte er den Erfolg seines Auftrags nicht gefährden.

Aber der Alte war schwerer, als er erwartet hatte. Leise fluchend zerrte er den erschlafften Körper um das Stallgebäude herum bis zu dem dahinterliegenden Misthaufen, dem ein durchdringender, beißender Geruch entströmte, der ihm den Atem nahm. Der Misthaufen wurde an drei Seiten von hohen Mauern begegrenzt, die ihm bis zur Schulter reichten.

Keuchend hievte er den alten Mann hoch und warf ihn sich über die Schulter, um keine Schleifspuren in dem herumliegenden Stroh und Mist zu hinterlassen.

Schweiß überzog seinen Körper, strömte über seine Stirn und rann ihm zwischen den Schultern hinab. Der ätzende Geruch trieb ihm die Tränen in die Augen, doch er achtete nicht darauf, sondern ging auf die mauerlose Seite des Misthaufens zu, an der dieser flach nach vorne hin abfiel. Keuchend legte er seine schwere Last darauf ab und griff sich hastig eine der herumliegenden Schaufeln.

Dann stieg er auf den Misthaufen hinauf und schaufelte mit zusammengebissenen Zähnen so viel Mist über den Leichnam, bis er diesen vollständig mit einer dicken Schicht der schwarzen, stinkenden Masse bedeckt hatte.

Unmerklich war es heller geworden. Die ersten Vogelstimmen erklangen.

Der Mörder ließ die Schaufel fallen, strich sich den Schweiß von der Stirn und schlich schwer atmend zurück ins Schloss. Er nahm den Dienstboteneingang, der nicht bewacht wurde, und gelangte von dort aus ungesehen in seine Kammer.

Seine Augen leuchteten triumphierend, als er die Türe hinter sich zuzog. »Niemand demütigt ungestraft einen Campobasso«, knirschte er, griff nach dem halbvollen Weinkrug auf seinem Waschtisch und trank ihn in einem Zug leer. Danach verbrannte er seine verunreinigten Kleider im Feuer, nahm ein Bad und zog sich für die Jagd an.

Es war ein ungewöhnlich warmer Märztag mit einem strahlend blauen Himmel und einem milden Lüftchen, das Maria wie ein Vorbote des nahenden Frühlings vorkam.

»Was für ein herrlicher Tag für eine Jagd!«, rief Maria voller Vorfreude aus. Sie saß aufrecht im Damensattel, und ihre beiden auf die linke Seite des Pferdes geschlagenen Beine waren vollständig von ihrem Gewand bedeckt.

Auf ihrer linken Faust saß ein entspannt wirkender Jagdfalke, dessen Geschühriemen sie bereits entsichert hatte und mit dem Daumen festhielt.

Das Falkenweibchen war ein Geschenk des Kaisers an ihren Vater gewesen, und sie hatte es mit viel Geduld abgetragen und locker gemacht.

Nun würde sich zeigen, ob sich ihre Mühe gelohnt hatte.

Lächelnd blickte sie zu Margarete hinüber, die in ihrem Reitkleid aus dunkelgrünem Tuch besonders elegant aussah.

Auf ein Zeichen des Jagdführers hin setzten sich die Pferde schnaubend in Bewegung.

Die Hunde sprangen aufgeregt bellend um sie herum, vermieden dabei aber geschickt, unter ihre Hufe zu geraten.

Die Jagdgesellschaft ritt an der alten, von der Lieve umspülten Wasserburg vorbei auf einen Seitenarm des Flusses zu, der sich abseits der Wasserstraße in einen dunkelgrünen See verwandelt hatte. Hohes Schilf säumte den Uferrand.

Die Bürger, denen sie unterwegs begegneten, blieben neugierig stehen und konnten sich nicht sattsehen an den beiden hohen Frauen auf ihren weißen, kostbar gesattelten Zeltern. Fröhlich winkten sie Maria zu.

Wenn sie den Herzog auch ablehnten, liebten und verehrten sie »ihre« wunderschöne Prinzessin doch von ganzem Herzen.

Als die Jagdgesellschaft auf den See zuhielt, flog eine empört schnatternde Entenschar auf und brachte sich vor den donnernden Hufen in Sicherheit.

Die Hundeführer schnallten die Jagdhunde los, die sofort mit nach unten gesenkter Schnauze auf der Suche nach Wild durch das Schilf preschten.

Maria biss sich vor Erregung auf die Lippen. Endlich war der Moment gekommen, dem sie so lange entgegengefiebert hatte.

Das Schnattern der Enten verstummte, und es war so still, dass sie ihren eigenen Atem hören konnte.

Bewegungslos saß sie auf ihrem Pferd.

»Gleich ist es so weit, Cath«, raunte sie dem Vogel zu, der ihre Erregung spürte und mit festem Griff auf ihrem Handschuh balancierte, als müsste er schon jetzt eine Beute festhalten.

Marias Blick fiel auf einen Hund, der mitten in der Bewegung erfroren zu sein schien. Sein linkes Vorderbein war angezogen und seine Schnauze so weit es ging nach vorne gestreckt.

»Hier steht einer vor«, rief sie dem Hundeführer zu, der sofort herbeieilte.

Mit einer geschickten Bewegung, die nur erfahrene Falkner beherrschen, lockerte sie das Bändchen der Falkenhaube.

Maria befand sich in einer günstigen Position. Sie nickte dem Hundeführer zu, der dem Hund mit einem rüden Laut das Kommando gab, die aufgespürte Beute aus dem Schilf zu treiben.

Fast gleichzeitig erhob sich ein Graureiher, machtvoll mit den Schwingen schlagend, in die Luft.

Maria wartete, bis der Reiher etwas an Höhe gewonnen hatte. Sie wusste aus Erfahrung, dass ihr Falke dann einen besonders schönen Jagdflug haben würde.

Mit klopfendem Herzen nahm sie ihm die Haube ab und lockerte ihren Griff am Geschüh.

Das starke Falkenweibchen erfasste seine Beute sofort und stieg mit dem ersten Schwingenschlag bereits an die zwei Meter in die Luft.

Es war ein herrlicher Anblick, und fasziniert beobachtete Maria, wie der Falke höher und höher stieg.

Als der Reiher den Falken bemerkte, stieß er einen kehlig krächzenden Ruf aus und begann zu steigen, so rasch, dass man ihn bald nur noch als kleinen, schwarzen Punkt am Himmel sehen konnte.

Maria lächelte und suchte dann nach ihrem Falken, der sich unter ständigem Schlagen seiner Schwingen zunächst weit abseits hatte tragen lassen und nun mit ungeheurem Tempo gegen den Wind heranjagte.

Maria kannte den Anblick, wenn Cath den Gegenwind zum Steigen nutzte, um über den Reiher zu gelangen, und als sich der Reiher wenig später abrupt fallen ließ, wusste Maria, dass Cath den tödlichen Zweikampf gewinnen würde.

Sie gab ihrer Stute die Sporen und jagte dichter an das Geschehen heran, die Augen auf den wilden Luftkampf gerichtet.

Der Reiher hatte etwa die Hälfte an Höhe verloren und schien sich am Boden in Deckung bringen zu wollen. Von ihrem Falken war hingegen nichts mehr zu sehen.

Maria parierte ihr schnaufendes Pferd durch und suchte den Himmel nach ihm ab, und dann entdeckte sie ihn.

Sie hielt den Atem an, als Cath wie ein Pfeil aus höchster Höhe auf die Erde zuschoss, die Schwingen ab und an schlagend, dann wieder eng an den Leib gepresst, um schneller zu werden als jedes andere Tier auf der Welt.

Sie konnte die harten Falkenfedern durch die Luft sirren hören, und ein erregender Schauer jagte durch ihren Körper, als der Falke den Reiher mit seinen Fängen laut hörbar anschlug.

Eine Wolke aus grau-weißen Federn wirbelte durch die Luft. Benommen trudelte der Reiher herab. Cath machte scharf kehrt, wobei ihr Rücken einen Augenblick lang zu Boden zeigte, und band den Reiher in der Luft, dann gingen die beiden Vögel mit wildem Flügelschlagen und lautem, krächzendem Geschrei unweit von Marias Stute zu Boden.

Maria sah sich um. Die Hundeführer waren zu weit entfernt, also würde sie sich selbst behelfen müssen.

Entschlossen sprang sie aus dem Sattel, griff mit der freien Hand in ihre Falknertasche und holte einen frisch gerupften Taubenschenkel daraus hervor.

Tief auf den Boden geduckt, kroch sie schließlich auf den Knien an die kämpfenden Vögel heran. Der Reiher hatte seinen Hals auf den Rücken gedreht und hielt seinen spitzen langen Schnabel wie einen Spieß über sich, eine Verteidigungshaltung, die schon so manchem Falken zum Verhängnis geworden war.

Gerade noch rechtzeitig legte Maria ihre Falknertasche über den Reiher und die Klauen ihres Falken. Dort bot sie ihm auch das blanke Taubenfleisch auf ihrem Handschuh an und sah zufrieden, dass Cath in ihrer Erregung sofort hineinbiss und dabei auf den Handschuh übertrat.

Darauf hatte Maria nur gewartet. Mit einem Griff sicherte sie die Geschühriemen und drehte den Falken von seiner Beute weg. Hinter ihrem Rücken tastete sie nach den Schwingen des Reihers und verstaute ihn fachmännisch in ihrer Falknertasche.

Sie hatte Cath gerade wieder verhaubt, als der Hundeführer außer Atem zu ihr stieß und sie voller Bewunderung ansah. Nur wenige der hohen Herren beherrschten die hohe Kunst der Reiherbeize so gut wie die Prinzessin, doch keiner von ihnen wäre auf die Idee gekommen, eigenständig durch das Schilf zu kriechen, um seine Beute zu sichern.

Er hielt Maria den Steigbügel, damit sie ihr Pferd besteigen konnte.

Maria hängte sich die Falknertasche ab und reichte sie ihm stolz.

»Zupf ihm die langen Nackenfedern als Trophäe für mich aus, danach lass ihn wieder fliegen, er ist nicht verletzt«, befahl sie und dachte dann an Maximilian und wie herrlich es wäre, wenn er jetzt bei ihr sein und ihren Jagderfolg mit ihr teilen könnte, dachte an seine zärtlichen Hände und an seine Küsse, bis sie das nervöse Tänzeln ihrer Stute unsanft in die Gegenwart zurückbrachte.

Beruhigend sprach sie auf das Tier ein und nahm die Zügel kürzer.

Gerne wäre sie noch ein wenig stehen geblieben, um sich

und den Falken zur Ruhe kommen zu lassen, doch die Stute wollte sich einfach nicht beruhigen.

Hinzu kam, dass für Cath die Jagd noch längst nicht beendet zu sein schien. Der Falke zerrte heftig an den Geschühriemen und flatterte gleichzeitig wild mit den Schwingen. Einer seiner Schwingen traf die Stute hart am Ohr. Das Pferd riss erschrocken den Kopf hoch und begann zu steigen.

Maria hatte das Gefühl, als würde sich die Zeit verlangsamen. Sie streifte den Falknerhandschuh ab und warf den verhaubten Falken einige Meter in Richtung der Uferböschung, wo er flatternd landete.

Im gleichen Moment drohte die Stute das Gleichgewicht zu verlieren. Ihre Vorderbeine schnitten wild durch die Luft in dem verzweifelten Versuch, sich wieder zu fangen.

Maria konnte sich nicht länger auf ihrem Rücken halten. Sie spürte, wie sie fiel, dann wurde es schwarz um sie.

Margarete hielt den Atem an, als der schwere Pferdekörper zu Boden ging und Maria nur um Haaresbreite verfehlte.

Lähmende Stille breitete sich aus.

Der Falke saß unbeteiligt auf Marias Handschuh im Schilf und rieb sich den Schnabel an dem hochstehenden Daumenleder sauber.

Von ihrer Angst um Maria getrieben, sprang Margarete vom Pferd. Ihr Gesicht war kreidebleich. In hilflosem Entsetzen beugte sie sich über Maria, die jetzt ein leises Stöhnen von sich gab.

Neben ihr begann die Stute panisch auszuschlagen. Sie hatte mehrfach versucht, sich auf den Rücken und zur anderen Seite zu rollen, um mit Schwung wieder auf die Beine zu kommen. Aber die beiden Hörnchen des Damensattels hatten sich tief in den weichen Marschboden gerammt und hinderten sie daran, die Bewegung vollständig durchzuführen.

Der Hundeführer eilte indes geistesgegenwärtig herbei, hob Maria hoch und brachte sie aus der Reichweite der tobenden Stute, die gleich darauf von einem anderen Helfer aus ihrer misslichen Lage befreit wurde.

In diesem Moment kam auch Maria wieder zu sich und schlug die Augen auf. Sie versuchte sich aufzusetzen, sank aber stöhnend wieder zurück. Der Schmerz in ihrer Brust war unerträglich, und das Atmen fiel ihr schwer.

»Wir brauchen sofort einen Medicus«, befahl Margarete besorgt und begann am ganzen Körper zu zittern. Der Jagdführer gab ihren Befehl weiter, und zwei Männer jagten im fliegenden Galopp zurück zum Schloss.

Margarete ging neben Maria in die Hocke und strich ihr immer wieder beruhigend über das Haar.

»Das Atmen tut so weh«, flüsterte Maria erschöpft.

»Du musst ganz ruhig bleiben, der Physikus wird gleich bei dir sein«, versicherte ihr Margarete und hielt dann Marias Hand so lange in der ihren, bis Johann Spinghs, Marias Leibarzt, erschien und Maria sorgfältig untersuchte. Es war nicht der erste Jagdunfall, den er miterlebte, und er kam zu dem Schluss, dass Maria sich beim Sturz einige Rippen gebrochen hatte, was auch den Schmerz erklärte, den sie beim Atmen verspürte.

»Wird sie wieder gesund werden?«, fragte Margarete besorgt.

»Das liegt in Gottes Hand«, erwiderte er vorsichtig. »Sie ist jung, weshalb wir auch hoffen dürfen, dass ihre gebrochenen Rippen wieder an den richtigen Stellen zusammenwachsen werden. Auf jeden Fall werde ich ihr zerstoßene Pfingstrosenwurzeln und Wermutkraut mit etwas Schierling mischen, das wird ihr die Schmerzen nehmen und für einen ruhigen Schlaf sorgen. Legt ihr außerdem den Splitter vom Kreuz unseres

Herrn unter das Kopfkissen und gebt ihr viel roten Wein zu trinken, das wird ihre Lebenssäfte stärken«, empfahl er und ließ Maria sodann auf einer Trage zurück zum Schloss transportieren, wo sie sofort vorsichtig zu Bett gebracht wurde.

Margarete wich ihr keinen Moment von der Seite. Sie half Maria aus ihrem Jagdkleid und flößte ihr etwas von der Arznei ein, die ihr der Arzt gegeben hatte.

Schließlich schlief Maria ein, und Margarete betrachtete nachdenklich ihr blasses Gesicht, aus dem der Schmerz schon wieder vollständig gewichen war und das nun ruhig und entspannt wirkte.

Margarete lehnte sich in ihrem Stuhl zurück und merkte erst jetzt, wie müde sie war.

Einen Augenblick überlegte sie, ob es nicht besser wäre, sich in ihre Gemächer zu begeben, um sich dort ein wenig auszuruhen, doch dann verwarf sie den Gedanken wieder. Es war ihre Pflicht, so lange bei Maria zu bleiben, bis sie sicher war, dass es ihr wieder besser ging.

Sie schloss die Augen und spürte, wie sich ihr Körper entspannte. In rasender Geschwindigkeit zogen die Bilder der Jagd noch einmal an ihr vorbei. Sie sah die steigende Stute, sah, wie Maria zu Boden stürzte, und erinnerte sich wieder an das merkwürdige Gefühl, das sie kurz davor gehabt, aber schon beinahe wieder vergessen hatte.

Erschrocken fuhr sie auf. Irgendetwas hatte nicht gestimmt und war ihr aufgefallen. Nur was? Wieder und wieder ließ sie die Jagd von Anfang bis Ende an sich vorüberziehen und versuchte sich dabei auf jedes noch so kleine Detail zu konzentrieren.

Die Stute war schon unruhig gewesen, bevor der Falke sie mit seinen Schwingen getroffen hatte. Ihr schrilles Wiehern hallte ihr noch immer in den Ohren, es war der Aufschrei einer gequälten Kreatur gewesen, die unter Schmerzen litt.

Und plötzlich wusste sie es. Wusste, was nicht gestimmt hatte, und erkannte mit beängstigender Klarheit, in welcher Gefahr Maria tatsächlich geschwebt hatte.

Sie rief Olivier de la Marche zu sich und erzählte ihm von ihrem Verdacht.

Der hörte ihr aufmerksam zu, ohne sie ein einziges Mal zu unterbrechen, und als sie endete, wirkte sein sonst so unbewegtes Gesicht erkennbar besorgt.

Margarete wusste, dass er Maria ebenso sehr liebte, wie er ihrem Gemahl ergeben war.

»Sturmwind hat sich noch nie so verhalten, und ich möchte Euch bitten, den Vorfall genau zu untersuchen. Findet heraus, was die Stute dazu gebracht hat, Maria abzuwerfen.«

Olivier de la Marche nickte.

Obwohl er Margaretes Verdacht durchaus für begründet hielt, hoffte er dennoch, dass sie sich irrte und es tatsächlich der Falke gewesen war, der die Stute in Panik versetzt hatte.

Ein scharfes Brennen zog durch seinen Magen, ein untrügliches Zeichen dafür, dass es Ärger geben würde.

Die Feinde des Herzogs befanden sich eben nicht nur an den Grenzen des Reiches, sie lauerten überall, hinter Säulen und Nischen und verlogenen Treueschwüren. Und spätestens seit dem hinterhältigen Giftanschlag auf Maria hätte er wissen müssen, dass sie bis zum Tag ihrer Hochzeit nirgendwo mehr sicher sein würde.

In den Ställen herrschte große Aufregung. Der Stallmeister war und blieb unauffindbar. Niemand hatte ihn an diesem Tag bislang gesehen, und Olivier de la Marche konnte auch niemand sagen, wo er sich zuletzt aufgehalten hatte.

Olivier spürte, wie sich seine Nackenhaare aufrichteten und sich das Brennen in seinem Magen verstärkte.

Margarete hatte Recht. Irgendetwas stimmte hier nicht. Der Stallmeister war morgens stets als Erster bei den Pferden gewesen und hatte sie abends als Letzter wieder verlassen. Niemals würde er seine Lieblinge im Stich lassen.

Mit ruhiger Stimme erteilte Olivier Befehle und brachte eine gewisse Ordnung in die kopflose Suche der umhereilenden Knechte. Auf sein Kommando hin wurde sie nunmehr von den Ställen ausgehend auf einen immer größer werdenden Radius ausgeweitet.

Anschließend rief er den ältesten Sohn des Stallmeisters zu sich, der als Erstgeborener auf den Namen seines Vaters getauft worden war, und ließ sich von ihm zu Marias Stute führen.

Die Stute stand mit hocherhobenem Kopf und erwartungsvoll aufgestellten Ohren in ihrer Box. Als sie den Sohn des Stallmeisters erkannte, schnaubte sie ungeduldig, und andere Pferde fielen in ihr Schnauben mit ein.

Der Junge kratzte sich verlegen am Kopf und warf einen ängstlichen Blick auf Olivier de la Marche. Er verstand genau, was die Tiere ihm sagen wollten: Sie hatten Hunger.

Niemand hatte bislang daran gedacht, sie zu füttern und mit frischem Heu zu versorgen, und jetzt würde er seinen Kopf für dieses Versäumnis hinhalten müssen. Zu seiner Erleichterung fielen die erwarteten Vorwürfe jedoch aus.

Olivier de la Marche warf ihm einen eindringlichen Blick zu.

»Ich möchte, dass du in die Box gehst und die Stute gründlich nach Verletzungen absuchst«, befahl er.

Der Junge betrat die Box und fuhr mit einer zärtlichen Bewegung über den Rücken der Stute. Er liebt die Tiere ebenso wie sein Vater, dachte Olivier de la Marche bei sich, der den Jungen bei seinem Tun aufmerksam beobachtete.

Der Junge ging um die Stute herum, und wieder strichen seine Hände behutsam über ihr weiches Fell.

Mitten in der Bewegung hielt er plötzlich inne und fuhr noch einmal über ein und dieselbe Stelle. Direkt unter dem Widerrist fühlte er etwas Feuchtes, Klebriges.

Er reckte sich, um besser sehen zu können, was es war, und entdeckte frisches Blut auf dem weißen Fell.

Alle Farbe wich aus seinem Gesicht. Er hatte von dem ungewöhnlichen Verhalten der Stute gehört und sah den Grund dafür nun mit eigenen Augen. Die Wunde schien, obwohl sie nicht groß war, ziemlich tief zu sein, was er anhand der Menge des ausgetretenen Blutes schloss.

Man würde seinen Vater für den Unfall verantwortlich machen. War er deswegen vielleicht verschwunden?

Er spürte Oliviers Blick auf sich ruhen und kratzte sich am Kopf, wie er es immer tat, wenn er verwirrt oder unsicher war.

»Sie hat eine Verletzung und die Wunde ist noch frisch«, sagte er schließlich, doch dann fiel ihm etwas ein. Erleichterung huschte über sein junges Gesicht. »Sie wird sich wohl verletzt haben, als sie gestürzt ist oder danach, als sie sich auf dem Boden gewälzt hat, um sich wieder aufzurichten«, schlug er vor, froh, eine Erklärung gefunden zu haben.

Olivier de la Marche sah ihn mit ausdrucksloser Miene an.

»Oder etwas war mit dem Sattel nicht in Ordnung«, sprach er Margaretes Verdacht aus. »Ich möchte den Sattel sehen.«

Das Gesicht des Jungen verzog sich schuldbewusst, und man konnte ihm deutlich ansehen, dass ihm dieser Gedanke ebenfalls schon gekommen war.

»Mein Vater ist sehr gewissenhaft«, stieß er trotzig hervor.

»Trotzdem ist er verschwunden.«

Der Vorwurf in den Worten des Zeremonienmeisters war nicht zu überhören.

Mit einem mulmigen Gefühl ging ihm der Junge in die Sattelkammer voran. Er hob Marias Sattel von einem grob gezimmerten Holzbock und hielt ihn Olivier de la Marche fragend entgegen.

»Dreh ihn um und gib mir die Schabracke. Ich werde sie selbst untersuchen.«

Mit geübtem Griff löste der Junge die kostbare, golddurchwirkte Satteldecke, die noch feucht vom Schweiß der Stute war, und reichte sie Olivier de la Marche.

Der nahm die Decke entgegen und fuhr mit der Handfläche über ihre Unterseite.

Sein Gesicht wurde bleich, als er dabei etwas Spitzes fühlte. Ein Dorn steckte fest in den Wollfasern der Decke. Bei dem Versuch, ihn herauszuziehen, rutschten seine Finger zunächst immer wieder ab, doch schließlich hielt er den Dorn in der Hand.

Er war dick und hart und fühlte sich schmierig an.

Einem Gefühl folgend hielt er ihn sich unter die Nase und roch daran. Feiner Wachsgeruch stieg ihm in die Nase.

Der Dorn war also in Wachs getaucht worden, und die Absicht, die hinter diesem Manöver steckte, war eindeutig: Das Wachs hatte durch die Wärme des Pferdekörpers schmelzen und sich dann, nach einer Weile, unter dem Gewicht der Reiterin tief in das Fleisch der Stute bohren sollen. Ein Anschlag auf die Tochter des Herzogs, der wie ein Unfall getarnt war! Margarete hatte Recht behalten mit ihrem Verdacht.

»Der Dorn ist in Wachs getaucht worden. Das war kein Zufall.«

Die Augen des Jungen weiteten sich vor Entsetzen.

Sein Vater hatte erst gestern Abend noch sorgfältig Sattel

und Zaumzeug überprüft, wie er es immer vor einer Jagd tat. Ein Dorn in der Schabracke wäre ihm niemals entgangen.

Olivier de la Marche ließ den Jungen verwirrt und ängstlich zurück.

Mit dem Dorn in der Hand verließ er den Stall und entwarf auf dem Weg zurück zum Schloss bereits Pläne, wie er Maria noch wirksamer schützen konnte. Er würde die Wachen verdoppeln oder noch besser verdreifachen und dafür sorgen, dass Maria keinen Schritt mehr ohne sie tat.

Nachdem man den ganzen Tag über nach dem verschwundenen Stallmeister gesucht hatte, fand ihn einer seiner Knechte schließlich tot unter dem Misthaufen begraben. Die Wunde in seiner Brust deutete darauf hin, dass er erstochen worden war.

Maria war außer sich, als sie davon erfuhr. Sie weigerte sich zu glauben, dass der Mann, der schon ihrem Großvater treu gedient und ihr das Reiten beigebracht hatte, etwas mit dem Anschlag auf ihr Leben zu tun haben sollte, wie böse Zungen behaupteten.

Sie bat Olivier de la Marche, für ein anständiges Begräbnis zu sorgen, an dem sie, zum Erstaunen des Gesindes, persönlich teilnahm.

Die Schmerzen, die sie aufgrund ihrer gebrochenen Rippen empfand, zeichneten sich dabei deutlich in ihrem schönen Gesicht ab, als sie, gestützt auf zwei ihrer Hofdamen, den kleinen Friedhof hinter der Kapelle betrat.

Mit Tränen in den Augen sank die Witwe des Stallmeisters vor ihr auf die Knie. Denn Maria hatte durch diese großmütige Geste die Ehre ihrer Familie wiederhergestellt, und das war mehr, als sie erwartet hatte.

Maria ergriff die schwieligen Hände der etwa fünfzigjährigen Frau, die ihr Leben lang nichts anderes als die harte Arbeit in der Wäscherei gekannt hatte, und zog sie hoch.

»Ich bin überzeugt davon, dass dein Mann unschuldig war«, sagte sie so laut, dass alle es hören konnten. »Als Dank für seine Treue wirst du eine Rente erhalten, die ausreicht, um dich und deine Söhne zu ernähren.«

»Der Herr segne Euch«, rief diese voller Dankbarkeit aus, und Tränen rannen ihr über die faltigen Wangen.

Währenddessen hatten sich auf Marias Stirn feine Schweißperlen gebildet. Doch sie hielt die Beerdigung tapfer bis zum Ende durch, obwohl ihr bei jeder unbedachten Bewegung ein scharfer Schmerz durch den Brustkorb fuhr.

Und während sie zusah, wie der Sarg in die dunkle Erde hinabgelassen wurde, grübelte sie wie so oft in den letzten Tagen darüber nach, wer sie so sehr hasste, dass er ihren Tod wollte.

Sie für immer in der dunklen Erde wissen wollte.

Der Gedanke ließ sie frösteln.

Margarete hatte sie zwar davon zu überzeugen versucht, dass hinter den Anschlägen niemand steckte, der ihr persönlich den Tod wünschte, sondern dass es demjenigen dabei nur um Geld und Macht ging, so wie es immer um Geld und Macht ging, wenn Menschen gegeneinander kämpften und einander töteten. Doch sosehr sie sich auch darum bemühte, gelang es ihr nicht, Maria zu trösten. Sofort nach der Beerdigung, zog sie sich verstört in ihre Gemächer zurück.

Aber nicht einmal dort fühlte sie sich noch sicher. Wie sollte sie auch, nachdem Catherina in diesem Raum direkt neben ihr und an ihrer statt gestorben war.

Von diesem Tag an hatte sie gewusst, dass sie nirgendwo mehr sicher war und nicht einmal ihr Vater sie vor einem Hinterhalt schützen konnte. Es war ein Gefühl, als hätte man ihr den Boden unter den Füßen weggezogen.

Sie sehnte sich nach Maximilian und dachte daran, wie sicher und geborgen sie sich in seinen Armen gefühlt hatte. Es war der schönste Platz, den sie auf Erden kannte. Erschöpft schloss sie die Augen und fiel mit den Gedanken bei ihrem Geliebten schon bald in einen unruhigen Schlaf.

19

Karl saß mit seinen Männern um den Beratungstisch des Geheimzimmers hinter der Bibliothek herum.

In seinen schwarzen Augen loderte unversöhnlicher Hass.

Friedrich hatte ihn vor aller Welt gedemütigt, nun war es an der Zeit, sich an ihm zu rächen.

Der Erzbischof von Köln, Ruprecht von Bayern, hatte ihm das Amt und den Titel eines Schirmvogts von Köln angeboten, wenn er ihn in seinem Kampf gegen das Domkapitel unterstützen würde.

Damit würde er über ein Protektorat am Rhein verfügen! Und hätte er erst einmal Fuß im Deutschen Reich gefasst, würde er seine Macht dort weiter ausdehnen und Friedrich III., den ewigen Zauderer, das Fürchten lehren.

Sein Hass auf Friedrich fraß wie ein wildes Tier an ihm und lähmte seinen kühlen Verstand und sein untrügliches Gespür für Gefahr.

In seinen Gedanken war er seinen Ratgebern schon weit voraus, hatte den Rachefeldzug gegen Friedrich längst beschlossen und fieberte ihm förmlich entgegen.

»Wir werden nicht wie ursprünglich geplant in Köln einfallen, sondern zunächst das kleinere Neuss einnehmen und alle Versorgungswege zu Land und zu Wasser kappen. Danach wird uns Köln wie eine reife Frucht in die Hände fallen«, verkündete er siegessicher und achtete nicht auf die entsetzten Blicke, die sich seine Berater nach seinen Worten zuwarfen.

Karls Vorhaben stellte einen eindeutigen Einbruch in deutsches Reichsgebiet dar, und das bedeutete Krieg!

Krieg gegen den Kaiser.

Unangenehmes Schweigen breitete sich aus.

Sir Humbercourt ergriff als Erster das Wort.

»Verzeiht mir, Sire, aber wäre es nicht wichtiger, zunächst die Unruhen in Flandern und dem Hennegau niederzukämpfen?«, gab er zu bedenken.

»Darum kümmern wir uns später«, bedeutete ihm Karl zusammen mit einer Handbewegung, die deutlich zu verstehen gab, dass er darüber kein weiteres Wort mehr hören wollte.

Die ablehnenden, bestürzten Mienen seiner Männer ärgerten ihn. Er suchte in Antoines Blick nach Bestätigung, doch selbst sein eigener Bruder wich ihm aus.

Aber war Brutus Cäsar nicht ebenfalls ausgewichen, kurz bevor er ihm den Dolch ins Herz gestoßen hatte?

»Geldern steht kurz vor dem Aufstand, und wir brauchen auch einen Teil unserer Truppen im Elsass«, wagte Hugonet einzuwerfen.

Ungehalten knallte Karl den Becher, aus dem er gerade noch getrunken hatte, auf den Tisch. Sein Gesicht war weiß vor Wut.

Langsam verlor er die Geduld.

»Auch das kann warten. Versteht ihr denn nicht, welch einmalige Chance sich uns mit Köln bietet? Endlich haben wir eine Berechtigung, uns in die Angelegenheiten des Reiches einzumischen. Haben wir uns in Köln erst einmal eingerichtet, können wir unsere Macht von dort aus in aller Ruhe weiter in die Länder des Kaisers hinein ausdehnen.«

Karls wachsende Begeisterung schien keinen seiner Männer zu überzeugen, doch er war so berauscht von seinem Plan, den er ihnen nun zum ersten Mal unterbreitete, dass er die entsetzten Blicke, die über den Tisch hinweg ausgetauscht wurden, nicht einmal bemerkte.

Ein vergnügtes Lächeln huschte über seine Lippen, als er sich Friedrichs Gesicht in dem Moment vorstellte, in dem ihm die Nachricht von seinem Einfall in Neuss überbracht werden würde.

Antoine beobachtete seinen Stiefbruder mit zunehmendem Unbehagen und fand, dass es höchste Zeit war, Karls Gedanken in eine andere Richtung zu lenken.

»Seht Ihr denn nicht, dass Ludwig nur darauf wartet, dass Ihr von seinen Grenzen abgelenkt werdet, damit er seelenruhig weiter seine hinterhältigen Intrigen spinnen kann?«

Es kam nicht oft vor, dass der Großbastard in Karls Anwesenheit das Wort ergriff, weshalb ihm Karl auch immer besonderes Gehör schenkte und ihn oft um seine Meinung bat. Diesmal hatte Antoine geschickt Ludwigs Namen mit ins Spiel gebracht, aber Karl ging wider Erwarten nicht darauf ein.

Stattdessen bedachte er seinen Halbbruder mit einem zornigen Blick.

»Lass mich mit dieser schleimigen Kröte in Ruhe. Sobald Eduards Truppen in der Normandie gelandet sind, werden wir Frankreich endgültig besiegen.«

»Neuss einzunehmen dürfte tatsächlich nicht allzu schwer sein«, sagte Sir Humbercourt und erntete für seine Worte einen freundlichen Blick des Herzogs.

»Was mir Sorgen bereitet, ist lediglich die Reihenfolge Eures Vorgehens«, fuhr er fort, worauf die Freundlichkeit in Karls Gesicht sofort wieder verschwand, doch Humbercourt sprach weiter, eindringlich und von dem, was er sagte, vollkommen überzeugt.

»Wenn Frankreich erobert ist, wird es niemand mehr wagen, sich Burgund in den Weg zu stellen, und die Neusser werden sich hüten, ihre Tore vor Euch zu verschließen.«

Als Karl ihn daraufhin jedoch wie einen Verräter anstarrte, senkte Humbercourt seinen Blick. Er hatte alles getan, was in seiner Macht stand, um Karl von seinem unsinnigen Plan abzubringen, der ein unkalkulierbares Risiko darstellte und das burgundische Reich, sollte er fehlschlagen, ins Wanken bringen konnte.

Karl erhob sich.

»Wir werden den Waffenstillstand mit Ludwig erneuern, und dann werden wir den Kaiser das Fürchten lehren!«

Damit war die Unterredung für ihn beendet und die Entscheidung für den Krieg gegen den Kaiser endgültig gefällt.

20

Der Sommer war heiß und die Sonne sengend, die Pferde lechzten nach Wasser und konnten sich kaum noch auf den Beinen halten, als sie endlich schweißüberströmt die Wiener Hofburg erreichten.

Das eindringliche Hilfegesuch aus Köln spiegelte den panischen Schrecken wider, der die Bewohner des Niederrheins nach Karls plötzlichem Einfall erfasst hatte.

Friedrich durchquerte in seltener Rastlosigkeit sein Schreibzimmer.

Maximilians Blick folgte ihm vom Fenster zur Türe und wieder zurück.

»Lasst mich Maria heiraten, und Karl wird nicht länger gegen Euch kämpfen, Vater«, drängte er.

Friedrich blieb stehen, tauschte einen bedeutungsvollen Blick mit Dr. Heßler und wandte sich erst dann an seinen Sohn, um ihm zu antworten.

»Wir werden Burgund den Reichskrieg erklären. Karl lässt uns keine andere Wahl.« Er sah die Qual und einen Moment später den Widerstand in den Augen seines Sohnes aufblitzen und ahnte, dass sich Maximilian seinem Entschluss nicht ohne Weiteres fügen würde.

Ich darf nicht zulassen, dass er noch einmal etwas Unüberlegtes tut, dachte er bei sich und erinnerte sich mit Schrecken an das letzte Abenteuer seines Sohnes.

Maximilian war, ohne eine Nachricht zu hinterlassen, einfach verschwunden, und sie hatten schon das Schlimmste befürchtet, als er Wochen später zurückgekehrt und erklärt hatte, sich mit seiner Braut getroffen zu haben, als wäre es das Normalste von der Welt, sich mit der reichsten Erbin des Abendlandes hinter dem Rücken ihres Vaters in einem Stall zu treffen.

Friedrich seufzte schwer.

Ich sollte ihm mehr Verantwortung übertragen; er muss endlich begreifen, dass das Leben kein immerwährendes Abenteuer ist!

Maximilian verschränkte die Arme vor der Brust und musterte ihn feindselig.

»Ihr seid doch derjenige, der immerzu von Frieden spricht und den Verhandlungstisch dem Schlachtfeld vorzieht. Und jetzt wollt Ihr Euch ausgerechnet mit dem Mann messen, von dessen Entscheidung mein Lebensglück abhängt?«

Maximilians Vorwürfe trafen Friedrich mehr, als er sich eingestehen wollte, und er bemühte sich, seinen Sohn, mit dem er sich auf keinen Fall entzweien wollte, umgehend zu besänftigen.

»Wir werden noch einmal über die Verlobung verhandeln, wenn der Krieg vorbei ist, und dann werden wir diejenigen sein, die die Bedingungen für diese Hochzeit festlegen.« Und als Maximilian nichts darauf erwiderte, fuhr er fort: »Ich wünsche, dass du mit mir nach Augsburg kommst, dort findet in wenigen Tagen der Reichstag statt, und du wirst dir selbst ein Bild von der äußerst schwierigen Situation machen können, in der wir uns befinden.«

Die Mächtigen des Reiches waren fast vollständig in Augsburg erschienen, darunter die Erzbischöfe von Mainz und Trier, der Herzog von Sachsen und der Markgraf von Brandenburg. Mit gierigen Augen und scharfen Worten verteidigten sie ihre ureigensten Interessen und meinten in Wirklichkeit ihre Länder, wenn sie vom Reich sprachen. Sie hätten keinen Augenblick gezögert, auch noch den heiligsten aller Röcke zu zerschneiden, hätten sie nur die Möglichkeit dazu gehabt.

Die Türken und Konstantinopel waren vergessen, denn jetzt ging es um die Zerstückelung der burgundischen Staaten.

König Ludwig übersandte einen Vertragsentwurf und bot großzügig seine Hilfe an. Dreißigtausend Mann für die Picardie, das Artois, und Burgund ...

Es war ein Rudel geifernder Wölfe, das sich zusammengeschlossen hatte, um über den mächtigen Löwen von Burgund herzufallen, bevor es einander selbst zerfleischte, dachte Maximilian grimmig und fühlte sich hilflos und zerrissen wie noch nie zuvor.

Nachdenklich betrachtete er, wie sein Vater breitschultrig und mit langem Schädel vor dieser Meute stand. Ein Bild des Gleichmuts und der Unerschütterlichkeit, umweht von säuerlichem Gram.

Im stolzen Ratssaal von Augsburg bekam Maximilian eine Ahnung von dem, was ihn erwartete, wenn er einst die Nachfolge seines Vaters antreten würde: Bürger, die ihre Rathäuser prächtiger ausstatteten als ihren Kaiser. Länder, die ihrem Kaiser den Gehorsam verweigerten, Fürsten, die ihm hundert Soldaten zubilligten, wenn er tausend verlangte. Ein Titel, der Ansehen versprach, der aber nur noch eine leere Hülle war, weil er kein Leben, kein Fleisch und kein Blut mehr enthielt. Hatte er seinen Vater tatsächlich verurteilt, weil er keine Kriege geführt, sondern stets versucht hatte, sie zu umgehen?

Und würde er einst von dem gleichen säuerlichen Gram umgeben sein, weil er es nicht mehr ertragen konnte, mit gebundenen Händen zu verhandeln und ohne Optionen zu entscheiden?

In nicht allzu ferner Zukunft würde er Kaiser des Heiligen Römischen Reiches sein, doch sein Herz gehörte Burgund und der Frau, die er liebte.

Maximilian stöhnte auf, als er an Maria dachte.

Würde sie ihn nach all dem, was inzwischen geschehen war, noch lieben können? Oder hatte der Krieg ihrer Väter nicht schon längst einen Riss durch ihre Herzen gezogen, den er bisher nur nicht bemerkt hatte?

Maria würde ihm niemals verzeihen, wenn er das Schwert gegen Karl erheben würde.

Doch der Krieg gegen Burgund war beschlossene Sache, jede Möglichkeit eines Waffenstillstands oder Separatfriedens durch den Vertrag mit Ludwig ausgeschlossen. Eine unüberbrückbare Kluft hatte sich zwischen Burgund und dem Kaiserreich aufgetan.

Mit wehem Herzen ritt Maximilian an der Seite seines Vaters zurück nach Wien.

Noch vor wenigen Wochen hatte er sich seine Zukunft in den leuchtendsten Farben ausgemalt, und jetzt fiel alles, wovon er geträumt hatte, wie Asche in sich zusammen, war düster und kalt geworden, wie eine mondlose, schwarze Nacht.

Es war schon dunkel, als der Kaiser mit seinem Gefolge die Wiener Hofburg erreichte. Maximilian führte seinen Hengst in den Stall. Er war müde, trotzdem nahm er sich die Zeit, das Tier zu versorgen, kratzte sorgfältig die Hufe aus und untersuchte die schlanken Fesseln auf Verletzungen. Ein Knecht brachte Wasser und Heu.

»Habe ich mir doch gedacht, dass du hier bist.« Albrecht trat zu ihm in die Box und klopfte ihm freundschaftlich auf die Schulter.

Ein Blick ins Gesicht seines Freundes reichte allerdings aus, um zu wissen, dass dieser verzweifelt war.

»Der Krieg ist also beschlossen?«, fragte Albrecht.

Maximilian nickte grimmig und berichtete Albrecht, was in Augsburg geschehen war.

»Wie kann Maria mich nach alldem, was passiert ist, noch lieben?«, fragte er mutlos.

Statt einer Antwort zog Albrecht einen Brief aus seinem Ärmel und hielt ihn Maximilian hin.

»Lies selbst, das Schreiben ist vor drei Tagen gekommen.«

Maximilian nahm den Brief entgegen und brach ungeduldig das Siegel. Dann trat er unter die Laterne, die einsam in der Boxengasse hing, und begann zu lesen.

Liebster Maximilian
Mein Herz ist schwer, weil unsere Väter gegeneinander in den Krieg ziehen. Ich fühle mich wie ein Schiff im Sturm, das hilflos den Wellen ausgeliefert ist. Doch so wie das Holz vom Wasser, wird meine Hoffnung von der Gewissheit getragen, dass das Schicksal uns füreinander bestimmt hat, auch wenn es andere Wege geht, als wir es uns erhofft haben.
Vater hat mir sein Wort gegeben, mich keinem anderen als Euch zur Gemahlin zu geben. Und so wird er wohl einen Weg finden, mit dem Kaiser wieder einig zu werden. Ich glaube fest daran, so wie ich an unsere Liebe glaube, die stärker ist als alle Unwägbarkeiten der Politik.
Ich sehne mich nach dem Tag, an dem wir uns wiedersehen.
Maria

Maximilian ließ seine Hände sinken. Wie hatte er nur an Maria zweifeln können, nachdem sie ihm schon einmal ihren Mut und ihre Liebe bewiesen hatte?

Entschlossen hatte sie dem Schicksal vorgegriffen und war heimlich seine Frau geworden, als hätte sie geahnt, dass die Tücken der Politik ihr junges Glück gefährden würden. Sie war seine Frau, und niemand, nicht einmal der Papst, würde daran noch etwas ändern können.

Wie gerne hätte er Marias Hoffnung auf einen guten Ausgang geteilt, doch nach allem, was er in Augsburg erlebt hatte, schien ihm dies so gut wie ausgeschlossen. Nur ein baldiger Friedensvertrag konnte einen endgültigen Bruch zwischen Burgund und dem Reich noch verhindern. Und einem solchen Vertrag würde der König von Frankreich niemals zustimmen, und auch die Herzöge und Erzbischöfe würden sich gegen den Frieden wehren, nachdem sie das burgundische Reich bereits unter sich aufgeteilt hatten.

Und dennoch darf ich ihr die Hoffnung nicht nehmen, dachte er am nächsten Tag, als er ihren Brief erwiderte und sie seiner ewigen Liebe versicherte.

Margarete beobachtete sorgenvoll, wie sich Maria immer tiefer in sich selbst zurückzog.

Die Tage und Monate gingen vorüber, ohne dass sie es bemerkte. Sie lebte allein in ihren Gedanken an den Geliebten und vergrub sich in ihrer Traumwelt, in der es nur sie beide gab.

Tagsüber saß sie stundenlang vor Maximilians Bild, las seine Briefe, die sie längst auswendig kannte, oder stickte seinen Namen auf unzählige Seidentücher. Maximilian, Maximilian, Maximilian …

Und wenn sie abends im Bett lag, erinnerte sie sich an seinen Geruch, spürte seine Hände und seine Lippen auf ihrer Haut, zärtlich und fordernd, und erlebte noch einmal den Zauber ihrer ersten Nacht und den Schmerz, als sie sich von ihm gelöst hatte und ein Teil von ihr dennoch bei ihm geblieben war.

Sie bereute nicht, was sie getan hatte, auch wenn die Welt sie sicher dafür verurteilen würde, allen voran ihr Vater. Ihr Vater, der gegen den Kaiser in den Krieg gezogen war.

Dabei hatte er ihr sein Wort gegeben, hatte ihr versprochen, dass sie Kaiserin werden würde, und ein Herzog von Burgund brach niemals sein Wort.

Schon bald würde der Krieg vorbei sein. Ihr Vater würde mit dem Kaiser Frieden schließen, und im Anschluss daran würde der Tag ihrer Vermählung mit Maximilian festgelegt werden, sie durfte nur nicht aufhören, daran zu glauben.

21

Währenddessen starrte das Abendland gebannt auf Neuss und beobachtete staunend, wie etwas geschah, was zuvor undenkbar gewesen war und womit niemand gerechnet hatte, obwohl etwas Ähnliches schon einmal geschehen war, und zwar lange bevor Jesus das Licht der Welt erblickt hatte: David nahm den Kampf gegen Goliath auf, und nach fast einem Jahr hielt Neuss noch immer der burgundischen Streitmacht stand, kämpfte in dumpfem Vertrauen auf seinen Schutzpatron, den heiligen Quirin, und dachte nicht daran, sich dem übermächtigen Gegner zu beugen.

Auch wenn jetzt die letzten Pferde geschlachtet wurden und mit jedem Tropfen Blut, der im Boden versickerte, die Hoffnung der Stadt auf Rettung schwand.

Und noch immer war das Heer des Kaisers nicht in Sicht.

Karl starrte von seinem Feldstuhl aus auf den träge dahinfließenden Rhein und hing seinen düsteren Gedanken nach.

Neuss würde fallen, es war nur noch eine Frage der Zeit, aber die um ihre Freiheit kämpfenden und auf Gott vertrauenden Bürger von Neuss hatten ein Zeichen gesetzt, ein Zeichen, das auch dann noch bleiben würde, wenn ihre Mauern längst zerfallen und der Wind den Staub ihrer Knochen in alle Himmelsrichtungen zerstreut haben würde:

Sie hatten die alte Ordnung durchbrochen!

Karls Macht durchbrochen!

Dem am besten ausgerüsteten Heer des Abendlandes mit der gewaltigsten Artillerie furchtlos die Stirn geboten.

Und dafür würden sie teuer bezahlen.

Aus Savoyen rief ihn die Herzogin Yolande, aus Hochburgund riefen ihn die Statthalter und Festungskommandanten, deren Burgen von den Schweizern verbrannt wurden.

Eduard war in Calais gelandet, der Herzog der Bretagne stand mit seinen Truppen bereit, um ihn in seinem Kampf gegen Ludwig zu unterstützen. Olivier de la Marche arbeitete an einem Traktat über den Hofstaat, um den der englische König gebeten hatte, nur Karl fehlte, lagerte noch immer vor Neuss und starrte auf den Rhein.

Er trug einen blauen, mit silbernen Elefanten bestickten Umhang über seiner perlenbesetzten Rüstung, die er Tag und Nacht anbehielt.

»Nur noch eine Woche«, wiederholte er tonlos, »eine Woche noch, und sie müssen sich ergeben, denn sie haben das letzte Pferd vor drei Tagen geschlachtet.«

Vor drei Tagen, dachte er. Drei Tage hatte er einst für die Einnahme der kleinen Stadt geplant, und jetzt war ein Jahr daraus geworden.

Seine Augen funkelten wie glühende Kohlen in seinem sonst fahlen, grauen Gesicht, und dann überschlugen sich die Ereignisse.

Der Niederrhein erbebte unter dem heranmarschierenden Heer des Kaisers.

Karl erhob sich aus seinem Feldstuhl, schüttelte seine trüben Gedanken ab und empfing Friedrich mit gewohntem Prunk und Siegermiene in seinem Zelt.

Friedrich musterte ihn kalt.

»Es ist an der Zeit, über die Verlobung zu sprechen.«

Karl griff nach seinem goldenen Weinbecher und spülte die in ihm aufsteigende Bitterkeit mit einem großen Schluck hinunter, dann reichte er Friedrich die Hand, seine Augen zu zwei schmalen Schlitzen zusammengezogen.

»Ich werde dem Glück unserer Kinder nicht im Wege stehen.«

Grimmig schleuderte er dem Kaiser seine Worte ins Gesicht, doch sein Vorwurf prallte an Friedrichs Gelassenheit ab.

»Dann sind wir uns einig.« Friedrich ergriff Karls Hand und drückte sie plötzlich unvermittelt heftig zusammen.

Es war die einzige Gefühlsregung, die er sich erlaubte.

Die weiteren Friedensverhandlungen ließ er vom päpstlichen Legaten und dem König von Dänemark führen. Dass er mit dem Waffenstillstand gegen den Vertrag mit Ludwig verstieß, kümmerte den Kaiser dabei wenig. Hatte denn Ludwig auch nur einen einzigen Soldaten in Richtung Neuss in Marsch gesetzt, wie er es versprochen hatte? Wie üblich hatte Ludwig ein doppeltes Spiel gespielt und es anderen überlassen, sich die Finger zu verbrennen.

Nach zähem Ringen war der Waffenstillstand schließlich ausgehandelt und die Verlobung Maximilians und Marias mündlich von beiden Parteien bestätigt. Von der Krönung Karls zum römischen König war jedoch keine Rede mehr.

Friedrich stand am Fenster seines Schreibzimmers und blickte zu dem kleinen Lerchenwäldchen hinüber, dessen flammend gelbe Wipfel wie ein Feuerschein in den trüben Himmel hineinleuchteten.

Als hätten sie die Sonne des vergangenen Sommers in sich aufgesogen, dachte er wehmütig.

Schon bald würden wilde Herbststürme die gelbe Pracht von den Ästen fegen, doch im Frühjahr würden neue Blätter aus winzigen grünen Knospen sprießen, um erneut die Sommersonne einzufangen und sie in den nächsten grauen Herbst hineinzutragen.

»Die Natur ist verlässlicher als die Menschen, auch wenn sie ebenso vergänglich ist«, sinnierte Friedrich, während er mit ungewohnter Erregung auf Maximilian wartete, um ihm von den erfolgreichen Verhandlungen mit Karl zu berichten, deren krönender Abschluss die Verlobung gewesen war, die mit einem Handschlag besiegelt worden war.

Wieder einmal hatte er sein Ziel erreicht, ohne das Schwert erheben zu müssen. Das lange Warten hatte sich gelohnt, und der Erfolg hatte ihm im Nachhinein Recht gegeben. Auch wenn man ihn hinter seinem Rücken die kaiserliche Schlafmütze nannte, wie er sehr wohl wusste, hatte er zuletzt doch noch über Karl triumphiert.

Auf dem Flur erklangen eilige Schritte.

Maximilian ist in seinem jugendlichen Ungestüm gefangen, und darüber vergisst er, das er sein ganzes Leben noch vor sich hat, dachte Friedrich und bereitete sich innerlich auf die Begegnung mit seinem Sohn vor.

Schon stürmte Maximilian mit erhitztem Gesicht in sein Arbeitszimmer. Die blonden Locken hingen ihm wirr ins Gesicht, und seine Hosen waren ebenso wie sein Lederwams mit einer dichten Schlammschicht überzogen.

»Ihr hättet einen Boten vorausschicken können, dann wäre ich früher von der Jagd heimgekehrt und hätte Eure Ankunft nicht verpasst«, beschwerte er sich außer Atem und rang nach Luft.

Als hätten die wenigen Stunden zwischen seinem Eintreffen und meiner Rückkehr etwas an den Ereignissen geändert, dachte Friedrich bei sich.

Er hob die Augenbrauen und sah Maximilian streng an.

»Willst du mich nicht erst einmal begrüßen und mich zu meinem Sieg beglückwünschen, wie es sich für einen guten Sohn gehört?«

Maximilian beugte scheinbar zerknirscht sein Knie, doch die Ungeduld in seinen Augen verriet ihn.

»Verzeiht, Vater«, murmelte er.

Friedrich reichte ihm beide Hände und zog ihn hoch.

»Lass dich umarmen, mein Sohn. Heute Abend werden wir unseren Sieg über Burgund feiern. Das Volk wird uns zujubeln, und in den Brunnen Wiens wird Wein statt Wasser fließen.«

Maximilian wurde blass. Insgeheim hatte er gehofft, dass sich sein Vater doch noch mit Karl einigen würde.

Friedrich beobachte jede Regung im Gesicht seines Sohnes. »Interessiert es dich nicht, wie die Verhandlungen verlaufen sind?«, fragte er lächelnd.

Etwas in seinem Ton ließ Maximilian aufhorchen. Er wandte sich um und betrachtete seinen Vater forschend, sah die Müdigkeit in seinen Augen und seine Falten, die sich vertieft zu haben schienen und sein wahres Alter verrieten.

Friedrich beschloss, ihn nicht länger auf die Folter zu spannen. »Ich soll dich von deinem zukünftigen Schwiegervater grüßen«, sagte er gleichmütig.

Im ersten Moment glaubte Maximilian sich verhört zu haben, und in seinem Gesicht spiegelten sich widerstreitende Gefühle wider. »Ist das wirklich wahr, Vater?«

Friedrich neigte lächelnd sein Haupt. »Du wirst doch wohl nicht so respektlos sein und das Wort deines Kaisers anzweifeln wollen?«, fragte er mit gespielter Strenge zurück.

Maximilian senkte den Kopf. Marias Bild stieg vor seinen Augen auf, und er stieß einen tiefen Seufzer aus. »Ich danke Euch, Vater. Ihr wisst nicht, was Eure Worte für mich bedeuten.«

Doch, das weiß ich, dachte Friedrich. Ich weiß, wie es sich anfühlt, wenn man einen Menschen mehr liebt als sein Leben.

Maximilian sah ihm in die Augen, bevor er seine nächste Frage stellte.

»Wann wird die Hochzeit stattfinden, Vater?«

»Bald, mein Sohn«, erwiderte Friedrich ruhig. »Bald.«

22

Abwartende Stille lag über dem königlichen Quartier in Calais, als Karl mit seinen Begleitern von den Pferden stieg.

Ein Diener meldete das Eintreffen des Burgunders.

Margarete trat neben Eduard aus dem Zelt, um ihren Gemahl zu begrüßen. Karl hatte ihr von Neuss aus einen Brief geschrieben und sie aufgefordert, nach Calais vorauszureisen, um Eduard seiner Loyalität zu versichern.

Die Herzogin hatte ihren Mann seit über einem Jahr nicht mehr gesehen, ein Jahr, in dem sie ihre Hoffnung, seine Liebe vielleicht doch noch erringen zu können, endgültig begraben hatte. Zumindest hatte sie das geglaubt.

Bis er vor ihr stand.

Das Wams aus schwarzem Samt, das Karls schlanken Hals frei ließ und dessen wattierte Ärmel seine breiten Schultern vorteilhaft betonten, lag eng an seinen schmalen Hüften an, um dann wie ein kurzer Rock an den Schößen über seine athletisch-muskulösen Schenkel zu fallen.

Margaretes Atem wurde schneller, und ihr Herz begann zu klopfen, als Karl ihre Hand nahm und sie formvollendet begrüßte. Seine schwarzen Augen bohrten sich in die ihren, wie sie es am Tag ihrer Hochzeit getan hatten, und sie spürte, wie ihr Körper gegen ihren Willen auf ihn reagierte.

Er war dunkel und stark, und sie sehnte sich danach, in seinen Armen zu liegen und ihn berühren zu können.

Doch Eduard unterbrach den kostbaren Augenblick der

Intimität zwischen ihnen, indem er Karls Arm nahm und ihn zum Tisch führte.

»Wir haben lange auf Euch gewartet, Schwager«, sagte er mit leichtem Vorwurf.

Karls Gesicht verdüsterte sich, und Margarete hielt den Atem an, hatte sie ihren Bruder doch ausdrücklich davor gewarnt, Karl Vorwürfe zu machen.

»Ich habe meine Pläne geändert«, erwiderte Karl zu ihrem Erstaunen jedoch vollkommen ruhig.

Eduard starrte ihn an, als hätte er sich verhört.

»Was soll das heißen?«, fragte er wenig begeistert zurück.

Karl strich sich das schwarze Haar zurück. Es war eine kraftvolle, beinahe herrische Geste, und Margarete konnte den Blick nicht von seinen Händen wenden, von denen sie wusste, dass sie fest zupacken und dennoch zärtlich sein konnten.

»Ich habe einen Teil meiner Truppen nach Lothringen geschickt. Sobald wir Lothringen eingenommen haben, werden wir in der Champagne einfallen und dort unsere Truppen vereinen, um gemeinsam nach Paris zu marschieren.«

Eduard schnaubte und zog die Augenbrauen hoch, was seinem Gesicht, zusammen mit seinem rosafarbenen Teint, einen hochmütigen Ausdruck verlieh.

»Das bedeutet, dass wir erst nächstes Jahr nach Frankreich ziehen können, weil zuvor der Winter anbrechen wird. Und Ihr wollt doch nicht im Ernst von mir verlangen, dass ich noch ein ganzes Jahr lang auf die französische Krone warte? Ich verstehe Euch nicht, Schwager. Warum erobern wir Frankreich nicht zuerst? Sobald wir es bezwungen haben, wird Euch Lothringen doch sowieso von ganz alleine zufallen. Nachdem Ihr bereits so viele Monate in Neuss verschwendet habt, halte ich es für besser, sofort aufzubrechen«, stieß er ärgerlich hervor.

Er hatte zunächst nicht auf Neuss zu sprechen kommen

wollen, um Karl nicht an die Niederlage, die er dort erlitten hatte, zu erinnern, aber seine Enttäuschung darüber, dass Karl seine Pläne geändert hatte, war zu groß.

Der Ausdruck in Karls Gesicht wurde eisig.

»Ich hatte in Neuss einen Kriegsruhm zu verlieren, den sich andere erst einmal erwerben müssen«, erwiderte er mit stolzer Verachtung.

Doch er war längst nicht so selbstsicher, wie er vorgab. Der Gedanke, in Eduards Augen als Verlierer dazustehen, nagte an ihm. Er dachte an die Verlobung, und ein Anflug von Triumph flog über seine scharf geschnittenen Züge.

Eigentlich hatte er vorerst mit niemandem über seine Vereinbarung mit dem Kaiser sprechen wollen, aber unter dem prüfenden Blick des Engländers, in dessen wasserblauen Augen er Geringschätzung zu erkennen glaubte, war es ihm unmöglich, länger zu schweigen.

Wie von selbst formten sich die Worte auf seinen Lippen.

»Es gibt noch einen weiteren Grund, der mich zurückhält«, sagte er betont langsam.

In Eduards Gesicht trat ein neugieriger Ausdruck.

»Die Hochzeit meiner Tochter. Maria wird noch in diesem Jahr den Erzherzog von Österreich heiraten.«

Eduard wurde blass, und Margarete presste sich erschrocken eine Hand vor den Mund. Ihre Augen ruhten besorgt auf ihrem Bruder, denn sie wollte nicht, dass es zu einem Bruch zwischen ihm und ihrem Gemahl kam, und konnte doch nichts dagegen tun.

Karl blickte aufgebracht von einem zum anderen. »Habe ich Euch jetzt enttäuscht? Ist es nicht genug, dass ich Euch die französische Krone aufsetzen werde? Müsst Ihr jetzt auch noch Burgund erheiraten?« Mit flammenden Augen wandte er sich an Margarete. »Und Ihr, Madame, habt mich anscheinend all die Jahre über getäuscht, wie ich nun deutlich erkennen kann, denn Ihr seid in Eurem Herzen Engländerin geblieben.«

Margarete war, als hätte er sie geohrfeigt, aber diesmal wollte sie seine Kränkung nicht ohne Widerspruch hinnehmen. »Mit Freuden wäre ich Burgunderin geworden, hättet Ihr es nur zugelassen«, erwiderte sie verletzt.

Karl wandte sich von ihr ab, und Eduards Ratgeber, allen voran der undurchsichtige Herzog von Gloucester, bestürmten ihn, seine Pläne doch noch einmal zu überdenken, aber Karl blieb hart.

Zwei Tage später brach er auf und begleitete Margarete zurück nach Gent.

Danach ritt er weiter nach Lothringen, ohne sich jedoch von ihr verabschiedet zu haben.

Margarete ahnte nicht, dass sie ihn nie mehr wiedersehen würde.

Sie hatte sich gerade in ihre Gemächer zurückgezogen, als ihr Maria auch schon ihre Aufwartung machte und sie freudig begrüßte. Sie war jetzt siebzehn Jahre alt, ein Alter, in dem andere Mädchen bereits verheiratet waren.

»Ich habe dich so sehr vermisst«, rief sie lachend aus und umfasste Margarete bei der Taille, »und bin schon sehr gespannt auf das, was du mir zu erzählen hast.«

Margarete war gerührt. Die aufrichtige und innige Zuneigung, die Maria ihr entgegenbrachte, entschädigte sie ein wenig für Karls Kälte und den Schmerz, den er ihr zugefügt hatte.

»Ich habe eine gute Nachricht für dich«, begann sie geheimnisvoll und verspürte ein schlechtes Gewissen, als sie dabei an Eduard dachte.

Aber sie liebte dieses Kind, wie sie ihr eigen Fleisch und Blut nicht mehr hätte lieben können. Und wenn ihr selbst schon kein eheliches Glück vergönnt war, sollte wenigstens Maria glücklich werden.

»Dein Vater ist mit dem Kaiser einig geworden, du wirst deinen Maximilian schon bald heiraten können«, raunte sie Maria ins Ohr.

Maria schüttelte zunächst nur ungläubig den Kopf, dann umarmte sie Margarete im Überschwang ihrer Gefühle und drehte sich mehrmals mit ihr ihm Kreis herum.

»Ist das wahr?«, fragte sie immer wieder. »Ist das wirklich wahr?«

Und von diesem Tag an sah man Maria nur noch mit einem Lächeln im Gesicht durchs Schloss laufen.

Das Hochzeitskleid, das seit Trier in einer Kiste geruht hatte, wurde wieder hervorgeholt und noch einmal angepasst. Die Schuhe waren längst aus der Mode gekommen, und auch der Kopfschmuck hatte sich in der Zwischenzeit verändert, sodass beides neu in Auftrag gegeben werden musste. Neben der wuchtigen Hörnerhaube trug man jetzt auch lang gezogene, spitze Hüte, die mit Seide bespannt waren und ihre Trägerinnen größer erscheinen ließ, als sie es tatsächlich waren.

Mit großem Eifer probierte Maria Hüte, Schleier und Kleider an, denn am Tag ihrer Hochzeit wollte sie vor allem eines: schön für den Geliebten sein, den sie mit der ganzen Kraft ihres jungen Herzens liebte und begehrte.

Ihre Augen leuchteten voller Vorfreude und Hoffnung, und in ihre Wangen stieg eine verräterische Röte, sobald sie an Maximilian dachte, und so war man sich bei Hof ganz allgemein darin einig, dass die Tochter des Herzogs noch nie so bezaubernd und entzückend ausgesehen hatte wie in diesen Tagen.

23

Das Stimmengewirr im Lager war von Tag zu Tag mehr verstummt, und die darauf folgende Stille wurde nur vom Ächzen der Bäume durchbrochen, deren Kronen sich unter der schweren Last des Schnees bogen.

Der Winter in Lothringen war lang und kalt und das Holz zum Feuern war knapp geworden.

Die Lage war für beide Parteien, für die Belagerten ebenso wie für die Belagerer, eine schreckliche. In Nancy hatte man zunächst die Pferde geschlachtet, dann Hunde und Katzen. Jetzt waren die Ratten an der Reihe.

Die Befestigungswerke der Stadt wiesen unter dem ständigen Beschuss der Burgunder immer größere Breschen auf, während das eigene Pulver zur Neige ging. Nancy war am Ende.

Im burgundischen Lager war die Zahl der Toten hingegen durch unglückliche Gefechte mit den Truppen der Lothringer, durch Krankheit, durch Erfrieren und durch Desertion ins Unermessliche gestiegen. Von Karls schlagkräftigem Heer waren nur noch wenige Tausend Soldaten übrig, und diese befanden sich in einem erbärmlichen Zustand.

Siffrein de Baschi, ein provenzalischer Edelmann, zog sich seinen Umhang enger um die Schultern und trieb sein Pferd zu größerer Eile an.

Die Gegend um Nancy war unsicher, und er wollte seinen Auftrag so schnell wie möglich hinter sich bringen. Zwischen der Stadt Nancy und den Belagerern versuchten verwegene

Söldnertruppen, Fleisch und Pulver in die umlagerte Stadt zu schmuggeln, und beinahe täglich trafen neue Söldner aus der Schweiz ein, die, angeworben von René von Lothringen, jede Möglichkeit nutzten, um Beute zu machen.

Vor ihm tauchte, nur schwach vom Mondlicht beleuchtet, der Wald von Jarville auf. Siffrein de Baschi spähte zwischen den Baumreihen hindurch, bevor er sich duckte und unter den weit ausladenden Ästen einer eng zusammenstehenden Gruppe alter Ulmen in den Wald eintauchte. Alles war ruhig. Die dichte Schneeschicht verschluckte jedes Hufgeräusch, nur der Wind fuhr flüsternd durch das Geäst der Bäume. Er brauchte nicht lange, um den vereinbarten Treffpunkt zu erreichen: eine kleine Lichtung, geschützt von mehreren Eichen und hüfthohem Gestrüpp.

Siffrein de Baschi zügelte sein Pferd und lauschte in die Dunkelheit.

Ein Schatten huschte zwischen den Bäumen hindurch. Erschrocken hielt er den Atem an und kniff die Augen zusammen, um besser sehen zu können. Aber der Schatten war verschwunden. Wahrscheinlich war es nur ein Tier gewesen, das sich durch seine Anwesenheit gestört gefühlt hatte. Er atmete erleichtert weiter, als ihn ein Geräusch direkt hinter sich zusammenfahren ließ.

»Verdammt«, fluchte er leise. »Müsst Ihr Euch so heranschleichen?«

Ärgerlich wandte er sich um, in der Erwartung, das feiste Gesicht Campobassos vor sich zu sehen.

Doch stattdessen blickte er in das grimmige Gesicht eines Hauptmanns der burgundischen Streitmacht. Und dann war er plötzlich von allen Seiten umzingelt. Er zog sein Schwert aus der Scheide und hieb gleichzeitig seinem Pferd die Sporen in die Seite. Der Hauptmann war jedoch auf der Hut gewesen, riss ihm nun mit einer blitzschnellen Bewegung die Zügel aus der Hand und zog den Kopf des sich aufbäumenden Pferdes brutal zur Seite.

Mehrere Hände packten de Baschi und zogen ihn vom Pferd. Das Schwert wurde ihm aus der Hand geschlagen, und eine eiserne Faust traf ihn mitten ins Gesicht. Grellrote Blitze explodierten in seinem Gehirn, dann verlor er das Bewusstsein.

Campobasso unterdrückte einen Fluch. Wie böse Geister waren Karls Männer auf einmal auf der Lichtung aufgetaucht. Er hatte sie weder kommen sehen noch gehört und die Gefahr erst bemerkt, als er sich gerade aus der Deckung hatte wagen wollen. Zitternd hockte er hinter einem Dornenbusch und beobachtete, wie die Soldaten den nunmehr bewusstlosen Gefangenen nach Wertgegenständen durchsuchten. Sie zogen ihm seinen Ring vom Finger und nahmen ihm seine Geldkatze ab, bevor sie ihn über den Rücken seines Pferdes warfen und seine Hände und Füße mit Hanfstricken unter dem Bauch des Tieres festbanden. Danach verschwanden sie so lautlos, wie sie gekommen waren.

Campobasso zitterte noch immer, aber diesmal vor Kälte.

Um kein Risiko einzugehen, hatte er sein Pferd ein Stück vom Treffpunkt entfernt angebunden und war zu Fuß weitergegangen.

Er hatte sich zuerst vergewissern wollen, ob Siffrein de Baschi auch wie vereinbart allein kommen würde. Schließlich ging er ein hohes Risiko ein, und obwohl er René von Lothringen bis zu einem gewissen Grad vertraute, wusste er doch, wie wankelmütig und beeinflussbar dieser war.

Sein Leben lang hatte Campobasso nichts mehr gefürchtet als den Verrat, den zu begehen er nun selbst im Begriff war.

Campobasso fluchte und versuchte Karls Gesicht aus seinen Gedanken zu verbannen, während er sich eilig zurückzog. Er durfte gar nicht daran denken, was geschehen wäre, wenn man ihn mit Siffrein de Baschi zusammen erwischt hätte. Trotzdem war die Gefahr noch lange nicht gebannt. Denn wenn Siffrein de Baschi auspackte, wäre er verloren.

Kaum hatte er die Lichtung hinter sich gelassen, rannte er so schnell er konnte zu seinem Pferd und sprengte in vollem Galopp zurück ins Lager.

Trotz der Kälte rann ihm der Schweiß in Strömen herab. Um kein Aufsehen zu erregen, ritt er von hinten an das Lager heran, brachte sein Pferd zurück auf die schneebedeckte Weide und machte sich dann zu Fuß auf den Weg zu Karls Zelt.

Er brauchte nicht lange zu warten, bis der Hauptmann mit seinem Gefangenen eintraf.

Siffrein de Baschi hing gefesselt über seinem Pferd und befand sich in einer erbärmlichen Verfassung. Sein Gesicht war geschwollen. Die Lippen aufgeplatzt, und seine Nase sah so aus, als wäre sie gebrochen. Campobasso lief ein Schauer über den Rücken, als er den provenzalischen Edelmann in diesem Zustand sah.

Als die Männer den Gefangenen vom Pferd zogen, trat er eilig ein paar Schritte vom Lagerfeuer zurück, sodass sein Gesicht im Schatten lag. Seine Gedanken überschlugen sich.

Er musste es irgendwie schaffen, an Siffrein de Baschi heranzukommen, um ihm zu sagen, dass er alles tun würde, um ihn aus seiner misslichen Lage zu befreien.

Ob er es wohl wagen konnte, ihm heimlich ein Zeichen zu geben? Aber was wäre, wenn er dabei von jemand beobachtet werden würde? Siffrein de Baschi konnte sich außerdem durch eine unbedachte Regung verraten, überlegte er weiter und kam zu dem Schluss, dass es wohl das Beste wäre, erst einmal abzuwarten, wie sich die Dinge entwickelten. Wahrscheinlich würde Karl nur ein hohes Lösegeld für seinen Gefangenen verlangen und ihn wieder ziehen lassen, sobald es eingetroffen war.

Als der Hauptmann auf Karls Zelt zuging, beeilte er sich, ihm zu folgen. Olivier de la Marche und Antoine waren schon vor ihm eingetroffen und standen dicht an dem wärmenden Kamin.

Der Hauptmann erstattete Karl mit kurzen Worten seinen Bericht.

»Der Name des Gefangenen lautet Siffrein de Baschi und er ist seinen eigenen Worten zufolge ein Vertrauter des Herzogs von Lothringen.

Bei den letzten Worten des Hauptmanns hatte sich Karls Miene verfinstert.

»Hängt ihn auf!«, befahl er.

Seinen Worten folgte betretenes Schweigen, bis sich Antoine als Erster fasste.

»Aber er ist ein Edelmann«, warf er ein. »Wir könnten ein hohes Lösegeld für ihn fordern.«

»Nach altem Kriegrecht hat jeder sein Leben verwirkt, der versucht, die Linien zu durchbrechen«, gab Karl ungerührt zurück.

»Aber dieses Kriegrecht wurde noch nie angewandt«, versuchte Antoine es erneut. Karl brachte ihn mit einer Handbewegung zum Schweigen.

»Ich habe meine Entscheidung getroffen«, verkündete er. »Und jetzt lasst mich allein, ich habe noch über einige wichtige Dinge nachzudenken.«

Vor dem Zelt gab der Hauptmann Karls Befehl an seine Leute weiter, und Siffrein de Baschi wurde zum Richtplatz geschafft. Campobasso folgte dem Trupp in vorsichtigem Abstand.

Während einer der Soldaten nach dem Henker suchte, schnitten andere einen der leblosen Körper vom Feldgalgen ab, die man zur Abschreckung dort hängen gelassen hatte, um Platz für den neuen Delinquenten zu schaffen.

Siffrein de Baschi betrachtete stirnrunzelnd den Galgen. »Was hat das zu bedeuten?«, fragte er, von einem unguten Gefühl erfasst.

»Der Herzog hat Befehl gegeben, den Gefangenen zu hängen«, gab der Angesprochene de Baschi ungerührt zur Antwort, als würde er von jemand anderem sprechen und nicht von ihm.

Schaudernd zwang Siffrein de Baschi seinen Blick vom Galgen.

»Ich bin ein Edelmann, hat man das dem Herzog nicht gesagt?«, fragte er hochmütig.

Der Soldat zuckte gleichgültig mit den Schultern.

Siffrein de Baschi erbleichte, und zusammen mit der Angst kroch gleichzeitig das Grauen in ihm hoch. Sein Blick wanderte zurück zu den Gehängten. Im Schein des Feuers sah er in ihre aufgedunsenen, verzerrten Gesichter mit den weit aufgerissenen, aus den Höhlen getretenen Augen und den heraushängenden, schwarz verfärbten Zungen.

Sein Körper verkrampfte sich, und er begann zu würgen.

Unmerklich hatte sich der Richtplatz gefüllt, und unter dem johlenden Geschrei einiger betrunkener Soldaten trat nun der Henker unter den Feldgalgen. Die rote Kapuze auf seinem Kopf war zur Seite gerutscht, was seinem Erscheinungsbild etwas Groteskes verlieh.

Dennoch machte er sich nicht die Mühe, sie wieder gerade zu rücken, betrachtete kurz den Galgen und sah dann zu dem Gefangenen hinüber. Er nickte den Soldaten zu, die den Gefangenen daraufhin fester packten, als ahnten sie, dass dieser sich zur Wehr setzen würde.

Eisige Angst kroch in Siffrein de Baschi hoch. Er wollte noch nicht sterben. »Ich habe eine wichtige Nachricht für den Herzog von Burgund«, rief er dem Henker entgegen. Seine Worte überschlugen sich beinahe und trafen Campobasso wie ein Faustschlag in den Magen. Auf keinen Fall konnte er zulassen, dass Siffrein de Baschi mit Karl sprach und ihn über den Verrat, den er geplant hatte, unterrichtete.

Der Hauptmann trat zu Siffrein de Baschi. »Was soll das für eine Nachricht sein?«, fragte er interessiert.

Siffrein de Baschi traten vor Erleichterung die Tränen in die Augen, als der Hauptmann dem Henker einen Wink gab, noch zu warten.

»Ich beschwöre Euch, geht zu ihm, er würde sein Herzogtum für das geben, was ich ihm eröffnen werde.«

Der Hauptmann betrachtete ihn prüfend. »Wenn du gelogen hast, wirst du es bereuen«, sagte er in barschem Ton.

Siffrein de Baschis Kopf zuckte. »Der Herzog wird Euch reich belohnen«, versprach er.

Der Hauptmann überlegte nicht lange. Die Aussicht auf eine reiche Belohnung war zu verlockend. »Wartet mit der Hinrichtung, bis ich zurück bin«, befahl er und beschloss, dem Herzog die Botschaft des Gefangenen persönlich zu überbringen.

Campobassos Gedanken überschlugen sich.

Er musste rasch handeln, bevor es zu spät war.

Mit gewichtiger Miene trat er an den Henker heran, der über die Verzögerung nicht sonderlich erfreut zu sein schien. Er war gerade dabei gewesen, sich mit einer der Trosshuren zu vergnügen, als man ihn aus seinem Zelt geholt hatte. Sehr lange würde sie sicher nicht mehr auf ihn warten, und wenn er nicht bald zu ihr zurückkehrte, würde sie mit seinem Geld auf und davon gehen, und er würde sie ein zweites Mal bezahlen müssen. Dabei war sein Beutel fast leer.

»Der Herzog von Burgund hat befohlen, den Gefangenen unverzüglich zu hängen, und ich an Eurer Stelle würde seinem Befehl Folge leisten. Er befindet sich in einer äußerst gereizten Stimmung.«

Der Henker überlegte nicht lange. Der Graf von Campobasso war ein enger Vertrauter des Herzogs, und er würde sich jederzeit auf ihn berufen können, falls ihm der Hauptmann später Vorwürfe machen sollte.

Von plötzlichem Pflichtbewusstsein erfüllt, rückte er seine Kapuze gerade und winkte einen seiner Büttel zu sich heran. »Schafft sofort den Gefangenen zum Galgen«, befahl er.

Die Soldaten wichen den Blicken der Büttel aus, als diese den Gefangenen in ihre Mitte nahmen und zum Galgen führten, denn die Büttel galten als ebenso unehrlich wie der Henker selbst, und es brachte Unglück, sie anzusehen.

Siffrein de Baschi begriff kaum, wie ihm geschah. Gerade noch hatte er gehofft, seinem grausamen Schicksal doch noch entkommen zu können, stattdessen fand er sich unter dem Galgen wieder.

Von Nahem sahen die Gehenkten noch grässlicher aus.

»Was soll das?«, schrie er und begann verzweifelt sich zu wehren.

Da versetzte ihm einer der Büttel einen Schlag in den Magen, und als Siffrein de Baschi auch weiterhin fortfuhr, sich zu wehren, schlug der Büttel, angefeuert von den johlenden Rufen der Soldaten, noch heftiger zu.

Siffrein de Baschi sackte unter den brutalen Schlägen in sich zusammen. Halb besinnungslos wurde er auf das Podest gehievt.

Es war höher, als er gedacht hatte. Über die Köpfe der Gaffer hinweg blies ihm von Osten her ein eisiger Wind ins Gesicht.

Er konnte gerade noch ein rasches Gebet sprechen, da wurde ihm auch schon der Strick um den Hals gelegt. Einer der Büttel fesselte seine Hände, während Siffrein de Baschi zum Himmel emporblickte. »Herr, sei meiner Seele gnädig«, murmelte er inbrünstig und ließ seine Augen über die Zuschauer schweifen in der verzweifelten Hoffnung, dem lauernden Tod doch noch entkommen zu können.

Da entdeckte er in der zweiten Reihe, wenn auch nur undeutlich, den Grafen de Campobasso, der sein Gesicht abwandte, als er den Blick des Gefangenen auf sich ruhen fühlte. Und in diesem Moment wusste Siffrein de Baschi, dass es ein Fehler gewesen war, dem Condottiere zu vertrauen, ein tödlicher Fehler, doch nun war es zu spät.

»Jetzt gibt es keine Rettung mehr«, flüsterte er tonlos.

»Wie Recht Ihr habt«, gab der Henker ungerührt zurück und zog den Strick um seinen Hals enger. Dann gab er seinem Gehilfen das Zeichen, die Klappe unter dem Delinquenten zu öffnen.

Siffrein de Baschi hörte für einen Moment die leise gemurmelten Worte eines Priesters, der irgendwo in seiner Nähe stand, bevor das einsetzende Jubelgeschrei der Zuschauer dessen Gebete übertönte, dann fiel er ins Bodenlose.

Campobasso zuckte zusammen, als er eine Hand auf seiner Schulter spürte. »Der Herzog wünscht Euch zu sehen«, sagte Antoine, während sich die Zuschauer rings um sie herum bereits wieder zerstreuten.

Campobassos Knie begannen zu zittern. Karl würde Rechenschaft von ihm fordern, weil er die sofortige Hinrichtung Siffrein de Baschis angeordnet hatte und er nun nicht mehr erfahren würde, was der provenzalische Edelmann ihm zu sagen gehabt hatte. Er dachte an Karls durchdringenden Blick, und ihm wurde flau im Magen.

»Was gibt es denn so Dringendes?«, fragte er mit brüchiger Stimme.

Antoine sah ihn erstaunt an. »Man könnte glauben, Ihr hättet noch nie eine Hinrichtung gesehen.« Er musterte Campobasso forschend, ohne weiter auf seine Frage einzugehen.

Mühsam hielt Campobasso seinem Blick stand. »Ich habe gerade daran gedacht, wie der Herzog von Lothringen auf die Hinrichtung seines Vertrauten reagieren wird. Immerhin befinden sich viele burgundische Edelleute in seiner Gefangenschaft«, wich er aus.

Antoine nickte zustimmend. »Ich will lieber nicht darüber nachdenken, was mit ihnen geschehen wird. Doch jetzt kommt, Karl hat einen Kriegrat einberufen und wünscht, dass wir alle daran teilnehmen.«

Drei Stunden später verließ Campobasso schweigend mit Antoine und Olivier de la Marche Karls Zelt. Es gab nichts mehr zu sagen.

Die Entscheidung war gefallen. Selbst Humbercourt war es nicht gelungen, Karl von dem irrwitzigen Plan abzubringen, mit dreitausend Mann, die überdies von Hunger und Krankheit geschwächt waren, gegen mehr als fünfzehntausend ausgeruhte Soldaten des Lothringers anzutreten.

Es war an der Zeit, die Fronten zu wechseln.

Angelo de Campobasso saß missmutig am Feuer und beobachtete seinen Vater, der, von einer merkwürdigen Unruhe ergriffen, durch das Lager stapfte, seinen Kopf in einige der Zelte steckte und schließlich im Zelt seines Hauptmanns verschwand. Er blieb nur wenige Augenblicke, dann verließ er das Zelt wieder und kehrte ans Feuer zurück.

»Pack deine Sachen und dann sattle die Pferde, aber sieh zu, dass dich niemand dabei sieht«, befahl er.

»Was habt Ihr vor, Vater?«

»Du wirst es unterwegs erfahren, und jetzt beeil dich, wir haben keine Zeit mehr zu verlieren, wenn wir lebend hier herauskommen wollen.«

Es war ein Leichtes, die übermüdeten Wachen zu überwältigen.

Lautlos schlich Campobasso aus dem Lager. Die italienischen Söldner folgten ihm mit fünfhundert Pferden.

René von Lothringen würde ihn mit offenen Armen empfangen, wenn er ihm Karls Schlachtpläne verriet, und Karl würde endgültig erledigt sein.

Ein tiefes Gefühl der Genugtuung erfüllte ihn. Am morgigen Tag würde er sich endlich für Karls Demütigung rächen und dabei zusehen, wie er fiel.

Als sie weit genug vom Lager entfernt waren, schwangen sie sich auf ihre Pferde und ritten in die schwarze Nacht hinein.

Karl saß tief in Gedanken versunken in dem mit Seide verkleideten Holzzelt, das schon seinem Vater gute Dienste geleistet hatte.

Er war jetzt dreiundvierzig Jahre alt, und die Zeit rann ihm zwischen den Fingern hindurch. Sie nahm keine Rücksicht auf seine Pläne und seinen Traum, von dem er trotz der jahrelangen Kämpfe noch genauso weit entfernt war, wie es sein Vater gewesen war, als er für immer die Augen geschlossen hatte.

Die Niederlage vor Murten erschien ihm immer noch wie ein böser Traum!

Er hatte Lothringen wie geplant eingenommen, als ihn der Hilferuf Jolanthas von Savoyen erreicht hatte, die von den Schweizern mit Krieg überzogen worden war. Savoyen, das sich vom Neuenburger See und von Murten bis weit in die Berge und auf der anderen Alpenseite bis nach Turin erstreckte, war zu wichtig für ihn, als dass er es im Stich lassen konnte.

Er hätte schon längst in Frankreich sein sollen, doch unter diesen Umständen war ihm nichts anderes übrig geblieben, als gegen die Schweizer, die sich hinter seinem Rücken mit René von Lothringen verbündet hatten, in den Kampf zu ziehen. Und jetzt musste er weiterkämpfen, um seine in Murten verlorene Ehre wiederherzustellen.

Die Türe flog auf, und sein Halbbruder Antoine stürzte trotz der späten Stunde zu ihm ins Zelt und trug dabei einen Schwall wirbelnder Schneeflocken mit herein.

Es gelang ihm kaum, seine Erregung zu zügeln.

»Campobasso hat mit seinen Männern heimlich das Lager verlassen!«, berichtete er tonlos und ballte seine Hände zu Fäusten. Er machte sich schwere Vorwürfe, weil er Campobasso vertraut und dieser sie durch seine Flucht nun in eine gefährliche Lage gebracht hatte. Zwar hatte Antoine sofort die Wachen verschärft, um weitere Fahnenfluchten zu verhindern, doch was würde morgen in der Schlacht geschehen? Würden dann noch mehr Männer desertieren?

Ihre ohnehin schon reichlich aussichtslose Lage war durch Campobassos schmählichen Verrat noch aussichtsloser geworden.

Doch vielleicht würde seine Flucht wenigstens bewirken, dass Karl seine Meinung bezüglich der morgigen Schlacht noch änderte.

Leise Hoffnung stieg in ihm auf, aber Karl gab ihm keine Antwort.

Antoine wagte nicht, ihn zu bedrängen, und wartete daher stumm, bis er das Schweigen nicht mehr länger aushielt.

»Ihr seht müde aus, Bruder«, meinte er schließlich, als Karl auch weiterhin keine Reaktion zeigte.

Endlich sah Karl ihn an und las die unausgesprochene Frage im Gesicht des Großbastards, das dem seinen so ähnlich war.

»Luxemburg?« Noch ließe sich die sichere Niederlage vermeiden, die das Ende bedeuten musste. In Luxemburg könnte man neue Kräfte sammeln, das zerrissene Heer neu formieren.

Karl schüttelte stumm den Kopf. In seiner Geste lag etwas Endgültiges, das Antoine erschauern ließ.

Er öffnete den Mund, um etwas zu sagen, doch Karl befahl ihm zu schweigen.

Resigniert verließ Antoine das Zelt.

Irgendwann dämmerte Karl in seinem Feldstuhl ein, und auf einmal sah er sie.

Isabella saß auf ihrer Schimmelstute und ritt lachend auf ihn zu. Sie trug einen Mantel aus strahlendem Licht und war so jung und schön wie in seiner Erinnerung.

In ihrer Hand hielt sie den Zügel seines Rappenhengstes Moreau. Er streckte die seine aus, um die Zügel entgegenzunehmen, doch sein Griff ging ins Leere und Isabella verschwand, ihre schmale Gestalt verblasste und löste sich langsam im weißen Schnee auf.

Sie verschwand, aber zuvor formten ihre Lippen noch ein Wort, das wie ein Windhauch sein Ohr streifte und das er nur mit Mühe verstand.

»Maria.«

Karl erwachte. Seine düsteren Ahnungen verstärkten sich. Er hatte versucht, sich gegen seine Bestimmung zu wehren, aber tief in seinem Inneren wusste er, dass es sinnlos war, sich gegen das Schicksal aufzulehnen.

Der goldene Löwe Burgunds, das Zeichen seiner Macht, war am Morgen von seinem Helm gebrochen und zu Boden gefallen, und schon bald würde auch er fallen. Dieses Schicksal konnte auch ein Rückzug nach Luxemburg nicht mehr verhindern.

Isabella erwartete ihn, und dieser Gedanke tröstete ihn in seiner Schwermut, die ihn seit dem bösen Ohmen gepackt und nicht mehr verlassen hatte.

Schwerfällig stand er auf, trat an seinen Schreibtisch, griff entschlossen nach dem vorbereiteten Schriftstück mit dem Heiratsversprechen und unterzeichnete und siegelte es. Danach rief er nach einem Boten, dem er eine eigene Eskorte mitgab sowie den Befehl, den Brief auf schnellstem Weg nach Wien zu bringen.

»Bist du nun zufrieden, Isabella?«, fragte er in das leere Zelt hinein. Er erhielt keine Antwort, fühlte sich aber dennoch auf merkwürdige Art und Weise erleichtert.

Er setzte sich wieder in seinen Stuhl und ging in Gedanken noch einmal die fatale Situation durch, in der er sich befand, so, als würde sie jemand anderen und nicht ihn selbst betreffen.

Murten war verloren, Savoyen fiel als Bundesgenosse aus, Mailand suchte mit den Franzosen in Verhandlungen zu treten, mit Neapel war ebenfalls nicht mehr zu rechnen, und Friedrich brachte es nicht einmal fertig, seinen Vetter Sigismund von Tirol davon abzuhalten, seine Truppen auf der Seite der Eidgenossen gegen Burgund kämpfen zu lassen. Campobasso hatte ihn verraten.

Zu spät hatte er erkannt, wer der Verräter in den eigenen Reihen gewesen war, vor dem ihn sein Vater immer gewarnt hatte, doch das war jetzt nicht mehr wichtig.

Die Eidgenossen rückten mit den Lothringern näher. Ihr Heer war dreimal so stark wie das seine.

Als der Morgen anbrach, ließ er sich von seinen Pagen in die Rüstung helfen. Sein Gesicht war ausdruckslos.

Über dem weißen Land wirbelte der Schnee.

Bevor sich Karl auf sein Streitross schwang, übergab er Olivier noch eine Abschrift des Heiratsvertrages.

Es sollte das letzte Mal sein, dass Olivier de la Marche den Herzog von Burgund lebend sah.

Die Lothringer und Schweizer rückten durch den Wald von Saraupt vor.

Es gelang Karl noch einmal, sie zurückzudrängen. Aber dann geriet die burgundische Armee unter den Salven der Büchsenschützen in Panik. Die gefürchteten Schweizer Infanteristen rückten mit gefällten Lanzen vor, und wenige Augenblicke später durchbrachen sie die dünnen burgundischen Reihen. Die Schlacht löst sich in Einzelgefechte auf, kleinere Gruppen versuchten sich durchzuschlagen, und die Eidgenossen jagten die Flüchtenden und metzelten gnadenlos jeden nieder, der ihnen in die Hände fiel.

Gefangene zu machen war ihnen fremd.

Wie ein Rasender galoppierte Karl über das Feld und versuchte mit letzter Kraft, Widerstand zu organisieren, als seine Männer um ihn herum auseinandergerissen wurden.

Er spürte die Lanze nicht, die ihn in den Rücken traf.

Plötzlich brach die Sonne durch die Wolken, tauchte das Schlachtfeld vor ihm in gleißendes Licht und verwandelte das Blut der Gefallenen in leuchtende Rubine.

Isabella ritt auf ihn zu, und diesmal verschwand sie nicht, als er sich zu ihr hinüberbeugte, um ihre erwartungsvoll geöffneten Lippen zu küssen. Ihre wunderschönen Augen glitzerten wie zwei Sterne, und ihr Mund war so rot wie das Blut, das unaufhörlich aus seinem Körper rann.

Sie nahm seine Hand und ritt mit ihm auf die untergehende Abendsonne zu, die sich wie ein leuchtender Feuerball über dem zugefrorenen See vor ihnen erhob.

Er fühlte, wie sein Körper leicht wurde, und in seinen Ohren erklang ein Gesang, der lieblicher war als alles, was er jemals gehört hatte.

Dann wurde es schwarz um ihn herum.

Auf dunklen Schwingen eilten die verschiedensten Gerüchte durch das winterliche Land. Der Herzog von Burgund ist geschlagen und nach Luxemburg geflohen, hieß es. Nein, er ist gefallen. Nicht doch, er lebt, befindet sich aber in Gefangenschaft. Niemand wusste, was tatsächlich geschehen war.

Und alle sandten sie Boten nach Nancy, um sich Gewissheit zu verschaffen. Der König von Frankreich, die Machthaber von Mailand und Neapel, der Kaiser aus Wien.

Erst Tage später entdeckte ein Landsknecht Karls Leichnam am Ufer eines Sees; halbnackt und von Wölfen angenagt. Nun gab es keinen Zweifel mehr.

Der große Herzog des Abendlandes war tot.

24

Karls Siegelring wog schwer in seiner Tasche, und Olivier de la Marche fühlte sich beinahe wie ein Dieb, weil er ihn bei sich trug. Obwohl er Karls Leichnam mit seinen eigenen Augen gesehen hatte, war es ihm noch immer nicht gelungen, sich mit Karls Tod abzufinden.

Erst als die Zinnen und Dächer des Prinzenhofs vor ihm auftauchten, ließ er die Zügel seines Pferdes schleifen und das erschöpfte Tier in einen langsameren Schritt fallen. Es war ihm nicht unangenehm, dass auch er dadurch ein wenig an Zeit gewann und der schwere Gang, der vor ihm lag, noch ein wenig hinausgezögert wurde.

Doch als ihm bewusst wurde, was er da tat, richtete er sich auf und trieb das Pferd wieder zur Eile an. Es war seine Pflicht, Maria und auch der Herzogin die traurige Nachricht so schnell wie möglich zu überbringen.

Der Knecht, der herbeieilte, um seinen Steigbügel zu halten, erschrak vor dem furchtbaren Ausdruck im Gesicht des Zeremonienmeisters, der um Jahre gealtert schien.

Olivier de la Marches Schritte wirkten müde, als er die Treppe zu den herzoglichen Gemächern hinaufstieg. Er achtete nicht auf die neugierig abschätzenden Blicke, die ihm folgten.

Margarete saß über einem Buch, das William Caxton, ihr Sekretär und Hofbibliothekar, ihr von seiner Reise nach England mitgebracht hatte.

Es war das erste Mal, dass sie ein Buch las, das in ihrer eigenen Muttersprache und nicht in der offiziellen Verkehrssprache Latein gedruckt worden war. Eine unglaubliche Neuerung, die auch in England für großes Aufsehen gesorgt hatte und allein William Caxton zu verdanken war.

Sie war so vertieft in die romantische Erzählung von Godefrex of Bologne, dass sie das Klopfen an der Türe erst hörte, als es drängender wurde.

Auf ihre Aufforderung hin trat Anne von Salin herein und knickste.

»Monsieur de la Marche bittet um eine Audienz, Madame«, meldete sie mit heller Stimme.

Margarete legte ihr Buch zur Seite. »Führ ihn herein«, erwiderte sie in banger Erwartung und fühlte, wie sich ihr Körper verkrampfte.

Ein Blick in das aschgraue Gesicht des Feldmarschalls bestätigte ihre schlimmsten Befürchtungen, die sich seit dem Tag, an dem die ersten schrecklichen Gerüchte den Prinzenhof erreicht hatten, wie ein dunkler Schatten auf ihr Gemüt gelegt hatten.

In den verzweifelten Augen des Zeremonienmeisters las sie die grausame Wahrheit, die Olivier de la Marche nur schwer über die Lippen kam.

Karl war tot!

Margarete straffte ihre Schultern und erhob sich. Ihre feinen Gesichtszüge schienen wie gemeißelt und erinnerten Olivier de la Marche an die Madonnenstatuen in den Kirchen.

Warum war ihm zuvor noch nie aufgefallen, wie schön die Engländerin war!

Ihr rotblondes Haar, das meist straff am Kopf zurückgekämmt und unter einer modischen Kopfbedeckung verborgen war, floss in sanften Wellen über ihre Schultern und unterstrich ihre warme Weiblichkeit.

Die Weiblichkeit einer Mutter, die sie nie geworden war, weil Karls Pläne es nicht zugelassen hatten.

Margarete unterbrach seinen merkwürdigen Gedankengang. Ihre Stimme klang ein wenig höher als sonst.

»Bitte versucht gar nicht erst, etwas zu beschönigen, ich habe ein Recht darauf zu erfahren, was meinem Gemahl geschehen ist«, forderte sie.

Olivier de la Marche senkte schweigend den Blick, um zu verhindern, dass die Herzogin die Tränen in seinen Augen sah.

»Der Herzog ist vor Nancy gefallen. Er war allein, als er gestorben ist, und wir haben seinen Leichnam erst nach Tagen gefunden«, berichtete er stockend und lauschte dem merkwürdigen Klang seiner eigenen Worte nach. Noch immer fühlte er sich wie in einem dumpfen Albtraum gefangen, der ihn fest umklammert hielt.

»Ein Irrtum ist ausgeschlossen?«, fragte Margarete beherrscht.

Wortlos zog Olivier de la Marche Karls Siegelring aus seiner Tasche und überreichte ihn ihr.

Margarete nahm ihn an sich und drückte ihn an ihre Lippen. Dann bekreuzigte sie sich.

»Da wäre noch etwas«, meinte Olivier de la Marche. Er zog eine in Leder gebundene Rolle aus dem Umschlag seines Handschuhs und legte sie vor Margarete auf den Tisch.

»Ich glaube, Euer Gemahl hat geahnt, dass er nicht lebend aus der Schlacht zurückkehren wird«, fügte er nachdenklich hinzu. »Jedenfalls hat er mir, bevor er in den Kampf gezogen ist, noch eine Abschrift des von ihm unterzeichneten Hochzeitsvertrags übergeben. Den Vertrag selbst hat er bereits in der Nacht zuvor nach Wien gesandt.«

Margarete stiegen die Tränen in die Augen. Für einen winzigen Moment sahen sie sich an, und jeder las die Liebe zu Karl in den Augen des anderen und den Schmerz über seinen Tod, den sie miteinander teilten und der eine unschließbare Lücke in ihrer beider Leben hinterließ.

»Ich danke Euch, Ihr dürft Euch zurückziehen«, sagte sie gepresst.

Olivier de la Marche verbeugte sich und verließ den Raum.

Margarete ließ sich zurück auf ihren Stuhl sinken.

Sie war wie erstarrt. Eine unerträgliche Leere breitete sich in ihr aus und zog jede Wärme aus ihrem Körper.

Nun kann ich ihn nur noch begraben, zusammen mit meiner Liebe, die nicht mehr als ein Traum war, der Traum einer einzigen Nacht, dachte sie.

Die merkwürdigsten Gedanken zogen durch ihren Kopf, und von einer eigenartigen Gleichgültigkeit befallen, ließ sie sie ziehen, nahm sie nicht einmal richtig wahr, bis Marias Bild vor ihrem inneren Auge auftauchte.

Maria! Der Gedanke an ihre Stieftochter riss Margarete aus ihrer Lethargie. Maria sollte die traurige Nachricht von ihr und niemand anderem erfahren, sie durfte sie nicht alleine lassen in ihrem Schmerz.

Hoffentlich ist es noch nicht zu spät, dachte sie, als sie den Gang hinuntereilte, als würde sie um ihr Leben rennen.

Sie fand Maria vor ihrem Kamin sitzend. Neben ihr hockte auf einer eigens dafür angebrachten Stange ihr Lieblingsfalke und gab leise lockende Töne von sich.

Die kalten, runden Augen des weiß gefiederten Raubvogels verfolgten jede ihrer Bewegungen, als sie näher kam. Maria wandte sich von dem Falken ab und blickte Margarete fragend entgegen.

Sofort ging das einschmeichelnde Flöten des Falken in schrilles Protestgeschrei über, und er schlug wild mit den

Schwingen, um die Aufmerksamkeit seiner Herrin von dem unerwünschten Eindringling wieder auf sich zurückzulenken.

Aber Margarete kümmerte sich nicht weiter um den Falken. Sie trat zu Maria und setzte sich neben sie.

Maria zuckte unwillkürlich zusammen. Obwohl die Flammen im Kamin hochschlugen, fror sie plötzlich. Zusammen mit ihrer Stiefmutter hatte etwas Bedrohliches ihr Gemach betreten, und auch wenn sie es nicht sehen konnte, spürte sie doch, dass es da war.

In den letzten Tagen hatte sie die verschiedensten Gerüchte über das Schicksal ihres Vaters gehört, aber sie hatte jeden Gedanken daran, dass ihm etwas zugestoßen sein könnte, weit von sich geschoben. Ihr Vater war unbesiegbar, war der größte Feldherr des Abendlandes und besaß zudem das schlagkräftigste Heer, das es jemals gegeben hatte. Niemand konnte ihn besiegen.

Margarete legte einen Arm um ihre Schulter, um sie an sich zu ziehen, doch Maria befreite sich abrupt aus ihrer Umarmung und griff mit hölzernen Bewegungen nach dem Teller vor sich mit den rohen Fleischstückchen. Eines davon steckte sie dem Falken in den weit geöffneten Schnabel. Der Falke schlang das Fleisch gierig hinunter und legte in Erwartung eines weiteren Leckerbissens den Kopf schief.

Maria schaute Margarete nicht an. Sie wollte nicht in ihren Augen lesen, was bisher noch nicht ausgesprochen worden war, und so konzentrierte sie sich krampfhaft auf den Falken, als wäre er ihre letzte Rettung.

»Cath weiß genau, was sie will. Sie ist das erste Weibchen, das ich abgetragen habe, und sie hat mich davon überzeugt, dass die Weibchen den männlichen Falken in vielen Dingen überlegen sind. Sie lernen einfach schneller.« Ihre Stimme klang zittrig und dünn.

Margarete öffnete den Mund, um etwas zu sagen, doch Maria kam ihr zuvor.

»Ich muss Cath jetzt in ihre Voliere zurückbringen und dann in die Kapelle gehen und eine Kerze für meinen Vater anzünden. Wenn du willst, kannst du mich begleiten.« Sie sprach mit fliegender Hast, um Margarete keine Gelegenheit zu geben, auszusprechen, was doch irgendwann ausgesprochen werden musste.

Margarete sah sie schweigend an. Wie jung sie war und wie schön. Aber dann bemerkte sie den flehentlichen Blick ihrer goldbraunen Augen und verzagte. Wie sollte ich ihr nur... dachte sie und wandte sich ab, damit Maria ihre Trauer nicht sah.

Sie will es nicht wahrhaben, obwohl sie es tief in ihrem Inneren längst weiß. Aber vielleicht ist es tatsächlich besser, wenn ich warte, bis wir in der Kapelle sind. Dort sind wir Gott näher, und es wird leichter sein, die richtigen Worte zu finden.

Aber gab es überhaupt die richtigen Worte für eine solche Nachricht?

Unwillkürlich schüttelte sie den Kopf.

Nein, der Tod ließ sich nicht beschönigen, er war endgültig.

Auch wenn es ihr schwerfiel, sie musste Maria so schnell wie möglich die Wahrheit sagen. Sie konnte die Unruhe, die sich im Schloss ausbreitete, beinahe körperlich spüren und wappnete sich innerlich gegen den Tumult, der unweigerlich losbrechen würde, sobald sich die Nachricht vom Tod des Herzogs herumgesprochen haben würde.

»Du musst jetzt sehr tapfer sein«, sagte sie so ruhig, wie sie nur konnte. »Ich habe eine schreckliche Nachricht für dich.«

Maria versteifte sich. Ihr Gesicht verlor jede Farbe.

Auf dem Gang erklangen Schritte, begleitet von lauten Schluchzern.

»Die Gerüchte um meinen Vater sind wahr?«, Maria sprach so leise, das Margarete sie nur mit Mühe verstehen konnte.

Ihr Herz zog sich vor Mitleid zusammen. Sie nickte stumm, und auch Maria sagte daraufhin kein Wort. Stattdessen saß sie starr auf ihrem Stuhl, die Augen ins Nichts gerichtet, bis sie schließlich nach einer Weile mit dem Oberkörper nach vorne klappte und haltlos zu weinen anfing. Sie hatte das Gefühl, in ein tiefes Loch zu fallen, und ahnte noch nichts von den dunklen Wolken, die sich drohend über ihnen zusammenzogen.

Margarete schob ihren eigenen Schmerz beiseite, und während sie Maria umfasste und wie ein Kind in ihren Armen wiegte, eilten ihre Gedanken in eine ungewisse Zukunft, der sie ohne männlichen Beistand schutzlos ausgeliefert sein würden. Wem konnten sie vertrauen? Würden sie überhaupt jemandem vertrauen können?

Eduard gelang es nur selten, sich gegen seine Ratgeber und den Kronrat durchzusetzen, darüber hinaus waren ihm seine ehrgeizigen Pläne wichtiger als das Wohl der Stieftochter seiner Schwester. Er würde alles daransetzen, Maria mit einem seiner Edelleute zu vermählen, um Burgund an sich zu reißen. Der König von Frankreich würde ebenfalls wie eine Hyäne über sein Patenkind herfallen und versuchen, so viele der burgundischen Länder wie nur möglich in seine Gewalt zu bekommen, die Unruhen an den Grenzen würden sich verstärken, und Zünfte und Stände würden die Gunst der Stunde ungehindert für sich nutzen.

Lautes Klopfen, begleitet von aufgeregtem Stimmengewirr, unterbrach sie in ihren Gedanken.

Sie schob Maria ein Stück von sich und sah sie eindringlich an.

»Was ich nun von dir verlange, wird nicht leicht für dich sein, mein Kind, aber du musst dir deine Trauer für später aufheben und zeigen, dass du bereit bist, dein schweres Erbe anzutreten. Merke dir gut, dass die Hofschranzen und politischen Würdenträger jedes Anzeichen von Schwäche gnadenlos gegen dich verwenden werden. Zeig ihnen daher, wer die Tochter des Herzogs von Burgund ist, damit dein Vater stolz auf dich sein kann.«

Sie reichte Maria eines ihrer Seidentüchlein, die sie immer bei sich trug.

Maria nickte und wischte sich entschlossen die Tränen aus dem Gesicht.

Ein Ruck ging durch ihre schmale Gestalt, und Margarete wurde erst jetzt bewusst, dass Maria erwachsen geworden war.

Wie betäubt nahm Maria an dem feierlichen Trauergottesdienst zu Ehren ihres Vaters statt. Die schwarzen Flore, mit denen Wände und Altar verkleidet waren, verwandelten die Kathedrale von Gent in eine riesige düstere Gruft.

Das Licht Hunderter von Kerzen und Fackeln flackerte über kalt schimmernde sakrale Kostbarkeiten und über die bleichen Gesichter ebenso vieler Menschen, die in dem überfüllten, stickigen Kirchenschiff Mühe hatten, genügend Sauerstoff in ihre Lungen zu atmen.

Eng geschnürte Damen sanken reihenweise in Ohnmacht, während der Bischof von Cambrai, ein jüngerer Halbbruder Karls, mit bewegten Worten die Messe hielt.

Als Maria nach dem Gottesdienst an der Spitze des langen Trauerzuges die Kathedrale verließ, fuhr ihr der eisige Ostwind durch die Kleider, doch sie war so sehr in ihre Trauer versunken, dass sie die schneidende Kälte nicht einmal bemerkte.

Trotz der fallenden Temperaturen standen die Bürger von Gent Spalier und ließen es sich nicht nehmen, dem verhassten

Herzog von Burgund die letzte Ehre zu erweisen. Mit grimmigen Gesichtern betrachteten sie die kostbaren roten und schwarzen Roben, die sowohl Grafen und Fürsten als auch die kirchlichen Würdeträger schmückten.

Der Trauerzug hatte noch nicht einmal den Marktplatz erreicht, als verworrener Lärm aus den angrenzenden Gassen drang; ein unheimliches Grollen, das mit jedem Atemzug weiter anschwoll und in rasendem Tempo auf die Spalier stehende Bürgerschaft übergriff.

Antoine tauschte einen kurzen Blick mit Oliver de la Marche, der die Garde befehligte. Dessen Miene war angespannt.

»Sie tragen Waffen«, sagte er mit wachsendem Unbehagen, nachdem immer mehr mit Stöcken und Eisenstangen bewehrte Bürger zwischen den schwarzen Fahnen auftauchten.

Sein Unbehagen wuchs, als er jetzt auch noch die alten Banner von Gevere entdeckte, die aus der Schlacht vor zwanzig Jahren stammten, in der Philipp der Gute, Karls Vater, die Genter besiegt hatte.

Drohend schwangen die Aufrührer ihre Waffen, Stöcke und Spieße, während sie lauthals ihre Wut und ihren Hass aus sich herausbrüllten.

»Gents Rechte, Gents Rechte. Wir wollen unsere alten Rechte zurück.«

In schauerlichem Rhythmus wiederholten sie schreiend ihre Forderungen, bis sie schließlich auch noch vom letzten Bürger auf dem Platz aufgenommen wurden und zu einem wahren Orkan anwuchsen.

Die unerwartete Woge aus Gewalt und Wut, die ihr entgegenschlug, traf Maria wie ein Schock.

Erschrocken sah sie in die Gesichter der Menschen, die ihren Weg säumten; hassverzehrte Fratzen mit wütend aufgerissenen Augen und schnappenden Mäulern, die nichts mehr mit den Menschen gemein hatten, die ihr in der Vergangenheit so oft zugejubelt hatten.

Ihr Blick fiel auf einen hünenhaften Mann von animalischer Schönheit, der, wie ein mächtiger Fels in der Brandung, aus der Menge herausragte. Langes, blondes Haar wallte über seine breiten Schultern und schimmerte wie flüssiges Gold.

Obwohl er unbewaffnet war, wichen die Menschen vor ihm zurück, sodass eine Lücke um ihn herum entstanden war.

Herausfordernd starrte der Fremde sie aus kalten, gelben Augen an.

Ein gehässiger Zug lag um seine schmalen Lippen und jagte Maria eisige Schauer über den Rücken. Sie wollte ihren Blick von ihm abwenden, doch es gelang ihr nicht.

Er schien zu merken, was in ihr vorging, denn er lächelte spöttisch über ihren Versuch.

Als ob er meine Gedanken lesen kann, dachte Maria und erschrak über die unheimliche Anziehungskraft, die er wider Willen auf sie ausübte.

Margarete spürte, wie Maria sich neben ihr versteifte, und folgte ihrem Blick.

Auch sie erschauerte unwillkürlich. Der wilde Hass, der von dem blonden Hünen mit dem zornigen Gesicht eines Racheengels ausging, war fast mit Händen greifbar. Sie nahm Marias Hand und drückte sie leicht, um ihr deutlich zu machen, dass sie nicht alleine war.

»Wer ist das?«, fragte sie flüsternd.

»Ich kenne den Mann nicht, aber er ist mir unheimlich«, gab Maria ebenso leise zurück.

»Du brauchst dich nicht zu sorgen. Der Kerl ist einfach nur unverschämt. Ich werde Herrn de la Marche bitten, herauszufinden, wer er ist«, versprach Margarete.

Die Soldaten der Garde zogen drohend ihre Schwerter, verhielten sich auf einen Wink Olivier de la Marches hin aber zunächst abwartend.

Einen Trauerzug anzugreifen wäre schändlich, ein Frevel, den Olivier de la Marche den Aufständischen nicht zutraute.

Aus schmalen Augen beobachtete er die Schützen der Armbrustgilde, die von den Gentern zum Schutz Marias abgestellt worden waren, suchte nach Anzeichen, die erkennen ließen, ob sie sich den Aufrührern bereits angeschlossen hatten, doch seine Sorge schien unbegründet.

In aller Eile wurden Maria und ihre Stiefmutter zurück ins Schloss geleitet, doch der restliche Rückweg verlief ohne weitere Zwischenfälle. Dennoch atmete Olivier de la Marche erleichtert auf, als sich das mächtige Tor hinter ihnen schloss.

Margarete begleitete Maria, die immer noch wie erstarrt wirkte, in ihre Gemächer und befahl ihrer Zofe, ihr heißen, gewürzten Wein und etwas Gebäck zu bringen.

Dann schob sie die beiden mit Seide bespannten Stühle näher an den Kamin heran und bat Maria, sich zu setzen. Bevor sie in dem zweiten Stuhl Platz nahm, breitete sie noch fürsorglich ein Wolltuch über Marias Schultern.

»Du siehst völlig verfroren aus. Jetzt wärm dich erst einmal auf, sonst wirst du noch krank werden.«

Anne von Salin kehrte mit einer Kanne dampfenden Weins und frischem Backwerk zurück und stellte das Tablett auf einem kleinen Tischchen neben ihrer Herrin ab.

»Du kannst gehen«, befahl Margarete ihrer Zofe und wartete, bis diese die Türe hinter sich geschlossen hatte.

Der Duft von Fenchel, Nelken und süßem Honig stieg Margarete in die Nase, als sie Maria einen Becher Wein einschenkte und ihn ihr reichte.

Maria nippte schweigend daran. Langsam löste sie sich aus ihrer Erstarrung.

»Ich habe nicht gewusst, dass sie Vater so sehr gehasst haben«, stieß sie nach einer Weile mit tonloser Stimme hervor, und der Schock über das soeben Erlebte klang noch in ihren Worten nach.

Margarete versuchte sie zu beruhigen. »Sie sind aufgestachelt worden, und nicht alle haben deinen Vater gehasst«, erwiderte sie.

»Dieser Mann, er war mir unheimlich. Wir müssen herausfinden, wer er ist.«

Margarete wusste sofort, von wem Maria sprach, und nickte nachdenklich.

»Das werden wir, aber jetzt musst du dich erst einmal wieder beruhigen.«

Maria legte eine Hand auf Margaretes Arm. Es war eine liebevolle, vertrauliche Geste, die Margarete rührte.

»Wie wird es denn jetzt weitergehen?« Marias Frage zeigte Margarete, dass sich ihre Stieftochter trotz ihrer Trauer Gedanken um die Zukunft machte.

Sie antwortete Maria nicht sofort. Ihr Blick wanderte durch den vertrauten Raum. Hier drinnen war wie immer alles behaglich und ruhig. Die geschnitzten dunklen Möbel, der blau schimmernde Baldachin über Marias Bett, der kostbare Wandteppich und der große Kamin, in dem ein gemütliches Feuer flackerte.

Doch es war eine trügerische Stille und Gemütlichkeit, ähnlich dem Moment, in dem der Himmel sich gelb färbte und die Tiere den Atem anhielten, weil sie das drohende Unwetter schon spüren konnten, das jeden Augenblick über sie hereinbrechen würde.

Vor den Schlossmauern formierte sich der Widerstand.

Doch was würde hinter den Mauern geschehen? Ein beunruhigendes Gefühl kroch Margarete den Rücken hoch, als ihr klar wurde, dass selbst die dicksten Mauern sie nicht würden schützen können.

Diesen Gedanken beschloss sie jedoch vorläufig für sich zu behalten, um Maria nicht noch mehr zu beunruhigen.

»Es ist noch zu früh, um etwas Genaueres sagen zu können, aber wir sollten uns gut überlegen, wem wir vertrauen und wem nicht.«

»Ich wünschte, Maximilian könnte bei uns sein«, seufzte Maria leise, und ihre Gesichtszüge verloren dabei an Strenge und wurden weicher.

»Ich sehne mich so sehr nach ihm und werde keinen anderen Mann zu meinem Gemahl nehmen als ihn.«

In ihrer Stimme klang Entschlossenheit, aber auch ein Hauch von Trotz und Triumph mit, der Margarete aufhorchen ließ.

»Gibt es etwas, das du mir sagen möchtest?«, fragte sie.

Maria trank noch einen Schluck von dem süßen, heißen Wein, bevor sie den Becher absetzte und Margarete mit einem eigentümlichen Ausdruck in den Augen ansah.

»Als du in Calais bei deinem Bruder warst, war Maximilian in Gent«, sagte sie.

Margarete zog ungläubig ihre fein geschwungenen Augenbrauen nach oben. Im ersten Moment glaubte sie, sich verhört zu haben. »Maximilian war hier?«, fragte sie verblüfft.

Maria nickte.

»Wusste dein Vater davon?«

Aus irgendeinem Grund war sie nicht besonders erstaunt darüber, als Maria den Kopf schüttelte. Ein geheimnisvolles Lächeln umspielte die Lippen ihrer Stieftochter.

»Niemand wusste es, außer mir«, gab sie mit einem Anflug von Verlegenheit zu.

»Ihr habt euch wirklich getroffen? Wie hast du das denn angestellt?« Neugierig wartete sie auf Marias Antwort.

»Ich habe mich am Abend heimlich aus dem Schloss geschlichen. Bis zu der Herberge, in der Maximilian abgestiegen ist, sind es nur wenige Schritte.«

Margarete sah sie fassungslos an.

»Du hast ganz alleine das Schloss verlassen und bist im Dunkeln durch die Stadt gelaufen. Wie konntest du nur ein solches Wagnis eingehen?«, rief sie entsetzt aus. Allein bei dem Gedanken, was Maria alles hätte zustoßen können, bekam sie es nachträglich noch mit der Angst zu tun.

Maria beschloss angesichts Margaretes Reaktion, ihr lieber nichts vom Angriff der beiden Trunkenbolde zu erzählen, sondern gleich an der Stelle ihrer Geschichte fortzufahren, als sie Maximilian zum ersten Mal begegnet war.

»Wir haben uns im Stall hinter der Herberge St-Georges getroffen.«

Margarete starrte auf die Stundenkerze, die inzwischen so weit heruntergebrannt war, dass sich die Flamme beinahe jeden Augenblick durch die Kordel fressen konnte. Schon fiel das an der Kordel befestigte Glöckchen klingend auf die darunterliegende Schale und erinnerte sie daran, dass es an der Zeit war, sich für den festlichen Leichenschmaus umzuziehen.

Sie konnte kaum glauben, was sie gerade gehört hatte, und sah Maria an, als würde sie sie zum ersten Mal wirklich sehen.

Was hatte sie sich nur dabei gedacht, ihren guten Ruf aufs Spiel zu setzen und sich auf solch ein Abenteuer einzulassen? Sie durfte gar nicht daran denken, was geschehen wäre, wenn sie alleine mit einem Mann, auch wenn es der Sohn des Kaisers war, gesehen worden wäre.

Andererseits konnte sie trotz ihres Schreckens nicht umhin, Maria für ihren Mut zu bewundern, und sie fragte sich unwillkürlich, ob es etwas an ihrer Situation geändert hätte, wenn sie genauso entschlossen um ihre Liebe zu Karl gekämpft hätte, wie Maria es in Bezug auf Maximilian tat.

Doch Karl hatte ihre Liebe gar nicht gewollt und sie von Anfang an zurückgewiesen. Und später hatte er sogar geglaubt, dass sie ihn verraten hatte und in ihrem Herzen Engländerin geblieben war.

Maria unterbrach ihre wehmütigen Gedanken.

»Und dort im Stroh bin ich Maximilians Frau geworden.«

Margarete schwieg schockiert, während Marias Augen sie um Verständnis anflehten.

»Verstehst du nun, warum ich keinen anderen Mann heiraten kann?«

Die beiden Frauen sahen sich an. Margarete dachte an ihre Hochzeitsnacht mit Karl, dachte daran, wie er sie geliebt hatte, und spürte die altbekannte Sehnsucht wieder in sich aufsteigen, die einfach nicht vergehen wollte. Rasch wischte sie den Gedanken an Karl fort. Karl war tot, er hatte ihre Liebe zurückgewiesen, und das Einzige, was in ihrem Leben jetzt noch zählte, war Maria, die sie um Verständnis bat.

Sie hatte nicht das Recht, ihre Stieftochter für das zu verurteilen, was sie getan hatte, es stand ihr nicht zu, den Stab über sie zu brechen, weil es einzig und allein aus Liebe geschehen war.

Und konnte Liebe wirklich Sünde sein? Hatte Gott sie bestraft, weil sie ihre Hochzeitsnacht mit Karl genossen hatte, obwohl die fleischliche Lust von der Kirche verdammt wurde und lediglich der Fortpflanzung zu dienen hatte?

Fragen über Fragen, auf die sie keine zufriedenstellenden Antworten fand.

Margarete spürte Marias Blick voll ängstlicher Erwartung auf sich ruhen und kehrte wieder in die Gegenwart zurück.

Schließlich nickte sie langsam und bemerkte die Erleichterung in Marias Augen.

»Eines würde ich gerne noch wissen«, sagte sie und griff nach Marias Hand, die eiskalt war.

»Wie bist du aus dem Schloss gekommen, ohne dass jemand etwas davon bemerkt hat?«

Maria beugte sich ganz nah an Margaretes Ohr.

»Es gibt einen geheimen Gang, den niemand kennt, ich werde ihn dir gleich morgen zeigen.«

25

Abschätzende Blicke folgten Maria und Margarete, als sie, gefolgt von ihren Hofdamen, den Saal betraten und ihren Platz an der Tafel einnahmen.

Karls erhöhter Platz blieb leer und war mit schwarzem Samt umhängt, wie ein offener Sarg. Auch wenn man versuchte, nicht hinzusehen, konnte sich kaum jemand der Anwesenden diesem schaurig-düsteren Anblick entziehen.

Karl hatte zu seinen Lebzeiten als unsterblich gegolten, und doch hieß es nun, er wäre tot, obwohl niemand außer dem Zeremonienmeister seinen Leichnam gesehen hatte. Gefallen sollte er sein, wie ein gemeiner Soldat, und nicht in einem ruhmreichen Zweikampf oder einer heldenmütigen Schlacht.

Leise Zweifel an dieser Nachricht schlichen sich diesbezüglich bei dem einen oder anderen ein, denn um dies glauben zu können, war Karls Anwesenheit in dem prachtvollen Saal noch viel zu gegenwärtig, mit all seinen unzähligen Lichtern, Silberplatten und Pokalen, in denen sich die ganze Prunkentfaltung seiner Hofhaltung widerspiegelte.

Vielleicht hatte Karl sich nur zurückgezogen, um sein Heer erneut zu sammeln, und alles war nur ein schrecklicher Irrtum, eine Verwechslung, wie sie auf dem Schlachtfeld schon des Öfteren vorgekommen war?

Schließlich war Karl schon zu Lebzeiten zu einem Mythos geworden, er konnte nicht so einfach sterben, wo sollte denn sonst die Hoffnung bleiben?

Die Atmosphäre während des Leichenschmauses war voller unterdrückter Spannung und düsterer Ungewissheit, und Humbercourts scharfen Augen entgingen die verschiedenen Allianzen nicht, die zwischen den einzelnen Fleisch- und Fischgängen an der Tafel geschlossen wurden.

Zu allem Überfluss erschien gegen Ende der wahrlich üppigen Leichenfeier auch noch ein Bote aus Frankreich. Sein Gesicht unter dem roten Turban war schwarz wie die Hölle. Er trug einen grünen Rock mit regelmäßigen Einschnitten und gelbe, weiche Lederstiefel.

Die wenigsten Menschen bei Hof hatten in ihrem Leben schon einmal einen Mohren gesehen und starrten ihn deshalb an, als wäre er der Leibhaftige persönlich. Einige der Damen bekreuzigten sich sogar ängstlich hinter seinem Rücken.

Das Weiße in den Augen des Mohren leuchtete gespenstisch, und er lächelte mit gefletschtem Gebiss, als er Maria unter zahllosen Bücklingen einen gesiegelten Brief König Ludwigs überreichte.

Maria brach das Siegel und öffnete den Brief, den der König von Frankreich ihr geschrieben hatte.

Sie spürte, wie die Wut in ihr hochkroch, als sie die scheinheiligen Worte Ludwigs las, mit denen er ihr kundtat, dass es allein ihm gebühre, Gebieter der burgundischen Staaten zu werden, damit er seinem geliebten Patentöchterchen Maria die schwere Bürde des Regierens abnehmen könne. Schließlich gelte für die ehemals französischen Lehen nur die männliche Erbfolge.

Und um den von allen herbeigesehnten Frieden zu sichern, gäbe es keine andere und bessere Lösung, als einen Ehevertrag zwischen der Prinzessin und seinem Sohn zu unterzeichnen. Darüber hinaus habe er sich erlaubt, mit seinen Truppen in die südlichen Provinzen Burgunds vorzurücken, um eventuelle Missverständnisse erst gar nicht aufkommen zu lassen.

Maria sprang auf und warf den Brief auf den Tisch. Ihre Augen funkelten vor Empörung.

»Wie kann er es wagen«, stieß sie zornig hervor.

Augenblicklich verstummten die Gespräche bei Tisch, und die Blicke aller Anwesenden richteten sich auf Maria. Margarete zupfte warnend an ihrem Ärmel. Ihr Blick war eindringlich und unmißverständlich. »Sag nichts, was du später bereuen könntest«, flüsterte sie.

Der Bote lächelte sie noch immer fröhlich an.

Maria betrachtete ihn nachdenklich. Bisher hatte sie die Politik ihres Vaters nur als unbeteiligte Zuschauerin verfolgt. Doch nun erwartete man eine Entscheidung von ihr. Wie hätte ihr Vater wohl auf eine solche Provokation reagiert? Augenblicklich wurde sie ruhiger und wusste, was sie zu tun hatte. Denn Karl hatte sich niemals drängen und schon gar nicht drohen lassen, sondern seine Ziele unbeirrt weiterverfolgt.

Ihre Schultern strafften sich.

»Richte deinem Herrn aus, dass ich einer Ehe mit seinem Sohn nicht zustimmen kann, da mein Vater bereits einen Ehevertrag mit dem Kaiser geschlossen hat. Ich bedaure sehr, ihm keine andere Antwort geben zu können als diese«, sagte sie fest und neigte hoheitsvoll ihren Kopf.

Sie beugte sich ein wenig vor, um ihren nächsten Worten mehr Eindruck zu verleihen.

»Richte ihm weiterhin aus, dass ich mich entschieden gegen den Einmarsch seiner Truppen auf burgundischen Boden verwahre und ihn auffordere, diese unverzüglich zurückzuziehen.«

Überraschtes Gemurmel folgte ihren Worten. Wie gebannt hingen die Augen der Trauergäste an der Tochter des Herzogs von Burgund. Ihre Haltung, ihre Gestik und nicht zuletzt die kämpferische Entschlossenheit, mit der sie den Drohungen

König Ludwigs begegnete, riefen in ihnen die Erinnerung an Karl wach, es war, als befände sich sein Geist mitten unter ihnen und wäre in seiner Tochter zu neuem Leben erwacht.

Der Mohr nickte zum Zeichen, dass er alles verstanden hatte, und wiederholte leise vor sich hin murmelnd Marias Worte, um sie sich besser einprägen zu können. Seine wulstigen Lippen bewegten sich unaufhörlich, während er sich unter tiefen Bücklingen zurückzog.

Mit erhobenem Kopf nahm Maria ihren Platz wieder ein. Sie wartete, bis die Gespräche wieder in Gang gekommen waren, dann wandte sie sich ein wenig zur Seite.

»Ich werde Frankreich niemals heiraten«, sagte sie gerade so laut, dass Margarete es hören konnte. »Niemals.«

Vor den Schlossmauern tobte derweil ein erbitterter Kampf zwischen den Anhängern einer Hochzeit mit Frankreich und einer Gruppe aufsässiger Genter, die sich überwiegend aus Kaufleuten zusammensetzte und die eine Bürgermiliz gegründet hatte, weil sie hoffte, mit ihrem Aufstand die Rückgabe ihre alten Privilegien erzwingen zu können.

Ihr frisch gewählter Kommandant hieß Adolf von Geldern, ein Mann von imposanter Statur mit weit über die Schultern hinabwallenden, blonden Haaren, der selbst mit dem Teufel einen Pakt geschlossen hätte, um sein Ziel zu erreichen.

Und dieses Ziel war Maria von Burgund.

Zufrieden lehnte Adolf von Geldern neben seinem teuren Schlachtross, das ihm diese lächerliche Bürgermiliz großzügig überlassen hatte, nachdem sie ihn aus dem Gefängnisturm in Courtrai befreit hatte.

Ein finsteres, stinkendes Loch, in das ihn der Herzog von Burgund geworfen hatte und in dem er ihn hatte verfaulen lassen wollen. Jetzt allerdings verfaulte er selbst, und Würmer und Maden fraßen sich durch sein langsam verwesendes Fleisch.

Das Schicksal meinte es wirklich gut mit ihm.

Die Aufständischen hatten ihn zu ihrem Anführer gemacht und wollten die Generalstaaten unter Druck setzen, um seine Hochzeit mit der reichsten Erbin Europas zu erzwingen, weil sie glaubten, dass er einer von ihnen wäre, noch dazu einer, der ihnen nicht gefährlich werden würde.

Sein breiter Mund verzog sich spöttisch.

Maria von Burgund, ihre wunderschöne kleine Prinzessin, Karls Tochter, wollten sie ihm auf einem Silbertablett präsentieren.

Aber er hatte ihre scheinheiligen Versprechungen sofort durchschaut. Sie hatten lediglich vor, ihn zu benutzen, nur würde er den Spieß umdrehen und sie so lange in dem Glauben lassen, für ihre Sache zu kämpfen, bis sie ihm Maria ins Bett gelegt hätten.

Dann endlich würde er Rache nehmen können für acht lange Jahre, in denen er durch die Hölle gegangen war. Und er würde seine Rache auskosten und sich viel Zeit für sie lassen. So viel Zeit, dass sich Maria wünschen würde, nie geboren worden zu sein, wenn er endlich mit ihr fertig wäre.

In Karls geheimem Beratungszimmer gab es keinen Kamin, und so hatte Olivier de la Marche zwei Becken mit glühender Kohle dort aufstellen lassen, damit sich Maria und Margarete nicht verkühlten.

Die Lage war angespannt. Die Zukunft so unsicher wie noch nie.

Sofort nachdem alle ihren Platz eingenommen hatten, erteilte Maria ihrem Kanzler das Wort. Sie war blass, wirkte aber gefasst.

Ohne dass es ihr bewusst wurde, glitten ihre Finger über die geschnitzten Lehnen des Stuhls, auf dem ihr Vater unzählige Stunden verbracht hatte. Seine Lehnen endeten in stilisierten Löwenpranken.

Der Löwe und der Adler, die Prophezeiung der Sibylle.

Wie durch einen Nebel klang auf einmal die mahnende Stimme der Wahrsagerin an ihr Ohr.

Und plötzlich begriff sie, was die Alte damit gemeint hatte.

Vor lauter Aufregung hielt sie den Atem an.

Der Löwe von Burgund und der Adler.

Der Reichsadler war das Wappen des Kaisers.

Maximilians Wappen.

Der Löwe und der Adler.

Margarete war kinderlos geblieben, genau wie die Alte es prophezeit hatte. Und sie hatte auch noch gesagt, dass das Schicksal jedes einzelnen vorherbestimmt wäre und sich nicht ändern ließe.

Das Schicksal hatte sie mit Maximilian zusammengeführt.

Und die Prophezeiungen der Sibylle hatten sich bislang noch immer erfüllt.

Mit Maximilian an ihrer Seite würde es ihr gelingen, die alte Ordnung wiederherzustellen, und er würde die Leere ausfüllen, die der Tod ihrer geliebten Eltern in ihrem Herzen hinterlassen hatte.

Wenn er nur endlich kommen würde. Sie sehnte sich so sehr nach ihm und fühlte sich innerlich wie zerrissen seit dieser unvergesslichen Nacht, in der sie seine Frau geworden und in der ihr klar geworden war, wie einsam sie ohne ihn gewesen war.

Die Prophezeiung der Sibylle.

»Lass sie wahr werden, lieber Gott.«

Sie betete lautlos, ohne dass sich ihre Lippen bewegten, und spürte, wie sie langsam ruhiger wurde.

Von neuer Hoffnung erfüllt, zwang sie ihre Gedanken in die Gegenwart zurück, und Hugonets gleichförmige Stimme erreichte wieder ihr Bewusstsein.

»... die meisten der südlichen Provinzen und auch die Picardie haben sich den französischen Invasionstruppen ergeben. König Ludwig rückt unaufhaltsam näher und lässt sich auf keine weiteren Verhandlungen ein, bevor der Heiratskontrakt nicht unterschrieben ist«, berichtete er gerade und strich sich mit einer müden Geste über die brennenden Augen.

Er war beinahe Tag und Nacht geritten, um die beunruhigenden Nachrichten so schnell wie möglich nach Gent zu bringen.

Mühsam unterdrückte Maria ihren Zorn. Sie hatte die Gefahr, die vom Todfeind ihres Vaters ausging, längst erkannt, noch bevor Hugonet in seiner überaus korrekten, aber umständlichen Art den genauen bisherigen Verlauf der Verhandlungen vorgetragen hatte: das zähe Ringen um Arras, der vergebliche Versuch, einen Waffenstillstand zu erzielen.

»Sein neuer Kommandant ist Seigneur d'Esquerdes«, schloss Hugonet soeben seinen Bericht. »Mit fliegenden Fahnen ist er zu Ludwig übergelaufen, und er ist nicht der Einzige.«

Eine Weile herrschte Stille in dem geheimen Raum hinter der Bibliothek, und niemand wagte ein Wort zu sagen.

Ist denn jede Treue mit meinem Vater gestorben?, dachte Maria traurig, während die Männer auf eine Antwort von ihr warteten.

Ausgerechnet Seigneur d'Esquerdes, dem ihr Vater vertraut und den er in den Orden vom Goldenen Vlies aufgenommen hatte, war zum Verräter geworden. So wie der Graf von Campobasso und sein Sohn Angelo zu Verrätern geworden waren. Und plötzlich wusste Maria, dass sie es waren, die hinter dem heimtückischen Giftanschlag steckten, dem die arme Catherina zum Opfer gefallen war, es konnte gar nicht anders sein. Sie hatte die beiden unterschätzt, ebenso wie ihr Vater sie unterschätzt hatte.

Humbercourt räusperte sich schließlich, um die Aufmerksamkeit der Anwesenden auf sich zu ziehen.

Er legte eine lange Liste mit den Forderungen der Generalstände auf den Tisch.

»Die Generalstände sind bereit, Euch als neue Gräfin von Flandern anzuerkennen, wenn ihr auf ihre Forderungen eingeht. Die Mehrheit unter ihnen würde übrigens eine Heirat mit Frankreich befürworten, in der Hoffnung, zukünftig keine teuren Kriege mehr gegen Ludwig finanzieren zu müssen.«

Für einen Augenblick kreuzte sich Humbercourts Blick mit dem Marias, und er sah für einen Moment Zorn in ihren Augen aufblitzen, dann verbarg sie ihre Gefühle wieder hinter einer ausdruckslosen Miene.

Der Kreis ihrer Bewerber zog sich immer enger um sie zusammen, war wie ein Netz, aus dem es kein Entkommen gab. Würde man ihr überhaupt eine Wahl lassen?

Zweifel tauchten auf einmal wie aus dem Nichts in ihr auf und legten sich schwer auf ihr Gemüt, und plötzlich war sie sich gar nicht mehr so sicher, was das Schicksal betraf.

Die Angst, Maximilian zu verlieren, schnürte ihr die Kehle zu.

Wenn er nicht bald kam, würde es zu spät sein.

Warum antwortete er nicht auf ihre Briefe? Hatte der Kaiser inzwischen andere Pläne mit ihm, denen Maximilian sich beugen musste, so wie sie selbst sich dem momentanen politischen Kalkül beugen sollte?

Es fiel ihr schwer, sich noch länger auf ihre Ratgeber zu konzentrieren, während alles in ihr nach dem Geliebten schrie. Doch sie spürte die Blicke der Männer auf sich ruhen und riss sich zusammen.

»Was würdet Ihr mir raten?«, fragte sie letztlich.

Sir Humbercourt sah sie finster an.

»Nun ja, wenn Ihr die unverschämten Forderungen der Generalstaaten erfüllt, beraubt Ihr Euch selbst jeder Macht. Mit anderen Worten, die Städte verwalten sich selbst und erhalten alle ihre Privilegien zurück.

Solltet Ihr ihre Forderungen allerdings ablehnen, stehen wir allein und ohne jede Hilfe da. Es sieht tatsächlich so aus, als bliebe uns nur die Wahl, vorläufig auf ihre Bedingungen einzugehen, wenn wir verhindern wollen, dass sich nicht noch mehr Bürger zu den Aufständischen gesellen, deren Anführer übrigens Adolf von Geldern, ein alter Feind Eures Vaters, ist.

Seine Anhänger weigern sich strikt, von fremdem Blut regiert zu werden, weder von englischem noch von französischem.«

Er legte eine kurze Pause ein, bevor er fortfuhr.

»Sie verlangen, dass Ihr Adolf von Geldern heiratet.«

Die kalten Augen des blonden Hünen tauchten vor Maria auf. Es war nicht sonderlich schwer gewesen, seinen Namen in Erfahrung zu bringen. Denn Adolf von Geldern, den ihr Vater in den Turm geworfen hatte, nachdem er sich nicht nur gegen ihn, sondern auch gegen seinen eigenen Vater aufgelehnt und diesen schließlich eigenhändig ermordet hatte, schien in der ganzen Stadt bekannt zu sein. Ein Vatermörder, mit Blut an den Händen, das sich niemals mehr abwaschen ließ.

Ein Mann, dessen Blick sie bis in ihre Träume hinein verfolgt hatte.

Schaudernd drängte sie die Gedanken an ihre erste Begegnung mit ihm zurück.

»Ich danke Euch, Sir Humbercourt«, sagte sie unter Aufbietung aller Willenskraft und warf einen Blick in die Runde, zu der sich mittlerweile auch Guillaume de la Baume gesellt hatte, ein treuer Gefolgsmann ihres Vaters, den Karl darüber hinaus zu Margaretes Ehrenritter ernannt hatte.

Und noch einer hatte sich in ihren inneren Zirkel gedrängt und sein Recht auf Mitsprache energisch durchgesetzt: Der Herzog von Kleve, der Seite an Seite mit ihrem Vater gekämpft und für seinen Sohn Philipp um ihre Hand angehalten hatte.

Als Kind hatte Philipp am liebsten auf Katzen geschossen, Frösche aufgeblasen und den Fischen, die er aus dem Teich gezogen hatte, beim Sterben zugesehen. Er war auch heute noch genauso hinterhältig, überheblich und dumm wie damals, und sie dachte nicht daran, ihn zu ehelichen.

Jetzt starrte sie Johann von Kleve unverwandt an, und sie schrak vor der Wut, die in seinen Augen lag, zurück.

Es war ein unangenehmes Gespräch gewesen, das sie am Tag zuvor mit ihm geführt hatte. Anfangs hatte er sie noch bedrängt, auf die Heirat mit seinem Sohn einzugehen, aber als sie bei ihrem Nein geblieben war, hatte er ihr offen gedroht.

Maria hatte sich jedoch nicht von ihm einschüchtern lassen und ihm furchtlos die Stirn geboten. Mit einem Mut, der sie selbst überrascht hatte.

»Vielleicht hätte ich eine Heirat mit Philipp in Erwägung gezogen, wenn mein Vater es von mir verlangt hätte, doch nun, da ich meine eigene Herrin bin, sehe ich keinen Grund mehr, mir solcherlei Gewalt anzutun«, waren ihre Worte gewesen. Worte, die ihn tief getroffen hatten.

Margarete war der Meinung, dass es besser gewesen wäre, wenn sie ein wenig diplomatischer vorgegangen wäre, doch sein selbstgefälliges Auftreten hatte Maria wütend gemacht, und sie hatte ihn einfach in seine Schranken verweisen müssen.

Trotzdem hatte sie das dumpfe Gefühl, dass er gar nicht daran dachte, aufzugeben.

Wieder drohten ihre Gedanken abzuschweifen, es war einfach zu viel in den letzten Wochen geschehen.

Dann aber atmete sie einige Male tief durch und ergriff mit fester Stimme wieder das Wort.

»Ich werde Eurem Rat folgen, Sir Humbercourt, und den Bürgern von Gent die von ihnen geforderten Privilegien zurückgeben.«

Nach altem Brauch verbrachte Maria den Vorabend vor dem feierlichen Einzug in Gent in einem Landhaus außerhalb der Stadt, um dann am nächsten Morgen in der Kirche St-Jean den Amtseid als neue Gräfin von Flandern abzulegen.

Margarete hatte sie begleitet. Das Landhaus war alt und düster wie ihrer beider Stimmung, daran konnten auch die vielen Kerzen und das frisch geschürte Feuer in dem großen Kamin nichts ändern. Die Möbel und Stoffe hatten ihren Glanz schon vor Jahren verloren und waren verschlissen und abgewetzt. Durch die Ritzen der verwitterten Fenster zog eisiger Wind in den Wohnraum.

Ein Diener trat ein und servierte ihnen ein einfaches Abendmahl, das nur aus grobkörnigem Salz, dunklem Brot, wie das Volk es aß, und aus Fisch bestand, genauer gesagt aus fettem, silbrig glänzendem Hering.

Er stellte alles auf einem wurmstichigen Holztisch ab, schenkte Wein in dickwandige, lasierte Becher ein und zog sich nach einem Blick auf die beiden Herzoginnen geräuschlos zurück.

Marias Gedanken wanderten zu Maximilian. In den letzten

Wochen hatte sie nichts mehr von ihm gehört. War es möglich, dass ihn ihre Briefe nicht erreicht hatten?

Sie sprach mit Margarete darüber, die nachdenklich in die Flammen starrte.

»Es ist gut möglich, dass deine Briefe abgefangen worden sind. Und es wird auch keineswegs leicht sein, einen vertrauenswürdigen Boten zu finden, der ohne Misstrauen zu erregen im Schloss ein- und ausgehen kann.«

Sie dachte eine Weile nach, dann hellte sich ihre Miene auf.

»William Caxter, mein alter Freund und Sekretär, könnte einen Brief von dir aus dem Schloss schaffen. Ich bin sicher, dass er uns helfen wird.

Er genießt mein volles Vertrauen, auch wenn er offiziell die Weberzünfte vertritt und ein Mitspracherecht bei den Generalstaaten hat.« Sie zwinkerte Maria zu. »Obwohl er sich stets neutral und bescheiden gibt, gibt es keinen Mann, der gerissener und einfallsreicher wäre als er.«

Marias Gesicht leuchtete vor Freude. Sie sprang auf, umarmte Margarete überschwänglich und drückte ihr einen Kuss auf die Wange.

»Ich weiß gar nicht, was ich ohne dich tun würde«, sagte sie und begann sofort einen Brief an Maximilian aufzusetzen, in dem sie ihm die Ereignisse der letzten Wochen schilderte.

»... Ihr dürft nicht daran zweifeln, dass es, was uns betrifft, meine feste Absicht ist, der Entscheidung, die mein Vater so kurz vor seinem Tod getroffen hat, mit freudigem Herz zu folgen, und dass es mein Wille ist, Eure Gemahlin zu werden.

Möge Gott uns in guter Gesundheit erhalten und uns unseren Herzenswunsch gewähren. Ich bitte Euch inständig, nicht zu säumen, mir und meinen Ländern zu Hilfe zu eilen,

bevor es zu spät ist und ich zu Handlungen gezwungen sein werde, die gegen meinen Willen sind.«
In Liebe
Maria

Unwillkürlich tauchte das spöttische Gesicht Adolfs von Geldern vor ihr auf, und Maria zog fröstelnd ihre Schultern hoch.

»Es ist nur eine Ahnung«, meinte sie zu Margarete. »Aber ich habe so ein Gefühl, dass wir den Herzog von Geldern nicht unterschätzen dürfen.«

Margarete nickte. »Ich werde gleich morgen mit William über ihn sprechen.«

Maria blickte erstaunt auf. »Ich habe gar nicht gewusst, dass ihr beiden so vertraut miteinander seid«, sagte sie.

Ein feines Lächeln umspielte Margaretes Mund.

»Ich kann nur hoffen, dass es alle anderen ebenso wenig wissen wie du. Gerade in unserer jetzigen Situation ist es von Vorteil, den einen oder anderen Vertrauten zu haben, auf den man sich bedingungslos verlassen kann.«

Maria bestand trotz der feierlichen Zeremonie darauf, ihre Trauerkleidung zu tragen. Am Stadttor wurde sie vom Magistrat sowie den Bruderschaften und Zünften empfangen, die sie feierlich in die Kirche des St-Jean geleiteten.

Die Menschen, die die Straßen säumten, jubelten ihr fröhlich zu, aber Maria war sich nicht sicher, ob der Jubel ihr oder eher den neuen Freiheiten galt, die sie den Menschen unter dem Druck der Generalstaaten gewährt hatte.

Sie fühlte sich unbehaglich unter den Blicken der Menge, deren Stimmung innerhalb weniger Tage von Jubel in Hass umschwenken konnte, wie sie gerade erst schmerzlich erfahren hatte.

Ihre Nackenhaare richteten sich auf. Nur noch wenige Ellen trennten sie von dem eisernen Kirchenportal und seinen schützenden Mauern.

Aus den Augenwinkeln heraus beobachtete sie die Menschen, die den Weg bis zur Kirche in dichten Reihen säumten. Einige Frauen hatten ihre pausbäckigen Kinder hochgehoben, damit diese ebenfalls einen Blick auf den feierlichen Zug erhaschen konnten.

Maria konnte seine Anwesenheit förmlich spüren. Sie war sich ganz sicher.

Irgendwo in der Menge verborgen stand Adolf von Geldern und beobachtete sie. Wie ein Raubtier, das im Hinterhalt lauerte und nur auf eine passende Gelegenheit wartete, um sich auf sie zu stürzen.

Bevor sie neben Margarete durch das Portal von St-Jean trat, sah sie sich noch einmal um – und direkt in seine kalten Augen.

Seine Größe ließ es zu, dass er sich mühelos aus der Menge erhob.

Eilig wandte sie sich wieder um, doch sie hatte sehr wohl noch bemerkt, wie sich sein Mund, genau wie bei ihrer ersten Begegnung, spöttisch verzogen hatte.

Unruhe bemächtigte sich ihrer, und sie atmete einige Male tief ein, um ihre Fassung wiederzugewinnen. Sie durfte sich keine Blöße geben bei dem wichtigen Akt, der ihr nun bevorstand.

Mit einem Mal wurde ihr klar, dass Adolf von Geldern mit seinem Auftritt genau dies beabsichtigt hatte. Er war gekommen, um sie zu verunsichern, aber diesen Gefallen würde sie ihm nicht tun.

Sie straffte sich und hob den Kopf noch etwas höher als sonst.

Mit würdevoller Miene trat sie vor den Bischof, der bereits hinter dem Altar auf sie wartete und nach einer umständlichen Einleitung damit begann, ihr den Eid vorzulesen, den sie ablegen sollte.

»Ihr schwört, eine gute Gräfin von Flandern zu sein, die Rechte der Kirche zu wahren; die Privilegien, Freiheiten, Bräuche und Rechte des Landes zu achten und die Bürger von Gent von den ihnen auferlegten Lasten zu befreien, die Witwen und Waisen zu schützen und alles zu tun, was eine gute Gräfin von Flandern zu tun gehalten ist. Dazu mögen Euch Gott und alle Heiligen verhelfen.«

Maria legte ihre Hand auf die Bibel.

»Je le jure!« – Ich schwöre es, antwortete sie mit fester Stimme.

Ein weiß gekleidetes Mädchen reichte ihr eine Girlande aus Rosen anstelle eines echten Glockenstranges, damit sie in übertragenem Sinn nach altem Brauch die Glocken läuten konnte, die den Bürgern verkündete, dass sie nun eine neue Regentin hatten.

Magistrat und Zunftmeister verneigten sich vor ihr, und Maria verspürte ein bisher nie gekanntes Triumphgefühl.

Auch wenn sie offiziell nur den Titel einer Gräfin von Flandern trug, war es ihr trotz aller Widrigkeiten gelungen, als neue Herrin von Burgund anerkannt zu werden.

Ihr Vater wäre stolz auf sie gewesen.

Die Gilde der Armbrustschützen geleitete sie zurück zum Schloss. Dort angekommen, weigerte sich deren Kommandant Hoste Bruneel jedoch, seine Männer wieder abzuziehen.

»Der Stadtrat hat die Gräfin von Flandern unserem Schutz anbefohlen, und es ist daher unsere heiligste Pflicht, sie zu beschützen. Wir werden sie mit unserem Leben verteidigen und nicht zulassen, dass ihr etwas geschieht«, erklärte er überheblich.

Sag doch besser gleich, dass ihr sie bewachen und kontrollieren wollt, dachte Olivier de la Marche, der die wahre Absicht, die hinter dieser Erklärung steckte, sofort durchschaute.

Der Stadtrat von Gent mit Philipp von Hornes an seiner Spitze wollte verhindern, dass im Schloss irgendetwas vor sich ging, von dem er nichts mitbekam und das seine neu gewonnene Macht gefährdete. Nur aus diesem Grund gaben der Stadtrat und seine Armbrustschützen vor, Maria beschützen zu wollen.

Würde Karl noch leben, hätten sie sich eine solche Dreistigkeit niemals erlaubt, dachte Olivier de la Marche beunruhigt. Aber Maria war jung und hatte zudem keine Möglichkeit, sich gegen solche Hinterhältigkeiten zu wehren. Nur aus diesem Grund hatte man ihr die Regentschaft überhaupt überlassen.

Angewidert richtete er sich zu voller Größe auf und wandte sich dann an den Kommandanten der Armbrustschützen.

»Die Herzogin vertraut den Männern der Leibgarde, die sie schon ihr ganzes Leben lang beschützen. Es gibt keinen Grund, die Wachen auszuwechseln«, bemerkte er kühl.

»Ich befolge nur meine Befehle«, gab Hoste Bruneel in selbstgefälligem Ton zurück.

Die Männer der Schützen schauten streitlustig zu der Garde in ihren goldbestickten, grauen Seidenkleidern hinüber, die nicht minder streitlustig zurückstarrte.

Es war eine schwierige Situation. Denn ein falsches Wort oder eine falsch verstandene Geste konnten in dieser angespannten Situation ausreichen, um einen Flächenbrand auszulösen.

Sir Humbercourt beeilte sich, in den Schlosshof zu kommen. Er hatte von der Weigerung der Armbrustschützen erfahren, das Schloss wieder zu verlassen, und die Gefahr, die von dieser Situation ausging, sofort erkannt.

Kalt betrachtete er Hoste Bruneel.

»Richtet dem Stadtrat aus, dass die Gräfin der Schützengilde sehr dankbar für deren Schutz ist, den sie außerhalb der Schlossmauern auch weiterhin gerne in Anspruch nehmen wird«, beschied er ihm beherrscht. »Aber was innerhalb der Schlossmauern vor sich geht, ist allein Sache der Gräfin, und jetzt macht, dass ihr fortkommt«, befahl er in scharfem Ton.

Etwa an die dreißig schwer bewaffnete Ritter formierten sich hinter der Leibgarde.

Ein verschlagener Ausdruck huschte über das feiste Gesicht Hoste Bruneels. Er beugte sich ein wenig vor. »Euer Hochmut wird Euch schon bald vergehen«, zischte er höhnisch zurück und sah demonstrativ zu einem kräftigen Mann mittleren Alters hinüber, der abwartend neben den Armbrustschützen stand.

Philipp von Hornes trug einen schwarzen Samtumhang, mit einem steifen weißen Kragen, hinter dem sein kurzer Hals beinahe vollständig verschwand, und hielt eine gesiegelte Lederrolle in der Hand, die er Sir Humbercourt auf Bruneels Zeichen hin nun feierlich überreichte.

Sir Humbercourt brach das offizielle Siegel der Stadt und begann zu lesen.

»Die Gräfin von Flandern ist vor arglistigen Ausbeutern und falschen Ratgebern zu schützen, denen sie, bedingt durch ihre Jugend und mangelnde Erfahrung, was Regierungsgeschäfte betrifft, hilflos ausgeliefert wäre. Es wird hiermit verfügt, dass zu den Privatgemächern der Herzogin niemand ohne ausdrückliche Zustimmung zugelassen ist. Auch in dienstlichem

Auftrag dürfen Sekretäre zwecks Signatur und anderer wichtiger Angelegenheiten nur im Beisein des Kammerherrn Ludwig van Gruuthuse vorgelassen werden.«

Schweiß brach ihm aus allen Poren, als ihm klar wurde, dass Maria durch diese Verfügung jeglicher Bewegungsfreiheit beraubt worden war.

Sie war eine Gefangene in ihrem eigenen Schloss!

26

Wenige Tage später begab sich Maria, begleitet von ihren Beratern, in die Herberge Cour St-Georges, um im dortigen Herrenzimmer und im Beisein der Generalstände eine Erklärung König Ludwigs anzuhören.

Die neuen Stadträte von Gent sowie die Zunftmeister bestanden darauf, sie zu begleiten.

Der Gesandte des französischen Königs war kein Geringerer als Seigneur d'Esquerdes, der Karl und auch den Orden vom Goldenen Vlies nach Karls Tod so schmählich verraten hatte, indem er zu Ludwig übergelaufen war.

Eine ungeheuerliche Provokation, die zeigte, wie überlegen Ludwig sich ihr fühlte. Oder aber eine Demütigung, die ihr verdeutlichen sollte, wie machtlos sie in Wirklichkeit war.

D'Esquerdes' dunkle Augen folgten ihr, als sie auf dem für sie vorgesehenen Stuhl Platz nahm.

Die Vertreter der Generalstände saßen vollständig versammelt auf einem erhöhten Podest, wie bei einem Tribunal. Die Mienen der Männer waren abweisend und kalt.

Marias Herz begann so laut zu klopfen, dass sie Angst bekam, jeder in dem mit dunklem Holz vertäfelten Saal müsste es hören. Instinktiv spürte sie die Gefahr, die auf sie zukam, auch wenn sie noch nicht greifbar war.

Sie suchte den Blick ihres Kanzlers. An seinen zusammengepressten Lippen erkannte sie, dass er ebenso angespannt war wie sie selbst.

Sir Humbercourt hingegen wirkte selbstsicher und gelassen wie immer.

Und auch Guillaume de la Baume schien sich keiner Gefahr bewusst. Er war ein hochgewachsener, stolzer Mann mit einem ausgeprägten Gerechtigkeitssinn und von unverbrüchlicher Loyalität.

Johann von Kleve führte als Generalstatthalter den Vorsitz.

In seinen Augen funkelte unverhohlener Hass.

Aber Maria ließ sich nicht verunsichern, sondern versuchte sich gegen das, was auf sie zukommen würde, zu wappnen.

Wahrscheinlich ist er immer noch wütend, weil ich mich geweigert habe, seinen Sohn zu heiraten, dachte sie. Margarete hatte Recht, ich hätte wirklich diplomatischer vorgehen müssen.

Aber ob eine in schöne und bedauernde Worte verkleidete Absage seinen Hass verhindert hätte?

Sie hob den Kopf und erwiderte hochmütig seinen Blick.

Ihre scheinbare Selbstsicherheit schien ihn zu irritieren, denn er räusperte sich und senkte seinen Blick augenblicklich auf ein Schreiben, das vor ihm auf dem Tisch lag.

»Es ist eine schwere Anschuldigung gegen Euch erhoben worden!«, verkündete er mit lauter Stimme.

»Wir haben soeben erfahren, dass unsere Verhandlungen mit dem König von Frankreich hintertrieben worden sind. Nicht nur, dass Ihr entschlossen seid, eigene Wege zu gehen und unabhängig vom Rat der Stände zu handeln, habt Ihr dem König gegenüber deutlich gemacht, dass Ihr die Unterhändler der flandrischen Ständevertretung nicht als Eure legalen Vertreter anerkennt.«

Er legte eine wohl berechnete Pause ein, bevor er mit seiner Anklage fortfuhr.

»Seigneur d'Esquerdes hat uns eine Abschrift Eures heimlich abgesandten Briefes überreicht, in dem Ihr, unter Ausschluss der Generalstaaten, als Eure allein berechtigten Stellvertreter ausdrücklich die Herzogin von York, Euren Kanzler und Sir Humbercourt anerkennt.«

Unwilliges Gemurmel ertönte, dem wütende Zwischenrufe aus den Reihen der Stadträte und Zunftmeister folgten.

Der Herzog von Kleve brachte die Versammlung mit einer gebieterischen Handbewegung zum Schweigen.

Er warf einen bedeutsamen Blick in die Runde, bevor er seinen Blick dann wieder in stummer Anklage auf Maria heftete.

»Gesteht Ihr Eure Schuld ein?«, fragte er mit lauter Stimme.

Maria schnappte vor Empörung nach Luft und rang sichtlich um Fassung. Es war eine Lüge. Eine weitere infame Intrige Ludwigs, durch die er einen Keil zwischen sie und die Generalstaaten treiben wollte.

»Der Brief muss eine Fälschung sein, denn ich habe einen solchen Brief nie geschrieben«, wehrte sie mit fester Stimme ab.

Der Herzog von Kleve hob abwehrend seine Hand.

»Wir wissen, dass dieser Brief nicht Euren Gedanken entsprungen ist«, erklärte er herablassend, »aber wir wissen auch, wer dahintersteckt: Euer Kanzler und Sir Humbercourt.«

Seine fleischigen Lippen kräuselten sich höhnisch, als er zum letzten Schlag ausholte.

»Ihr habt falsche Ratgeber an Eurer Seite.«

In gespielter Abscheu wanderte sein Blick von Hugonet zu Sir Humbercourt.

»Verräter, die wir zur Verantwortung ziehen werden.«

Er spie die Worte förmlich heraus und erzielte damit die gewünschte Wirkung, denn die Stadträte und Zunftmeister wirkten spürbar verunsichert.

Der Generalstatthalter hatte sie an ihrer empfindlichsten

Stelle getroffen. Zu oft schon waren sie unter burgundischer Herrschaft übergangen und um ihre Rechte betrogen worden.

Zufrieden fuhr der Herzog von Kleve fort.

»Sir Ludwig Humbercourt und Paul Simon Hugonet werden des Hochverrates angeklagt und mögen sich vor Gericht verantworten.«

Ein grausamer Zug umspielte seinen Mund, als er die Wachen heranwinkte.

»Ergreift die Verräter und führt sie ab«, befahl er.

Ungläubig musste Maria mit ansehen, wie ihre treuen Ratgeber von den Wachen in Ketten gelegt und aus dem Saal geschafft wurden.

Ihr Blut begann zu kochen.

Sie sprang auf.

»Was erlaubt Ihr Euch«, stieß sie mit mühsam unterdrückter Erregung hervor. »Diese Männer sind unschuldig. Der einzige Verräter hier in diesem Raum ist Seigneur d'Esquerdes. Er hat seinen Eid gebrochen und nicht nur meinen Vater, sondern auch den Orden vom Goldenen Vlies verraten.«

Der Herzog von Kleve sah sie kalt an.

»Mit dem Orden Eures verstorbenen Vaters haben wir nichts zu tun, und ob diese Männer unschuldig sind oder nicht, wird das Gericht feststellen«, erwiderte er ungerührt und hielt ihrem flammenden Blick stand.

Maria wandte sich von dem Tribunal an die Männer im Saal.

»Wollt Ihr wirklich zulassen, wie unschuldige Staatsdiener abgeführt werden wie gemeine Verbrecher? Der Brief ist eine Fälschung, überbracht von einem Verräter, den Ludwigs Gold geblendet hat.«

Ihre Wangen hatten sich vor Aufregung gerötet, und ihre Augen funkelten kampflustig.

»Ja, ich habe einen Brief an Ludwig geschrieben, einen Brief, in dem ich gegen seine Einfälle in burgundische Lande protestiert und Verwahrung dagegen eingelegt habe.« Ihre Unterlippe zitterte vor Empörung.

Sie war auf beklemmende Weise schön und jede ihrer Bewegungen von unnachahmlicher Anmut.

Die Männer starrten sie hingerissen an.

Der Anflug von Verzweiflung in ihren schönen goldenen Augen rührte sie.

Sie sah so unschuldig aus wie eine Madonna, und ihre Empörung, dessen waren sie sich sicher, war nicht gespielt, sondern aufrichtig.

Wer unter ihnen hätte nicht alles dafür getan, ihr zu helfen?

Unbewusst hatte Maria an ihre Ritterlichkeit appelliert, die mehr oder weniger stark in jedem von ihnen vorhanden war.

Die mutige Entschlossenheit, mit der sie sich für ihre Ratgeber einsetzte, tat zudem das ihrige und beeindruckte sie wider Willen.

Niemand wollte hinter Marias mutiger Tat zurückstehen oder, schlimmer noch, vor der wunderschönen Gräfin als Feigling dastehen.

Die Stimmung drehte sich zu Marias Gunsten.

Schon forderten die ersten Stimmen die Freilassung Hugonets und Humbercourts.

Der Herzog von Kleve runzelte die Stirn. Er hatte nicht damit gerechnet, dass Maria von Burgund sich so energisch zur Wehr setzen würde.

Wie eine Wildkatze, die ihre Jungen beschützte.

Aber er würde nicht zulassen, dass sie den Stadtrat auf ihre Seite zog und seinen schönen Plan durchkreuzte.

Er hatte auch so schon genug Probleme, seitdem die Aufständischen Adolf von Geldern zu ihrem Kommandanten gemacht hatten und in ihm den passenden Gemahl für Maria von Burgund sahen.

Etwas Unheimliches ging von diesem großen, blonden Mann aus, und jedes Mal, wenn er ihm begegnete, hatte er das Gefühl, als würde sich eine Faust in seinen Magen rammen.

Die Augen des Hünen machten ihm Angst. Tote, gelbliche Augen, die so stumpf waren wie beschlagene Fensterscheiben.

Auf seiner Stirn bildeten sich Schweißperlen.

Die Generalstände hatten die Macht in Flandern unter sich aufgeteilt, jeder hatte den ihm zustehenden Teil erhalten.

Alles war gut gewesen.

Bis Adolf von Geldern aufgetaucht war und nicht weniger als die Hand Maria von Burgunds gefordert hatte.

Die Situation im Saal drohte zu eskalieren.

Er hatte Maria unterschätzt. Fieberhaft überlegte er, was er tun konnte, um die Situation noch einmal herumzureißen.

Es gab nur eine Möglichkeit, er musste den Stadtrat von Humbercourt und Hugonet ablenken, und er wusste auch schon wie. Ein verschlagenes Lächeln huschte über sein Gesicht.

Und so setzte er eine nachsichtige Miene auf und tat so, als wäre er trotz aller Widrigkeiten auf Marias Seite.

»Ihr könnt uns nun beweisen, dass Ihr Euren Eid ernst gemeint habt und Euch das Wohl Eures Volkes am Herzen liegt«, begann er süffisant. »König Ludwig ist sehr besorgt um Euer Wohlergehen, Gräfin, weshalb er uns gutwillig und glaubhaft versichert hat, dass er keine weiteren Kriege mehr wünscht. Um seinen guten Willen zu beweisen hat er sich bereit erklärt, einer Hochzeit zwischen seinem Sohn und Euch zuzustimmen. Wir sind nun der Meinung, dass eine Hochzeit mit dem Dauphin für das Wohl unseres Landes durchaus von entscheidender Bedeutung sein könnte.«

Drohend standen seine Worte im Raum, und es gelang ihm kaum, sein Triumphgefühl zu verbergen.

Er dachte gar nicht daran, Adolf von Geldern das Feld kampflos zu überlassen. Wenn schon sein Sohn Maria nicht zur Frau bekommen sollte, wäre der Dauphin immer noch besser als der blonde feindlich gesinnte Hüne. Schließlich war der französische Thronfolger mit seinen acht Jahren noch zu jung zum Regieren und zudem ziemlich schwächlich. Wie leicht könnte ihm etwas zustoßen?

Geschickt hatte der Herzog von Kleve das Thema gewechselt und Maria damit erneut in argen Zugzwang gebracht.

Mit einem Mal waren Humbercourt und Hugonet nicht mehr wichtig, und jeder im Saal war begierig darauf zu erfahren, ob Maria einer Hochzeit mit Frankreich zustimmen würde.

Schließlich war dies das Thema, das sie alle seit Karls Tod am meisten beschäftigte. Sofort machten die Gegner einer französischen Hochzeit ihrem Unmut Luft, und es bildeten sich zwei Parteien, die einander wütend beschimpften. Es würde nicht mehr lange dauern, dann würde eine wüste Schlägerei ausbrechen und eine Fortsetzung der Versammlung unmöglich machen.

Marias Knie begannen zu zittern, als ihr klar wurde, dass der Herzog von Kleve nicht davor zurückschrecken würde, Hugonet und Humbercourt zu opfern, um ihr seine Macht zu demonstrieren und sich an ihr zu rächen.

Nie hätte sie gedacht, dass seine Rachsucht so weit gehen würde und er sie, und damit auch ihren Vater, dem er seine Stellung verdankte, verraten würde.

Auf einen Schlag hatte man Maria ihre treuesten Ratgeber genommen, und nun wollte man sie auch noch zwingen, einen achtjährigen Jungen zu heiraten, der, wie man munkelte, sowohl geistig als auch körperlich unterentwickelt war.

Sie hatte das Gefühl, in dem stickigen Saal keine Luft mehr zu bekommen. Der Boden unter ihr begann zu wanken, und die Wände schienen auf sie einzustürzen, während die Stimmen um sie herum in weite Ferne rückten. Mit aller Kraft kämpfte sie gegen die aufsteigende Ohnmacht an.

Um keinen Preis wollte sie Schwäche zeigen.

Mit weichen Knien und hoch erhobenem Kopf verließ sie den Saal.

Sie fühlte sich, als hätte man sie einem Rudel hungriger Wölfe zum Fraß vorgeworfen.

Ihr Leben lang war sie behütet worden, und niemand hatte es für nötig gehalten, sie auf die grausame Wirklichkeit vorzubereiten, die sich außerhalb der schützenden Mauern des Prinzenhofs auftat. Ein Abgrund, der sie zu verschlingen drohte.

Was sollte sie nur tun? Sie versuchte, sich wieder zu fassen und ihre Lage klar und sachlich zu überdenken, doch schon bald begannen sich ihre Gedanken nur noch im Kreis zu drehen.

Sie bedauerte, dass ihr Onkel Antoine nicht in Gent war, vielleicht hätte er gewusst, was nun am besten zu tun war, doch er hatte sich mit den kläglichen Resten von Karls Truppen nach Tornai begeben, um einen dort drohenden Bürgeraufstand niederzuschlagen.

Zurück im Schloss suchte Maria sofort die Gemächer ihrer Schwiegermutter auf. Dunkle Schatten lagen unter ihren Augen, und hinter ihrer Stirn tobten rasende Kopfschmerzen.

Nach einem Blick in ihr gequältes Gesicht stand Margarete auf, trat zu ihr und zog sie tröstend in ihre Arme.

Sie war der Versammlung bewusst ferngeblieben, um die angespannte Lage nicht noch weiter zu verschärfen.

Für die Menschen in Flandern würde sie immer eine Fremde bleiben: Eine Engländerin, die blutiges Fleisch bevorzugte und über deren Land die Sonne nur selten aufging, als würde Gott den Anblick Englands nur bei dichtem Nebel und durch gräuliche Regenschleier hindurch ertragen.

Waren die Menschen wirklich so verschieden, nur weil ihre Sprachen und Gebräuche voneinander abwichen?

Was Intrigen und Verrat betraf, waren die Flamen jedenfalls kaum besser als die Franzosen, die ihre Feinde mit Vorliebe durch Gift aus dem Weg räumen ließen, wie es hieß. Aber ob man jemanden vergiftete oder zum Tode verurteilte und ihn an einem englischen oder französischen Strick aufhängte, machte für Margarete keinen Unterschied.

Unwillkürlich dachte sie an die blutigen Fehden, die England während ihrer gesamten Kindheit hindurch erschüttert hatten. Menschen, in deren Adern das gleiche Blut floss, hatten sich gegenseitig bekämpft, gemeuchelt und verraten. Und aus Angst vor der Rache ihrer eigenen Landsleute hatte sie jede Nacht zitternd in ihrem Bett gelegen.

Maria löste sich aus ihrem Arm.

»Mein Kopf schmerzt so fürchterlich, dass ich keinen klaren Gedanken mehr fassen kann«, sagte sie kraftlos und strich sich müde über die Stirn.

Margarete führte Maria zu einem der beiden bequemen Lehnstühle vor dem Kamin und drückte sie sanft hinein.

»Erzähl mir, was geschehen ist«, bat sie und lauschte danach aufmerksam Marias Bericht. Es war weitaus schlimmer gekommen, als sie erwartet hatte, und nachdem Maria geendet hatte, blieb sie noch eine Weile still sitzen.

»Hugonet und Humbercourt sind nur die Ersten deiner Ratgeber, die man austauschen will; die Generalstaaten und die Stände werden erst Ruhe geben, wenn du völlig isoliert dastehst«, sagte Margarete schließlich.

Sie nahm Marias Hand. Ihr Gesicht war ernst.

»Du musst dich entscheiden. Wenn Maximilian nicht bald hier erscheint, wird es zu spät sein, und du wirst jeden Einfluss bei der Wahl deines Bräutigams verlieren. Noch hast du die Wahl zwischen dem Herzog von Clarence und dem Dauphin.«

Maria schüttelte entschlossen den Kopf.

»Ich weiß, wie sehr dir dein Bruder Clarence am Herzen liegt, aber ich kann ihn nicht heiraten. Du hast gesagt, wir können William Caxter vertrauen. Maximilian wird sich sofort auf den Weg machen, wenn er erfährt, in was für einer furchtbaren Lage wir uns befinden, und dann werden diese Verräter bekommen, was sie verdienen. Aber zunächst müssen wir alles in unserer Macht Stehende unternehmen, um Sir Humbercourt und Hugonet frei zu bekommen. Die Gerichtsverhandlung soll schon morgen früh stattfinden. Der Herzog von Kleve verliert wahrlich keine Zeit.«

Margarete betrachtete sie nachdenklich.

»Als Gräfin von Flandern hast du das Recht, jeden Verurteilten zu begnadigen.«

Daran hatte Maria noch gar nicht gedacht. Der dumpfe Schmerz hinter ihrer hohen Stirn ließ sofort nach, und ihre Stimmung stieg.

Schon morgen würde sie Sir Humbercourt und ihren Kanzler wieder an ihrer Seite haben, und danach würde man weitersehen.

Der nächste Tag war windig und kalt. Die Gerichtsverhandlung fand unter Ausschluss der Öffentlichkeit statt und war für die siebte Stunde angesetzt worden.

Tausende von Menschen hatten sich schon im Morgengrauen in der Hoffnung auf eine Hinrichtung versammelt. Wie zu einem Volksfest erschienen lärmende Halbwüchsige, Beutelschneider und Gaukler. Auch die fliegenden Händler fehlten nicht und priesen eifrig Wein, leckere Würste und süße Backwaren an.

Mütter mit ihren Kindern auf den Armen drängten sich vor dem Rathaus, Schwangere standen mit gekreuzten Armen über dem Leib da, um das Ungeborene vor dem berüchtigten Feuermal zu schützen, Greise wurden auf Bahren herangetragen, um noch einmal etwas anderes zu sehen als die Decken ihrer Kammern.

Die ausgeschlossene Bürgerschaft, die sich vor dem Gericht versammelt hatte, sah sich um ein besonderes Vergnügen geprellt und verlangte wütend Einlass.

Beleidigungen und Flüche wurden ausgestoßen, die schon bald zu einem bedrohlichen Gemisch aus Verwünschungen und Drohungen wurden.

Die Stimmung heizte sich mit jeder Stunde, die verging, etwas mehr auf, und die Rufe nach dem Henker wurden lauter.

Die Menschen wollten Blut sehen.

Erst gegen Mittag öffneten sich die Türen, und der oberste Richter trat, gefolgt von den Schöffen, auf die imposante Balustrade des Rathauses, von der auf beiden Seiten breite, geschwungene Treppen hinabführten.

In seiner ausgestreckten Hand hielt er eine zusammengerollte Urkunde, auf der ein rotes Siegel prangte.

Das Wachs zog blutrote Fäden, als er es mit gewichtiger Miene brach.

Er stützte sich auf das schmiedeeiserne Geländer, das mit stilisierten Rosenblättern und Dornen versehen war, und wartete ungeduldig darauf, dass Ruhe einkehrte.

Schlagartig verstummte die Menge, und aller Augen richteten sich in gespannter Erwartung auf die Männer in den Ehrfurcht gebietenden schwarzen Roben, die ihren Trägern die Macht verliehen, über Leben und Tod zu entscheiden.

Der Richter räusperte sich, bevor er seine harte Stimme, gleich einem Pfarrer auf der Kanzel, auf die Versammelten herabdonnern ließ.

»Am Tage vor der Kreuzigung des Herrn erschienen der Reichskanzler Paul Simon Hugonet und der Statthalter von Gent, Sir Ludwig Humbercourt, in eigener Person vor der Richterbank des Hohen Gerichtshofes von Gent, um sich wegen der schweren Anschuldigungen zu verantworten, die gegen sie erhoben worden sind. Nach eingehender Prüfung der Angelegenheit hat das Hohe Gericht die Angeklagten in allen Anklagepunkten für schuldig befunden.«

Er legte eine bedeutungsvolle Pause ein, dann fuhr er mit Nachdruck fort:

»Im Namen Gottes und des Gesetzes ergeht folgendes Urteil:

Die Angeklagten haben sich des Hochverrats schuldig gemacht und werden dafür mit dem Tode bestraft. Das Urteil wird sofort vollstreckt.«

Die Menschen jubelten dem Richter zu wie einem Feldherrn, der erfolgreich aus dem Kampf zurückgekehrt war, und sie jubelten auch noch, nachdem er längst wieder in den Sitzungssaal zurückgekehrt war.

Maria stand wie erstarrt. Sie konnte den Anblick der nach Blut gierenden Menschen nicht länger ertragen und hob ihre Augen in den kalten, blauen Himmel.

Mächtige, dunkle Wolken jagten vom Wind getrieben über ihren Kopf hinweg und erinnerten sie daran, dass ihr nur noch wenig Zeit blieb.

Entschlossen schlüpfte sie an den Wachen vorbei, die sie wie ein Schutzschild umgaben, und bahnte sich energisch einen Weg durch das Volk.

Ein Ellenbogen traf sie schmerzhaft in die Seite, und sie wäre beinahe über einen zermatschten Kohlkopf gestolpert, den irgendjemand verloren haben musste.

Doch plötzlich wandte sich die Menge wie auf einen Befehl hin vom Rathaus ab und strömte direkt auf sie zu. Jeder wollte der Erste am Richtplatz sein und sich dort einen der begehrten Plätze in den vorderen Reihen sichern.

Die Armbrustschützen kämpften gegen den Strom aus Menschenleibern an und setzten schließlich ihre Waffen ein in dem fast aussichtslosen Versuch, Maria einzuholen.

Einige Menschen blieben neugierig stehen. Der Strom geriet ins Stocken, und Maria wurde gegen einen ärmlich gekleideten, alten Mann gestoßen, der scharf nach Urin und altem Schweiß roch.

Weitere schwitzende, keuchende Leiber drängten sie immer enger an den Alten heran.

Beim Anblick des schönen jungen Gesichtes, das sich direkt vor ihm befand, leuchteten seine trüben, rotgeränderten Augen auf. Mit einem listigen Lächeln ließ er seinen Kopf an ihren Busen sinken und presste seinen ausgemergelten Körper an den ihren, wobei er ein genussvolles Grunzen ausstieß.

Maria spürte, wie Übelkeit in ihr hochstieg. Sie wollte den Alten von sich stoßen, doch sie war mittlerweile von all den Menschen so eingequetscht, dass sie nicht einmal mehr ihren Arm heben konnte.

Über ihr erschien eine drohend geschwenkte Lanze, kräftige Arme trieben die Leute um sie herum auseinander, und plötzlich war sie frei. Angeekelt schob sie den Alten von sich und sah erleichtert die Wachen, die einen Kreis um sie bildeten.

In ihrem Schutz gelangte sie zum Rathaus und stieg entschlossen die Stufen hoch.

Als sie die Balustrade erreicht hatte, sog sie die kalte Luft tief in ihre Lungen ein, bis sie sich wieder einigermaßen gefasst hatte. Die Wachen verteilten sich auf beiden Seiten der Empore und nahmen eine drohende Haltung ein.

Die Tatsache, dass Maria von Burgund zum Gerichtssaal geeilt war, verbreitete sich wie ein Lauffeuer. Wieder schwenkte die Menge wie auf ein geheimnisvolles Kommando hin um und drängte geschlossen zurück zum Rathaus.

Unter dem aufmerksamen Blick unzähliger Augenpaare klopfte Maria an die verschlossene Rathaustüre. Doch nichts geschah.

Einer der Wachmänner kam ihr zu Hilfe und stieß rhythmisch seine Lanze gegen die Türe, die schließlich von einem Gerichtsdiener geöffnet wurde.

Streng blickte er auf die junge, ganz in Schwarz gehüllte Frau.

Er öffnete den Mund, um etwas zu sagen, als sein Blick auf die Wachen rechts und links von Maria fiel.

Es dauerte noch eine ganze Weile, bis er begriff, dass nicht etwa die Tochter eines der Verurteilten vor ihm stand und Einlass begehrte, sondern die Tochter des Herzogs von Burgund.

Eilfertig trat er zur Seite, um Maria durchzulassen.

Als Maria den Gerichtsaal betrat, waren die Richter und Schöffen gerade dabei, den Saal zu verlassen. Für die Vollstreckung des Urteils war alles geregelt. Der Henker war bereits ausgewählt, und nach einigem Hin und Her hatte man beschlossen, für Sir Humbercourt das Gerüst mit schwarzem Samt bespannen zu lassen, wie es einem Ritter vom Orden vom Goldenen Vlies zukam.

Überrascht sahen die Männer auf. Mit dem Erscheinen der Gräfin von Flandern hatte keiner von ihnen gerechnet.

Maria konnte die Ablehnung, die ihr entgegenschlug, fast körperlich spüren und erkannte plötzlich, dass sie ganz alleine dastand. Von den hier anwesenden Richtern und Schöffen würde sie jedenfalls keine Unterstützung erhalten.

Der Titel, den man ihr verliehen hatte, war hohl, wie ein Brunnen ohne Wasser. Und die Macht, die er versprach, so wenig greifbar wie der Wind, der mühelos Bäume entwurzeln konnte und sich doch nicht fassen ließ.

Die Erkenntnis war niederschmetternd.

Ihr Vater hatte die Bewunderung und die Achtung, die sie immer als selbstverständlich angesehen hatte, mit sich ins Grab genommen.

Ohne seine schützende Hand war sie ein Nichts.

Der Gedanke war nur wenig ermutigend, trotzdem musste sie es versuchen. Sie nahm all ihren Mut zusammen, und es gelang ihr, ihrer Stimme einen festen Klang zu geben.

»Als rechtmäßige Regentin von Flandern steht es mir zu, einen jeden zum Tode Verurteilten zu begnadigen. Ich werde von diesem Recht Gebrauch machen und Paul Simon Hugonet und Sir Ludwig Humbercourt begnadigen. Sie sind auf der Stelle freizulassen«, verkündete sie in fließendem Flämisch, da sie wusste, dass nicht jeder der Schöffen der französischen Sprache, der Sprache des Hofes, mächtig war.

Es war eine plumpe Sprache, die Maria nicht sonderlich mochte, aber Madame Halewyn hatte darauf bestanden, dass sie sie erlernte, und jetzt war sie froh darüber.

Der Richter erholte sich als Erster von seiner Überraschung.

»Habt Ihr Euch das auch gut überlegt, Gräfin?«, fragte er und wies mit dem Kinn in Richtung Fenster.

»Die Leute wollen Blut sehen, und wenn wir es ihnen verweigern, wird es einen Aufstand geben, vor dem Gott uns bewahren möge«, gab er zu bedenken und musterte Maria missbilligend.

In ihrer Trauerkleidung sah sie aus wie eine zerrupfte Krähe. Der Saum ihres Gewandes war zerrissen, und ihr Haar, von dem unfreiwilligen Bad in der Menge völlig zerzaust, hing ihr wirr über die Schultern, bis hinab zur Taille. Die schwarze Spitzenhaube, die sie getragen hatte, war in dem Gedränge verloren gegangen, und ihre Augen waren vom heftig blasenden Wind gerötet.

Nur ihre vornehme Haltung verriet, wer sie wirklich war.

Die Worte des Richters waren nicht nur unverschämt, es fehlte ihnen auch der nötige Respekt, der ihr als Regentin von Flandern zustand.

Kalte Wut stieg in Maria hoch.

Ohne Übergang wechselte sie in die lateinische Sprache über.

»Die Gerechtigkeit sollte Euch wichtiger sein als der wankelmütige Wille des Volkes«, erwiderte sie scharf.

Einige der Schöffen warfen sich verständnislose Blicke zu.

Der Richter wand sich verlegen. Er hatte kein Wort von dem verstanden, was Maria gesagt hatte.

Der Herzog von Kleve kam ihm zu Hilfe.

»Wir werden über Euren Wunsch nach Begnadigung beraten und Euch unseren Entschluss mitteilen«, erwiderte er, ebenfalls ins Lateinische wechselnd, und tauschte einen Blick mit dem Richter, den dieser dankbar erwiderte.

»Ihr wagt es, mein Recht auf Begnadigung in Frage zu stellen?«, empörte Maria sich.

Johann von Kleve hob abwehrend die Hand. Ein verschlagener Ausdruck huschte über sein Gesicht, der Maria nichts Gutes ahnen ließ.

»Wie kommt Ihr nur auf so einen Gedanken, Madame? Euer Vetorecht bleibt Euch unbelassen, aber leider greift es nicht bei einem Volksverräter. Habt Ihr das nicht gewusst?« In gespieltem Bedauern schüttelte er den Kopf und sah zufrieden, wie Maria erbleichte. Hatte sie etwa geglaubt, er würde sich von ihr seine schönen Pläne zunichte machen lassen? Er hatte sich mit den besten Advokaten der Stadt beraten, um allen Unwägbarkeiten vorzubeugen. Und er musste zugeben, dass dies eine gute Entscheidung gewesen war.

Ein selbstgefälliger Zug trat in sein Gesicht, als er sich beschwingt von dem soeben erlangten Triumph zu einer Erklärung herabließ, die seine Behauptung untermauern und nicht nur die Tochter des Herzogs von Burgund überzeugen sollte, sondern auch die anwesenden Richter und Schöffen, die ihn verblüfft anstarrten.

»Die Begnadigung eines Volksverräters stellt eine Ausnahme dar, weil sie das Volk betrifft, dem Ihr, Madame, in eigener Person die alten Privilegien und damit auch ein Recht auf Mitbestimmung zuerkannt habt. Euer Wunsch auf Begnadigung stellt uns nun vor eine wichtige Entscheidung, die gut überlegt werden sollte. Hugonet und Humbercourt haben das Volk verraten, und als Vertreter des Volkes können wir eine solche Ungeheuerlichkeit nicht ungesühnt lassen«, sagte er und fiel dabei wieder ins Flämische.

Der Richter und auch die Schöffen nickten dem Herzog von Kleve voller Überzeugung zu. In ihren Gesichtern stand unverkennbarer Stolz. Stolz darauf, dass eine neue Zeit angebrochen war. Eine Zeit, in der die Bürger mitbestimmen durften, was Recht und was Unrecht war.

Seine nächsten Worte zerstörten jede Hoffnung, die Maria noch geblieben war.

»Sollte Euer Wunsch auf Begnadigung bekannt werden,

könnten manche Bürger auf die Idee kommen, dass Ihr mit den Verrätern unter einer Decke steckt«, setzte er hinzu. »Schließlich haben die beiden Verräter ihre Schuld bereits gestanden.«

Maria schaute ihn ungläubig an.

»Ihr könnt Euch gerne selbst davon überzeugen.«

Er nahm zwei gesiegelte Pergamentbögen vom Tisch und reichte sie Maria.

Fassungslos las Maria, dass Humbercourt zugab, hinter dem Rücken der Generalstaaten geheime Absprachen mit König Ludwig getroffen zu haben. Die Buchstaben wirkten zittrig und ungelenk, als ob ihm das Führen der Feder große Schmerzen bereitet hätte.

Maria wurde blass, als ihr klar wurde, was das bedeutete. Um ganz sicher zu sein, warf sie auch noch einen Blick auf Hugonets Schuldeingeständnis. Die verschwommenen Buchstaben hatten nichts mehr mit der energischen, klaren Handschrift gemein, die sie von ihm kannte.

Eine eisige Faust legte sich um ihr Herz, und die Pergamentbögen glitten ihr aus der Hand.

Man hatte Humbercourt und Hugonet so lange gefoltert, bis sie gestanden hatten, was man ihnen vorwarf.

Johann von Kleve gab sich keine Mühe, seine Genugtuung zu verbergen.

»Wenn Ihr uns jetzt entschuldigen würdet, damit wir uns zur Beratung zurückziehen können«, beschied er sie mit übertriebener Höflichkeit.

Maria blieb nichts anderes übrig, als seiner Aufforderung nachzukommen. Betroffen verließ sie den Saal.

Als sie aus dem Rathaus trat, prallte sie erschrocken zurück.

Das dumpfe Schweigen der Menge, die nur wenige Ellen unter ihr wogte, war beklemmend und wirkte bedrohlicher als jedes Geschrei.

Niemand hob die Hand, um ihr zuzuwinken oder zu jubeln. Die Menschen starrten sie einfach nur an.

Maria holte tief Luft. Sie hatte sich noch nicht von dem Schock erholt, dass ihre Ratgeber offensichtlich gefoltert worden waren, und doch erkannte sie die Chance, die sich ihr bot und die sie nicht ungenutzt verstreichen lassen durfte, wollte sie Hugonet und Humbercourt retten.

Sie breitete die Arme aus, als wollte sie ihr Volk umarmen. Es war eine hilflose, rührende Geste, die ihre Bedrängnis deutlich machte.

Aber alles blieb still. Irgendwo kläffte ein Hund, und ein Baby begann zu wimmern. Die Fahnen mit den Zunftzeichen der Stände knatterten leise über ihr im Wind. War das schwarz gekleidete Mädchen mit den zerzausten Haaren wirklich ihre wunderschöne Prinzessin, die ihnen während unzähliger Prozessionen von ihrem stolzen Ross aus zugewinkt hatte? Sie sah so traurig und so mitgenommen aus, dass sie kaum wiederzuerkennen war.

Maria ließ ihren Blick über die Gesichter in den vorderen Reihen schweifen, aber sie konnte kein Mitgefühl in ihnen erkennen. Sie nahm all ihren Mut zusammen. »Bürger von Gent. Ich wende mich an euch, um euch von ganzem Herzen um Gnade für meine treuen Ratgeber zu bitten. Sie sind unschuldig und haben uns lange Jahre treu gedient. Lasst nicht zu, dass in unserer Stadt Unschuldige gerichtet werden. Wir dürfen eine solche Schuld nicht auf unser Gewissen laden. Hat Gott uns nicht aufgefordert, Gnade vor Recht ergehen zu lassen und barmherzig zu sein?«

Verzweifelt versuchte sie, die Herzen der Menschen zu erreichen. Aber noch immer regte sich kein Laut. Bis schließlich einige der älteren Frauen zustimmend nickten. Danach setzte zögerlich erregtes Gemurmel ein, das immer lauter wurde, bis es schließlich zu einem wahren Sturm anwuchs.

Mit klopfendem Herzen stand Maria an der gleichen Stelle, an der zuvor der Richter gestanden hatte, und wartete ab, was weiter geschehen würde.

Während einige der Männer mit wachsender Wut nach dem Henker schrien, schienen andere unsicher zu werden. Es kam zu Handgreiflichkeiten, die in wütende Schlägereien übergingen. Eilig brachten die Frauen sich und ihre Kinder in Sicherheit.

Als die ersten Verletzten blutend zu Boden sanken, wandte sich Maria traurig ab und ließ sich von den Schützen der Armbrustgilde zurück zum Schloss begleiten. Dort begab sie sich in die Kapelle und begann zu beten.

Sie war so ins Gebet versunken, dass sie den Diener erst bemerkte, nachdem sich dieser mehrmals geräuspert hatte.

»Eine Delegation des Volkstribunals erwartet Euch«, teilte er ihr mit.

Maria erhob sich. Ihre Knie schmerzten, und ihre Füße waren vor Kälte fast taub. Sie folgte dem Kammerdiener in den Audienzsaal.

Der Herzog von Kleve sah ihr mit unbewegtem Gesicht entgegen, obwohl er innerlich frohlockte.

Hochmütig hatte Maria ihn abgewiesen, als er im Namen seines Sohnes um ihre Hand angehalten hatte. Obwohl er ihrem Vater treu gedient hatte, hatte sie seine Treue mit Füßen getreten. Aber der Hochmut würde ihr schon noch vergehen. Nicht mehr lange, und sie würde niemanden mehr an ihrer Seite haben und sich wünschen, dass er ihr zu Hilfe eilte.

Er räusperte sich, bevor er den Entschluss verlas, zu dem das Gericht gekommen war.

»Wir, die Schöffen, sind durch den Eid, den wir abgelegt haben, verpflichtet, Gerechtigkeit walten zu lassen, und zwar gleichermaßen gegen Reich und Arm. Wir können leider keine Ausnahme machen, nachdem Paul Simon Hugonet und Sir Ludwig Humbercourt für schuldig befunden worden sind«, erklärte er selbstgerecht und hob in gespieltem Bedauern die Schultern. »Ich bedauere es sehr, Euch keine bessere Nachricht überbringen zu können.«

Wie versteinert stand Maria am Ende des Audienzsaals und blickte noch immer der Delegation nach, als Margarete völlig aufgelöst und mit Tränen in den Augen auf sie zueilte.

»Man hat verlangt, dass ich noch heute aus Gent abreise«, brachte sie stockend hervor. Es war furchtbar für sie zu wissen, dass sie Maria in dieser schwierigen Situation allein zurücklassen musste. Ohne Schutz, umgeben von übermächtigen Gegnern und Feinden.

Maria öffnete den Mund, um etwas zu sagen, brachte aber kein Wort über die zitternden Lippen. Margarete nahm ihre beiden Hände und drückte sie fest.

»Ich liebe dich, Maria, und ich werde dir schreiben, sooft es geht. Du darfst die Hoffnung nicht aufgeben und vor allem niemals vergessen, wer du bist.«

Sie brachte ihren Mund ganz nah an Marias Ohr, als fürchtete sie, belauscht zu werden, obwohl kein Mensch in der Nähe war.

»Du kannst William vertrauen«, flüsterte sie ihr zu »Wenn du mir schreiben möchtest, leg deinen Brief in das Buch von Godefroy of Bologne. Es steht in der Bibliothek in der untersten Reihe am Fenster. William wird ihn dort finden. Bisher lässt man ihn ungehindert in der Bibliothek arbeiten, wenn ich auch nicht weiß, wie lange noch.«

Karl hatte William Caxter im letzten Jahr damit beauftragt,

seine Bücher zu katalogisieren, um einen Überblick zu erhalten, und William hatte den Auftrag gerne angenommen, war es doch eine Möglichkeit für ihn gewesen, äußerst seltene und einmalige Abschriften zu sichten, die er ansonsten wohl niemals zu Gesicht bekommen hätte.

Zwei Stunden später stand Maria im Schlosshof und winkte Margarete ein letztes Mal zu. Sie spürte, wie die Einsamkeit zusammen mit dem kalten Wind durch die Ärmel ihres Gewandes kroch. Sie hatte ihre Mutter verloren und ihren Vater. Und jetzt nahm man ihr auch noch ihre Stiefmutter, die immer für sie da gewesen war und versucht hatte, sie über all ihre Verluste hinwegzutrösten.

Ihren Kanzler und Sir Humbercourt würde man noch heute hinrichten, während man einen Verräter wie d'Esquerdes laufen ließ.

Ohnmächtige Wut erfüllte sie. Ihre Welt stand auf dem Kopf, und sie konnte nichts dagegen tun. Warum ließ Gott nur so viel Unrecht zu, ohne dagegen einzuschreiten?

Maria erschrak vor ihren eigenen Gedanken und flüchtete sich in die Schlosskapelle, die ihr trotz der Düsterkeit und Kälte wie ein Zufluchtsort erschien. Dort flehte sie Gott an, Hugonet und Humbercourt bei ihrem schweren Gang beizustehen und sich ihrer Seelen zu erbarmen.

Doch an diesem Tag fand sie keinen Trost in ihren Gebeten. Als sie sich mit steifen Knien erhob, fühlte sie sich immer noch wie in einem Albtraum gefangen, der nicht enden wollte.

Madame Halewyn, die ihr in die Kapelle gefolgt war, begleitete sie zurück in ihr Gemach. Jetzt, nachdem Margarete das Schloss verlassen hatte, würde Maria sie mehr denn je brauchen. Mit Sorge hatte sie das Geschehen der letzten Wochen verfolgt, hatte miterlebt, wie man Maria alle ihre Vertrauten genommen, sie völlig isoliert und geradezu wie eine Gefangene im Schloss gehalten hatte. Man hatte auch sie aufgefordert, das Schloss zu verlassen, doch sie hatte sich dagegen gewehrt, und ihr Mann hatte auf ihre eindringlichen Bitten hin durchgesetzt, dass sie bleiben durfte. Es hatte ihn eine nicht unerhebliche Summe Geldes gekostet, und sie war ihm dankbar dafür, dass er sie, ohne großes Aufheben zu machen, anstandslos entrichtet hatte.

»Achtet darauf, was Ihr redet und seid auch sonst in allem, was Ihr tut, vorsichtig«, hatte er sie zum Abschied gewarnt. »Sie werden Euch auf Schritt und Tritt beobachten.«

Madame Halewyn erinnerte sich an seine Worte, als sie neben Maria durch die langen Gänge lief und dabei an den Schützen der Armbrustgilde vorbeikam, die nun anstelle der Leibgarde im Schloss Wache hielt.

In ihrem Gemach angekommen, setzte sie sich neben Maria auf das Bett und hielt ihre Hand, so wie sie es früher immer getan hatte, als Maria noch ein Kind gewesen war.

Durch die Fenster drang das ferne Jubelgeschrei der Menschen, das sich noch steigerte, als die Trommeln einsetzten, welche die bevorstehende Hinrichtung ankündigten. Bis ins Mark erschüttert, klammerte sich Maria an ihre Erzieherin. »Warum lässt Gott das alles zu?«, stieß sie weinend hervor, und Madame Halewyn wiegte sie wie ein Kind in ihren Armen, bis sie schließlich ruhiger wurde.

Unter dem begeisterten Geschrei der Menge bestieg Hugonet das Schafott.

Ich werde jetzt sterben, dachte er voller Bitterkeit, um dem Willen des Volkes genüge zu tun. Er hob seinen Blick in den von grauen Wolken verhangenen Himmel und rief sich Karls Gesicht in Erinnerung, seine Stärke, seinen Mut.

Das Zittern in seinen Knien ließ ein wenig nach.

Er hatte Karl sein Leben lang gedient, und nun würde er für ihn sterben.

Gleich werden wir uns wiedersehen, flüsterte er und beugte seinen Kopf über den Richtblock, der schwarz war von getrocknetem Blut.

Sir Humbercourt wurde zum Richtplatz geführt. Das mit schwarzem Samt bezogene Gerüst kam ihm wie ein Tor in die ewige Finsternis vor, die ihn in wenigen Augenblicken verschlingen würde. Er konnte sich kaum noch aufrecht halten, so sehr hatte ihm die Folter zugesetzt. Man brachte ihm einen Lehnstuhl und nahm ihm die Ordenskette ab.

Er schloss die Augen und begann lautlos zu beten. Seine Lippen bewegten sich selbst dann noch, als sein Kopf bereits neben den von Hugonet gerollt war.

27

Einen Tag nach der Hinrichtung traf der Bote, den William Caxter ausgesandt hatte, in der Wiener Hofburg ein.

Der Geruch von gesottenem und gebratenem Fisch wehte ihm entgegen, als er in den Burghof einritt, und erinnerte ihn daran, dass seine Ankunft auf Karfreitag fiel. Er übergab sein Pferd einem Knecht und ließ sich beim Kaiser melden.

Nachdem Friedrich den Brief gelesen hatte, stellte er voller Befriedigung fest, dass sein Plan aufgegangen war. Das lange Warten hatte sich gelohnt.

Endlich konnte er sich das reiche Erbe Burgunds einverleiben, ohne auch nur das kleinste Zugeständnis machen zu müssen.

Doch die Zeit drängte. Der Brief Marias war ein Hilferuf, wie er dringlicher nicht sein konnte und den er nicht überhören durfte. Der Ehevertrag, den Karl mit dem Kaiser geschlossen hatte, war in Gefahr, gebrochen zu werden, und vielleicht schon jetzt nicht einmal mehr das Papier wert, auf dem er geschrieben worden war.

Aber nicht nur die fehlende Zeit stellte ihn vor ein Problem, sondern auch der Mangel an Geld. Geld, das Maximilian benötigte, um standesgemäß in Gent einzuziehen.

Friedrich hatte sich noch zu keiner Entscheidung durchgerungen, als ein zweiter Geheimkurier eine weitere alarmierende Nachricht überbrachte, diesmal von Margarete von York, die ihm von den Ereignissen der letzten Tage berichtete.

Sie schrieb, dass man sie vom Hof verbannt, nach Mecheln geschickt und Maria all ihre Vertrauten genommen hatte. Wie Margarete außerdem von einem ihrer Agenten erfahren hatte, lebte Maria nunmehr wie eine Gefangene in ihrem eigenen Schloss.

In der Stadt tobte der Aufstand zwischen den Anhängern einer Hochzeit mit Frankreich und den Parteigängern von Adolf von Geldern, und noch wusste niemand, wer von ihnen den Sieg davontragen würde.

»Es scheint so, als bliebe uns nicht mehr viel Zeit«, bemerkte Friedrich in seiner gewohnt ruhigen Art.

Er saß mit seinem Protonotar Dr. Heßler und seinem Sohn bei einem einfachen Mahl, das aus dunklem Brot und Gemüseeintopf bestand.

Maximilian war mit seiner Geduld am Ende, sagte aber nichts auf die Worte seines Vaters, weil er befürchtete, dass ihm in diesem Fall Dinge über die Lippen kommen würden, die er im Nachhinein zutiefst bereuen würde.

Friedrich betrachtete ihn nachdenklich, während er mit dem Löffel in seinem Eintopf rührte. Ich verstehe ihn, dachte er, auch ich war einmal jung und voller Tatendrang, damals, als ich seine Mutter heimgeführt habe.

Dr. Heßler beobachtete Vater und Sohn hingegen mit wachsender Unruhe. Er spürte Maximilians nur mühsam unterdrückte Erregung und dachte verzweifelt darüber nach, wie er die angespannte Situation entschärfen konnte, bevor sie eskalierte.

Ein Zerwürfnis zwischen Vater und Sohn würde fatale Folgen für das Reich haben.

Schließlich hatte er eine Idee.

Er legte das Brot in seinen Händen zurück auf den Tisch und bemerkte erst jetzt, dass er es zu einem unförmigen Klumpen zusammengedrückt hatte, während sein Verstand fieberhaft nach einer Lösung gesucht hatte.

»Wir könnten eine Gesandtschaft nach Gent vorausschicken und die Ehe zunächst per Procura vollziehen. Damit gewinnen wir Zeit, die wir brauchen, um die fehlenden Mittel für einen repräsentativen Hochzeitszug zusammenzubekommen«, schlug er vor.

Vater und Sohn starrten ihn gleichermaßen überrascht an.

Friedrich wirkte erleichtert und nickte ihm dankbar zu.

»Die Idee ist gut«, sagte er und sah zu Maximilian hinüber, der finster vor sich hin brütete und schließlich meinte: »Vorausgesetzt, Marias Gegner erkennen eine Ehe per Procura als solche an. Ich meinerseits wüsste jedenfalls nicht, warum sie dies tun sollten.«

»Es wird ihnen gar nichts anderes übrig bleiben, es sei denn, sie stellen sich gegen das Reich, und das ist ihnen das letzte Mal gar nicht gut bekommen«, gab Friedrich fast schon vergnügt zurück.

Doch Maximilian schien davon nicht sehr überzeugt zu sein, was Friedrich nicht entging.

Maria braucht mich, dachte er verzweifelt. Sie hat mich in ihrer Bedrängnis um Hilfe gebeten und wird nicht verstehen, wenn ich nicht sofort zu ihr reite.

Der Gedanke, Maria zu enttäuschen, wog schwer in seinen Überlegungen, zumal es ihn mit allen Fasern seines Herzens und Körpers nach Gent zog. Am liebsten wäre er sofort losgeritten.

Allerdings wusste er sehr gut, dass er sich dies ohne ein Heer nicht erlauben konnte. Er brauchte Truppen, und um diese zusammenzustellen, benötigte er Geld.

»Wir werden Boten zu den Fürsten und in die Städte senden mit der Bitte, uns zu unterstützen«, schlug Friedrich vor, als hätte er seine Gedanken gelesen.

Maximilian dachte unwillkürlich an die Versammlung im Augsburger Rathaus, die sein Vater einberufen hatte, nachdem er Karl den Reichskrieg erklärt hatte. Sein Mund verzog sich abfällig.

»Was soll das bringen? Sie werden uns nichts geben, es sei denn, sie versprechen sich einen Vorteil davon. Seid Ihr es nicht leid, ihre ewigen Ausreden zu hören, Vater?«, fragte er. Die Enttäuschung in seiner Stimme war nicht zu überhören.

Friedrich sah ihn mit gerunzelter Stirn an. Es gab noch eine andere Möglichkeit, an Geld zu kommen. Er konnte es sich borgen, und er wusste, dass Maximilian von ihm erwartete, dass er diese Möglichkeit selbst zur Sprache brachte, nur deshalb hatte sein Sohn sie bislang auch noch nicht erwähnt.

Jetzt aber schien er sichtlich mit sich zu ringen.

»Weißt du überhaupt, womit die Fugger neuerdings ihr Geld verdienen?«, kam er ihm schließlich zu Hilfe.

Maximilian nickte.

»Ich habe davon gehört, dass sie in den Ablasshandel eingestiegen sind und die Kirche bei dessen Abwicklung unterstützen. Ein äußerst gewinnbringendes Geschäft«, antwortete er und sein Gesicht hellte sich auf. »Wenn ich mich recht entsinne, habt Ihr Jakob Fugger vor einigen Jahren das Recht auf ein Wappen verliehen. Er schuldet Euch etwas.«

Friedrich wirkte nachdenklich. Das Bankhaus Fugger verdiente nicht nur durch den Ablasshandel, sondern investierte neben dem Ausbau seines Handels mit Wolle, Seide, Barchant und Spezereien auch große Summen in den ungarischen Bergbau. Die dort gewonnenen Edelmetalle wurden sogar über eigene Handelswege nach Augsburg geschafft, wo sie vor allem an Münzprägestätten ausgeliefert wurden.

Die Fugger verfügten über beste Beziehungen zu den Mächtigen der Welt bis hin zum Papst. In kürzester Zeit war es ihnen gelungen, ein unvorstellbares Vermögen anzuhäufen, doch der Gedanke, sich in die Abhängigkeit einer bürgerlichen Kaufmannsfamilie zu begeben, die gleichermaßen Geschäfte mit Katholiken wie Protestanten machte, widerstrebte dem Kaiser.

Andererseits ging es um die Hochzeit seines Sohnes mit der reichsten Erbin des Abendlandes, die das Kaiserreich und seine Macht festigen würde.

Er wog die Vor und Nachteile gegeneinander ab, und schließlich hatte er sich entschieden.

»Ich werde Jakob Fugger einen Besuch abstatten«, versprach er.

Maximilian war erleichtert. Er ahnte, wie schwer seinem Vater diese Entscheidung gefallen war. »Ich danke Euch, Vater«, sagte er und stellte in Gedanken bereits das Heer zusammen, mit dem er nach Gent aufbrechen würde.

Ein Diener trat herein und meldete das Eintreffen eines Boten, den sein Vetter Sigismund von Tirol nach Wien gesandt hatte.

»Er behauptet, es handle sich um eine dringende Angelegenheit, die keinen Aufschub duldet«, entschuldigte er sich für die Störung.

»So möge er eintreten«, befahl Friedrich beunruhigt.

Seine Besorgnis wuchs, als der Bote ihm berichtete, dass sein alter Feind, Matthias Corvinus, der König von Ungarn, einmal mehr den Grenzfrieden gebrochen, dieses Mal jedoch mit unvorstellbarer Grausamkeit unter der Bevölkerung gewütet hatte.

»Sie sind in der Nacht gekommen und haben ganze Dörfer angezündet und jeden abgeschlachtet, der dem Feuer entkommen ist.«

In diesem Augenblick war Friedrich froh über die Zugeständnisse, die er Maximilian zuvor gemacht hatte, weil er nun von ihm verlangen musste, seine persönlichen Wünsche zum Wohl seines Volkes zurückzustellen, und er wusste, wie schwer ihm das fallen würde.

Er legte Maximilian seine Hand auf den Arm.

»Jetzt kannst du beweisen, was für ein guter Feldherr du bist.«

28

Henrik Keuser war gerade dabei, die steilen Stufen zu seiner winzigen Kammer unter dem Dach des Stalls hinaufzusteigen, als er Schritte im Hof hörte und innehielt.

Es war schon fast Mitternacht, und niemand mit einem reinen Gewissen trieb sich so spät noch auf der Straße oder, schlimmer noch, vor seinem Stall herum.

Seit dem Tod des Herzogs von Burgund hatte sich in Gent vieles geändert. Die Straßen waren nicht mehr sicher, und wenn er es sich recht überlegte, war auch alles andere nicht mehr sicher. Männer, die gestern noch Freunde gewesen waren, wurden über Nacht zu Todfeinden, und die Stimmung in den Schenken war überall von Misstrauen und Neid geprägt.

Aber es gab keinen Zweifel: Von draußen drangen leise Stimmen an sein Ohr. Henrik griff nach seinem Messer, bevor er die Stiege leise wieder hinunterkletterte und zum Tor schlich.

Mathias, der alte Hufschmied, hatte ihm die Klinge geschenkt, als er ungefähr zwölf Jahre alt gewesen war. Seitdem trug er sie bei sich und war überzeugt davon, mit ihrer Hilfe jede Gefahr meistern zu können.

Die Stalltüren waren in der Mitte, etwa in Höhe seiner Hüfte, nochmals waagerecht geteilt, sodass sich sowohl der untere als auch der darüberliegende Flügel unabhängig voneinander öffnen ließen.

In der Mitte der beiden linken Torflügel befand sich ein schmaler Spalt, und Henrik beugte sich vorsichtig zu ihm hinunter und spähte durch ihn hindurch in den Hof hinaus.

Nicht weit von ihm entfernt sah er zwei Männer stehen, die sich leise miteinander unterhielten. Es war eine dunkle mondlose Nacht, wie geschaffen für Verschwörungen und finstere Geheimnisse. Und dass die beiden ein Geheimnis hatten, stand für Henrik außer Frage. Warum sonst sollten sie sich mitten in der Nacht in einem Hinterhof treffen?

Der eine der beiden Männer überragte den anderen fast um zwei Kopflängen. Er war auch derjenige, der gerade sprach. Henrik drehte seinen Kopf zur Seite, sodass er sein linkes Ohr auf den Spalt drücken konnte, und schloss die Augen, um sich ganz auf die leise gesprochenen Worte zu konzentrieren, die die kühle Nachtluft zu ihm hinüberwehte.

»Dann sind wir uns also einig. Ihr haltet die Gesandtschaft des Kaisers in Brüssel auf und verhindert, dass sie weiter nach Gent reist, während ich mir die kleine Gräfin schnappe.«

Henrik holte erschrocken Luft. Dann hielt er den Atem an.

Der größere der beiden Männer hatte blitzschnell den Kopf in seine Richtung gewandt und hob nun den Kopf wie ein Raubtier, das Beute gewittert hatte.

»Was ist denn?«, hörte er den anderen Mann fragen und nutzte den Moment, um so leise wie möglich auszuatmen.

»Ich dachte, ich hätte etwas gehört«, erwiderte der Große, und etwas in seiner Stimme jagte Henrik kalte Schauer über den Rücken. Auf seiner Stirn bildeten sich feine Schweißperlen.

Bevor die Männer den Hof verließen, wandte sich der größere Mann noch einmal um. Seine Augen glitzerten in der Dunkelheit.

Zwei schwach glimmende gelbe Punkte, die direkt aus der Hölle zu kommen schienen.

Der Moment zog sich endlos lang dahin, und Henrik schloss schnell die Augen, als hätte er Angst, dass sie gleichfalls im Dunkeln leuchten und ihn dadurch verraten könnten.

Er hörte Schritte, und seine Hand klammerte sich fester um den Griff seines Messers. Doch dann stellte er fest, dass sich die Schritte vom Stall entfernten, und öffnete erleichtert wieder die Augen.

Der Hof war leer, dennoch beruhigte sich sein Puls nur langsam.

Er dachte über das, was er gerade gehört hatte, nach, hatte allerdings keine Zweifel. Mit der Gräfin war eindeutig Maria von Burgund gemeint gewesen. Henrik hatte sie zuletzt gesehen, als sie ganz in Schwarz auf der Empore vor dem Rathaus gestanden hatte, und ihren Mut bewundert, mit dem sie sich der aufgebrachten Menge gestellt hatte.

Doch ihr Appell an die Bürger von Gent war vergeblich gewesen. Mit eigenen Augen hatte er mit angesehen, wie Marias Kanzler und Sir Humbercourt kurz darauf hingerichtet worden waren.

Aber was war das für eine Gesandtschaft, die der Kaiser schickte, und warum wollten die beiden Männer, dass sie abgefangen wurde?

Und was hatte der Große gemeint, als er gesagt hatte, er werde sich die kleine Gräfin schnappen? Es hatte geradezu so geklungen, als plane er, sie zu entführen. Jedenfalls bedeuteten seine Worte nichts Gutes, das stand für ihn fest. Maria von Burgund war in Gefahr, und er musste sie warnen.

Henrik holte sich seinen Umhang aus der Kammer und rannte eilig aus dem Stall.

Denn nur wenn er herausfand, wer die beiden Männer waren, und ihren Namen nennen könnte, würde man ihm vielleicht Glauben schenken.

Als er jedoch vorsichtig um die Ecke spähte, sah er, dass die Straße leer war. Die beiden Männer waren verschwunden.

Ob sie vielleicht in die Herberge gegangen waren? Er lief die Straße erst in die eine, dann in die andere Richtung hinab, konnte die Männer jedoch nirgendwo mehr entdecken.

Langsam schlenderte er zur Herberge zurück und wollte gerade hineingehen, als er plötzlich innehielt und sich dann rasch zurückzog.

Aus den wenigen Geräuschen, die aus der Herberge nach draußen drangen, schloss er, dass sie nur noch spärlich besucht war. Wenn er jetzt eintrat und die beiden Männer sich tatsächlich in der Herberge befanden, konnte es gefährlich für ihn werden. Denn jeder hier im Viertel wusste, dass er im Stall arbeitete, und der unheimliche große Mann würde sofort wissen, dass er ihn belauscht hatte.

Er ging zurück in seine Kammer und ließ sich auf seinen Strohsack fallen.

Aber an Schlaf war in dieser Nacht nicht mehr zu denken. Er schmiedete verschiedene Pläne, nur um sie wieder zu verwerfen, und sank erst gegen Morgengrauen in einen unruhigen Schlaf.

Am nächsten Morgen versorgte er die Pferde, wie er es immer tat. Erst gegen Mittag betrat er die Schenke und bestellte sich ein Bier.

Immer mehr Gäste betraten den Gasthof, und schon bald gab es keinen freien Sitzplatz mehr auf den langen Bänken.

Einige Tuchfärber hatten an seinem Tisch Platz genommen, es waren raue Burschen, mit Händen wie Schaufeln, denen man besser nicht in die Quere kam.

Sie behandelten ihn, als wäre er Luft für sie.

Erst nachdem Henrik großzügig eine Runde Bier für sie bestellt hatte, wurden sie etwas zugänglicher.

»Kannst du das Bier überhaupt bezahlen?«, fragte ihn Edda, die Magd, misstrauisch.

Henrik holte einen glänzenden Livre hervor und legte ihn auf den Tisch. Worauf die Augen der Magd kugelrund wurden. Wie kam es, dass der Stallknecht so viel Geld besaß? Von dem Herbergswirt, der sowohl ihr als auch Henriks Arbeitgeber war, hatte er es ganz sicher nicht. Denn der war viel zu geizig und ließ seine Angestellten für einen Hungerlohn arbeiten.

»Wenn du genug gestarrt hast, wäre ich dir dankbar, wenn du uns jetzt das Bier bringen würdest«, sagte Henrik, und einer der Tuchfärber gab Edda einen auffordernden Klaps auf ihr wohlgerundetes Hinterteil.

»Jetzt mach schon und bring uns unser Bier, oder willst du uns verdursten lassen?«, bekräftigte er gutmütig.

Die Magd warf noch einen Blick auf das Geldstück, bevor sie zu der wurmstichigen Theke trat, um ihre Bestellung aufzugeben.

Henrik bestellte noch einige Runden Bier, dann wandte er sich an den Färber, der Edda den Klaps gegeben hatte und einen leutseligen Eindruck auf ihn machte.

»Habt ihr schon gehört, dass eine kaiserliche Gesandtschaft auf dem Weg nach Gent ist?«, fragte er beiläufig und war gespannt auf die Antwort.

Der Mann schüttelte den Kopf. »Der Kaiser? Was zum Teufel soll denn der Kaiser hier wollen?«

»Es hieß doch, dass er seinen Sohn mit Maria von Burgund verlobt hat,« beharrte Henrik.

Der Färber winkte ab.

»Das kannste vergessen, ist lange her.«

»Woher willst du das so genau wissen?«

»Weil«, der Mann beugte sich näher zu Henrik heran, »der Herzog von Geldern unsere kleine Gräfin heiraten wird.«

»Ist das wahr?«

»Da kannste einen darauf lassen.«

»Und was ist mit dem König von Frankreich?«

Der gutmütige Ausdruck im Gesicht des Tuchfärbers verschwand, und seine Augen verengten sich argwöhnisch zu Schlitzen.

»Warum willst du das alles wissen? Willst du uns etwa ausspionieren?«

Die anderen Färber unterbrachen ihr Gespräch und starrten Henrik nun ebenfalls voller Misstrauen an.

Henrik machte eine abwehrende Handbewegung.

»Nein, eigentlich geht es mir nur um die Pferde«, beeilte er sich zu sagen.

»Ich würde gerne einmal die Pferde des Kaisers sehen. Ich habe gehört, es sei eine ganz besondere Rasse, die er züchtet. Hengste so weiß wie frisch gefallener Schnee, mit dunkleren Tupfen und Streifen und blauen Augen.«

Der Tuchfärber starrte Henrik an, als hätte er den Verstand verloren, und das Misstrauen in seinen Augen wich ehrlicher Verblüffung.

»Was interessieren unsereins die Pferde?«, brummte er schließlich. »Wir werden uns doch sowieso nie eines leisten können.« Und damit war für ihn die Sache erledigt. Einen Stallknecht, der von den Pferden des Kaisers träumte, konnte man nicht für voll nehmen.

Die Männer wandten sich wieder ihren Gesprächen zu und beachteten ihn nicht weiter.

Henrik bestellte noch eine Runde Bier und dachte über das, was er gehört hatte, nach, als der Herbergswirt plötzlich vor ihm stand.

Er hatte beide Hände in die Hüften gestemmt und starrte aus glasigen Augen auf ihn herab.

»Ich bezahle dich nicht fürs Herumsitzen. Du gehst sofort zurück in den Stall und an deine Arbeit, sonst mache ich dir Beine«, schnauzte er.

Henrik erhob sich gehorsam und verließ die Herberge. Der Wirt konnte sehr unangenehm werden, wenn ihm etwas nicht passte, und ihm passte andauernd etwas nicht. Er schimpfte, weil er den Pferden seiner Meinung nach viel zu viel von dem teuren Heu zu Fressen gab oder zu viel Stroh einstreute, dabei aß er selbst mehr, als ihm guttat, wie sein dicker Wanst deutlich bewies.

Wenn es nach dem Wirt ging, würden die Pferde hungern müssen, dabei verdiente er an dem Stall, der nicht nur den Herbergsgästen, sondern auch den hier niedergelassenen Kaufleuten als Mietstall diente, gutes Geld.

Auf dem Weg zu seiner Kammer sah Henrik wieder Maria von Burgund vor sich. Es gab keinen Tag seit seiner ersten Begegnung mit ihr, an dem er nicht an sie gedacht hatte.

Warum passierten ausgerechnet ihm so merkwürdige Dinge? Er war nur ein Stallbursche, und doch wurde er immer wieder in Ereignisse hineingezogen, die den Kaiser betrafen und Maria von Burgund.

Das Schicksal hatte ihn zu Marias Beschützer auserkoren, davon war er nun mehr denn je überzeugt, gleichzeitig hörte er jedoch die strenge Stimme seines Vaters im Kopf, der ihn so oft wegen seiner Träumereien ermahnt und gemeint hatte, dass man davon nicht satt werden würde.

Und doch liebte er seine Träume.

Damals, als er noch in den bischöflichen Stallungen in Trier gearbeitet hatte, hatte er dabei helfen dürfen, die jungen Pferde einzureiten, und sobald er den Rücken eines Pferdes unter sich gespürt hatte, war es ihm so vorgekommen, als würde er sich über den gleichförmigen Alltag erheben und etwas Besonderes sein. Es war ein majestätisches Gefühl gewesen, das sich mit nichts anderem vergleichen ließ.

Genauso mussten sich Könige und Kaiser fühlen und all die Fürsten und Grafen und Maria, die er in seinen Gedanken beim Vornamen nannte, wenn sie zur Falkenjagd ritt oder während eines festlichen Umzugs durch die Stadt auf ihrer prächtig geschmückten Stute saß und den Menschen zuwinkte.

Man war einfach etwas Besonderes, wenn man von dem Rücken dieser edlen Geschöpfe auf die einfachen Menschen hinabsah. Wahrscheinlich hatte Gott die Pferde für besondere Menschen erschaffen, und vielleicht war auch er deshalb etwas Besonderes, weil er früher so oft auf einem Pferd gesessen hatte.

Eine andere Erklärung für die merkwürdigen Geschehnisse um ihn herum hatte er bislang jedenfalls nicht finden können.

Er wollte gerade die Stalltüre öffnen, als er spürte, dass etwas nicht stimmte.

Es war still! Zu still, und seine Schützlinge wieherten ihm nicht wie sonst freudig entgegen, sobald sie ihn kommen hörten. Beunruhigt riss Henrik die Stalltüre auf, als ihn auch schon ein harter Schlag auf den Hinterkopf traf und es dunkel um ihn wurde.

Adolf von Geldern ließ den Knüppel, mit dem er zugeschlagen hatte, achtlos auf den Boden fallen und starrte auf den leblosen Körper seines Opfers hinunter, dann verließ er den Stall. Der Knecht würde keine Gefahr mehr für ihn darstellen.

Als Henrik erwachte, wusste er im ersten Moment nicht, wo er sich befand.

Sein Kopf dröhnte und als er versuchte, sich aufzusetzen, wurde ihm übel.

Von den Schmerzen in seinem Schädel überwältigt, schloss

er die Augen und atmete einige Male tief durch, bevor er sie erneut öffnete.

Langsam und vorsichtig setzte er sich auf, wobei er sich bemühte, allzu schnelle Bewegungen zu vermeiden.

Nachdem es ihm nicht gelang, wieder aufzustehen, blieb er noch eine ganze Weile ruhig sitzen und spürte, wie der Schmerz in seinem Kopf langsam in ein dumpfes Brummen überging.

Sein Hals war trocken, und seine Zunge klebte ihm förmlich am Gaumen. Der Durst wurde unerträglich. Auf allen vieren kroch er schließlich zu dem halb gefüllten Wassereimer neben der Stalltüre und begann gierig daraus zu trinken. Danach fühlte er sich ein wenig besser. Er setzte sich wieder hin und schaufelte sich mit beiden Händen Wasser ins Gesicht.

Langsam begann sein Verstand wieder zu arbeiten. Er riss ein Stück Stoff aus seinem Hemd, tauchte es ins Wasser und wickelte es sich um den Kopf. Dann stand er schwankend auf.

Sofort wurde ihm übel. Mit letzter Kraft schleppte er sich die Treppe hinauf in seine Kammer und sank erleichtert auf seinen Strohsack und in einen tiefen, traumlosen Schlaf.

Er erwachte erst wieder vom Geschrei der Hähne, das ihm an diesem Morgen besonders laut und grell erschien, erhob sich ohne größere Schwierigkeiten von seinem Lager und verteilte als Erstes Heu an die Pferde. Während er sie anschließend tränkte, versuchte er zu verstehen, was eigentlich geschehen war.

Jemand hatte ihn niedergeschlagen, aber warum? Weil er sich nach der Gesandtschaft des Kaisers erkundigt hatte? Oder weil er ein Gespräch belauscht hatte, das nicht für seine Ohren bestimmt gewesen war? Er wusste es nicht, aber er wusste, dass Maria von Burgund in Gefahr war und dass jemand die Hochzeit zwischen ihr und dem Sohn des Kaisers verhindern wollte.

Und das konnte er nicht zulassen.

Doch was sollte er dagegen unternehmen?

Ohne über die Folgen nachzudenken, hatte er auch schon ein Halfter in der Hand, führte den kräftigen schwarzbraunen Hengst eines reichen Tuchhändlers in den Hof, der ihm für sein Vorhaben kräftig und ausdauernd genug erschien, und sattelte ihn. Er warf sich seinen Umhang über, bestieg das Pferd und ritt aus dem Hof und aus der Stadt, ohne dass ihn jemand zurückhielt oder fragte, wohin er wollte.

Der Himmel über ihm war nicht mehr ganz so grau wie in den letzten Tagen, und die Sonne lugte immer wieder zwischen dichten, weißen Wolken hervor.

Die Wege waren matschig, aber passierbar, und nach einer Weile wechselte Henrik in einen ruhigen Trab über, was seinem Kopf gar nicht gut bekam.

Gegen Mittag machte er in einer Herberge Rast, um sein Pferd zu versorgen und etwas zu essen. Er trank zwei große Bier und bestellte sich einen Absinth gegen die Schmerzen in seinem Kopf.

Danach bestieg er ein wenig schwankend wieder sein Pferd und folgte der Handelsstraße nach Brüssel. Aber als er diesmal antrabte, ging es schon besser. Sein Kopf schmerzte nicht mehr, sondern fühlte sich leicht und leer an, was eindeutig an dem Absinth lag, den die Kirche als Teufelszeug verdammt hatte und der von der Obrigkeit vor einiger Zeit verboten worden war, weil er friedliche Bürger immer wieder in den Wahnsinn getrieben hatte.

Doch das Verbot hatte das zähflüssige grüne, aus Wermut gebrannte Getränk noch beliebter gemacht, und jeder Herbergswirt, der etwas auf sich hielt, hielt für seine Gäste nach wie vor heimlich einen kleinen Vorrat unter der Theke bereit.

Er kam gut voran und ritt am Nachmittag in Brüssel ein.

Der Kaufmann, den er nach dem Weg gefragt hatte, hatte ihm versichert, dass er nur der breiten Hauptstraße zu folgen brauchte, um auf die Grand Place zu gelangen, an den die Residenz der Grafen von Flandern angrenzte.

Staunend passierte Henrik die mit Giebeln, Pilastern und Balustraden geschmückten Zunfthäuser, die die Grand Place säumten.

Es waren prächtige Bauten, die den Stolz und den Reichtum der Brüsseler Bürgerschaft widerspiegelten.

Wenig später ritt Henrik ungehindert in den Schlosshof ein, wo es von Menschen, Pferden und Wagen nur so wimmelte.

Livrierte Diener eilten mit wichtigen Mienen an ihm vorbei, ohne ihn auch nur eines Blickes zu würdigen.

Ein wenig unentschlossen stieg Henrik vom Pferd. Er hatte sich noch nicht entschieden, wie er weiter vorgehen wollte, als auch schon ein Knecht vor ihm auftauchte und nach den Zügeln seines Pferdes griff.

»Ist die Gesandtschaft des Kaisers schon eingetroffen?«, fragte Henrik den Jungen, der einige Jahre jünger war als er selbst.

Der Junge schüttelte den Kopf. »Davon weiß ich nichts. Da müsst Ihr schon den Haushofmeister fragen.« Er wies mit der freien Hand auf einen älteren Mann, der neben einem mit Tuchballen beladenen Wagen stand und gerade heftig mit dessen Besitzer diskutierte.

»Ich kümmere mich schon selbst um mein Pferd«, sagte Henrik zu dem Jungen, nahm ihm die Zügel wieder aus der Hand und ging auf den Haushofmeister zu, der mit hochrotem Kopf auf den Tuchhändler einschrie.

»Ich werde nicht eher von hier fortfahren, als bis der Wagen abgeladen worden ist«, beharrte der Mann auf dem Bock stur.

Der Haushofmeister hob verzweifelt die Hände.

»Was soll ich nur mit solch einem sturen Esel wie Euch anfangen. Jeden Augenblick trifft die Gesandtschaft des Kaisers hier ein und ich habe nicht genügend Männer zum Abladen. Ich bitte Euch, kommt morgen wieder«, versuchte er es noch einmal. Aber der Mann auf dem Bock schüttelte den Kopf.

»Ich denke gar nicht daran«, gab er zurück und verschränkte die Arme vor der Brust, um seine Entschlossenheit zu demonstrieren.

Gegen so viel Sturheit kam der Haushofmeister nicht an. Sichtlich verärgert winkte er einen Diener zu sich heran und befahl ihm, dafür zu sorgen, dass der Wagen so schnell wie möglich abgeladen wurde.

Henrik hatte genug gehört.

Er brachte sein Pferd in die angrenzenden Stallungen, sattelte es ab und versorgte es mit ausreichend Wasser und Heu. Niemand stellte ihm Fragen.

Wahrscheinlich, weil vor ihm noch nie jemand auf die Idee gekommen war, sein Pferd unbefugt in den fürstlichen Stallungen unterzustellen.

Henrik konnte es nur recht sein.

Er schlenderte in den Hof und beobachtete das geschäftige Treiben um sich herum. Die Ware des Tuchhändlers war in der Zwischenzeit abgeladen worden, und der Wagen rollte gerade aus dem Hof.

Menschen verschwanden in den Gebäuden, Pferde wurden in die Stallungen geführt, und langsam begann sich der Schlosshof zu leeren, an dessen Eingang jetzt Wachen postiert waren, die niemanden mehr hereinließen.

In diesem Moment ließ ein dumpfes Grollen, das mit jedem Augenblick zunahm, den Boden unter seinen Füßen erbeben, und Henrik wandte sich erschrocken um. Schon übertönte der durchdringende Klang eines Signalhorns das Trommeln der Pferdehufe und ließ Henrik beide Hände fest gegen seinen schmerzenden Kopf pressen, bis das grauenvolle Hämmern in ihm langsam wieder nachließ.

Ein dampfender, silbern glänzender Strom aus schwitzenden Pferden und Menschenleibern ergoss sich einer Sintflut gleich in den Schlosshof: Die Gesandtschaft des Kaisers war eingetroffen.

Sofort entstand ein unbeschreibliches Durcheinander, und bald waren Schloss und Ställe hoffnungslos überfüllt. Einige Knappen stritten sich lautstark um die letzten Schlafplätze im Stroh, und Henrik nutzte die allgemeine Verwirrung, um sich näher an den Eingang des Schlosses zu drängen, wo die Gesandten des Kaisers darauf warteten, in die für sie vorgesehenen Gemächer geführt zu werden.

Die Ritter des Kaisers hatte dicht hinter ihnen Aufstellung bezogen und bildeten eine unüberwindbare Mauer aus glänzendem Stahl. Dennoch kämpfte Henrik sich entschlossen durch die ersten beiden hinteren Reihen der Ritter hindurch, und er sah die Gesandten des Kaisers schon vor sich, als sich eine Hand aus Eisen um seinen Arm schloss.

»Wohin so eilig, Bürschchen?«, fragte ein kräftiger Mann mit einem Gesicht, das aussah wie zerknittertes Pergament, und betrachtete missbilligend Henriks geflickten, alten Umhang.

»Ich habe eine wichtige Nachricht für den Kaiser«, stotterte Henrik, weil ihm nichts Besseres einfiel.

»Und was soll das für eine Nachricht sein?«, fragte der Ritter argwöhnisch.

»Ich glaube eher, dass du ein Dieb bist, der die Gesandtschaft des Kaisers bestehlen will.«

Henrik wurde blass, hatte aber Glück im Unglück, denn einige der anderen Panzerreiter wurden auf sie aufmerksam und wandten sich zu ihnen um.

»Das ist doch ...« Albrecht von Sachsen traute seinen Augen kaum, als er Henrik erkannte.

Henrik grinste ihn erleichtert an.

»Lasst ihn los«, befahl Albrecht von Sachsen dem Ritter, der Henriks Arm noch immer wie in einem Schraubstock umklammert hielt. Widerstrebend ließ der Ritter ihn los, und Albrecht von Sachsen führte Henrik daraufhin in eine ruhige Ecke des Schlosshofs.

Er spürte Henriks Ungeduld und fragte ihn daher ohne Umschweife nach dem Grund seines Hierseins.

Henrik erwiderte seinen forschenden Blick offen.

»Ich wurde unfreiwillig Zeuge eines Gesprächs und glaube, dass sich die Tochter des Herzogs von Burgund in großer Gefahr befindet«, antwortete er schlicht.

»Aus diesem Grund sind wir hergekommen«, bestätigte Albrecht von Sachsen ruhig. »Du hättest dir den Weg nach Brüssel sparen können.«

»Aber sie wollen Euch aufhalten und haben irgendetwas mit der Tochter des Herzogs vor.«

Die Angst in seinen Augen war unübersehbar. Albrecht zögerte. Maximilian hatte dem jungen Mann vertraut.

»Erzähl mir, was du gehört hast«, befahl er schließlich.

Henrik berichtete ihm, was er gesehen und gehört hatte, und verschwieg auch nicht, dass er niedergeschlagen worden war. »Danach habe ich mir ein Pferd aus dem Stall geholt und bin auf dem schnellsten Weg hierher geritten«, gestand er.

»Du meinst, du hast es gestohlen?«

Henrik nickte mit einem Anflug von schlechtem Gewissen.

»Um das Pferd kümmern wir uns später«, versprach Albrecht ihm.

»Am besten, du bleibst bei mir, bis ich herausgefunden habe, was hinter dieser ganzen Sache steckt. Schließlich bist du ein Augenzeuge, auch wenn du die Gesichter der beiden Männer nicht erkennen konntest.« Er wirkte jetzt sichtlich beunruhigt und ging Henrik zu einem vornehm gekleideten Mann voraus, dem er eilig etwas ins Ohr flüsterte.

Dr. Heßler nickte und bat darauf die beiden Bischöfe, die neben ihm standen, schon einmal vorauszugehen. Auch sein Gesicht war ernst. »Wenn Ihr wirklich Recht habt, dürfen wir keine Zeit mehr verlieren, wenn wir unseren Auftrag zu Ende bringen wollen.«

Albrecht nickte.

»Schickt den Kommandanten der Panzerreiter zu mir und sorgt dafür, dass die Pferde getränkt und gefüttert werden, damit wir sofort wieder aufbrechen können.«

29

Wie jeden Morgen, an dem das Wetter es zuließ, machte sich Maria nach dem Kirchgang auf den Weg zu den Stallungen.

Vier Wachmänner folgten ihr in kurzem Abstand.

Seit Margarete vom Hof verbannt worden war, wurde sie wie eine Gefangene in ihren Räumen gehalten, in denen sie zwar von allem Luxus, aber stets von ihr fremden Menschen umgeben war, deren jeder seinen eigenen Vorteil suchte.

Madame Halewyn war die einzige Vertraute, die man ihr gelassen hatte, und obwohl man auch sie argwöhnisch beobachtete, fand sie immer irgendwie einen Weg, um die wichtigsten Neuigkeiten in Erfahrung zu bringen.

Alle ihre Hofdamen hatte man durch Damen aus dem niederländischen Adel ersetzt, und ihre neue Zofe war ausgerechnet die Tochter des Herzogs von Kleve, die offensichtlich den Auftrag erhalten hatte, über alles, was sie tat, umgehend Bericht zu erstatten, denn sie folgte Maria wie ein Schatten überall hin. Zum Glück war ihre Angst vor Pferden jedoch so groß, dass sie sich beharrlich weigerte, auch nur in deren Nähe zu kommen, was für Maria wiederum bedeutete, dass sie wenigstens während ihrer Ausritte vor Anna von Kleves Bespitzelung sicher war.

Erst vor einigen Tagen hatte sie ihre Zofe dabei ertappt, wie sie versuchte, den Brief zu lesen, den Maria kurz zuvor an Margarete geschrieben hatte. Noch immer musste Maria schmunzeln, wenn sie an das enttäuschte Gesicht Annas dachte, als diese festgestellt hatte, dass die Worte in englischer Sprache geschrieben worden waren.

Dennoch hatte der Vorfall Maria zu denken gegeben, und sie hatte Margaretes Briefe daraufhin vorsichtshalber in eine Schatulle gelegt und diese in ihrem Geheimgang versteckt. Und ihre Vorsicht machte sich bezahlt, denn nur wenige Tage später stellte sie fest, dass man ihre Gemächer durchsucht und sich nicht einmal die Mühe gemacht hatte, es vor ihr zu verbergen.

Der Gedanke, dass jemand in ihren persönlichen Dingen herumwühlte, stimmte sie wütend und traurig zugleich.

Aber welche Wahl blieb ihr? Sollte sie als Schattenfürstin ohne wirkliche Macht der Spielball der flandrischen Zünfte und ihrer Querelen bleiben oder sich in ein Kloster zurückziehen? Oder, was ihr noch schlimmer schien, einem der zahlreichen Bewerber um ihre Hand nachgeben?

Sie hatte die Wahl zwischen Philipp von Kleve, dem unheimlichen Adolf von Geldern, der sie aus einem Grund, den sie nicht kannte, zu hassen schien, und dem Herzog von Clarence, den Margarete gerne als ihren Gemahl gesehen hätte, obwohl sich sein eigener Bruder Edward offen gegen ihn aussprach.

Ich kann mich natürlich auch noch für den Dauphin entscheiden, dachte sie grimmig und versuchte sich ihr Leben an der Seite eines verwachsenen achtjährigen Jungen vorzustellen, von dem es hieß, dass er nicht nur körperlich, sondern auch geistig unterentwickelt war.

Man ließ ihr die Wahl zwischen Schwert und Strick, und Letzterer zog sich immer enger um ihren Hals und nahm ihr die Luft zum Atmen.

Ihr einziger Hoffnungsschimmer war Maximilian, doch der war so weit von ihr entfernt wie die Sterne am Himmel.

Warum kam er nicht endlich, um sie aus dieser entwürdigenden Situation zu befreien und die Ordnung wiederherzustellen, die mit dem Tod ihres Vaters hinweggefegt worden war?

Nichts war mehr, wie es einst gewesen war. Das wohl geordnete Leben am Hof war zu einem lärmenden Marktplatz verkommen, einer Schlangengrube, in der es von scheinheiligen Intriganten nur so wimmelte.

Und Ludwigs Armee rückte unaufhaltsam näher. Die unterschiedlichsten Gerüchte eilten ihm voraus und heizten die gereizte Stimmung in der Stadt noch weiter an, in der sich die politischen Parteiungen und ihre Anhänger nach wie vor bekämpften.

Hilflos musste sie mit ansehen, wie das burgundische Reich vor ihren Augen in tausend Stücke zerbrach. Es zu einigen war der Traum ihres Großvaters gewesen, den ihr Vater weitergeträumt und ihr zuletzt als Erbe hinterlassen hatte.

Ein Erbe, das zu schwer war, um von ihr alleine getragen zu werden.

Sie warf einen Blick in den blauen Himmel, als hoffte sie dort eine Lösung zu finden. Die Sonne kämpfte sich langsam höher. Dünn und bleich wie der Mond, als hätte auch sie alle Kraft verloren.

Als Maria die Stallungen ereichte, wieherte ihr Sturmwind auffordernd entgegen. Die Stute war bereits aufgezäumt und gesattelt und schien dem vor ihr liegenden Ausritt ebenso entgegenzufiebern wie sie.

Georg, der älteste Sohn des Stallmeisters, der den Platz seines ermordeten Vaters eingenommen hatte, hielt ihr den Bügel und sah ihr zu, wie sie sich mit einer eleganten Bewegung in den Sattel schwang.

Wehmütig lächelte sie ihm zu und dachte dabei an den Tag,

an dem sie ihr erstes Pony bekommen und sich mehr in den Ställen als im Schloss aufgehalten hatte. Damals hatte ihre Mutter noch gelebt und war mit ihr durch den Park geritten, sooft es ihr möglich gewesen war.

Es war ein klarer, kühler Tag, den Maria in vollen Zügen genossen hätte, wäre ihr nicht so schwer zumute gewesen.

Sie hatte einige Male darüber nachgedacht, aus dem Schloss zu fliehen und nach Mecheln zu reiten, doch Margarete hatte ihr dringend davon abgeraten, und sie hatte schließlich eingesehen, wie unüberlegt ein solches Vorhaben war. Wenn das burgundische Reich überhaupt noch zu retten war, dann nur, wenn sie durchhielt.

Gedankenverloren ritt sie an den immergrünen Koniferen vorbei und auf die dahinterliegende Wiese zu. Ihre Stute fiel wie von selbst in einen leichten Trab und dann in einen immer schneller werdenden lang gestreckten Galopp, bis sie förmlich über das weiche Gras flog.

Der frische Morgenwind umschmeichelte sanft ihr Gesicht und spielte in ihren Haaren, und für einen Moment fiel aller Schwermut von ihr ab.

Sie fühlte sich leicht und frei und ließ Sturmwind laufen, bis die Stute schließlich von selbst in eine ruhigere Gangart fiel und die Pferde der Wachen wieder zu ihr aufholten.

Im hinteren Teil des Parks, der durch eine hohe Mauer geschützt war, stranden einige mächtige Eichen, deren weit ausladende Äste winzige grüne Knospen zeigten. In ihrer Mitte tanzten die ersten Mücken, und die Vögel zwitscherten fröhlich ihr Morgenlied. Maria sog die frische, würzige Luft tief in ihre Lungen ein und verspürte nicht den geringsten Wunsch, ins Schloss zurückzukehren.

Sie ignorierte die Wachen, die etwa dreißig Fuß von ihr entfernt auf ihren Pferden saßen, lockerte die Zügel so weit, dass die Stute grasen konnte, und genoss die warmen Sonnenstrahlen auf ihrem Gesicht.

Plötzlich hob die Stute witternd den Kopf und stellte die Ohren auf. Beinahe im gleichen Moment brach ein Fasan aufgeschreckt aus seinem Versteck und stürmte, gefolgt von seinen vier Weibchen, mit flatternden Flügeln an ihr vorbei.

Noch bevor Maria reagieren konnte, sah sie sich von drei Männern umringt, deren Gesichter von weit herabhängenden Kapuzen verborgen waren.

Hinter ihr erklangen die ersten Kampfgeräusche.

Sie wandte ihren Kopf und sah entsetzt, dass drei der Wachleute bereits blutüberströmt neben ihren Pferden lagen und der vierte verzweifelt um sein Leben kämpfte. Doch gegen die fünf Männer, die ihn umringten, hatte er keine Chance.

Maria wurden die Zügel aus der Hand gerissen, sie selbst wurde unsanft vom Pferd gezerrt. Eine Hand presste sich auf ihren Mund, um sie am Schreien zu hindern, obwohl es unwahrscheinlich war, dass ihre Hilferufe so weit vom Schloss entfernt noch von jemandem gehört werden würden.

Nachdem Maria sich von ihrem ersten Schrecken erholt hatte, trat sie dem Mann heftig gegen das Schienbein. Er fluchte laut und lockerte für einen Augenblick seinen Griff, allerdings nicht genug, als dass Maria hätte fortlaufen können.

Eine Kapuze aus schwerem Stoff wurde ihr über den Kopf gestülpt.

Maria hatte das Gefühl, keine Luft mehr zu bekommen, und wehrte sich so gut sie konnte, doch gegen die kräftigen Männerarme hatte sie keine Chance.

Sie spürte, wie sie hochgehoben wurde. Aber das Schlimmste war nicht die plötzliche Dunkelheit, sondern die Stille, die um sie herum herrschte. Abgesehen von dem Fluch hatte bislang keiner der Männer ein Wort gesagt.

Was hatten sie mit ihr vor? Und wohin brachten sie sie?

Maria kämpfte ihre aufsteigende Angst nieder und zwang sich, einen kühlen Kopf zu behalten. Wenn die Männer vorgehabt hätten, sie zu töten, hätten sie das längst getan. Außerdem hatten sie ihre Gesichter verhüllt, woraus Maria schloss, dass man sie lediglich als Geisel nehmen wollte.

Es blieb ihr daher nichts anderes übrig, als sich vorerst in ihr Schicksal zu fügen. Der Weg, den sie zurücklegten, erschien ihr endlos.

Dann hörte sie an den Schritten der Männer, dass sich der Boden unter ihren Füßen veränderte. Nur wenige Augenblicke später wurde sie in ein Haus getragen und eine Treppe hinaufgeschleppt.

Eine Türe öffnete sich knarrend. Der Griff um ihren Körper löste sich, und sie hatte das Gefühl zu fallen. Ihre Hände ruderten durch die Luft in dem verzweifelten Versuch, Halt zu finden.

Panik stieg in ihr hoch, bis sie ein weiches Polster hinter ihrem Rücken spürte. Erleichtert schloss sie die Augen, die sie in ihrer Angst weit aufgerissen hatte, obwohl sie unter dem dichten Stoff der Kapuze nichts sehen konnte. Sie war völlig hilflos.

Ausgeliefert.

Ihr Atem ging schneller, und ihr Herz begann zu rasen.

Einen Moment lang verharrte sie lauschend.

Sie hörte, wie die Türe zugeschlagen und ein Schlüssel im Schloss herumgedreht wurde, danach war es still.

In fieberhafter Eile riss sie sich die Kapuze vom Kopf und blinzelte einige Male, bis sich ihre Augen an die plötzliche Helligkeit gewöhnt hatten. Sie blickte sich um und sah, dass sie sich in einer spärlich möblierten Kammer mit Dachschrägen befand, in die eine Luke eingelassen war, durch die Tageslicht drang. Die Luke selbst lag jedoch so weit oben, dass sie sie nicht erreichen konnte.

In der Mitte der Kammer stand ein Tisch mit einer blau lasierten Waschschüssel und einem ebensolchen Krug und davor als einzige Sitzgelegenheit ein Schemel.

Wer hatte sie hierher gebracht, und was hatte man mit ihr vor?

Maria suchte nach einem Anhaltspunkt und ging ihre Entführung in Gedanken noch einmal von Anfang an durch, doch sie konnte sich an nichts erinnern, das ihr einen Hinweis lieferte.

Sie stand auf und strich den Rock ihres Reitkleides glatt. Im selben Augenblick hörte sie, wie der Schlüssel im Schloss herumgedreht wurde.

Die Türe öffnete sich, und eine kräftige Frau mit verkniffenem Gesichtsausdruck und harten Augen betrat die Kammer.

Sie trug ein weißes Leinengewand über dem Arm, das sie aufs Bett legte, ohne Maria dabei aus den Augen zu lassen.

»Der Herr möchte, dass Ihr es anlegt, bevor er Euch empfängt«, sagte sie unfreundlich und in einem herrischen Ton.

Maria erwiderte trotzig ihren Blick.

»Und wenn ich mich weigere?«, fragte sie.

»Ihr werdet so lange in der Kammer bleiben, bis ihr das Gewand angelegt habt, und wenn ich an Eurer Stelle wäre, würde ich mich beeilen, denn der Herr kann sehr ungeduldig werden, wenn man ihm nicht gehorcht«, gab die Frau barsch zurück und musterte Maria mit unverhohlener Neugier.

Dann machte sie auf dem Absatz kehrt, knallte die Türe hinter sich zu und verschloss sie wieder.

Die Grobheit der Frau hatte Maria mehr erschreckt, als sie sich eingestand. Sie war es nicht gewohnt, dass man sie so rüde behandelte, und bis vor Kurzem hätte auch niemand gewagt, in einem solchen Tonfall mit ihr zu reden.

Doch nun war alles anders.

Tapfer unterdrückte sie die Tränen, die in ihr aufstiegen, und trat, von hilflosem Zorn übermannt, gegen den Schemel, der polternd gegen die Wand krachte.

Es verschaffte ihr ein Gefühl der Erleichterung, dass eines der Stuhlbeine dabei abbrach, über die Holzdielen rutschte und schließlich neben der Tür liegen blieb.

Erneut öffnete sich die Türe, und die Frau streckte ihren Kopf herein.

Ihr Blick fiel auf den zerbrochenen Schemel, und der Ausdruck in ihrem Gesicht verhärtete sich.

»Der Herr wird langsam ungeduldig, und ich soll Euch ausrichten, wenn Ihr das Gewand nicht bald anlegt, zieht er es Euch persönlich über.«

Maria wurde blass. »Das wird er nicht wagen!«, stieß sie hervor.

Die Frau warf ihr einen giftigen Blick zu.

»An Eurer Stelle würde ich mich nicht darauf verlassen, er hat schon ganz andere Dinge getan.«

Maria hatte sich wieder gefasst. »Hat Euer Herr auch einen Namen?«, fragte sie in scharfem Ton. Doch anstelle einer Antwort drehte sich die Frau kurzerhand um und verließ die Kammer wieder.

Seufzend begann Maria an ihrem Rücken zu nesteln. Ohne Hilfe war es gar nicht so einfach, die vielen Häkchen aus den Ösen zu lösen, und es dauerte eine ganze Weile, bis sie sich von dem Gewand befreit hatte. Achtlos ließ sie es zu Boden fallen und nahm das weiße Gewand vom Bett. Rasch zog sie es sich über den Kopf. Es war so lang, dass sie den Rock mit beiden Händen raffen musste, um nicht auf den mit einer blauen Borte besetzten Saum zu treten.

Als niemand kam, um sie abzuholen, setzte sie sich auf das

schmale Bett und wartete. Das Licht, das durch die Luke in die Kammer fiel, wurde unmerklich schwächer, bis es schließlich ganz schwand und den Raum in Zwielicht tauchte.

Regungslos verharrte Maria auf dem Bett und kämpfte ihre aufsteigende Panik nieder. Die Ungewissheit über das, was ihr bevorstand, war nur schwer zu ertragen.

Wer konnte sie entführt haben und warum?

Ob ihr Patenonkel dahintersteckte? Er war der Einzige, dem sie eine solch schändliche Tat zutraute. Aber wenn er es war, warum befand sie sich dann immer noch in Gent und nicht schon längst auf dem Weg nach Frankreich?

Wollte man vielleicht warten, bis es dunkel war, um sie heimlich aus der Stadt zu schaffen? Aber zum Reisen wäre ihr Reitkleid viel bequemer als dieses weiße Gewand, das man ihr anzulegen befohlen hatte. Es musste sich also anders verhalten, als sie gedacht hatte.

Unvermittelt tauchte das höhnische Gesicht Adolfs von Geldern vor ihr auf.

Und wenn er hinter ihrer Entführung steckte? Noch bevor sie den Gedanken zu Ende gedacht hatte, wusste sie, dass er es war, und die Erkenntnis traf sie wie ein Schock.

Die Bürgermiliz hatte sich deutlich gegen eine Heirat mit Frankreich ausgesprochen und forderte stattdessen von ihr, dass sie ihren Gemahl aus den Reihen des niederländischen Adels wählte.

Adolf von Geldern entstammte einer alteingesessenen Adelsfamilie.

Plötzlich passte alles zusammen. Übelkeit stieg in ihr hoch, und sie wagte kaum weiterzudenken, denn in diesem Fall machte das schlichte, weiße Leinengewand Sinn. Es sollte ihr Brautkleid sein, und Adolf von Geldern würde sie zwingen, ihn zu heiraten!

Sie hörte Schritte. Es waren schwere Schritte, Schritte von Stiefeln. Der Schlüssel wurde herumgedreht und die Türe mit einem Ruck geöffnet.

Im Türrahmen stand ein Mann von bedrohlicher Größe.

In der linken Hand hielt er eine flackernde Talglampe, die sein Gesicht in eine Schattenlandschaft verwandelte.

Maria hatte Recht behalten. Vor ihr stand Adolf von Geldern, und in seinen Augen loderte ein unheilvolles Feuer. Er sah sie so eindringlich an, dass sie seinen Blick auf ihrer Haut brennen spürte.

»Was wollt Ihr von mir«, presste sie schließlich tonlos hervor und erhob sich mit weichen Knien.

»Das werdet Ihr gleich erfahren.« Seine Stimme klirrte vor Kälte.

»Wenn ich Euch jetzt bitten dürfte, mitzukommen.« Es war mehr ein Befehl als eine Bitte, aber Maria war so oder so nicht in der Lage, abzulehnen, und so leistete sie seiner Aufforderung Folge, als er einen Schritt zur Seite trat, um sie an sich vorbeizulassen.

Maria raffte ihren Rock und lief geschwind aus der Kammer.

»Wer hätte gedacht, dass Ihr es so eilig habt, meine Gemahlin zu werden«, höhnte Adolf von Geldern. Mit zwei langen Schritten war er hinter ihr. Sie spürte seinen Atem in ihrem Nacken und blieb so abrupt stehen, dass er gegen sie prallte.

»Ich werde niemals einwilligen, Eure Gemahlin zu werden.«

Obwohl sie sich Mühe gab, konnte Maria nicht verhindern, dass ihre Stimme zitterte.

»Nun, wir werden sehen«, gab er gleichmütig zurück und vergrub seine Nase in ihrem Haar. Maria erstarrte.

»Wie könnt Ihr es wagen, mich anzufassen!«, schrie sie von plötzlichem Zorn übermannt und stieß ihn mit einer heftigen Bewegung von sich.

Dann lief sie rasch weiter. Im Schein zweier an der Wand befestigter Talglampen sah sie eine schmale Treppe, die steil nach unten führte. Sie raffte den Rock noch höher und flog förmlich die Stufen hinunter.

Doch zwei mit Schwertern bewaffnete Männer versperrten ihr den Weg.

Maria blieb stehen. Gehetzt blickte sie sich um. Ich muss einen Weg finden, um hier herauszukommen, hämmerte es in ihrem Kopf.

Der Raum, in dem sie sich nun befand, war Küche und Wohnraum in einem und wirkte warm und gemütlich mit seinen dunklen Holzmöbeln und den gestreiften Vorhängen an den Fenstern.

Im Kachelofen an der Stirnseite prasselte ein wärmendes Feuer.

Obwohl er sie nicht berührte, spürte Maria, dass der blonde Hüne direkt hinter ihr stand.

Besitzergreifend nahm er ihren Arm und zog sie zur Türe. Als sie versuchte, ihm ihren Arm zu entziehen, verstärkte er seinen Druck, bis Maria vor Schmerz aufschrie.

»Ihr solltet wissen, wann es Zeit ist, aufzugeben«, beschied er sie knapp und verließ, ohne seinen Griff dabei zu lockern, mit ihr das Haus.

Vor dem Haus standen drei gesattelte Pferde bereit.

Mühelos hob Adolf von Geldern sie auf sein wartendes Pferd und schwang sich danach hinter sie. Er schlang seinen linken Arm um ihre Taille, während er mit der rechten Hand nach den Zügeln griff.

Der Himmel über ihnen war sternenklar, und der Mond schimmerte wie eine unsauber geschlagene Münze am Himmel.

Das Haus, in dem Adolf von Geldern sie gefangen gehalten hatte, lag in einer schmalen Gasse auf der Rückseite des Marktplatzes, nur wenige Schritte vom Prinzenhof entfernt.

Sie ritten los, und das Klappern der Hufe hallte von den Hauswänden wider, bis sich die Gasse öffnete und einen Blick auf den Marktplatz freigab.

Adolf von Geldern lenkte sein Pferd an dem imposanten Denkmal des Jacob von Artevelde vorbei, des weisen Mannes von Gent, wie er allgemein genannt wurde.

Ihm war es zu verdanken, dass Flandern und somit auch Gent während des Hundertjährigen Krieges weitgehend neutral und damit wohlhabend geblieben war und der Tuchhandel seine größte Blütezeit erlebt hatte.

Nachdem sie den Marktplatz überquert hatten, bog Adolf von Geldern in die Belfortstraat ein, die direkt auf die St. Jakobskirche zuführte.

Drohend wie ein erhobener Zeigefinger ragte der Kirchturm in den nächtlichen Himmel.

Plötzlich tauchten aus den umliegenden Gassen Fackeln auf. Ihr Licht beschien die Köpfe derjenigen, die sie in die Höhe hielten, und als der Schein immer heller wurde, erkannte Maria, dass die Männer, die sich lautlos um sie herum versammelten, wie Soldaten gekleidet waren.

Auf einen knappen Befehl Adolfs von Geldern hin schwang das Kirchenportal auf.

Adolf von Geldern saß ab und zog Maria grob vom Pferd. Wieder hielt er ihren Arm so fest umklammert, dass ihr der Schmerz die Tränen in die Augen trieb, nur dass er sie diesmal die breiten Treppenstufen direkt zum Kircheingang hochzog.

Die Soldaten der Bürgermiliz folgten ihnen.

Maria zuckte zusammen, als das Portal hinter ihnen mit einem dumpfen Knall wieder ins Schloss fiel.

Sie war gefangen.

Einige Kerzen brannten auf dem Altar und an den Seitenwänden und verwandelten das Kirchenschiff in eine unheimliche Schattenwelt. In ihrem Schein entdeckte Maria einen Priester, der zusammengekrümmt auf den Stufen zum Altar hockte.

Blut strömte ihm aus der Nase und tropfte auf seine Kutte.

Adolf von Geldern bliebe vor ihm stehen, zog sein Schwert und richtete es drohend auf ihn.

»Fang sofort an«, befahl er.

Der Priester hob den Kopf und blickte zuerst zu Maria und dann zu Adolf von Geldern.

»Für das, was Ihr vorhabt, werdet Ihr in der Hölle schmoren«, verkündete er in dem Versuch, Adolf von Geldern doch noch von seinem Vorhaben abzubringen.

Aber Adolf von Geldern zeigte sich von seinen Worten unbeeindruckt. Ein grausamer Zug legte sich um seinen Mund. Der Priester spürte, wie sich die Schwertspitze tiefer in seine Brust bohrte, und trotz der feuchten Kälte, die vom steinernen Boden nach oben zog, begann er zu schwitzen.

Maria hielt den Atem an.

Wie eine Flamme schoss die Wut in ihr hoch.

»Wie könnt Ihr es wagen, Euch an einem Mann Gottes zu vergreifen!«, empörte sie sich.

In Adolfs von Geldern Augen trat ein gefährliches Glitzern. Ohne das Schwert zu senken, wandte er ihr sein Gesicht zu, das von unversöhnlichem Hass und Zorn verzerrt war.

Unwillkürlich prallte Maria zurück.

»Lieber sterbe ich, als Eure Gemahlin zu werden!«, stieß sie mit brüchiger Stimme hervor.

Adolf von Geldern ließ das Schwert sinken. Sein stechender Blick bohrte sich in ihre Augen.

»Da irrt Ihr Euch. Ihr werdet nicht nur meine Gemahlin werden, sondern Ihr werdet auch für all das bezahlen, was

Euer Vater mir angetan hat. Acht lange Jahre habe ich auf diesen Augenblick gewartet. Und jetzt ist er da.«

Drohend schwang er sein Schwert über dem Kopf des Priesters, der sich erschrocken duckte.

»Wenn Ihr nicht sofort mit der Trauung beginnt, werdet Ihr schneller in das Reich Eures Herrn eingehen, als Euch lieb ist«, wandte sich ihm Adolf von Geldern wieder warnend zu.

Marias Blick traf sich mit dem des Priesters, und sie nickte ihm unmerklich zu. Sie wollte nicht, dass ihretwegen Blut vergossen wurde.

Schließlich trat der Priester hinter den Altar, kehrte mit einem kostbar gestickten Schal wieder zurück, und Adolf von Geldern streckte beide Arme aus.

Der Priester legte nach altem Brauch den Schal um seine Hände und kam danach zu Maria, um ihre Hände mittels des Schals mit denen ihres Bräutigams zu verbinden. Aber Maria wich unwillkürlich zurück und verbarg ihre Hände hinter ihrem Rücken.

Sie hörte, wie Adolf von Geldern scharf Luft holte.

»Euer kindischer Trotz wird Euch nichts nutzen, Madame. Meine Männer werden bezeugen, dass Ihr in die Hochzeit eingewilligt habt.«

Er ließ den Schal achtlos zu Boden fallen.

»Los, sag deinen Spruch auf«, befahl er dem Priester.

Der Priester räusperte sich einige Male, um Zeit zu gewinnen, doch sofort gab Adolf von Geldern einen knurrenden Laut von sich und legte drohend seine Hand auf den Griff seines Schwerts.

Mit einem schuldbewussten Blick in Marias Richtung begann der Priester mit der Zeremonie.

Seine Stimme klang zornig, und die Worte kamen ihm nur widerwillig über die Lippen.

»Im Angesicht des Herrn und der hier anwesenden Zeugen, die sich an diesem Ort versammelt haben, um die Rechtmäßigkeit dieser Ehe zu bezeugen, rufe ich unsere selige Jungfrau und dazu alle Heiligen und Schutzheiligen an, den heiligen Georg, Schutzpatron unserer Stadt, die heilige Anna …« Adolf von Geldern unterbrach ihn mit einer herrischen Bewegung.

»Kommt endlich zum Schluss«, verlangte er brüsk.

Der Priester öffnete empört den Mund. Einen Augenblick lang dachte Maria, er würde Adolf von Geldern zur Ordnung rufen und ihn daran erinnern, dass er sich im Hause Gottes befand, doch nach einem Blick in das finstere Gesicht des Hünen schien er es sich anders zu überlegen.

»Kraft meines Amtes, das mir durch Gottes Gnaden übertragen wurde, erkläre ich Euch hiermit zu Mann und Frau«, er sprach schnell, als könne er es kaum erwarten, die erzwungene Trauung endlich hinter sich zu bringen, und Maria konnte ihm nicht einmal einen Vorwurf daraus machen.

Adolf von Geldern schien zufrieden.

Besitzergreifend nahm er Maria am Arm und drehte sie zu den Männern der Bürgermiliz um, die ihm begeistert zujubelten.

Die unzufriedene, verwirrte Seele des Volkes schwang in ihren kurzen triumphierenden Ausrufen mit, die von den hohen Mauern um ein Mehrfaches verstärkt zurückgeworfen wurden und Maria durch Mark und Bein fuhren. Adolf von Geldern beugte sich leicht zu ihr hinunter.

»Unser Brautgemach wartet schon auf uns. Sicher könnt Ihr es ebenso wenig erwarten wie ich, unsere Ehe zu vollziehen.«

Maria erstarrte.

Die Situation war schlimmer als jeder Albtraum, und sie wünschte nichts sehnlicher, als dass sich der Boden unter ihren Füßen öffnen und sie verschlingen würde.

Adolf von Geldern zerrte sie grob den Mittelgang entlang und weiter durch das Portal nach draußen. Dort hob er sie auf sein Pferd und stieg hinter ihr auf. Wie zufällig streifte seine Hand dabei ihren Busen. Diesmal war es sein rechter Arm, der sich wie ein eiserner Ring um ihre schmale Taille schloss, während er mit der linken Hand die Zügel hielt. Maria war seine Berührung zuwider, und sie versuchte sich aus seiner Umklammerung zu befreien. Doch von Geldern lachte nur hämisch über ihren Versuch. »Euer Temperament erfüllt mich mit großer Freude. Ich kann es kaum erwarten, Euch zu besteigen, meine kleine Wildkatze«, flüsterte er ihr ins Ohr, und Maria zitterte vor Wut.

»Ihr seid nichts anderes als ein unverschämter widerlicher Kerl!«, schrie sie ihn an. »Ihr werdet mich niemals besitzen, hört Ihr? Niemals, eher bringe ich mich um.«

Worauf einige der Soldaten laut zu lachen anfingen und sie anzüglich musterten.

Adolf von Geldern lachte ebenfalls und trieb, noch immer lachend, sein Pferd an. »Siehst du, wie mich meine Männer um dich beneiden? Vielleicht sollte ich dich ihnen überlassen, nachdem ich mit dir fertig bin«, bemerkte er im Plauderton.

Die Männer der Bürgermiliz folgten ihnen mit ihren Fackeln, wie bei einer Prozession.

Maria hielt es für besser, ihren Entführer nicht noch mehr herauszufordern, zumal sie wusste, dass sie sich nicht wirklich gegen ihn zur Wehr setzen konnte.

Adolf von Geldern würde die Ehe vollziehen, notfalls mit Gewalt, das hatte er ihr deutlich genug gemacht. Es würde auch nichts nutzen, an seine Ritterlichkeit oder an seine Ehre zu appellieren, denn er wollte sie um jeden Preis demütigen, um sich an ihrem Vater zu rächen. Wie groß musste sein Hass nur sein, um so tief zu sinken? Hoffentlich groß genug, dass er daran erstickt, dachte sie erneut vom Zorn übermannt, auch wenn sie wusste, dass nichts und niemand sie jetzt noch retten konnte.

Plötzlich erhob sich in der Ferne ein dumpfes Grollen, und unwillkürlich hob Maria ihren Blick zum sternenklaren Himmel. Es waren keine Wolken zu sehen, obwohl sich das Grollen angehört hatte wie ein Gewitter, das rasch näher kam.

Unter den Männern auf dem Kirchenvorplatz, die inzwischen vielleicht an die Hundert zählten, breitete sich spürbar Unruhe aus, und vom Rücken des Pferdes aus konnte Maria die Fackeln in fahrigem Rhythmus hin und her schwingen sehen. Auf einmal wurde ihr klar, dass hier kein Gewitter heraufgezogen kam, sondern etwas anderes.

Sie hörte das schabende Geräusch von Schwertern, die aus der Scheide gezogen wurden, und durch den Stoff ihres Gewandes hindurch spürte Maria, wie Adolf von Geldern sich hinter ihr verspannte.

Das Klappern von Hunderten von Hufen auf dem Kopfsteinpflaster schwoll zu einem unvorstellbaren Lärm an, der auch noch den letzten Schläfer aus seinem wohlverdienten Schlaf riss.

Fenster und Türen wurden geöffnet, und verschlafene Gesichter versuchten neugierig einen Blick auf das Geschehen zu erhaschen.

Von drei Seiten strömten Reiter auf den Kirchplatz. Im Licht der Fackeln riesige Schatten, die aus dem Nichts zu kommen schienen und bedrohlich langsam näher rückten.

Die Männer der Bürgermiliz ließen ihre Schwerter sinken. Gegen diese Überzahl kamen sie nicht an.

Adolf von Geldern fluchte laut, als er im Schein der Fackeln das kaiserliche Wappen erkannte, und Maria, die seinem Blick gefolgt war, schöpfte neue Hoffnung.

Ein Signalhorn schallte durch die Nacht, schaurig wie die Posaune von Jericho.

»Im Namen des Kaisers fordere ich Euch auf, Maria von Burgund unverzüglich freizulassen.« Die Stimme des Herolds war mahnend und durchdringend.

Adolf von Geldern verharrte einen Moment. Dann wandte er blitzschnell sein Pferd und trieb es die breiten Stufen vor dem Portal hoch.

»Öffnet das Portal!«, schrie er seinen Männern zu, die sich beeilten, seinem Befehl Folge zu leisten, doch sie rüttelten vergeblich an der Türe, deren Flügel von innen fest verschlossen worden waren.

Im Stillen dankte Maria dem Priester für sein schnelles, umsichtiges Handeln.

Nun bahnte sich eine Gruppe von Panzerreitern den Weg durch die Menge und kam direkt auf sie zu. Sie wurde angeführt von Dr. Heßler und Albrecht von Sachsen.

Adolf von Geldern wendete sein Pferd von der Kirche ab.

»Ihr seid zu spät, meine Herren«, höhnte er. »Maria von Burgund ist meine rechtlich angetraute Gemahlin.«

»Eine erzwungene Trauung, die nicht rechtsgültig ist«, erwiderte Dr. Heßler unbeeindruckt.

Aber Adolf von Geldern dachte nicht daran aufzugeben, sondern hieb seinem Pferd die Sporen in die Seite. Der Hengst schoss mit einem mächtigen Satz nach vorn. Eine Lücke tat sich vor ihm auf, doch noch bevor Adolf von Geldern sein Pferd weiter antreiben konnte, spürte er auch schon einen heftigen Schlag an seiner Seite, der ihn aus dem Sattel warf.

Beim Versuch, Halt zu finden, klammerte er sich fest an Maria und riss sie mit sich in die Tiefe. Sein unbehelmter Kopf schlug hart auf dem Pflaster auf, und vom Aufprall betäubt, blieb er auf dem Boden liegen. Maria, die auf ihn gefallen war, blieb wie durch ein Wunder unverletzt.

Albrecht von Sachsen sprang vom Pferd und half ihr hoch. Verlegen strich sich Maria eine Haarsträhne aus ihrer Stirn, als sie ihn erkannte und sich merkwürdigerweise fragte, ob er wohl ahnte, was damals in jener schicksalsträchtigen Nacht im Stall zwischen ihr und Maximilian geschehen war. Die Nacht, in der sie Maximilians Frau geworden war.

Falls ja, ließ er sich jedenfalls nichts anmerken, denn er verbeugte sich formvollendet vor ihr und musterte dann prüfend ihr bleiches Gesicht, in dem noch die Schrecken der letzten Stunden geschrieben standen.

»Habt Ihr Euch verletzt?«, fragte er höflich.

Maria schüttelte den Kopf.

»Ihr habt mich vor etwas Furchtbarem bewahrt«, sagte sie leise. »Wie kann ich Euch nur dafür danken?«

Ein feines Lächeln huschte über sein gut geschnittenes, schmales Gesicht.

»Euer Dank gebührt nicht mir«, erwiderte er und winkte Henrik zu sich.

»Erinnert Ihr Euch noch an den Boten, den Euch Maximilian, als wir in Gent waren, ins Schloss geschickt hat? Er ist derjenige, dem Ihr Eure Rettung zu verdanken habt. Er hat gestern Nacht ein Gespräch belauscht, aus dem er schloss, dass Ihr Euch in großer Gefahr befindet, hat daraufhin ein Pferd gestohlen und ist wie der Teufel nach Brüssel geritten, um uns zu benachrichtigen.«

Henrik starrte verlegen auf seine Fußspitzen.

Maria nahm seine Hände und drückte sie dankbar.

»Ich stehe tief in Eurer Schuld und möchte lieber nicht daran denken, was geschehen wäre, wenn Ihr nicht so mutig und entschlossen gehandelt hättet.«

Henrik brachte kein Wort heraus, bis ihm Albrecht einen aufmunternden Hieb in die Seite versetzte.

»Es war mir eine Ehre«, stotterte er und war froh darüber, dass die verräterische Röte, die ihm in die Wangen stieg, in der Dunkelheit von niemanden wahrgenommen werden konnte.

Plötzlich entstand ein Tumult hinter ihnen, und als sie sich umdrehten, konnten sie sehen, dass Adolf von Geldern, nachdem er sich mühsam wieder erhoben hatte, sein Schwert aus der Scheide gezogen und sich auf die Reiter des Kaisers gestürzt hatte.

Wie ein Rasender schlug er nun um sich, und schon waren zwei der kaiserlichen Ritter blutüberströmt zusammengebrochen.

Die Wut über die Aussichtslosigkeit seiner Situation schien seine Kräfte noch zu steigern, doch dann rutschte er auf dem Blut eines der Gefallenen aus und geriet aus dem Gleichgewicht.

Einer der Panzerreiter nutzte den Moment und stieß ihm sein Schwert bis zum Heft in die Brust. Mit einem gurgelnden Geräusch in der Kehle brach Adolf von Geldern zusammen und war tot, noch bevor sein Körper auf dem Boden aufschlug.

Immer mehr durch den Lärm aufgeschreckte Bürger drängten nun auf den Platz und starrten ehrfürchtig auf die deutschen Reiter, deren schulterlange Haare ihr wildes Aussehen noch verstärkten.

Albrecht von Sachsen führte Maria zu seinem Pferd und half ihr hinauf. Er selbst bestieg Adolfs von Geldern Hengst, und unter dem Schutz der kaiserlichen Gesandtschaft brachte er Maria zurück zum Schloss.

Der Mond stand bereits knapp über dem Horizont, und sein Schein ging langsam im Licht des hellen Streifens unter, das den neuen Tag ankündigte.

30

Philipp von Hornes und Ludwig van Gruuthuse empfingen die Gesandtschaft des Kaisers vor dem Tor und geleiteten sie feierlich ins Schloss. Ihre Erleichterung über das glückliche Ende von Marias Entführung war ihnen deutlich anzusehen.

Es schien, als habe niemand in Gent in dieser bedeutungsschweren Nacht ein Auge zugetan, anders konnte Maria sich nicht erklären, wieso der Staatsrat bereits vollständig im Audienzsaal versammelt war, als Maria mit der Gesandtschaft des Kaisers dort eintraf.

Nachdem Maria ihren Platz auf dem Stuhl ihres Vaters eingenommen hatte, legte Dr. Heßler das Beglaubigungsschreiben des Kaisers vor.

Dann verlas er mit lauter Stimme den Ehekontrakt, den Karl vor seinem Tod unterschrieben hatte, und legte als Beweis für die Zustimmung der Braut einige von Marias handgeschriebenen Briefen vor.

»Maria von Burgund, erkennt Ihr diese Unterschrift als die Eure an und seid Ihr darüber hinaus gewillt, Euch an Euer Versprechen zu halten?«

Maria nickte langsam und für alle sichtbar.

»Ja, mein Herr Vater hat die Ehe zwischen dem Erzherzog von Österreich und mir gebilligt, und ich bin fest entschlossen, keinen anderen als ihn zu meinem Gemahl zu nehmen«, verkündete sie würdevoll. Leiser Triumph schwang in ihrer Stimme mit.

Zufrieden nahm Dr. Heßler ihre Antwort entgegen.

Er verbeugte sich leicht.

»Im Namen meines Kaisers danke ich Euch.«

Er zog ein weiteres Dokument aus dem Umschlag seines Ärmels.

»Der Kaiser wünscht außerdem, die Ehe so schnell wie möglich per Procura zu vollziehen, Euer Einverständnis vorausgesetzt.«

Seine Worte schlugen wie ein Blitz in die Versammlung ein, und auf aufgebrachtes Raunen folgte ungläubiges Schweigen. Es dauerte einen Moment, bis Maria den Sinn seiner Worte vollständig begriff, bedeuteten sie doch nichts anderes, als dass sie und mit ihr Burgund gerettet waren.

»Ihr habt mein Einverständnis«, erklärte sie daher rasch, bevor jemand etwas dagegen einwenden konnte.

Der Herzog von Kleve warf Maria einen empörten Blick zu, in dem aber auch widerwillige Anerkennung lag.

Wie hatte diese junge Frau es nur geschafft, ein solches Komplott hinter seinem Rücken zu schmieden und außerdem noch geheim zu halten?

Er hatte sie unterschätzt. Sie alle hatten sie unterschätzt.

Er brauchte eine Weile, um diese Erkenntnis zu verdauen, dann kam er jedoch zu dem Schluss, dass eine Ehe per Procura keineswegs endgültig war und es immer noch Hoffnung für ihn gab. Adolf von Geldern war schließlich tot und der Sohn des Kaisers noch in weiter Ferne.

Ein grimmiger Zug legte sich um seinen Mund, als er fieberhaft überlegte, wie er weiter vorgehen sollte.

Die Staatsräte warfen sich bestürzte Blicke zu, doch keiner von ihnen wagte es, offen Partei gegen den Kaiser zu ergreifen.

Dr. Heßler nutzte den allgemeinen Moment der Überraschung. »Nun denn«, meinte er, »nachdem nun alles besprochen ist, schlage ich vor, die Trauung noch heute zu vollziehen.«

Während in aller Eile die Vorbereitungen für den bevorstehenden Staatsakt getroffen wurden, jagte die Nachricht von der bevorstehenden burgundisch-habsburgischen Hochzeit per Procura mit der Schnelligkeit eines herabstürzenden Raubvogels durchs Land.

Mit schwirrendem Kopf zog Maria sich in ihr Gemach zurück, um sich für die bevorstehende Trauung ankleiden zu lassen.

Sie hatte seit über dreißig Stunden kein Auge mehr zugetan, doch die Aufregung war stärker als ihre Erschöpfung. Dennoch breitete sich ein Gefühl der Unwirklichkeit in ihr aus, als sie nun vor dem Spiegel stand und die Bilder der vergangenen Nacht nochmals vor ihrem geistigen Auge vorbeiziehen ließ.

Erst die kühle Hand ihrer Zofe riss sie aus ihrer Versunkenheit.

»Es ist Zeit, Herrin«, meinte diese ehrfürchtig und konnte nicht aufhören, Maria bewundernd anzustarren. Ihr wallendes Hochzeitsgewand aus Silberbrokat leuchtete wie ein funkelnder Sternenhimmel, und sie sah wunderschön darin aus.

Eine dicht gedrängte Masse aus Menschenleibern versperrte den kurzen Weg zur Herberge St-Georges, in der die feierliche Zeremonie stattfinden sollte.

Vor den mächtigen Kriegsrossen der Panzerreiter stob die Menge auseinander und wich in die seitlichen Gassen hinein aus, um dann, kaum dass diese vorbeigeritten waren, wieder aus ihnen hervorzuquellen.

Verschiedene Erinnerungen stürmten auf Maria ein, als sie

an der Seite von Dr. Heßler die Herberge St-Georges betrat und die Stufen zum Versammlungsraum der Zünfte hinabstieg.

In der Mitte des großen Saales, in dem Hugonet und Humbercourt erst vor wenigen Wochen zum Tode verurteilt worden waren, hatte man das Brautbett aufgestellt.

Die Vorhänge aus grüner Damastseide waren zurückgezogen und gaben den Blick auf hermelinbesetzte weiße Bettdecken frei.

Hätte sie den Tod ihrer Ratgeber verhindern können?

Ihre Hinrichtung trübte das Glück, dass sie empfand, als sie auf das große Bett starrte, das ebenso wie die im Saal versammelten Menschen darauf wartete, dass sie ihr Versprechen einlöste.

Forderte sie das Schicksal mit ihrem Wunsch nach Liebe und Glück etwa heraus? Mit dem Wunsch, den warmen Atem ihres Geliebten auf ihrer Haut zu spüren und die schwere Bürde ihres Erbes mit ihm zu teilen?

Sie war so überzeugt von ihrer Verbindung zu Maximilian gewesen, dass sie jeden Gedanken an eine andere Möglichkeit weit von sich geschoben hatte und gar nicht darüber nachgedacht hatte, was das Beste für ihr Land war.

Aber was war das Beste für ihr Land? Die Bürger von Gent waren sich ja selbst nicht einig darin gewesen. Ein Teil von ihnen drängte nach Frankreich, der andere nach Flandern.

Und würde Maximilian den Traum ihrer Väter von einem zusammenhängenden burgundischen Reich überhaupt verwirklichen können?

Maria schloss die Augen und spürte, wie der Raum um sie herum sich zu drehen begann.

Es war ihre Pflicht, zum Wohle ihres Landes zu heiraten, es war der Preis dafür, dass sie ihr Leben lang versorgt sein würde und niemals Hunger leiden musste.

Aber ihr Vater hatte die Hochzeit mit Habsburg gewollt, es war sein letzter Wunsch an sie gewesen.

Sie spürte die Blicke nicht, die auf sie gerichtet waren, als sie lautlos den Eid, den sie vor den Bürgern von Gent abgelegt hatte, in Gedanken wiederholte und ihrem Schöpfer gleichzeitig das Versprechen gab, Maximilian dazu anzuhalten, ihrem Volk ein guter Regent zu sein.

Sie öffnete die Augen, atmete noch einmal tief ein und schritt entschlossen auf das Brautbett zu.

Unter den Augen der Anwesenden bestieg Maria die eine Seite des Bettes, während Dr. Heßler sich in silberner Rüstung und mit entblößtem Knie neben ihr niederließ.

Zwischen ihnen lag ein blankes Schwert, das symbolisch Maximilians Bereitschaft bekundete, seine Braut in Zukunft gegen all ihre Feinde zu verteidigen.

Fast unbeteiligt ließ Maria die Zeremonie an sich vorüberziehen. Obwohl sie allen Grund zur Freude gehabt hätte, war sie doch noch weit von ihrem eigentlichen Ziel entfernt. Zudem hatten ihr die Ereignisse der letzten Wochen deutlich gemacht, wie wandelbar das Glück war, und auch die finsteren Mienen in den Reihen ihres Staatsrates verhießen nichts Gutes. Schon bald würde sie merken, inwieweit die Räte eine Ehe, die nicht vor Gott geschlossen worden war, anerkennen würden.

Doch die größte Unwägbarkeit von allen war, dass Maximilian noch immer vor Ungarn kämpfte, wie sie von Madame Halewyn wusste. Und solange er seinen Platz an ihrer Seite nicht einnahm, war der Kampf um Burgund noch nicht gewonnen.

Sorgenvoll erhob sie sich wieder aus dem provisorischen Brautbett und nahm die Glückwünsche entgegen, die ihr von allen Seiten zugerufen wurden.

Die Nachricht von der Vermählung hatte eine erstaunliche Wirkung auf die Bevölkerung und schwappte wie eine große Versöhnungswelle über die burgundischen Staaten. Hochrufe auf Maximilian und Maria wurden in den Städten laut. Kinder liefen jubelnd durch die Gassen und riefen »der Kaiser, der Kaiser«.

Die Aufwiegler verstummten, und man schloss sich wieder zusammen, getragen von der Hoffnung, dass der Kaiser den Frieden sowohl nach innen als auch nach außen sichern würde.

Maria atmete auf, und als Olivier de la Marche ihr die Nachricht überbrachte, dass Maximilian endlich auf dem Weg nach Gent sei, war sie zum ersten Mal seit Wochen wieder vergnügt und heiter.

Sie holte sich eine wunderschön illuminierte Landkarte aus der Bibliothek ihres Vaters und breitete sie auf ihrem Schreibtisch aus. Zärtlich fuhr sie mit dem Finger immer wieder den dünnen Strich auf der Karte entlang, der den Weg von Wien nach Gent markierte, bis sie ihn blind auf ein Pergamentpapier hätte zeichnen können.

Um die Städte, die er passieren würde, malte sie mit spitzer Feder einen Kreis. Graz, Salzburg, Frankfurt, Köln, Aachen, Brüssel und endlich Gent.

Sie nahm ihre Schachfiguren und stellte sie auf der Karte zu einem Heer zusammen, den König voran, dann folgten Fürsten, Reiter, Soldaten.

Zuletzt nahm sie die Dame, stellte sie in den Kreis, der Gent markierte, und drehte sie mit dem Gesicht in Richtung des herannahenden Heeres.

Jeden Morgen nach dem Aufstehen schob sie das Heer ein winziges Stückchen näher an die Stadt und überlegte, wie viele Tage Maximilian wohl noch brauchen würde, bis er endlich bei ihr wäre.

31

Als Maximilian auf Augsburg zuritt, zählte sein Heer noch immer nicht mehr als die vierhundert Mann, mit denen er von Wien aufgebrochen war. Ein verwahrloster Haufen, der eher an eine Horde Raubritter erinnerte als an die Truppen eines Kaisers.

Dabei hatte sein Vater seine Schlösser an Jacob Fugger verpfändet, um das Geld für den Unterhalt der Truppen aufzutreiben. Der restliche Teil der kärglichen kaiserlichen Truppen lagerte an der ungarischen Grenze, um weitere Übergriffe der Ungarn unter Matthias Corvinus zu verhindern.

Friedrich hatte außerdem Boten zu den Fürsten und Städten seines Reiches entsandt, die Beihilfen zur Verstärkung des Hochzeitszuges erbitten sollten, bislang jedoch mit wenig Erfolg, ganz wie es Maximilian vorausgesehen hatte.

Er dachte an die Demütigungen, die er in Salzburg und Graz hatte ertragen müssen, weil er nicht einmal die Rechnungen für die Bewirtung seiner Männer und das Futter für die Pferde hatte bezahlen können.

Fürsten, die seinem Vater dagegen etwas schuldeten, glänzten durch Abwesenheit, und niemand hielt es für nötig, ihm aus seiner Verlegenheit zu helfen. Wirte und Futterhändler hatten ihn beschimpft und die Gassenjungen waren ihm bis zu den Stadttoren gefolgt und hatten ihn einen Bettelkaiser gerufen.

Der graue Himmel spiegelte seine trüben Gedanken wider,

denn wo immer er auch hinkam, stieß er auf Unverständnis und Ablehnung bezüglich seiner Bitte auf Unterstützung seines Brautzuges.

Der alte Graf von Wittelsbach war am deutlichsten gewesen.

»Haben wir nicht selbst schon genug Probleme? Wir brauchen jeden Mann, um uns gegen die Ungarn und ihren Krähenkönig wehren zu können. Die Flamen sind bei Weitem reicher als wir, und es ist ja nicht so, dass Ihr mit leeren Händen kommt. Immerhin habt Ihr die Kaiserkrone in Eurem Gepäck.«

Albrecht von Sachsen ritt neben ihn. Sein Gesichtsausdruck war düster.

»Die Männer murren, sie haben seit Tagen nur altes Brot gegessen und verlangen nach Fleisch und Bier. Außerdem haben sie Angst um ihren Sold«, verkündete er besorgt.

Maximilian presste die Lippen zusammen und sagte eine Weile nichts.

»Na, wie sieht's aus, dir fällt doch sonst immer etwas ein«, fügte Albrecht von Sachsen aufmunternd hinzu.

Jetzt mischte sich auch Berthold von Henneberg in das Gespräch ein.

»Du hast doch wohl nicht etwa vor, mit diesem jämmerlichen Haufen vor deine Braut zu treten? Die Flamen werden uns zum Teufel jagen«, bemerkte er respektlos und gab sich keine Mühe, seinen Missmut zu verbergen. Er hatte sich auf ein Abenteuer, auf einen Triumphzug durch das Kaiserreich gefreut, doch stattdessen nahm er nun an einem armseligen Bettelzug teil.

Maximilian warf ihm einen schwer zu deutenden Blick zu.

»Es ist schön, wenn man Freunde um sich hat, auf die man sich in der Not verlassen kann«, antwortete er spöttisch.

Berthold von Henneberg rammte seinem Pferd wütend die Sporen in die Rippen und preschte davon.

Maximilians Hand fuhr hinunter zu seinem Schwert. Seine Augen hatten sich zu schmalen Schlitzen verengt. Die Flanken von Bertholds Pferd waren blutig von den Sporen, die es Maximilians Meinung nach viel zu oft zu spüren bekam, und er hasste es, wenn man einem Pferd unnötige Schmerzen zufügte, und das wusste Berthold genau. Nur aus diesem Grund hatte er seinem Pferd die Sporen gegeben.

Albrecht von Sachsen legte ihm beruhigend eine Hand auf die Schulter.

»Du weißt doch, dass er dich nur herausfordern will«, beschwichtigte er ihn leise.

»Mach dir lieber Gedanken darüber, was wir tun können.«

Es war Zeit für eine Rast, und wie immer führte Maximilian im Gegensatz zu seinen Rittern sein Pferd selbst an den nahen Fluss und ließ das Tier trinken.

Da trat Kunz von der Rosen neben ihn. Er war sein Hofnarr, der ihm gleichzeitig als Knappe diente, und der seltsamste Mensch, den Maximilian je kennen gelernt hatte, denn Kunz von der Rosen lebte in seiner eigenen Welt. Er konnte stundenlang in den Himmel starren oder eine Biene beobachten, die sich an einer Blüte labte, und sprach nur wenig. Doch sobald er Publikum hatte, sprudelten ihm die gereimten Verse nur so von seinen Lippen. In diesen Momenten veränderte sich sein sanftes Gesicht mit den fein geschnittenen Zügen und den intelligenten Augen, und er verwandelte sich je nachdem, was er den Menschen gerade vorgaukeln wollte, in einen Ritter, Bauern oder Dämon, ja sogar in Hexen, Dirnen und Gelehrte.

Darüber hinaus besaß er ein untrügliches Gespür dafür, wenn jemand Trost und Zuspruch brauchte.

Maximilian starrte auf das träge dahinziehende Wasser des Flusses.

»Wir brauchen dringend Geld«, vertraute er seinem Hofnarren mit gesenkter Stimme an. Maximilian hatte Kunz über seinen Stand hinaus erhoben und ihm, sehr zum Ärger Bertholds von Henneberg, sogar einen Platz an seiner Tafel eingeräumt.

Kunz von der Rosen bückte sich und hob einen flachen Kieselstein auf.

»Wenn Ihr etwas von den Menschen wollt, müsst Ihr ihnen zunächst etwas geben«, meinte er und schleuderte den Stein mit einer blitzschnellen Bewegung in den Fluss, sodass der Kieselstein einige Male auf der Wasseroberfläche auftraf und dann weiter über sie hinweghüpfte, bevor er schließlich mehrere Kreise ziehend in den Fluten versank.

»Wie meinst du das?«, fragte Maximilian.

»Ich unterhalte die Menschen und bringe sie zum Lachen, dafür schenken sie mir ihre Aufmerksamkeit. Mein Vater hat mir immer gesagt, das Leben ist ein einziges Tauschgeschäft, und ich bin mir sicher, dass er damit Recht gehabt hat.«

»Aber was kann ich den Menschen schon für ihr Geld geben?«

»Zeigt ihnen, dass Ihr der edle Ritter seid, den sie sich als Ihren zukünftigen Kaiser wünschen, das gibt ihnen die Sicherheit, die sie sich in unruhigen Zeiten wie diesen ersehnen, und dann werden Sie Euch auch freudig alles geben, was Ihr von ihnen verlangt.«

»Aber wir haben weder Prunkpanzer noch goldene Schabracken«, gab Maximilian zu bedenken.

»Ihr werdet keine brauchen«, beruhigte Kunz von der Rosen ihn und erzählte ihm von dem Plan, den er sich ausgedacht hatte.

Als Narr war er dazu da, um für Spaß und Unterhaltung während der langen Reise zu sorgen, doch in den letzten Tagen hatte niemand mehr über ihn gelacht, sosehr er sich auch bemüht hatte, und es war an der Zeit, dies zu ändern.

Der Empfang in Augsburg war von vornehmer Zurückhaltung geprägt, die mehr als deutlich machte, wie wenig man auch hier von Maximilians Abenteuer hielt.

»Hier werden wir ebenfalls nicht mehr Glück haben als in Graz und Salzburg«, stellte Berthold missgelaunt fest, als sie vor der Bischofsresidenz eintrafen, in der man ihnen widerwillig Quartier gewährte. Wer hatte in dieser unruhigen Zeit schon genug Geld, um vierhundert hungrige Gäste zu verköstigen?

»Wer nehmen will muss geben,
das ist nur gerecht,
das ganze Leben ist ein Tauschgeschäft«,
sang Kunz von der Rosen, und Berthold starrte ihn böse an.

»Ich verstehe nicht, was du an dem Kerl findest«, meinte er an Maximilian gewandt. »Seine albernen Reime sind ja kaum zu ertragen.«

»So albern sind sie gar nicht«, gab Maximilian kühl zurück. »Wir müssen den Menschen etwas bieten, damit sie ihre Beutel öffnen, und haben wir die Bürgerschaft erst einmal für uns gewonnen, wird sich auch der Adel nicht mehr lumpen lassen, wenn er sein Gesicht nicht verlieren will.«

Berthold schürzte abfällig seine schmalen Lippen, was ihn noch übellauniger aussehen ließ.

»Der Sohn des Kaisers als Gaukler«, spottete er.

Aber Maximilian antwortete ihm nicht mehr. Kunz von der Rosen hatte Recht. Es musste etwas geschehen, wenn er es bis nach Gent schaffen wollte.

Einmal mehr eilten seine Gedanken zu Maria, deren Bild er stets bei sich trug und in seinem Herzen hatte. Er ging keinem Kampf aus dem Weg und scheute keine Gefahr, aber er konnte kein Geld herbeizaubern. Geld, das ihm fehlte, um die dringend benötigten Hilfstruppen zu verpflichten und standesgemäß in Gent einzuziehen.

Der Bischof von Augsburg knurrte missmutig, als der Domprobst, ohne auf seine Aufforderung zu warten, in sein Schreibzimmer stürmte.

»Der Sohn des Kaisers ist den Dom hochgeklettert«, rief er außer Atem und rang nach Luft.

»Er ist was?«, fragte der Bischof ungläubig.

»Er ist auf den Dom geklettert«, wiederholte der Domprobst.

Der Vorplatz des Doms war überfüllt mit Menschen, die sich die Hälse verrenkten, um den waghalsigen Kletterer, der sich in luftiger Höhe an Zinnen und Simsen entlanghangelte wie in einer Steilwand, nicht aus den Augen zu verlieren.

Gebannt hielten sie den Atem an, als sich ein Stein unter seinen Füßen löste und Maximilian aus dem Gleichgewicht geriet. Er schwankte, und seine Hände suchten verzweifelt nach Halt.

Angstvolle Schreie ertönten. Einige der Frauen konnten die Spannung nicht länger aushalten und wandten ihren Blick ab, nur um festzustellen, dass das Entsetzen immer noch besser zu ertragen war, als gar nichts zu sehen.

Wie durch ein Wunder gelang es Maximilian, sich wieder zu fangen.

Ein erleichtertes Raunen ging durch die Menge.

Der Domprobst bahnte sich, gefolgt vom Bischof, einen Weg

durch die Menge. Schon von Weitem hörte er die charismatische Stimme des Hofnarren, die sich mühelos über der Menge erhob.

»Da steht ihr nun und glotzet,
in eurer prächt'gen Kleidung protzet«,
schimpfte er und schwang mahnend den Mittelfinger, bevor er ihn blitzschnell gegen den Zeigefinger austauschte, als hätte er sich in der Aufregung mit den Fingern vertan.

Einige Männer lachten über seine Dreistigkeit, und Kunz von der Rosen fühlte ein berauschendes Gefühl in sich aufsteigen. Er brauchte das Publikum wie die Luft zum Atmen, es war sein Lebenselixier.

»Nun hört die Geschicht,
von einem arm Wicht,
voller Gicht und leerem Magen.«

Er machte dabei ein so jämmerliches Gesicht, dass eine Frau ein Stück Brot von dem Leib brach, den sie gerade erst auf dem Markt erstanden hatte, und es ihm reichte.

Kunz von der Rosen ließ das Brot unter seinem Wams verschwinden.

»Ein Stück Brot
in der Not,
das tut gut«,
bedankte er sich artig.

Er zog eine seiner unnachahmlichen Grimassen und rollte mit den Augen, bis nur noch das Weiße zu sehen war.

Dann sank er plötzlich in sich zusammen. Sein Körper besaß keine Kraft mehr, und seine Miene strahlte unsagbare Trauer aus, die so echt wirkte, dass einige Frauen entsetzt die Hände vor den Mund schlugen.

Die Menge verstummte. Die Gesichter spiegelten Betroffenheit wider und Anteilnahme, aber auch unverhohlene Neugierde, und man war begierig darauf zu erfahren, welche Tragödie diese furchtbare Trauer ausgelöst hatte. Schließlich musste man ja wissen, aus welchem Grund man sich so ergriffen fühlte und mit dem Narren litt.

Kunz von der Rosen erhob erneut seine Stimme. Sie klang aufwühlend und rau, und alles Leid dieser Welt schwang in ihr mit.

»Eine holde Prinzessin, in diesen jämmerlichen Tagen,
muss verzagen, ihr Glück wird bedroht,
von einem Ungeheuer in grün,
das ist nicht schön.«

Sein Gesicht verzog sich dramatisch.

»Wer ist diese Prinzessin?«, wollte eine Magd wissen, die mit atemloser Spannung die verwegene Kletterei verfolgt hatte und ihren Blick nun beständig zwischen Maximilian, der noch immer in der Fassade des Doms hing, und Kunz von der Rosen hin- und herhuschen ließ.

Kunz von der Rosen sah ihr tief in die Augen.

»Eine wunderschöne Maid, die hoffet und banget,
um ihren Retter,
bei Wind und Wetter.
Und hier kommt ihr Prinz, von ihrem Lächeln getroffen,
in Liebe entbrannt,
um das Ungeheuer zu besiegen
und seine Prinzessin zu kriegen,
sie auf ewig zu lieben.«
Er wies auf Maximilian.
»Doch unser Prinz ist verzweifelt,
weil sein Geld ihm nicht reichet.

Er hat die höchsten Wipfel erklettert,
und seine Feinde zerschmettert,
und sein Lohn ist der Hohn,
sein Lohn ist der Hohn«,
fügte er mit trauriger Stimme hinzu.
»Wer soll nun die Prinzessin retten,
die holde Maid,
in ihrem goldenen Kleid,
und wer wird sie rächen?
Es wird ihr das Herz brechen,
wenn ihr Prinz nicht eilt
und das schreckliche Ungeheuer zerteilt.«

Ein mitleidiges Raunen ging durch die Menge.

»Er soll vom Turm steigen, wir wollen nicht, das ihm etwas geschieht«, schrien einige Leute, als Maximilian erneut abzustürzen drohte und ein paar abgebrochene Ziegelstücke in die Tiefe fielen, die er sich zuvor vorsorglich in seinen Beutel gesteckt hatte.

Kunz von der Rosen zog seine Kappe vom Kopf und machte eine hilflose Geste, die deutlich machen sollte, dass er keinen Einfluss auf das Geschehen über ihren Köpfen hatte. Dicke Tränen quollen aus seinen Augen.

Eine Frau trat nach vorne und legte eine Münze in seine Kappe. Andere taten es ihr nach, gaben Münzen, Hühner und sogar ein Schaf. Ein berauschendes Gefühl ergriff von den Menschen Besitz. Kunz von der Rosen hatte eine großartige Bühne für sein selbst erdachtes Schauspiel geschaffen, in das er die Zuschauer so geschickt mit einbezogen hatte, dass sie, ohne es zu bemerken, zu begeisterten Mitspielern avanciert waren und nun in einen regelrechten Rausch der Großzügigkeit fielen.

Niemand wollte, dass eine solch große Liebe scheiterte, nur weil es an Geld fehlte.

»Er soll endlich vom Turm steigen!« Die Spannung wurde unerträglich und die Rufe fordernder.

Kunz von der Rosen ließ die Münzen blitzschnell in seinen Taschen verschwinden und schwenkte seine Kappe, wie er es mit Maximilian vereinbart hatte.

Danach führte er seine Hände zum Mund und schrie mit lauter Stimme nach oben.

»Mein güt'ger Herr,
ein Wunder ist geschehen,
steigt geschwind herab,
um es selbst zu sehen.
Doch ist es genug,
um weiterzuziehen?«

Der Bischof runzelte unwillig die Stirn, als weitere Münzen in die Kappe fielen und diese sich noch rascher füllte als zuvor.

»Ich wünschte, sie wären der Kirche gegenüber ebenso großzügig«, schimpfte er.

Unter dem Jubel der Menge stieg Maximilian schließlich vom Dom herab.

Sein blondes Haar leuchtete in der Sonne, und kaum stand er mit beiden Beinen wieder auf dem Boden, schenkte er den Menschen ein strahlendes Lächeln, legte die rechte Hand auf seine Brust und verbeugte sich zum Dank leicht vor ihnen. Von so viel Leutseligkeit wie verzaubert, starrten die Leute den schönen Prinzen an, der seine Prinzessin so sehr liebte, dass er dem Tod furchtlos die Stirn geboten hatte.

Einige der jungen Mädchen seufzten hingebungsvoll und bedachten ihn mit schmachtenden Blicken.

Da erklang von irgendwoher Musik, und Maximilian, der Musik und Tanz liebte, begann im Takt von Trommel, Tambour und Zimbel mit dem Fuß zu wippen.

Jetzt konnte er auch die Musiker erkennen, die versuchten, die Gunst der Stunde zu nutzen, und sich mit ihren Instrumenten nach vorne drängten.

Und plötzlich war er von Mädchen mit zarten Schleierbändern umringt, die sich im Tanz drehten.

Die Hände der Zuschauer klatschten im Rhythmus der Trommeln und Tamburins mit, und Maximilian konnte nicht widerstehen, eine Maid nach der anderen im Kreis zu drehen, wobei er sorgsam darauf achtete, dass keine von ihnen zu kurz kam.

Der Tanz wurde immer ausgelassener, und hochgewirbelte Kleider offenbarten weiße Unterröcke und rosige Haut.

Irgendjemand schleppte ein Fass Bier heran, schließlich hatte man allen Grund, diesen schönen und mutigen Prinzen zu feiern, der den Menschen in Augsburg wie die Rückkehr des Frühlings nach einem strengen Winter erschien.

Einem solchen Prinzen wollte man gerne vertrauen. Seine Jugend und seine Freundlichkeit, seine Offenheit und Schönheit ließen die Hoffnung auf bessere Zeiten aufkommen. Schließlich konnte ein jeder von ihnen mit eigenen Augen sehen, wie sehr er seinem Volk zugetan war.

Immer lauter wurde der Jubel, der sich mit den fröhlichen Klängen mischte, und er brach auch nicht mehr ab, sondern erfasste, einer Welle gleich, eine Stadt nach der anderen, durch die Maximilian auf seiner Reise zog.

Nun schlossen sich immer mehr Edelleute auf ihre eigenen Kosten seinem Zug an, und als Maximilian schließlich in Köln einritt, war sein Heer auf zwölfhundert Mann angewachsen.

32

Wie jeden Tag begleitete Anna von Kleve Maria in die Bibliothek. Anfangs war sie durchaus stolz auf diese ehrenvolle Aufgabe gewesen und hatte die Bücher und ihre kostbaren Einbände sehr bewundert, doch mittlerweile langweilte sie sich entsetzlich. Denn die meisten der Bücher, die hier standen, waren in lateinischer Sprache abgefasst, und sie konnte die Zeit, die sie zusammen mit Maria hier verbrachte, nicht einmal nutzen, in einem von ihnen zu lesen.

Und so trat sie, wenn Maria einige Bücher aus den Regalen zog und sich damit vor den Kamin setzte, stets ans Fenster und hoffte, draußen etwas Interessantes zu sehen, das ihr die Zeit vertreiben würde.

Mit klopfendem Herzen öffnete Maria die Erzählung von Godefroy of Boulogne, nicht ohne sich zuvor vergewissert zu haben, dass sie unbeobachtet war.

Seit Margaretes letztem Brief waren mehr als zwei Wochen vergangen, und sie war begierig darauf, etwas Neues zu erfahren. Vielleicht sogar von Maximilian selbst.

Tatsächlich hatte sie an diesem Tag Glück. Rasch zog sie den Brief aus dem Buch und verbarg ihn in ihrem Ärmel.

Sie konnte es kaum erwarten, ihn zu lesen. Trotzdem blieb sie noch eine Weile sitzen und las in einem der Bücher, um keinen Verdacht zu erregen.

Anna von Kleve war erleichtert, als sie sich endlich erhob und die Bücher wieder zurück in die Regale schob.

»Ich werde mich noch ein wenig zum Gebet zurückziehen und wünsche nicht gestört zu werden«, teilte sie Anna auf dem Weg zu ihren Gemächern mit und blieb abwartend vor ihrem Gebetsraum stehen, bis Anna von Kleve hinter der nächsten Biegung verschwunden war, dann schlüpfte sie in den Gebetsraum und schloss die Türe hinter sich. Mit vor Aufregung zitternden Händen zog sie den Brief aus ihrem Ärmel.

Liebste Maria
Du darfst die Hoffnung nicht aufgeben. Maximilian ist vor wenigen Tagen in Köln eingetroffen, und das Volk jubelt ihm zu.
Ludwig tut zwar sein Möglichstes, um die Hochzeit doch noch zu verhindern, aber bislang hat er noch keinen Erfolg damit gehabt.
Zuletzt hat er überall in Köln verkünden lasset, dass du ohne seine Zustimmung gar keine Ehe eingehen dürftest, weil Burgund staatsrechtlich noch immer als französisches Lehen gilt.
Zum Glück hat Maximilian mit großer Voraussicht reagiert und Ludwigs Gesandten gar nicht erst empfangen. Trotzdem hat dieser Vorfall Bedenken bei einigen der deutschen Fürsten ausgelöst und ihnen einen Grund geliefert, um Maximilian ihre Unterstützung zu verweigern, die er so dringend benötigt, um standesgemäß in Flandern einzuziehen.
Ich habe mir daher erlaubt, ihm mithilfe meines alten Freundes ein wenig unter die Arme zu greifen, du brauchst dir also keine Sorgen zu machen.
Maximilian ist so schnell wie möglich aus Köln abgereist und befindet sich jetzt auf dem Weg nach Aachen. So Gott

will, wird er schon bald in Gent eintreffen, und dann wird es nicht mehr lange dauern, bis wir uns wiedersehen.
In Liebe, Margarete

Maria schüttelte den Kopf. Was hätte sie ohne Margarete und ihre Wärme und andauernde Sorge und Unterstützung nur getan? Und jetzt hatte sie auch noch Teile ihres Privatvermögens dafür gegeben, dass Maximilian so schnell wie möglich weiterziehen konnte.

Sie las den Brief noch einmal, dann legte sie ihn zu den anderen in die Kassette im Geheimgang und lief fröhlich wie seit Langem nicht mehr zurück in ihre Gemächer.

Anna musterte sie misstrauisch. Wie kam es nur, dass Maria so viel Trost im Gebet fand, dass ihr Gesicht danach wie die Sonne strahlte?

Ihr war dieser Trost bisher immer verwehrt geblieben.

Mürrisch kämmte sie Marias seidiges Haar und starrte neidisch auf ihren makellosen Teint, der auch ohne Puder stets frisch und rosig war. Maria beachtete sie jedoch nicht weiter. Sie war von fiebriger Erwartung erfüllt, jetzt, wo Maximilian ihr immer näher kam, und schlief das erste Mal seit langer Zeit, ohne von düsteren Träumen gequält zu werden, eine ganze Nacht durch.

Am nächsten Morgen erwachte sie schon früh und fühlte sich frisch und ausgeruht, als unter ihrem Fenster eiliges Hufgetrappel zu hören war. Ihr Herz schlug schneller. Sie stellte den geschnitzten Elfenbeinkönig, den sie gerade in der Hand gehalten hatte, um ihn wieder ein Stückchen weiter in Richtung Gent zu positionieren, zurück auf die Landkarte und trat ans Fenster.

Es war noch so früh am Morgen, dass im Schloss noch alles ruhig war und nur einige Mägde und Knechte, die sich auf dem Weg in die Backstuben und die Schlossküche befanden, stehen geblieben waren und erschrocken auf die schwer bewaffneten Reiter starrten, die sie beinahe über den Haufen ritten, als sie in vollem Galopp in den Schlosshof gesprengt kamen.

Maria beugte sich weiter vor. Ihr Herz begann heftig zu klopfen, als sie ihren Onkel Antoine unter sich erkannte. Sein schwarzes, nur an den Schläfen leicht ergrautes Haar war von einer dicken Staubschicht überzogen, genau wie sein Pferd und seine Rüstung. Ohne sich lange aufzuhalten, sprang er vom Pferd und eilte mit großen Schritten ins Schloss.

Maria wandte sich vom Fenster ab. Sie musste unbedingt wissen, was geschehen war. Und dass etwas geschehen war, daran gab es keinen Zweifel.

Rasch schlüpfte sie in ihre Stiefel aus weich gegerbtem Kalbsleder und warf sich einen Umhang über ihr Untergewand. Dann eilte sie aus ihrem Gemach an den schlafenden Wachen vorbei die Treppe hinunter, durchquerte die Eingangshalle und sah ihren Onkel gerade noch in einem der hinteren Gänge verschwinden, der zu den Kammern führte, in denen, soweit sie wusste, die Advokaten, Notare und Schreiber untergebracht waren. Er schien es nicht weniger eilig zu haben als sie selbst, und sie hatte Mühe, ihn einzuholen. Erst als sie ihn fast erreicht hatte und er ihre Schritte gehört haben musste, blieb er unvermittelt stehen und wandte sich um.

Er roch nach Leder, Schweiß und Tod.

Sein Gesicht war grau, und in seinen dunklen Augen, die denen ihres Vaters so ähnlich waren, stand kalte Wut.

Wenn er überrascht über ihr unverhofftes Erscheinen war,

ließ er es sich jedenfalls nicht anmerken. Mit einem Blick erfasste er ihr offenes Haar und das Untergewand unter dem vom raschen Lauf geöffneten Umhang.

Sein Blick blieb an ihren Augen hängen, und für einen Moment verloren seine Züge an Härte.

»Bitte Onkel, ich muss wissen, was geschehen ist. Bringt Ihr Neuigkeiten von meinem Gemahl?«

Zitternd vor Aufregung wartete sie auf seine Antwort.

Die Wut kehrte in seine Augen zurück.

»Ludwig, dieser Bastard, hat in einer einzigen Nacht die gesamte Ernte des Hennegaus und Flanderns weggeführt. Seine Schnitter haben ganze Arbeit geleistet.« Sein Blick kehrte sich nach innen, und vor seinen Augen tanzten bunte Bilder. Er konnte immer noch nicht glauben, was geschehen war.

»Will man den Augenzeugen Glauben schenken, waren es Tausende blanke Sensen schwingende Männer, die direkt aus der Hölle gestiegen sind, in schwarzen Kapuzen und ohne Gesichter.«

Plötzlich schien alle Kraft aus seinem Körper zu weichen. Mit einer müden Handbewegung strich er sich über die Stirn und senkte seinen Blick, als könnte er das Entsetzen in Marias Augen nicht länger ertragen.

»Wenn das Heer des Kaisers nicht bald eintrifft, wird Ludwig vor ihm hier sein. Er steht bereits vor Brabant.«

Maria erstarrte. Erst gestern war ihr Glück noch zum Greifen nahe gewesen, doch das Grauen war schneller. Nur noch wenige Tage trennten sie von Maximilian, doch jetzt schien Ludwig zu erreichen, was er zu Lebzeiten ihres Vaters nie erreicht hatte. Die Hoffnung, an die sie sich so verzweifelt geklammert hatte, löste sich von einem Moment zum anderen auf wie Nebel in den gleißenden Strahlen der Sonne.

Sie hatte so lange um ihr Glück und um Burgund gekämpft,

so viele endlose Monate zwischen Bangen und Hoffen verbracht, sollte das alles vergebens gewesen sein?

Aber einem Gegner wie Ludwig war sie nicht gewachsen. Einem Herrscher, der nicht einmal davor zurückschreckte, das Volk hungern zu lassen, um sein Ziel zu erreichen. Ludwig, immer wieder Ludwig. Er hatte ihren Großvater verraten und ihren Vater und jetzt war er dabei, auch sie zu verraten, obwohl er ihr Patenonkel war. Bilder von Müttern und Kindern mit hohlen Wangen und verzweifelten Gesichtern zogen an ihr vorbei.

Dennoch oder gerade deshalb wehrte sich etwas in ihr, und plötzlich wusste sie, dass sie weiterkämpfen würde, bis zum Schluss. Sie würde niemals aufgeben, so wie ihr Vater niemals aufgegeben hatte.

Das Blut in ihren Adern begann zu kochen, ihre Gestalt straffte sich.

Mit blitzenden Augen sah sie ihren Onkel an.

»Wir müssen Ludwig aufhalten«, sagte sie entschlossen.

Ein müdes Lächeln umspielte Antoines Mund. Es wirkte ein wenig spöttisch. Er nahm sie nicht ernst, so wie niemand der Herren Staatsräte sie ernst nahm, nur weil sie eine Frau war und Frauen in den Augen der Männer eben nicht zum Regieren geboren waren, sondern um Kinder zu bekommen und die Wünsche ihrer Ehemänner zu erfüllen. Dabei hatte es in der Geschichte immer wieder starke Frauen gegeben, die sehr wohl in der Lage gewesen waren, zu führen und zu siegen, dachte Maria rebellisch.

»Es gibt nichts, das wir tun können. Unser Heer ist auf wenige Hundert Mann zusammengeschrumpft, zu wenig, um Ludwig zu stoppen«, sagte Antoine in ihre Gedanken hinein.

Es klang so endgültig, als hätte er längst aufgegeben.

Maria hielt seinen Blick fest, während sie fieberhaft überlegte.

Da schoss ihr eine Idee durch den Kopf.

»Wir müssen das Volk dazu bringen, sich gegen Ludwig zu wehren!«, meinte sie schließlich.

Antoine hob seine Brauen.

»Und wie stellt Ihr Euch das vor? Sollen sie etwa mit Stöcken und Schaufeln auf das französische Heer losgehen?«

»Wir müssen Zeit gewinnen«, gab Maria im gleichen bestimmten Tonfall zurück. »So viel Zeit, wie Maximilian braucht, um hier zu sein.«

Der Blick ihrer schönen Augen wurde flehentlich. »Bitte Onkel, wir dürfen nicht zulassen, dass Ludwig alles zerstört, was Vater aufgebaut hat.«

Antoine schwieg. Es war ein Fehler gewesen, Maria mit der grausamen Wahrheit zu konfrontieren, ein Fehler, zu dem ihn sein müder Geist hingerissen hatte. Mit Frauen über wichtige Dinge zu reden führte nur zu unnötigen Komplikationen.

Seine Nichte hatte eine vorzügliche Bildung genossen, trotzdem schien sie nicht in der Lage, die aussichtslose Situation, in der sie sich befanden, zu begreifen und er fühlte sich außerstande, sie ihr in allen Einzelheiten zu erläutern.

Wenn er nur nicht so müde wäre. Er sehnte sich nach Schlaf und fürchtete ihn gleichzeitig. Denn sobald er die Augen schloss, tauchten schreckliche Bilder vor ihm auf. Bilder von verbrannten und abgeernteten Feldern und toten geschändeten Frauen und Kindern, abgeschlachtet wie Vieh, Bilder, die selbst für einen erfahrenen Kriegsmann wie ihn schwer zu ertragen waren.

Der Teufel war in der Gestalt Ludwigs über das Land gekommen.

Zudem brannte die Sonne für diese Jahreszeit viel zu heiß und versengte die wenigen Felder, die Ludwigs Schnittern entgangen waren. Der größte Teil der Ernte war schon jetzt vernichtet.

Die Menschen zeigten sich zunehmend gereizter, und die Messer saßen lockerer als sonst. Rebellion lag in der Luft wie ein Gewitter, das im Begriff war, sich jeden Augenblick zu entladen.

Das Schweigen zwischen seiner Nichte und ihm dehnte sich aus, und gleichzeitig hallten in seinen Ohren die Schreie und die Hilferufe der Verwundeten, wie ein Echo, das nicht aufhörte, sich zu wiederholen.

Maria schien tief in Gedanken versunken, und obwohl ihr Gesicht bleich war, wirkte sie entschlossen.

»Die Generalstaaten haben meinem Vater fünfhunderttausend Taler jährlich für die Kriegskasse zugebilligt. Wir werden von dem Geld Korn kaufen, um die Preise stabil zu halten und eine Hungersnot zu verhindern«, überlegte sie langsam, »und wir müssen dafür sorgen, dass das Volk davon erfährt.«

Antoine sah überrascht in ihr blasses Gesicht. War es möglich, dass er Maria unterschätzt hatte? Zumindest schien sie sehr gut informiert zu sein, was die laufenden Regierungsgeschäfte betraf.

Doch Maria wartete noch mit einer weiteren Überraschung für ihn auf.

Margaretes letzter Brief hatte sie auf eine Idee gebracht, über die sie seit gestern immer wieder nachgedacht hatte.

»Du darfst die Hoffnung nicht aufgeben. Maximilian ist vor wenigen Tagen in Köln eingetroffen, und das Volk jubelt ihm zu«, hatte Margarete ihr geschrieben.

Die Hoffnung auf ein besseres Leben trieb Männer in den Krieg, half den Frauen, ihre Verzweiflung zu überwinden, und drängte ihre Seelen zu Gott, der das Schicksal jedes Einzelnen in seinen übermächtigen Händen hielt.

Menschen brauchten Hoffnung, denn ohne diese konnten sie nicht leben.

Hoffnung war mächtiger als Hunger und Verzweiflung, war sogar mächtiger als der Tod.

Maria zitterte innerlich vor Aufregung. Sie hatte die Lösung gefunden.

»Es ist möglich, einen Krieg auch ohne Schwert zu gewinnen«, sagte sie lächelnd zu ihrem Onkel.

Antoine sah sie verständnislos an.

»Ludwig selbst hat es uns vorgemacht. Er hat die Sensen hervorgeholt, um die Hoffnung der Menschen zu zerstören.«

Ihr Lächeln verstärkte sich.

»Wir werden dem Volk die Hoffnung zurückgeben.«

Ein anerkennender Ausdruck huschte über Antoines staubiges Gesicht, als Maria ihm ihren Plan in allen Einzelheiten darlegte, und als sie geendet hatte, blickte er ihr fest in die Augen und nickte. »Ich werde sofort alles Nötige veranlassen.« Er sah sich nach allen Seiten um und senkte seine Stimme. »Wir müssen Maximilian benachrichtigen, er wird Tag und Nacht durchreiten müssen, denn auch wenn unser Plan aufgeht, kann man nie wissen, wie lange die Stimmung im Volk anhält.«

Maria nickte eifrig.

»Ich werde ihm gleich schreiben, doch wie sollen wir den Brief aus dem Schloss schaffen? Ich werde auf Schritt und Tritt beobachtet«, ratlos sah sie ihren Onkel an. Sie hatten nicht die Zeit, auf William Caxter zu warten, der oft tagelang unterwegs war, sondern mussten sofort eine Möglichkeit finden, um das Schreiben aus dem Schloss zu schmuggeln.

Im Gang erklangen Schritte, die rasch näher kamen.

»Wir dürfen auf keinen Fall zusammen gesehen werden«,

gab Antoine warnend zu bedenken, wandte sich ab und war auch schon gleich danach hinter einer der zahlreichen Türen verschwunden, die vom Gang abgingen.

Maria selbst konnte sich gerade noch hinter einer Säule verbergen. Die beiden Schreiber, die den Gang hochkamen, waren jedoch so sehr in ihr Gespräch vertieft, dass sie Maria nicht bemerkten. Ohne nach rechts oder links zu blicken, liefen sie geradewegs an ihr vorbei. Als sie sich weit genug von ihr entfernt hatten, trat Maria hinter der Säule hervor und beeilte sich, zurück in ihre Gemächer zu kommen.

Mit fliegender Hast eilte sie an ihren Schreibtisch, nahm eine der gespitzten Federn und tunkte sie in ihr Tintenhörnchen.

Liebster Maximilian
Ich habe neue beunruhigende Nachrichten erhalten. Ludwig hat unsere gesamte Ernte vernichtet und steht bereits vor Brabant.
Ihr müsst Euch beeilen, Liebster, um vor ihm in Gent zu sein, sonst gibt es keine Hoffnung mehr für uns und unser Land.
In Liebe,
Maria

Sie versiegelte den Brief und überlegte erneut, wie sie ihn heimlich fortschaffen konnte, als es an der Türe klopfte und Madame Halewyn hereinkam, ohne ihre Erlaubnis, eintreten zu dürfen, abgewartet zu haben.

Ihr Gesicht war bleich, und sie öffnete mehrmals den Mund, um zu sprechen, doch es kam kein Wort über ihre Lippen. Was geschehen war, war zu schrecklich, und sie war sich nicht sicher, wie Maria diese Schreckensnachricht aufnehmen würde.

Maria sah, wie es in ihrem Gesicht arbeitete, und ahnte, was in ihr vorging.

Sie trat zu ihrer Erzieherin und ergriff ihre Hände, um sie zu beruhigen. »Ich habe schon von Ludwigs Gräueltaten erfahren«, meinte sie leise.

Madame Halewyn stieß einen Seufzer der Erleichterung aus. Sie war gekommen, um Maria Mut zuzusprechen, Mut, den sie selbst anscheinend aber viel dringender benötigte. Ihre Rollen hatten sich vertauscht, ohne dass sie es bemerkt hatte. Maria war mit ihrer neuen Aufgabe als Regentin gewachsen, und es erfüllte Madame Halewyn mit Stolz, wie ruhig und gefasst sich ihr ehemaliger Schützling trotz der schlechten Nachrichten verhielt. Dennoch war sie besorgt. Denn auch wenn Maria stark und mutig war, würde die Grenze des Erträglichen trotzdem irgendwann für sie erreicht sein, und sie würde die Last, die man ihr aufgebürdet hatte, nicht länger tragen können.

Maria warf ihr einen verschwörerischen Blick zu und senkte ihre Stimme noch mehr. »Wir müssen Maximilian benachrichtigen, er ist der Einzige, der uns jetzt noch helfen kann.«

Und plötzlich wusste sie, wem sie den Brief anvertrauen konnte. Warum war sie nicht schon eher darauf gekommen? Henrik Keuser hatte sie vor Adolf von Geldern gerettet und sich mehr als einmal als zuverlässiger Bote erwiesen. Maximilian hatte ihm vertraut, und Henrik hatte sein Vertrauen nicht enttäuscht. Jetzt konnte sie nur hoffen, dass er Gent seit ihrer letzten Begegnung nicht verlassen hatte.

Sie zog den Brief aus ihrem Mieder.

»Wirst du mir helfen, den Brief aus dem Schloss zu bringen?«

Madame Halewyn nickte. Ihr Mund verzog sich grimmig.

»Wir werden es diesem französischen Scheusal zeigen. Dass König Ludwig die diesjährige Ernte vernichtet hat, wird das

Volk ihm nie verzeihen und ich ihm auch nicht.« Maria musste trotz der ernsten Lage lächeln. Noch nie zuvor hatte sie ihre alte Erzieherin so kämpferisch gesehen.

»Erinnerst du dich an den Boten, den du einmal in meinen Gemächern angetroffen hast? Sein Name ist Henrik Keuser und er ist Stallknecht in dem Mietstall, der zur Herberge St-Georges am Marktplatz gehört. Übergib ihm diesen Brief und sag ihm, er soll Maximilian so schnell er kann entgegenreiten.«

Die Blicke der beiden Frauen trafen sich in stillem Einverständnis.

Madame Halewyn nickte langsam und schob den Brief in ihren Ärmel, der weniger weit ausgestellt war, als es der momentanen Mode entsprach und daher gut als Versteck geeignet war.

Sie hielt nichts davon, jede neue Verrücktheit, die von den Damen bei Hof begeistert aufgenommen wurde, mitzumachen.

»Beeil dich«, bat Maria und sah ihr nach, bis sie das Zimmer verlassen hatte.

Madame Halewyn gab vor, auf den Markt gehen zu wollen, um ein besonderes Garn zu erwerben, und man ließ sie unbehelligt das Schlosstor passieren.

Als sie jedoch durch das Tor auf die Burgstraße hinaustrat, hatte sie mit einem Mal das Gefühl, beobachtet zu werden, und blickte sich vorsichtig um. Auf der Burgstraße herrschte das übliche Gedränge. Wagen von Händlern und Bauern drängten in Richtung Marktplatz, dazwischen sah man Frauen, die sich zum Einkaufen auf den Markt begaben, berittene Boten und herumtollende Kinder. Niemand beachtete sie. Wahrscheinlich hatte sie sich nur eingebildet, verfolgt zu werden, weil sie so aufgeregt war.

Obwohl der Brief in ihrem Ärmel wie Feuer auf ihrer Haut

brannte, lief sie ohne besondere Eile weiter, erreichte den Marktplatz und trat an einen der Stände, an dem Stoffe und Garne in allen möglichen Farben und Stärken zum Verkauf angeboten wurden. Auf einmal war es wieder da, das Gefühl, beobachtet zu werden, und während sie prüfend ein Garn nach dem anderen in die Hand nahm, widerstand sie tapfer der Versuchung, sich umzusehen, schüttelte stattdessen bedauernd den Kopf und begab sich zum nächsten Stand.

Die Herberge St-Georges lag jetzt nur noch wenige Schritte von ihr entfernt. Doch sie durfte kein Risiko eingehen, um ihren Auftrag nicht zu gefährden. Gleichzeitig vermied sie jeden Gedanken daran, was geschehen würde, wenn man sie erwischte. Bisher war ihr Leben immer in geordneten Bahnen verlaufen, und es hatte nichts Wichtigeres für sie gegeben, als Marias Wohlergehen und die Einhaltung der Hofetikette. Und nun hatte sie sich auf ein gefährliches Abenteuer eingelassen, das nicht nur ihr Leben, sondern auch das ihres Mannes gefährden konnte.

Sie kannte sich selbst nicht wieder.

Der Händler hinter dem Stand warf ihr einen prüfenden Blick zu, der anscheinend zu ihren Gunsten ausfiel, denn er verneigte sich eilfertig, bevor er sie nach ihren Wünschen fragte.

»Ich suche ein rotes Garn, aber es darf weder zu hell noch zu dunkel sein.« Der Händler reichte ihr ein Garn nach dem anderen, doch sie schüttelte jedes Mal den Kopf.

»Es muss feiner sein, am Besten aus Seide.«

Schließlich entschied sie sich für ein teures Seidengarn und kramte umständlich in ihrem Beutel nach Münzen, um es zu bezahlen. Dabei wandte sie den Kopf unauffällig zur Seite. Sie hatte sich nicht getäuscht. Ein kräftiger, junger Mann stand schräg hinter ihr an einem Stand mit Tüchern und beobachtete sie. Unter dem halb geöffneten Umhang des Mannes konnte sie deutlich seinem Waffenrock erkennen. Der Mann gehörte der Gilde der Armbrustschützen an, und sie hatte ihn sogar schon einige Male zuvor zusammen mit Philipp von Hornes gesehen.

Langsam reichte sie dem Händler eine Münze, und während sie auf ihr Wechselgeld wartete, überlegte sie, wie sie ihrem Verfolger entkommen konnte. Der Markt füllte sich immer mehr, und an den Fleischbänken herrschte bereits reges Gedränge. Doch die befanden sich auf der anderen Seite des Marktplatzes. Selbst wenn es ihr gelänge, in der Menge unterzutauchen, würde sie anschließend wieder über den ganzen Marktplatz zurückgehen müssen, um zur Herberge zu gelangen.

Vor lauter Aufregung begann sie zu schwitzen. Maria vertraute fest auf sie. Also würde sie ihren Auftrag ausführen, auch wenn sie noch nicht genau wusste, wie.

Ihr Blick fiel auf die Lakenhalle, die direkt neben dem Belfried lag und in der die heimischen Woll- und Tuchhändler ihre Waren ausstellten. Es war noch früh am Morgen, und sie konnte nicht abschätzen, wie gut die Halle um diese Zeit bereits besucht war, aber es war einen Versuch wert. Bevor sie die Halle betrat, wandte sie sich rasch um. Ihr Verfolger befand sich nur fünf Schritte hinter ihr.

Im Inneren der Halle war es stickig. Fein gewebte Woll- und Leinenstoffe stapelten sich bis unter die hohe Decke, und Gewandschneider standen in kleineren Gruppen zusammen und unterhielten sich untereinander, während sie auf Kundschaft warteten.

Hier gab es keine Möglichkeit für sie, unterzutauchen.

Sie wollte sich gerade enttäuscht abwenden und wieder nach draußen gehen, als nicht weit von ihr entfernt ein Streit ausbrach. Dem lautstark geführten Wortwechsel entnahm sie, dass einer der Tuchhändler einen anderen beschuldigte, englisches Tuch als sein eigenes auszugeben, um dadurch das hohe Hallengeld einzusparen, das beim Verkauf von englischem Tuch fällig wurde. Der beschuldigte Händler wehrte sich und beteuerte heftig gestikulierend seine Unschuld, bis sich der Marktaufseher, ein Angehöriger der städtischen Händlervereinigung, schließlich mit wichtiger Miene zu den Streitenden gesellte und seinen weißen Amtsstab wie einen Speer in die Höhe hielt. Die beiden Händler beachteten ihn jedoch nicht und schrien lautstark weiter aufeinander ein.

Der Streit wurde mit jedem Wort heftiger und zog immer größere Aufmerksamkeit auf sich. Ein rascher Blick nach hinten genügte Madame Halewyn, um festzustellen, dass ihr Verfolger dem Streitgespräch ebenfalls gespannt lauschte.

Ihr Puls beschleunigte sich. Ob sie es wagen sollte? Sie kam zu dem Schluss, dass ihr keine Zeit blieb, um noch länger darüber nachzudenken, und verließ eilig die Halle. Neben ihr ragte der mächtige Belfried empor, dessen Eingangstor weit offen stand. Kurz entschlossen schlüpfte sie hinein und sah sich gehetzt im Inneren des Turms um. Eine schmale Wendeltreppe führte zu den einzelnen Stockwerken hinauf, doch sie war durch ein Gitter verschlossen. Rechts und links davon sah sie zwei Türen, die ebenfalls verschlossen waren. Panik stieg in ihr auf, als sie erkannte, dass es ein Fehler gewesen war, den Turm zu betreten.

Sie saß in der Falle.

Ihr Blick fiel auf den eisernen Torflügel, der nach innen aufgedrückt und nur nachlässig gegen die Wand geschoben worden war. Der Spalt dazwischen war ihre einzige Chance, sich zu verstecken. Sie drehte sich mit dem Rücken zur Wand und schlüpfte vorsichtig an ihr entlang hinter den Torflügel, wobei sie sorgsam darauf achtete, diesen nicht zu bewegen.

Von draußen hörte sie eilige Schritte und hielt vor Schreck den Atem an. Doch nach einer Weile, die ihr wie die Ewigkeit erschien, entfernten sie sich wieder, und sie wollte gerade erleichtert aufatmen, als sie hörte, wie die Schritte zurückkehrten und direkt auf sie zukamen. Sie presste sich tiefer in den Schatten. Ihr Herz pochte so laut, dass sie ihre Hand dagegenpresste aus Angst, ihr Verfolger könnte es hören. Die Zeit dehnte sich endlos. Als sie glaubte, die Anspannung keine Minute länger ertragen zu können, entfernten sich die schweren Stiefelschritte jedoch erneut und verloren sich im Lärm des allgemeinen Marktgetümmels.

Madame Halewyn wartete sicherheitshalber noch eine ganze Weile, bevor sie aus ihrem Versteck hervortrat und vorsichtig aus dem Tor hinausspähte. Dann schloss sie sich geschwind einer Gruppe von Frauen an, die gerade schwatzend an ihr vorüberging, und blickte sich dabei immer wieder vorsichtig um. Aber von ihrem Verfolger war weit und breit nichts mehr zu sehen.

Vor dem Stadthaus trennte sie sich wieder von den Frauen, denn von hier aus waren es nur noch wenige Schritte bis zur Herberge. Sie musste nur noch die Straße überqueren. Bevor sie in den schmalen Hofeingang einbog, drehte sie sich ein letztes Mal um, konnte den Armbrustschützen aber nirgends entdecken. Erleichtert lief sie auf den Stall zu.

Ein riesiges Pferd stand neben dem halb offenen Tor und spitzte die Ohren, als sie näher kam. Madame Halewyn überlegte gerade, ob sie es wagen konnte, an dem mächtigen Ross vorbeizugehen, da trat ein junger Mann mit einer Mistgabel in der Hand aus dem Tor und kam ihr entgegen.

Sie erkannte ihn sofort wieder. Henrik Keuser musterte sie fragend. Die alte Frau kam ihm bekannt vor, doch es dauerte einen Moment, bevor ihm einfiel, wo er ihr schon einmal begegnet war. Sie wirkte lange nicht mehr so streng wie damals, als sie ihn aus Marias Gemach geworfen hatte, und ihrem gehetzten Gesichtsausdruck entnahm er, dass irgendetwas geschehen sein musste.

Madame Halewyn nestelte an ihrem Ärmel und zog einen Brief darunter hervor.

»Maria von Burgund schickt mich. Sie wünscht, dass Ihr diesen Brief so schnell wie möglich dem Erzherzog von Österreich überbringt.«

Ihre Erregung sprang auf Henrik über, und ein berauschendes Gefühl ergriff ihn. Maria brauchte ihn, und er, Henrik Keuser, durfte ihr erneut zu Diensten sein.

Madame Halewyn sprach gehetzt und wandte sich immer wieder hastig um.

»Maximilian ist auf dem Weg nach Gent. Er ist von Köln in Richtung Aachen geritten, und Ihr müsst Euch beeilen, sonst wird König Ludwig vor ihm hier sein und Burgund an sich reißen.«

Mit einem Mal wirkte die alte Frau müde. Jetzt, nachdem sie den Brief losgeworden war, wich die Anspannung von ihr, und sie begann vor Erschöpfung am ganzen Körper zu zittern.

»Ist Euch nicht gut?«, fragte Henrik besorgt.

Madame Halewyn schüttelte den Kopf. »Kümmert Euch nicht um mich, beeilt Euch lieber, die Zeit drängt.«

Henrik überlegte nicht lange. Er rannte in den Stall, holte Sattel und Trense und zäumte das vor dem Stall angebundene Pferd auf. Dann warf er sich seinen Umhang über, schwang sich in den Sattel und ritt mit einem letzten Kopfnicken zu Madame Halewyn aus dem Hof.

Nachdem er die Stadt hinter sich gelassen hatte, wurde er ruhiger, aber das Hochgefühl, das ihn ergriffen hatte, blieb. Albrecht von Sachsen hatte dem Herbergswirt eine großzügige Entschädigung für das vor wenigen Wochen »geliehene Pferd« gezahlt und ihm sogar angeboten, mit ihm und seinen Gefährten zu reiten, doch Henrik hatte abgelehnt. Er zog es vor, in Marias Nähe zu bleiben, ganz als hätte er geahnt, dass sie noch einmal seiner bedürfen würde.

Das Pferd unter ihm dampfte vor Schweiß, es würde nicht mehr lange durchhalten, wenn er ihm nicht bald eine Pause gönnte. Doch trotz seiner Sorge um Maria brachte er es nicht fertig, den Hengst zu Tode zu reiten. Das nächste Dorf konnte nicht mehr weit sein, und mit den Münzen, die er vom Sohn des Kaisers erhalten hatte, würde er das Pferd dort gegen ein frisches eintauschen.

Die Sonne brannte heiß auf ihn herunter, und seine Kehle war wie ausgedörrt. In der Eile hatte er versäumt, einen Wassersack mitzunehmen, doch auch das konnte warten. Während er ruhig dahintrabte, schweifte sein Blick immer wieder zum Himmel, und er fragte sich wie so oft, warum ausgerechnet er auserwählt worden war, der Tochter des Herzogs von Burgund zu helfen. Doch auch dieses Mal fand er keine Antwort. Im nächsten Dorf wechselte er die Pferde, kaufte einen ledernen Wasserbeutel, ein Stück Brot und ein großes Stück geräucherten Schinken. Dann ritt er in scharfem Tempo weiter über das flache Land. Er kam an schwarz verbrannten Feldern vorbei, die die trostlose Stimmung widerspiegelten, die auf den Gesichtern der Menschen stand, denen er unterwegs begegnete.

Noch dreimal wechselte er im Laufe des Tages die Pferde und erreichte Brüssel, als es dunkel wurde. An der nächsten Pferdewechselstation hielt er an, tauschte erneut sein Pferd und ritt weiter in die Nacht hinein. Die Hitze des Tages wich nur langsam. Sein verschwitzter Körper schien die Insekten der Nacht in Scharen anzuziehen, und auch sein Pferd warf immer wieder den Kopf hoch, um die kleinen Quälgeister zu vertreiben.

Der Mond verbarg sich hinter dichten Wolken, und um ihn herum war alles still. Glühende Augen beobachteten ihn ab und an seitlich des Wegs, doch jedes Mal, wenn die Furcht ihn zu überwältigen drohte, dachte er an Maria und an das Vertrauen, dass sie in ihn setzte, und verdrängte auf diese Weise seine Ängste.

Um Mitternacht näherte er sich einem kleinen Dorf, das dunkel und still vor ihm lag. Eine schwarze Katze mit grün schimmernden Augen fauchte ihn an, als er mit den Fäusten gegen die verschlossene Herbergstüre hämmerte. Es dauerte lange, bis die Türe geöffnet wurde.

»Was fällt Euch ein, so einen Lärm zu machen«, beschwerte sich der Wirt, der in der einen Hand eine Lampe hielt und in der anderen einen dicken Knüppel. Sein Haar stand nach allen Seiten ab, und er stank nach billigem Wein.

»Ich brauche ein frisches Pferd. Das Beste, das Ihr in Eurem Stall habt.«

In die Augen des Mannes trat ein gieriger Glanz. »Das wird nicht billig«, gab er zu bedenken und ließ seinen Blick misstrauisch über Henriks verschlissene Kleidung gleiten.

»Wie viel verlangt Ihr?«, fragte Henrik, als der Wirt abfällig seinen Mund verzog.

»Fünf Livre.«

»Ich gebe Euch drei und keinen Deniers mehr«, gab Henrik zurück.

Bisher hatte er noch nirgendwo mehr als einen Livre für ein frisches Pferd im Tausch bezahlt, doch er hatte keine Zeit, um lange zu feilschen.

Der Wirt nickte und machte keinen Hehl aus seiner Zufriedenheit über das gute Geschäft, das er gerade abgeschlossen hatte. Er ließ sich von Henrik die Münzen geben und ging ihm mit der Lampe in der Hand voran zum Stall.

Henrik ritt bis zum Morgengrauen und hielt nur an, um das erschöpfte Pferd zu tränken. Schließlich war er gegen Mittag so müde, dass ihm immer wieder die Augen zufielen. Und so hielt er an, sobald er den nächsten Bach passierte, stieg vom Pferd und steckte seinen Kopf in das kühle Wasser.

Die nächste Pferdewechselstation lag an der Straße nach Tongeren, und auf seine Frage, wie weit es noch bis Aachen wäre, erhielt er die Auskunft, dass er noch ungefähr einen Tagesritt vor sich hätte.

Die Landschaft veränderte sich nur wenig. Dichte Wolken schoben sich vor die Sonne, und der Wind frischte auf. Am Nachmittag begann es zu regnen, und der Weg wurde mit jeder Stunde, die verging, aufgeweichter und matschiger. Statt Staub zu schlucken, flogen Henrik jetzt die von den Pferdehufen aufgewirbelten Dreckklumpen um die Ohren und klatschten ihm ab und an sogar ins Gesicht. Als er Tongeren passiert hatte, war er schließlich so übermüdet, dass ihm selbst das Denken zu anstrengend wurde.

Das Pferd unter ihm schnaufte erbärmlich, sodass er eine Weile im Schritt weiterritt, bis es weniger schwer atmete.

Er war froh, als er an der nächsten Pferdewechselstation ankam und ein ausgeruhtes Pferd bekam. Danach ritt er weiter. Die Landschaft wurde nun hügeliger, und während die Felder zu seiner Rechten sanft abfielen, erstreckte sich zu seiner Linken ein Laubwald. Es hatte aufgehört zu regnen, und die Dämmerung senkte sich herab. Die Vögel verstummten, und außer den gleichmäßig trommelnden Hufen seines Pferdes war es still um ihn herum.

Ein Knacken im Unterholz ließ Henrik zusammenfahren. Doch bevor er reagieren konnte, brach auch schon eine dunkle Masse durch das Gestrüpp und schoss in rasendem Tempo auf ihn zu. Sein Pferd schnaubte angstvoll und bäumte sich erschrocken auf. Mit gesenktem Kopf ging der mächtige Keiler auf das Pferd los. Der Aufprall war gewaltig und drohte dem Pferd die Hinterbeine wegzureißen.

Ein Gefühl von Unwirklichkeit erfasste Henrik, und es kam ihm vor, als würde die Zeit sich verlangsamen. Die Hufe des Pferdes schnitten lautlos durch die Luft, während sich der schwere Pferdekörper gefährlich zur Seite neigte, schließlich mit einem dumpfen Geräusch auf dem Boden aufschlug und Henrik unter sich begrub.

Henrik spürte noch einen stechenden Schmerz, dann verlor er das Bewusstsein.

Er hörte die Männer nicht mehr, die dem verwundeten Keiler gefolgt waren und sich stumm über ihn beugten. »Ich glaube, er ist tot«, sagte Albrecht von Sachsen. Die Flanken des Pferdes zitterten. Sein rechtes Hinterbein war gebrochen, zudem hatten die Hauer des Keilers, der danach wie toll seine Flucht fortgesetzt hatte, ein großes Stück Fleisch aus seinem Bein herausgerissen und Muskeln und Sehnen durchbohrt.

Albrecht klopfte dem Pferd beruhigend auf den Hals und zog sein Messer, um es von seinen Qualen zu erlösen.

Mit einem raschen Schnitt durchtrennte er dem Pferd die Kehle, dann erhob er sich.

»Es hat keinen Sinn, den Keiler weiter zu verfolgen. Bis wir ihn gefunden haben, wird es zu dunkel und damit zu gefährlich sein, außerdem haben wir für heute genügend Fleisch«, sagte er und wies auf das tote Pferd.

Ein leises Stöhnen lenkte seinen Blick wieder auf Henrik.

»Gütiger Himmel, der Mann lebt noch, wir müssen ihn sofort unter dem Pferd rausziehen«, rief er aus. Mit vereinten Kräften schoben sie mehrere Lanzen unten den schweren Pferdekörper und drückten sie auf Albrechts Befehl nach unten, während gleichzeitig zwei der Männer den Verwundeten unter den Achseln packten und ihn unter dem Kadaver hervorzogen.

Langsam kam Henrik wieder zu sich und mit dem Bewusstsein kehrte auch der unerträgliche Schmerz zurück.

Er nahm verschwommene Bewegungen über sich wahr. »Bitte helft mir aufs Pferd, ich muss weiter«, bat er mit matter Stimme. Albrecht stutzte. Irgendwoher kannte er diese Stimme. Er beugte sich tiefer hinunter, um dem Verwundeten ins Gesicht zu sehen und zog überrascht die Brauen hoch, als er Henrik erkannte.

»Du schon wieder?«, stieß er verblüfft hervor.

Henrik wusste nicht, ob er wach war oder träumte. »In meinem Ärmel, ein Brief«, stöhnte er, dann verlor er erneut die Besinnung.

»Bringt den Verletzten ins Lager «, befahl Albrecht und zog den Brief aus Henriks Ärmel. Dann wandte er sich ab, bestieg sein Pferd und ritt ins Lager zurück.

Im Lager brannten die Feuer, und die meisten der Männer hatten es sich bereits bequem gemacht. Maximilian saß vor seinem Zelt und trank von dem Wein, den ein junger Graf aus Augsburg mitgebracht hatte. Es war ein herrliches, tiefrotes, harziges Getränk, das ihn an den Wein erinnerte, den er zusammen mit Marias Vater in Trier getrunken hatte.

Albrecht trat zu ihm. »Du glaubst nicht, wen wir gerade unter einem toten Pferd hervorgezogen haben«, begann er.

Maximilian sah zu ihm auf. »Nein, aber du wirst es mir sicher gleich sagen«, gab er zurück.

»Unser Freund aus dem Herbergsstall in Gent ist von dem Wildschwein angegriffen worden, das uns entwischt ist.« Er reichte Maximilian Henriks Brief.

Maximilian brach das Siegel und überflog die wenigen Zeilen.

»Ludwig steht vor Brabant«, stieß er mit wachsender Erregung aus. Er trank seinen Becher leer und erhob sich. »Wir brechen sofort auf. Sag den Männern, dass ich den Sold für jeden verdoppele, der an meiner Seite in Gent eintrifft. Burgund ist in höchster Gefahr.«

In fliegender Hast wurden die Pferde gesattelt. Dann jagte er, gefolgt von seinen Männern, in die Nacht. Die Angst, zu spät zu kommen, ließ ihn jede Müdigkeit vergessen. Sie ritten die ganze Nacht und hielten nur an, um den erschöpften Pferden eine Pause zu gönnen, die am Ende ihrer Kräfte angelangt waren, dann trieb er sie unerbittlich weiter. Es konnte einfach nicht sein! Jetzt, wo er gegen alle Widerstände so weit gekommen war, durfte Ludwig einfach nicht die Oberhand gewinnen und über Burgund triumphieren.

Über Nacht waren die besten Ausrufer des Landes auf den großen Plätzen und vor den Kirchen der Städte aufgetaucht und vertrieben die düsteren Gerüchte vom unheimlichen Sensenmann mit Berichten über einen unbesiegbaren, blond gelockten Märchenprinz, der aufgebrochen war, um seiner Liebsten mit seinem starken Heer zu Hilfe zu eilen.

Niemals sei ein so schöner Prinz gesehen worden und niemals habe die Sonne so hell über den Städten Burgunds geschienen, mit erhobenen Armen habe man dem Herrn für sein Erscheinen gedankt.

Es hieß, der Prinz würde mit seiner Armbrust eine Gams auf zweihundert Ellen treffen und eine Bärin mit bloßen Händen besiegen. Niemand hätte ihn je in einem Zweikampf besiegt.

»Allein das Lächeln unserer wunderschönen Prinzessin hat ihn mitten ins Herz getroffen und besiegt«, erzählten sich die Frauen an den Brunnen beim Waschen und warfen verträumte

Blicke in den Himmel. Wer von ihnen hätte sich nicht ebenfalls nach solch einem edlen Helden gesehnt? Er musste ja nicht gleich ein Prinz sein.

Dichter überboten sich gegenseitig bei der Beschreibung des jungen Maximilian, und so hieß es:

»Ein Volk, das im Dunkeln wandelt, sieht ein großes Licht und braucht den Bibelvers, um seine Hymne über die kaiserliche Abkunft und die Schönheit Maximilians zu beginnen. Ein Prinz, an dem die Natur nichts vergessen hat, Statur und Glieder von so edlen Maßen, wie es die antiken Meister nicht besser hätten treffen können, die goldblonden Haare von einer Fürstenkrone umfasst, in seinem Auftreten ganz Herr.«

Und in den Schänken wurde schon bald ein neues Lied gesungen.

»Ceste jone princhesse
Que Dieu veuille garder!
Tous cœurs de gentillesse
Se doivent pre'parer
A servir la pucelle.«

Dieser jungen Prinzessin
Gott möge sie behüten!
Alle Edelgesinnten
sollen sich bereiten,
der jungen Frau zu dienen.

Und Ludwig, der gehofft hatte, wie bisher eine Stadt nach der anderen ohne einen Schwertstreich zu übernehmen, prallte auf entschlossenen Widerstand.

33

Ein strahlender Tag neigte sich dem Ende zu, als Maximilian in Begleitung weiß gekleideter Bürgergarden in die flandrische Hauptstadt Gent einritt. Obwohl es ihm nur mit Mühe gelang, seine Augen offen zu halten, hatte er ein Lächeln im Gesicht.

In seiner goldenen Rüstung auf seinem weißen Zelter erschien er den Menschen wie ein Versprechen auf bessere Zeiten. Und in der Tat ging ein Glanz von ihm aus, dem sich niemand entziehen konnte.

Frauen winkten ihm unter Tränen zu, und Spruchbänder begleiteten seinen Weg mit den Worten:

»Tu es dux princeps noster, pugna prelium nostrum.«

»Du bist unser Führer und Fürst, kämpfe unseren Kampf.«

Der Einzug in die Stadt zog sich in die Länge. Immer wieder geriet der Zug ins Stocken, weil jeder einen Blick auf Maximilian erhaschen wollte, um sich mit eigenen Augen davon zu überzeugen, ob die Gerüchte, die seinem Kommen vorausgeeilt waren, auch tatsächlich der Wahrheit entsprachen.

Maximilian war überwältigt von dem Empfang, den man ihm bereitete und mit dem weder er noch seine Begleiter gerechnet hatten. Hohn und Spott hatten ihn anfangs auf seinem steinigen Weg nach Gent begleitet, Neid und Missgunst waren ihm allenthalben gefolgt.

Doch seine Sehnsucht nach Maria hatte ihn weiter vorangetragen und ihn alle Demütigungen und Widrigkeiten ertragen lassen, und zuletzt war der anfängliche »Bettelzug« wie durch ein Wunder zu einem eindrucksvollen Brautzug herangewachsen.

Und das nicht zuletzt dank der hunderttausend Livre, die Margarete von York, seine zukünftige Schwiegermutter, ihm heimlich gesandt hatte und die ihm nun erlaubten, sich dem Volk in wahrhaft kaiserlicher Pracht zu präsentieren.

Waren das die selben Menschen, die noch vor wenigen Wochen den Kaiser als Bettelkaiser verhöhnt und seinen Brautzug als Raubzug beschimpft hatten, weil ihm das Geld für einen prunkvollen Einzug gefehlt hatte?

Albrecht von Sachsen beugte sich lachend zu ihm hinüber.

»Sie empfangen dich wie einen siegreichen Ritter, der den bösen Drachen für sie getötet hat.«

Maximilian nickte nur und meinte dann ernst: »Leider vergessen sie in ihrer Freude, dass der böse Drache noch lange nicht besiegt ist.«

»Trotzdem hast du es geschafft, dein Ziel zu erreichen, und ich muss gestehen, dass selbst ich an manchen Tagen von großen Zweifeln befallen worden bin.«

Der Belfried wurde von der untergehenden Sonne in ein goldenes Licht getaucht, als Maximilian den Marktplatz erreichte und in der Herberge St-Georges Quartier nahm, um sich dort kurz den Staub abzuwaschen, bevor er seiner künftigen Gemahlin gegenübertrat.

Was Maria kaum noch zu hoffen gewagt hatte, war tatsächlich eingetreten.

Sie hatte die Herzen der Menschen erobert und ihre Seelen erreicht.

Burgund würde weiterleben und, mit Gottes Hilfe, die Zeiten überdauern.

Nun stand sie auf der Freitreppe und wartete inmitten eines Spaliers aus brennenden Fackeln, die den Schlosshof erhellten, auf Maximilians Eintreffen.

»Sie haben Maximilian wie einen König begrüßt«, berichtete ihr Margarete von York, die aus Mecheln zurückgekehrt war und nun neben ihr stand und liebevoll ihre Hand drückte.

Erst vor zwei Tagen hatte der Herzog von Kleve eine Eskorte zu ihr geschickt, die den Auftrag gehabt hatte, sie nach Gent zurückzugeleiten.

Die Absicht, die dahinterstand, war unschwer zu erkennen gewesen. Nachdem sein Plan, Maria mit seinem Sohn zu vermählen, endgültig gescheitert war, generierte er sich nun als wohlwollender Beschützer Marias, der seit jeher immer nur das Beste für sie gewollt hatte.

Im Schlosshof breitete sich Unruhe aus, und fast gleichzeitig begannen die Glocken zu läuten.

Auf den dumpfen Klang des starken Roeland, wie die Glocke im Belfried getauft worden war, folgten die Glocken der Sint-Baafskathedraal, der St. Michiels- und der St. Niklaskerk.

Und dann konnte sie ihn sehen. Konnte sehen, wie Maximilian mit langen Schritten durch das Spalier der brennenden Fackeln auf sie zu eilte.

Das Licht der Fackeln brach sich in seinem goldenen Harnisch, und wie im Traum stieg sie die Treppenstufen zu ihm hinab.

Ihre Blicke trafen sich und versanken ineinander.

Die Glocken verstummten, und erwartungsvolle Stille breitete sich aus.

Es schien, als würde die Zeit stehen bleiben.

Niemand wagte zu atmen, jeder wartete auf eine Reaktion

der beiden Verlobten und wollte den kostbaren Moment ihres Zusammentreffens nicht stören oder vielleicht auch nur an ihm teilhaben, um ein winziges Stück von dem Glück zu erhaschen, das von dem strahlend schönen Paar ausging.

Die beiden Liebenden sahen sich noch immer unverwandt an, unfähig, sich zu bewegen, bis Maria schließlich bewusst wurde, dass aller Augen erwartungsvoll auf sie gerichtet waren.

Ohne ihren Blick von ihm zu lösen, machte Maria einen Schritt auf Maximilian zu.

Und dann lag sie plötzlich in seinen Armen, roch den herben Duft seiner Haut, den sie so verzweifelt versucht hatte, all die Tage, die auf ihr erstes und einziges Zusammensein gefolgt waren, festzuhalten, bis er nur noch eine köstliche Erinnerung in ihren Träumen gewesen war.

Glücklich schmiegte sich Maria an ihn, spürte seine Lippen in ihrem Haar und fühlte seine Hände durch den Stoff ihres Gewandes hindurch zärtlich über ihren Rücken streichen.

Es war wie damals, als sein Bild vor ihren staunenden Augen zum Leben erwacht war und ihre Herzen sich gefunden hatten.

Nur langsam lösten sie sich aus ihrer Umarmung und folgten Margarete in den Festsaal.

Ein wehmütiger Ausdruck huschte über Marias Gesicht, als Maximilian nun den Platz ihres Vaters an der festlich geschmückten Tafel einnahm.

Doch Maximilian schien zu spüren, was in ihr vorging, und nahm tröstend ihre Hand.

»Ich habe Euren Vater sehr verehrt und werde ihn nie vergessen«, sagte er leise, und Maria lächelte ihn unter Tränen an.

»Ich kann immer noch nicht glauben, dass Ihr tatsächlich hier seid«, entgegnete sie.

»Dann werde ich es Euch wohl beweisen müssen«, flüsterte Maximilian vielsagend und jagte Maria damit Schauer der Erregung über den Rücken.

Eine leichte Röte stieg ihr in die Wangen.

Sie konnten einfach nicht aufhören, einander anzusehen, und achteten nicht auf das neugierige Getuschel und Aufsehen, das sie dadurch an den anderen Tischen hervorriefen.

»Sie sind verliebt wie die Turteltauben, dabei haben sie sich doch gerade erst kennen gelernt«, wunderte Anna von Kleve sich.

Madame Halewyn warf ihr einen strengen Blick zu. »Es steht Euch nicht zu, über Eure Herrin zu urteilen«, ermahnte sie sie.

»Trotzdem verstehe ich es nicht«, meinte Anna von Kleve und sprach damit aus, was auch die anderen Damen an ihrem Tisch dachten. »Außerdem würde ich zu gerne wissen, worüber sie die ganze Zeit miteinander tuscheln«, setzte sie trotzig hinzu.

Es gab so vieles, was Maria Maximilian gerne erzählt hätte, doch jedes Mal, wenn er ihr in die Augen sah, spürte sie nur noch das brennende Verlangen, ihn zu berühren und von ihm berührt zu werden. Allein mit ihm zu sein. Doch daran war in den nächsten Tagen nicht zu denken. Drei Tage waren für die Hochzeitsfeierlichkeiten angesetzt worden, drei endlose Tage, in denen sie nicht einen einzigen Augenblick für sich haben würden.

Und so senkte sie, als Maximilian sie das nächste Mal ansah, verlegen ihren Blick, als fürchtete sie sich davor, dass er ihre Gedanken erraten könnte, Gedanken, die sich für eine Dame nicht ziemten.

Maximilian spürte ihre Verlegenheit und berührte mit seinem Bein sanft ihr Knie. Die Röte in ihrem Gesicht vertiefte sich.

Aber Maximilian zwinkerte ihr verschwörerisch zu und wies mit einer kleinen Bewegung seines Zeigefingers auf den Tisch, um den sich die Geistlichkeit versammelt hatte. In ihrer Mitte thronte der Bischof von Tournai, der eine anregende Unterhaltung mit dem päpstlichen Legat Julianus von Ostia führte.

»Glaubt Ihr, wir könnten einen von ihnen dazu überreden, uns noch heute Nacht zu trauen?«, fragte er.

Marias Verlegenheit verschwand. Maximilians Art, Probleme zu lösen, indem er sie einfach umging, beeindruckte sie ebenso wie damals, als er heimlich nach Gent geritten war, nur um sie zu sehen.

Ein schwer zu deutendes Lächeln umspielte ihre Lippen.

»Sagt, könnt Ihr, außer einen Bären mit Händen zu erlegen und auf den Dächern von Kirchen herumzuklettern, auch noch Gedanken lesen?«, fragte sie herausfordernd, denn die Berichte über Maximilians Kletterkünste waren ihm längst vorausgeeilt.

Maximilian grinste. »Ihr werdet staunen, was ich noch alles kann.«

Danach warteten sie geduldig, bis das Bankett vorüber war und sich der letzte Gast verabschiedet hatte.

Margarete, ihr Ehrenritter Guillaume de la Baume, Olivier de la Marche und Dr. Heßler waren die Einzigen, die noch übrig geblieben waren.

Für Maximilian war nun der Zeitpunkt gekommen, um sich zurückzuziehen, trotzdem unternahm er keine Anstalten, sich zu verabschieden, sondern tauschte einen bedeutsamen Blick mit Maria.

»Wir brauchen einen Priester«, begann er, »und wir möchten Euch bitten, uns die Ehre zu erweisen, unsere Trauzeugen zu sein. Wir haben lange genug auf diesen Tag gewartet.«

Guillaume de la Baume grinste anzüglich, während Olivier de la Marche sich versteifte.

Margarete lächelte verständnisinnig in Marias errötendes Gesicht, und Dr. Heßler verneigte sich ergeben vor dem Brautpaar. Er dachte daran, wie entschlossen Maria ihrem Staatsrat bei ihrer letzten Begegnung die Stirn geboten und ihm dadurch seine schwierige Mission erleichtert hatte. Jetzt konnte er sich revanchieren, und er würde es mit dem größten Vergnügen tun.

»Es wird mir eine große Ehre sein, Euer Trauzeuge zu sein«, bekräftigte er in feierlichem Ton.

Wie eine Gruppe Verschwörer betraten sie die Schlosskapelle, wo Olivier de la Marche eigenhändig die Kerzen auf dem Altar anzündete.

Maximilian nahm Marias Hand. Er spürte, wie sie vor Aufregung zitterte, drückte die Hand zärtlich und lächelte ihr beruhigend zu.

Endlich konnten sie den Bund, den sie in aller Heimlichkeit in einem Stall geschlossen hatten, auch vor Gott besiegeln.

»Burgund ist mein Schicksal. Ich wusste es in dem Moment, als ich Euer Bild in meinen Händen hielt«, sagte Maximilian mit rauer Stimme.

Der Priester, den man aus seiner Kammer geholt hatte, wirkte ein wenig verschlafen, wurde jedoch rasch munter, als er sah, wer da von ihm verlangte, mitten in der Nacht und in aller Heimlichkeit getraut zu werden.

Mit dem kostbaren Schal über den Armen trat er auf die beiden Liebenden zu.

Doch sein Anblick rief düstere Erinnerungen in Maria wach,

und unwillkürlich tauchte das Gesicht Adolfs von Geldern vor ihrem inneren Auge auf. Entschlossen schob sie die Bilder zur Seite. Adolf von Geldern war tot, er hatte keine Macht mehr über sie.

»Ist das, was hier geschieht, auch wirklich kein Traum?«, flüsterte sie Maximilian zu, der daraufhin erneut zärtlich ihre Hand drückte.

»Nein, es ist kein Traum, es ist unser Schicksal, das sich nun erfüllt.«

Die Turmuhr schlug Mitternacht, als sie gemeinsam die herzoglichen Gemächer betraten, die sie von dieser Nacht an miteinander teilen würden.

Mit brennenden Augen wandte Maximilian sich ihr zu und umfasste sanft ihr Gesicht.

Ihre Haut erglühte unter der zärtlichen Berührung seiner Hände. Sein Atem streifte ihre Wangen, und sie spürte die Hitze seines Körpers.

Sehnsüchtig hob sie ihm ihren Mund entgegen und erwiderte seinen Kuss, der zunächst sanft war, dann aber immer fordernder wurde, mit wachsender Leidenschaft.

Er führte die Hände an ihren Rücken, begann, ihr Kleid aufzuschnüren und die vielen kleinen Häkchen zu lösen, und streifte es ihr über die Schultern.

Dann hob er sie hoch und trug sie auf seinen starken Armen zum Bett.

Als es keine störenden Hüllen mehr zwischen ihnen gab, zog Maximilian sie an sich und barg ihren Kopf an seiner Schulter. Seine Finger strichen sanft über ihr Haar, als hätte er die ganzen Monate über gespürt, wie sehr sie sich nach der Geborgenheit in seinen Armen gesehnt hatte.

»Wir haben einiges nachzuholen, aber wir haben unser ganzes Leben vor uns, um dies zu tun«, flüsterte er ganz dicht an ihrem Ohr.

Maria seufzte vor Wohlbehagen, und für einen Moment stieg Angst in ihr hoch, Angst davor, so viel Glück nicht verdient zu haben.

Aber Maximilian vertrieb ihre unguten Gedanken, indem er seine Hände zärtlich über ihren Körper gleiten ließ. Seine rauen Finger verursachten ein herrliches Ziehen in ihrem Bauch, und sie umschlang ihn mit ihren Armen und zog ihn zu sich herunter.

Seine Stimme klang ein wenig atemlos, als er erneut sprach. »Ich liebe Euch mehr als mein Leben und werde keinen Kampf scheuen, um das Vermächtnis Eures Vaters fortzuführen.« Seine Worte klangen wie ein Schwur.

»Ich kann Euch gar nicht sagen, wie viel mir Eure Worte bedeuten«, flüsterte sie und küsste ihn auf die Schulter.

»Vielleicht könntet Ihr es mir ja zeigen?«, schlug Maximilian vor und schenkte ihr ein verschwörerisches Lächeln.

»Ich werde mich bemühen, aber jetzt schweigt«, gab sie zurück und genoss das wundervolle Gefühl, seinen Körper ganz nah an dem ihren zu spüren. Eng umschlungen ließen sie sich fallen in den Sturm ihrer Gefühle, standen staunend vor der Pforte des herrlichen Rosengartens, die sich wie von Zauberhand öffnete und sie in die magische Welt der Liebenden einließ, in der weder Zeit noch Raum existierten.

EPILOG

Henrik Keuser erwachte in einem riesigen Bett mit duftenden weißen Kissen und glaubte für einen kurzen Moment, bereits im Himmel zu sein.

Seine Kehle war so trocken, dass sie schmerzte, und er hätte die wunderbaren weichen Kissen auf der Stelle gegen einen Krug Wasser eingetauscht, wenn es möglich gewesen wäre. »Wasser«, krächzte er in der Hoffnung, dass irgendjemand ihn hörte und Erbarmen mit ihm zeigte.

Tatsächlich beugte sich daraufhin ein grauhaariger kleiner Mann, den er vorher nicht bemerkt hatte, über ihn und half ihm dabei, sich aufzusetzen. Danach setzte er ihm einen Becher mit rotem Wein an die Lippen und flößte ihm vorsichtig davon ein. Henrik trank so gierig, dass er sich verschluckte. Als sein Durst gestillt war, ließ er sich erschöpft wieder in die Kissen zurücksinken.

Johann Spinghs, Marias Leibarzt, betrachtete ihn mit zufriedener Miene.

»Ihr wart mehr tot als lebendig, als sie Euch zu mir gebracht haben«, erklärte er voller Stolz auf sein medizinisches Können. »Könnt Ihr Euch an Euren Sturz erinnern?«, wollte er wissen.

Das unheilvolle Knacken, der dunkle Dämon, der mit der Schnelligkeit einer Lawine auf ihn zugeschossen war, dann der Sturz, dem ein unerträglicher Schmerz gefolgt war. Gequält schloss Henrik die Augen. Sein Kopf dröhnte, und er presste die Hände gegen seine Stirn, um die grässlichen Bilder dahinter zu vertreiben.

»Ruht Euch aus, Ihr werdet bald wieder ganz gesund sein«, versprach der Medicus.

Als Henrik das nächste Mal erwachte, stand Maria von Burgund neben seinem Bett und sah besorgt auf ihn herab. »Fühlt Ihr Euch besser?«, fragte sie und strich ihm sanft über die Stirn. Ihre Hand war angenehm kühl.

Henrik nickte und starrte sie aus großen Augen an.

»Ihr habt unserem Land einen großen Dienst erwiesen, und dafür möchte ich Euch danken.«

Verlegen wandte Henrik seinen Kopf zur Seite.

»Mein Gemahl hat vor, Euch zum Ritter zu schlagen«, fuhr Maria lächelnd fort. »Würde Euch das gefallen?«

Henriks Kopf fuhr wieder herum. Sprachlos sah er sie an, dann nickte er. Von der schnellen Bewegung war ihm schwindelig geworden, er schloss die Augen und wartete, bis der Schwindel wieder nachließ.

Marias Duft hing noch im Raum, lange nachdem sie ihn verlassen hatte, und Henrik kniff sich mehrmals in den Arm, um sich zu vergewissern, dass das, was gerade geschehen war, kein Traum, sondern Wirklichkeit gewesen war.

Henrik Keuser, ein Ritter des zukünftigen Kaisers. Seine Eltern und seine Geschwister würden ihm gewiss nicht glauben, wenn er ihnen davon erzählen würde.

Immer wieder versuchte er sich ihre Gesichter vorzustellen, wenn er zum ersten Mal in Rüstung und Harnisch ihr Häuschen betreten würde.

Seine Mutter würde vor lauter Glück in Tränen ausbrechen, und sein Vater würde einsehen müssen, dass er Unrecht gehabt hatte. Manchmal geschah es eben doch, dass Träume wahr wurden, man musste nur fest genug an sie glauben.

Der Boden knirschte unter den Hufen der Pferde. Frisch gefallener Schnee überzog die weite Parklandschaft mit glitzernden Kristallen und dämpfte jegliches Geräusch. Am wolkenlosen blauen Himmel zog ein einsamer Adler seine Kreise.

Warum konnte es nicht überall und immer so still und friedlich sein, dachte Maria und spürte, wie das Kind in ihr sich regte. Sie atmete die frische, kalte Luft tief in ihre Lungen ein und schloss geblendet die Augen vor der weißen Pracht, die die Wiesen und Bäume bedeckte.

Aber solange König Ludwig lebte, würde es niemals Frieden geben, und Maximilian würde gezwungen sein, weiterzukämpfen und mit seinen Truppen von Grenze zu Grenze zu ziehen, so wie ihr Vater es getan hatte.

Dennoch würde sie bald nicht mehr alleine sein in den langen Tagen und Nächten während Maximilians Abwesenheit, und ein glückliches Lächeln umspielte ihren Mund.

An Maximilians Seite ritt sie tiefer in den Schlosspark hinein.

Als das Schloss außer Sichtweite war, parierte Maria ihr Pferd durch. Die kalte Luft hatte ihre Wangen gerötet, und ihr Atem bildete kleine Wölkchen.

»Ihr wollt doch nicht schon etwa umkehren?« Maximilians Hengst tänzelte nervös um Marias Stute herum. Nach den langen Wochen im Stall sehnte er sich nach Bewegung.

Maria schüttelte den Kopf und erwiderte verliebt seinen Blick.

»Es gibt etwas, das Ihr wissen solltet«, sagte sie mit geheimnisvoller Stimme.

»Und das wäre?«

»Wir werden nicht mehr lange allein sein.«

Es dauerte einen Moment, bis Maximilian begriff und sie mit rauer Stimme fragte: »Ihr seid guter Hoffnung?«

Maria nickte strahlend.

»Im nächsten Sommer werdet Ihr einen Sohn haben«, erklärte sie voller Überzeugung.

Maximilian verstärkte den Druck seiner Schenkel und trieb den Hengst näher an Marias Stute heran. Dann beugte er sich vor und umarmte sie stürmisch.

»Ihr wisst nicht, wie glücklich mich diese Nachricht macht«, jubelte er.

Dann wurde sein Gesicht ernst. »Wäre es unter diesen Umständen nicht besser, Ihr würdet in der nächsten Zeit auf das Reiten verzichten?«, fragte er besorgt.

»Ich bin zwar guter Hoffnung, aber nicht krank«, gab Maria zurück und gab ihrer Stute die Sporen, um ihren Worten Nachdruck zu verleihen.

Maximilian folgte ihr, und eine Weile galoppierten sie Seite an Seite über die verschneiten Wiesen, bis die Pferde von sich aus in eine ruhigere Gangart fielen.

Dann ritten sie Hand in Hand zurück, und später, als sie eng umschlungen im Bett lagen, schmiedeten sie Pläne für die Zukunft ihres Sohnes.

»Ich kann es kaum erwarten, ihn in meinen Armen zu halten, und würde gar zu gerne wissen, wie er aussehen wird. Ich versuche immer wieder, mir sein Gesicht vorzustellen, aber es gelingt mir nicht.«

»Hauptsache, er ist gesund und stark«, gab Maximilian zurück. »Sobald er laufen kann, werde ich ihm das Reiten beibringen und das Bogenschießen, und wenn er dann größer ist, bekommt er sein eigenes kleines Schwert. Wir werden ihm ein Pony kaufen und eine Rüstung für ihn schmieden lassen und …«

Maria unterbrach ihn mit einem langen, innigen Kuss.

Später, als Maria längst schlief, stand Maximilian auf und

trat ans Fenster. Er starrte in den Nachthimmel, der von glitzernden Sternen übersät war.

Der Gedanke an seinen Sohn erfüllte ihn mit unbändigem Stolz, und noch ehe der Morgen graute, fasste er einen Entschluss.

In aller Frühe rief er seine Hauptleute zusammen.

»Diese ständigen Scharmützel an unseren Grenzen müssen ein Ende haben. Sie reiben uns auf und verschlingen Unmengen von Geld, ohne dass sie uns irgendetwas geschweige denn dauerhaften Frieden bringen. Unsere Kriegskasse ist fast leer, und die Generalstaaten werden uns keine weiteren Gelder mehr bewilligen. Es ist an der Zeit, sich König Ludwig zu stellen.«

»Aber die Franzosen verfügen über die stärkste Reiterei und haben die beste Artillerie«, gab der grauhaarige Marschall Polheim zu bedenken, den die Generalstaaten zusammen mit dem erfahrenen Feldobristen Eberhard von Trarberg an Maximilians Seite gestellt hatten.

Maximilian fegte die Bedenken des Marschalls jedoch beiseite und setzte schließlich seinen Willen, die entscheidende Schlacht zu wagen, durch.

Der Abschied von Maria fiel ihm schwerer als sonst, doch er bereute seine Entscheidung nicht. Der Krieg musste ein Ende finden, damit endlich Frieden herrschte und alle in Ruhe leben konnten.

»Wir werden Ludwig besiegen«, versprach er Maria zum Abschied, die ihn unter Tränen anlächelte und ihm nachwinkte, bis er ihren Blicken entschwunden war.

Ein heißer Junitag brach an, das Heer lag vor der picardischen Ortschaft Guinegate und hatte Aufstellung bezogen. Maximilian richtete sich im Sattel auf und beschwor seine Krieger, gleich ob Ritter oder Landsknecht, für die gerechte Sache Burgunds ihr Leben einzusetzen.

Dann sprang er vom Pferd, brach in die Knie und betete mit seinen Soldaten das letzte Gebet vor der Schlacht, zu dessen Ende er den Boden küsste, der ihn aufnehmen sollte, wenn er im Kampf fallen würde.

Wie eine Flutwelle setzte sich seine kämpferische Haltung bei den Männern fort, und überall brandete der Ruf auf: »Saint George! Vivent l' Autriche et la Bourgogne!« Und die Flamen schrien: »Flandre au lion.«

Die Franzosen brausten mit ihrer überlegenen Kavallerie heran, und in sengender Hitze begann die Schlacht.

Die französischen Reitergeschwader fegten die vorgeschobenen deutschen und englischen Schützen hinweg, und ihrer Attacke fielen auch die vorgezogenen Feldgeschütze zum Opfer.

Maximilian bewährte sich in dieser dramatischen Situation, indem er inmitten der an ihm vorbeijagenden Reiterei vom Pferd sprang und dadurch seine Ritter zwang, es ihm gleichzutun.

Im Anschluss daran ließ er die Trosswagen mit der Kaltblütigkeit eines erfahrenen Feldherrn zu Wagenburgen zusammenziehen und erkämpfte zu Fuß neben seinen Landsknechten den Sieg.

Im ganzen Land läuteten die Glocken. Dankmessen und Prozessionen begleiteten den siegreichen Prinzen auf seinem Weg zurück nach Gent. Maximilian hatte sein Versprechen erfüllt. Er hatte den Drachen besiegt und Marias Länder von König Ludwig befreit.

Maria erwartete Maximilian vor der Herberge St-Georges.

Lächelnd hielt sie ihm seinen Sohn entgegen. Es war ein unbeschreibliches Gefühl, das Maximilian erfüllte, als er seinen Sohn zum ersten Mal in seinen Armen hielt. Über den Kopf des neugeborenen Prinzen hinweg sah er Maria an. In seinen Augen las sie seine Liebe zu ihr, und wie aus weiter Ferne drang die Stimme der alten Wahrsagerin an ihr Ohr. »Der Löwe und der Adler, die Prophezeiung der Sibylle« – sie hatte sich erfüllt.

DANKSAGUNG

Mein besonderer Dank gilt Frau Dr. Heike Fischer. Sie hat mich mit ihrer Begeisterung für das außergewöhnliche Schicksal der Maria von Burgund angesteckt und mir während des Schreibens mit wertvollen Tipps und schier unendlicher Geduld zur Seite gestanden.

Ganz herzlich bedanken möchte ich mich an dieser Stelle bei Ernst-August Alexander Prinz zu Schaumburg-Lippe für die Zeit, die er mir gewidmet hat, um mich persönlich durch das Schloss seiner Väter zu führen.

Seine Führung von der Burgküche im Keller bis hinauf in die Wäsche- und Dienstbotenkammern unter dem Dach hat mir eine Vorstellung von dem Leben in einem 250-Zimmer-Schloss vermittelt.

Schloss Bückeburg ist wunderschön und eine faszinierende Zeitkapsel, in der man die Geschichte atmen und sich in längst vergangene Jahrhunderte träumen kann.

Vielen Dank an Christin und Wolfgang Krischke, die Betreiber der Fürstlichen Hofreitschule in Bückeburg, deren unglaubliche Vorführungen angewandter Reitkunst mich ebenso beeindruckt haben wie ihre Freundlichkeit und Hilfsbereitschaft.

Besonderen Dank an Christin Krischke, die mir ihr Wissen über die Reiherbeize und die Jagd mit dem Falken zur Verfügung gestellt hat.

Für ihre wertvollen Buchtipps und ihre freundliche Unterstützung möchte ich Herrn Dr. Jens Metzdorf, dem Leiter des Stadtarchivs von Neuss, und seinen Mitarbeitern herzlich danken.

Dem Tourismusoffice und dem Stadtbüro in Gent danke ich für ihre freundliche Unterstützung.

Dank auch an meine Freundin Petra Indenhuck für die spannenden Tage in Trier, an meine Freundin Katleen, die sich als Probeleserin zur Verfügung gestellt hat, und nicht zu vergessen an meine lieben Nachbarn Heike und Lorenz, sie wissen wofür.

Die Herberge Cour St-Georges in Gent gilt als die älteste Herberge Europas, und man kann noch heute dort übernachten und das prächtige Rathaus und den Belfried in seiner Nachbarschaft bewundern.

Von dem Prinzenhof, der in manchen Quellen Ten Walle genannt wurde, existiert nur noch ein Gedenkstein, aber die kostbaren Tapisserien und Gemälde aus der Zeit der Maria von Burgund sind zum Teil erhalten und in Museen und Sonderausstellungen zu besichtigen.